BASTEI
LÜBBE

T.N. Murari

Der Sahib

Aus dem Englischen von
Matthias Dehne und Dirk Muelder

BASTEI
LÜBBE

BASTEI-LÜBBE-TASCHENBUCH
Band 25 231

Titel der Originalausgabe: The Imperial Agent
Originalverlag: New English Library, Sevenoaks, Kent

Glossar: Corinna Wessels-Mevissen
Ungekürzte Taschenbuchausgabe
Printed in Germany April 1994
Einbandgestaltung: K.K.K.
Titelbild: »Auf der Reise des Vizekönigs
Gilbert Earl of Minton« – Farbdruck –
Archiv für Kunst und Geschichte, Berlin
Satz, Druck und Bindung: Ebner Ulm
ISBN 3-404-25231-4

Für meine
Schwester und Freundin
Nalini

That is the land of lost content,
I see it shining plain,
The happy highways where I went
And cannot come again.

A. E. Housman
A Shropshire Lad

Vorwort des Verfassers

Ich las Rudyard Kiplings Roman *Kim* erstmals in der Kindheit als aufregende Abenteuergeschichte; als ich das Buch ausgelesen hatte, wollte ich Kim sein. Ich wollte der Waisenjunge sein, der frei und ungehindert die Städte, Basare und Tempel des sagenumwobenen Indien des späten 19. Jahrhunderts durchstreifen konnte. Ich wollte in der Gesellschaft eines weisen und doch kindlich-unschuldigen alten Mannes über die Grand Trunk Road wandern und mit ihm den Fluß aus der Legende suchen. Ich wollte von den Engländern als Geheimagent angeworben werden, um ihnen im großen Spiel gegen das expansionistische Rußland beizustehen. Und wie Kim wollte ich das Spionagehandwerk von einer Reihe hervorragender Lehrer erlernen. Ich wollte frei sein wie Kim und der Freund aller Welt, die mir bei meinen Abenteuern begegnen mochte. Ich wollte ...

Dann dämmerte mir, daß ich Kim ja gar nicht sein konnte: Kim war Engländer, ich Inder. Aber dieses unbedeutende Hindernis war eigentlich gar keines, denn Kims Geschichte klang für mich so ungeheuer glaubhaft: Er dachte und fühlte wie ein Inder. Kipling mochte Kim physisch als Engländer darstellen, in seiner Seele jedoch war er durch und durch Inder. Ich konnte mich als indischer Junge vollkommen mit ihm identifizieren – wie Leser in der ganzen Welt, unabhängig von Alter und Rasse, seit der Roman 1901 erschien.

Dreißig Jahre später las ich *Kim* dann erneut und erkannte in ihm auch dieses Mal grundsätzlich den Inder. Aber die Geschichte selbst bekam eine neue Bedeutung. Nicht mehr nur Abenteuerroman war sie, sondern tiefer, vielschichtiger. In der Kindheit hatte ich die Gespräche zwischen Kim und dem buddhistischen Lama schlicht überlesen, den er als seinen Lehrer annimmt und durch Indien geleitet. Plötzlich begriff ich Kim als einen Mystiker auf der Suche nach der letzten Wahrheit, gespalten zwischen der Erfahrung der Welt und dem inneren Wissen, daß eben diese Welt wie das Leben einen wesentlich tieferen Sinn besitzt.

Bei der ersten Lektüre in meiner Kindheit hatte ich außerdem die sexuellen Untertöne der Geschichte nicht bemerkt. Kim kennt sich aus, er ist sozusagen lebensklug und hat mannigfaltige Spielarten des Bösen gesehen – und war doch unschuldig geblieben. Es sagt viel über Kiplings Fähigkeiten als Geschichtenerzähler, daß er den Erwachsenen nicht weniger zu fesseln verstand als vor vielen Jahren das Kind. Mit einer Ausnahme: dem Ende des Buches. Der Schluß enttäuschte mich, denn Kim blieb irgendwo zwischen Himmel und Erde hängen – zwischen spiritueller Sehnsucht und dem realen Leben als Geheimagent, zwischen Indien und England.

Ich hatte schon seit langem einen Roman über die Briten in Indien geplant, über das langsame Erwachen der indischen Bevölkerung in einem von den Briten beherrschten Land. Zu Beginn unseres Jahrhunderts erschien die britische Herrschaft in Indien unerschütterlich und auf lange Dauer angelegt. Sie würde sich noch über Jahrhunderte halten. Daran zweifelten weder die Engländer noch die Inder, als sie gemeinsam das 20. Jahrhundert betraten.

Wenn auch nur eine Handvoll, so gab es sie doch, Männer und Frauen, Engländer wie Inder, die anderer Meinung waren. Und sie wurden darum verfolgt, weil sie glaubten, daß Indien frei sein sollte. Indien begann sich allmählich zu wandeln. Das interessierte mich. Ich wollte einen Roman über die ersten zwei Jahrzehnte unseres Jahrhunderts schreiben, der diese Wandlung in all ihrer Vielschichtigkeit darstellen konnte.

Dafür brauchte ich einen geeigneten Protagonisten, jemanden, der Engländer und Inder zugleich war. Beide Seiten mußten ihn uneingeschränkt als einen der Ihren anerkennen. Kurz, es mußte ein Mensch sein, der den Konflikt entgegengesetzter Loyalitäten widerspiegeln konnte – ein Mensch, der sich eines Tages würde entscheiden müssen, für welche Seite er kämpfen will. Würde er dann als Engländer für die Fortsetzung der Herrschaft seines Volkes eintreten? Würde er wie ein Inder dagegen aufbegehren? Und um seine ausweglose Situation wirklich zu begreifen, mußte er bekannt sein und dem Leser vertraut. Wäre er zufällig außerdem Agent des Empire, würde er dann sogar eines Tages seine Herren und Meister verraten? Oder würde er sich von seinen Freunden lossagen, den Männern und Frauen, die die britische Herrschaft bekämpften? Gleichzeitig mußte er auch mich fesseln und mein Interesse am Zauber und an der Mystik Indiens befriedigen. Er mußte seiner spirituellen Suche folgen, wie ich meiner gefolgt war.

Ich konnte der Versuchung nicht widerstehen. Ich mußte einfach die Geschichte meines Kindheitshelden Kim aufgreifen und weiterspinnen.

Timeri N. Murari

Die Bedeutung der kursiv gesetzten fremdsprachlichen Ausdrücke wird am Ende des Bandes erklärt.

1

Ein einziges dumpfes, geflüstertes Wort: »*Mar*«, tötet sie, ausgestoßen gegen Mitternacht, wenn das Land am dunkelsten ist und der kalte Wind von den Bergen heulend schlafende Geister weckt, sollte das Leben aller verändern, die es hörten. Ein unbedeutender, harmloser Mann sprach in der Nacht vom Tod. Weder konnte er böse Geister zu seinen Zwecken beschwören noch Armeen den Befehl zum Vormarsch erteilen. Er würde unbekannt sterben, in völliger Unwissenheit der Auswirkungen seines Geflüsters. Am Ende sollte es ein Weltreich vernichten. Und es sollte das Schicksal des Mannes umstoßen, der es hellwach und interessiert hörte.

Das *mar*, gleich dem *mantra* OM, das durch das Universum hallt, klang wie ein Echo im Bewußtsein der Zuhörer nach. Es waren nur zwanzig. Sie hockten im Schutz des Deodar, der Himalaya-Zeder. Und sie zogen sich aus dem Kreis zurück, denn sie fürchteten ihren Leidensgenossen, Kuli wie sie, der den Tod im Munde führte.

Auch die Berge in silbriger Ruhe am Horizont hörten sein Geflüster. Sie lauschen den Worten der Menschen, jedes Menschen. So vernehmen sie auch unausgesprochene Gedanken und Gebete; denn in ihren eisigen Schründen wohnt Gott. Die das böse Wort gehört hatten, wandten sich unbewußt jenen Bergen zu und erflehten stumm ihren Schutz. Sie waren zu weit entfernt, um sie in der finsteren Nacht klar zu erkennen, aber die Ketten des Himalaya hatten seit Urzeiten ihre Phantasie bevölkert, ihre Mythen ausgefüllt mit ihren Gestalten.

Sie kannten die Macht dieser Berge, wußten, daß sie sie beschützen und reich beschenken konnten.

»Wo hast du dieses *mar* gehört?« fragte der junge Mann. Und mit dieser Frage, in diesem Augenblick änderte sich sein Leben; geriet in neue Bahnen. Auch er hatte sich aufschauend den Bergen zugekehrt, aber überwand sich dann und konzentrierte sich auf das unmittelbare Geschehen.

»Im Basar«, antwortete der Kuli. Sein Gesicht lag im Dunkeln. Nur wenn er an seiner *bidi* sog, zeigte die Glut seine hageren, unrasierten Züge und die dunklen, abgestumpften Augen. Ein Turban verdeckte seine Stirn.

»Und wer wollte töten?«

»Zwei Männer.« Er versuchte, mit seinen Blicken die Dunkelheit zu durchdringen. Niesel, fein wie Tau, setzte sich auf ihren Schultern nieder und durchdrang die dünnen, abgewetzten Schals. »Einer war etwa so alt wie du, der andere älter. Sie sind am Bahnhof in meine Rikscha gestiegen. Vor Ramchands Teebude habe ich sie abgesetzt.«

»Haben sie sich dort aufgehalten?«

»Nein. Sie trennten sich, als ob sie sich nicht kennen würden.«

»Und hast du herausbekommen, wen sie töten wollen?«

Der Kuli zuckte mit den Schultern. »Die *Angrezis.*«

»Alle?«

Der Mann lachte auf. »Das wären wohl ein paar zuviel. Einen, zwei, was weiß ich. Warum interessiert es dich überhaupt?«

»Es ist besser, wenn ich es weiß. Dann kann ich es verhindern.«

Andere hatten den Wortwechsel mitgehört. Sie würden ihn im Basar weitererzählen, und bald würde das ganze Land davon wissen. Der Verrat hatte bereits begonnen. Ein Geheimnis war aufgedeckt. Indien ist ein merkwürdiges Land; nichts bleibt dort jemals geheim. Ein Mann kann einem anderen Mann tief im Dschungel etwas ins Ohr flüstern, mit nur dem Falken und den Languren als Zeugen, und nur einen Tag später weiß man in tausend Meilen Entfernung davon. Keiner versteht, wie dies geschieht; aber es geschieht. Ganz gleich, ob Wahrheit oder Gerücht, jedes Wort verbreitet sich schneller, als die Telegraphendrähte es weiterleiten können.

»Ich bin müde«, sagte der Kuli. »Wann endlich ist dieser *tamasha* zu Ende? Wie lange noch wollen sie tanzen und feiern?«

»Bis der Himmel so rosig glänzt wie die Wangen der Memsahibs«, antwortete ein anderer. »Und dann werden sie uns scheuchen. *Jaldi karo! Jaldi karo*, heißt es dann. Und wir werden uns fast umbringen, damit sie so schnell wie möglich nach Hause kommen.«

Gemeinsam starrten sie auf Viceregal Lodge, den Sitz des Vizekönigs. Es war ein Palast aus Holz mit vielen Türmchen, ein Gebäude wie kein anderes im ganzen Land. Sie konnten nicht wissen, daß es einen Traum verkörperte, ein Symbol der kollektiven Erinnerung einer fernen Insel, versetzt in die Vorberge des majestätischen Himalaja. Das gespenstische Licht der Nacht machte es zu einem Zauberschloß: Es mußte einem Märchen entsprungen und imstande sein, sich plötzlich in Luft aufzulösen. Im Augenblick jedoch leuchtete es im Glanz unzähliger Lichter, zerbarst fast unter dem Tosen der Musik. Unzählige Schatten wirbelten darin herum und erfüllten die Nachtluft mit lärmender Fröhlichkeit. Zwei Wächter in prächtigen Uniformen flankierten die Toreinfahrt. Ihre Lanzen funkelten im elektrischen Licht. Weitere Wächter standen entlang der Auffahrt Spalier; ihre Umrisse verloren sich in der Nacht. Nebel dämpfte die Lichter auf der Veranda und ließ die Diener in seinem fahlen Schleier verschwimmen. Sie hatten ihre Aufgabe bereits erfüllt, die Gäste in Empfang genommen. Aber wie die Wachen verharrten auch sie reglos auf ihrem Posten.

Viceregal Lodge, welch ein bescheidener Name für den Sitz solcher Macht. Im Winter regierte der Vizekönig das Land sonst von Kalkutta aus. Sein Besuch im Oktober 1905 geschah aus besonderem Anlaß: es war der Abschiedsball von Lord Curzon in Chota Simla.

Wie eine dunkle Halle wölbte sich der Speisesaal in seiner

Mahagoni-Täfelung. Diese Wände warfen trotz liebevoller Politur nur wenig Licht zurück. In den Tagen der Petroleumlampen und Kerzen war er immer ein Schattenreich gewesen, aber auch jetzt konnte das elektrische Licht des Kronleuchters über der Tafel nicht die Düsternis vertreiben, die in den Ecken lauerte. Die Einrichtung war auf förmliche und feierliche Anlässe abgestimmt, eine fortwährende Mahnung an die Gäste, daß sie in Gegenwart der höchsten kaiserlichen Macht dinierten. An einer Wand hing ein Ölporträt Seiner Majestät Edward VII., des Königs von England und Kaisers von Indien. Es war fast lebensgroß; niemand im Saal konnte seinem hoheitsvollen Blick entkommen. Kriegerische Symbole aus der Geschichte des Empire dekorierten die übrigen Wände: verblichene Wimpel berühmter Regimenter; reichverzierte Lanzen, als Beute den besiegten indischen Fürsten entrissen; Musketen; *jezails*, jene altertümlichen indischen Vorderlader; Schwerter und Schilde. In diesem Saal drängten sich die Erinnerungen.

Vierundzwanzig Damen und Herren hatten soeben zum letztenmal mit Lord Curzon diniert. Er saß am Kopfende der Tafel, den riesigen Fenstern gegenüber, die die Schatten der Deodars einrahmten. Ein schlanker Mann. Eine aristokratische Erscheinung.

»Gentlemen«, rief Lord Curzon in den Saal. Alle Gäste erhoben sich und kehrten ihm das Gesicht zu, als ob sie ihn ehren wollten. Sie erhoben die Weingläser. Curzon wandte sich dem Bildnis Seiner Majestät zu.

»Auf den König und Kaiser!«

Nach dem Toast tranken sie. Dann setzten sie sich. Das vertraute Ritual war ihnen wie eine Bestätigung gewesen.

Nun erhob sich Lady Curzon, die Vizekönigin, vom gegenüberliegenden Tischende. Damit gab sie das Zeichen für den Rückzug der Damen. Die Gesellschaft stand geschlossen auf, wobei die Diener hinter ihnen die Stühle wegzogen. In ihren weißen Uniformen und scharlachroten Schärpen hatten die Lakaien den ganzen Abend schweigend dort gestanden. Der

Vizekönig erhob sich als letzter. Selbst diese kleine Bewegung schien ihn anzustrengen. Im Vorbeigehen hielt Lady Curzon kurz vor ihrem Gatten inne und flüsterte: »Gott sei Dank ist das nun alles bald vorüber.«

Sie war groß wie er; nebeneinander sahen sie aus wie Prinz und Prinzessin. In ihrem feingeschnittenen Gesicht schimmerten haselnußbraune Augen, und das kastanienfarbene Haar trug sie hoch auf dem Kopf zusammengesteckt. Für eine Amerikanerin, die sogenannte »reiche Partie aus Chikago«, hatte sie ihre Rolle vorzüglich gespielt, aber sie war seit langem des Pomps und der Zeremonien müde, die das Amt ihres Gatten mit sich brachte. Curzon sah erschöpft aus. Er küßte seine Frau zart und züchtig.

Von der Mitte der Tafel beobachtete Oberst Creighton interessiert diese diskrete Bekundung ihrer Zuneigung. Sie hatten immer so getan, als wollten sie die Gerüchte zerstreuen, Curzon habe sie nur wegen ihres Geldes geheiratet. Natürlich war das Gerücht falsch, Curzon selbst von Haus aus einigermaßen vermögend. Aber der Oberst hatte seinen Spaß an solchem Klatsch. Als die Diener der Vizekönigin und den übrigen Damen die Tür öffneten, fluteten Musik und englisches Gelächter in den Saal. Tanzende Gestalten, verkleidet als Piraten, königliche Leibgardisten und elisabethanische Schönheiten schwebten wie Geister einer anderen Welt vor den Augen vorbei. Dann verschwanden sie hinter den sich schließenden Türen.

Diener schenkten Brandy ein, und die Herren suchten in den mit feinen Schnitzereien versehenen Kästchen die Zigarre ihrer Wahl. Abermals hoben sie die Gläser. Diesmal zu Ehren des Vizekönigs.

»Auf Eure Exzellenz. Möge Gott mit Ihnen sein.«

»Danke, meine Herren.« In steif-herrschaftlicher Haltung nahm er einen Schluck. »Zweifellos hat die Nachricht meiner Amtsniederlegung Sie erleichtert.«

Sie erhoben murmelnd Einspruch, aber es klang halbherzig und unehrlich. Curzon entging dies nicht. Unter sich jubelten sie wahrscheinlich. Aber auch er war erleichtert. Lord Kitchener, der Oberkommandeur der britisch-indischen Armee, hatte ihm das Leben vergällt. Der Mann ist ein Ungeheuer, sagte Curzon zu sich selbst. Ich habe meine Aufgabe damals so hoffnungsfroh begonnen, jetzt schmeckt alles nach Asche. Immer hatte ich davon geträumt, Vizekönig von Indien zu sein; ich wurde es, aber zu früh. Mit vierzig war ich noch zu jung, und nun bin ich zu alt, obwohl erst siebenundvierzig. Ich habe versagt, die Erwartungen nicht erfüllt. Während ich die Freuden der Macht genießen sollte, ist mir das Leben eine Qual. Mir ist der Erfolg durch die Finger zerronnen. Ich fühle mich abgekämpft wie ein Zugtier; ich könnte auf der Stelle umfallen. Was hätte ich für das Land denn noch tun können?

Der große Speisesaal deprimierte ihn. Sein Blick schweifte an der dunklen Täfelung entlang von Porträt zu Porträt, und er empfand alles plötzlich als einen gigantischen Schwindel: Wir sind hier eingeschlossen wie in einem dumpfen Mutterschoß. Bei den Sommervisiten hatte er im Garten immer ein riesiges Zelt mit vielen abgetrennten Räumen aufstellen lassen, wie es bei den Mogulen Brauch gewesen war, denn er wollte in dem Haus nicht schlafen.

»Mein Gott, wie ich Simla hasse«, sagte er schließlich ganz bewußt. Die Männer zuckten zusammen, als ob er sie geohrfeigt hätte. Es gefiel ihm – zumindest eine kleine Rückzahlung für ihre gesammelte Bosheit. Auch sie hatten ihn verraten, zwölf Judasse. »Jeden Sommer kommen wir hierher, ziehen uns Jahr um Jahr für Monate aus Indien zurück, grenzen uns vom Volk ab. Die Stadt ist nichts anderes als ein Bollwerk gegen die Inder.«

»Es ist die Sommerhitze, Exzellenz.« St. John Brodrick sprach es geduldig, als wollte er ein Kind belehren. Wie Curzon hatte er Eton und Balliol besucht; sie waren Schulfreunde. In den letzten Jahren war Brodrick allerdings Curzons Untergebener gewesen. Es hatte ihn giftig gemacht, wie man den stechenden Augen in seinem kantigen Gesicht ansah. »Man kann von keinem Engländer erwarten, daß er diese Hitze aushält.«

»Man läßt sich gehen, das ist es«, antwortete Curzon. »Man ist faul und selbstzufrieden. Wir sollten dem Eingeborenen ein Beispiel geben. Wie kann er von uns lernen, wenn er sieht, wie wir uns in dieses kleine England absetzen und ihn obendrein davon aussperren.«

»Er soll ja auch gar nichts lernen«, fiel der Oberst ein. »Wir sind die Herren im Lande. Wir tun, was uns zu tun beliebt.«

Curzon spürte, wie wenig der Oberst ihm beipflichtete. »Aber wie lange noch?«

»Für immer.«

»Selbstgefällige Augenwischerei«, sagte Curzon. »Es könnte uns gelingen, aber nur, wenn wir die Eingeborenen mitreden lassen, ihnen ein gewisses Maß an Selbstbestimmung einräumen. Ich zweifle nicht am göttlichen Recht unserer Herrschaft. Aber dieses Recht macht Erbarmen und Mitgefühl zu unserer Pflicht.«

»Völlig unnötig«, sprach Brodrick. »Dann machen sie nur alles kaputt.«

»Da stimme ich Ihnen zu. Im Augenblick erfüllt noch kein Inder die Ansprüche für eine Mitgliedschaft im gesetzgebenden Rat. Aber wir müssen dafür sorgen, daß es eines Tages einen solchen Inder geben wird.« Seine Tischgenossen sollten nicht bezweifeln, daß er die Inder, vor allem die Hindus, so geringschätzte wie sie. »Nun gut, ich übergebe das Reich in gutem und gesichertem Zustand, und ich glaube an viele weitere Jahrhunderte unserer Herrschaft. Aber jetzt sollten wir unsere Runde aufheben und den anderen beim Ball Gesellschaft leisten.«

Alle standen auf. Während die anderen den Saal verließen, blieb der Oberst zurück. Die Diener schenkten schweigend Brandy nach.

Wer den Oberst anschaute, spürte die Anziehungskraft seiner Augen. Curzon ging es nicht anders. Diese Augen waren von buschigen Brauen überschattet und von tiefen Hautfalten untermalt, was ihnen etwas Raubtierhaftes gab, als ob sie mit unendlicher Geduld im Anschlag liegend warten konnten.

Man vermeinte, sie könnten die geheimsten Gedanken lesen. Sollten diese geheimen Gedanken das Raubtier aufschrecken, würde es zweifellos alle Schwächen des Opfers vor der Öffentlichkeit ausbreiten. Die Augen wollten nicht ängstigen, nur warnen. Und sie wirkten wie eine Tarnkappe. Wer dem Oberst gegenübertrat, achtete nur auf diese Augen. Die übrigen Gesichtszüge verschwanden wie hinter ihrem Schatten. Man konnte sich später nicht an sie erinnern.

Curzon mißtraute der Macht des Oberst, die auf seiner Stellung als Chef der politischen Geheimpolizei der britisch-indischen Regierung beruhte. Das war nicht gerechtfertigt. Der Oberst war vollkommen loyal, allerdings nicht einem Mann, sondern nur der Idee des Empire gegenüber. Das war sein Glaube, der Fels, auf dem er ruhte. Wer auch immer diese Idee verraten sollte, und sei es der Vizekönig persönlich, würde den Oberst als unerbittlichen Gegner kennenlernen, der sich mit allen Mitteln zur Wehr setzte.

»Werden der Prinz und die Prinzessin von Wales während ihres Besuchs im nächsten Monat sicher sein?« fragte Curzon schließlich.

»Dafür kann ich mich verbürgen«, sagte der Oberst nach einer Pause. »Es gibt zwar Basargerüchte über einen geplanten Anschlag, aber wir werden diese Sache im Keim erstikken.«

»Vielleicht geben wir zuviel auf solches Basargeschwätz«, warf Curzon ein.

Der Oberst schwieg. Er mußte den Vizekönig nicht an 1857 erinnern, an den Aufstand, den die Engländer stets nur als »Meuterei« bezeichneten. Der Oberst war damals ein Baby gewesen, aber im tiefsten Schlaf hörte er immer noch das Echo seines eigenen Wimmerns. Und was er vergessen hatte, frischten die Geschichten aus jenen Tagen des Schreckens auf. Man wurde nicht müde, sie sich wieder und wieder zu erzählen. Er hatte Blut gerochen, es auf den Leichen seiner Landsleute sich schwarz färben sehen. Wie satt die Fliegen gesummt hatten. Und er konnte sich an die Angst erinnern. Sie hatte einen ganz eigenen Geruch: Sie stank nach Schweiß, Urin und Rauch. Dieser Geruch würde sich niemals wegwaschen lassen, denn er war tief in seine Seele eingezogen. Als alles vorüber war, kam die Bestrafung. Er hatte gesehen, wie man Sepoys vor dem Lauf der alten Kanone *Zamzammah* festband, die vor dem Ajaib Gher in Lahore stand, und sie in tausend Stücke zerfetzte. Sepoys hatten auch von manchem Baum gehangen wie riesige Flughunde. Der Genuß der Rache hatte ihn tief befriedigt; ein gutes Gefühl. 1857 steckte ihnen allen in den Knochen, verfolgte sie wie eine Monsunwolke, die die Sonne verdunkelt. Alle hatten sie Angst davor . . . alle außer Männern wie Curzon natürlich, die nur während ihrer Regentschaft als Vizekönige in Indien lebten und nach der Pfeife der Regierung in London tanzten. Der Oberst war entschlossen, alles zu tun, um ein neues 1857 zu vermeiden.

»Nach meiner Meinung«, sagte er und blickte dem Vizekönig fest ins Gesicht, um dessen Reaktion richtig zu beurteilen, »brauchen wir strengere Gesetze, um Herren der Lage zu bleiben.«

»Woran denken Sie?« Curzon ließ sich nicht anmerken, was er dachte.

»Für den Anfang an Polizeigewahrsam ohne Gerichtsverfahren und Verbannung.«

»Und selbstverständlich auch einige Hinrichtungen? Sie wollen mehr Macht, Oberst. Ich bin dagegen. Ich werde solche Maßnahmen nicht dulden, sie sind zu drakonisch.« Der Vizekönig bedeutete dem Oberst zu schweigen. »Ich weiß, daß Sie das Land am liebsten hinter Schloß und Riegel halten möchten, aber vergessen Sie nicht, daß wir Engländer sind. Wir können uns nicht wie Tyrannen gebärden.«

»Es würde sich nur um vorübergehende Maßnahmen handeln.« Der Oberst beschloß, die Sache nicht weiter zu erörtern. Curzon war der falsche Mann. Besser auf den nächsten Vizekönig warten und die Gesetzesänderungen dann mit Nachdruck verfolgen. Die Basargerüchte gaben die Stimmung im Lande zweifellos exakt wieder. Man mußte ihnen nachgehen, sie brechen, ein für alle Male ausrotten.

»Übrigens, wer soll sie denn im Keim ersticken?« wechselte Curzon das Thema, denn er wußte, was der Oberst dachte.

»Ich habe einen Agenten – mein bester Mann. Er kümmert sich darum.« Er winkte die Diener aus dem Raum. Seine Geste ließ spüren, daß er zu befehlen gewohnt war; seine natürliche Autorität war der Autorität des Vizekönigs ebenbürtig. Die beiden Männer saßen nun allein, hörten Musikfetzen und Gelächter. Es klang wie ein Freudenfest, nicht wie ein Abschied.

Der Oberst hielt Curzon für schwach. Er hatte ihn weinen sehen, als Kitchener seiner vizeköniglichen Gewalt die Stirn geboten hatte. Indien hatte ihn zerbrochen. Falsch, nicht Indien hatte ihn zerbrochen, er hatte sich selbst zerbrochen, weil er es nicht geschafft hatte, das Land zu regieren. »Er wird die Aufrührer aufspüren, und ich werde sie ausmerzen.«

»Sie scheinen sich sehr auf den Mann zu verlassen. Wer ist es?«

Der Oberst zögerte. Die Frage gefiel ihm nicht. »Er heißt Kimball O'Hara.«

»Großer Gott! Ein Ire. Er wird in den Basaren auffallen wie ein seltenes Tier und alles verpatzen.«

»Sie kennen ihn nicht, Sir. Er sieht aus wie ein Inder und benimmt sich auch so. Er kann denken und fühlen wie sie. Er kennt die tausend Windungen ihres verschlagenen Geistes.«

»Mit einem Namen wie O'Hara?«

»Sein Vater war Ire und seine Mutter Engländerin, aber er ist früh verwaist und in den Basaren von Lahore aufgewachsen. Ich kann Sie beruhigen, Kim ist einer von uns. Ich vertraue ihm wie meinem eigenen Sohn.«

2

Kim blickte nach Norden, nicht in Andacht, sondern sich erinnernd. Der neue Tag brach an. Er kam wie eine Sinnestäuschung, so als hätten sich die Augen nun endlich an die indische Nacht gewöhnt. Die Bergspitzen erschienen wie ein grauer Flor. Bald, wenn die ersten Sonnenstrahlen den Schnee beleckten, würden sie sich rosa färben.

»Irgendwo dort oben war mein Freund zu Hause, der Lama. Wie lange es her ist, daß wir gemeinsam von Lahore nach Benares gewandert sind, um den heiligen Fluß zu suchen. Er hat ihn gefunden. Er hatte Glück. Gott ist mit den Unschuldigen, und was für ein Kind der Lama doch war. Ich hatte das noch nicht gesehen. Solche Unschuld kannte ich nicht. Wie hätte ich sie auch vorher kennenlernen sollen. Etwa in den Basaren von Lahore oder auf der Grand Trunk Road, die der Garten meiner Kindheit waren? Kaum vorstellbar. Aber ich habe überlebt und bin gewachsen. Es ist mir besser ergangen als den meisten meiner Freunde, *chokras*, Gassenjungen wie ich, die inzwischen tot sind, verstümmelt oder Bettler. Mein Lama-Freund hat aus dem Glauben Kraft geschöpft, daß Gott ihn leiten würde. Mein Glaube fehlt mir noch. Aber wenigstens ersetzt mir der Oberst den Vater, den ich niemals gekannt habe. Meine Mutter, das ist Indien ... die Sonne, der Staub, die Gewässer, der Duft der heißen Erde. Auch ich werde meinen Glauben finden, auch ich werde mich eines Tages auf die Suche begeben. Der Geist meines Lama wird mich von dort oben durch mein Leben leiten.«

Kim stand auf und streckte sich. Er schlenderte zu einem Deodar, öffnete seinen *paiyama* und urinierte. Es dampfte, roch nach Erde wie die Rinder am Straßenrand, wie der würzig-süße Rauch von Dungfeuern. Die in der Winterkälte erstarrten Lebensgeister waren wieder geweckt. Er band seinen *paiyama* zu und spazierte zu einem der Sikh-Wächter hinüber.

»*Sardar*, wann hören sie da drinnen endlich auf?«

»Wenn es ihnen paßt und nicht, wenn Strauchdiebe wie du es gern hätten. Scher dich zu den anderen Kulis zurück.«

»Salahs«, fluchte Kim. »Du würdest auch bei uns hocken, wenn du nicht so eine schmucke Uniform anhättest. Woher kommst du?«

Der Wachtposten lachte in sich hinein. »Aus der Gegend von Ludhiana. Und du?«

»Lahore«, antwortete Kim im Bewußtsein, daß seine Vergangenheit zum Teil reine Erfindung war. Er konnte in Indien keinen Platz für sich beanspruchen, nicht mit solcher Selbstverständlichkeit. Er hatte weder Heimatdorf noch Ahnen. »Bezahlen sie dich gut dafür, daß du reglos wie ein Ölgötze herumstehst?«

»Gut genug, daß ich mein Weib und meine Kinder ernähren und mir eines Tages einen kleinen Bauernhof kaufen kann.«

»Kaufen? Für deine Dienste wird dir der *sarkar* gewiß einen schenken, auf Kronland, das treuen *sardars* vorbehalten ist.« Kim wußte, was das Kronland war: Land, das man den Gegnern der britischen Herrschaft weggenommen hatte. »Das heißt, vorausgesetzt, du fällst nicht vorher im Kampf.«

»Früher oder später müssen wir alle sterben«, sagte der Sikh, »du wahrscheinlich früher, vor allem, wenn du dich nicht gleich wieder zu deinen Gefährten scherst.«

Kim spuckte knapp neben die polierten Stiefel. Der Sikh brauste auf. Er mußte sich beherrschen, Kim nicht zu schlagen.

»Wenn du getroffen hättest«, zischte er, »wärst du bei dem nächsten Blick auf mein Gesicht schon tot gewesen.«

»*Sardar*, jede Frau wird dir sagen, daß ein Blick auf dein Gesicht genügt, das Geheimnis zwischen ihren Beinen schrumpfen und austrocknen zu lassen.«

Das Wortgeplänkel wäre sicher noch weitergegangen, aber ein Diener kam und rief nach der Rikscha des Obersts. Kim holte sie. Sie war grün angestrichen, hatte eine braune gepolsterte Sitzbank und rechts und links eine Messinglaterne. Er folgte dem Diener die Auffahrt hinauf. Durch die geöffneten

Türen sah er tanzende Paare; sie schienen zu gleiten. Mit dem Schritt über diese Schwelle, dachte er, würde ich jenes andere, fremde Land betreten, das ich nur aus meinen Schulbüchern kenne. Das Bild erinnerte ihn an Schmetterlinge hinter Glas, seltsam exotisch.

Der Oberst trat ins Freie, in einen Abendumhang gehüllt, und nahm auf der Sitzbank Platz. Kim hob die Griffleiste der Rikscha. Während er an den Kulis vorbei zum Tor trottete und dann in den rhythmischen Laufschritt fiel, spürte er jene Augen auf seinem Rücken; es kam ihm vor, als würden sie Fleisch und Knochen freilegen.

»Du brauchst es nicht zu übertreiben, Kim. Das ist nicht nötig«, sagte der Oberst. »Was hast du herausgefunden?«

Die Mall lag verlassen. Kims Atem verwandelte sich in Dampf, der in stoßweise sich bildenden Wolken vor seinem Mund aufstieg. Es tagte, und Simla trat zu beiden Seiten der Straße langsam ans Licht. Die kleinen, Behagen verströmenden Bungalows in den Hügeln erinnerten Kim an die Dörfer aus seinen Schulbüchern. Vom Basar unterhalb der Mall stieg Rauch auf, wie in der Frühe immer. Morgennebel schmiegte sich an die Erde; wie Spitzendecken hingen vereinzelte Fetzen hie und da zwischen Blättern und Ästen. In einer Kurve rannte Kim in einen dicken Schwaden hinein, geisterhaft und vorahnungsreich. Er rannte und dachte, es würde nicht lange dauern bis zum anderen Ende. Aber es dauerte lange. Er sah im Geiste Schatten und Gestalten, die den Schwaden erfüllten, und verlangsamte das Tempo. Der Nebel ließ ihn frieren, obwohl die Feuchtigkeit sich auf der Haut sanft anfühlte.

»Zwei Männer sind mit Mordabsichten nach Simla gekommen«, sagte Kim. »Ein junger und ein alter.«

»Kannst du sie finden?«

»Möglich. Sie sind im Basar untergetaucht.« Der Oberst sprach Englisch, Kim Hindustani. Er war mit der für ihn fremden Zunge noch nicht gut vertraut, dachte und träumte immer noch in der Sprache seiner frühen Kindheit. Dem Oberst war es recht. Kim war ihm zu wertvoll, um sein Englisch zu perfektionieren. Das würde ihn nur Land und Leuten entfremden. Der Oberst hatte es bei gebildeten Eingeborenen beobachtet, die sich nun für etwas Besonderes hielten, nur weil sie perfekt Englisch sprachen. Solche Vorzeichen ließen den Oberst erschauern. Er spürte die Blätter und den Staub wie kleine Pfeile, Vorboten des Monsuns.

»Wen wollen sie umbringen?«

Kim wartete, bis er den Nebel hinter sich gelassen hatte. Der Sonnenaufgang tönte den Himmel sanft pfirsichfarben. Er erwog die Frage, spielte sie vorsichtig und behutsam im Geist durch.

»Warum zögerst du? Wenn es ein Engländer ist, muß ich es wissen.«

»Oberst-Sahib, ich kann nur wiedergeben, was andere mir erzählt haben. Das ist nicht immer die Wahrheit, denn sie hören gewöhnlich nur mit halbem Ohr zu.« Er hielt inne und fügte dann hinzu: »Ja, die *Angrezis*. Aber es ist nur das Wort eines Kulis.«

»Vielleicht hast du recht, Kim. Der Basar ist ohnehin nur eine Gerüchteküche. Ich würde mir nicht die Mühe machen, sie zu finden.«

»Aber der Vizekönig fährt morgen ab«, wandte Kim ein. Das Desinteresse überraschte ihn.

»Mach dir keine Sorgen. Ich werde die Bahnlinie von zusätzlichen Posten sichern lassen.« Die Handvoll Inder, die die britische Herrschaft gewaltsam bekämpfte, war ohnehin nicht für mutige Streiche bekannt. Sie ermordeten gelegentlich einen Commissioner oder einen Bezirksbeamten und tauchten dann schnell in den Weiten Indiens unter. Man jagte sie, faßte sie und brachte sie an den Galgen; denn der Oberst übte immer Vergeltung. Das große Spiel an der Nordwestgrenze gegen die Agenten des Zarenreichs war längst nicht mehr seine Hauptaufgabe. Nun forderte das Spiel hier in Indien seine Geschicklichkeit und Geduld.

Wie könnte er den indischen Nationalkongreß für seine Zwecke einspannen? Diese Partei vermögender Grundbesitzer gab es seit fünfundzwanzig Jahren, gegründet, man glaubte es kaum, ausgerechnet von einem Engländer: Allan Octavian Hume. Hume hatte die Notwendigkeit gesehen, den Eingeborenen als Sicherheitsventil gegen nationalistische Bestrebungen ein politisches Forum einzuräumen, eben den Nationalkongreß. Die Regierung hatte der Partei zögernd die Gründungserlaubnis erteilt und überwachte ihre Aktivitäten ganz genau. Ihre Forderungen waren bescheiden: ein paar Krümel von der Torte der Macht, vor allem natürlich für ihre Mitglieder.

Der Oberst dachte: Wir dürfen nicht nachgeben. Abnutzung ist gefährlich; ein Krümel jetzt, später dann eine ganze Scheibe. Andererseits predigt der Kongreß nicht Gewalt, ist im Gegenteil fast schon regierungshörig. Seine Mitglieder lassen sich eher friedlich stimmen als die Extremisten. Gut, ich werde sie also als Puffer benutzen. Außerdem sind die Kongreßleute bestechlich. Sie wollen nur eine Stellung und ein bißchen *bakshish*. Haben sie ihren Dienst getan, werde ich sie aufhetzen, einen gegen den anderen ausspielen. Ein leichtes Spiel. Jetzt sitzen Moslems und Hindus noch friedlich beieinander, aber ich werde dafür sorgen, daß sie sich zu gegebener Zeit an die Gurgel fahren.

»Ich gehe das letzte Stück zu Fuß«, sagte der Oberst freundlich. Kim klebte der *kurta* am Rücken, und Schweißperlen rannen ihm über das Gesicht. Sein schwarzer Schnurrbart war nicht mehr straff gezwirbelt; sonst erinnerte er an kleine Bisonhörner, jetzt hing er schlaff herab. Kim hielt an, wischte sich mit dem Schal das Gesicht. Der Oberst stieg ab und ging neben Kim über die verlassene Mall. Auf dem Grat des Hügels, auf dem Simla erbaut war, hatten nur Engländer Zutritt. Darüber verlief die Mall, von Viceregal Lodge am einen zum Sekretariat am anderen Ende. Es war geweihte Erde, eingesäumt von englischen Geschäften, englischen Banken, englischen Teestuben. Wie eine Radnabe stand mitten darin das Gaiety Theatre.

»Du mußt mir helfen, Kim«, sagte der Oberst. »Wir werden

Seite an Seite kämpfen. Narren wie dieser Curzon sind dabei, alles zu untergraben, für das wir in diesem Land einstehen. Man darf den Mäusen nicht erlauben, am Fundament zu knabbern. Ich möchte, daß alles so bleibt, wie es ist. Immer. Verstehst du das, Kim?«

»Ja, Oberst-Sahib.«

Sie atmeten die kalte Luft ein und schauten zum Himalaja hinüber: unten mächtig sich türmende dunkle Sockel, darüber die Gipfel, weiß beschneit und in der Würde ihres Alters. Selbst in der Nacht glänzten diese Gipfel wie ätherische Leuchtfeuer, seltsam phosphoreszierend. Das Auge konnte ihre Konturen nicht eindeutig wahrnehmen; sie verschwammen irgendwie im Licht, verschmolzen mit der Weite des Himmels.

»Wer wohnt doch gleich dort oben?« überlegte der Oberst laut.

»Parvati, Shivas Frau. Man nennt sie die Tochter der Berge.«

»Sie hat nicht viel für ihr Volk getan, habe ich recht? Jeder Eroberer ist frech unter ihr vorbeimarschiert. Mich wundert, daß die Inder immer noch an diese Geschichten glauben.« Der Oberst wandte sich dem jungen Mann zu, der neben ihm die Rikscha zog. »Wir sind von Süden her gekommen, vom Meer. Und jetzt gehört uns Indien, nicht nur ein Teil wie den Mogulen, nein, das ganze Land. Wir haben ein Recht, über dieses Land zu herrschen – ein größeres Recht als jene Götzen, die angeblich auf den Bergen dort thronen.«

Hoch oben kreiste einsam ein Vogel. Aus irgendeinem Grund mußte Kim an Jatayu denken, den mächtigen Geier, der nach der Hindulegende mit dem aus der Heimat vertriebenen Prinzen Rama und dessen Frau Sita gegen den Dämonenkönig Ravana gekämpft hatte. Wie das Ramayana erzählt, hatte Jatayu versucht, Sita den Klauen Ravanas zu entreißen, und in diesem Kampf den Tod gefunden. Obgleich seine Schwingen und Fänge bereits abgehackt gewesen waren, hatte er nicht nachgelassen, bis Ravana ihm das Schwert tief in die Brust stieß.

»Mein Vater hat sein Leben der Krone geopfert.«

»Ja, das hat er«, pflichtete der Oberst bei, obwohl er doch wußte, daß Kims Vater sein Leben in einer Opiumhöhle ausgehaucht hatte. »Wir müssen das Indien bewahren, für das er sein Leben gab. Wir werden Seite an Seite kämpfen.«

Der Oberst legte seine Hand auf Kims Schulter, spürte die festen Muskeln, drückte sie zärtlich. Er kannte Kim fast von klein auf. Kim war an der Seite eines komischen Fakirs durch das Land gezogen, der irgend so einen blödsinnigen heiligen Fluß gesucht hatte. Er gehört mir, dachte der Oberst. Ich habe ihn entdeckt. Ich habe ihn geschult und geschliffen. Er ist meine Waffe, unsichtbar, nicht zu erkennen, gefährlich. Er ist mein Auge, mein Ohr und meine Nase. Ich beneide ihn. Er tut für uns, was kein anderer tun kann. Er kann das ganze Land durchstreifen, sich unauffällig unter die Leute mischen.

»Gut, ich suche jetzt also die beiden Männer«, sagte Kim, und bevor der Oberst antworten konnte, war er schon leichtfüßig den Hang hinab auf dem Weg in den Basar.

Die Straße wand sich um den Hügel. Deutlich konnte man die Ketten der Vorberge unterscheiden, die nach Süden immer niedriger wurden. Kim schaute zum Himmel. Dort stand noch der Adler, ließ sich jedoch in weiten Kreisen tiefer fallen.

Dann hörte er zu kreisen auf. Er schwebte auf der Stelle, dann stieß er im Sturzflug herab, geradewegs auf Kim zu. Je näher er kam, desto größer, mächtiger wurde seine Erscheinung. Seine weiten Schwingen neigten sich nach rechts, dann nach links, um seinen massigen Körper im Gleichgewicht zu halten. Und immer noch stürzte er auf Kim zu. Dann kam er den Baumspitzen nahe. Er berührte fast die Kuppen der Deodars. Sein mächtiger Schatten setzte sich wellenartig über den Erdboden fort; wo er hinfiel, verwandelte er den neuen Tag in tiefe Dunkelheit. Die Luft tönte vom Sausen des Windes in seinen Flügeln, und seine Augen waren schrecklich schön. Fänge so groß wie Säbel hatte er, und seine gesprenkelte Brust war geschwungen und mächtig wie der Bug eines Schiffes.

Als er seinen Sturzflug mit einem Flügelschlag abbremste,

wirbelten die Blätter auf wie bei einem Sturm. Kim spürte den kalten Luftzug auf seinem schweißgetränkten Körper und schaute zu dem Adler über seinem Kopf auf. Der Adler sprach zu ihm: »*Namaskar, namas kar* ... Ich bin Jatayu, jener Jatayu, der Ravana bekämpfte und unter seinem Schwert fiel. Für meinen Mut gewährte mir Brahma ewiges Leben und verwandelte mich aus einem Geier in einen Adler.«

»Warum bist du Vogel geblieben?« fragte Kim mit nervöser Stimme, die vor Ehrfurcht zitterte.

»Brahma fragte mich, ob ich ein Mensch sein wollte, aber die Last des Menschseins ist für meinen *atman* zu beschwerlich. Ich will nur in den Lüften schweben und das Tun der Menschen von fern beobachten. Aber für dich habe ich eine Botschaft. Unten in der Ebene wartet ein Mann auf dich. Er ist nur so groß wie ein Kind, aber sein Geist ist der eines Weisen. Du mußt ihn finden. *Namaskar* ...«

Jatayus Schwingen schlugen die Luft, und Kim konnte sich kaum auf den Beinen halten, so mächtig war der Zug. Die Deodars schwankten, wobei die Äste knarrten, als ob sie kleine Zweige wären. Ja, auch die Häuser erzitterten, als der Adler sich in die Lüfte emporschraubte, mit jedem Flügelschlag schrumpfte und schließlich nur noch ein kleiner Flekken vor der aufgehenden Sonne war.

Jetzt wußte Kim: »Wenn ich in Simla meine Pflicht getan habe, muß ich als nächstes den Mann suchen, der in der Ebene auf mich wartet.«

Der Basar lag im Schatten der Mall. Eng drängten sich die Häuser gegen den Steilhang. Kim spürte, wie der Raum sich verengte, die Menschen dicht an dicht lebten. Das erzeugte Spannung und Druck. Als ob sie alle dem Rand der Welt entgegentaumelten, wo es keine feste Erde unter den Füßen mehr gab. Sie fielen an den Hängen herab, kämpften gegen die Schwerkraft und darum, der Mall so nahe zu sein wie möglich, während die Sonne doch über ihren Köpfen schien.

Der leichte Nieselregen in der Nacht hatte die Luft gereinigt und die Bretterbuden mit einem glänzenden Flor überzogen. Das Leben regte sich: Kinder saßen im noch wäßrigen Sonnenlicht, Straßenköter hatten sich zu dürren Knäueln zusammengerollt, die Frauen kehrten den Boden vor ihren Buden, und der Duft von *channa*, süßem Tee, klebrigen *jalebis*, die in Öl gebacken wurden, von Chili, Senfkörnern und *dhania* durchsetzte allmählich den Geruch des Regens. Männer wie Frauen hockten hinter Reihen von frischen Tomaten, Kartoffeln, Zwiebeln, grünen Chilis und Knoblauch, alle noch vom Tau benetzt, die auf Jutefetzen ausgelegt waren, und warteten auf die Diener und Köche, die zum täglichen Einkauf bald von der Mall herabsteigen würden. Mit gekreuzten Beinen hockten *banyas* über ihren Schätzen von Seide, Baumwolle, Gold, Silber, Messinggefäßen und Gewürzen.

Kim fühlte sich in das vertraute Leben tauchen wie in die Wasser des Ganges. Er grüßte die vielen, die er kannte; jenen, die er nicht kannte, den neuen Gesichtern aus den Vorbergen, ganz beschäftigt mit der Aufgabe, ihre vielen Pullover und Schals ordentlich zum Verkauf zu stapeln, entbot er seinen *salaam*. Er parkte die Rikscha vor einer kleinen Bretterhütte und ging hinein, leichtfüßig über zusammengerollte Schläfer steigend. Bald hatte er den gesuchten Mann gefunden.

»*Ahree*, Suresh.« Er zog an der Decke, und hinter ihrem Rand erschien ein mageres Gesicht mit grauen Bartstoppeln. »Hier, die Leihgebühr für deine Rikscha.« Kim reichte ihm ein paar Münzen, die dankbar entgegengenommen wurden.

Ramchand, der *chai-wallah*, rührte einen Topf mit Tee um und begrüßte Kim herzlich. Er goß Milch in einen Teekrug, schüttete Zucker dazu, füllte ihn mit Tee und reichte Kim dazu ein Stück frisches Fladenbrot. Kim hockte sich neben ihn, um zu essen und zu trinken.

»Ich suche zwei Männer«, sagte er. »Der eine ist jung, der andere alt. Sie sind gestern hier vor deiner Bude aus einer Rikscha gestiegen. Hast du gesehen, wohin sie gegangen sind?«

Die Teebude war ein kleines, improvisiertes Holzhaus an einer Kreuzung, eigentlich nicht viel mehr als ein Bretterverschlag. Darin bot Ramchand nicht nur Tee, sondern auch einfache Speisen an, die jetzt in den Töpfen auf dem Tonherd köchelten. Er wischte sich die Hände mit einem Lappen und ließ einige *bhajis* in siedendes Öl gleiten. Er war ein hagerer, gebeugter Mann, mit grobknochigen Knien, der auf dem rechten Auge schielte.

»Der eine jung, der andere alt, sagst du? Ja. Sie sahen aus wie Fremde auf Besuch. Der junge Mann hat einen Koffer getragen.«

»Sind sie auseinandergegangen, als ob sie sich nicht kennen würden?«

»Nein. Sie haben miteinander gesprochen. Ich habe gehört, wie der Alte sagte, daß er seinen Begleiter im Prince-Hotel unterhalb der Mall wiedertreffen würde. Sie haben sich dort eingemietet. Sie sahen auch so aus, als ob sie es sich leisten könnten. Es soll unglaublich teuer sein.«

Kim waren die Unstimmigkeiten in dieser Geschichte nicht entgangen. Wie die meisten Menschen sah und hörte auch der Rikscha-*wallah* nur die Hälfte dessen, was geschah.

Kim aß auf und zündete sich ein Beedi an. Er rauchte es nach indischer Art durch die geschlossene Faust, anstatt es wie die Weißen mit zwei Fingern zum Mund zu führen.

»Wie waren sie angezogen?«

»Wie *Angrezis*, einfach todschick, posh.« Ramchand sagte das letzte Wort auf englisch und johlte über seinen eigenen Witz. Er lehnte Kims Bezahlung mit einer Handbewegung ab und gluckste immer noch stillvergnügt, als Kim bereits zum Hotel unterwegs war.

Das Prince-Hotel war ein bescheidener Bungalow in günstiger Lage zwischen Mall und Basar. In den Hang gebaut, war es von einem kleinen grünen Rasen umgeben. Hier stiegen Inder ab, die sich die gleichermaßen bescheidenen Preise leisten konnten. Sie kamen zumeist im Sommer wie die Engländer, begierig, ihre Herren nachzuäffen. Da ihnen der Zugang zur Mall verwehrt war, gingen sie unter den Deodars in den Hügeln spazieren. Jetzt, im Winter, sah das Prince-Hotel verlassen aus. Ein uniformierter *chaukidar* döste am Tor im diesigen Sonnenschein. Kim weckte ihn auf.

»*Chaukidar*-Sahib. Hier sind zwei Herren abgestiegen, die mir Geld schulden. Der eine ist jung, der andere alt. Kann ich zu ihnen?«

»Hinein darfst du nicht«, antwortete der *chaukidar.* »Wenn du wartest, kannst du sie vielleicht abpassen.« Er sah, wie Kim sich in der Sonne niederhockte. »Da wirst du lange warten müssen.«

»Warum?«

»Weil sie schon weggegangen sind.« Er deutete in die Hügel.

»Hast du gesehen, wohin?«

»Irgendwo da oben, wohin sonst.« Der *chaukidar* spuckte an den Wegesrand. Ihm mißfiel, daß dieser Kuli ihn aufgeweckt hatte, der sicher keine *bakshish* geben würde. Als pensionierter Regierungs-*chaukidar* war er sich seiner Stellung bewußt und redete nicht mit jedem dahergelaufenen Tagedieb.

»Aber sie werden doch zurückkommen?«

»Ja. Jetzt scher dich fort.«

»Haben sie ihren *tiffin* mitgenommen?«

»Ja, einen Picknickkorb und einen seltsamen Apparat. Sah aus wie ein *jezail.*«

Kim bedankte sich artig bei dem mißgelaunten alten Mann und beeilte sich, diese neue Information an den Oberst weiterzuleiten. Kim hoffte, daß die beiden Männer mit dem *jezail* nur auf Wachteljagd waren, aber er durfte kein Risiko eingehen. Die Polizei mußte vorgewarnt werden. Am Mittag würde der Vizekönig nach Delhi abreisen.

3

Das Gebirge weckte poetische Empfindungen, und der junge Mann blickte gen Süden, vom Lichtspiel an den Hängen der Vorberge entzückt. In das zarte Zitronengelb der Sonne und die schwarzen Schatten gebettet, verloren sich ihre wellenähnlichen Kämme in Dunstschleiern. Er hatte solche Schönheit noch nicht geschaut: das Grün der Wälder, die winzigen Flecken der Weizenfelder, die weißen Tupfen der Bungalows. Er konnte sich kaum vorstellen, wo er saß – und doch saß er eben da: auf der Stirn von Mutter Indien, den Blick hinab auf ihren unermeßlichen Leib gerichtet. Hinter ihm und links und rechts neben ihm wuchsen Himalaja-Zedern; ihre Kuppen rührten an den blauen Himmel. Ihre Stämme hingegen wanden sich wie Korkenzieher vielfach um die eigene Achse und waren verbogen wie alle Bäume, die an einem Steilhang wachsen. Auf der Erde breitete sich ein Teppich aus Zapfen und Blättern aus.

Sein Onkel saß etwas weiter weg auf einem Jagdstock. Beide Männer trugen Tweedjacken, locker fallende Knickerbocker und feste Schuhe mit Lochmuster. Anil Ray war barhäuptig, sein Onkel trug eine Jagdmütze. Wäre ihre Haut nicht so dunkel gewesen, man hätte sie für Engländer gehalten.

Der Jagdstock war ein Lieblingsstück des alten Herren. Er hatte englische Gentlemen sie in Goodwood benutzen sehen und sie für eine wunderbar sinnvolle Erfindung gehalten. Seinen hatte er in London gekauft, auf der Bond Street. Er war aus Stahl und lief unten spitz zu; wo die Spitze in den eigentlichen Schaft überging, war eine Metallscheibe befestigt. Der Griff war gebogen und ließ sich zu einem Ledersitz aufklappen. Der Stahlschaft war in Leder gebunden, in das in Gold die Initialen des Besitzers punziert waren.

»Die Landschaft erinnert mich an die Schweiz«, sagte er.

»Aber schöner noch, geradezu grenzenlos.« Anil sprach

Englisch in dem für Internatsschulen typischen Tonfall. »Ich wünschte, ich hätte das schon früher alles gesehen. Ich kenne England und Europa besser als meine eigene Heimat.«

»Du hast noch viel Zeit.«

Ein Hauch des Bedauerns blieb trotzdem haften, wie das Seufzen einer leichten Brise zwischen den Bäumen. Ja, er hatte Zeit. Anil war jung, gerade aus England zurückgekehrt. Er war in Eton zur Schule und in Oxford auf die Universität gegangen, hatte sich danach noch drei Jahre auf seine Zulassung als Rechtsanwalt vorbereitet und schließlich alle Examina erfolgreich abgeschlossen. Es war ein sonderbares Exil gewesen. Man hatte einen englischen Gentleman aus ihm gemacht. Und darin lag die Wurzel seines Bedauerns, auch wenn er die Notwendigkeit der Prozedur durchaus einsah. Er war nun mit Sprache und Lebensart der Engländer vertraut und hatte begonnen, in Kalkutta als Rechtsanwalt zu praktizieren. Der Erfolg flog ihm zu; die englischen Richter betrachteten ihn mit Wohlwollen.

Ich bin ein anderer geworden, ohne jemals zu wissen, wer ich ursprünglich war. Es ging alles so schnell. Aber ich darf mich nicht beklagen. Es ist offensichtlich zum Besten gewesen. Nach den Ferien hier werde ich in Kalkutta heiraten. Das Mädchen ist so jung und scheu. Aber meine Mutter hat sie für mich gewählt, und in dieser Angelegenheit werde ich mich der Tradition beugen.

Weit unter ihnen sah Anil die Geleise der Schmalspurbahn aufblitzen. Sie wanden sich und verschwanden in einem Hügel. Auf der Strecke nach Simla gab es insgesamt einhundertunddrei Tunnel. Er konnte nicht anders, er mußte die Energie und den Erfindungsgeist der Engländer einfach bewundern.

Wir hätten die Mühen gescheut und deswegen auch kein solches Wunderwerk bauen können. Und das alles nur, weil sie Simla auf bequemem Weg erreichen wollen.

Er sah einige Gestalten auf den Geleisen entlanggehen. Zwei von ihnen blickten am Hang entlang nach oben. Er sah ihren Feldstecher aufblitzen, während sie zu der Baumgruppe hinaufstarrten, wo er mit seinem Onkel saß.

»Ich bin glücklich hier«, sagte Anil. »Die Luft macht ein wenig trunken. Sie ist so klar und mild wie ein guter Scotch.«

Er öffnete den Korb neben sich und breitete ein Tischtuch aus. Dann verteilte er Teller und Besteck und trug kaltes Hühnchen, Kartoffeln und Brot auf. Aus einer Thermosflasche servierte er gekühlten Weißwein. Während seiner Studienzeit war er häufig auf Picknicks gewesen, in Oxford und auf seinen Reisen auf dem Festland.

»*Cha-cha*, der Lunch ist bereit. Aber ich brauche kurz dein Taschenmesser, um das Hühnchen zu zerlegen. Der Diener hat keines eingepackt.«

Der Onkel hörte es gern. Er war derartig belebende und appetitanregende Anstrengungen nicht gewöhnt; sein Magen hatte schon seit einer Stunde geknurrt. Anil nahm das Messer entgegen, klappte die über zehn Zentimeter lange Klinge auf und tranchierte das Hühnchen. Sie setzten sich einander gegenüber auf den Boden und aßen heißhungrig. Der Jagdstock lag zusammengefaltet neben dem Onkel. Sie sahen sich nicht gerade ähnlich. Der Onkel war untersetzt, hatte einen deutlichen Ansatz zur Glatze und eine kurze, breite Nase. Aber er war attraktiv. Haltung und Bewegung verrieten Anmut, und man kannte ihn überall als einen ausgesprochen vornehmen Mann mit feinen Manieren. Er sprach fünf Sprachen fließend, darunter Deutsch und Französisch, und man wußte von seiner Schwäche für schöne Frauen und Pferde, die nie ein Rennen gewannen.

Anil war gebaut und durchtrainiert wie ein Athlet. Für Eton hatte er im Kricketteam der Schule gespielt und auch in Oxford die Ehre erfahren, in die Mannschaft gewählt zu werden. Trotzdem vermittelte er nicht den Eindruck eines aktiven, zupackenden Menschen, sondern der stummen Sehnsucht eines Träumers.

Beim Essen neckten sie sich freundschaftlich über die Wahl ihres Urlaubsortes. Anil mochte seinen Onkel herzlich gern und betrachtete ihn als einen besonders engen Freund. Bei seinen Englandbesuchen hatten sie jedesmal schöne Tage zusammen verbracht.

»Was kann man in Simla schon unternehmen außer Spazierengehen«, sagte der Onkel. »Eine scheußliche englische Unsitte, so scheußlich wie ihr Wetter.« Nichts machte er lieber, als sich liebevoll über die Briten zu mokieren. Wie sein Neffe war er überzeugt, daß es keine feineren Herrschaften auf Erden geben konnte, und so hatte er sich die Umgangsformen seiner englischen Freunde zum Vorbild genommen.

»Immerhin gesünder, als in einem *machan* darauf zu warten, daß dir ein armes Tier vor die Flinte läuft.«

»Die Jagd ist ein fürstlicher Sport.«

»Aber wir sind keine Fürsten. Wir müssen sie nicht nachäffen, uns unseren Mut beweisen, indem wir Tag für Tag zehn Tiger abschießen, natürlich nur mit den teuersten Büchsen, versteht sich. Nach einer Woche Simla wirst du dich wie neugeboren fühlen, *cha-cha*.«

»Schrecklicher Gedanke. Da ziehe ich eine redliche Erschöpfung vor. Ich würde sogar lieber töten, als dauernd spazierengehen zu müssen.«

Ganz in ihr Gespräch vertieft, bemerkten sie nicht, daß eine Gruppe von Männern sich ihnen vorsichtig näherte und sie umzingelte. Die Männer traten so geräuschlos wie möglich auf das Laub und nutzten die Baumstämme als Deckung.

Ein hochgewachsener, grobknochiger Mann führte die Polizisten und bedeutete ihnen, sich näher anzuschleichen. Richard Goode war jung für einen DI, einen stellvertretenden Polizei-Inspektor. Er tat erst seit sechs Jahren in Indien Dienst und hatte sich den Ruf eines ehrlichen, peniblen, aber gelegentlich übereifrigen Mannes erworben. Seine Beförderungen verdankte er vornehmlich dieser letztgenannten Eigenschaft.

Er hielt etwa zwanzig Meter vor den auf dem Boden sitzenden Indern inne, musterte ihre Kleidung und hörte etwas von »töten«; die dünne, klare Bergluft trug auch leise Stimmen sehr weit. In den Falten des Tischtuchs verborgen, lag neben ihnen etwas wie ein Gewehr. Man hatte ihn gewarnt. Jetzt zog er den Revolver aus dem Halfter und entsicherte ihn behutsam. Als er sich vergewissert hatte, daß seine Männer gut postiert waren und die Enfield-Gewehre im Anschlag hielten, sprang er aus der Deckung hervor.

»Aufstehen!« brüllte er auf Hindustani.

Anil und sein Onkel schreckten auf. Sie sahen Goode, den Revolver auf sie gerichtet, und spürten, daß noch andere Männer auf der Lauer lagen.

»Unerhört«, faßte sich der Onkel. »Was soll der Unsinn. Wir sitzen hier und picknicken.«

»Auf! Sofort!« brüllte Goode erneut. Er war nervös, angespannt; er hielt den Revolver so verkrampft, daß sich die Fingerknochen weiß unter der Haut abzeichneten.

Anil bemerkte Goodes roten Schnauzbart. Eine eigenartige Farbe. So als würde eine Mohrrübe wie eine Balkenwaage unter Goodes Nase hängen. Während er sich langsam erhob, schaute er ganz gebannt auf dieses Detail – ein befremdlicher Anblick, so befremdlich wie die ganze Situation.

Sein Onkel war zu beleibt, um sich aus eigener Kraft aufzurichten. Deshalb fuhr die Hand zum Jagdstock, und er erhob sich, den Jagdstock als Stütze, halb auf ein Knie . . . Der Schuß traf ihn mitten in die Brust und warf ihn über die Reste des Picknicks. Die Detonation schien noch lange nach seinem Tod nachzuhallen, grollte durch die Täler und um die Hügel wie ein Trommelwirbel. Schließlich hatte sich ihre Kraft erschöpft. Es war still.

Anil starrte auf seinen Onkel hinab. Da war ein kleines schwarzes Loch in seiner Brust, kaum Blut. In das Gesicht hatte sich der letzte Schmerz eingegraben; es war zu einer Fratze erstarrt. Anil konnte es nicht fassen. Das mußte eine Scharade sein, wie er sie als kleiner Junge so gern gespielt hatte. Sein Onkel würde sich gleich auf die Seite rollen, sich schwerfällig erheben und sich nach der Anstrengung seinen *chota*-Peg gestatten – einen einfachen Whisky mit oder ohne

Eis. Anil fröstelte. Gott, war ihm kalt! Er fühlte sich wie tot. Körper und Geist verweigerten ihm den Dienst; sie funktionierten nicht mehr.

Dann wurde er weggerissen und gegen einen Deodarstamm gestoßen. Die Rinde riß ihm die Gesichtshaut auf. Der Schmerz erleichterte ihn für einen Moment. Der Schmerz erwärmte ihn. Und das Holz, wie süß es duftete nach dem beißenden, bösen Korditgeruch. Zwei Polizisten preßten seine Arme gegen den Stamm, den er wie in einer unfreiwilligen Umarmung umfangen hielt. Er sah nur einen: ein dunkelhäutiges, ausdrucksloses Gesicht, unergründliche Augen über einem schwarzen Schnurrbart. Keine Spur von Reue. Unsichtbare Hände tasteten seinen Körper ab.

»Mein Gott, nur so ein blödsinniger Jagdstock!« hörte er den Engländer murmeln.

Man ließ seine Arme los. Sie fielen zu seinen Seiten herab. Da der Baum ihn tröstete, konnte er sich nicht von ihm lösen, sondern preßte sein Gesicht noch fester gegen das Holz, den Geschmack von Rinde und Tränen auf der Zunge. Man drehte ihn grob um. Die Sonne war ein greller Klecks, der ihn den Blicken des Engländers preisgab; der Revolver blieb weiterhin auf ihn gerichtet. Das schwarze Loch der Mündung hatte eine geradezu hypnotische Wirkung.

»Was zum Teufel habt ihr hier oben gemacht?«

Schließlich hob Anil die Augen, blickte Goode ins Gesicht. Der Schnauzbart verschwamm; er war nicht mehr im Brennpunkt. Jetzt sah Anil die Augen. Sie waren blau, unergründlich wie der Himmel und wie die Ausdruckslosigkeit in den Augen der Polizisten.

»Sie haben meinen Onkel grundlos getötet.« Anil hörte sein Flüstern wie aus weiter Ferne.

»Antworte! Was zum Teufel habt ihr hier oben gemacht?« Die Frage hallte ebenfalls wie aus weiter Ferne an sein Ohr.

Anil dachte: Wir leben in verschiedenen Welten. Ich spreche von einer Sache, er von einer anderen. Ich kann seine Frage nicht verstehen; er versteht meine Antwort nicht.

Warum können wir nicht beide ein und dieselbe Welt betreten. Wir sind doch zwei Menschen, etwa gleichaltrig sogar. Und doch kann ich nichts hören außer der Stille. Die Bäume sind stumm. Der Himmel ist stumm. Diese Männer, allesamt stumm. *Cha-cha* liegt dort stumm. Aber ich, ich kann nicht länger stumm bleiben.

»Sie haben meinen Onkel grundlos umgebracht.«

Inspektor Goode wählte seine Worte mit Bedacht: »Bitte, antworte mir. Was habt ihr zwei hier oben getan?«

Anil deutete auf den Korb, die Teller, das Tischtuch, nun ein Leichentuch für seinen Onkel: »Ein Picknick.«

»Ihr habt auf das Unglück gewartet, nicht wahr? Ihr seid gekommen, um euch hämisch daran zu ergötzen.«

Unglück? Häme? Er kannte den Wortsinn dieser Laute. Ja, er kannte sogar ihre Herkunft. Seine Gedanken wanderten zurück in das Klassenzimmer in Eton. Er sah die Wandtafel vor sich.

»Auf die Geleise ist ein Anschlag verübt worden. Der Zug mit dem Vizekönig wäre den Berg hinabgestürzt. Alle Passagiere darin umgekommen.« Goode stieß diesen letzten Satz besonders schneidend hervor, unheilverkündend wie der Fettdruck einer Schlagzeile.

Anil schaute den Hang hinab. Die Geleise funkelten wie silberne Fußgelenkreifen, den Sockel des Berges umschließend. Die Sonne schien, der Himmel war blau, die Vorberge immer noch grün, und doch hatten sie sich unter seinem Blick verfinstert, waren in Trauer verblaßt. Er schaute Goode nicht an, aber er hörte sich sprechen:

»Ich würde dem Vizekönig niemals ein Leid antun.«

»Du bist ein verdammter Terrorist und hättest ihn, verdammt noch mal, beinahe umgebracht!«

Wieder waren da die zwei Welten. Plötzlich konnte Anil die andere, Goodes Welt, nicht mehr ertragen. Sie war so ... reserviert und gleichzeitig so ... rasend, mordgierig. Er konnte sie nicht begreifen, obwohl er fast sein ganzes Leben in ihr verbracht und viele nette Freunde und Bekannte in ihr gehabt hatte, Weiße wie Goode. Man hatte zusammen gescherzt und getrunken. Er mußte an die hübschen englischen Mädchen denken: Wie unbekümmert sie geflirtet hatten. Er wäre liebend gern in jene Welt zurückgekehrt, denn er hatte sich in ihr wohl gefühlt. Aber er konnte seinen Onkel jetzt nicht im Stich lassen.

Sein Onkel! Wie schnell die Fliegen den Tod mitbekommen hatten. Gierig umsurrten sie das kleine, dunkle Loch, labten sich an dem Geist, der daraus entwich. Anil kniete nieder und verscheuchte sie mit der Hand. Sie surrten nur furchtlos auf.

»Das werdet ihr teuer bezahlen!« Was war »das«? Was blieb zu sagen? War sein Onkel »das«, ein Etwas, tot, Anlaß für eine Rückzahlung, ein Tauschobjekt, für das mit Rache zu bezahlen war?

»Ich habe ihn in Ausübung meiner Pflicht erschossen. Er war eines Schwerverbrechens verdächtig.«

»Wir sind keine Verbrecher. Bis Sie kamen und meinen Onkel ermordeten, war dies ein Picknick.«

»Ich habe doch gesagt, es ist ein Anschlag auf die Geleise verübt worden, und ihr seid die beiden einzigen Eingeborenen, die wir in Nähe des Tatorts angetroffen haben.«

»Sehen wir etwa wie Verbrecher aus?«

»Mir ist gleich, wie ihr ausseht. Wie heißt du überhaupt?«

»Anil Ray.«

Goode stürzte sich wie ein Raubvogel auf diese Information, frohlockte, Freude und Erleichterung in seiner Stimme: »Ein Bengali!« Und er hatte Grund sich zu freuen. Zahlreiche Bengalis kämpften gewaltsam gegen die britische Herrschaft. Sie hatten sich in Geheimgesellschaften zusammengeschlossen und Beamte der britisch-indischen Regierung auf ihre Todeslisten gesetzt. Seit Lord Curzon ihr Land in ein islamisches Ost- und ein hinduistisches Westbengalen aufgeteilt hatte, gab es noch mehr Mordanschläge. Sie glaubten tatsächlich, die Engländer mit Attentaten und Gewalt vertreiben zu können, und politische Agitatoren aus anderen Teilen Indiens ermutigten sie noch dazu. Etwa dieser Lokamanya Tilak, der Maharatten-Führer aus Poona. Zugegeben, man konnte Tilak keinerlei Verbindung zu den Terroristen nachweisen. Aber das war nur eine Frage der Zeit. Er hielt die Reden, die Bengalen kümmerten sich um die Gewalt.

Goode zweifelte keinen Augenblick daran, daß er die gesuchten Übeltäter gefaßt hatte. Der englischsprechende Eingeborene beteuerte zwar seine Unschuld, aber man hatte Goode nicht umsonst eingetrichtert, daß jeder Eingeborene ein geborener Lügner war.

Anil beachtete Goodes Reaktion nicht. Er hielt die Hand des Onkels mit seinen Händen. Sie war warm, aber leblos. Sie erwiderte den Druck nicht. Wenn er sie nur weiter festhielt, vielleicht würde er seinen Onkel dann aufwecken und in diese Welt zurückholen können.

Allmählich verebbte der Schock. Die Weigerung, das Unfaßbare zu fassen, verwandelte sich in Wut. Er wollte aufschreien und konnte doch, zu Worten nicht fähig, nur schluchzen. Unter der Hand des Onkels sah er jetzt das Taschenmesser aufblitzen. An der Klinge klebte noch Hühnerfett. Goodes blankgewichste schwarze Schuhe standen kaum einen Meter entfernt. Gerade drehten sich ihre Spitzen in die andere Richtung, als Goode seinen Leuten Anweisungen gab:

»Einer bleibt hier bei der Leiche. Ich werde Träger schikken, die sie nach Simla schaffen können. Ihr anderen bringt mir diesen Mann in die Arrestzelle.«

Anil packte das Messer, stand im selben Moment auf den Beinen und sprang Goode an. Die Klinge war scharf genug. Seine Wut trieb sie tief in Goodes Seite hinein. Sie fielen beide hin und rollten den Abhang hinunter. Anil versuchte, die Klinge herauszuziehen, um sie Goode ins Herz zu stoßen. Aber dazu konnte er sich nicht frei genug bewegen. Goode hielt ihn umklammert und schlug ihn mit den Fäusten auf Rükken und Hinterkopf. Sie fanden beide keinen Halt, und so rollten sie wie die Kinder immer weiter bergab. Aber sie lachten nicht dabei. Der eine grunzte und ächzte vor Anstrengung, der andere brüllte Befehle. Sie prallten gegen einen Deodarstamm und mußten nach Luft ringen. Anil ließ das Messer in Goodes Seite fahren, umklammerte statt dessen seine Kehle und preßte sie mit beiden Händen zu. Er tat es mit aller Kraft, konzentrierte sich ingrimmig darauf, bis der Gewehrkolben auf seinen Hinterkopf niedersauste.

4

Kim saß steif im Büro des Obersts. Es war ein kleines Zimmer im Wohnbungalow mit Blick auf das Sekretariats-Gebäude, den Sitz der Verwaltung. Der Raum war spärlich möbliert: ein Tisch, drei Stühle und eine kleine indische Kommode, eine sogenannte Almirah. An der Wand hing eine große Indienkarte. Von roten Leinenbändern verschnürte Aktenbündel stapelten sich auf einem Ablagekasten. Ein Laufbursche verpackte andere Aktenstöße sorgfältig in eine große Reisetruhe. Eine der zwei Türen führte in den Garten hinaus, die andere in das Innere des Bungalows.

Es gab ein paar bleiche und von der feuchten Luft verfärbte Fotografien. Auf allen war der Oberst zu sehen: mit juwelenbehangenen Fürsten vor reich ornamentierten Palastfassaden; vor einem Club-Haus in Gesellschaft von Kricketspielern und bewunderungsvoll dreinblickenden Damen. Wieder auf anderen stand er, die Büchse in der Armbeuge, hinter einem erlegten Tiger oder Panther; auf einem Bild sogar neben einem toten Elefanten. Überall nahm er die gleiche Haltung ein, so als wären die Bilder gleichzeitig aufgenommen und jeweils andere Tiere hineinretuschiert worden.

In der Mitte prangte ein größeres Foto. Darauf sah man den Oberst vor dem Bungalow. Seine Hände ruhten auf den Schultern eines Jungen und eines Mädchen, zu deren Füßen zwei goldgelbe Labradorhunde mit heraushängender Zunge saßen. Der Oberst war jünger, sah auch hoffnungsfroher aus.

Aber seine Augen versanken bereits hinter den Büscheln der dichtgewachsenen Augenbrauen wie in einem Versteck. Die Kinder machten einen glücklichen Eindruck. Trotzdem war ihnen anzusehen, daß seine Anwesenheit für sie etwas Besonderes war. Sie waren zu adrett angezogen. Alle übrigen Bilder erweckten den Anschein, als ob der Mann auf ihnen eine Art Märchenleben führte. Das Bild mit den Kindern war anders. Kim erkannte darauf die Traurigkeit in den Augen des Obersts.

»Wir haben zwei von den Burschen festgenommen«, hörte Kim den Oberst aus einiger Entfernung sagen und sah ihn dann mit einer Akte in der Hand das Zimmer betreten. Lächeln. Schulterklopfen. »Gute Arbeit, Kim. Ohne dein Eingreifen wäre vielleicht ein furchtbares Unglück geschehen.«

»Wer waren sie?«

»Unruhestifter. Bengalis, wie immer. Hat Dummheit Grenzen? Sie saßen so offen und frei wie der lichte Tag an einem Hang über den Geleisen und warteten auf das Erscheinen des Zuges. Ich an ihrer Stelle wäre meilenweit vom Tatort entfernt gewesen.« Er beugte sich über seine Akte. »Einer von ihnen leistete bei der Verhaftung Widerstand und wurde erschossen. Goode, der DI, hat sich bei dem darauf folgenden Handgemenge eine Verletzung zugezogen. Nichts Ernsthaftes, nur ein Messerstich. Er wird bald wieder auf den Beinen sein. Lord Curzon schickt seine persönlichen Glückwünsche. Bis die Geleise repariert sind, vergeht mindestens noch eine Stunde. Der verdammte Zug wird mit Verspätung abfahren.« Er setzte seine Initialen unter den Bericht und ließ ihn auf den Ablagekorb fallen. »Zweifellos bezog sich das Basargerücht auf die beiden. So weit, so gut. Jetzt muß ich mich darum kümmern, daß kein Zwischenfall die Ankunft der beiden Hoheiten in Bombay im nächsten Monat überschattet. Ich möchte dich auch dort haben . . . vier Augen sehen mehr.« Der Oberst öffnete die Schublade und entnahm ihr einen Beutel Rupien. Er zählte einige Münzen ab und händigte sie Kim aus, der sie, ohne nachzuzählen, in der Seitentasche seines *kurta* verschwinden ließ. Dann schrieb der Oberst etwas auf ein Blatt Papier und hielt es Kim vor Augen, damit er es lesen und sich merken konnte. »Hier sind Name und Adresse deines Kontaktmannes in Bombay.« Als Kim sich wieder in den Stuhl zurücklehnte, zerriß der Oberst das Papier.

»Was ist aus dem anderen Täter geworden?«

»Er wurde verletzt, als er sich der Verhaftung entziehen wollte. Wird eine schöne Haftstrafe bekommen. Mordversuch an einem DI ist keine Kleinigkeit.«

»Wieviel wird er kriegen?«

»Das hängt vom Richter ab. Fünfzehn Jahre, vielleicht sogar mehr. Gute Gelegenheit für ein Exempel. Natürlich, wenn Goode dabei umgekommen wäre, müßte der Bursche hängen.«

Kim hörte ein gewisses Bedauern heraus, aber etwas Farbiges blitzte in seinen Augenwinkeln auf, das ihn ablenkte. Eine Frau spazierte durch den Garten. Sie trug ein blaues Kleid und einen weißen Hut. Hinter ihr trottete ein Hund. Kim sah im Gegenlicht für einen kurzen Moment, daß das Haar unter dem Hut blond war. Vor der Sonne hob sich der junge, schlanke Körper wie ein Schattenriß ab. Sie winkte jemandem, den er nicht sehen konnte, drehte sich wieder um und kam auf das Büro zu.

Mit der Sonne in ihrem Rücken ließ sich ihr Gesicht zuerst nicht erkennen, aber als sie das Zimmer betrat und sich vornüberbeugte, um dem Oberst einen Kuß zu geben, sah Kim, daß sie sehr hübsch war. Der breitrandige Hut warf einen Schatten über die obere Hälfte ihres Gesichts. Ihr Mund jedoch ähnelte eindeutig dem des Obersts: Er war sinnlich, ohne daß sexuelles Erwachen sich in ihm abzeichnete. Das ganze Zimmer duftete mit einem Mal leicht nach Lavendel.

Sie schenkte Kim keine Beachtung, obwohl sie registrierte, daß er sich vor dem Oberst nicht unterwürfig gab. Jeder andere Inder würde selbst in seiner Sitzhaltung noch zum Ausdruck bringen, daß er herumscharwenzelt, sich anschmeißt. So waren die Inder eben: hoffnungsvoll unterwürfig. Sie nahm diese Unterwürfigkeit ganz selbstverständlich hin. Die ausgeprägte Selbstsicherheit dieses Inders bewirkte zumindest, daß sie sich später an ihn erinnerte.

Kim bemerkte, daß die Hand des Obersts zögernd in der Luft innehielt. Dann fiel sie leer und einsam auf die Tischplatte zurück.

»War es schön auf dem Ball?«

»Sicher, Vater. So viele Leute haben mich wiedererkannt, aber ich konnte mich beim besten Willen nicht an alle erinnern.«

»Du bist lange Zeit fort gewesen. Ich nehme an, sie waren so überrascht wie ich. Ein linkisches kleines Mädchen hat uns damals verlassen, um in England zur Schule zu gehen ... und eine hübsche junge Dame kehrt zurück.«

»Zu gütig, mein Herr.« Sie hatte ein fröhliches Lachen, und Kim wünschte sich, sie würde ihn wahrnehmen. Aber die beiden taten, als ob er gar nicht im Zimmer wäre. »Nun, mit einem Ball in London läßt sich der Abend sicher nicht vergleichen. Ich wünschte ...«

»Du wirst dich wieder an Indien gewöhnen. Das braucht Zeit. Übrigens, ich habe Cook angewiesen, Sandwiches zu machen. Der Zug wird verspätet abfahren.«

»Dann habe ich ja Zeit, bei Sally vorbeizuschauen. Sie will Weihnachten ihre Verlobung offiziell bekanntgeben, und ich habe ihr versprochen, sie zu ihrer Verlobungsparty in Simla zu besuchen. Du wirst doch nicht nein sagen, oder?«

»Aber Richard bekommt vielleicht über Weihnachten Urlaub. Dann würdest du ihn verpassen.«

Diese Neuigkeit erfreute sie sichtlich, und sie lachte: »In diesem Fall wird Sally ohne mich feiern müssen. Oh, wie ich ihn beneide! Im gestreckten Galopp durch eine finstere Schlucht zu preschen ... Männer können so herrliche Abenteuer erleben.«

Sie streifte Kims Stuhl und ging vor sich hin summend in den Bungalow hinein. Licht und Luft verließen mit ihr den Raum. Das Gesicht des Obersts sah beinahe zärtlich aus, und in diesem Augenblick erkannte Kim, daß auch dieser Mann verwundbar war. Er liebte seine Tochter sehr. Das sah man. Aber, bemerkte Kim, selbst in diesem Augenblick des zärtlichen Schauens huschte unkontrolliert ein Schatten über sein Gesicht, geboren aus einem dunklen Gedanken, wie ihn nur alter Haß oder eine tiefe Kränkung weckt. Kim betrachtete die Bilder an der Wand, und wieder fiel ihm die Nähe zwischen dem Oberst und seinen Kindern auf.

Traurig, daß ich keine solchen Erinnerungen an meine Kindheit habe, dachte um. Von meinem Vater habe ich nur eine sehr verschwommene Vorstellung. Ich glaube, er war ein ansehnlicher, fideler Mann, charmant und schlagfertig. Aber wer weiß. Der Geist täuscht gern, täuscht sich auch gern selbst, denn natürlich möchte ich an dieses schöne Bild glauben.

»Richard ist in Rawalpindi. Keine Aussicht auf einen ›Galopp durch dunkle Schluchten‹. Nur Paraden und Drill, Putz und Schinderei. Seit wir uns aus Afghanistan zurückgezogen haben, ist Pindi Gott sei Dank eine ruhige Garnison geworden.«

Da Kim schwieg, fuhr der Oberst fort: »Gut, Kim, ich treffe dich dann in Bombay wieder. Falls du noch nicht gegessen hast, kann Cook dir Frühstück machen.« Als Kim in der Tür zum Garten stehenblieb, fügte er hinzu: »Im übrigen glaube ich, daß wir in Zukunft vermeiden sollten, miteinander gesehen zu werden. Es könnte gefährlich für dich sein.«

Kim hockte im Hintergarten unter einem Apfelbaum im Schatten. Er hatte *chapatis* und *sabji* gegessen, Brotfladen mit Gemüse. Nun zündete er sich eine *bidi* an. Geblieben war er aus Neugierde. Jetzt wartete er nur noch auf die richtige Gelegenheit für einen Schwatz. Die Miss-Sahib hatte er in der Zwischenzeit auf die rückwärtige Veranda hinaustreten und den Diener rufen sehen. Sie schien seine Anwesenheit zu bemerken, allerdings ohne es offen zu erkennen zu geben. Ihre Ayah war ebenfalls aus dem Bungalow herausgekommen, nachdem sie alle Sachen ihrer Herrin verstaut hatte. Sie setzte sich nicht weit von Kim und einem *mali* auf den Boden, der sich den Schatten zur Unterbrechung seiner Gartenarbeit ebenfalls als Ruheplatz ausgesucht hatte.

»Immer nur schnell, schnell«, klagte sie. »Die ganze Nacht bin ich aufgewesen und habe auf die Miss-Sahib gewartet, bis sie von ihrem *tamasha*, ihrer ... ihrer Tanzerei nach Haus kam. Ich hatte sie mit ihrem Vater zurückerwartet. Aber nein, das Mädchen hat seinen eigenen Kopf. Sie kam erst bei Sonnenaufgang. Ich habe sie noch ins Bett gebracht. Wenig später ist sie schon wieder aufgestanden, um ihre Abschiedsbesuche zu machen. Währenddessen habe ich den ganzen Morgen gepackt. Und nun fahren wir doch erst später, wegen des Zugs. Wenn ich das nur früher gewußt hätte ...« Sie beugte sich vor und wisperte verschwörerisch: »Sie haben diese Bengali-Terroristen schon festgenommen. Nutzloses Pack. Warum machen sie uns solche Scherereien! Haben sie denn nichts Besseres zu tun!«

Der *mali* nahm keine Notiz von ihr. Kim aber gluckste mitfühlend. Mary-Ayahs Alter war schwer zu bestimmen. Sie hatte rabenschwarzes Haar, feine Gesichtszüge und breite Nasenflügel, die im Augenblick vor Entrüstung bebten. Der Körper in ihrem Sari mußte biegsam und geschmeidig sein, und sie wußte, daß die Männer sie unzweideutig anstarrten. Sie konnte ihre Gedanken lesen: welche Verschwendung, daß eine solche Prachtfrau noch unbemannt war. Trotzdem wich sie den Blicken niemals aus. Solche Männer waren ohnehin nichts für sie, Diener, wie sie selbst Dienerin war. Kim jedoch war anders, standhaft und stark. In seinen Augen lag der Schalk verborgen. Trotzdem konnte sie sich nicht mit Bestimmtheit erklären, in welcher Weise Kim so anders war als die anderen.

»Du bist beim Oberst-Sahib angestellt?«

»In gewisser Hinsicht. Ich erledige dies und das für ihn. Du arbeitest schon lange hier?«

»Seit meiner Kindheit. Ich war sechs, als Richard-Sahib geboren wurde, und acht, als Elizabeth-Baba kam. Ich habe mich um beide gekümmert. Richard ist nicht mehr bei uns. Er ist jetzt Subaltern-Offizier bei der Armee. Aber Elizabeth ist wie eine Tochter für mich.« Bei dem Gedanken wurden ihre Augen feucht. »Dann schickte ihr Vater sie nach England auf die Schule. Aber als die Rückkehr von Elizabeth Miss-Sahib bevorstand, bat mich der Oberst, ihre Ayah zu sein. Ich war so glücklich, daß man sich an mich erinnerte.«

»Sie ist sehr hübsch. Aber, wo ist ihre Mutter?«

»Tot.« Mary-Ayahs Mund klappte bei diesem Wort vehement zu, so als wollte sie die Endgültigkeit dieses Todes unterstreichen. Dann schaute sie Kim mißtrauisch an. »Du stellst zu viele Fragen.«

»Ich frage nur, weil ich keine Burra-Memsahib gesehen habe.« Ihre Antwort war sehr schroff ausgefallen, zu schroff, wie ihm schien.

»Tot, tot . . .« Mary-Ayah sagte es wie eine Beschwörungsformel, wie ein Schutz-Mantra gegen böse Geister. Wenn sie wahrscheinlich auch Christin geworden war, blieben die Hindugespenster doch nicht minder gegenwärtig in ihr.

Kim konnte sie sich nicht in der anglikanischen Hochkirche vorstellen. Sie war wahrscheinlich katholisch. Die Pracht der Messe und die zahlreichen Heiligenbilder standen der Hindumentalität viel näher. Kim erriet auch den Grund für ihre Bekehrung. Sie hatte ihrer niederen Kaste entkommen wollen, die sie zu einem Dasein wie im Fegefeuer verurteilte. Zu den Straßenkehrern oder einer noch schlimmeren Kaste zu gehören war wahrhaftig keine Freude – und wieviel angenehmer war dagegen ein Leben als Christ, Moslem oder Buddhist. Soviel tröstlicher als die grausige Gewißheit, wegen der Unreinheit der Kaste für das ganze Leben vom Umgang mit Gott ausgeschlossen zu sein.

Kim selbst war von den Patres am St.-Xaviers-College erzogen worden, aber er hatte nur einmal eine größere Kirche betreten, die große Kathedrale neben dem Bahnhof von Lucknow. Er war sich vorgekommen wie in einer riesigen Höhle:

die dämmrige Stille, durchbrochen nur von einem grellen Lichtkegel, der das Elfenbeinbildnis auf dem Altar beschien. Alles war so förmlich, ehrfurchtgebietend. Er fühlte sich in einem Tempel oder in einer Moschee wohler, liebte das Menschengewimmel, den Singsang der Priester, den Duft von Jasmin und *laddu*, die hinduistischen *sadhus* und die mohammedanischen *pirs*, in ihre Meditation oder Andacht vertieft.

»So eine hübsche Miss-Sahib sollte inzwischen verheiratet sein. Hat man noch keinen Gatten für sie gefunden?«

»Diese Sahib-*log* halten es damit anders als wir, das weißt du doch. Meine Miss-Sahib wird sich ihren Zukünftigen selbst aussuchen«, seufzte Mary-Ayah bewundernd. »Sie hat mir alles erzählt. Wie viele Männer in England um sie geworben haben. Aber an keinem war sie ernsthaft interessiert. Wenn die Zeit gekommen ist, wird sie den Richtigen treffen.«

»Und der Oberst-Sahib, will er sich nicht wieder vermählen?«

»Das«, erwiderte sie, »dürfte uns kaum etwas angehen. Aber«, fuhr sie im Ton der Vertraulichkeit fort, »die Memsahibs haben schon länger ein Auge auf ihn geworfen. Du weißt, sie kommen auf diesen großen Dampfern aus England, um in Indien einen Mann zu ergattern. Ein paar von ihnen haben auch den Oberst besucht.« Sie erhob sich: »Ich verschwende nur meine Zeit, wenn ich mit deinesgleichen rede. Ich habe zu tun.«

Kim schlenderte gemächlich zu Ramchand zurück. Dort rollte er sich in einer kleinen Kammer neben dem Hintereingang zusammen und schlief unter der Last der Leere und des Schweigens einen unruhigen Schlaf. Er träumte von einem großen, öden und staubigen Garten, in dem es weder Blumen gab noch schattenspendende Bäume. In diesem Garten stand er ganz allein. Rauchschwaden hüllten ihn ein. Wie gebrochene Zweige lagen die Körper um ihn verstreut. Die toten Gesichter waren ihm alle vertraut, und er weinte um die Gefährten, die er verloren hatte.

In der Abenddämmerung erwachte er fröstelnd. Jemand

entzündete die Lichter. Die kleine pummelige Gestalt von Ramchands Frau sprach vor den Kerzen ein kurzes Gebet, lächelte Kim scheu an und ging fort. Kim gesellte sich zu dem *chai-wallah*, um Tee zu trinken und mit den Kunden der Bude zu schwatzen. Der Zufall wollte es, daß er dort den Rikscha-Fahrer wiedererkannte, der das schicksalhafte *mar* gehört und damit das Gerücht des bevorstehenden Mordanschlags in die Welt gesetzt hatte.

Kim rief ihn herbei. »Setz dich zu uns, und ruh dich ein Weilchen aus.«

Der Mann senkte dankbar die Zuggriffe seiner Rikscha und hockte sich in der unnachahmlichen Art der Inder neben Kim nieder. Während er Tee und *bidi* entgegennahm, schloß er vor Erschöpfung die Augen. Dabei sah er noch dürrer und müder aus.

»Hat dir der Tag etwas gebracht?«

»Nur ein paar Annas, ein paar Kupfermünzen«, sagte er ohne jede Hoffnung in der Stimme. »Gerade genug für das Essen heute abend.«

Kim zeigte Mitgefühl: »Was können wir heutzutage auch mehr erwarten! Erinnerst du dich noch daran, daß du mir gestern abend etwas von zwei Männern erzählt hast? Sie sind hier vor dieser Bude aus deiner Rikscha ausgestiegen.«

»Ja. Wie ich hörte, hat man sie bereits verhaftet.« Jedermann im Basar wußte gewöhnlich nach jeder Polizeiaktion, was geschehen war.

»Waren sie wie *Angrezis* gekleidet?«

Der Rikscha-*wallah* lachte. »Nein, sie trugen dieselbe Art von Sachen wir wir, *kurta* und *paiyama.*«

Ramchand protestierte: »Ich sah zwei Sahibs absteigen, die wie *Angrezis* gekleidet waren.«

»Habe ich nicht etwa selbst die Rikscha gezogen? Das hätte ich doch gesehen. Nein, es waren einfache Männer wie wir.«

»Hast du sie noch einmal gesehen?«

»Nein.«

»Dann hat die Polizei die Falschen geschnappt.«

»Der Mann ist wohl nicht ganz beieinander«, fiel Ramchand den beiden ins Wort. Er wollte unbedingt beweisen, daß er im Recht war, und rief deshalb zum Tuchhändler in der Nachbarbude hinüber: »Du erinnerst dich an gestern, an die zwei Sahibs, die aus seiner Rikscha ausgestiegen sind? Sie waren doch wie *Angrezis* gekleidet?«

Der Tuchhändler kniff die Augen zusammen, so konzentriert dachte er nach. »Ja, ich habe sie gesehen, glaube ich. Der eine war ein rechter Fettwanst.« Seine Hände zeichneten die Umrisse eines dicken Mannes nach. »Der andere schaute sich so ungläubig und staunend um, als ob er wirklich ein *Angrezi* wäre und keiner von uns.«

»Aber nein«, beharrte der Rikscha-*wallah*, »die Männer waren angezogen wir wir. Der ältere war lang und dürr.« Gegenüber hockte ein Barbier am Straßenrand und rasierte gerade einen Kunden. Der Rikscha-Fahrer rief zu ihm hinüber: »Du siehst doch immer alles ganz genau, Hari. Die beiden Männer, die gestern aus meiner Rikscha ausgestiegen sind, wie waren die gekleidet?«

Die Klinge hielt schaumbedeckt reglos in der Luft inne, und der Kunde wandte sich ebenfalls der Gruppe zu, um sich an dem Palaver zu beteiligen. »Wie *kissans*, einfache Bauern eben.« Der Mann war schlecht bedient worden, sein Oberlippenbart, schief rasiert, hing schräg zwischen Nase und Mund. Er sagte: »Ich habe gehört, daß die Polizei drei Männer erschossen hat.«

»Nur einen«, murmelte Kim. Aber seine Bemerkung ging im allgemeinen Palaver unter. Es bildete sich eine Menschentraube von wißbegierigen und sich höflich erkundigenden Passanten, die im Halbdunkel der Lampen ein wenig Zerstreuung suchten. Der Rikscha-*wallah* erhob sich zum Aufbruch. Kim fragte ihn: »Fällt dir zu den Männern noch etwas ein? Ein Merkmal? Eine Besonderheit?«

»Der ältere hatte einen *darhi*, einen langen grauen Bart, der ihm bis auf die Brust herabreichte.«

»Sonst nichts?«

Der Rikscha-*wallah* kratzte sich im ausgemergelten Gesicht. Er sah unendlich müde aus. Ihm war nicht einmal wirklich bewußt, daß er selbst hier und jetzt lebte. Wieviel weniger wußte er, was gestern war? Seine Erinnerung war ein einziger verschlungener Knäuel von allem Anschein nach gleich tristen Fäden, kaum zu entwirren. Anders als Kim hatte er nicht gelernt, zu beobachten und jede Beobachtung sorgfältig im Gedächtnis zu speichern.

Kim entnahm seinem *kurta* eine Rupie und drückte sie ihm in die Hand. Das war drei- bis viermal soviel, wie der Mann am Tag verdiente. »Hast du außer dem *mar* noch andere Worte gehört?«

Es dauerte eine ganze Minute, in der der Rikscha-Fahrer sich unaufhörlich im Gesicht kratzte, bis er schließlich sprach: »Ich hörte den älteren Mann sagen, daß sie unverzüglich nach Bombay fahren würden. Jemand würde dort . . .« Er gab auf: »Um dort jemanden zu treffen.«

Kim eilte bedrückt davon. Ein Mann war tot, ein anderer im Gefängnis. Und es stand fest, daß diese beiden nicht die Attentäter waren. Die wirklichen Attentäter hatten aber durch eine Laune des Schicksals ihren Weg gekreuzt und waren dadurch entkommen. Befanden sie sich tatsächlich auf dem Weg nach Bombay, konnten mit dem »Jemand« nur der Prinz und die Prinzessin von Wales gemeint sein. Das Karma, dachte Kim, hat seine Fallstricke gelegt. Meine Aufgabe ist nun zu verhindern, daß jemand darüberstolpert. Der Oberst war mit dem Vizekönig im Zug. Im Moment konnte sich Kim an niemanden wenden.

Das Polizeirevier lag zwischen Mall und Basar, ein sauberer, rotgestrichener Bungalow mitten in einem liebevoll gepflegten Garten. Der Garten sollte dem Gebäude die Bedrohlichkeit nehmen, die es ausstrahlte. Ganz im Gegenteil unterstrich er sie noch, ohne daß man gewußt hätte, wie. Ein Polizist stand Posten. Kim passierte und sprach den Hauptwachtmeister an, einen stämmigen Punjabi in mittleren Jahren.

»*Thanedar*-Sahib«, Kim beförderte den Mann mit dieser Anrede zum Unterinspektor, »wäre es wohl möglich, den DI Goode zu sprechen?«

»Er ist krank, schwer verletzt. Er wird noch viele Tage nicht hier auf seinem Posten sein.« Der Hauptwachtmeister musterte Kim. »Und außerdem, warum würde er einen Kuli wie dich überhaupt sprechen wollen?«

»Weil ich für den Oberst der Geheimpolizei arbeite«, antwortete Kim höflich und bestimmt. »Ich muß mit dem Mann reden, den ihr verhaftet habt. Es ist wichtig.«

»Ohne Genehmigung? Unmöglich. Er ist gefährlich. Er hat auf den DI-Sahib eingestochen.« Seine Hände hielten das Protokollbuch vor sich auf dem Tisch fest umklammert, das einzige Zeichen seiner Autorität.

»*Thanedar*-Sahib, wenn ich den DI-Sahib mit einer Bitte belästige, die er mir sicher gewährt, wird er nur wütend auf dich. Ich glaube, du kannst darüber selbst entscheiden.« Kim hielt die Kuppen von Daumen und Zeigefinger ganz dicht aneinander, um anzudeuten, wie wenig Zeit er brauchen würde: »Eine halbe Minute.«

Der Hauptwachtmeister strich sich den Schnurrbart. Für einen gewöhnlichen Kuli trat Kim viel zu selbstsicher auf. Er trug die Überlegenheit einer Machtbefugnis zur Schau, die den Horizont des Hauptwachtmeisters überschritt. Deswegen gab er nach und rief einen einfachen Polizisten herbei: »Du gehst mit und bleibst bei ihnen. Eine halbe Minute, keine Sekunde länger.«

In der Zelle war es kalt. Das hatte weniger mit der Temperatur als mit dem Ort zu tun. Zwischen Eisengittern und unnachgiebigen Mauern schrumpft der Geist in sich zusammen, als ob er fröre.

Eine Gestalt lag zusammengerollt unter einer dünnen, abgewetzten Decke in der Dunkelheit. Kim stellte die Handlaterne auf den Boden und kniete neben ihr nieder. Dabei bemerkte er, daß ein Fuß in einem festen, gutgearbeiteten Wanderschuh steckte, während der andere nackt war. Er lüftete die Decke am Kopfende, hob die Laterne ... und verzog unwillkürlich das Gesicht. Die Polizisten hatten ihre Rache gehabt. Das Gesicht des Mannes war geschwollen, alle Farbe daraus gewichen. Der Kopf steckte in einem Verband, den das geronnene Blut dunkel gefärbt und gehärtet hatte. Der Mann rührte sich eine ganze Weile nicht.

»Wasser«, sagte er auf englisch.

Kim ging und schöpfte Wasser aus einem Tonchati. Er hielt den Kopf des Mannes in seinem Arm und goß das Wasser behutsam zwischen den aufgeplatzten Lippen und bloßliegenden Zahnstümpfen hindurch. Dabei sah er den zerrissenen, verdreckten und blutverschmierten Angrezi-Anzug.

»Salahs«, fluchte Kim.

Das Auge öffnete sich einen Spalt, gerade weit genug, um im flackernden Schein der Laterne einen flüchtigen Blick von Kims Gesicht zu erhaschen. Das Auge war zuerst nur rot und stumpf, dann sah Kim die Wut darin auflodern, den Körper sich winden.

»Bleib ganz still liegen, Freund. Du tust dir sonst nur noch mehr weh. Ich werde versuchen, dir zu helfen. Hast du den Gleisanschlag verübt? Überlege! Und dann sage die Wahrheit! Ich werde sie ohnehin herausfinden.«

»Nein. Ich bin unschuldig. Wer bist du?«

»Das ist unwichtig ...«

»Mein Onkel ...«

»Ich kann die Toten nicht zum Leben erwecken.«

Kim ließ den Mann sacht zum Boden zurückgleiten und ging ins Freie hinaus. Die frische Luft nahm ihm den Schrekken und Ekel, teilweise zumindest.

Einzig das Postamt auf der Mall war die ganze Nacht geöffnet. Kim hastete dorthin und setzte eine kurze Botschaft auf, die er verschlüsselt weiterleiten konnte: COT-TONSEED KALKUTTA STOP FALSCHER MANN VERHAFTET STOP VERDÄCHTIGE UNTERWEGS NACH BOMBAY STOP.

Der Oberst würde das Unrecht wiedergutmachen.

Kim stieg in Kalka am Fuß der Vorberge aus dem Zug. Von hier erstreckte sich die indische Tiefebene volle tausend Meilen nach Süden. Als er die kleine Stadt hinter sich gelassen hatte, schaute er zum Himmel hinauf. Jatayu flog unbehindert in weiten Kreisen südwestwärts. Kim folgte dem Adler auf der Grand Trunk Road, jener alten Heer- und Handelsstraße, über die zahllose Eroberer in Indien eingefallen waren. Wie ein Fluß entsprang sie irgendwo hinter Kabul in den Bergen und führte über Delhi weiter nach Agra. Auf seinem Fußmarsch fragte er dann und wann andere Reisende, ob sie von einem Mann wüßten, der nur so groß war wie ein Kind.

Niemand hatte je von ihm gehört.

Am dritten Tag sprach Kim drei *sadhus* an, die nach Norden wanderten. Sie trugen safrangelbe Roben; jeder hatte einen aschgrauen Bart und aschgraues langes Haupthaar, das auf dem Kopf zu einem Knoten aufgesteckt war. Zwei hielten einen Dreizack in der Hand, der dritte trug eine Almosenschale. Während Kim sich bei ihnen nach dem seltsamen Mann erkundigte, ruhten ihre dunklen, stechenden Augen auf seinem Gesicht, als hätten sie unlautere Absichten. Sie erinnerten ihn an drei Kobras, die einen Mungo einkreisen.

»Warum willst du unbedingt diesen Mann finden?« fragte der *sadhu* mit der Almosenschale. Er war von Kopf bis Fuß mit Staub und Asche beschmiert. »Und wenn du einen *guru* suchst, hast du ihn schon gefunden; er steht hier vor dir. Du kannst unser Schüler werden. Solche Wunder wie dein *guru* können wir sicher auch zustande bringen. Gib mir Geld, und ich zeige dir eines.«

»Ich habe kein Geld. Nimm dein eigenes dafür.«

»Eine Rupie wenigstens.«

Kim gab ihm einen Anna. Der *sadhu* nahm die Münze und preßte die Handfläche zu einer Faust zusammen, wobei er Kim brennende Blicke zuwarf. Unten aus seiner Faust tropfte es in gleichmäßigem Rhythmus: Wasser. Dann öffnete der *sadhu* die Faust, und auf seiner Handfläche lag eine Rose.

»Kann dein *guru* das auch?«

»Er hat Tricks nicht nötig.«

Kim packte die Hand, auf der die Rose lag. Sofort versuchte der *sadhu*, sie dem Griff zu entwinden. Aber Kim ließ nicht locker und kratzte sie mit einem Fingernagel auf. Es zeigte sich, daß der *sadhu* auf seiner Handfläche ein fleischfarbenes Polster geklebt hatte, welches auf Druck Wassertropfen hervorbrachte. Die Münze war zweifellos bereits in den Falten des Gewandes verschwunden.

»Sei verflucht!« gifteten die *sadhus* Kim nach.

»Hütet eure Zunge«, wandte der sich um. »Ich habe zauberkräftigere Mantras als ihr. Paßt nur auf, daß ich euch nicht in große, fette Ratten verwandele. Dann kann Jatayu von da oben hinabfahren und euch auffressen.«

»Ahree«, sagte er schließlich leise zu sich selbst, »es gibt mehr selbsternannte Vertreter Gottes auf Erden als Kiesel in einem Flußbett. Sie vollbringen ihre ›Wunder‹, schnurren ihre Sprüche aus den Veden, gehen über glühende Kohlen und hypnotisieren die Menschheit. Der erlösungsbedürftige Narr fällt auf sie herein; erlöst wird er wohl nur von seinem Geld.«

Als Kim am vierten Tag seiner Wanderung aufwachte, sah er Jatayu viel niedriger am Himmel stehen als gewöhnlich. Auch zog der Adler seine Kreise konstant über derselben Stelle. Kim schaute in seine Richtung, konnte in der flimmernden Hitze allerdings nichts erkennen. Also marschierte er los. Wann immer er aufschaute, sah er den Adler am selben Fleck. Gegen Mittag erreichte Kim dann einen weißen Tempel an einem Dorfrand nahe beim Fluß. Ein majestätischer heiliger Bobaum, eine Feigenart, warf seinen Schatten darüber. Als Kim zum Himmel blickte, war Jatayu nirgends zu sehen.

Kim schritt durch das Tor, ließ eine Kupfermünze in die Hand eines Bettlers fallen und betrat den Innenhof. In der Mitte stand ein kleiner, schlichter Vishnu-Schrein. Der Ort war verlassen; nur einige Affen turnten in den Bäumen herum. Kim setzte sich unter den Baum in den Schatten und wartete. Im Takt der sich im Wind wiegenden Blätter huschten die zahllosen Lichtflecken der Sonne wie Goldmünzen am Boden hin und her. Die Affen jagten sich balgend von Ast zu Ast und brachen hie und da eine Feige auf. Ein Affenkind wagte sich in Kims Nähe, um ihn eingehend zu betrachten. Ohne sich vom Fleck zu rühren, lächelte Kim das kinderähnliche Schrumpfgesicht an, denn er wollte das Tier nicht verscheuchen. Die dichtbehaarte Mutter schaute aus sicherer Entfernung zu.

Er mußte eingenickt sein, denn als er wieder die Augen öffnete, stand unmittelbar vor ihm ein Kind – ein recht merkwürdiges Kind: Es hatte einen dichten Bart, das Haupthaar zu einem Knoten aufgesteckt, und trug eine Kette aus *rudraks*, jenen Beeren, aus denen die Anhänger Shivas ihre Rosenkränze fertigen. Also war es recht besehen kein Kind, sondern ein Zwerg. Und dieser lächelte ihn an, daß Kim sich ganz eingetaucht fühlte in die Wärme dieses Lächelns. Das Lächeln war wie eine körperliche Berührung, so als sei er spürbar gesegnet worden. Im Stehen reichte der Zwerg dem sitzenden Kim bis zum Kopf. Kim wollte sich sogleich erheben, denn es ist unhöflich zu sitzen, wenn der andere steht.

»Nein, nein. Bleib sitzen. Wenn du aufstehst, bekomme ich nur einen steifen Hals, weil ich dann zu dir hochschauen muß. Ein Zwerg zu sein, ist gelegentlich recht lästig. Aber wenn ich in meiner anderen Gestalt vor dir erschiene, würdest zweifellos du den steifen Hals bekommen.« Der Zwerg trat näher heran und musterte Kim eingehend. »Ja, du bist der Richtige. Manchmal schleppt mir Jatayu den Falschen an, und das führt zu endlosen Verwicklungen. Nichts als Ärger.«

Kim betrachtete den Zwerg unsicher. Er wollte seinen Augen gern glauben, schwankte jedoch. Seine Blicke wanderten von Kopf bis Fuß an der Gestalt entlang: weizenfarbener Teint, kleiner Schmerbauch, alle Attribute und Zeichen ... Kein Zweifel, vor ihm stand Vamana – Shiva in seiner Erscheinungsform als Zwerg. In seiner anderen Erscheinungsform, als Riese Trivakrama, hatte er mit drei Schritten die Grenzen des Universums abgesteckt. Der Gedanke war zu überwältigend, unfaßlich.

»Jatayu hast du doch auch geglaubt, oder etwa nicht? Ich weiß, ich weiß. Die Menschen haben nichts anderes im Sinn, als andere Menschen zu täuschen wie jene drei *badmashs*, die drei Gauner, die du unterwegs getroffen hast. So entsteht natürlich Mißtrauen. Aber, wenn du einem Vogel glaubst, warum glaubst du dann nicht auch mir?«

»Ich möchte dir gern glauben.«

»Aber du willst Beweise, nicht wahr. Die Menschen wollen immer Beweise, Wunder ... Steine in Brot verwandeln, eine andere Gestalt annehmen, Tote zum Leben erwecken ... Als ob gerade das ein Wunder wäre. Der Tod ist ja doch nur Einbildung. Warst du nicht früher bereits Schüler auf dem geistigen Weg, *chela* des alten Lama ... Hast du wenigstens ihm geglaubt?«

»Ja.«

»Er schickt mich.«

»Aber er war doch Buddhist.«

»Buddhisten, Moslems, Hindus, Christen ... alles nur Menschen, die mit ihrem Glauben ihr Leben definieren wollen«, erwiderte der Zwerg mürrisch. »Ich kann mit solchen Definitionen nichts anfangen. Wirst du mir also zuhören, oder muß ich dir erst groß Vorträge halten? Wenn die Menschen nur einmal ihren Mund halten würden, nur zwei Minuten, sie würden wahrlich besser hören, was man ihnen sagt.«

»Ich höre«, lenkte Kim ein.

»Am Ende deiner Reise liegt der Garten der Rauchschwaden. Ich weiß, daß er dir häufig im Traum erscheint. Diese Reise ist voller Gefahren, aber du mußt deinen Weg gehen; denn du hast eine Aufgabe zu erfüllen, der du dich nicht entziehen kannst. Du wirst hart geprüft werden, soviel steht fest. Und du mußt dich immer daran erinnern, was Krishna zu Arjuna gesagt hat, wie es in der *Bhagavad Gita* steht:

Dein Beruf ist es, das Werk zu tun,
nicht aber, nach seinen Früchten zu streben.
Laß nicht die Frucht der Werke dein Beweggrund sein,
aber verfalle auch nicht in Untätigkeit.

Danach sang er den Vers auf Sanskrit, und Musik schien die stille Luft zu erfüllen.

»Ich sehne mich nach *moksha*, nach Befreiung aus der Welt des Scheins. Wird die Erfüllung meiner Aufgabe mich dahin führen?«

»Wenn die Zeit reif dafür ist. Aber zuerst mußt du deine Menschenpflicht wahrnehmen, einlösen, was du anderen Menschen schuldest. Dann kannst du dem Kreislauf der Existenzen den Rücken kehren. Nicht vorher. Ich weiß, es ist schwierig, ein Mensch zu sein. Aber ich werde dich gelegentlich führen und leiten. Allerdings darfst du nicht Tag für Tag nach mir rufen. Das wäre mir lästig.«

Er erhob sich und ging, den Boden absuchend, hin und her. Dann schien er gefunden zu haben, was er suchte, denn er bückte sich abrupt und hob etwas auf. Für einen Augenblick hielt er es in den Händen; schließlich reichte er es Kim. Es war ein Flußkiesel von der Größe eines Hühnereis und ebenso braun. »Ich hätte ihn materialisieren können, aber das wäre wieder so ein billiger Trick gewesen, an dem nur sogenannte Zauberer Gefallen finden. Trage diesen Kiesel immer bei dir. Er wird mein Ohr sein, und wenn du mich rufst, werde ich dich hören. Aber, ich sagte es schon: bitte, nicht alle fünf Minuten.«

Der Kiesel war heiß und wechselte unter Kims Blicken seine Färbung – trübgelb und rot gemasert.

Als Kim aufschaute, hatte der Zwerg bereits den halben Weg zur Tempelpforte zurückgelegt. Wie flink er war, trotz seiner kurzen Beine! Kim sprang auf und rannte ihm nach. Da hatte der Zwerg das Tor durchschritten und wandte sich nach Osten.

In der Erwartung, ihn gleich wieder zu sehen, erreichte Kim ebenfalls die Straße. Aber er sah nur Dörfler, Lastkarren,

Straßenverkäufer – vom Zwerg keine Spur. Der war wie vom Erdboden verschluckt. Um die Tempelmauern dehnten sich die Felder. Der Weizen schimmerte. Die Sonne beugte die Rücken von Männern, Frauen und Ochsen. Kim schaute hierhin und dorthin. Er konnte nicht fassen, wie schnell der Zwerg verschwunden war.

Also fragte er den Bettler am Eingang: »Ein Zwerg ist eben aus dem Tempel herausgekommen. Hast du gesehen, wohin er gegangen ist?«

»Heute bist nur du hineingegangen, und du bist auch der einzige, der wieder herauskommt.«

Kim lenkte seine Schritte nach Süden. Was war wohl die Pflicht, von der der Zwerg gesprochen hatte? Sicher, dem Oberst zu dienen.

Nach einer Woche zeichnete sich die Silhouette von Delhi am Horizont ab. Nur noch dichter Krüppelwald und die Ruinen des längst verlassenen Delhi der Lodi-Sultane lagen zwischen ihm und der heutigen Stadt. Die Mauern der achthundert Jahre alten Festung bedeckten den niedrigen Hügel wie die zerbrochene Krone eines geschlagenen Herrschers.

Er verbrachte die Nacht in einem Dorf drei Meilen vor der Stadt, das sich in die Ruinen einschmiegte. Wo sich früher Könige zur Ruhe gebettet hatten, hausten nun Bauern und wußten nichts von den Erbauern der hohen Wälle und Verteidigungsanlagen. Kim war erleichtert. Selbst in Stadtnähe bedeutete eine Nachtwanderung fast eine förmliche Einladung an Straßenräuber und Banditen: Hier bin ich, schneidet mir die Kehle durch!

Er verließ das Dorf, bevor sich die Sonne erhob, und erreichte Delhi eine Stunde nach Sonnenaufgang. *La Quila*, das Rote Fort, und die große Freitags-Moschee *Jama Masjid* zogen seine Blicke auf sich. Sie beherrschten das Stadtbild und reckten sich machtvoll über den niedrigen Häusern empor, die sich um sie scharten. Delhi, was für ein Phänomen! Die heutige Stadt war auf anderen Städten erbaut – die oberste

Schicht vieler Schichten. Insgesamt gab es dreizehn Delhis, ein jedes von einer neuen Dynastie auf den Trümmern der alten Dynastie errichtet. Von der letzten großen Dynastie waren Rotes Fort und Freitags-Moschee übriggeblieben, erbaut in der Zeit der Mogul-Herrscher. Kim bahnte sich seinen Weg durch die engen Gassen. Der persische Eroberer Nadir Shah hatte 1741 nach seinem Sieg über die Mogul-Truppen alle Bewohner abgeschlachtet, und 1857 war die Stadt Zeugin des letzten Gefechts zwischen Briten und meuternden Sepoys gewesen. Die Sepoys hatten sich im Roten Fort um den letzten der Mogule geschart, den altersschwachen Bahadur Shah. Sein Reich war kurzlebig gewesen, hatte nur einige Monate gewährt, jetzt nicht mehr als eine blasse Erinnerung. Das Rote Fort war gefallen, die Sepoys hatte man hingerichtet und Bahadur Shah nach Burma verbannt. So starb der letzte der Mogule auf fremder Erde, fortgeschickt wie ein garstiges Kind.

Die britische Flagge hing schlaff im grellen Sonnenlicht über dem Amara-Singh-Tor. Britische Soldaten standen unter dem wuchtigen Torbogen Wache. Kim hatte das Rote Fort bei einem früheren Aufenthalt in Delhi besichtigt. Nach dem Aufstand hatten die Briten die Innengebäude des Forts geschliffen; nur der *Diwan-i-am* und der Palast Shah Jahans waren ungeschoren davongekommen. Mit der Zerstörung der letzten Pracht der Mogule hatte symbolisch wohl das indische Volk bestraft werden sollen. Kim wußte nicht, warum man ausgerechnet den Palast ausgespart hatte. Das Fort selbst, ein massiver Gebäudekomplex aus Sandstein und Wahrzeichen der Kriegskunst einer längst verflossenen Zeit, diente immer noch seinem ursprünglichen Zweck, denn es beherbergte Truppenunterkünfte und die Kommandantur des Militärbezirks Delhi.

Kim strebte mit untrüglicher Sicherheit durch die Basarstraßen des Chandini-*chauk*. Der Staub von Delhi setzte sich auf seinen Schultern ab. Er passierte im Sonnenlicht hockende Männer, ganze Reihen von ihnen, die Werkzeuge ihres Handwerks in Jutefetzen gewickelt vor ihren Füßen: Schreiner,

Maurer, Schmiede, Holzschnitzer. Sie alle warteten darauf, daß jemand sie rief, ihre Dienste in Anspruch nahm – geduldig, stumm. Im *chauk* hatte jedes Handwerk seine eigene Gasse. Und was konnte man in diesem altehrwürdigen Markt nicht alles kaufen! Was man sich nur vorstellen mochte. Eine Aufzählung würde Bände füllen. Die Stadt summte vor Lebenskraft und schäumte in farbigem Hin und Her. Kamelkarawanen kamen und gingen über die alten Handelsrouten, die weder die Zeit noch der Sturz irgendwelcher Herrscher ausradieren konnten; denn es hatte eine besondere Bewandtnis mit ihnen: Sie waren nicht auf Landkarten gezeichnet, sondern im Kollektivgedächtnis vieler Generationen von Händlern eingeprägt.

Im Augenblick war Delhi zwar totes Gewässer, nicht der Ort, wo folgenreiche politische Entscheidungen fielen, aber Kim hatte gerüchteweise vernommen, daß der *sarkar* die Hauptstadt von Kalkutta wieder nach Delhi verlegen wollte. Lord Curzon, so hieß es, hatte bereits den Plan für den Bau eines neuen Delhi gebilligt, das ein paar Kilometer vor der Altstadt im freien Feld entstehen sollte. Kim war überzeugt, daß diese neue Stadt den Ruhm des alten Reiches weit überstrahlen und ein Jahrtausend britischer Herrschaft einläuten würde. Das neue Delhi, Markstein für den ungebrochenen Bestand der Stadt. Aber dann entsann er sich der Legende – oder war es ein Fluch: Bisher hatte jedes neue Delhi das Ende einer Dynastie markiert. Er fragte sich, ob wohl ein indischer Fluch bei den *Angrezis* Wirkung zeigen würde.

Rikschas und Tongas versperrten den Zugang zum Bahnhof, der ebenfalls aus rotem Sandstein gebaut war, mit einem mächtigen Glockenturm in der Mitte. Kim bahnte sich seinen Weg durch die Menge und stellte sich vor dem Schalter für die dritte Klasse an. Die Bahnhofshalle wölbte sich wie eine Höhle; sie war auch fast so kühl. Hoch oben an der Mauer zeigte eine Wandtafel den Fahrplan. Der Frontier Mail sollte um acht aus Rawalpindi eintreffen und dann nach Bombay weiterfahren.

Kim kaufte sich an einer der Bahnhofsbuden eine Kleinigkeit zu essen. Danach wanderte er von Bahnsteig zu Bahnsteig, wie immer wißbegierig und versessen, so viel wie möglich vom Geschehen mitzubekommen. Kulis in blauen Hemden und mit roten Turbanen auf dem Kopf trugen Kisten, Reisetaschen, Früchtekörbe. Affen suchten den Bahnsteig nach Eßbarem ab, Straßenköter die Geleise. Kim genoß die fiebrige Erwartung und das Chaos des Bahnhofstrubels und hockte sich nieder, den Rücken gegen eine Mauer gelehnt. Wie anders war dieser Bahnhof als der von Simla! Alle Volksgruppen des Landes waren mit einigen Tropfen in diesem Menschenmeer vertreten. Es gab Pathanen und Sikhs, Jats, britische und indische Soldaten, Tamilen, Europäer und Gujeratis – und alle flossen sie durcheinander wie Farben in einem Färberbottich. Er hörte fremde Zungen und sah exotische Kostüme; sah sie aber alle als ein Volk. So verschieden, einander fast widersprechend die Tupfen und Farben oberflächlich auch sein mochten, bildeten sie doch einen mächtigen Akkord, klangen harmonisch zusammen. Wie sollte es auch anders sein. Selbst die Bruchstücke eines Spiegels spiegeln noch das Ganze, gehören zum Ganzen.

Plötzlich gewahrte er im Gewoge der Menschen eine Bewegung, die offensichtlich verborgen bleiben wollte. Ein Junge schlich gebückt hinter einem Postkarren her. Er trug sackartig herabhängende *paiyamas* und einen *kurta.* Sein Turban war nachlässig gewickelt; er schien ihm auch zu groß zu sein.

Kim stand auf, und einen Augenblick später sah er im Treppenhaus einen Kopf hervorschauen, der hastig den Bahnsteig beobachtete, nur um sich ebenso hastig wieder zu ducken. Nun ließ auch Kim seine Augen über die Bahnsteige wandern. Waren da noch andere auffällig beobachtende Augenpaare? Der Junge hatte nicht die Verstohlenheit und Umsicht eines Verbrechers an sich, der etwas im Schilde führt. Vielmehr roch Kim förmlich die Angst. Seit er einen Dschungelhirsch sich durch das Unterholz tasten gesehen hatte, ganz Auge und Nase dabei, wußte Kim, was Angst bedeutete. Solche Angst strömte von dem Jungen aus. Kim konnte in dem bunten Gewimmel jedoch keine Verfolger entdecken.

Einige Minuten nach acht lief eine kleine Welle über den Bahnhof: Der Frontier Mail fuhr ein. Hinter der schwarzglänzenden Lokomotive wand sich eine staubige Wagenschlange um die Kurve. Im Vorüberfahren tauchte die Lokomotive die Menge in eine Dampfwolke und kam dann vor Erschöpfung schnaufend und keuchend zum Stillstand. Träger sprangen auf Trittbretter und hasteten in die Wagen, um den Reisenden ihre Dienste aufzudrängen, und bevor auch nur ein Fahrgast aussteigen konnte, zwängten, quetschten und schoben sich die Zusteigenden durch die Türen. Kim war überzeugt, daß es auf der Welt keine ungeduldigeren und zappeligeren Reisenden als diese Inder geben konnte. Sie schienen ständig in der Angst zu leben, daß der Zug in die Lüfte entschweben würde, wenn sie ihn nicht sogleich entschlossen stürmten. Nur die Türen zu den Wagen der ersten Klasse waren nicht verstopft, denn diese war den Weißen vorbehalten. Ihr Aus- und Einsteigen vollzog sich wohlgeordnet, über das indische Gewühle erhaben.

Kim ging absichtlich am Treppenhaus vorüber, aber von dem Jungen war jetzt nichts zu sehen. Er war wahrscheinlich in dem allgemeinen Tohuwabohu in einem der Wagen untergetaucht. Kim drängte sich zu einem Abteil der dritten Klasse durch und fand einen Fensterplatz. Ein fetter Marwari, ein reicher Händler aus Gujerat, zwängte sich mit seinem Schreiber auf die Plätze neben ihm. Der Kontrast im Leibesumfang zeigte deutlich den Unterschied zwischen Herr und Diener.

Der Marwari öffnete eine standesgemäße Zeitung, den *Statesman*, wobei er das Blatt mit grandioser Geste entfaltete, um es Kim unter die Nase zu reiben. Englisches Druckwerk war ein Statussymbol, übertroffen nur noch von der Fähigkeit, es zu lesen. Der Marwari gab der Welt damit zu erkennen, daß er nicht irgendwer war.

»Was für eine Schande«, sagte er auf englisch und fuhr dann auf Hindustani fort: »Die Briten haben in Simla Subash Ray ermordet. Ein feiner Mann, ein Gentleman. Sehr gebildet und ein ausgezeichneter Kricketspieler. Seinen Neffen Anil Ray haben sie festgenommen. Soll angeblich ein Terrorist sein.« Und auf englisch schloß er: »Blödsinn!«

Der Schreiber, von der massigen Gestalt seines Brotherrn fast ebenso erdrückt wie von seinen Sorgen, murmelte Zustimmung. Er hätte auch zugestimmt, wenn der Marwari das Gegenteil gesagt hätte, denn er hatte im Leben nur ein Ziel: das getreue Echo seines Herrn und Meisters zu sein. Der Marwari schaute Kim Zustimmung erheischend an.

»Sahib, sie könnten doch tatsächlich Anarchisten sein. Die Bengalis sind ein heftiges Völkchen.«

»Einige. Subash nicht. Ich habe ihn in Kalkutta spielen gesehen. Famoser Schlagmann. Ein Mann wie er und Gewalt? Undenkbar.«

»Dann haben die Briten wohl eine Dummheit gemacht.« Kim betrachtete den Marwari näher. Seine Wangen glänzten wohlgenährt und frisch rasiert. Der geölte Schnurrbart war nach oben gezwirbelt. Er roch nach Talkum.

»Ja. Sie sind zu weit gegangen. Dieser DI Goode wird sicher noch mit einer Beförderung belohnt. Des Mordes anklagen sollte man ihn. Aber er wird ungeschoren davonkommen, weil er Brite ist. Wir sollten eine öffentliche Untersuchung fordern.«

»Ja, das sollten Sie, Sahib, unbedingt und auf der Stelle. Eine Petition aufsetzen, Unterschriften sammeln.«

»Ich habe es symbolisch gemeint. Ich bin Kaufmann. Mit Politik will ich nichts zu tun haben. Aber sie hätten damals das Ilbert-Gesetz passieren lassen sollen, dann wäre dieser Goode von einem indischen Richter zur Verantwortung gezogen worden.«

Mit dem sogenannten Ilbert-Gesetz hatte der damalige liberale Vizekönig Lord Ripon 1883 durchzusetzen versucht, daß indische Richter auch gegen Weiße die Verhandlung führen dürften. Er war damit kläglich am Widerstand der Europäerkolonie gescheitert, die alle Hebel in Bewegung gesetzt hatte, die Annahme des Gesetzentwurfs zu verhindern. So konnten Weiße immer noch nur von weißen Richtern verurteilt werden, was auch immer sie verbrochen haben mochten.

Das Pfeifen des Zuges unterbrach das Gespräch. Als der Zug langsam anruckte, sah er den Jungen durch die Menge hetzen. Seine Verfolger lagen noch weit hinter ihm. Die vordersten beiden sahen aus wie *chaprassis*, in Lumpen gekleidete Laufburschen. Über ihrem Kopf schwangen sie einen Holzknüppel. Ein dritter Mann folgte ihnen gemächlich. Er bewegte sich mit würdevoller Gelassenheit; denn er war sicher, daß die Häscher den Jungen fangen würden. Wie es schien, war er ihr Herr. Er trug einen eleganten kremfarbenen Anzug und einen Spazierstock aus Palmenholz.

Der Zug beschleunigte die Fahrt, und der Junge rannte, so schnell er konnte. Gelegentlich strauchelte er vor Angst. Kim hatte noch nie in einem so jungen Gesicht solche entsetzliche Angst gesehen. Die zwei Männer hinter ihm holten auf, kamen näher. Da schubste Kim sich den Weg zur offenen Wagentür frei.

»*Hai ladkha*, gib mir deine Hand, schnell.«

Der Junge streckte ihm die Hand entgegen. Kim packte sie, riß sie hoch. Der Junge verlor den Boden unter den Füßen, und Kim hievte ihn in den Wagen. Dort riß er sich sofort los, stürzte zum Abort und verriegelte die Tür hinter sich. Kim blickte auf den weiter zurückfallenden Bahnsteig. Dort standen die drei Männer dicht beisammen und schauten ihm unverwandt nach. Er war froh über die Entfernung. So konnten sie sein Gesicht nicht sehen.

5

Ich flehe Sie an, Oberst-Sahib, helfen Sie mir!«
Tränen und Schweiß hatten das Gesicht des Mannes aufgeschwemmt. Seine Handflächen waren flehend zusammengepreßt; sie zitterten. Wenn Inständigkeit genügen würde, Rettung herbeizuzwingen, er hätte sie sich ehrlich verdient. Halb sitzend, halb kniend berührte er kaum den Stuhlrand, bereit zu Boden zu sinken und mit der Stirn den Fuß des Obersts zu berühren. Demut hatte sein Gesicht verfärbt; sie entzog der Haut alle Lebenssäfte, so daß sie nun aussah wie getrockneter Uferschlick. Sie hatte auch den Oberkörper gezeichnet: Die breiten Schultern waren gebeugt, der Hals weit vorgestreckt. Die Seidengewänder wirkten schäbig. Der Goldfaden im Turban war stumpf wie Messing und das Hemd welk, obwohl es frisch gestärkt worden war.

»Ich kann nicht«, sagte der Oberst.

Er hatte solche Unterwürfigkeit schon oft gesehen; sie ekelte ihn an. Tausend Jahre Kultur sollte dieser Mann verkörpern? Er hatte sie so schnell abgeworfen wie die Schlange ihre Haut. Und sie war auch nur so dünn und dürftig gewesen wie eine alte Schlangenhaut, dünner noch als ein Blatt Pergament. Ein Engländer in derselben Lage hätte sich nicht erniedrigt, um Gnade zu betteln. Ein Mann wie er trug sein Schicksal mit Fassung. Er brach unter keiner Bürde zusammen, warf sich nicht zu Boden und weinte auch nicht.

»Wenn Sie Ihren Einfluß geltend machen . . .«

»Ich werde der Justiz unseres Landes nicht in den Arm fallen«, sagte der Oberst. »Wollen Sie mir etwa *bakshish* anbieten?«

»Nein, Oberst, nein. Ich würde Sie niemals in so grober Weise beleidigen. Aber vielleicht treffen Sie den Richter bei irgendeiner Gelegenheit persönlich. Dann könnten Sie mit ihm reden, ihn um Nachsicht bitten. Er ist doch noch ein Junge und unschuldig angeklagt.«

»Gütiger Himmel! Unschuldig, sagen Sie? Wie denn? Ihr Sohn, guter Mann, hat auf einen stellvertretenden Polizei-Inspektor eingestochen. Er hat den DI Goode schwer verletzt.«

»Wie im Rausch, Oberst-Sahib, in blindem Zorn. Er hat den Kopf verloren. Sein Onkel, mein Bruder, war wenige Augenblicke zuvor ermor ... vor seinen Augen umgekommen. Sie müssen doch begreifen, wie sehr ihn das verwirrt haben muß.« Er hielt einen Augenblick inne. Das Wasser stand ihm in den Augen. »Er war doch in Eton, hat in Oxford studiert. Unter normalen Umständen hätte er das doch nicht getan.«

»Ein Engländer würde sich dazu niemals hinreißen lassen, unter keinen Umständen.«

»Es heißt, er hat einen Anschlag auf die Bahnlinie verübt. Oberst-Sahib, mein Anil ist kein Terrorist. Er würde so etwas niemals tun. Das kann ich versichern.«

»Das Gericht wird die Wahrheit ermitteln.« Der Oberst zog seine goldenc Taschenuhr aus der Weste, klappte den Deckel auf und erhob sich. »Ich habe eine Verabredung .«

Der Mann vor ihm blieb sitzen, wie auf einem Floß, das man mitten im Ozean ausgesetzt hatte. Er konnte sich nicht aufraffen zu gehen, eingefallen das Gesicht, hilflos die Augen. Wohin sie auch blickten, nirgcnds war Land in Sicht. Für den Oberst waren seine Gedanken ein offenes Buch: Was kann ich sonst noch tun? Was sagen? Worum kann ich bitten? Ich will doch alles tun, um Anil zu retten. Ich kann noch nicht gehen. Ich muß noch einen Versuch unternehmen ...

»Oberst-Sahib ...«

Der Oberst wartete. Er wußte, daß der Mann sich erschöpft hatte, er sah, wie Mr. Ray hilflos durch die Wüste seiner Trauer umherirrte, ohne einen Halt zu finden. Nirgendwo. Dann erhob sich Mr. Ray ermattet und ging rückwärts in Richtung Tür, die Hände immer noch in der Geste des Flehens aufeinandergepreßt. Auf halbem Weg blieb er stehen.

»Er ist doch so ein glänzender Rechtsanwalt ...« Er hatte es mehr zu sich selbst gesagt. Ein Gedanke, eine Erinnerung.

Mehr war von dem vielversprechenden Sohn nicht mehr übrig, für den er alles gegeben hatte – Liebe, Geld. Der Türsteher öffnete die Tür und geleitete Mr. Ray zum Ausgang.

Die Akte »Anil Ray« bestand aus einem einzigen Blatt. Darauf waren Geburtsort, Familie (vermögende Großgrundbesitzer), Schulbildung und die Gründe für die Verhaftung vermerkt, eine knappe Skizze eines nun zerstörten Lebens.

Der Oberst war zufrieden. Er wußte nur zu gut, daß Anil Ray mit dem Gleisanschlag nichts zu tun hatte. Aber sein Angriff auf Goode kam äußerst gelegen, bewies er doch, daß Exekutive und Polizei weitreichendere Befugnisse brauchten. Der neue Vizekönig würde sich leicht überzeugen lassen.

Vor ihm auf dem Tisch lag Kims Telegramm. Hoffentlich ließ der jetzt die Finger von der Sache. Es stand ja bereits fest, daß ein Richter Anil Ray wegen versuchten Totschlags verurteilen würde. Und das war gut so, denn Ray hatte in den Augen des Obersts wieder einmal bestätigt, wie sinnlos der Versuch war, dem Eingeborenen Bildung und Umgangsformen zu vermitteln. Natürlich, ganz allgemein war der Inder ein gutherziger, lieber Mensch. Aber er war innerlich schwach und unfähig, sich zum Besseren zu wandeln. Eton und Oxford! Ihre Disziplin und Selbstzucht waren Anil Ray nicht in Fleisch und Blut übergegangen. Er war nur oberflächlich davon berührt. Falscher Glanz, so leicht zu tragen wie ein Anzug von Savile Row. Darunter steckte immer noch der Lendenschurz. Gott sei Dank hatte der Bursche seine Mordlust nicht bändigen können.

Neben Kims lag ein weiteres verschlüsseltes Telegramm. Es hatte ihn verärgert. Was ist das für ein Agent, der ohne Anweisungen den Ort wechselt und nicht einmal erklärt, warum. Es war ebenfalls an COTTONSEED gerichtet: FAHRE NACH BOMBAY STOP DADDAJI STOP. Allem Anschein nach strömte ganz Indien zu dem Besuch des Prinzen von Wales nach Bombay. Daddaji hatte seine Befugnisse überschritten. Er hätte nicht einfach nach Bombay fahren dürfen, denn man hatte ihn aus einem ganz bestimmten Grund in

Delhi plaziert, und jetzt konnte der Oberst diesen eigenmächtigen Schritt nicht rückgängig machen. Ja, er konnte den Mann nicht einmal treffen oder seine Gegenwart erkennend würdigen, sollte er ihm nach Bombay zufällig begegnen. Daddaji war etwas Besonderes, über allen Verdacht erhaben. Niemand würde einen Agenten des Obersts in ihm vermuten.

Das Büro des Obersts in Kalkutta war repräsentativ, ein großer Raum mit hohen Wänden und breiten Fenstern hinaus zur Stadt. An der Decke drehte sich der *pankha*, der Ventilator. Die konstante Brise von der Hughli, dem mächtigsten Mündungsarm des Ganges, brachte weitere Kühlung. Ein Fenster gab den Blick nach Osten über die Hughli frei, ein anderes war zu der breiten Allee und zum Government House gelegen. In jeder großen indischen Stadt gab es ein solches Government House; hier in Kalkutta war es tatsächlich der Hauptsitz der britisch-indischen Regierung. Die Luft in Kalkutta war nicht so klar und rein wie in Simla. Nein, schwer war sie, und sie stank nach zuviel Leben. Auch flirrte sie vor Ränkespielen und den seismischen Erschütterungen permanenter Machtverschiebungen.

Der Oberst rief nach seinem Wagen; der heutige Arbeitstag wurde von einem Abschieds-Lunch für Lord Curzon unterbrochen. Er hatte die Einladung nur Elizabeth zuliebe angenommen. Sie gehörte zur Calcutta Ladies Association, die diesen Empfang ausrichtete. Gewöhnlich aß er mittags einen leichten *tiffin*, den typischen anglo-indischen Lunch, und zwar entweder zu Hause oder im Büro. Die meisten Männer aßen im Gymkhana-Club oder im United Services. Der Oberst verabscheute die Clubs. Sie brüteten Langeweile aus, Klatsch und Ehebruch. Man sah immer dieselben Gesichter, hörte immer dasselbe Gerede und mußte zusehen, wie die Männer immer denselben Frauen nachschauten. Deswegen mied der Oberst diese Gesellschaft, wo er konnte. Sie war eintönig und fraß sich selbst von innen auf, fraß ihre eigenen Eingeweide. Er wahrte Distanz. So hatte er ihren Respekt, wenn auch nicht ihre Liebe. Aber er war ohnehin anders als die meisten Engländer. Indien war für ihn kein befristetes Amt und auch nicht das Objekt kaufmännischer Spekulation. Indien war sein Leben. Er liebte dieses Land, seine Völker, die Hitze und den Staub. Er liebte sie mit der strengen Liebe eines Vaters. Jawohl, er würde sein Versprechen halten, das er seinem unermeßlich großen Kind Indien gegeben hatte: Er würde es weiterhin vor seiner angeborenen Neigung zur Selbstzerstörung beschützen. Hätte man ihm gesagt, er sei ganz im Gegenteil ein Feind des Landes und ein fremder Eroberer, er hätte nur ungläubig staunen können.

Gemächlich schlenderte er durch Writer's House. Das war ein massiger Ziegelberg, wabenartig durchlöchert von unzähligen Büros und Korridoren, Abteilungen und Unterabteilungen. Es roch darin nach Menschen in Gewahrsam, nach Tinte, Leim und verstaubten Akten. Türsteher sprangen von ihren Schemeln, um ihm ihr *salaam* zu entbieten. Schreiber drückten sich fast in die Wand, um ihn vorbeizulassen. Von hier wurde ganz Indien regiert. Träge und bedächtig flossen hier die Papierstöße durch die Korridore, von roten Bändern zusammengehalten, dem sprichwörtlichen *red tape*, das gleichbedeutend ist mit langatmiger Bürokratie, Verzug und Verschleppungsmanövern. Aber diese Papierstöße waren Indiens Blut und Indiens Gehirn. Der Aufbau der Verwaltung hatte sich seit der Zeit der Mogule nicht geändert. Der Vizekönig war der neue Mogul, und er regierte durch vier Ministerien: das Armee-, Justiz-, Handels- und Landwirtschaftsministerium. Diese Amtsaufteilung setzte sich durch alle Ebenen der Hierarchie bis hinab in die Provinz- und Bezirksverwaltung fort. In Indien änderte sich nie etwas.

Die Residenz des Vizekönigs lag am Rand des *maidan*, eines großen Freiplatzes, wie es ihn in den meisten indischen Städten gab. Sie war ein herrlicher Nachbau von Kedlestone Hall in Derbyshire, 1802 vollendet. Sechs Morgen sorgfältig gepflegter Gärten umgaben den Amtssitz.

Ein Diener bot dem Oberst einen Drink an, doch er lehnte mit einer leichten Handbewegung ab und machte sich im prächtig geschmückten Empfangssaal auf die Suche nach Elizabeth. Es mußten mehr als einhundert Besucher gekommen sein. Im Vorübergehen lächelte er jedem zu. Bei Lady Shearer mußte er allerdings etwas verweilen, denn sie war die Gattin des Vize-Gouverneurs von Bengalen und eine Frau, die sich ihrer Bedeutung als zweitwichtigste Dame der Stadt durchaus bewußt war. Ihr Gatte saß bei Lord und Lady Curzon, die seinen Gruß erwiderten, Lord Curzon ein wenig barsch. Über dem Rasen war ein *shamyama* gespannt, ein riesiges Zeltdach, in dessen Schatten das Büfett aufgetragen war, verschiedene Arten von kaltem Braten und Salaten.

Auf einem kleinen separaten Tisch standen vegetarische indische Gerichte für die wenigen indischen Damen, die dicht zusammengedrängt saßen wie ein Knoten vielfarbig schimmernder Seide. Sie gleißten in ihrem Goldschmuck. Eine jede von ihnen trug in einem Nasenflügel einen Diamanten, dazu Halsketten, Armreifen und Ohrringe. Der Oberst schätzte, daß der Schmuck einer Frau vermutlich mehr gekostet hatte, als er in einem Jahr verdienen würde. Sie waren mit Grundbesitzern, Fürsten, Rechtsanwälten vermählt.

Und sie taten ihm leid. Wie der *chital*, das Gangesreh, schienen sie stets fluchtbereit zu sein. Eine oder zwei europäische Damen, darunter Lady Shearer, bemühten sich um Konversation mit ihnen, gingen jedoch bald wieder weg. Er wollte sich gerade abwenden, als er die Aufmerksamkeit einer dieser indischen Damen erweckte. Ein Lächeln wanderte über ihr Gesicht, so fein, daß er sich fragte, ob er es sich nicht bloß eingebildet hatte. Sie trug einen blauen Seidensari mit Goldborte und darunter den passenden *choli*.

»Vater«, Elizabeth küßte ihn auf die Wange. »Amüsierst du dich?«

»Dazu hatte ich noch keine Gelegenheit. Ich schaue eigentlich nur kurz vorbei, um mein Gesicht zu zeigen.«

Der Oberst fühlte sich in Damengesellschaft selten wohl. Er verhielt sich steif, hölzern. Seinen Höflichkeiten haftete etwas Mechanisches an. Überdies verfügte er nur über ein begrenztes Repertoire an förmlicher Konversation, und auf die Kunst des Flirtens verstand er sich überhaupt nicht. Er bemühte sich zwar, mit Elizabeth so locker und gelassen umzugehen, wie er konnte, aber er mußte sie dann nur anschauen, und schon fand er sich in der Gegenwart dieser neuen und entmutigend schönen Frau wieder, deren Erwachsensein er immer noch nicht so recht begreifen konnte. Wie war sie bloß so schnell Frau geworden? Dann wünschte sich ein Teil seiner Seele, sie wäre wieder sein geliebtes Kind, sein Mädchen, das er zur Schule nach England geschickt hatte. Trotzdem schlenderte er an ihrer Seite umher, wechselte leise ein paar Worte mit ihren Bekannten und Freundinnen. Als Elizabeth von ihm wich, um sich um andere Gäste zu kümmern, war er endlich allein. Er schaute auf die Uhr. Er hatte seine Pflicht getan und durfte sich davonstehlen.

Aber er zögerte einen Augenblick zu lange. Eine Frau drängte ihm einen Teller auf und drückte ihm eine Serviette in die Hand. Er nahm nur wenig vom Büfett. Dann setzte er sich ans ferne Tischende. Am Nachbartisch saßen die indischen Damen und pickten schweigend von ihren Tellern. Sie hielten Messer und Gabel ungeschickt, auch etwas verlegen; nur wenige winzige Happen bewältigten die gefährliche Reise vom Teller zum Mund. Dazwischen kicherten sie oder wechselten flüsternd ein paar Worte. Wieder beobachtete er das heimliche Lächeln, vom Schatten halb überdeckt. Es war weder durchtrieben noch schüchtern, sondern unerschrocken – kühn geradezu.

»Allein, Vater?« Elizabeth nahm ihm den Teller aus der Hand und ging zum Nachbartisch.

»Begum-Sahib«, wandte sie sich an eine ältere grauhaarige Dame mit einer schnabelförmigen Nase und braunen Augen, die wie polierte Knöpfe glänzten, »darf ich Ihnen meinen Vater vorstellen. Ich hoffe, Sie haben nichts dagegen, wenn er sich zu Ihnen setzt.«

»Keineswegs«, sagte die Begum. »Aber wollen Sie sich

nicht auch zu uns setzen?« fügte sie diplomatisch hinzu. Elizabeth zwängte sich neben sie.

Schweigen senkte sich herab, aber Elizabeth überbrückte es geistesgegenwärtig mit Konversation. Sie redete vom Wetter, von der Abreise der Curzons, vom Essen. Die Damen hörten zu mit einem Lächeln, das höflich angestrengt und gleichzeitig frostig wirkte. Der Oberst blickte in die Runde. Die Frau im blauen Sari lächelte vergnügt, sehr natürlich und offen.

»Miss Creighton«, sagte sie, »Sie bemühen sich ein wenig zu sehr um unsere Unterhaltung.« Ihr Englisch hatte einen singenden Tonfall. »Hier in Kalkutta haben wir immer dasselbe Wetter. Nur bei Ihnen in England wechselt es ständig. Woher in England stammen Sie, Oberst?«

»Mein Urgroßvater kam aus Bristol. Ich selbst bin in Indien geboren ...«

»... und Sie dienen ihm pflichtbewußt. Nach Bristol bin ich nie gekommen. Zu weit weg von London. Wissen Sie, in England sind die Engländer ganz anders als hier.«

»In welcher Hinsicht?« fragte der Oberst, durch ihren Ton etwas befangen. Er war nicht gewohnt, mit indischen Frauen wie mit Gleichgestellten zu sprechen. Das war eine verwegene junge Dame.

»Ich würde sagen, die Engländer hier sind hochnäsig. Sie behandeln uns unfreundlich. Die Engländer in England hingegen sind herzlich und entgegenkommend. Außerdem wollen sie mehr über uns Inder erfahren, mehr über uns wissen als Sie, die Sie doch mit uns leben.«

»Ich bin sicher, ich kenne Indien so gut wie Sie selbst.«

»Gut. Dann können Sie bestimmt sagen, ob ich verheiratet bin oder nicht?« Sie lächelte ihn offen an, aber er spürte den Schalk. Der Oberst schaute in die Runde der übrigen Damen. Vor Verlegenheit sprachlos, sagten sie kein Wort.

»Ich glaube schon.« Alles sprach dafür: der *tilak* auf der Stirn, das *thali* an der Brust. Er konnte den Anhänger zwar nicht erkennen, aber sie schien ihn zu tragen. Die Zehenringe konnte er ebenfalls nicht sehen; es wäre ungehörig gewesen, verstohlen auf ihre Füße zu schauen.

»Falsch«, sagte sie. »Also?«

»Das war eine unfaire Frage.«

»Ich weiß. Aber in Indien ist nichts wirklich fair, nicht wahr?«

Der Oberst schaute wieder auf seine Uhr. »Die Pflicht ruft. Ich muß in mein Büro zurück.« Er erhob sich und verbeugte sich kurz: »Elizabeth, meine Damen ...«

Die Frau im blauen Sari lächelte: »Das britische Pflichtgefühl. Haben wir es auch?«

»Pflicht ist Pflicht, in jeder Sprache. Meine Pflicht wartet in meinem Büro auf mich, Ihre ...«

»... besteht darin, eine pflichtbewußte Gattin und Hausfrau zu sein. Aber, wie die Zeiten sich wandeln, so wandeln sich auch die Pflichten.« Sie hielt ihm ihre Hand entgegen, und von ihrer Kühnheit überrascht, nahm er sie. Sie war so weich, zart wie ein bebender kleiner Vogel. Die Safranfarbe auf den Handflächen ließ die Haut noch goldener erscheinen. »Ich gebe morgen abend ein Dinner. Ich hoffe, Sie und Ihre Tochter werden uns die Ehre erweisen.« Der Oberst wollte automatisch ablehnen, statt dessen hörte er sich sagen: »Es wird mir ein Vergnügen sein, Miss ...«

»Mrs. Basu. Sie werden das Rätsel morgen gelöst bekommen, Oberst. Indien ist voll romantischer Geheimnisse, nicht wahr? Ich werde Miss Creighton erklären, wie Sie uns finden können.«

»Was für eine merkwürdige Frau«, sagte Elizabeth.

»Wer?« fragte der Oberst.

Sie saßen auf der Veranda und blickten in den dunklen Garten. Hinter ihrem Rücken leuchtete der Bungalow manchmal ganz hell auf, dann wieder matter im ungleichmäßigen Atem der Lichter. Die Luft legte sich feucht und warm auf ihre Haut und war erfüllt vom Summen der Grillen und Zikaden und vom Tschick-Tschick der Eidechsen, die über die Wände huschten. Gelegentlich wob eine Fledermaus ihre flüchtige Flugbahn über den Teppich der Sterne. Das heimliche Rascheln der Blätter im Canna-Beet machte Elizabeth nervös, so daß sie unbewußt die Zähne aufeinanderbiß. Rasen und Bungalow waren von einem sägeblattförmigen Blech umgeben, das Schlangen abhalten sollte. Aber diese schlängelten sich trotzdem in Elizabeths Vorstellung herbei, und so zog sie unwillkürlich die Beine an.

»Diese Mrs. Basu, die uns zum Dinner eingeladen hat. Ich mochte sie nicht. Sie schien weder zu wissen, was sich gehört, noch, wohin sie gehört. Warum hast du zugesagt? Gewöhnlich schlägst du Einladungen doch aus.«

»Ich wollte nur nett sein«, antwortete der Oberst, wohl wissend, daß er nicht die Wahrheit sprach. Er nahm einen Schluck von seinem Whisky-Soda, über seine wirklichen Motive im unklaren. Ihre Unterscheidung in Engländer in England und Engländer in Indien hatte ihn geärgert. Er hätte antworten sollen: »Wir regieren hier das Land, sie schauen nur aus der Ferne zu. Das macht uns zwar verschieden, aber nicht grundverschieden.« Dennoch, er wollte Mrs. Basus Anerkennung, wollte von ihr respektiert sein. Als ob er diese Anerkennung nötig hätte.

»Das war überflüssig. Ich konnte nach deiner Zusage natürlich schlecht wieder absagen.« Elizabeth klang verstimmt. »Es ließ sich nicht vermeiden, sie zu dem Lunch einzuladen, was allerdings nicht bedeutet, daß wir gleich zu einem ihrer Dinner gehen müssen.«

»Es kann interessant werden.«

»Eher langweilig. Ich weiß einfach nicht, worüber ich mit ihnen reden soll. Sie lächeln immer so einfältig. Wir haben nichts gemeinsam.«

»Doch. Indien.«

»Nein. Ihr Indien ist nicht unser Indien. Wir gehören nicht hierher. Wir sind nicht einmal gern gesehen.«

»Wir gehören sehr wohl hierher«, erwiderte der Oberst mit Nachdruck.

»Ja, zueinander, in einer Art Gefängnis. Und wir sind nicht unsichtbar. Selbst in Kalkutta glotzen sie uns staunend an. Und auf dem Land glotzen sie wie, wie ... ich weiß nicht wie. Dieses grausige Schweigen der Dörfler. Es ist so unbestimmt, so undurchdringlich wie der Blick ihrer grausigen Götter, die aus ihren Tempeln auf uns herabblicken.« Sie hielt wie nach Bestätigung heischend inne. Auch die Grillen waren verstummt. Aber dann schwoll ihr Chor an, lauter als zuvor. »Was denken sie? Ich weiß einfach nicht, was sie denken.«

»Worüber?«

»Was auch immer. Uns.«

Er hörte die Verzweiflung in ihrer Stimme. Sie war nahe daran, in den Strudel der Hysterie zu stürzen, und er nahm ihre Hand in die seine. Als sie noch ein Kind war, hatte er sie nachts im Arm gewiegt und beruhigt, wann immer sie aus Furcht vor der Dunkelheit weinte. Richard war nie ein ängstliches Kind gewesen. Aber in Elizabeth saß die Angst tief.

»Sie ist sehr schön«, sagte Elizabeth unvermittelt.

»Meinst du wirklich?« Er mußte an das Lächeln denken und an die Rundungen ihrer Brüste unter den weichen Falten ihres Seidensaris. Dann strich er die Erinnerung an Wärme und Weichheit aus seinem Gedächtnis.

»Du hast England nie gemocht, Vater?«

»Nicht sonderlich. Ich habe immer gefroren, und dann dieses üppige Grün überall. Als ich dort war, habe ich mich immer nach Indien zurückgesehnt.«

»Ich habe diese Kühle geliebt. Sie hat mich, wie soll ich sagen ... so frisch und froh gemacht. Bei mir ist es umgekehrt: Ich kann die Hitze nicht ertragen.«

»Als Kind hast du sie gemocht.«

»Die Geschmäcker ändern sich, Vater. Ich bin kein Kind mehr.«

Er selbst hatte längst alle Erinnerungen an England tief in seinem Inneren vergraben. Nur die Kälte konnte er noch spüren; sie hatte sich in seinen Knochen festgesetzt. Er hatte die weite Reise damals als kleiner Junge in Gesellschaft anderer

Kinder unternommen. Sie waren alle in verschiedene Schulen geschickt worden, die trotzdem eines gemeinsam hatten: spartanische Härte. Den Sommer hatte er jeweils bei Vettern in Bath verbracht, die ihn weder leiden konnten noch verstanden. Er hatte sich wie ein Fremder gefühlt und sich in die Erinnerungen an seine glückliche Kindheit in Indien eingesponnen. Er hatte die Berge, Ebenen und Dschungel nicht vergessen, die so weit gewesen waren, so unendlich. In England hatte niemand das magische, kaleidoskopische Indien verstanden, weil es in England nichts Vergleichbares gab. Er hatte die Militärakademie in Sandhurst absolviert und war danach aus Liebe zu diesem Land in ein Regiment eingetreten, das in Indien stationiert war. Mit dem ersten Schritt vom Landungssteg hatte er sich gefühlt wie ein Fisch im Wasser: Er war wieder in seine Welt eingetaucht.

»Das Dinner ist aufgetragen, Sahib«, unterbrach der Diener sein Sinnen.

Sie gingen hinein zu Mrs. Parkhurst, die immer als erste am Tisch saß. Tante Emma hatte sich in den Jahren von Elizabeth' Abwesenheit nicht geändert. Sie war keine leibliche Tante, sondern entfernt mit dem Oberst verwandt, eine hochgewachsene, hagere Frau mit kerzengerader, steifer Haltung, blauen Augen und sehr viel Taktgefühl. Sie hatte keine Familie, weder in England noch in Indien, und Elizabeth hegte den Verdacht, daß ihr Vater ihr für die Führung des kleinen gemeinsamen Haushalts ein bescheidenes Gehalt zahlte. Daß Tante Emma einmal verheiratet gewesen sein sollte, konnte man sich jetzt nur noch schwer vorstellen, doch bezog sie eine kleine Witwenrente von der Armee. Allerdings verflüchtigte sich dieses Geld regelmäßig am Bridge-Tisch. Elizabeth hatte gehört, daß Tante Emma eine wagemutige, ja leichtsinnige Spielerin sein sollte.

Ihr Menü war so phantasielos wie immer: Tomatensuppe, gekochter Schinken, gekochte Kartoffeln, gekochte Karotten, Kohl und Tapioka-Pudding. Elizabeth hatte den Pudding schon als Kind gehaßt. Nicht alles änderte sich.

Mrs. Basus Haus in der Mir Jaffar Lane lag gut eineinhalb Meilen vom Europäerviertel entfernt. Die Straßen verengten sich zu Gassen, die nicht mehr schnurgerade, sondern in vielen Windungen verliefen. Häuser und Menschen rückten näher zusammen. Ja, selbst die Luft erschien dunkler. Gewiß, das war bei den vielen Kochfeuern nicht verwunderlich. Aber es hatte noch einen anderen, unbestimmbaren Grund. Elizabeth klammerte sich an den Arm ihres Vaters, während der Oberst sich innerlich für die Annahme der Einladung verwünschte. Er hatte eine dunkle Vorahnung. Nicht etwa Angst. Nichts in Indien konnte ihm angst machen. Indien war seine Heimat, und wenn es notwendig sein sollte, würde er furchtlos durch die finstersten Basargassen gehen.

Der Wagen hielt vor einem schwarzen Tor mit komplexen Holzschnitzereien, das in eine hohe, schmucklose Mauer eingesetzt war. Der Kutscher klopfte an, und das Tor öffnete sich auf der Stelle, als ob man bereits auf ihre Ankunft gewartet hätte. Als sie einen Bogengang durchschritten und den prächtigen Garten betraten, standen die Diener Spalier. Nach indischer Bauart umfaßte das Haus den Garten, und die mit Ziergittern versehenen Fenster schauten auf Rosen- und Canna-Beete, auf Bougainvilleen und einen makellos gepflegten Rasen. Sie folgten einem Hausdiener, der sie durch den Garten in ein geschmackvolles, vollständig mit Marmor ausgekleidetes Zimmer führte. Kaschmirteppiche bedeckten den Boden. Von der Decke hing eine mit reichem Schnitzwerk versehene Holzschaukel. Neben zwei weißen Diwanen waren zwei silberne Beistelltischchen und eine antike Elfenbeintruhe die einzigen Möbelstücke. Der Diener zog sich zurück. Sie waren allein.

Elizabeth schaute sich um. Es gab einige Bilder, direkt auf den Putz aufgetragene Wandgemälde mit den verschiedensten Darstellungen: höfische Jagdszenen; indische und britische Soldaten als Schlachtgegner im Kampf; eine schöne Frau mit traurigen Augen. Ihre leuchtenden Farben schienen in dem weichen Licht vor Leben zu erzittern. Elizabeth setzte sich auf die Schaukel, während der Oberst sich auf einem der Diwane niederließ. Ein Diener trat ein. Er brachte eine Wasserkaraffe aus Kristallglas und eine Flasche Whisky. Diese stellte er auf den Beistelltisch neben dem Oberst und wartete, während der Oberst seinen Drink mixte.

»Es scheint, wir sind die einzigen Gäste«, flüsterte Elizabeth.

»Ich glaube, du hast recht. Sie hat das Dinner nur erfunden.«

Er nahm einen Schluck. Es war ein teurer Malt-Whisky. Vom Garten her näherten sich drei Männer, der eine jeweils jünger als der andere, aber alle drei ähnlich in *kurta* und Seiden-*paiyamas* gekleidet. Der Vater war schlank und hielt sich betont gerade, eine hagere, aristokratische Erscheinung. Die Brille mit Goldrahmen, nahe zur Nasenspitze vorgeschoben, verlieh ihm das Aussehen eines Gelehrten. Er verneigte sich förmlich vor dem Oberst.

»Oberst-Sahib, Sudhir Jyoti, mit Verlaub«, sagte er auf englisch. »Ihre Anwesenheit in unserem bescheidenen Haus ehrt uns sehr. Willkommen.«

»Die Ehre liegt ganz auf meiner Seite. Ich gebe zu, ich habe eine Dinnerparty erwartet. Mrs. Basu . . .«

»Meine Tochter. Selbstverständlich. Wir haben ja auch eine Dinnerparty, speziell für Sie und Miss Creighton. Das sind meine Söhne, Satyajit und Chandra.«

Schüchtern entboten die beiden ihren *salaam*. Keiner nahm von Elizabeth Notiz. Sie kam sich vor, als ob sie in einem leeren Raum schaukelte und körperlosen Stimmen lauschte.

»Wird uns Ihre Tochter nicht Gesellschaft leisten?« fragte sie schließlich. Ihre Stimme klang neben den gedämpften Stimmen der Männer zu hart. Sie sahen bestürzt auf.

Mr. Jyoti wandte sich um und flüsterte seinem Jüngsten etwas zu, worauf dieser durch den Garten zu einem Zimmer eilte. Man wartete schweigend, der Oberst verlegen auf dem Diwan, eher hockend als sitzend; die beiden anderen Männer im Stehen.

»Mein Sohn hat einige Jahre in Ihrer Heimat verbracht, Oberst-Sahib. Er war sehr beeindruckt.«

»Wo, wenn ich fragen darf?«

»Cambridge«, antwortete der Sohn. »Ich habe Politikwissenschaft und Philosophie studiert. Allerdings hätte ich mich vor der Universität schon hier mit dem Kricketspiel anfreunden sollen. Durch meine Unkenntnis ist mir diese wichtige Seite des englischen Gesellschaftslebens leider verschlossen geblieben.«

»Ein schöner Sport«, murmelte der Oberst. Mit Mißbehagen sah er einem Abend gestelzter Konversation entgegen, reich an artigen Komplimenten, aber arm an echtem Gedankenaustausch. Plötzlich spürte er jemanden auf sie zukommen. Mrs. Basu. Sie schlenderte ohne Eile durch den Garten, mit demselben Lächeln auf den Lippen – wie ein Lufthauch über stillem Wasser, sanft, so sanft.

»Ich bin sehr froh, daß Sie und Miss Creighton kommen konnten.« Sie setzte sich neben Elizabeth auf die Schaukel, und endlich nahmen auch die Männer auf dem Diwan Platz. »Mein Vater war über meine Kühnheit entsetzt, Sie zum Dinner einzuladen. Er hätte mich fast in mein Zimmer eingesperrt.«

»Es war gewiß ein ungewöhnliches Ansinnen. Hatten Sie einen besonderen Grund?«

»Wir müssen uns ändern, Oberst. Unsere Vorstellungen sind altersschwach, Ihre frisch und neu. Ich finde Neues aufregend.«

»Für mich reicht das Alte vollkommen«, brummte der Vater freundlich und auch mit ein wenig Bewunderung in der Stimme, daß seine Tochter den Mut besessen hatte, einen Weißen zum Essen einzuladen.

Obwohl sich Mrs. Basu den ganzen Abend bescheiden im Hintergrund hielt und nur mit Elizabeth sprach, konnte der Oberst ihr Interesse an ihm spüren. Wann immer er sie anschaute, zeichnete sich auf ihrem Gesicht jenes sanfte Lächeln ab, und er hatte das Gefühl, daß sie mit ihm flirtete. Es machte ihm Unbehagen.

Der Vater war ein reizender Mann, Teehändler mit eigenen

Plantagen. Er hatte Dickens und Walter Scott gelesen und äußerte sich ganz allgemein begeistert über englische Schriftsteller. Aber er sprach sich auch lobend über den bengalischen Schriftsteller Rabindranath Tagore aus, nannte ihn sogar einen großen Dichter. Der Oberst bedauerte, daß er noch nichts von ihm gelesen hatte, wenn er auch den Namen bereits kannte. Trotzdem hatte er den Eindruck, als wäre im voraus beschlossen worden, worüber gesprochen werden durfte. Die Gesprächsthemen schienen zusammengestellt wie ein Festmenü, und man hielt sich daran. Der Oberst wußte dies als Höflichkeit zu deuten. Er sollte sich offenbar wie zu Hause fühlen. Der Sohn sprach von England, als ob es seine Heimat wäre.

Nach vier Drinks setzte man sich schließlich zum Essen. Der runde Marmortisch wurde in den Garten geschafft. Laternenlicht glänzte auf Silbertellern und Wassergläsern und auf dem Besteck, das neben zwei Gedecken ausgelegt war. Die Diener servierten *biryani*, Hühnchen-*korma*, Fisch-Curry, Gemüse, *parathas*. Die Menge hätte für eine ganze Armee gereicht.

»Meine Frau ist zu scheu, um uns Gesellschaft zu leisten«, sagte Mr. Jyoti ungefähr nach der halben Mahlzeit unvermittelt.

»Sie wird sich nicht mehr ändern«, meinte Mrs. Basu. Dann wandte sie sich dem Oberst zu: »Sie müssen noch das Rätsel meines Familienstandes lösen. Also: Bin ich verheiratet, ja oder nein?«

»Sie könnten auch verwitwet sein.«

»Dann müßte ich Weiß tragen und mein Haar geschoren haben. Nein, ich bin verheiratet, lebe allerdings getrennt. Mein Gatte zieht seine Plantagen und seine Busenfreunde meiner Gesellschaft vor.«

»Sushila, du gehst zu weit«, unterbrach ihr Vater sie.

»Aber es ist die Wahrheit. Und deswegen bin ich zu meiner eigenen Familie zurückgekehrt und habe mit meinem Vater eine Auslandsreise unternommen. Wo ist Ihre Frau, Oberst?«

»Meine Mutter starb, als ich noch ein Säugling war«, antwortete Elizabeth brüsk, in der Hoffnung, diese typisch indische Neugier für persönliche Dinge im Keim zu ersticken.

»Wie traurig«, hallte es im Chor aus der Tischrunde.

»Woran?« fragte Mrs. Basu.

»Cholera.«

»Und wo ist dieses Unglück passiert?«

»Hier in Indien.«

»Natürlich«, hakte Mrs. Basu hartnäckig nach. »Alle sterben sie in Indien. Gibt es nicht überall im Land diese reizenden kleinen Friedhöfe? Frauen und Kleinkinder. Was für einen Preis das Empire fordert! Wo genau war es?«

»Unten im Süden«, erwiderte der Oberst und erhob sich. Er mochte diese Neugier noch viel weniger. »Elizabeth.«

Das Dinner war beendet. Man erhob sich und ging gemeinsam schweigend zum Tor. Auf der totenstillen Straße mußten sie den Kutscher sanft anstoßen, um ihn aufzuwecken. Die schmale, zitronenfarbene Mondsichel stand an einem so klaren Himmel, daß man jeden Stern deutlich erkennen konnte. Mr. Jyoti öffnete die Wagentür und half Elizabeth beim Einsteigen. Seine Söhne hielten sich respektvoll abseits.

Mrs. Basu betrachtete versonnen den Himmel. Leise sprach sie auf Urdu:

»Der alte Zauberer in seiner Flickenkutte
webt sitzend Zaubersprüche,
die an seinen Thron uns binden,
während angsterfüllt und allein
wir uns hienieden winden,
blind im Angesicht der Kuppel aus Türkis.
Und wir vergessen, daß er in der Nacht
den Mond gemacht –
wie durch Magie aus eines Fisches Silberschuppen –,
der heiter seine Kreise zieht.
Er schloß den Pfropfen mit eintausend Siegeln,
gegossen aus dem Wachs der Tropfen,
die ihm das Mondlicht gab . . .«

Sie hielt inne und lächelte den Oberst an. »Ich bin sicher, Sie kennen den Schluß des Gedichts, Oberst-Sahib.« Er hörte die Herausforderung in ihrer Stimme und nahm sie an. Also sprach er:

»Seit jener Zeit
ist kein Sterblicher
gegen sein Schicksal gefeit,
auch wenn er sich dagegen wehrt.«

Die Stille war sanft und bezaubernd. Niemals hatte er sich mehr danach gesehnt, dieser indischen Erde und ihrem magischen Himmel zuzugehören. Er roch den Duft des Nachtkaktus in der Nähe und den sich senkenden Staub des Tages.

»Sehr gut, Oberst-Sahib.«

»Ich wußte gar nicht, daß Sie Urdu sprechen.«

»Das sollte Sie eigentlich nicht überraschen«, lachte sie, »auch wenn ich nur eine ungebildete Bengali-Frau bin. Aber daß ich weiß, daß Sie Urdu sprechen, das ist schon eine kleine Überraschung, nicht wahr?« Sie wandte sich von ihm ab. »Leben Sie wohl, Miss Creighton, und nochmals vielen Dank für Ihr Kommen.« Mit diesen förmlichen Abschiedsworten trat sie in den Schatten des Tores zurück. Der Oberst erhaschte einen letzten Blick von ihrem Goldsari und hörte ein leises, stillvergnügtes Lachen.

Er verabschiedete sich von den drei Männern mit einem Handschlag. Dann stieg er zu Elizabeth in den Wagen, die sich gähnend anschmiegte.

»Was hat sie gesagt?«

»Sie hat auf Urdu ein Gedicht von Nizami vorgetragen, dem Hofdichter von Akbar dem Großen. Er hat es ursprünglich auf persisch verfaßt.«

»Wovon handelt es?«

»Vom Schicksal«, antwortete der Oberst.

Auf der Heimfahrt rätselte der Oberst unentwegt, wie Mrs. Basu erfahren haben konnte, daß das Übersetzen von Urdu-Gedichten sein Hobby war. Eine beruhigende Tätigkeit. Sie vermittelte ihm das Gefühl, etwas Dauerhaftes zu leisten, verband ihn noch enger mit dem Land, machte ihn zu einem Teil davon. Aber sie machte ihn auch traurig, denn die Gedichte handelten von Liebesverlust und Leid, als ob beide Erfahrungen untrennbar wären.

Der *chaukidar* war noch wach und öffnete das Tor. Er würde jedoch sofort einschlafen, sobald er wußte, daß der Oberst eingeschlafen war. Er war ein Nepali, der sich als Gurkha ausgegeben hatte, um die Stelle als Tor- und Nachtwächter zu bekommen. Die beiden Labradorhunde, Nachkommen jener auf der alten Fotografie abgebildeten Tiere, trotteten bellend hinter dem Wagen her. Damit weckten sie die Diener auf, die bereits auf der Veranda eingenickt waren. Sie zündeten die Lampen an. Dann warteten sie auf Anweisungen. Der Oberst schickte den Wagen fort und folgte Elizabeth ins Haus.

»Noch einen Schlummertrunk?«

»Nein, danke, Vater.« Ihre Lippen streiften nur leicht seine Wange. »Gute Nacht.«

»Übrigens, worüber hat Mrs. Basu sich mit dir unterhalten?«

»England«, antwortete Elizabeth. »Und zwar so, als ob es ihre Heimat wäre. Wie man sich fühlt, wenn man über Picadilly spaziert und so weiter.«

»Hinter der Einladung steckt eine Absicht.«

»Und welche?«

»Weiß nicht. Wir werden sehen. Vielleicht eine Gefälligkeit.« Der Oberst saß allein beim Brandy. Alle Möbel, Büfetts, Sofas und Tische waren schwer und dunkel; massive Eiche, liebevoll poliert, Kostbarkeiten. Sie hatten den weiten Schiffstransport aus England hinter sich. An den Wänden hingen Landschaftsbilder von der Küste Cornwalls mit regenverhangenen und sturmdurchtosten Himmeln und dem Biß der Winterkälte auf den rosigen Wangen der Fischer. Einen Ehrenplatz nahmen einige Aquarelle mit Darstellungen aus dem Leben der feinen englischen Gesellschaft ein: Lords und Ladys auf Picknicks und beim Pferderennen. Elizabeth hatte sie gemalt. Was die Technik anging, war nicht viel an ihnen auszusetzen, aber die Menschen darauf wirkten so steif wie auf einem gestellten Gruppenbild.

Ein Bücherregal aus Eichenholz füllte eine ganze Wand. Darin standen aufgereiht Lexika, Nachschlagewerke und andere Fachbücher über Indien: Untersuchungen zur Volkskunde, über die Vogelwelt, die Fauna und Flora des Landes; die meisten waren bei A. H. Wheeler erschienen. Eine Rosenholzvitrine gegenüber enthielt eine kleine Sammlung von Dresdner Porzellan, alte Pistolen und Familienfotos. Das Zimmer hatte hohe Wände, und da es auch sehr groß war, erschienen die Möbel darin winzig.

Der Oberst schaute sich sinnend um: Wir projizieren unser Inneres nach außen. Also spiegelt mein Heim die Welt, wie ich sie mir wünschen würde. Diese Wunschwelt bestimmt mein Leben und mein Handeln. Vom tatsächlichen Indien dringt kaum etwas herein. Wie alle Weißen schließen auch wir es aus. Wir trennen die Innen- und Außenwelt streng voneinander, und deswegen bedarf es nur weniger Schritte, um von einer Welt in die andere zu gelangen. Der Steinfußboden, die Möbel und die Bilder sind ein Stück Heimat. In ihrer Nähe können wir uns sanften Regen und milden Sonnenschein vorstellen. Das typische indische Haus ist dagegen innen leer. Es reflektiert die Leere Indiens. Der Inder legt auf äußeren Besitz keinen Wert, höchstens auf den Goldschmuck, den er ständig am Leib trägt. Sogar die Architektur zeigt unsere Verschiedenartigkeit: Wir Engländer sitzen für jedermann von außen sichtbar im Garten und schauen vom Haus weg in die Welt, die uns umgibt. Die Inder legen den Garten im Innenhof an und schauen also beständig nach innen. Seit Jahrhunderten schon, und deswegen haben sie geistig abgewirtschaftet.

Obwohl die erwachsene Frau sie nicht mehr brauchte wie ehemals das Kind, hatte Mary-Ayah auf Elizabeth gewartet. Die jahrelange Abwesenheit hatte die Liebe nicht vermindert. Sie war so glücklich, ihrem »Töchterchen« erneut dienen zu dürfen. Während Elizabeth im Bad war, schlug Mary-Ayah die Bettdecke für sie auf. Auf dem Nachttisch stand ein Foto von Elizabeth und Richard mit ihrer Mutter. Elizabeth war nur ein winziges Bündel in einem Taufkleid aus feinen Spitzen auf dem Arm der Mutter. Richard, nicht viel größer, saß auf einem Hocker. Mary-Ayah wollte nicht hinschauen, sonst mußte sie weinen. Mrs. Creighton war hochgewachsen und sehr attraktiv. Elizabeth würde in einigen Jahren aussehen wie die Frau auf dem Bild. Ihr volles Haar trug sie aufgesteckt und dazu ein fein besticktes Kleid. Sie schaute nicht in die Kamera, sondern kühn über den Rand des Bildes hinaus in die weite Ferne; ein gedankenverlorenes, wehmütiges Gesicht.

Elizabeth trug ein schlichtes Nachthemd. Sie ging zu Bett. Mary-Ayah deckte sie zu und zog sich ins Ankleidezimmer zurück, um selbst zu schlafen.

Auf dem Nachttisch lag ein Serienroman. Elizabeth kehrte zu der Geschichte zurück:

Der fesche, junge Hauptmann, den Marion am Vorabend im Basar gesehen hatte, ritt auf sie zu. Die Karawane war zum Stillstand gekommen, und die Eingeborenen blickten hilflos hierhin und dorthin. Seit dem Angriff der Räuberbande waren sie unfähig, überlegt und planvoll zu handeln. Nun hofften sie, daß der Hauptmann die Führung übernehmen würde. Die Nachmittagssonne beschien ein hübsches, verwegenes Gesicht. Und als der Hauptmann schließlich die Zügel hochriß und seinen Helm abnahm, blickte Marion auf blondes, glattes Haar und in leuchtendblaue Augen.

»Ma'am, Hauptmann Johnson von der Khyber Rifles zu Ihren Diensten.«

Marion errötete unwillkürlich unter seinem kühnen Blick. »Dem Himmel sei Dank«, brachte sie flüsternd hervor, »daß Sie uns gerettet haben, Hauptmann Johnson. Ich war auf dem Weg zu meinem Vater in Pindi. Die Karawane wurde angegriffen und der Begleitoffizier dabei getötet. Die Eingeborenen scheinen unfähig, etwas zu unternehmen.«

Hauptmann Johnson hatte so rasch gehandelt. Sie mußte seinen Schneid und seine Kraft bewundern. Er scheuchte die Eingeborenen in die Karawane zurück und gab mit lauter, klarer Stimme seine Befehle . . .

Elizabeth kennzeichnete die Seite und schlüpfte tiefer unter die Decke. Sie betrachtete die Schatten an den Wänden. Wie froh sie war, daß sie nicht länger hin und her zuckten wie früher im Flackern der Öllampen. Es gab Augenblicke, da fühlte sie sich ausgesetzt, wie auf einem Floß mitten auf dem dunklen, unendlichen Meer. Die Serienromane waren ein Trost. Die Abenteuer schneidiger und romantischer Engländer erfrischten sie. Jene Welt mochte zwar nicht wirklich existieren, aber es war die Welt, an die sie gern glauben wollte. Sie gaben ihr Rückhalt, so daß sie ihre eigene Position in der Ordnung der Dinge besser bestimmen konnte. Und sie zeigten ihr ihre wahren Gefühle für England und Indien. Bevor sie die Augen schloß, küßte sie zärtlich das Bild der Mutter. Das hatte sie jede Nacht getan. Seit sie zurückdenken konnte.

6

Kim wartete eine Stunde, bis der Junge aus der Latrine herauskam. Er vertrieb sich die Zeit an der offenen Wagentür, ließ das Land langsam vor seinen Augen vorüberziehen und schwatzte mit den Mitreisenden: mit dem kleinen, schmächtigen Brahmanen aus Tamil Nadu, der nach Jahren im Dienst des Sarkar in Simla wieder in seine Heimatstadt Madurai zurückkehrte; mit einer Gruppe von Rajput-Frauen auf Pilgerfahrt nach Mathura. In ihren leuchtendroten und -blauen Gewändern glichen sie buntgefiederten Vögeln. Auch mit dem Jat-Sepoy, der zu seinem Regiment in Agra unterwegs war, wechselte er ein paar Worte.

Erst als der Marwari gegen die Aborttür hämmerte und entschieden Einlaß begehrte, lugte der Junge hervor und kam vorsichtig heraus, um sich den neugierigen Blicken seiner Mitreisenden zu stellen. Sie alle hatten seiner Rettung zugeschaut. Nun brannten sie darauf zu erfahren, was er ausgefressen hatte, daß man ihn so hartnäckig verfolgte.

Die Nase des Jungen kräuselte sich in kleine Falten, als dächte er nach. Und da die Angst nun aus seinem Gesicht gewichen war, konnte Kim auch seine Augen erkennen; sie leuchteten wie Bernstein. Sein Gesicht war außerordentlich fein geschnitten; so ließ sich sein Alter unmöglich eindeutig bestimmen. Aber die Berechnung in seinem Blick ließ ihn älter erscheinen, als er wahrscheinlich war.

»Hast du nicht einmal den Anstand, deinem Retter zu danken?« sagte eine der Rajput-Frauen empört, bevor der Junge ein Wort hervorbringen konnte.

»In einem Augenblick hättest du hören können, wie ich mich bedanke. Warum sind die Menschen immer so ungeduldig? Warum können sie niemals warten?« Der Junge wandte sich Kim zu: »Sahib, wenn deine Füße nicht aus dem Zug baumelten, würde ich sie demütig küssen, um dir zu danken, daß du mich vor diesen Schurken gerettet hast.«

»Sicher hast du sie bestohlen«, bemerkte Kim trocken.

»Ich ein Dieb? Fällt dir nichts Besseres ein? Trage ich etwa einen Geldbeutel oder einen Sack Gold bei mir? Schau, meine Hände sind leer. Wenn du mich für einen Dieb hältst, kannst du mich ja verprügeln oder der Polizei übergeben.«

»Bevor wir uns dazu entschließen«, mischte sich der Tamile ein, »und bevor du uns zu Tode langweilst, erzähle uns erst einmal, warum man dich verfolgt hat.«

Der Junge würdigte die anderen keines Wortes, sondern wandte sich ausschließlich an Kim: »Dir allein schulde ich eine Erklärung, Sahib. Ich bin kein Dieb. Vor zwei Tagen starb mein Vater. Ich bin der einzige rechtmäßige Erbe seiner Ländereien. Wir bauen Tee an, Indigo, Baumwolle, Weizen . . .«

»Und das alles an einem Ort?« fragte Kim.

»Natürlich nicht. Die Besitzungen sind über ganz Indien verstreut. Aber sein gottloser Bruder hat sofort versucht, mich aus dem Weg zu räumen. Er hat mich schon immer gehaßt und umbringen wollen, um an meiner Stelle zu erben. Zum Glück war seine Frau meine Geliebte. Sie hat mir zur Flucht verholfen.« Atemlos lehnte er sich zurück, auf Kims Urteil gespannt.

»Warum bist du nicht zur Polizei gegangen?« erkundigte sich der Jat-Sepoy.

»Nur weil du selbst eine Uniform trägst, hältst du automatisch alle Männer in Uniform für Ehrenmänner und vertrauenswürdig. Die Ortspolizei ist natürlich von meinem Onkel bestochen, und selbst jetzt sind sie wahrscheinlich noch hinter mir her.« Wieder schaute er Kim an, hielt sich die Hand zum Schutz vor der Sonne über die Augen und blinzelte. »Du glaubst mir doch, Sahib?«

»Möglich wäre es schon«, sagte Kim, den die dreiste Lüge belustigte. Er bezweifelte zwar die Wahrheit der Geschichte, war aber nun überzeugt davon, daß der Junge kein Dieb war.

»Gut. Weil du so freundlich bist, will ich mich zu dir setzen.«

Der Junge stieg über die hockenden Gestalten im Gang hinweg und ließ sich an Kims Seite nieder. Die Mitreisenden wandten sich anderen Dingen zu. Ihrer Wißbegierde entschlüpft, verfiel der Junge in Schweigen. Obwohl in der engen Tür für zwei kaum Platz war, gelang es ihm, jede Berührung mit Kim zu vermeiden.

»Verfolgt dich vielleicht ein Liebhaber?« fragte Kim flüsternd. »Viele Männer sind wild auf Knaben, und du bist sehr hübsch.«

»Was für eine schmutzige Phantasie du hast!«

»Oh, ich habe in meinem Leben schon viele Schwächen gesehen. Sei beruhigt, ich verurteile nichts. Das sollst du wissen, und deswegen habe ich dich gefragt.«

»Selbst der Mogul Babur soll einen Knaben geliebt haben, so las ich zumindest«, wandte sich der Junge schaudernd ab. »Wie schändlich für einen Kaiser. Ich als Prinz . . .«

»Nun bist du gar ein Prinz!«

»Ich sollte bescheidener sein. Nur ein sehr unbedeutender. Unser kleines Fürstentum liegt nördlich von Lucknow. Ich wollte nicht, daß die anderen es erfahren. Wer weiß. Einer von ihnen könnte mich verraten.«

»An wen?«

Ein forschender Blick musterte Kim, und die Hand umschloß den Haltegriff noch fester. Unter der oberflächlichen Unbekümmertheit, erkannte Kim, lauerte immer noch die Angst.

»Wer bist du?« fragte der Junge.

»Kim.«

»Ein seltsamer Name. Du siehst wie ein Kashmiri aus. Deine Haut ist so hell.«

»Ich stamme aus Lahore«, sagte er und bemühte sich nicht um weitere Erklärungen. »Und wie heißt du?«

Die Nasenspitze des Jungen zuckte kaum merklich, ein sicheres Zeichen, daß sein erfindungsreicher Geist sich gerade ein weiteres Märchen zurechtspann. »Prithivi. Ich wohne in Delhi.«

»Wo in Delhi?«

»Warum willst du das wissen?«

»Ich kenne Delhi recht gut und also vielleicht auch deine illustre Familie.«

»Ich habe mit keinem Wort gesagt, daß ich aus Delhi stamme, nur, daß ich dort wohne.«

»Du bist der mißtrauischste Mensch, dem ich je begegnet bin, und obendrein sehr verdächtig. Ich habe nicht übel Lust, dich aus dem Zug zu werfen.«

»Kim-Sahib, bitte, bleibe ganz ruhig. Ich stehe vollkommen allein auf der Welt, und wenn ich lüge, so nur zu meinem Schutz. Ich habe nichts Schlimmes getan.«

»Und warum sagst du dann nicht einfach die Wahrheit?«

»Weil . . .«

Kim spürte einen leichten Stoß gegen sein Gesäß. Er sah auf und erkannte die Kappe des Schaffners, den Fahrkartenlocher und das Holzbrett mit den Fahrkarten. Die weiße Uniform war steif gestärkt und von der billigen Seife der *dhobi-wallahs* leicht blau verfärbt. Der Mann hatte die helle Haut eines Weißen; hart und blau stachen die Augen. Sein Beruf verriet seine Abstammung. Wie fast alle Eisenbahnbeamten war er Eurasier. Die Eisenbahn war ihr Reich, ein lebenswichtiges Herrschaftsinstrument, das die Briten nur vollkommen loyalen Untertanen anvertrauten. Die Eurasier waren die Brücke zwischen Herrschern und Beherrschten, und wie alle von der eigentlichen Herrschaft ausgeschlossenen Mischlinge fühlten sie sich den Herrschern und nicht den Beherrschten zugehörig.

Der Fuß stieß ihn abermals an, in voller Absicht.

»Ticket, *mangta.*« Die Aussprache seines Hindi ließ zu wünschen übrig.

Kim erhob sich. »Sahib, wenn du mich nur erst gefragt hättest, anstatt mich zu treten, hätte ich dir mein Ticket schon gezeigt. Und bitte, halte deinen Fuß bei dir. Mein Körper sehnt sich nicht nach seiner Berührung.«

Er ragte einen ganzen Kopf höher als der Schaffner, der ein massiger Mann Mitte Zwanzig war. In seinem roten Gesicht spiegelte sich der Hochmut des Beamten. Sein Name war in ein kleines Messingschild an seiner Brust eingraviert: M. S. Richardson.

»Verdammt, ich werde tun, was mir gefällt«, brummte er auf englisch. Es war ihm gleich, ob Kim oder die anderen Reisenden ihn verstanden. »Und ich werde dich verdammt gern mit einem Tritt nach draußen befördern, wenn du keine Fahrkarte hast.« Zur Sicherheit wich er jedoch einen Schritt zurück und stieß gegen seinen indischen Assistenten, den er mit englischen Flüchen bedachte.

Kim überhörte die Bemerkung, kramte sein Ticket und etwas Geld hervor. »Hier, für ein Ticket nach Nagpur für meinen Freund. Er hatte vor der Abfahrt nicht mehr genug Zeit, eines zu kaufen.«

»Name?« fragte er.

»Prithviraj Chand«, antwortete Kim. Der Name wurde auf das Ticket eingetragen, das Ticket Kim überreicht.

»Aber ich will doch nach Bombay«, flüsterte der Junge.

»Man wird ihn fragen, ob er dich gesehen hat, und dann wird er wahrheitsgemäß sagen, daß wir nach Nagpur unterwegs sind.«

»Warum müssen die *kacca-bacca* immer so grob sein?«

»Weil sie nicht wissen, wer sie wirklich sind. Sie sind weder Angrezis noch Hindus, sondern der Puffer dazwischen.«

Früher hatten die Eurasier es besser gehabt, waren sie so angesehen gewesen wie Engländer und Inder – damals, als die ersten englischen Kaufleute und Glücksritter noch Inderinnen heirateten oder sich eine indische Geliebte hielten. General Skinner zum Beispiel war einer von ihnen. Seine leichte Kavallerie war die beste Truppe in ganz Indien gewesen, ihn hatte man in Anspielung auf Alexander den Großen liebevoll Sikandar Sahib genannt. Aber die Eurasier hatten sich zu schnell vermehrt. Kalt und berechnend wie die Herrscher zu allen Zeiten, verstießen die Engländer sie aus ihrer Gunst. Endgültig besiegelt war ihr Schicksal, als englische Frauen auf Gattensuche scharenweise nach Indien strömten. Die Memsahibs brachten die Vorurteile der Mittelklasse mit und ächteten jede sexuelle Verbindung zwischen Engländern und Inderinnen. Den Eurasiern wurde ihre Abstammung zum Gefängnis. Jetzt waren sie die *chi-chis* oder Blacky-Whities, wie man sie boshaft nannte. Ihre Loyalität wurde nie angezweifelt, nur ihr Blut. Sie standen zwischen den Rassen, denn auch die Inder schätzten sie gering und schimpften sie *kacca-bacca* – halb durchgebackenes Brot.

»Ich bin hungrig«, meldete sich Prithivi.

»*Ahree!* Nicht genug damit, daß ich dir dein wertvolles Leben gerettet und eine Fahrkarte für dich gekauft habe, erwartest du von mir auch noch, daß ich dich durchfüttere.«

»Ich habe im Moment keinen Anna, aber wenn wir in Bombay sind, werde ich meine Tante bitten, dich in Silberrupien zu entschädigen. Betrachte deine Auslagen als ein Darlehen.«

»Ich habe schon bessere Lügen gehört. Aber ich werde dir eine Kleinigkeit zu essen geben. Wenn du mir endlich die

Wahrheit erzählt hast, sollst du sogar eine richtige Mahlzeit bekommen.« Er kaufte ein paar *samosas* und eine Orange. Prithivi schlang alles gierig auf und leckte sich danach die Finger.

Vom gemächlichen, würdevollen Stampfen des Zuges eingelullt, verstummte das Geschnatter der Passagiere in der Mittagshitze, und Kim kehrte zu seinem Platz zurück. Er schob die anderen kräftig genug beiseite, daß zwischen dem Fenster und dem Marwari Platz für zwei war. Prithivi schlief auf der Stelle ein. Auch Kim döste vor sich hin, aber nicht sehr lange. Prithivi zuckte zusammen und schrie in einem Angsttraum. Damit weckte er Kim und die anderen, die sich schläfrig murmelnd über diese Störung beschwerten. Kim versuchte, Prithivi wach zu rütteln, erfolglos. Er stieß ihn nochmals, und dabei berührte seine Hand zufällig die feste Rundung einer Brust, die unter dem weiten, locker fallenden *kurta* verborgen war. »Prithivi« schob, ohne aufzuwachen, seine Hand beiseite, drehte ihm »seinen« Rücken zu und schlief weiter, von nun an friedlich.

Aha, dachte Kim. Habe ich mich doch fürs erste von der Geschichte täuschen lassen, obwohl mir der Bengel gleich zu hübsch aussah. Aber das ist er ja auch nicht, sondern eine Frau, und eine Schönheit obendrein.

Erst bei Sonnenuntergang wachte »Prithivi« plötzlich furchtgepeinigt auf und schaute Kim hilfesuchend an.

»Du hast einen schlechten Traum gehabt?« fragte Kim.

»Meine Träume sind nicht schlecht, nur mein Leben ist es. Wo sind wir?«

»Ein paar Meilen vor Mathura. Der Mann, der dich verfolgt, dein ... Onkel ... ist er einflußreich?«

»Sehr.«

»In diesem Fall solltest du besser hier aussteigen, auf der Stelle. Kann sein, er hat die Polizei benachrichtigt, daß sie dich in Agra oder weiter unten auf der Strecke abfängt.«

»Kommst du mit mir?« Prithivi schaute hinaus. Es war schnell dunkel geworden. Man konnte nicht mehr die vertrauten Hügel und Ebenen sehen. Die Welt wirkte nun bedrohlich. »Es ist gefährlich ... für einen Jungen, allein da draußen, nicht wahr?«

»Sehr«, sagte Kim.

»Vielleicht komme ich um?«

»Möglich. Wahrscheinlich sogar. Man wird dir die Kehle durchschneiden.«

»Prithivis« Augen wurden feucht. Sie wandte sich ab, um ihre Trauer zu verbergen. Kim sah, daß es ihm nur allzugut gelungen war, sie zu ängstigen. Es tat ihm leid.

»Ich werde mit dir kommen und dich an einer anderen Stelle wieder in den Zug setzen.«

»Oh, ich danke dir, Kim-Sahib.« Sie schaute ihn an, und für einen Augenblick tauchte er in ihre Bernsteinaugen ein, verlor sich in ihnen.

Er hatte vor allem zwei Gründe, Prithivi zu begleiten. Einmal aus Ritterlichkeit, zum anderen, weil Menschenschicksale ihn fesselten. Seine Neugier in dieser Beziehung war unstillbar. Er wollte das Geheimnis seiner hübschen Reisegefährtin unbedingt aufdecken, selbst wenn er zu diesem Zweck bis nach Bombay laufen müßte.

Die Nacht kam rasch. Es wurde spürbar kühler. Außer Kim und Prithivi hatten alle Reisenden Proviant mitgebracht. Sie wickelten sich nun in ihre Decken und Schals und schliefen ein. Auch Kim ließ sich vom Rhythmus der Räder in den Schlaf wiegen.

Im ersten Morgengrauen hatte der Zug die Außenbezirke von Agra erreicht. Kim weckte Prithivi, als der Zug sich langsam an der Yamuna entlangschlängelte. So sahen sie den ersten zitronenfarbenen Schimmer des Tages die Kuppel des Taj Mahal streifen. Alle im Wagen wurden wach und klatschten begeistert in die Hände. Welch ein Anblick! Erhaben. Das große Grabmal schien im fahlen Schein zu schwimmen, den Sorgen der gewöhnlichen Welt enthoben. Wie blankgescheuert sah es aus; der weiße Marmor glänzte wie eine Träne im Licht. Nach dem Tode von Mogul Aurangzeb hatte es mehr als zweihundert Jahre verlassen und vernachlässigt in der Landschaft gestanden, das verbleichende Gerippe eines längst verschollenen Reiches. Schließlich hatte Lord Curzon es entdeckt und seinen ganzen Ehrgeiz darangesetzt, Indiens Vergangenheit zu restaurieren. Er hatte die Regierung um das Amt für Denkmalspflege und Archäologie erweitert und die Wiederherstellung des Taj Mahal zu dessen erster Aufgabe und seiner persönlichen Angelegenheit gemacht.

»Es ist so wunderschön, daß ich am liebsten weinen möchte«, sagte Prithivi, wobei ihr die Tränen über die Wangen liefen.

»Du hast es schon einmal gesehen?«

»Wofür hältst du mich? Für einen *jangli*, einen Hinterwäldler oder Dschungelaffen? Ich bin mit meinen Eltern hiergewesen. Vor Jahren. Wir haben im Garten gesessen und auf den Vollmond gewartet.« Sie erschauerte. »Dann sieht man erst, daß es ein Grabmal ist. Es schaut so kalt und traurig aus. Weißt du, es ist auch sehr allein, einsam. Wer kann ihm Gesellschaft leisten? Nur wenn Shah Jahan sein eigenes schwarzes Grabmal hätte bauen dürfen, hätte es einen Freund gehabt. Ich glaube, es ist so verlassen, daß es nur noch auf den eigenen Tod wartet.«

Kim stand auf, um sich zwanglos zu strecken. Dann nahm er Prithivi bei der Hand und trat an die offene Wagentür. Als der Zug abbremste, ließ er sie los und sprang hinaus. Sie zögerte.

»Spring«, schrie er. »Ich fange dich auf.«

Sie sprang. Er strauchelte zwar, konnte sie jedoch halten. Beider Augen waren nur Zentimeter voneinander entfernt, und er erkannte darin, zuerst an der Überraschung, dann an der Panik der sich weitenden Pupillen: Sie wußte, daß er es wußte. Er mußte es bemerkt haben, daß sie kein Junge war. Sie versuchte, sich seinen Armen zu entwinden, sich zu befreien, zu fliehen. Als Kim sie trotzdem in den Armen umschlungen hielt, begann sie zu weinen.

»Jetzt bringst du mich sicher nach Delhi zurück.«

»Nein. Ich will dir nichts Böses. Aber ich bin schon sehr gespannt, den Grund für deine Verkleidung zu erfahren.«

»Was bleibt einer Frau anderes übrig, wenn sie allein nach Bombay fahren will?«

»Richtig. Aber nicht jede Frau wird von *lathi*-schwingenden Männern verfolgt. Komm, laß uns gehen. Du kannst mir alles auf dem Weg erzählen.«

Als sie neben den Gleisen entlangmarschierten, blieb sie bescheiden einen Schritt hinter ihm.

»Ich warte«, sagte Kim nach einer Weile. Bei einem Blick zurück sah er ihre Nase abermals verdächtig zittern. »Warum beginnen wir nicht bei deinem Namen.«

»Ich heiße Parvati. Wie hast du es herausgefunden?«

»Durch Zufall. Als du geschlafen hast.«

»Du ... du hast eine wehrlose Frau angefaßt?«

»Vergiß nicht, daß ich ahnungslos war. Ich wußte ja nicht, daß du eine Frau bist. Und ebensowenig solltest du vergessen, daß du nur dann etwas zu essen bekommst, wenn ich deinen Worten glauben kann.«

»Ach, es ist eine einfache und traurige Geschichte.« Ihre Stimme zitterte leicht, während sie sich im Geist ein neues Drama zurechtlegte. »Ich bin eine Waise, habe meinen Vater und meine Mutter in früher Kindheit verloren.«

»Hast du keine Brüder und Schwestern?«

»Alle tot. Aber du darfst mich nicht dauernd unterbrechen. Mein Onkel und meine Tante adoptierten mich. Sie sind schlechte Menschen. Weil ich schön bin, wollten sie mich an den Meistbietenden verkuppeln und mit dem gräßlichen Mann verheiraten, der mich in Delhi am Bahnhof gejagt hat. Die Hochzeit sollte morgen ... nein, heute stattfinden. Aber ich bin weggerannt. Er hat schon drei andere Frauen.«

»Du schaust nicht wie ein Moslem-Mädchen aus.«

»Wie sollte ich auch, mit einem Namen wie ... Parvati!«

Das Zögern bestätigte seinen Verdacht. Sie erzählte noch immer nicht die Wahrheit.

»Meine Eltern sind auch schon lange tot. Wir sind also beide ganz allein auf der Welt«, sagte Kim. »Mein Vater war ein mächtiger Fürst, und meine Familie herrscht über ein großes Land an der Grenze zu Kaschmir. Aber mein Bruder hat sich gegen mich verschworen, und so bin ich schon seit langem auf der Flucht vor seinen Häschern.«

»Du könntest schon ein Prinz sein. Zumindest siehst du so aus. Aber du benimmst dich nicht wie einer. Du bist freundlich zu den Menschen. Prinzen sind nicht freundlich. Sie sind grausam.« Sie blieb unvermittelt stehen, und Kim ging noch ein paar Schritte weiter, bevor er sich umdrehte. »Bekomme ich nun etwas zu essen?«

»Du bist mir vielleicht ein Vögelchen.«

Nach einigen *kos* Fußmarsch fanden sie auf der Grand Trunk Road einen *dabba*, eine Bude, die den Karawanen als Rastplatz diente. An solchen *dabbas* gab es immer gut und reichlich zu essen, denn sie mußten hart um Kundschaft kämpfen.

Für eine zarte, schlanke Frau aß Parvati wie ein Preisringer. Kim schaute zu, wie sie Fleisch, Hühnchen und *parathas* in Mengen verzehrte und mit *lassi* hinunterspülte. Schließlich rülpste sie zufrieden. Wenige Meter entfernt stand eine herrliche Tamarinde, und Kim machte es sich in ihrem Schatten bequem. Es war die Tageszeit, zu der alle weisen Menschen und Tiere ruhen. Aus den Augenwinkeln sah er Parvati sich gegen den Baum lehnen und in die Ferne starren. In der Ruhe, während die Gedanken sich nach innen kehrten, legte sich Trauer über ihr schönes Gesicht. Als er aufwachte, saß sie immer noch am selben Fleck; sie hatte sich nicht von der Stelle gerührt.

»Wer waren diese Männer?« fragte er erneut.

Sie stützte das Kinn auf die hohle Hand. Im Profil glich sie der Statue einer Apsara, einer jener zauberhaften Nymphen, die Menschen und Götter verführen. Anmutig die Nase, ausgeprägt die Wangenknochen. Die walnußbraune Haut mußte sich anfühlen wie polierter, von der Sonne erwärmter Marmor.

»*Gundas*, Strolche. Ich habe es dir doch schon gesagt. Sie wollten mich umbringen.«

»Und warum hätten sie das tun sollen?«

»Weil ...« Ihr Blick schweifte zum Horizont, in die Weite. Es war ihr inzwischen gleichgültig, ob Kim ihr glaubte oder nicht. Sie war im Begriff, ein Leben zu erfinden. Kim verstand, daß sie ihn wieder einmal an der Nase herumführen würde.

»Aber was kann ein Mädchen überhaupt begreifen, besonders wenn es immer im Luxus gelebt und niemals gearbeitet hat?«

»Ich habe nicht im Luxus gelebt.«

»Aber du hast die Hände einer Begum.« Er nahm ihre freie Hand. Die Handfläche war weich und rosig, die Lebenslinie lang und ausgeprägt. Schwungvoll gebogen hingegen verlief die Geisteslinie, Zeichen ihrer lebhaften Phantasie. Sie riß ihre Hand zurück.

»Was erkennst du darin?«

»Eine Lügnerin.«

»Ja, natürlich. Das bin ich. Schauen wir einmal, was ich sonst noch alles erzählen kann: Sie wollten mich einfangen und an ein Bordell verkaufen. Dort hätte ich dann vor Männern tanzen und Wein trinken müssen.«

»Ist das alles, wozu man dich gezwungen hätte?«

»Was tun Nautch-Mädchen denn sonst. Ich hätte gelebt wie eine Maharani ...«

»... Und du wärst auch fett geworden wie eine, von *jalebis, dough peda, rassagullas* und anderen Süßigkeiten«, neckte Kim sie. »Du würdest ein gutes Nautch-Mädchen abgeben. Wirklich, du erzählst mir Sachen!«

»Wieso? Die sind doch gar nicht schlecht. Eines Tages werde ich Geschichten schreiben. Gedichte habe ich schon geschrieben.«

»Über die Liebe?«

»Was ist das, Liebe?« fragte sie mit plötzlicher Bitterkeit. »Liebesgedichte sind nichts als dumme Lügen.«

»Dann vielleicht über die Traurigkeit des Daseins?«

»Ja, viele Gedichte über die Traurigkeit. Ich habe sie alle zurückgelassen, aber ich könnte sie sofort wieder niederschreiben. Sie sind hier, in meinem Kopf und in meinem Herzen.«

»Willst du mir eines aufsagen?«

»Nein. Sie sind mein Geheimnis. Hast du vor, den Rest des Tages nutzlos unter diesem Baum zu verschwenden? Mein ... Verlobter könnte seine Männer auf meine Spur hetzen.«

Kim seufzte und stand auf. Dem alten Brauch getreu ging die Frau, die sich nun Parvati nannte, einen Schritt hinter Kim her.

»Erzählst du mir jetzt, wo du in Delhi wohnst? Schließlich hast du ja dein Leben in meine Hände gelegt.«

»Mein Leben ist an sich wertlos, aber ich will es dir immerhin berichten. Unser Haus liegt etwa vier *kos* von Lal Quila entfernt.« Sie beschrieb ihm, wie groß es war, wie viele Diener dort angestellt waren und andere Einzelheiten.

Er glaubte ihr nur zum Teil, hörte aber aufmerksam zu. Selbst ihre lebhafte Phantasie konnte nicht alle Einzelheiten erfinden. Er konnte heraushören, wann sie sich bei ihrer Schilderung an die Wirklichkeit hielt. Viele Meilen legten sie so in angeregtem Gespräch zurück, neckten sich gelegentlich und fühlten sich in der Gesellschaft des anderen immer wohler.

Kim hatte einige Erfahrungen mit Frauen, und seine Zunge konnte wie von Silber sein. Er pries ihre Augen, ihren Mund, ihre Schönheit, und sie lächelte entzückt, auch wenn sie dagegen protestierte. Kein Wort mehr über ihre schlechten Seiten, kein Wort mehr darüber, daß sie es einfach nicht über sich brachte, ihm die Wahrheit zu erzählen. Als sie schwieg, sah er den Schleier der Melancholie ihr Gesicht umwölken. Dann hatte er nur noch einen Wunsch: daß sie lachte und ihn aus jenen tiefen, ernsten Bernsteinaugen ansah.

Während sie schweigend wanderten, dunkelte es. Als die Straße kaum mehr erkennbar war, sah Kim einen Feuerschein, vor dem sich der Schatten von drei Männern abzeichnete. Er glaubte auch, die dunklen Formen ruhender Tiere ausmachen zu können. Kochdüfte wehten herüber.

»Hazur«, rief Kim laut. »Wir sind einfache Wanderer. Können wir die Nacht in eurer Gesellschaft verbringen?«

Ein Mann erhob sich und winkte sie herbei. Der andere sprang auf die Füße und stieß den dritten an. Kim erkannte an der Gestalt, daß es ein Bär war. Als sie in den Feuerschein traten, starrten die Männer ihn und Parvati an und schauten dann mißtrauisch hinter sie in die Dunkelheit; denn sie hätten leicht die Vorhut einer Bande von *dacoits* sein können, die die Straßen mit Raub und Mord unsicher machten.

»Wir kommen nicht in böser Absicht. Wir sind Brüder, unterwegs nach Bombay.«

»Da habt ihr noch einen weiten Weg vor euch. Ich bin Nadir Shah, und dies hier ist mein Sohn Selim.« Kim erkannte einen großen, ansehnlichen Mann mit einem stattlichen Schnauzbart, welcher, nach oben gezwirbelt, fast in den Turban überzugehen schien. Sein Sohn reichte ihm kaum bis zur Brust und hatte ein rundes Lausbubengesicht. Er war höchstens zehn Jahre alt, sein Turban war von der gleichen Farbe wie der seines Vaters. Der Bär lag an einer Kette. Er trottete heran, um die Eindringlinge zu beschnüffeln, wobei Parvati sich ängstlich hinter Kim versteckte. Darüber hinaus gab es zwei Affen, die schimpften und keckerten, weil Kim sie gestört hatte. »Der Bär heißt Babur, die Affen sind Daniel und Asis. Wir sind fahrende Künstler. Kommt, setzt euch zu uns. Ihr müßt hungrig sein.«

»Ich möchte nur eine halbe *chapati*. Mein Bruder ist nicht hungrig, bloß müde.«

Aus Höflichkeit aß Kim eine halbe *chapati*. Die Mahlzeit war einfach und karg. Es gab Fladenbrot, wäßrigen *dal* aus roten Linsen und rohe Zwiebelscheiben, bestreut mit grobem Salz. Beim Essen erzählte Nadir Shah von ihrer Wanderschaft. Mit Selim zog er von Dorf zu Dorf kreuz und quer durch Indien und unterhielt die Leute mit den Tieren und Zauberkunststücken.

»Mit den Urahnen unserer Tiere hier ist mein Ururgroßvater vor Kaiser Jahangir aufgetreten. Der Mogul war so beeindruckt, daß er meinem Vorfahren einen ganzen Beutel voll Goldmünzen schenkte und seine Zauberkunst in seinem *Ja-*

hangir-nama erwähnte, seinem Tagebuch, in dem er die Besonderheiten von Land und Leuten festhielt. Mein Ururgroßvater konnte sich Arme und Beine abhacken und dann seinen Körper fehlerlos wieder zusammenfügen, als ob nichts geschehen wäre. Zu schade, daß wir diesen Trick verlernt haben.« Er nahm eine *bidi* von Kim. »Und den Goldbeutel haben wir natürlich auch nicht mehr.«

Kim reichte auch Selim eine *bidi*, die er mit sichtlichem Behagen rauchte. Parvati stieß ihn an. Auch sie wollte rauchen. Er gab ihr Feuer und beobachtete, wie sie hustete und spuckte. Nadir Shah lehnte sich an den schlafenden Bären und erzählte mehr von sich und seiner Familie.

Er stammte aus Delhi, dem alten, das sich seit Jahrhunderten nicht verändert hat. Er hatte noch zwei Söhne. Sie lebten dort bei der Mutter. Später, wenn sie alt genug wären, würden sie ihn und Selim begleiten. Jedes Jahr zog er etwa neun Monate mit Selim herum. Sie zeigten ihre Kunststücke und trugen den Klatsch und die Neuigkeiten von Dorf zu Dorf. So erfuhr man in Indien seit alters her, was sich tausend Meilen weiter weg zugetragen hatte. Wißbegierig lauschte er Kims Geschichten, der ihm von Lahore, von Simla und den Abenteuern seiner Jugend erzählte.

Als das Feuer schließlich erlosch, war Parvati längst eingeschlafen. Kim schmiegte sich an sie, damit sie sich gegenseitig wärmen konnten. Aber sie stieß ihn heftig von sich, zog sich zurück und drehte ihm den Rücken zu. Der Schrecken vor einer Umarmung mußte tief in ihr verborgen sitzen, denn sie wachte nicht einmal dabei auf. Sie reagierte heftig wie eine Frau, die neben einem ungeliebten Mann hatte schlafen müssen.

In der Kälte des Morgens jedoch, als der Tau auf der Erde glitzerte, spürte er Parvati an seinem Körper. Sie war wohl in der Nacht aufgewacht, hatte gesehen, daß Kim nicht der verabscheute Mann war, und sich dann an ihn geschmiegt. Er schaute sie lange an. Sie schlief wie ein Kind, den Mund halb geöffnet. Ihr Turban hatte sich gelöst, und die Morgensonne spiegelte sich in ihrem langen, tiefschwarzen Haar. Es duftete zart. Dann öffneten sich schlagartig ihre Augen, Überraschung und Angst lag in ihnen. Als sie Kim erkannte, lächelte sie, setzte sich schließlich auf und stöhnte.

»Das war die schrecklichste Nacht meines Lebens. Der Boden ist furchtbar hart. Ich bin völlig steif davon. Und der Bär hat die ganze Nacht gebrummt.«

»Du wirst dich daran gewöhnen. Einen Serail kann ich mir nicht leisten.«

Sie wanderten in gemächlichem Tempo. Wann immer sie auf eine Reisegruppe oder Karawane trafen, führten Nadir Shah und sein Sohn ihre Kunststücke vor. Der Bär tanzte. Die Affen spielten ihre Instrumente, und dann kam der Höhepunkt der Vorstellung: Nadir Shah deckte seinen Sohn mit einem Tuch zu. Dabei redete er immerfort auf sein Publikum ein, als ob er es mit Stimme und Gesten hypnotisieren wollte. Selim hob vom Boden ab, das Tuch hing an allen Seiten herunter. Schließlich schwebte der Junge in der Luft hin und her und setzte dann sanft auf dem Boden auf. Kim durchschaute den Trick nicht. Jedesmal ging er dabei um Selim herum und verschloß Augen und Ohren vor Nadir Shah, denn er wollte sich nicht hypnotisieren lassen. Sobald er sie öffnete, schwebte Selim in der Luft.

»Wie macht ihr das?« fragte Parvati nach der ersten Vorstellung.

»Familiengeheimnis. Wie sollten wir unser Brot verdienen, wenn ich es dir verriete?« Es war ohnehin ein karges Brot. Sie bekamen hie und da einen Anna.

Kim fragte Selim. Aber der schaute ihn mit den klugen Augen eines Kindes an, das die Welt bereits kennt und nur dem Vater traut. »Ich schlafe ein«, sagte er. »Mehr weiß ich nicht.«

Die Unterhaltungen mit Parvati verliefen nicht erfolgreicher. Sie erzählte ihm nichts. Sie gab ihm sogar zu erkennen, daß sie ihre Geschichten nach Belieben erfand. Einmal stammte sie angeblich aus Lucknow, dann war sie in Jaipur geboren. An einem Tag war sie eine Rani, am nächsten eine Dienerin. Er war einer solchen Phantasie noch nicht begegnet.

»Ich bin das jüngste von sechs Kindern«, hub sie an. »Meine drei Brüder und meine beiden Schwestern sind alle älter als ich. Mein Vater war Arzt. Seine Praxis lag in der Altstadt. Wenn du Lucknow kennst, wirst du dir ungefähr vorstellen können, wo unser Haus stand, nämlich ganz in der Nähe des Palastes. Mein Vater war der Leibarzt des Nawab. Als Kind habe ich im Palast gespielt. Es war herrlich dort. Diese Pracht! Wir Kinder bekamen, was wir uns nur wünschen konnten, und der Nawab war ein herzensguter Mann. Als ich zwölf war, starb mein Vater bei einer Seuche. Er wollte so viele Menschen retten und verlor darüber sein eigenes Leben. Meiner Mutter brach das Herz. Weil uns nichts anderes übrigblieb, zogen wir zu ihrem Bruder nach Delhi. Dort habe ich bis vor kurzem gelebt.«

Den Geschichten aus seinem Leben hörte sie voll Anteilnahme zu. Sie bestaunte seine vielen Wanderungen und war ein wenig neidisch auf ihn, weil er sich als Mann frei bewegen konnte. Sie entrüstete sich, daß die Frauen in den Traditionen und Bräuchen gefangen waren, die die Männer ihnen aufzwangen. Sie wollte auch wissen, ob er verheiratet oder verlobt sei, und er antwortete wahrheitsgemäß, nein, das wäre er nicht.

Natürlich bemerkten Nadir Shah und Selim recht bald, daß sie kein Mann war. Sie beobachteten, wie Kims »Bruder« sich an jedem Fluß stets einen Badeplatz außer Sichtweite suchte.

Deshalb vertraute sich Kim Nadir Shah an: »Wir lieben uns und sind auf der Flucht. Beide Familien sind gegen unsere Heirat.«

»Ich verstehe«, sagte Nadir Shah freundlich. »Wir werden euch nicht verraten.«

Kim entdeckte, daß er Parvati begehrte. Allein der Gedanke, der Traum, wurde in ihm zu einem Schmerz, aber er wußte, daß er sehr viel Geduld würde haben müssen. Ein Mann hatte sie verletzt, sehr sogar. Sie zuckte immer noch bei jeder körperlichen Berührung zusammen. Am Anfang hielt er ganz bewußt Abstand zu ihr. Aber als die Tage vergingen und sie immer weiter die staubigen Landstraßen entlangwanderten, fielen sie mit jedem Tag ein bißchen mehr hinter Nadir Shah und seinen Sohn zurück. Im Tempo von Baburs Watschelgang trotteten sie durchs Land und waren glücklich, miteinander allein zu sein. Als Kim zum erstenmal ihre Hand hielt, blieb ihre Handfläche steif und kalt, aber allmählich paßte sie sich seiner eigenen an wie Ton einer Form.

»Bei jeder Frau habe ich mich bisher einsam und allein gefühlt«, sagte Kim. »Verstehst du das? Auf der Welt sein bedeutet allein sein. Die Welt ist Einsamkeit. Wenn ich mit dir zusammen bin, fühle ich diese Einsamkeit schmelzen. Und fühle mich so wohl, bin so ruhig, jeden Tag, wenn ich aufwache und dich sehe, und jede Nacht im Schlaf, weil ich dich neben mir weiß.«

»Ich verstehe. Hättest du mich nicht gefunden, wäre ich ohne Hoffnung und ganz allein auf einer Welt, die mir das Weiterleben sinnlos erscheinen läßt. Ich habe kein glückliches Leben gehabt und bin oft verzweifelt gewesen. Ich kann dir jetzt noch nicht genau sagen, warum. Aber eines Tages werde ich dir alles erzählen und bitte dich bis dahin um Geduld. In der Zwischenzeit macht es mir Spaß, Geschichten über mich zu erfinden, von denen ich mir wünschte, sie wären wahr. Ist das so schlimm?«

Kim küßte ihre Hand, erst nur das Handgelenk, dann die weiche, duftige Handfläche. Sie führte sie zu seinem Gesicht, liebkoste seine Wangen und Lippen.

»Nein. Worte sind nicht wichtig. Wichtig ist, was ein Mann oder eine Frau fühlt und tut.«

Parvati kicherte verlegen: »Weißt du, ich habe noch keinen Mann gestreichelt und diese Zärtlichkeit dabei gespürt, die fast schon weh tut. Ich möchte an keinen ... keinen anderen denken. Nur an dich. Wenn ich dir nur immer Tag und Nacht dienen könnte, mein Leben wäre erfüllt.«

Wie alle Liebenden, die sich im Zustand ihres gesteigerten

Lebensgefühls befinden, fühlten sie sich im Einklang mit der Welt um sie her, den Blumen am Wegesrand, den Papageien, die am Himmel über ihnen dahinjagten, mit der Mutter und ihrem Kind, der Hündin und ihren Jungen, ja, sogar mit der Liane, die sich um den Baum rankte. Schmerz und Tod, Elend und Leid verschwanden aus dem besonderen Dasein, das sie für sich erschaffen hatten. Die Sonne wurde sanft, die Nächte wurden kühler, und nach dem Abendessen mit Nadir Shah und Selim zogen sie sich zurück, um in einiger Entfernung auf dem harten Boden ihr Bett aufzuschlagen. Allmählich ließ Parvati Kim näher an sich heran. Auch im Schlaf zeigte sie nicht mehr die Abwehr von früher, gab die Verteidigungshaltung auf, mit der jede verletzte Seele sich automatisch schützt. Am frühen Morgen, wenn die Sonne gerade über dem Horizont erschien, erwachten sie umschlungen. Da ihr Schlaf nun regelmäßig mit einer Umarmung ausklang, begannen sie ihn auch so. Kim streichelte und küßte sie zärtlich, nahm ihr die Angst, denn seine Liebe vertrieb die Dunkelheit aus ihrem Herzen. In der ersten oder zweiten Nacht konnte es noch nicht geschehen, aber als die dritte Nacht kam, hatte das Begehren, das sie den ganzen Tag verspürt hatten, ihren Widerstand aufgezehrt, und sie konnten an nichts anderes mehr denken. Mit jedem Atemzug, jedem Wort sahen sie die Liebe vor sich, die sie einander schenken wollten. Parvati erstickte ihre Ängste und ihren Widerwillen gegen die Berührung eines Mannes. Kim war so anders, so sanft, daß sie trotz ihrer häßlichen Erfahrungen fast verging vor zärtlichem Verlangen. Als sie sich zur Nachtruhe zurückzogen und er sie auf Gesicht und Mund küßte, nahm sie seine Hand und legte sie unter ihrem Hemd auf ihre Brust. Hätte ein anderer Mann sie berührt, sie hätte es wie ein Brandmal empfunden, aber Kims Berührung besänftigte sie und entfachte zugleich ihr Verlangen. Scheu zuerst, dann heftig, liebkoste sie ihn, und als sie sich beide nicht länger zurückhalten konnten, liebten sie sich mit unersättlicher Gier.

»Ich liebe dich«, sagte Kim, als sie erschöpft nebeneinander lagen. »Ich weiß nicht, was die Zukunft uns bringen wird, und wünsche nur, daß diese Tage und Nächte niemals enden.«

»Ich kann es nicht aussprechen, denn ich habe Angst, Gott damit zu versuchen, habe Angst, in meine schlimme Vergangenheit zurückgestoßen zu werden, wenn ich dir Worte der Liebe sage. Hier, fühle mein Herz, laß es ohne Worte von meiner Liebe sprechen, so daß nur du es hörst.«

Als sie am nächsten Morgen weiterwanderten, bemerkte Nadir Shah, daß sie wie in einem Traum dahingingen, und er sah auch den weichen Glanz auf ihren Gesichtern.

Nach zwei Wochen erreichten sie Gwalior. Die Stadt schmiegte sich an einen mächtigen Felsen, auf dem hoch oben Festung und Palast des Herrscherhauses der Scindia thronten wie ein Horst in klarer blauer Luft. In den Tagen der Mogule waren Fürsten und Nawabs in der Festung eingesperrt gewesen. Aber die Scindia hatten sie wieder in Besitz genommen. Das Familienoberhaupt war nun ein guter Freund von Lord Curzon, dem scheidenden Vizekönig.

»Möge Allah dich behüten«, verabschiedete sich Nadir Shah am Bahnhof mit einer Umarmung von Kim, während er Parvati sein Salaam entbot. »Solltest du Hilfe benötigen, brauchst du es nur jedem beliebigen Mann auf der Straße zu sagen, mit der Bitte, die Nachricht an uns weiterzuleiten. Wir werden kommen und dir beistehen.«

Kim und Parvati sahen die beiden in der Menge verschwinden und waren über die Trennung von den Gefährten traurig; so gute traf man selten. Sie mußten nicht lange auf den Zug nach Jhansi warten, und in Jhansi erwischten sie gerade noch den Postzug nach Bombay.

Kim wußte inzwischen, daß er Parvati liebte. Er hatte noch nie ein so leidenschaftliches Gefühl für eine Frau empfunden, und es war nicht nur sinnliche Begierde. Er wollte mit ihr zusammenbleiben, sie zur Lebensgefährtin haben. Ihre Traurigkeit war in seiner Gegenwart gewichen, und die Vergangenheit schien für den Augenblick aus ihrem Bewußtsein verbannt zu sein. Sie lachte jetzt öfter, faßte mehr und mehr

Vertrauen in ihn. Er spürte, daß sie seine Liebe vielleicht erwiderte, und doch ... etwas in ihr blieb verschlossen, zog sich zurück. Gelegentlich fiel es herab wie eine bleierne Wand, die er nicht durchdringen konnte. Dann verkroch sie sich tief in sich selbst. Aber später sah sie ihn wieder sehnsuchtsvoll an. Er streckte die Hand nach ihr aus, um sie zu berühren, und sie ließ es geschehen, wenn auch nur kurz. Dann wich sie ihm wieder aus. Sie konnte sich ihm nicht ganz geben.

Je näher sie Bombay kamen, desto stiller wurden sie beide. Kim fühlte das Ende ihrer gemeinsamen Traumzeit nahen. Nun würde das Erwachen folgen. Er fragte sie nach ihrer Tante. Wo wohnte sie? Wie würde Parvati sie finden? Aber einem verstockten Kind gleich schüttelte Parvati nur den Kopf. Ja, er dürfte mitkommen. Indes, erzählen wollte sie über ihre Tante nichts.

»Wenn du sie kennenlernst, wirst du begreifen, warum ich nicht darüber sprechen will. Du wirst doch mitkommen, nicht wahr? Versprich es.«

»Ich verspreche es. Und dann wirst du mir alles erzählen?«

»Ja. Dann sollst du erfahren, wer ich bin, welche Gefühle mein Herz bewegen, lieber Kim. Aber«, und die Tränen traten ihr in die Augen, »du wirst mich auch verabscheuen, sobald du alles weißt.«

»Niemals. Das schwöre ich«, sagte er und sah doch in ihren Augen, daß sie ihm nicht glaubte.

Der Zug fuhr mit vier Stunden Verspätung in Bombay ein. Es war Mittag. Sie hielten sich, von den Menschenmassen im Victoria-Bahnhof hin und her geschubst, aneinander fest. Kim hätte besser auf der Hut sein müssen, aber die Liebe und der warme Druck von Parvatis Hand in der seinen lullten ihn ein. Jetzt waren sie ja wirklich Liebende auf der Flucht. Aber vor wem sie flüchteten, mußten sie erst noch entdecken.

Kurz hinter der Fahrkartenkontrolle wurde Kim plötzlich gepackt und zu Boden geschlagen. Parvatis Hand löste sich aus seinem Griff, und als er aufzustehen versuchte, erhielt er einen kräftigen Tritt ins Kreuz. Er ließ sich vornüber rollen, aus der Reichweite seiner Gegner hinaus, und erhaschte mit einem Blick aus den Augenwinkeln, wie ein Mann Parvati durch die Menge wegzog.

»Kim! Hilf mir!« Sie wehrte sich. Erfolglos, denn der Mann hielt ihre Arme fest umklammert.

Es gelang Kim nicht, sich von seinen Angreifern zu lösen. Sie hatten zwar nicht vor, ihn zu töten, aber sie gaben sich Mühe, ihn abzulenken, bis ihr Spießgeselle Parvati außer Sichtweite gezerrt hatte. Kim landete bei einem der Männer einen kräftigen Treffer und rang dann mit dem anderen. Ein Unbekannter kam ihm zu Hilfe, zog den Mann von ihm weg und drosch mit einem Regenschirm auf ihn ein. Dann flüchteten beide Angreifer wie der Blitz, um in der Menge unterzutauchen.

Er heftete sich ihnen nicht an die Fersen, sondern rannte in die Richtung, in der Parvati verschwunden war. Die Menge versperrte ihm den Weg. Er mußte sich durch sie hindurchschlängeln, bis er sich vor dem Bahnhof wiederfand. Bombays Menschenmassen drückten und schoben ihn von allen Seiten. Obwohl er von einer Ecke des Bahnhofs zur anderen hastete, war von Parvati und ihrem Entführer nichts mehr zu sehen.

7

Er hatte seine Parvati verloren, aufgeben jedoch wollte er sie nicht. Systematisch durchkämmte Kim jede Straße und Gasse des Bahnhofsviertels und dehnte seine Suche von dort allmählich in andere Bereiche der Stadt aus. Er fragte Bettler und *chokras*, Tonga- und Rikscha-*wallahs*, aber keiner konnte ihm weiterhelfen. Keiner hatte einen Jungen gesehen, der von einem Mann fortgezogen wurde. Allerdings hatte man beobachtet, wie ein Mann einen anderen Mann niederstach.

Ob ihn das vielleicht interessierte? War der mit einem Jungen zusammen? Einem schlanken, hübschen Jungen? Nein, ein Junge war nicht dabeigewesen.

Schließlich ruhte er sich auf einer Treppenstufe aus und holte den Stein hervor. Er lag warm auf seiner Hand. Kim musterte ihn eingehend. Wenn er jetzt um Hilfe bäte, würde sein Ruf dann beantwortet? War die Liebe für einen Gott eine Frage von Leben und Tod? Wahrscheinlich nicht. Aber Kim brach es beinahe das Herz. Wenn er Parvati nur wiederfinden könnte! Er hätte freudig sein Leben dafür gegeben.

»Hilf mir«, flüsterte er dem Stein zu, ohne eine Vorstellung, was er sich davon erwarten sollte. Nichts geschah. Der Kiesel veränderte sich nicht, lag nur schwer auf der Hand. Kein Zwerg erschien. Vor Wut und Enttäuschung hätte er ihn beinahe fortgeschleudert, besann sich jedoch und steckte ihn ein. Dann setzte er seine Suche fort. Am Ende des zweiten Tages sah er ein, daß es hoffnungslos war. Parvati war so unvermittelt aus seinem Leben verschwunden, wie sie darin aufgetaucht war, und ließ ihn mit wundem Herzen zurück.

Er hatte bereits zwei wertvolle Tage verschwendet. Die Ankunft der Hoheiten am großen Kai des Apollo-*bandar* stand kurz bevor. Man baute für sie dort bereits den *pandal*, jenes riesige Empfangszelt aus Holz und Tuch, das besonders wichtigen Gästen vorbehalten war. Und er mußte noch herausfinden, ob sich die beiden Attentäter hier in Bombay aufhielten. Das war seine Pflicht. Zögernd folgte er ihrem Ruf. Auch die Kontaktadresse mußte er aufsuchen, die der Colonel ihm in Simla gezeigt hatte.

Er bahnte sich schlängelnd seinen Weg durch die Basargassen. In geschmacklos schreienden Farben schienen sich die Gebäude rechts und links geradezu in ihre Enge hineinzulehnen. Tausende und Abertausende von Menschen waren wie in einem Riesenbottich zusammengemischt. Er unterschied Maharatten, Gujeratis, Bengalis, Nepalis, Portugiesen, Engländer und Araber. Jeder Volksstamm Indiens war vertreten, ja, die ganze Welt schien hier versammelt, um sich in den Gassen und Gäßchen zu tummeln. Ob Händler oder Gassenjungen, alle waren sie geschäftig. Sein Staunen nahm kein Ende. Aber Bombay war ja auch die reichste Stadt des ganzen Subkontinents.

Die Kontaktadresse, die er sich eingeprägt hatte, entpuppte sich als ein zweigeschossiges Gebäude. Wie alle Häuser der Gegend war es aus Holz. Seine Fassade war mit reichen Schnitzereien versehen und in Rot-, Blau- und Grüntönen gestrichen. Es lag in der Gasse der Juweliere. Davor thronte auf einem Diwan ein *banya*, der gerade zwei Maharati-Damen eine goldene Smaragdkette zu verkaufen versuchte. Er war eifrig in sein Geschäft vertieft.

Neben dem Laden führte ein enger, dunkler Gang in das Gebäude, wo einige Männer mit gekreuzten Beinen über eine Handvoll kostbare Steine gebeugt saßen und Diamanten, Smaragde, Rubine begutachteten. Ihre Aufgabe war es, die Steine zu fassen. In einem anderen Raum wurde Gold geschmolzen und in zarte Formen gegossen. Flüssige Fäden des kostbaren Metalls schimmerten matt im Flammenschein. Die Männer waren bis zur Hüfte nackt. Sie glänzten vor Schweiß und erinnerten an Gnome in einem Verlies. Der Gang mündete in einen kleinen Innenhof. Kim überquerte ihn und stieg eine Treppe hinauf. Oben klopfte er an eine Holztür. Während er auf Einlaß wartete, beobachtete er das Treiben unter sich im Hof. Frauen wuschen Kleider und Kochgeschirr. Kinder spielten in dem winzigen Sonnenfleck, Männer eilten geschäftig umher. Er hörte, wie die Tür vorsichtig geöffnet wurde. Ein Kopf erschien. Er war winzig, erinnerte eher an den eines Vogels als eines Menschen. Die Brille hing gefährlich nahe der Nasenspitze. Zwei Augen musterten ihn von Kopf bis Fuß.

»Isaac Newton?«

»Kim?«

»Steht vor Ihnen, Sahib.«

Die Tür öffnete sich weiter, und Kim betrat ein kühles, geräumiges Zimmer. Der Mann war hochgewachsen und hager.

Auch in seinem Körperbau ähnelte er einem Vogel, einem Kranich vielleicht. Der Kopf stand zwischen den eingesunkenen Schultern vor. Hinter den in einem Drahtgestell gefaßten Brillengläsern beobachteten ihn glänzende, forschende Augen mit der Neugier einer Krähe. Der Mann setzte sich vor einem niedrigen Tisch mit gekreuzten Beinen nieder, kramte eine goldene Schnupftabakdose hervor, nahm mit jedem Nasenloch eine Prise, holte Luft und ... nieste herzhaft. Ein ganzes Vermögen in Diamanten wirbelte über den Tisch. Ein Diamant fiel sogar zu Boden, ohne daß er ihn beachtet hätte. Vielmehr nahm er einen anderen in die Hand und prüfte ihn unter der Lupe.

»Ich habe dich erwartet«, sagte er ruhig und widmete sich dann wieder seiner Arbeit. Gelegentlich notierte er ein Wort oder eine Zahl in das billige Notizbuch, das neben ihm lag. »Hast du eine angenehme Reise gehabt?«

»Ja. In Simla hörte ich, daß zwei Männer, die dort ein Attentat auf den Zug des Vizekönigs verübt haben, sich jetzt hier in Bombay befinden sollen. Ich vermute, sie haben einen Anschlag auf das Leben des Prinzen und der Prinzessin von Wales im Sinn.«

»Was kannst du mir über ihr Aussehen sagen?«

»Wenig.« Kim hockte sich nieder. »Der eine ist alt, der andere jung. Der Jüngere war in Simla glattrasiert, während der ältere einen Bart trug. Darüber hinaus weiß ich nichts von ihnen. Sie sind wie Geister aufgetaucht und wieder verschwunden.«

»Und was ist mit diesem Anil Ray?«

»Unschuldig. Sein Pech, daß die Beschreibung auch auf ihn und seinen Onkel paßte. Der arme Teufel hatte mit dem Attentatsversuch nichts zu tun.«

Kims Augen gewöhnten sich allmählich an die Dunkelheit, und er sah, daß das Zimmer voll von allen möglichen Dingen war. Es gab da merkwürdige und wundersame Instrumente aus Messing und Holz. Er ging herum und schaute sich alles an. Zwei Gegenstände sahen wie Kameras aus, waren jedoch keine. Dann gab es eine Maschine aus Metall, so groß wie ein Tisch. Die Platte war in kleine Quadrate unterteilt, in denen man die Buchstaben des englischen Alphabets erkannte, und daran befestigt war eine zweirädrige Maschine mit einem schweren Zylinder. Noch zahlreiche andere Objekte lagen übereinandergestapelt herum, waren zum Teil zerbrochen und allesamt recht eigentümlich. Man würde mindestens einen Tag brauchen, um jedes Ding zu untersuchen.

»Alles von mir«, sagte Isaac Newton umgänglich. »Alles meine Erfindungen. Die Wissenschaft ist meine Passion. Sie wird uns von Elend, Hungersnot und Rückständigkeit befreien. Wir Inder leben im zehnten Jahrhundert, die Engländer im zwanzigsten. Ich muß immer wieder staunen, wie erfindungsreich sie sind.« Er seufzte. »Traurig, daß keine meiner Erfindungen funktioniert. Nichts will mir gelingen. Im Geist sehe ich alles ganz klar, nur das verdammte, dumme Metall will nicht mitspielen.«

»Und das da?« deutete Kim auf die Schätze, die um Newton verstreut lagen.

»Mein Broterwerb. Ich bin der beste Diamantschleifer der Welt. Ich kann mit einem Blick einen Stein taxieren und sehe sofort, wie er geschnitten werden muß. Aber meine wahre Leidenschaft gilt diesen Dingen.« Er hielt in seiner Arbeit inne und schaute erst liebevoll und dann verärgert auf die Trümmer seiner Erfindungswut in den Zimmerecken. »Dumme Dinger. Funktionieren sollten sie! Aber sie weigern sich, störrisch, bockig, unverhohlen.«

»Du bist Christ?« Kim wollte feststellen, woher der Mann kam. Mit einem Namen wie Newton konnte er eigentlich nur von der Westküste stammen, vielleicht aus Trivandrum oder Cochin.

»Nein, nein, nein. Bin ich nicht. Warum denken die Menschen immer in solch überholten Kategorien? Ich bin natürlich Hindu. Ich hieß Gopal Krishnan, bis ich meinen Namen zu Ehren des großen Wissenschaftlers Sir Isaac Newton geändert habe.« Er überlegte einen Augenblick und vergaß dabei ganz den Stein in seiner Hand. »Ich habe sogar daran gedacht, mich ›Sir Isaac Newton‹ zu nennen, aber das wäre wohl anmaßend. Du hast von Isaac Newton gehört?«

»Ja.« Kim erinnerte sich dunkel an seine Schulzeit in Lucknow. Der Name hatte in irgendeinem Buch gestanden. Warum, wußte er nicht mehr.

»Er hat die Gesetze der Schwerkraft entdeckt. Ein Glückstreffer, laß es dir gesagt sein.« Eine weitere Prise fand ihren Weg in ein Nasenloch. »Da sitzt der Mann doch unter einem Baum, und ein Apfel fällt ihm auf den Kopf. Mehr hat es nicht gebraucht. Ich habe auch schon unter einem Baum gesessen, aber mir haben nur Krähen auf den Kopf gekackt. Ob es in England Krähen gibt? Ich habe mich das schon immer gefragt.« Nun hatte der Schnupftabak auch das zweite Nasenloch erreicht. Newton nieste und wischte sich dann mit dem Ärmel seiner Jiba die Nase. »Aber du bist im Einsatz hier, und ich rede und rede über die Wissenschaft und verschwende deine wertvolle Zeit. Alle Engländer tragen eine Uhr. Wir äffen sie nach, können aber diese verdammten Zeiger nicht lesen. Sie haben keine Bedeutung für uns, absolut keinen Sinn, sage ich dir, für uns nicht. Was zeigen sie überhaupt an, frage ich dich.«

»Ich möchte dich nur fragen, welchen Auftrag du mir zu übermitteln hast«, murmelte Kim.

»Und ich frage«, sagte Newton triumphierend: »Wer war das Mädchen?«

Kim schreckte hoch. Newton, süß lächelnd: »Glaubst du, ich hocke den ganzen Tag hier in der Stube, erfinde Sachen und kümmere mich nur um diese dummen Steine? Ich horche auch. Wenn du dein Ohr auf den Boden legst, kannst du jedes Geheimnis Indiens hören. Wir reden ununterbrochen, sage ich dir. Und wir sind neugierig wie die Krähen, beäugen jedes verdammte Ding auf Gottes Erdboden. Da wird nichts übersehen. Ja, ja, das Mädchen, das mit dir von Delhi abgefahren ist und im Victoria-Bahnhof gekidnappt, wollte sagen ge*frau*nappt wurde.« Er blinzelte wie ein interessierter Papagei. »Du hast es auf sie abgesehen, nicht wahr? Sie ist hübsch, sagte man mir. Trug einen Turban, wie kein Punjabi ihn je tragen würde. Allenfalls ein Sikh, denn die sind ja ziemlich verrückt.«

»Ich weiß nicht, wer sie war«, sagte Kim kurz angebunden, »und es ist mir auch egal.«

»*Ahree, baba!* Es ist ihm egal! Zwei Tage lang sind dir meine Männer kreuz und quer durch Bombay gefolgt, bis sie die Nase voll hatten und zu mir gelaufen kamen. Mehr *bakshish* wollten sie, weil ihnen die Füße weh taten von dem Herumgerenne.«

»Hast du sie verfolgen lassen?« fragte Kim aufmerkend.

»Nein. Die Dummköpfe haben sie aus den Augen verloren. Einer meiner Männer hat ihren Entführer angegriffen und mit dem Messer verletzt. Dabei ist sie entwischt.«

»Sie ist also in Sicherheit«, lachte Kim und verfiel dann in Schweigen. »Aber wo?«

»Gott allein weiß es. Aber er sagt uns nicht alles.«

»Wie hast du von ihr erfahren? Sie war als Junge verkleidet und nur einen kurzen Augenblick mit mir im Victoria-Bahnhof.«

»Man hat mich unterrichtet. Ich erhielt eine Botschaft: ›Kim mit Mädchen.‹«

»Wer hat sie geschickt? Von wo?«

»Das kann ich dir nicht sagen.«

Kim ließ sich auf sein Gesäß fallen und sann beklommen über die Reise nach. Wer hatte sie gesehen? Im Zug zahllose Leute. Jedoch konnten nur wenige ihr Geheimnis durchschaut haben. Oder hatten sie sich nur unwissend gestellt? Der Marwari, der vielleicht, Schlaf vortäuschend, zugehört hatte? Es war ihm zuzutrauen. Wer eine lange Zahlenkolonne mit einem Blick auf ihre Richtigkeit überprüfen kann, hat scharfe Augen. Oder der Schreiber, nur scheinbar unter der Last seiner Armut ganz zerdrückt? Der Schaffner? Parvatis Verfolger? Er wünschte, er hätte ihren wirklichen Namen erfahren. Nadir Shah?

Wenn Newton davon wußte, wußte es auch der Oberst. Sie

standen ja in Verbindung, durch Spionage, Klatsch, Geflüster hinter vorgehaltener Hand. Der Oberst wußte, wer ihn beobachtet hatte. Es war noch ein weiterer Agent in dem Zug gewesen. Dieser Gedanke allein genügte, um Kim noch beklommener zu machen. Wächter und Überwachte, Kontrollierte und Kontrolleure, wie eine Schlange zusammengeringelt, daß man nicht mehr wußte, wo der Kopf und wo der Schwanz war – eine sinistre Schönheit, die den Blick bannt, das Auge hypnotisiert.

»Du magst sie?« fragte Newton.

»Ich liebe sie.«

»Ich werde sie für dich finden.« Scherzend und ein wenig drohend zugleich hob er den Finger, der so dürr war wie eine Vogelklaue: »Aber Frauen machen Scherereien, große Scherereien. Sie wollen gefüttert, gekleidet und ausgeführt werden. Welches andere Geschöpf, frage ich dich, läßt sich darauf ein? Der Tiger vielleicht? Nein. Er sagt seinem Weib: Du sorgst für dich selbst, aber ein bißchen schnell. Allerdings ist er ein mutiger Geselle. Ich bin nicht mutig. Diese Frau wird dir Scherereien machen. Große Scherereien. Ich glaube, sie führt etwas im Schilde.«

»Was?«

»Irgendein Ärgernis. Was weiß ich. Warum rennt sie weg? Warum hat sie sich als Junge verkleidet? Warum sollte sie entführt werden? Zu viele ›warum‹. Ich werde wie ein Wissenschaftler darüber nachdenken. Aber du solltest dich an die Arbeit begeben. Wir müssen diese beiden Männer aufspüren, bevor sie *ihre* Scherereien anstellen, die sich für unsere Hoheiten als sehr unangenehm erweisen könnten, wenn ich es einmal milde ausdrücken soll. Scherereien, nichts als Scherereien! Warum können wir nicht stillsitzen, in aller Ruhe die Gaben der Engländer genießen? Wer einen Isaac Newton hervorgebracht hat, muß schon etwas Besonderes sein. Davon kann man doch nur profitieren.«

Erhob die Stimme und brüllte: »Narain, wo steckst du bloß wieder!« Sie warteten. »Wirst du mit uns essen, Kim, mein

Freund? Ein wenig Ruhe danach. Dann kann die Suche beginnen.«

Ein kleiner, drahtiger junger Mann mit krausem Haar und einem breiten Grinsen im Gesicht schlüpfte lautlos ins Zimmer. Seine Wangen waren noch vom Schlaf zerknittert, und seine *dhoti* fiel ihm fast von den Hüften. Durch seine Brille blinzelte er Isaac Newton an. Kim schien er bereits zu kennen, denn er blickte ihn kein einziges Mal an.

»Das ist Narain, der Herumtreiber, der Faulpelz an sich, Professor Doktor Doktor der Herumtreiberei. Er treibt sich hier herum und dort. Er treibt sich überall herum. Das ist sein Beruf. Er treibt sich in Toddy-Schenken herum, in Teebuden, auf der Pferderennbahn, in Opiumhöhlen, Absteigehotels, Stadtstreichertreffs, Schmugglerhöhlen und was es sonst an illustren Treffpunkten noch geben mag. Nachdem du gegessen und dich ausgeruht hast, wird er dir helfen, die beiden Männer aufzuspüren. Wenn Narain sie nicht finden kann, sind sie auch nicht in Bombay.« Newton seufzte, dieses Mal wie über eine mißlungene Erfindung. »Er ist mein Schwestersohn. Warum meine Schwester mit einem solchen Sohn gestraft wurde, geht selbst über meinen Verstand. Immerhin kann ich begreifen, warum sie den Tunichtgut mir aufgehalst hat. Sie wollte ihn los sein, die Verantwortung auf mich abwälzen. Was solltest du eigentlich werden, Narain? Sage es Kim.«

»Ich soll Jura studieren und Rechtsanwalt werden«, erwiderte Narain mit sanfter Stimme.

»Und? Wirst du es jemals werden?«

»Nein, denn ich möchte ein großer Erfinder sein wie du.«

»Siehst du das! Der Strolch schmeichelt mir. Nun, gib Kim etwas zu essen, überlaß ihm dein Bett und dann begleite ihn. Wenn ihm auch nur ein Härchen gekrümmt wird, prügle ich dich windelweich und verfüttere dich anschließend an eine meiner Maschinen.« Zu Kim sagte er: »Tatsächlich, einer dieser Apparate frißt Leute auf, mit Haut und Haar. Aber ich weiß nicht, was aus ihnen wird, denn sie kommen am anderen Ende nicht mehr heraus. Diese dumme Maschine will sie einfach nicht mehr ausspucken. Das ist das Problem, das ich noch lösen muß.«

Kim war sich nicht sicher, ob er diese Geschichte glauben sollte. Narain jedoch schaute sich sofort nervös im Zimmer um. Für ihn stand fest, daß sein Onkel verrückte Maschinen für verrückte Aufgaben konstruieren konnte. Er zweifelte keinen Augenblick daran.

Kim folgte ihm über einen schmalen Balkon in eine kleine, muffige Kammer. Das Mobiliar bestand einzig aus einem Charpoo-Bettgestell und einem eleganten, antiken englischen Stuhl, wunderbar fehl am Platz und vollgepackt mit Zeitungen. Von einem Nagel in der Wand spannte sich ein Seil zu einem Fenstergriff und diente als Kleiderstange. Bevor er essen und sich zur Ruhe legen konnte, wollte Kim sich vom Dreck der Reise und vom Staub Bombays säubern. Narain lieh ihm eine *dhoti* und einen *jiba*, gab ihm Handtuch und Seife und führte ihn nach unten. In einer Ecke des Innenhofes stand eine Wanne mit kaltem Wasser. Kim entkleidete sich bis auf den Lendenschurz und wusch sich, wobei Narain ihm interessiert zuschaute.

»Du hast eine so helle Haut wie die *Angrezis*«, bemerkte Narain. In seiner Stimme schwang Eifersucht mit, denn er selbst war recht dunkelhäutig.

Im Gesicht und an den Armen war Kim tief gebräunt, von der Brust bis zum Knie hingegen bleich. Er war derartige Bemerkungen gewöhnt. Für die feinsten Farbnuancen einer Menschenhaut hatten die meisten Inder ein Auge so scharf wie das der Kobra. »Man hat mich als Säugling in Büffelmilch gebadet«, sagte Kim und las an Narains Mund ab, daß dieser es ihm glaubte, genauso wie er auch die Erfindungen seines Onkels akzeptierte. Manche hatten Glück, bei ihnen funktionierten solche Rezepte. Bei anderen versagten sie. Schicksal. Ihn hatte man nur in Wasser gebadet. Und Wasser tat, wie jedermann wußte, nur der Erde gut.

Sie weinte still in sich hinein, weil sie Kim verloren hatte und gleichzeitig wußte, daß sie ihn niemals wiedersehen würde. Er hatte sie in Delhi aus der größten Not gerettet. Er hatte die Reise zu einem Erlebnis gemacht. In seiner Gesellschaft war sie immer schöner geworden. Stunden und Tage, wie rasch waren sie verflogen! Und zum Lachen hatte er sie auch gebracht. Sie hatte seine Gegenwart genossen, eine seltene Wohltat. Für ihn war Mohini »Parvati« gewesen. Und Mohini liebte ihn jetzt nicht weniger, als Parvati ihn auf der Wanderschaft liebengelernt hatte. Ein grausames Schicksal, den Mann zu finden, den sie lieben und dem sie vertrauen konnte, und ihn dann gleich wieder zu verlieren, entrissen von den Klauen ihrer Vergangenheit. Aber das war offenbar ihr *dharma*, Thema und Leitmotiv ihres Lebens. Sie hatte sich dem Häscher entwinden und fliehen können. Er war ihr hinterhergerannt, hatte gerade einen Zipfel ihres *kurta* erwischt, als sie ihn plötzlich umfallen hörte. Mit schnellem Blick hatte sie einen anderen Mann erkannt, dunkelhäutig, schmächtig, eine Brille auf der Nase, der ihrem Angreifer ein Messer in die Seite rammte. Aber sie hielt nicht an. Sie wußte nicht, wer sie gerettet hatte. Als er sie angeschaut hatte, sah sie nur das blutige Messer in seinen Händen. Die Angst gab ihr Flügel. Sie schlüpfte durch die geschäftigen Gassen davon, bis sie keine Kraft mehr hatte.

Wo sollte sie Kim suchen? Sie wagte sich nicht zum Victoria-Bahnhof zurück. War er noch am Leben? Sie hatte gesehen, wie zwei Männer ihn angriffen. Dann war er gestürzt. Vielleicht war auch er niedergestochen worden und lag nun verwundet, vielleicht sogar tot in irgendeiner Ecke. Sie weinte wieder: um sich selbst, um Kim, um ihre unwiederbringlich verlorene Liebe.

Sie würde sofort untertauchen müssen. Andere spähten ihr vielleicht noch nach. Man hatte sie offensichtlich am Bahnhof abgepaßt. Tagelang mußten die Häscher jeden Zug beobachtet haben. Solche Geduld und Zähigkeit jagten ihr Angst ein.

Erst in der Dämmerung wagte sie sich aus ihrem Versteck in einem Toreingang hervor und eilte zu einem Rikscha-Stand.

Sorgfältig suchte sie sich den ältesten und kraftlosesten Rikscha-*wallah* aus, den sie finden konnte. Nicht aus Mitleid. Sie wollte nur sichergehen, daß sie flink und kräftig genug sein würde, ihm zu entkommen, sollte er entdecken, daß sie eine Frau war.

»Malabar Hill«, wies sie ihn mit heiserer, verstellter Stimme an und täuschte mit einem Hüsteln Tuberkulose vor. Er beachtete sie gar nicht, sondern erhob sich nur müde und trottete zwischen die Zugstangen. »Was kostet das?«

»Acht Annas.«

»Acht! Das ist Diebstahl. Vier Annas!«

Er setzte sich wieder hin und machte keine Anstalten, sich zu bewegen. Er erinnerte sie an einen abgekämpften, ausgelaugten Zugochsen, der sich stumm auf dem Weg niederließ und vom Fahrer obendrein Schläge bekam, weil dieser sich durch seinen bevorstehenden Tod um die Arbeitskraft betrogen fühlte.

»Einverstanden, acht Annas. Aber nun schnell.«

Die Rikscha war alt und ausgeleiert. Sie bedeutete ihm, das Verdeck zu schließen. Obwohl es nicht regnete und die Sonne hinter dem Horizont verschwunden war, fügte er sich widerspruchslos in ihre Anweisung. Sie drückte sich tief in die Rükkenlehne in den Schatten und behielt die Straße ängstlich im Auge. Sie hatte keinen einzigen *paisa* bei sich und betete deswegen inständig, ihre »Tante« möge zu Hause sein, um den Rikscha-*wallah* zu bezahlen. Sie betete auch, daß ihre »Tante« sie bei sich aufnahm. Falls man sie abwies, wo sollte sie dann Obdach finden? Wo untertauchen? Wäre doch nur Kim bei ihr, dann müßte sie sich nicht sorgen. Er hätte alles getan, damit ihr nichts zustieß.

Um sich von ihren Sorgen abzulenken, dachte sie an Kim. Er hatte ihr nichts von seinem Beruf erzählt, und so stellte sie sich ihn als Prinzen im Exil vor. Ja, ein junger Rama mußte er sein! Eines Tages würde er sie wiederfinden und von dem Dämonen befreien, der sie unnachsichtig verfolgte.

8

Es blieb nicht lange dunkel. Der Mond ging auf, tauchte das Land in sein helles Geisterlicht, die schwarze Meeresfläche in flüssiges Silber verwandelnd. Zu jedem anderen Zeitpunkt hätte der ungewohnte Anblick Mohini entzückt. Sie hatte noch keine Wasserfläche gesehen, so unendlich wie hier. Aber trotzdem schaute sie sich nicht offen um, sondern krümmte sich zusammen, zog den Turbansaum über das Gesicht und schmiegte sich tiefer in den Schatten des Faltdachs zurück.

Die Rikscha hatte die Sicherheit der Stadt verlassen und kroch wie eine Schnecke am Ufer entlang, langsam, furchtbar langsam. Die Straße lag verlassen. Schwarze Schatten fielen darauf. Wo Malabar Hill lag, wußte sie nicht, und sie betete, daß der Rikscha-*wallah* keinen gräßlichen Mord im Sinn hatte. Lebhaft stellte sie sich vor, wie man ihr die Kehle durchschnitt, und fand sogar einigen Trost in dem Gedanken. Der Tod würde zumindest ihre Probleme lösen.

»Jaldi . . . jaldi!« trieb sie den alten Mann vorwärts. Aber seine Schritte wurden nicht schneller. Er hatte sie nicht einmal gehört. Sie schaute sich um, sah im Geist Verfolger hinter sich und entdeckte in den bizarren, vom Mond geworfenen Schatten immer neue Bedrohungen. Alles still. Kein Lufthauch; es war, als hielte auch die Nacht den Atem an. Sie passierten vereinzelte Bungalows, die weit von der Straße zurücklagen, fast in den Gärten verborgen. Unheilverkündend schimmerte gelb das Lampenlicht aus einigen Fenstern.

Allmählich veränderte sich die Landschaft. Zentimeter um Zentimeter zockelte die Rikscha vorwärts; denn der alte Mann mühte sich einen Steilhang hinauf. Ihre schlimmsten Befürchtungen wurden wahr, denn die Steigung besiegte ihn schließlich. Die Rikscha blieb stehen.

»Du wirst bis auf die Höhe zu Fuß gehen müssen.«

Mohini stieg aus, wagte nicht, sich umzuschauen. Immerhin,

der Alte bedeutete Gesellschaft, mochte er noch so keuchen und so schwach sein. Während sie nebeneinander bis zur Höhe hinaufstiegen, quietschten neben ihnen die Räder. Oben angekommen, kletterte sie wieder auf die Sitzbank.

»Ist es noch weit?«

»Nicht sehr.«

Hier standen mehr Häuser, und sie waren auch größer als die Bungalows unten am Hang. Vom Kamm aus konnte sie auf die Lichter von Bombay zurückblicken, sah die schwungvolle Wölbung des weißen Sandstrands, der sich wie eine Kette um die Bucht schmiegte. Die Rikscha bog in eine Seitenstraße ein und verschwand unter den dunklen Baumkronen. Mohini sehnte sich nach dem Anblick eines anderen Menschenwesens. Es würde sie beruhigen. Ein *chaukidar*, ein *chai-wallah* ... Kim. Sie sehnte sich nach Kim; er an ihrer Seite würde sie vor den Gespenstern ihrer eigenen Vorstellung bewahren. Mit ihm war sie auch in der Nacht in der Gesellschaft sonderbarer Männer und halbwilder Tiere zu Fuß gewandert und hatte sich trotzdem keinen Augenblick gefürchtet, selbst wenn die Finsternis noch undurchdringlicher gewesen war als jetzt, da die Angst sie begleitete wie ein Schatten. Sollte die »Tante« sie abweisen, würde ihr dieser Hügel weder Schutz noch Obdach gewähren.

Vor einer Holzpforte am Ende der Seitenstraße hielt die Rikscha schließlich an. Dahinter lag tief im Schatten ein Bungalow. Hinter einem Fenster brannte Licht, aber der Ort war wie ausgestorben. Es gab nicht einmal einen *chaukidar*, der das Anwesen bewachte und Gäste einließ.

»Warte«, flüsterte sie und öffnete die Pforte. Ihr Quietschen ließ für einen Moment die Zikaden verstummen. Während sie über den Kiesweg zur Haustür schlich, fühlte sie sich von ihren winzigen Augen beobachtet. So schüchtern klopfte sie, daß das Klopfen einem Flüstern glich. Niemand antwortete, nichts regte sich. Der Lichtschein der Lampe schien unerreichbar. Sie klopfte nochmals, etwas lauter jetzt; erleichtert hörte sie Stuhlbeine über den Boden scharren.

»*Kaun hai?* Wer da?« rief eine Frau.

»Tante Alice, ich bin's, Mohini.«

Das Licht setzte sich in Bewegung, kam durch den Flur auf die Tür zu. Eine Engländerin im Morgenrock erschien, hielt eine Laterne in Schulterhöhe und nahm Mohini in Augenschein. Aber stand da nicht ein junger Mann auf der Schwelle? Mohini sah die Angst im Gesicht der Frau und riß sich deswegen schnell den Turban vom Kopf, so daß ihr das Haar bis zu den Hüften herabfiel. Die Angst verschwand.

»Mohini?« In der Stimme schwang kein Wiedererkennen mit. »Es ist sehr spät. Was willst du?«

»Tante Ailee, du mußt mir helfen.« Sie wußte, daß sie erklären sollte, wer sie war, aber ihre Gedanken verwirrten sich. Sie wollte doch nicht von der Tür abgewiesen werden. Es durfte nicht geschehen. Panisch sprudelten die Worte über ihre Lippen: »Man will mich umbringen. Ich brauche ein Obdach. Ich habe kein Geld für die Rikscha. Er will acht Annas. Vielleicht ist das zuviel.«

Sie begann zu schluchzen, wußte nicht, was sie noch sagen oder tun sollte. Da schwand die Spannung aus dem Gesicht der Frau. Sie trat beiseite, und Mohini lief geduckt unter der Laterne hindurch in die Zuflucht eines kleinen Wohnzimmers.

»Ich gebe dem Mann besser die acht Annas und höre mir deine Geschichte später an.« Sie ließ Mohini in der Dunkelheit allein, ging ins Schlafzimmer und holte ihre Geldbörse. Mohini vernahm ihre Schritte auf dem Gartenweg, als sie zur Pforte ging und wieder zurückkam. Sie hockte zusammengekauert am anderen Ende des Zimmers in der Ecke und drückte sich förmlich in ein Bücherregal hinein.

»Also, wer bist du?«

»Mohini. Ich ... ich ... Du warst Privatlehrerin bei meinen Brüdern in Delhi. Du hast mir Englisch beigebracht, obwohl du das eigentlich nicht gedurft hättest. Ich war damals ein kleines Mädchen. Wir haben immer im Garten zusammengesessen. Ich habe dir meine Gedichte geschickt und ...«

»Ja, natürlich! O meine Liebe!« Alice Soames klatschte entzückt in die Hände und schloß das verängstigte Mädchen in ihre Arme. »Entschuldige mein Zögern, aber es war schon spät, und ich hatte dich so lange nicht mehr gesehen. Wie gut du dich gemacht hast! Du bist eine richtige Schönheit geworden. Kaum zu glauben, das kleine Mädchen mit den langen Zöpfen! Und eine begabte Dichterin bist du auch. Komm, setz dich doch.«

Alice Soames beobachtete, wie Mohini sich zögernd auf den äußersten Rand des Rattansessels niederließ – wie ein Vogel auf einem dürren Zweig. Zweifellos, es bestand eine gewisse Ähnlichkeit zwischen der jungen Frau und dem Kind, das sie vor zehn Jahren gekannt hatte. Es war ein scheues, wißbegieriges Kind gewesen, immer in helle Seidengewänder gekleidet, hatte sie ungeheuer ehrfürchtig angestarrt. Nur eine Handvoll indischer Frauen konnte ihre eigene Sprache lesen und schreiben; denn selbst die Oberschicht hielt es nicht für nötig, ihren Frauen und Töchtern eine Schulbildung zu geben. Alice aber war der Wissensdrang dieses Mädchens nicht verborgen geblieben, und so hatte sie sich jeden Tag mit ihr am äußersten Ende des Gartens getroffen und sie unter einem Mangobaum unterrichtet. Drei Jahre war sie Privatlehrerin ihrer Brüder gewesen, und während dieser drei Jahre hatte Mohini die englische Sprache so weit beherrschen gelernt, daß sie schreiben und lesen konnte.

Für die Männer war Englisch fast unerläßlich. Die besten Stellen in Verwaltung und Justiz hingen davon ab. Wer Englisch beherrschte, konnte als Sprachlehrer immer eine gutbezahlte Stellung bei einer indischen Familie finden, mochte er sonst auch noch so dumm sein. Alice hatte sich damals auf eine Anzeige im *Pioneer* gemeldet, und Mohinis Vater, ein Arzt, hatte sie nach einigem Zögern als Privatlehrerin für seine Söhne eingestellt.

Die Stellung war sehr angenehm gewesen, die Familie herzlich und entgegenkommend. Aber dann kamen Mohinis Eltern und Brüder von einem Tag auf den nächsten bei einer Cholera-Epidemie ums Leben. Onkel und Tante nahmen das

Mädchen zu sich. Alice wurde entlassen. In den Jahren danach hatte Mohini ihr in Briefen einige Gedichte geschickt. Die ersten klangen noch sehr kindlich, aber mit den Jahren waren auch die Gedichte reifer geworden – ergreifend und schwermütig. Sie hatte Mohini brieflich zu ermutigen versucht, als Antwort jedoch immer nur neue Gedichte bekommen, eilig auf ein Stück Papier gekritzelt wie der Hilferuf einer Gestrandeten in einer Flaschenpost. Sie offenbarten mehr als jeder Brief, gaben Zeugnis von der fortschreitenden Zerstörung eines jungen Mädchens: ein Leben, das verfiel, bevor es jemals blühen durfte.

Alice sah den panischen Schrecken allmählich auf Mohinis Gesicht verlöschen. Das Mädchen schien dem Zusammenbruch nahe zu sein. Deswegen ging sie zu ihr hin und nahm sie in die Arme. Für Mohini bedeutete diese Geste das Leben. Sie vergrub ihr Gesicht in Alices Schultern. Der Knoten der Angst löste sich. Welche Befreiung!

»Zuerst mußt du etwas essen und dann ins Bett. Morgen haben wir Zeit genug, alles in Ruhe zu bereden und diesem ganzen *garbarh* auf den Grund zu gehen.«

Während Mohini aß, schlug Alice im Arbeitszimmer das Gästebett auf. Dann nahm sie Mohini bei der Hand, deckte sie zu und küßte sie auf die Stirn. Mohini entsann sich der ersten Mahlzeit mit Kim in dem *dabba* vor Agra, und sie schlief ein, bevor Alice die Tür hinter sich geschlossen hatte.

Alices Schlafzimmer war spärlich möbliert. Sie besaß nur das Notwendigste. Dazu zählte der Nachttisch, auf dem sich die Bücher stapelten. Der Bungalow reflektierte ihren Lebensstil. Sie war eine alleinstehende und keineswegs ordnungsbesessene Frau. Kleider lagen über einen Hocker geworfen, Schuhe unaufgeräumt auf dem Boden. Aber man sah auch, daß sie viel arbeitete; denn auf dem Bett schoben sich beschriebene und unbeschriebene Blätter und Notizbücher über- und nebeneinander.

Alice schlüpfte aus ihrem Morgenrock und legte sich wieder ins Bett, aber Mohinis unerwartetes Auftauchen ließ sie nicht los. Unwillkürlich legte sie die Stirn in Falten, so daß ihr Gesicht noch größere Willensstärke ausstrahlte, als ihm ohnehin eigen war. Ihre klaren, hellen, blauen Augen wirkten kühl, aber wenn sie lächelte, verflüchtigte sich alle Strenge in menschlicher Wärme und verschmitztem Humor. Alices Erscheinung vermittelte, was sie verkörperte. Sie war eine Frau, die auf Herausforderungen nicht weniger Lust hatte als auf Spaß und Vergnügen. Beidem begegnete sie mit dem gleichen Enthusiasmus: Sie genoß das Vergnügen und stellte sich den Herausforderungen – uneingeschränkt. Jetzt zum Beispiel hatte sie das Gefühl, daß sie ihre Zeit mit unnötigem Nachdenken verschwendete. Sie verscheuchte die Grübelei mit fast körperlicher Anstrengung und widmete sich der Aufgabe, die sie so bald wie möglich zum Abschluß bringen mußte: Sie schrieb ihren Artikel für den *Manchester Guardian* über die Vorbereitungen zum Besuch des Prinzen und der Prinzessin von Wales.

Isaac Newton mochte Narains zahllose Tummelplätze wissenschaftlich in verschiedene Arten von Höhlen klassifiziert haben, tatsächlich jedoch waren sie kaum voneinander zu unterscheiden. Sie lagen in kleinen, stickigen Räumen in verkommenen Holz- oder Ziegelhäusern, und die Gäste waren ausnahmslos Männer. Welcher Beschäftigung sie nachgingen, konnte man im Dunkel der wenigen Laternen und im Qualm der Zigaretten und *bidis* unmöglich erkennen. Überall jedoch stank es säuerlich nach Arrak und Toddy, wie man auch überall jeden Fremden mißtrauisch beäugte.

Seinen Neffen hatte Newton korrekt eingestuft. Der war wirklich ein erstklassiger Herumtreiber, ein von allen anerkannter Meister seines Fachs. In fast jeder dieser vor dem Auge des Gesetzes verborgenen Spelunken begrüßte man ihn herzlich. Mit Kim ging er dort verstohlen ein und aus. Aber Kim fühlte sich in der Unterwelt Bombays wie ein steuerloses Floß; denn scheinbar ziellos ließen sie sich von einer Höhle in die nächste treiben, verbrachten dort jeweils zwei, drei oder sogar vier Stunden, hockten sich auf die Bänke und schwatzten mit allerlei zwielichtigen Gestalten.

Narain stellte Kim als einen Vetter-Bruder vor, und wo die Erklärung weitschweifiger ausfallen mußte, flüsterte er seinen Kumpanen vertraulich zu, daß die Tochter von Kims Bruder mit dem Bruder der Frau seines Onkels verheiratet sei. Das befriedigte jeden, denn selbst die verschlungensten Familienverhältnisse wurden allgemein akzeptiert. Mit den Worten Isaac Newtons: »Wenn man diese Familienbande großzügig auslegt, ist jeder verdammte Inder durch irgendeinen lächerlichen Blödsinn mit jedem anderen verdammten Inder verwandt.«

Im Augenblick saßen sie auf einer Holzbank und hielten Tonbecher mit Toddy in der Hand. Kim tat nur so, als ob er trinken würde. Der Geschmack des Palmweins widerte ihn an. Auf den übrigen Bänken hockten Schmuggler, die wohl nichts anderes vorhatten, als ihre Zeit totzuschlagen. Ihr Reich erstreckte sich über das Arabische Meer, wo sie Schmuggelgut zwischen Bombay und dem Persischen Golf transportierten. Die Fracht orientierte sich an der Nachfrage: Gold, Seide, englische Baumwollstoffe, französischer Cognac, Waffen. Nach Narains Aussagen verkehrte hier auch der berüchtigte Waffenschmuggler Ahmed Said, wenn er sich nicht gerade auf einer Dhau seiner Flotte auf hoher See befand. Ahmed Said betrieb ein sehr gewinnbringendes Geschäft: Auf der Hinfahrt in den Golf hatte er Mädchen und Frauen für die Bordelle der Emirate an Bord, auf der Rückfahrt lud er gewöhnlich Waffen. Da der Besitz von Feuerwaffen nur den Engländern gestattet, den Indern jedoch strengstens verboten war, kosteten sie entsprechend viel Geld. Vielleicht ließe sich Ahmed Said dazu überreden, ihnen zu verraten, ob er in der letzten Zeit eine Pistole an zwei Männer verkauft hatte, von denen der eine alt und der andere jung war.

»Weiß der Oberst über Ahmed Said Bescheid?« fragte Kim leise.

»Natürlich nicht. Wer würde es wagen, Ahmed Said zu verraten. Er hat genügend *gundas* in seinem Gefolge, mir gleich in einem ganzen Dutzend von Wiedergeburten die Kehle durchzuschneiden. Mit diesen Mordbuben ist nicht zu spaßen.« Narain lugte Kim über dem Rand seines Bechers ins Gesicht, und seine Brauen zogen sich sorgenvoll zusammen. »Bitte, du darfst so etwas nicht einmal denken, wenn du hier sitzt. Sollte Ahmed Said herausbekommen, daß du ein Agent des Empire bist, wird er dich zerhacken lassen und die Stücke auf dem Markt verkaufen – als Ziegenfleisch.« Besänftigend fügte er hinzu: »Aber die Ortspolizei kennt ihn natürlich. Sie schaut nur geflissentlich weg, wenn er an einem ihrer Beamten vorbeigeht.«

»Er könnte mißtrauisch werden, wenn wir ihn nach den beiden Männern fragen?«

»Wir werden uns eine passende Lüge einfallen lassen. Erzähle ihm einfach, diese beiden Kerle wären mit der Tochter deines Bruders durchgebrannt und hätten ihr ein gewisses Etwas geraubt. Rache, damit kann sein Hirn etwas anfangen, die begreift er. Wir werden ihm auch einen Revolver abkaufen. Dann wird er mit Freuden dafür sorgen, daß wir Genugtuung bekommen.«

Sie mußten noch zwei weitere Nächte auf Ahmed Said warten. Narain hatte sich zwar nach seinem Aufenthalt erkundigt, aber nur erfahren, daß er »bald hier erscheinen würde«. Wann, blieb vage. Und das war beabsichtigt. Da sie nichts Näheres wußten, konnten sie nur dasitzen und warten.

Die von Kim gesuchten Männer hatten sich unter die Menge gemischt, die Lord Curzon neugierig begaffte. Der jüngere von beiden stand weiter hinten. Er war in schreienden, einander widerstreitenden Farben gekleidet. Zu einem roten Turban trug er ein blaues Hemd und weiße *paiyamas*, während aus seinen Lippen, passend zum Turban, der Betelsaft troff. Unruhig überflogen seine Augen die Szene. Er schien stets auf der Hut zu sein, elektrisiert wie eine zusammengerollte Schlange kurz vor dem Zustoßen. Die Menschen in der Nähe spürten die Hochspannung in dem harten, muskulösen Körper und rückten von ihm ab. Sein um viele Jahre älterer Gefährte hingegen vermittelte einen ganz anderen Eindruck. Er stand vorn in der ersten Reihe direkt hinter einem Schutzmann und beachtete seinen Begleiter überhaupt nicht, so als kenne er ihn nicht einmal. Sie waren jeder für sich angekommen. Der Alte stellte die Leutseligkeit in Person dar, schwatzte mit den Frauen und Männern in seiner Nähe, riß einige Zoten und erzählte allerlei Klatsch. Er sah wie ein harmloser Kleinwarenhändler aus. Er war einfach gekleidet, ganz in Weiß und recht sauber. In einem Jutebeutel schien er seinen Tageseinkauf zu tragen, denn oben schauten ein paar Tomaten, zwei Zwiebeln und eine Banane heraus.

Lord Curzon saß strahlend in einem offenen Landauer. Zwei Diener hielten einen riesigen, reichbestickten Sonnenschirm über ihn. Zwei Lakaien hatten hinter dem Landauer Posten bezogen, während zwei Pferdeburschen die Pferde am Zaumzeug hielten. Alle verharrten sie reglos wie Statuen. Neben der offenen Kutschentür gruppierte sich Curzons Gefolge, eine Handvoll britische Beamte in Leinenanzügen und mit der *topi*, dem Tropenhelm, auf dem Kopf. In einiger Entfernung stand die Schar ihrer Assistenten, lauter junge Engländer. Sie hatten die schriftlichen Anweisungen in der Hand, auf denen die Aufstellung des Festzuges in allen Einzelheiten festgelegt war. Noch etwas dahinter und am weitesten vom Sitz der Macht entfernt folgten die indischen Beamten mit ihren Schreibern. Schließlich erreichte die Befehlskette die untersten Ränge, die die Aufgabe hatten, den Teilnehmern die Anweisungen zu übermitteln. Sie erinnerten an Jagdhunde, die hie und da nach einer Ferse schnappten.

Lord Curzon, stets Perfektionist, drehte sich zur Seite und blickte über den Staubschleier hinweg, den das viele Hin und Her aufgewirbelt hatte. Er wollte sich an alles erinnern, alles vergegenwärtigen, denn bald würde er abreisen. Spiegelglatt wie ein Teich und tiefblau schimmerte die See vor dem Apollo-Pier. Sie spülte murmelnd gegen den gleißend weißen

Sand des Strandes. So kam sie ihm wie ein riesiges Ungeheuer vor, das nur zu faul war, sich in der Nachmittagshitze über den Schnalzer einer kleinen Welle hinaus zu erregen. Ihr zu einem beruhigenden Gewisper gedämpftes Brausen lud einen förmlich ein, sie zu streicheln. In einiger Entfernung sah er Hütten und winzige schwarze Punkte: Fischer, die ihre Netze flickten. Dann drehte er sich in die entgegengesetzte Richtung. Dort lag eine lange Linie großer weißer Schiffe in der See, das waren die metallenen Venen, die England mit Blut versorgten. Sie alle strebten den zahllosen Docks zu, die sich weiter erstreckten, als das Auge sehen konnte.

Das Gemurmel der See drang als Klagelaut in sein Ohr: »Empire ... Empire ... Empire ...« Er, Curzon, hatte seine Rolle im großen Spiel von »Rule Britannia« nun ausgespielt. Ein anderer, ein Fremder würde die Macht erben, in die prunkvollen Rituale eingeweiht werden, die so großartig waren, daß der Gedanke daran ihm auch jetzt noch den Atem raubte. »Vizekönig von Indien«, flüsterte er kaum hörbar zu sich selbst. Wie süß das klang und hallte doch gleichzeitig wie grollendes Echo durch das ganze Land.

Während er hier an diesem Nachmittag die Generalprobe für den bescheidenen Empfang beobachtete, mußte Curzon unwillkürlich an den Gala-*darbar* denken, den er vor zwei Jahren anläßlich der Feierlichkeiten zur Krönung von Edward VII. ausgerichtet hatte, dem Vater von Prinz George. König Edward war nicht selbst gekommen, sondern hatte seinen Bruder, den Herzog von Connaught, an seiner Stelle entsandt. Sehr zum Vergnügen von Curzon, blieb er selbst damit doch der ranghöchste Mann im Land. Nur der König von England stand als Kaiser von Indien noch über ihm.

Der Krönungs-*darbar* in Delhi hatte den Höhepunkt der britischen Herrschaft in Indien markiert. Und so war er von Curzon auch geplant gewesen, wie ein Symbol, ein Denkmal fast. Nur der Großmogul persönlich hätte eine solche Pracht inszenieren können. Jeder Nawab, Maharaja, Raja und Rana des Landes war herbeizitiert worden, um Edward VII. die

Ehre zu erweisen, und zwar mitsamt Hofstaat, Elefanten, Leibgarde und Nautch-Mädchen. Unendlich lang hatte sich der Festzug erstreckt; Botschafter und arabische Scheichs, Gouverneure von Provinzen, die für sich genommen so groß waren wie ganz England, waren mit ihren Stellvertretern an ihm vorbeidefiliert.

Wie früher die Mogule hatte er vor Delhi eine Zeltstadt errichten lassen, ja, selbst ein Gleisanschluß war verlegt worden, um die Gäste von ihren Unterkünften zu dem eigens errichteten Amphitheater auf dem großen Freiplatz vor dem Roten Fort zu bringen. Der *darbar* hatte am 29. Dezember 1902 begonnen und volle zehn Tage gedauert.

Der geradezu mittelalterliche Prunk beruhte auf kühler Berechnung. Curzon hatte es so gewollt. Jetzt waren die Briten die Mogule, und jeder Inder, vom Fürsten bis zum Bauern, sollte es begreifen. Das Volk würde Parallelen ziehen, die Gegenwart an der Vergangenheit messen. Wo Shah Jahan einstmals im Roten Fort seinen Thron gehabt hatte, saß nun Curzon, um die Parade abzunehmen, und ließ das neue Indien unter sich vorbeimarschieren: erst sechsundsiebzig Kavallerie-Schwadronen, dann fünfunddreißig Infanterie- und Artillerie-Bataillone, dann die indischen Fürsten und ihr Gefolge. Jedes Pferd und jeder Elefant trug so reichen Juwelenschmuck, daß das Prachtgeschirr eines einzigen Tieres eine ganze Provinz ernährt hätte. Als er damals endlich die einundfünfzig Schuß Salut donnern hörte, fühlte er in seiner Brust das Herz eines wahren Mogulen schlagen: Lord Curzon, eigentlicher Kaiser von Indien, wenn auch dem Titel nach nur Vizekönig. Der Pomp und die Zeremonien der Macht waren süß und berauschend wie Wein, und das Opium der Unterwürfigkeit verlieh dem Trunk eine noch größere Kraft.

Die heutige Probe schimmerte dagegen nur blaß, wie ein fahler Abglanz jenes vergangenen großen *darbar*. Jedoch rief ihm der Anblick seine Worte von damals ins Gedächtnis. Jetzt, am Vorabend seiner Abreise, schwebten sie in seinem Bewußtsein deutlich an ihm vorüber, so als hätte er sie soeben erst gehalten – seine historische Ansprache vor den Fürsten, Gouverneuren und Volksmassen Indiens. Zuerst hatte er seiner Hoffnung Ausdruck verliehen, daß Indien auf eine immer verheißungsvollere und bessere Zukunft zusteuern möge, so daß auch dem einfachen Volk der Genuß von Wohlstand und Reichtum offenstünde. Und dann hatte er hinzugefügt: »Unter keiner anderen Bedingung kann diese Zukunft Wirklichkeit werden als unter der unangefochtenen Herrschaft der ersten Macht im Staate. Nur die Befehlsgewalt der britischen Krone gibt uns dafür die Garantie.«

Befriedigt lehnte er sich nun in der Erinnerung an diese Worte zurück. Jawohl, er hatte etwas geleistet. Sein Erbe war die von ihm mit seinen Worten verheißene Dauerhaftigkeit, der Gedanke der Kontinuität. Die Männer zu seiner Seite waren allesamt gute und verläßliche Kerle, wenn auch etwas schwerfällig. Sie würden Indien die Sicherheit und unvoreingenommene Gerechtigkeit der britischen Herrschaft schenken. Curzon hatte die Zukunft Indiens vor sich gesehen, und er konnte sich nicht vorstellen, daß diese Zukunft anders aussehen könnte, als sie sich vor seinem inneren Auge dargeboten hatte.

Aber die Ironie der Geschichte machte gerade Curzon, dem das Empire über alles ging, zum ersten Zeugen großer Veränderungen, die er allerdings nicht wahrnahm, weil er dafür blind war. Hätte er nur über seine unmittelbaren Mitarbeiter und den Kreis der englischen Elite an seinem Hof hinausgeblickt, er hätte das allmählich sich ausbreitende Erwachen in den Gesichtern der Menge gesehen. Seinen pathetischen Worten zum Trotz war nicht Dauerhaftigkeit sein Erbe, sondern Umwälzung.

Und er selbst hatte sie hervorgerufen: In seinem Eifer, die englische Herrschaft zu zementieren, von seinem geradezu besessenen Wunsch getragen, die Inder in obrigkeitshörige Engländer zu verwandeln, hatte er Schulen und Universitäten für sie gebaut. Lange hatte ihr Geist geschlafen, lange war er unterdrückt gewesen. Nun regte er sich.

Bombay hatte sich gründlich auf die Ankunft von Prinz George und Prinzessin Mary, den ersten Staatsbesuch des Sohnes eines Kaisers von Indien in seinem Reich, vorbereitet. Man hatte Straßen neu gepflastert, Gebäude frisch gestrichen und Spruchbänder über die Straßen gespannt: »Tata & Sons begrüßen Ihre Erlauchten Hoheiten, den Prinzen und die Prinzessin von Wales«, »Ibrahim & Sons heißen Ihre Durchlauchtesten Majestäten in Bombay willkommen«. An jedem Gebäude prangte stolz ein Transparent. Zwischen einem einhundert Meter breiten Bogen aus Bambusstangen und -matten war ein monumentaler Union Jack gespannt. Neben der Flagge hatte man zwei überdimensionale Gemälde der Hoheiten errichtet; in ihrem grellen Rosa und Rot wiesen sie nur entfernteste Ähnlichkeit mit den Porträtierten auf.

Nicht weit von der Kutsche stand der *pandal*, das Festzelt. Er war fast fertiggestellt und würde schließlich eine Fläche von etwa einhundert Metern im Quadrat einfassen. Kaschmir-Teppiche bedeckten den Boden, und auf dem Podest stand bereits eine Stuhlreihe, in der sich der mittlere Stuhl, Curzons Platz, wie ein Thronsitz hervorhob. Die etwas niedrigeren Stühle unmittelbar daneben waren für Prinz George und Lord Minto gedacht. Vor dem Podest standen die Stühle der Gäste, Reihe für Reihe säuberlich gezogen. Dahinter hatte man einen Zaun aus Bambusstangen errichtet, um die Volksmassen zurückzuhalten, die einen Blick von den Hoheiten würden erhaschen wollen.

Die Probe verlief reibungslos. Ein aus Sikhs bestehendes Kavallerie-Regiment trabte in wie Hibiskus leuchtenden Uniformen auf ihren Rappen am *pandal* vorbei, und die Wachleute hielten sich die Taschentücher vor die Nase, um nicht den aufgewirbelten Staub einzuatmen. Dann folgten die Elefanten und die Gefolge indischer Fürsten. Darauf eine Kamel-Abteilung von Rajputen. Und schließlich entbot sich das Schauspiel eines anderen, weniger kriegerischen Indien: Tanzgruppen der verschiedensten Völkerschaften und eine lange Prozession von Schulkindern, in der großen Mehrzahl aus englischen Familien, obwohl natürlich hie und da auch ein indisches Kind zu sehen war. Am Festtag würden sie kleine englische Fähnchen in den Händen halten, aber heute trotteten sie eher lustlos über den staubigen Platz.

»Ich verdiene mir meinen kümmerlichen Lebensunterhalt mit Schreiben«, sagte Alice und gluckste stillvergnügt. Mohini mußte unwillkürlich lächeln. Sie erinnerte sich noch gut an dieses Glucksen, denn in der Kindheit hatte sie Alice oft so lachen hören. Das Lachen beruhigte sie. Offenbar war Alice mit den Jahren nicht eine ganz andere geworden. Gewiß, sie sah älter aus, aber Mohini fand es so gut wie unmöglich, das Alter einer Engländerin korrekt zu taxieren. Sie sahen ja grundsätzlich älter aus als die Inder, die sie kannte, was wohl mit ihrer größeren Autorität und ihrem Selbstvertrauen zu erklären war.

Sie saßen auf der überdachten Vorhalle des Regent Hotels und schauten auf das festliche Treiben. Der Tisch war für den Tee gedeckt, und das Notizbuch lag griffbereit neben dem Geschirr. Oft nahm Alice es in die Hand und schrieb eine Beobachtung oder einen Gedanken darin nieder.

Kim hätte Mohini nicht wiedererkannt, selbst wenn er in diesem Augenblick unter ihnen vorübergegangen wäre. Sie trug einen blauen Baumwollsari mit rosa *choli*. Ihr Haar war zu einem makellosen Knoten hochgesteckt. Obwohl sie nicht in Seide gehüllt war und außer einigen billigen Armreifen aus Glas auch keinen Schmuck trug, sah sie ausgesprochen elegant aus. Jetzt, da sie in ihre weibliche Identität zurückgeschlüpft war, war sie noch viel attraktiver geworden.

»Wäre es dir nicht lieber, wenn ein Mann für dich sorgte?«

»Du lieber Himmel, nein! Das Vergnügen hatte ich schon einmal. Und ein Vergnügen war es keineswegs. Es hat nicht geklappt. Jetzt kann ich reisen, wohin ich will, erforschen, was ich will, und, mein größtes Glück und meine Freude: sagen, was ich denke. Schau dir Curzon an, diesen aufgeblasenen Esel. Sitzt in seiner Kutsche wie ein Nawab. Mit seiner hirnrissigen Idee, Bengalen zu teilen, läßt er das Land in Gärung und Zerrüttung zurück, und zweifellos wird Minto sein Bestes geben, alles noch mehr zu versauen.«

Alices Bemerkung schockierte Mohini. Hätte sie diese Worte gesprochen und den Vizekönig einen ... einen Esel genannt, man hätte sie verhaftet und eingesperrt. Zumindest glaubte sie dies. Andererseits war das Zusammensein mit Alice sehr aufregend. Diese Frau nahm kein Blatt vor den Mund, gebärdete sich offen und frei. Mohini beneidete sie darum. Natürlich, sie würde niemals sein können wie Alice. Das wäre viel zu gefährlich. Es würde genügen, ihr nur ein klein wenig nachzueifern. »Aber wenn du nicht genug Geld verdienst, wovon lebst du dann?«

»Ich brauche keine Miete zu zahlen, und Nahrungsmittel sind billig. Zugegeben, die Getränke kosten eine ganze Menge, aber dann, wie soll ich sagen ... habe ich einen Freund, der ... na ja ... der etwas zuschießt. So habe ich von beiden Welten das Beste, meine Liebe. Ausgehalten, aber nicht festgehalten. Für uns Frauen ist das Leben ein ständiger Hochseilakt. Ah, seine Kaiserlichkeit geruht von hinnen zu ziehen. Kein Zweifel, diese Veranstaltung wird eine weitere großzügige und teure Geste werden. Wir saugen euch das Blut aus, meine Liebe, und werden nicht aufhören damit, bis ihr uns am Schlafittchen packt und unsanft vor die Tür setzt. Wer weiß. Eines Tages kommt es vielleicht dahin.« Dann fügte sie säuerlich hinzu: »Allerdings nicht, solange wir leben.«

»Aber was für ein Spektakel es sein wird! Hast du jemals Ihre Hoheiten getroffen? Wie sind sie? Wie unsere Maharajas?«

»Meine Liebe, ich bin nur ein kleiner Schreiberling, noch dazu einer, der sich bei unseren Herren und Meistern keiner sonderlichen Beliebtheit erfreuen dürfte. Ich habe sie nie getroffen, und ich glaube auch nicht, daß ich sie jemals treffen werde.«

»Was für Männer sind das, die da um den Vizekönig herumstehen?«

»Unsere Herren und Meister, die eigentlichen Herrscher Indiens. Vizekönige kommen und gehen, aber in den festen und gerechten Händen dieser Männer liegt die Kontinuität der Regierung, und so zieht sie unbeirrt weiter wie eine große Karawane. So wollen sie uns zumindest weismachen.«

»Du liebst dein Volk nicht?«

»Ich mag diese Leute da nicht. Aber Gott sei Dank sind nicht alle Engländer wie sie. Die Arbeit ist getan. Ich kann mich mit einem Drink belohnen und dich mit einer Tasse Tee. Dann unterhalten wir uns über dich und darüber, was mit dir nun werden soll. Komm.«

Sie mußten ziemlich nahe an der Kutsche des Vizekönigs vorüber, und Mohini starrte auf Curzon. Er beugte sich gerade zu einem Untergebenen herab, um ihm etwas zu sagen. Sie konnte nur die untere Hälfte ihrer Gesichter erkennen, denn Augen und Nase lagen im Schatten ihrer *topis*. Als sie der Gruppe näher kamen, hörte Mohini Alice scharf die Luft einziehen und sah, wie sie ihr Gesicht abwandte. Die Männer schenkten ihnen keinerlei Aufmerksamkeit, sondern kehrten sich Curzon noch näher zu, um seine Anweisungen besser zu verstehen.

»Hat uns jemand bemerkt?«

»Nein.«

Alice schaute sich kurz um. Ihr Gesicht spannte sich. Eine Wolke von Schmerz huschte darüber.

»Wer war das?« fragte Mohini.

»Du warst schon als Kind sehr aufmerksam und hast Augen so scharf wie ein Mungo.« Sie winkte eine Gharri herbei und stieg ein. Jetzt war es Alice, die in den Schatten des Daches zurücksank und verstummte, ihre Augen in die Ferne gerichtet. »Ich habe gerade ein Gesicht aus einem vergangenen Leben wiedergesehen. Aber wenn man nur will, kann man Menschen und Orte vergessen.«

»Sprichst du vom Vizekönig?«

»Nein, den Vizekönig habe ich noch nie zuvor gesehen. Laß das Fragen. Du kommst nie darauf. Aber ich brauche jetzt schnellstens meinen Drink. *Jaldi!*« trieb sie den Fahrer zur Eile. Der peitschte seinen dürren Gaul vom Trott in den Trab, allerdings nur für eine Minute.

In der Kühle der Abendbrise fuhren sie schweigend durch die breiten Alleen. Mit der Stadt ließen sie auch den Verkehr und den Staub von Menschen, Rikschas und Gharris hinter sich. Eine schöne Fahrt, geradezu erholsam. Aber Alice starrte verstimmt auf das Meer hinaus, während Mohini, die sich nicht aufdrängen wollte, auf ihre eigenen Hände schaute.

Alice eilte in den Bungalow voraus. Als Mohini das Wohnzimmer betrat, hatte Alice bereits ein großzügig gefülltes Glas in der Hand.

»Ich habe dem Boy aufgetragen, deinen Tee zu machen. Ich mag es nicht, wenn Erinnerungen mich verfolgen. Ja, meine Liebe, in einer Hinsicht sind wir uns ziemlich ähnlich: Wir laufen vor bestimmten Dingen weg. Was rede ich! Vor Männern laufen wir weg. Ja, Männer. Ich mag sie im Grunde sehr, aber manchmal wünschte ich mir, sie wären niemals erfunden worden.« Sie tätschelte Mohini die Hand. »Mach dir keine Sorgen um mich. Ich werde mich schnell wieder fangen. Es ist nichts Ernsthaftes.«

Der Boy brachte ein Tablett mit Tee und Biskuits; er war ziemlich alt, Koch und Diener zugleich. Alice mochte diese Zeit des Tages am liebsten, wenn sich langsam die Dämmerung mit dem Geruch des Meeres über das Land senkte. Gewöhnlich, wenn sie allein war, sammelte sie in dieser Stunde ihre Gedanken, bevor sie sich zum Schreiben oder Lesen hinsetzte. Sie fürchtete das Alleinsein nicht. Sie hütete es wie einen Schatz. Jetzt nahm Mohini einen Großteil in Beschlag, aber Alice gab gern von ihrer Zeit.

Stumm tranken sie und aßen die Biskuits, lauschten den Krähen und dem Krächzen eines Papageien in der Nachbarschaft. Die Schatten der Bäume schlichen über die Erde ins Zimmer und brachten die Dunkelheit.

»Ich war verheiratet«, begann Alice, »hatte Mann und Familie. Am Ende haßten wir uns. Wie du mußte auch ich wegrennen.«

»War er grausam?«

»Selbst in den Augenblicken, in denen ich noch so schlecht auf ihn zu sprechen bin, kann ich ihn nicht guten Gewissens grausam nennen. Streng ja, und schrecklich förmlich. Ein starrköpfiger Mann, der nach Regeln lebt, die nur andere Männer verstehen können. Er verlangte, daß auch ich mich ihnen beugte. Aber das ging nicht. Ich konnte es nicht.«

»Wenigstens war er nicht grausam«, weinte Mohini. »Meiner war es. Ich sollte ihn ehren, anbeten geradezu, meine Stirn auf seine Füße legen wie jede gute Hindu-Frau. Für einen guten Gatten würde ich es mit Freuden tun. Ihn kann ich nur hassen. Ich hasse ihn, und ich fürchte ihn. Wenn er mich findet, wird er mich umbringen.« Die Tränen erstickten weitere Worte.

Alice legte ihre Arme um Mohini und ließ sie weinen, wiegte sie sanft und strich ihr über das Haar, wie vor Jahren bei dem Kind, als Eltern und Brüder gestorben waren. Aus den schmerzbeladenen Gedichten hatte sie erfahren, daß man Mohini im Alter von dreizehn Jahren an einen Mann verheiratet hatte, der viele Jahre älter war als sie. Alice verabscheute eine Religion, die solche Kinderheirat duldete. Wie barbarisch der Hinduismus doch war. Aber sie sagte darüber kein Wort zu der jungen Frau, die in ihren Armen weinte.

9

Hast du die Frau aufgespürt?« fragte der Oberst.

»Oberst-Sahib, ich kann sie nicht finden«, berichtete Isaac Newton. »Ich habe meine Männer überall suchen lassen, aber sie bleibt wie vom Erdboden verschwunden.«

Der Oberst saß auf der Veranda des Gouvernment House.

Es war ein großes Gebäude, mitten in einem weiträumigen Garten. Er schaute zum Meer, auf die phosphoreszierend schimmernden Linien am Strand. Eine stille Nacht. So friedlich.

Isaac Newton stand steif. Er fühlte sich in dem Baumwollanzug nicht wohl, der mit seiner Gestalt im Widerstreit zu liegen schien. Die Jacke schnitt ein wenig in die Achselhöhlen ein, zudem war ein Ärmel länger als der andere. Die Knöpfe befanden sich nicht exakt hinter den Knopflöchern, und über den Fußgelenken krumpelten sich die Hosenbeine. Für solche Eleganz hatte der Schneider viel Geld verlangt, und Isaac Newton war mächtig stolz auf sie. Aber auf den braunen Schuhen lag der Staub, und die Krawatte war schlecht gebunden. Asis Khan, sein Schneider, hatte sie ihm fertig gebunden überreicht, und beide hatten sie nicht gewußt, daß es eine Klub-Krawatte des MCC war, des Marylebone Cricket Club, gleichzeitig Kontrollorganisation des englischen Kricketsports. Newton hielt Krawatten ohnehin für die englische Entsprechung der Schlingen, mit denen die Thugs ihre Opfer zu erwürgen pflegten. Es hatte ihn einige Überwindung gekostet, in diese Kleider zu schlüpfen, die einzigen, die ihm für ein Treffen mit dem Oberst angemessen schienen.

Die verhörähnliche Befragung hatte ihn vor Anstrengung ins Schwitzen gebracht. Trotzdem tupfte er sich nicht das Gesicht ab, sondern ließ die Schweißperlen in den Hemdkragen rollen. Steif gestärkt schnitt dieser in seinen Hals. Er hatte vorher zwar in einem Knigge gelesen, wie sich ein Inder bei einem gesellschaftlichen oder geschäftlichen Treffen mit einem Weißen zu verhalten hat, die Anweisungen jedoch nicht begreifen können, so verschlungen waren sie dargestellt. Er hatte daraus ganz logisch deduziert, daß er wohl am besten seinen Mund hielte und kein Wort sagte.

Die Gegenwart des Obersts hemmte Isaac Newton. In seinem europäischen Anzug wirkte er irgendwie geschrumpft. Er hatte den Humor und die Gelassenheit verloren, die Kim an ihm so gut gefielen. Mit den Händen umklammerte er krampfhaft eine billige lederne Aktentasche. Sie war vollkommen leer. Trotzdem hoffte er, daß sie seine Wichtigkeit unterstrich: Isaac Newton, verläßlicher und bedeutender Diener des Obersts.

Der Oberst wußte so gut wie nichts von dem Menschen, der da vor ihm stand. In all den Jahren, seit er Newton angeworben hatte, war das spindeldürre Männchen immer sehr bescheiden aufgetreten. So exzentrisch Isaac Newton sich auch gebärdete, er war stets verläßlich und ergriff nur das Wort, wenn man ihn dazu aufforderte. Er blieb höflich, fast schon ehrerbietig. Er hatte ein Netz von Informanten aufgebaut und verstand es, die meisten Geheimnisse Bombays aufzudecken. Man mußte ihm nur genügend Zeit geben. Der Oberst behauptete nicht von sich, seinen Untergebenen und dessen Mentalität zu verstehen. Der Mann stand loyal zur Krone; dies genügte.

»Ich möchte, daß du weiterhin angestrengt nach ihr suchst. Und wenn du sie entdeckt hast, sagst du mir Bescheid. Nur mir, keinem anderen, verstanden?«

»Nicht einmal Kim?«

»Nein. War Kim von ihr ... bewegt?«

Isaac Newton verstand, worauf der Oberst hinauswollte. Er wollte ihm gefällig sein und gleichzeitig Kim beschützen. Deswegen sagte er: »Oberst-Sahib, ich kann einem anderen Mann nicht ins Herz schauen, aber«, log er nun, »ich glaube nicht.«

»Macht Kim bei der Arbeit Fortschritte?«

»O ja, sehr gute sogar. Er ist ein scharfsinniger Beobachter, sieht vieles, was andere übersehen. Und er behandelt alle Menschen wie ein Gentleman. Für Kim sind sie alle gleich.« Newton sprudelte geradezu über vor Begeisterung. »Mit meinem Agenten Narain« – Newton würde dem Oberst niemals sagen, daß der »Agent Narain« sein Neffe war. Die Engländer mißbilligten jede Protektion von Familienangehörigen. Aber wer sonst würde einen derartigen Herumtreiber anstellen, wenn nicht die eigene Familie? – »stöbert er jetzt sogar die beiden Männer aus Simla auf.«

»Ich habe ihn nicht herbestellt, um diesen beiden Männern nachzujagen«, sagte der Oberst gereizt.

»Er glaubt, daß diese beiden Männer den guten Ruf von Anil Ray wiederherstellen können.« Die Interessenlosigkeit des Obersts verwunderte Isaac Newton.

»Anil Ray hat einen Polizisten niedergestochen. Ich möchte, daß Kim andere Aufrührer ausfindig macht und seine Zeit nicht verschwendet, indem er Hirngespinsten hinterherrennt. Hast du andere Terroristen entdeckt?«

»Nein, Oberst-Sahib.«

Newton schrumpfte unter dem stechenden Blick. Seine Brust schien sich gegen sein Rückgrat zu pressen. Schweiß perlte auf seiner Stirn. Er war heilfroh, daß die Aufrührer, gewalttätige und andere, nur in Bengalen hausten, und betete, sie möchten Bombay mit ihrer Anwesenheit verschonen.

»Bombay hat nur einen Wunsch: Es möchte die Hoheiten bei ihrer Ankunft gebührend willkommen heißen. Hipp, hipp, hurra!«

Sein Überschwang brach unter den ätzenden Blicken des Obersts zusammen. Er konnte diese Raubtieraugen nicht durchschauen. Aus ihnen sprach Täuschung und Lüge von einer Größenordnung, die er sich nicht einmal vorstellen konnte, denn Newton war ein kleiner, ein unwichtiger Mann. Jene Augen jedoch offenbarten eine Ebene des Betrugs, die Newton ewig verschlossen bleiben würde.

»Hast du einen Mann auf Tilak angesetzt?«

»Aber ja doch, Oberst-Sahib.« Newton war erleichtert. »Meinen besten Mann. Versteht sich, daß er ein glühender Anhänger von Mr. Tilak geworden ist.«

»Tilak ist kein ›Mister‹.«

»Natürlich. Wie der Oberst-Sahib befehlen. Selbstverständlich ist Tilak der größte Lump, den es in Indien jemals gab.«

Lokamanya Tilak wurde nicht nur von Newtons Mann überwacht. Auch andere Agenten in den Diensten des Obersts beobachteten ihn gründlich. Tilak, ein Brahmane aus Maharashtra, bekämpfte die britische Fremdherrschaft und rief zur Vertreibung der Engländer auf: ins Meer mit ihnen! Er war in Bombay und Umgebung sehr beliebt; denn in ihm schien der große Maharatten-Krieger Shivaji wiedererstanden, der den Mogulen getrotzt und das unabhängige Königreich Maharashtra begründet hatte.

Man sah in Tilak einen neuen Shivaji, wenn auch noch nicht der Tat, so doch zumindest des Wortes. Er legte sich fortwährend mit der britisch-indischen Regierung an. Seine Zeitung, der *Kesari*, propagierte die Selbstbestimmung. *Hind swaraj*. Kein Wunder also, wenn der *Kesari* das meistgelesene Blatt war, das in einer indischen Sprache erschien. Alle Regierungsbeamten reizte er wie der sprichwörtliche Dorn im Auge.

Tilaks Gegenspieler (und trotz aller politischen Meinungsverschiedenheiten auch weiterhin sein persönlicher Freund) hieß Gopal Krishna Gokhale. Dieser bemühte sich um Mäßigung und stellte bescheidenere Forderungen. Mit dem Vizekönig befreundet, wollte er die indische Gesellschaft vor der Unabhängigkeit erst gründlich reformieren. Für ihn führte der Weg zur Selbstbestimmung über geduldige Verhandlungen mit den britischen Herrschern. Er verabscheute Gewalt.

»Es ist nur eine Frage der Zeit, bis ich Tilak festnehmen lasse«, sagte der Oberst, mehr zu sich selbst als zu Newton. Er mußte an seinen Agenten Daddaji denken. Der würde das Ereignis unerkannt provozieren, Tilak geschickt die Schlinge um den Hals legen.

Newton wußte nichts von der Existenz Daddajis. Trotzdem nickte er eilfertig beipflichtend. Er hätte jeder Äußerung seines Oberst-Sahib beigepflichtet, denn er wollte ihn um jeden Preis zufriedenstellen.

»Eines Tages wird er zur Gewalt greifen, und ich hoffe nur, es möge bald geschehen, damit wir ihn endlich loswerden. Verdammte Aufrührer!«

Newton war entlassen. Kaum außer Sichtweite seines Herren, entledigte er sich seines Jacketts, seiner Krawatte und ... seiner Schuhe. Wie diese Dinger doch seine Füße einzwängten! Zufrieden mit seinem Bericht an den Oberst, trug er sie nun in der Hand.

Jetzt konnte er sich endlich den Problemen seiner neuesten Erfindung zuwenden. Sie war vorläufig nicht mehr als eine Idee, ein erster Entwurf, den er kürzlich zu Papier gebracht hatte: eine Maschine, die anstelle der Ticker des gewöhnlichen Telegraphen richtige Worte elektrisch übermitteln konnte. Er war entschlossen, sie zur Reife zu führen. Tagträumend versetzte er sich in dieses Wunderwerk. Finanzielle Überlegungen kamen darin nicht vor, wohl aber der Gedanke an den Ruhm. Isaac Newton wollte seinem Namen endlich Ehre machen. Darum allein ging es ihm.

Der Oberst blieb auf der Veranda sitzen. Hinter ihm leuchtete Bombay, eine Stadt, die so viel lebendiger und aufregender war als Kalkutta. Es tat wohl, hier zu sitzen, weit entfernt von den *box-wallahs*, den Händlern und Krämerseelen, die in Kalkutta den Ton angaben. Bombay dagegen war die Stadt der Freibeuter, der weiträumig denkenden Handelsherren, die sich aller Fesseln entledigen.

Aber dann wandte sein Blick sich zögernd nach innen. Tiefer gruben sich die Falten um seinen Mund, und seine Stimmung verdüsterte sich. Er war sich nicht sicher. Was hatte er bloß gesehen? Seine Augen mußten ihm heute nachmittag einen Streich gespielt haben. Seine Gedanken wanderten zu den beiden Frauen, eine Weiße und eine Inderin, die er beobachtet hatte, während der Vizekönig mit ihm sprach. Ihm war der Schreck in die Glieder gefahren: welch ein Alptraum, und noch dazu am hellichten Tag. Nein, es konnte nicht wahr, es mußte ein Anflug von Sonnenstich gewesen sein, der den Menschen schreckliche Visionen vorgaukelt, die in der flimmernden Hitze sich bilden und wieder verschwimmen.

Elizabeth kannte Bombay kaum. Sie hatte die Stadt nur zweimal kurz gesehen: einmal, als sie sich zur Schule nach England eingeschifft hatte, das andere Mal bei ihrer Rückkehr. Beide

Male war sie genau zwei Tage geblieben. Jetzt aber, das spürte sie gewiß, lag Erregendes in der Luft. Die Stadt hatte eine Vitalität an sich, die Kalkutta fehlte. Und Bombay verhieß Abenteuer. Es hatte sie bis jetzt in dieser Hinsicht nicht enttäuscht.

Sie war zwar neu in der Bombayer Gesellschaft, aber nicht ohne Freundinnen. Sarah Rushton wohnte hier, ihre beste Jugendfreundin. Sarah Rushtons Leben war bisher verlaufen wie ihr eigenes. Beide waren sie Kinder anglo-indischer Eltern, in England zur Schule gegangen, hatten in London auf einem Ball debütiert und anschließend wieder das Schiff nach Indien bestiegen. Auf ihren Brief an Sarah war sie prompt zu einem Ball eingeladen worden und sollte obendrein sogar die Nacht bei ihrer alten Freundin verbringen. Die Einladung war mit dem Versprechen gekoppelt, daß ein »interessanter junger Mann« neben Elizabeth an der Tafel sitzen würde. In ihrem Antwortbrief hatte Elizabeth geschrieben:

... auch in Kalkutta herrscht kein Mangel an jungen Männern, aber interessante sind rar. Die gesellschaftlich akzeptablen sind meist Langweiler aus der Verwaltung, und wer will mit denen schon verkehren.

Wie aus Deinem Brief anklingt, scheint Bombay eine andere Welt zu sein. Hier in Kalkutta achtet man schrecklich penibel auf Etikette. Dieses ist erlaubt, jenes strikt untersagt. Wenn ich nur einen Zentimeter davon abweiche, wird es sofort bemerkt. Also, liebe Sarah, ich freue mich riesig auf das Dinner und auf den »interessanten jungen Mann«, am meisten jedoch auf das Wiedersehen mit Dir. Es grüßt Dich herzlich ...

Elizabeth hatte sich auf diese Abendgesellschaft besonders gut vorbereitet. Sie hatte in Kalkutta eine ausgezeichnete Schneiderin aus Goa aufgestöbert, eine Mrs. Pereira, und sie dazu gebracht, ein Abendkleid aus den Modeseiten der *Illustrated London News* zu kopieren. Es war zwar nicht mehr der letzte Schrei, aber trotzdem das beste, was sie für diese aufregende Gelegenheit auftreiben konnte. Elizabeth hatte darüber hinaus noch einen ganzen Überseekoffer voller Kleider mitgebracht, um für alle Eventualitäten gerüstet zu sein, einschließlich der möglichen Einladung zu einem Ball zu Ehren der beiden Hoheiten. Sie badete, öffnete ihre Almirah und ging sorgfältig die darin hängenden Kleider durch. Alle waren sie frisch gebügelt. Elizabeth durchsuchte ihre gesamte Garderobe, und allmählich loderte es kochendheiß in ihr: die Flamme der Wut. Sie trat ein paar Schritte zurück, damit mehr Licht in den Schrank fallen konnte.

»Oh, dieses dumme Frauenzimmer!« brach es hervor. »Mary-Ayah!«

Mary kam aus dem Badezimmer herein. Ein Blick auf das Gesicht ihrer Herrin genügte, und sie wich instinktiv unter den Türbogen zurück.

»Komm her!« Als Mary-Ayah sich nicht vom Fleck rührte, schnellte Elizabeth mit kraftvollen Schritten zu ihr, packte sie bei der Hand und riß sie vor die Almirah. Beide bemerkten sie nicht, daß Marys Armreifen aus Glas dabei zerbrachen und die Splitter auf den Boden fielen.

»Schau nur hinein. Steck deinen Strohkopf in den Schrank! Na? Wo steckt das neue Seidenkleid? Sieh zu, daß du es findest. Sieh nach, du dumme Gans!«

Elizabeth stieß Mary-Ayah in die Almirah hinein, bis diese stolperte, zu Boden fiel und weinte. »Also, wo ist es?«

»Elizabeth-*baba*, seien Sie bitte nicht so böse. Ich muß es in der Eile zurückgelassen haben . . .«

Sie konnte nicht weitersprechen, denn Elizabeth ohrfeigte sie hart und rasch, was sie im nächsten Augenblick bereute. Nach der Erwartung und Aufregung der letzten Wochen war die Enttäuschung einfach zuviel gewesen.

»Es tut mir leid, daß ich dich geschlagen habe, Mary-Ayah, aber du bist wirklich ein dummes Frauenzimmer. Eine einfache Sache wie ein neues Kleid, und du . . . du vergißt es. Du bist nutzlos. Ich weiß nicht, warum ich mich noch mit dir herumplage.« Sie ignorierte die Tränen und auch die Blutspuren auf Mary-Ayahs Handgelenk, wo die Splitter der Armreifen die Haut aufgeschnitten hatten. »Was soll ich nun anziehen? Sag!« Sie wartete absichtlich, bis das Schweigen unerträglich geworden war.

»Das ... rosa ... Seiden ..., Elizabeth-*baba.* Sie sehen darin ...«

»Rosa ... Seide?« höhnte Elizabeth in Mary-Ayahs Schluchzen hinein. »Aber ich will das rosa Seidenkleid *nicht* tragen, du dumme Gans. Such ein anderes aus.« Elizabeth zog das rosa Seidenkleid aus der Almirah, verknitterte es mit ihren Händen und warf es auf den Boden. Mary-Ayah hob es auf, aber es wurde ihr aus den Händen gerissen und wieder auf den Boden geworfen.

»Das Blusenkleid mit Blumenmuster ... Elizabeth-*baba.* Es macht Sie so schön ... wie die Jungfrau Maria.«

Elizabeth zerrte das Blusenkleid hervor, zerknautschte es und warf es auf das Seidenkleid. Diesmal ließ Mary-Ayah es liegen und wählte ein anderes, nahm es stumm liebevoll vom Bügel. Es war ein Ballkleid aus Satin mit Spitzen auf Schultern und Armen. Auch dieses knüllte Elizabeth zu einem Ball und schleuderte es zu Boden. Schweigend gingen sie die gesamte Almirah durch, bis sie vollständig geleert war und der Boden überquoll mit Seiden, Musselin, Blumendrucken – ein einziger Strudel von Farben.

»Bügle sie alle, du Tölpel!« Elizabeth fiel auf ihr Bett, den Tränen nahe. Ihr hübsches neues Kleid hing in Kalkutta im Schrank, sie aber war hier und hatte nicht einmal etwas Anständiges zum Anziehen. »Scher dich hinaus. Schnell. *Jaldi, jaldi,* du dumme Gans. Ich muß in einer halben Stunde gehen.« Elizabeth preßte die Augen zusammen, um nicht loszuheulen. Umbringen könnte sie das Miststück.

Andächtig wie ein Kind sammelte Mary-Ayah alle Kleider auf ihre Arme und verließ das Schlafzimmer. Ihre Wangen glühten, und sie achtete nicht auf ihr blutendes Handgelenk. Elizabeth-*baba* war nicht zu tadeln. Schuld war allein sie. Ihr Liebling hatte allen Grund, böse zu sein. Mary-Ayah konnte sich nicht entsinnen, wo sie das neue Kleid gelassen hatte. Sie war sich damals sicher gewesen, daß sie es eingepackt hatte. Aber dann ging vor der Abreise alles durcheinander. In dem Wirbel mußte es verschollen und zurückgeblieben sein.

Sie stieg die Treppe hinab ins Dienerquartier im Rückgebäude des Gästehauses. Dort bügelte Balram, der Kammerdiener des Obersts, gerade die Hosen seines Herrn. Er sah Mary-Ayah mit den Kleidern und trat stumm beiseite. Das Bügeleisen war ein schwerer kleiner Kasten aus Gußeisen, gefüllt mit heißen Kohlen. Mary-Ayah hatte bereits den ganzen Nachmittag gebügelt. Jetzt begann sie von neuem.

Elizabeth trug das rosa Seidenkleid. Es lag irgendwie schmutzig auf der Haut. Sie fühlte sich besudelt und versuchte, sich die Schande nicht anmerken zu lassen. Aber ein Musselin-Kleid konnte sie zu einem Dinner unmöglich tragen. Sie war immer noch wütend auf Mary-Ayah, die stumm im Zimmer stand und ihrer Herrin beim Schminken zusah. Sorgfältig trug Elizabeth gerade den Puder auf. Sie sah reizend aus, die Wangen zornesrot, und ihre Schultern trug sie gerade, steif. Endlich bereit, griff Elizabeth ihre Handtasche und stolzierte, ohne ein Wort zu verlieren, hinaus.

Der Oberst hatte sich zum Dinner umgezogen und seinen Whisky mit auf die Veranda genommen. Dort beugte sich Elizabeth zu ihm herab und streifte seine Stirn kaum merklich mit den Lippen.

»Ist meine Gharri schon hier?«

»Abdul«, rief der Oberst seinen Diener, »schau nach, ob die Gharri für die Miss-Sahib bereitsteht.« Der Diener trottete in die Dunkelheit hinaus und kam wenig später mit der Gharri zurück. Die Laternen neben dem Kutschbock warfen kaum genügend Licht. Der Oberst folgte Elizabeth und half ihr beim Einsteigen. »Warte nicht auf mich, Vater. Du weißt, daß ich bei den Rushtons übernachte. Sarah und ich haben uns sicher eine Menge zu erzählen.« Sie schloß die Tür. »Gehst du auch noch aus?«

»Vielleicht später. In den Klub. Viel Spaß.«

Die Gharri rollte über den Kiesweg in die Nacht. Still war die Nacht, als ob sie wartete. Er wußte, sie wartete auf ihn, und er hörte ihr Schweigen. Die Einsamkeit überwältigte ihn. Welcher Schmerz in seiner Brust! Wie ein Schlag raubte er ihm die Luft. Der Atem stockte. Die Einsamkeit rang ihn nieder, einem Fieberanfall gleich. Seit Jahren hatte er nicht mehr an Elizabeths Mutter gedacht. Er durfte nicht zulassen, daß das Gift ihres Namens seine Lippen besudelte. Sein Geist konnte ihn nicht aussprechen, nicht einmal lautlos.

Es geschah gelegentlich, daß sich vor seinen Augen ein Schatten über Elizabeth' Gesicht senkte und ein anderes Gesicht sich daraus erhob wie ein Nebelhauch aus dem Grab seiner Erinnerungen. Einer Maske gleich verspottete dieses Gesicht dann seine jugendliche Leidenschaft. Zu viele Jahre waren für ihn vergangen, um sich physisch an die Frau zu erinnern. Aber zuweilen durchdrang Leere sein Leben, an die Ruinen Indiens gemahnend, die so voll waren – mit Nichts.

»Verfluchte Sonne!« flüsterte er und schickte Abdul die Gharri holen. Er würde im Klub zu Abend essen. Seit dem flüchtigen, offensichtlich eingebildeten Wiedererkennen am Nachmittag hatte sich Beklemmung an ihn gehaftet wie eine Schar böser Geister.

Im allgemeinen verabscheute der Oberst das Klub-Leben, aber heute empfand er den Schritt über die Schwelle wie eine Rettung aus der Finsternis. Hell erleuchtet waren die Räume nicht nur vom Licht, sondern auch von englischen Stimmen und englischem Lachen. Er zeigte seine Klub-Karte aus Kalkutta vor und trug sich ins Gästebuch ein. Der Hauptraum breitete sich einladend weit vor ihm aus mit seinem blankgebohnerten Teakfußboden. Symbole tapferer Männlichkeit zierten die Wände: Wildbüffel- und Tigerschädel, Lanzen und Musketen. An den Whisttischen saßen die Spieler, und auf dem Rasen draußen machte er die Silhouetten von Landsleuten aus, die in Gruppen beieinanderstanden. Der Klub, das war der Hafen. Wie Simla. Hier konnten sie zusammenkommen, den Augen der Eingeborenen entzogen. Das Auf und Ab englischer Laute im Hintergrund tröstete sie. Der Oberst schaute zuerst in den Billard-Salon und fand dann in der Bar einen leeren Tisch. Er bestellte Whisky-Soda und studierte die Abendkarte.

»Oberst Creighton!« Ein Offizier in Ausgehuniform stand neben ihm. Der Mann hatte ein kantiges Gesicht und blaßblaue Augen. Aus seinem Mundwinkel hing eine Zigarette, und er hielt Zigarettenetui und Streichhölzer in der einen, das Whiskyglas in der anderen Hand. »Wir haben uns vor ein paar Jahren in Lahore kennengelernt. Reggie Dyer. Ihr Junge ist in meinem Regiment.«

»Ja, ich entsinne mich.« Sie schüttelten sich die Hände, und Dyer zog einen Stuhl zum Tisch. »Wie macht Richard sich?« fragte der Oberst.

»Ein tadelloser Mann, tadellos. Ein bißchen der tolle Hecht, aber das war ja zu erwarten, was!« Der Major drückte die Zigarette aus und zündete sich sofort eine neue an. »Ich bin mit ein paar Leuten für den *tamasha* hier unten. Tut mir leid, daß Richard Dienst schieben muß.«

»Wie sieht's aus bei euch da oben?«

»Es gärt«, sagte Major Dyer. Er bestellte einen weiteren Burra-Peg, wie die Anglo-Inder einen doppelten Whisky nennen. Der Oberst sah, daß der Mann sehr verspannt wirkte. Wie ein nervöses Zucken ruckte die Zigarette in seinem Mund hin und her. »Die Russen machen unendliche Scherereien wie immer, wiegeln die Stämme auf. Wir haben alle Hände voll zu tun. Ich glaube, wir sollten mehr Männer dort oben haben, den verdammten Stämmen ordentlich auf die Finger klopfen. Wir brauchten nur ein paar von ihren Leuten aufzuhängen. Das würde die erhitzten Gemüter abkühlen. Da wir uns jedoch zurückgezogen haben, sind sie auf ihr altes Spiel aus. Einfach ein paar von ihnen aufhängen, sage ich.«

Ja, dachte der Oberst, ein paar von ihnen aufhängen. Wie damals, als das große Spiel tatsächlich noch gegen die russischen Agenten gespielt wurde, die von den Bergen in Indien einsickerten, um die Grenzen des Empire zu testen. Man hatte sie überlistet. Das Empire hatte das Zarenreich abgeblockt. Der Zugang durch Afghanistan zu den warmen Gewässern des Persischen Golfs blieb den Russen auch weiterhin versperrt.

»Ich bin sicher, ihr Leute leistet gute Arbeit«, sagte der Oberst. »Haltet nur die Grenze schön dicht gegen die Russen und bringt ein paar von ihnen um die Ecke, wann immer sich die Gelegenheit bietet.«

Wie der Oberst, war auch Dyer Anglo-Inder. Er war in Indien von irischen Eltern geboren und kam aus einer reichen Brauerei-Familie. Man hatte ihn nach Irland auf die Schule geschickt. Dann war er nach Sandhurst gegangen, ein guter Mann, aber nicht gerade phantasievoll. Kein Wunder; die Armee hatte für Phantasie nichts übrig und behinderte sie wo irgend möglich.

»Haben Sie die *Times* von heute gelesen? Tilak, dieser Schweinehund, ruft zu einem *bandh*, zu einem Proteststreik gegen den Besuch des Prinzen und der Prinzessin, auf. Ich würde ihn auspeitschen lassen. Eine gute Tracht Prügel würde ihm schon klarmachen, wo sein Platz ist.« Er trank gierig. »Was gedenkt ihr Leute eigentlich gegen den Kerl zu unternehmen?«

»Wir behalten ihn im Auge, beobachten alle seine Schritte.«

»Nun, was mich angeht, ich würde ihn ordentlich auspeitschen lassen und dann ein paar Jahre einlochen.«

»Mag sein, daß wir genau das auch noch tun werden. Bleiben Sie zum Dinner?«

Beim Dinner gelang es dem Oberst, das Gespräch auf Richard zu bringen. Er war begierig, aus erster Hand von den Fortschritten seines Sohnes zu hören. Richard fehlte ihm, auch wenn sie sich nie besonders nahe gestanden hatten. Die Schuljahre in England hatten Vater und Sohn nicht nur geographisch voneinander entfernt; der Sohn, für ihn war er nun fast ein Fremder.

Der Oberst hoffte, sie würden bald zur gleichen Zeit Urlaub bekommen, um in der Gegend von Kumaon an der Westgrenze von Nepal gemeinsam zu jagen. Ein richtiger *Shikar*-Ausflug würde ihnen beiden guttun. Richard war offensichtlich beliebt; seine Männer und Offizierskameraden mochten ihn. Wenn er sich nur erst richtig eingefunden hatte, würde er in der Armee seinen Weg machen. Dyer trank zum Dinner einen Whisky nach dem anderen, so daß er am Ende der Mahlzeit nicht mehr fest auf den Beinen stand. Der Oberst führte ihn zu einem Lehnstuhl und wünschte ihm gute Nacht.

Träume geben unseren Wünschen Gestalt. Substanzlose Schemen, im Schlafen oder sogar Wachen huschen sie vor unserem inneren Auge vorbei, verdichten sich, paaren sich mit dem Willen, und der Wille schließlich zwingt sie in die Wirklichkeit, macht sie wahr. Wenn Gott der Traum ist, wird Gott Wirklichkeit; wenn Reichtum der Traum ist, wird Reichtum Wirklichkeit; wenn Liebe der Traum ist, wird Liebe Wirklichkeit. Elizabeth hatte weder Gott im Sinn, noch wünschte sie sich Reichtum. Ihre Tagträume rankten sich um romantische Liebesabenteuer, und das taten auch die Träume, die in der Nacht durch ihre Seele geisterten.

Sie hatte eine Vorahnung, daß sich an diesem Abend Wichtiges ereignen würde. Den ganzen Tag über hatte sie ein Prikkeln im Körper gespürt, so wie die Heldinnen in ihren Serienromanen vor dem ersten Zusammentreffen mit dem Mann, den sie ewig lieben würden. Elizabeth hatte schon immer gewußt, daß dies eines Tages geschehen mußte. Jetzt war sie achtzehn, und sie zwang es geradezu herbei.

Die Rushtons waren keine Offiziersfamilie und auch nicht Beamte im ICS, der Zivilverwaltung des Indian Civil Service. Mr. Rushton leitete ein großes Handelshaus in Bombay. Als gutsituierte Bürger wohnten sie nicht in einem Bungalow, sondern in einer Villa mit Meerblick. Eine breite, mit Kieseln bestreute und säuberlich geharkte Auffahrt führte zum hell erleuchteten Portal, wo Elizabeth erkannte, daß die übrigen Gäste bereits eingetroffen sein mußten. Mary-Ayah hatte sie zu lange aufgehalten.

Sarah Rushton rannte auf Elizabeth zu, umarmte sie und

küßte sie auf die Wange. Sie war keine Schönheit, pummelig, mit braunen Locken, die in der feuchten Hitze Bombays gewöhnlich wild wuchernd außer Form gerieten. Nach der Umarmung zog Sarah sie in eine Ecke und kicherte vor Freude über das Wiedersehen mit der Freundin. Sarah sprudelte über. Immer. Es war ihr Temperament. Ihr Mund floß über mit Worten wie eine Fontäne mit Wasser. Selbst in der Schule hatte er selten stillgestanden. In Sarahs Gegenwart schien das Leben ein einziger Spaß zu sein.

»O Elizabeth, ich bin so glücklich, daß wir uns wiedersehen. Du bleibst doch über Nacht, oder?«

»Ich habe alles Nötige bei mir. Ich werde mir doch diese Gelegenheit nicht entgehen lassen. Wir werden die ganze Nacht erzählen wie damals im Internat.«

»Um dann von Mrs. Bannister einen gehörigen Anpfiff zu bekommen!«

Elizabeth drückte Sarah noch einen flüchtigen Kuß auf die Wange. »Du hast mir so gefehlt. Bombay muß eine aufregende Stadt sein, so klang es wenigstens aus deinen Briefen.«

»Und Kalkutta so langweilig, nach deinen zu urteilen. Trotzdem kann natürlich auch Bombay mit London nicht mithalten. Mir macht es Spaß, Memsahib zu sein. Dir auch?«

»Nicht sonderlich. Ich finde es offen gesagt langweilig. Aber nun heraus mit der Sprache: Wer ist der ›interessante junge Mann‹, den du neben mich gesetzt hast?«

»Ich würde nicht irgendeinen beliebigen jungen Mann neben dich setzen. Es ist derselbe, den ich in meinen Briefen erwähnt habe. Er ist ein bißchen geheimnisvoll. Aber das magst du ja. Mich machen solche Männer immer ein wenig befangen; ich komme mir in ihrer Nähe dumm und albern vor. Und das bin ich ja auch. Ich weiß es selbst am besten. Du konntest schon immer besser mit Männern umgehen als ich.«

»Wo ist er?« Aufgeregt überflog Elizabeth die Männer und Frauen im Saal mit ihren Blicken.

»Du wirst ihn noch früh genug kennenlernen. Er wird dich

zur Tafel geleiten. Komm jetzt, ich will dir die anderen Gäste vorstellen.«

»Hoffentlich mag er mich.«

»Natürlich wird er das. Er wird sich in dich verlieben.« Schon immer hatte sich Sarah gewünscht, sie würde aussehen wie Elizabeth. Elizabeth hatte die ideale Größe, dazu die ideale Figur, und dann all das glatte blonde Haar! Wenn man sie so sah, wollte man glauben, nicht einmal Butter würde in ihrem Mund schmelzen, aber Sarah vermutete eher das Gegenteil.

»Wer ist der andere Tischnachbar?«

»Tut mir leid, der alte Langweiler Jenkins, ein pensionierter ICS-Beamter. Ist für den *tamasha* eigens von Mount Abu gekommen.«

Beim Dinner nahm Elizabeth dann so gut wie keine Notiz von Mr. Jenkins. Peter Bayley war einen Kopf größer als sie, hatte breite Schultern und einen kräftigen Oberkörper, der sich zur Taille immer mehr verjüngte. Unter dem dunklen, stark gewellten Haar sprangen die feingeschnittenen Züge eines aristokratischen Gesichts um so kräftiger ins Auge. Zuerst fühlte sich Elizabeth in der Gegenwart dieser noblen Erscheinung unwillkürlich linkisch. Diese Manieren, dieses souveräne, ja fast arrogante Auftreten! Während er aus seinem Leben plauderte, hörte sie wie ein Schulmädchen mit weit aufgerissenen Augen zu. Anscheinend hatte er keinen Beruf, denn er erzählte nur von seinen Abenteuern in Afrika, Rußland und nun auch Indien.

Schon beim Zuhören dachte Elizabeth: Mein Gott, das ist genau der Mann, den ich mir mein ganzes Leben erträumt habe. Ich will ihn bekommen, egal, wie. Ich will sein Gesicht streicheln, seinen Mund küssen und seinen Körper an meinem Körper spüren. Er wird die Fadheit aus meinem Leben vertreiben.

Peter Bayley war sich seiner Wirkung auf Elizabeth durchaus bewußt. Sie sah ungekünstelt aus in ihrem Kleid, das schon vor zwei Jahren aus der Mode gekommen war. Nun, zumindest versteckte es ihre Figur nicht. Das Begehren in ihren Augen stand ihr ohnehin ins Gesicht geschrieben. Wenn sie sich zu ihm hinüberneigte, nahm er jedesmal die Höhlung zwischen ihren festen Brüsten wahr und roch zarten Lavendelduft. Sie war die einzige Frau mit einer kühl erotischen Ausstrahlung, die er im ganzen letzten Monat in Bombay kennengelernt hatte.

»Ich habe Sie noch nirgendwo in Bombay gesehen, Miss Creighton.« Seine Hand streifte flüchtig ihren Oberschenkel, aber sie zuckte nicht zurück.

»Wir sind aus Kal... kutta. Ich bin nur auf Besuch hier, zu den Festlichkeiten für den Prinzen und die Prinzessin.«

»Das wird ein Spaß für Seine Königliche Hoheit, wenn er sieht, wie man sich für ihn ins Zeug gelegt hat.« Peter klang, als ob er von einem alten Schulfreund spräche. »Nur ärgerlich, daß er die Fasanenzeit zu Hause verpaßt. Aber Pflicht ist eben Pflicht.«

»Kennen Sie den Prinzen?«

»Wir hatten schon das Vergnügen«, sagte er beiläufig. »Meistens auf der Jagd oben in Schottland. Aber genug vom Prinzen. Erzählen Sie mir etwas von Ihnen.«

Wie rasch war der Abend vergangen! Sie würde sich auch nach dem Dinner an ihn geheftet haben, aber im Salon blieb er bei den Männern. Als es an der Zeit war, gute Nacht zu sagen, hielt er ihre Hand einen Augenblick länger als notwendig und drückte sie leicht.

»Wann kehren Sie nach Kalkutta zurück?«

»Schon übermorgen, leider. Besuchen Sie es vielleicht? Sie müssen.« Sie konnte ihre Verzweiflung über diesen Abschied nicht verbergen.

»Da Sie dort sind, werde ich wie der Blitz drüben sein. Vielleicht fahre ich sogar mit demselben Zug.«

Elizabeth summte vor sich hin, ja sang sogar, während sie sich auszog. Sie war in einer Stimmung, als würde sie schweben.

Sarah war nicht weniger glücklich. Sie hatte schon vorher

gewußt, daß die beiden sich mögen würden. »Jetzt will ich alles wissen. Raus mit der Sprache, und wehe dir, wenn du mir etwas verschweigst.«

»O Sarah, ich bin so glücklich«, begann Elizabeth. Beiden war klar, daß sie in dieser Nacht keinen Schlaf finden würden. Es gab so viel zu erzählen.

10

Kim und Narain nahmen ein üppiges Mahl in der Spelunke ein, in der auch Ahmed Said aß. An Tischen und Bänken saßen viele Männer. Schließlich rülpste der Schmuggler, stand auf und wusch sich in einer Ecke die Hände. Er fand einen Zahnstocher und begab sich zur Tür. Kim behielt ihn dabei im Auge. Einer seiner Männer flüsterte ihm etwas ins Ohr. Die Botschaft wurde mit einem kurzen Nicken quittiert.

»Kommt her«, rief er zurück. Kim und Narain beendeten ihre Mahlzeit, wuschen sich ebenfalls die Hände und gesellten sich auf der *charpai* zu ihm, einem einfachen hölzernen Bettgestell mit Jutebändern anstelle einer Matratze. Speiseduft und der Rauch des Holzfeuers erfüllten die Luft. Ein Junge entzündete für Ahmed Said die Wasserpfeife. Dieser reichte sie Kim. Das Wasser blubberte wie im Zorn.

»So, so . . . Waffen willst du kaufen.«

»Nur einen Revolver, Said-Sahib. Für mehr reicht mein Geld nicht.«

Ahmed Saids Bart glühte hennarot. Der Schmuggler war ein stolzer Mann, besonders stolz aber auf seine dreifache Hadsch. Nicht ein-, nein, dreimal hatte er die Pilgerfahrt nach Mekka unternommen. Und neben seinem Reichtum hatte er nur einen Ehrgeiz: Er wollte in Mekka sterben und begraben werden. Zur richtigen Zeit würde er das letzte Mal nach Mekka pilgern und, so Gott ihm gnädig war, für immer dort bleiben.

Sein Glaube störte seinen Beruf nicht. Es gab Männer, die bestellten ihre Felder; es gab Männer, die hatten einen kleinen Laden. Ahmed Said hatte eine Reihe von Dhaus, und mit ihnen schmuggelte er, wie es seine Familie schon seit Jahrhunderten getan hatte. Manchmal starben auf seinen Fahrten ein paar Männer. *Kismet.*

Ahmed Said war untersetzt, aber kräftig. Er hatte muskulöse Arme und scharfe Augen, denen nichts verborgen blieb. Er kannte Narain und glaubte ihm nicht die Geschichte, daß Kim der Bruder eines seiner Vettern sein sollte. Die Lüge kümmerte ihn jedoch wenig. Wenn Kim das Geld dafür brachte, sollte er seinetwegen gern den Revolver bekommen.

»Schon einer ist sehr teuer«, sagte er. »Die Beschaffung ist mühsam, auch für mich. Revolver sind wie Gold, schwer zu finden. Wenn die Angrezis dich damit erwischen, stecken sie dich ins Gefängnis ... oder hängen dich auf. Vielleicht würdest du ihnen erzählen, wo du ihn gekauft hast?«

»Nein, nein«, fiel ihm Narain ins Wort. »Er ist nicht so einer, Said-Sahib. Er ist mein Vettern-Bruder. Er würde einen Mann wie dich niemals verraten. Ich habe ihm gesagt, daß du ihm die Kehle durchschneiden wirst, wenn er es tut. Ja, ich selbst werde es für dich tun, wenn er dich verrät.« Er saugte nervös an dem *huka* und hielt Ahmed Saids Blick stand. »Du kennst mich gut, Said-Sahib. Ich habe einen tadellosen Ruf. Ich kann dichthalten.« Auf englisch fügte er hinzu: »Verdammt dicht.«

»Said-Sahib«, sagte Kim, »laß mich dir erklären, warum ich den Revolver brauche. Mein Onkel verheiratete seine Tochter an diesen *thakur* mit viel Land. Sie war sehr hübsch, und deswegen brauchte mein Onkel dem Mann auch keine Mitgift zu zahlen. Wenig später schickte der *thakur* sie zu meinem Onkel zurück. Was für ein freudloses Leben sie nun fristet! Da keine Mitgift gezahlt wurde, kann mein Onkel den Grundbesitzer nicht verklagen. Aber er will Rache. Er ist alt. Ich muß es für ihn tun. Ich habe gehört, daß der *thakur* sich jetzt mit einem seiner Männer in Bombay aufhält.« Kim wartete einen Augenblick, um die Spannung zu erhöhen. »Sie wissen, daß ich ihnen auf den Fersen bin. Vielleicht haben sie sogar bei dir einen Revolver gekauft.«

Ahmed Said rief den *pan-wallah*, kaufte bei ihm eine Portion *mita pan* und stopfte es in den Mund. Kim und Narain gestatteten sich ebenfalls je eine Portion. Dieser Mann sollte angeblich den besten Betel in ganz Bombay haben. Schweigend kauten sie eine Weile.

»Schon möglich.« Ahmed Said hielt Rache für eine gute Sache. Sie hielt die Menschen in Schach. Ganz Indien war eingetaucht in Rache, Blutfehden, Mord. Das Waffengeschäft lief immer gut. Und was ging der Welt schon verloren, wenn ein Hindu den anderen umbrachte! »Wie sehen sie aus?«

»Der Grundbesitzer ist ein alter Mann. Er hatte einen *darhi*, einen grauen Bart, der ihm bis auf die Brust herabreichte. Sein Bursche ist etwa so alt wie ich; er trägt nur einen Schnurrbart.«

»Möglich wär's.« Ahmed Said verschenkte nichts. »Wie hübsch war sie denn?«

»Nicht hübsch, schön. Ihre Haut glänzt golden wie Weizen und fühlt sich an wie Seide. In ihrem runden Gesicht leuchten granatapfelrot die Lippen. Ihre Brüste sind so fest, hoch und rund, wie ein Hindu-Bildhauer sie meißeln würde.«

»Du hast sie dir recht genau angeschaut.«

»Nur als Bruder«, sagte Kim. »Sie war erst zwölf, als man sie verheiratete. Jetzt ist sie eine Ausgestoßene, obwohl erst achtzehn und am Anfang ihres Lebens. Ich muß sie rächen.«

»Wenn ich dir sage, wo du den *thakur* finden kannst, wird der Revolver dich noch ein bißchen mehr kosten.« Ahmed Said griff eine Summe aus der Luft. »Zweihundert Rupien. Hast du so viel Geld?«

»Ich kann es beschaffen. Du verstehst, einen solchen Betrag trägt man nicht spazieren. Wir alle wissen, daß mancher für die Hälfte davon mit durchgeschnittener Kehle aufwacht.«

Ahmed Said lachte: »Du gefällst mir.« Er sagte dies zu jedem Kunden, bis er ihn verachtete. »Du scheinst Sinn für schöne Frauen zu haben. Faß es nicht als Beleidigung auf, aber wie du deine Kusine beschrieben hast, nun ... das hat mir schon Appetit gemacht. Auf der Überfahrt nach Westen komme ich auf meine Kosten. Ich halte mich an der ›Fracht‹ schadlos. Aber auf der Rückfahrt habe ich nur Waffen geladen, und mit denen kann ich es schlecht treiben.«

Er führte sie in Richtung Fort, stapfte krummbeinig zu den Gassen der Prostituierten. Kim begleitete ihn nur aus Höflichkeit, Narain, weil er eine Frau brauchte. Er war unverheiratet. Wie sollte er sonst Befriedigung finden? Ahmed Saids zwei *chamchas* folgten ihnen und deckten ihrem Herrn den Rükken. Ahmed erzählte von den Widrigkeiten seines Berufes und schüttete seine Klagen in Kims Ohren: Die Navy belästigte seine Dhaus; andere Schmuggler überfielen seine Transporte an Land; er mußte die Polizei schmieren; und immer war es schwierig, ja gefährlich, die richtigen Käufer zu finden. Die ganze Welt hatte sich gegen ihn verschworen.

Sie kamen zu einer Gasse, in der nur Männer auf und ab gingen. Dort hielten sie vor einem kleinen, schmalen Haus. Frauen aller Altersstufen und Erscheinungen winkten sie hinein. Einige waren nicht einmal Frauen, sondern Männer, aufreizend in Saris gewandet, mit unnatürlich großen Brüsten und grell bemalten Gesichtern. Ahmed stieg auf der kaum schulterbreiten Treppe voran, die in ein weites, verschwenderisch ausgestattetes Gemach mündete. Eine plumpe alte Frau saß auf einem Diwan und kaute *pan*. Sie hatte schläfrig dreinblickende Augen und trug zu einem geschmacklos protzigen Seidensari ebenso geschmacklos protzigen Schmuck. Hinter ihr kniete ein Knabe, der das Blatt zubereitete. Ohne umzuschauen, hielt sie ihre Hand hinter sich und nahm die nächste Portion entgegen.

Auch eine Gruppe von Musikern saß in dem Zimmer mit *sitar, sarod* und *tablas*. Musik wogte durch den Raum. Die alte Frau ließ sich auf den Klangwellen treiben. Hingerissen wie sie lauschten sechs Mädchen den Klängen. Sie saßen eng beieinander in der Nähe der Musiker, in Baumwollsaris von kräftigen Farben gekleidet, das Haar mit Blumen geschmückt. Dazu trugen sie silberne Fußgelenkreifen und feine Armreifen aus Glas, die ihnen vom Handgelenk bis zu den Ellenbogen reichten. Um die Augen schimmerte dunkel der dick aufgetragene *kohl*, auf den Lippen leuchtendes Rot. Sie sahen jung und unschuldig aus, und wenn sie aufschauten, kicherten sie mädchenhaft.

Kim vermutete, daß sie aus verschiedenen Regionen Indiens stammten: Punjabis, ein Stammesmädchen, zwei oder drei aus dem Süden, ein dunkelhäutiges Mädchen aus Cochin.

Wahrscheinlich hatte man sie schon als Kinder entführt und an die alte Frau verkauft. Möglich auch, daß einige von ihnen rituell in ihr Gewerbe initiiert worden waren. Sie hatten das beste Los getroffen. Die Familie hatte die Tochter der Göttin Yellama geweiht, und vom Tempel aus war sie dann offiziell nach Bombay geschickt worden, um Männer durch den Verkauf ihres Körpers zu beglücken. Nach ein paar Jahren würde sie mit ihren Ersparnissen in ihr Dorf und zu ihrer Familie zurückkehren und von allen als makellos angesehen werden wie eine Jungfrau. Indem er die Prostitution heiligte, bewahrte der Hinduismus das Mädchen vor der Ächtung durch Familie und Gesellschaft. Er verstand, was die Männer brauchten, und auch, daß sie es kaufen wollten. Aber jene anderen Mädchen, die man entführt und nicht offiziell zur Hure geweiht hatte, waren geächtet und würden nie wieder nach Hause zurückkehren können.

Die alte Frau strahlte mit einemmal, und ihre Augen glänzten munter: »Baitho, Said-Sahib, treten Sie ein, setzen Sie sich.« Dabei klopfte sie mit der Hand neben sich auf den Diwan.

Ahmed Said, Kim und Narain ließen sich nieder und lehnten sich an die Polster. Der Junge gab ihnen *pan*. Er war nicht besonders gut. Als geschätzter Kunde bekam Ahmed Said auch einen *huka* gereicht. Er räkelte sich wie ein Prinz, schloß die Augen und versank mit allen Sinnen in den Abend-*raga*, das die Musiker gerade spielten.

»Welche willst du?« fragte Narain. »Ich werde die hellhäutige nehmen, die immerfort zu dir hinüberstarrt.«

»Ich habe keine Lust.« Narains Augenbrauen hoben sich, wie von einer unausgesprochenen Frage bewegt. »Ich bin verlobt.«

Obwohl Kim es nicht wollte, mußte er an Parvati denken, wie schon so oft, seit er sie verloren hatte. Die Erinnerung an sie wartete hinter einem Schleier in seinem Herzen. Er brauchte den Schleier nur zu heben, dann sah er sie vor sich in ihren schäbigen Fetzen. Der Gedanke an ihr waches, liebes Gesicht tat seinem Herzen weh.

Mehr Männer schlurften in den Raum und nahmen jeder für sich Platz. Die Mädchen würdigten sie keines Blickes. Das würde später kommen, und außerdem hatten sie bei der Angelegenheit ohnehin nicht mitzureden.

Kim sah, daß das von Narain gewählte Mädchen ihn häufig anschaute. Ernste, eindringliche Augen schweiften einen Moment zu ihm hinüber und kehrten sich dann wieder den Musikern zu. Er wußte nicht, ob der Blick berufsbedingt war oder echtes Interesse anzeigte. Sie hatte ein ovales Gesicht mit einer Stupsnase. Von ihrer ganzen Erscheinung her schien sie seiner erfundenen Cousine recht ähnlich zu sein.

Für die weitere Abendunterhaltung setzte sich nun eine Frau zu den Musikern. Mit klarer, kräftiger Stimme sang sie *ghuzuls*, Liebeslieder auf Urdu aus der Zeit der Mogule. Kim war nicht überrascht über die Aufführung hier im Bordell. Sie erinnerte ihn an seine Schulzeit in Lucknow. Dort hatte er oft den Nautch-Mädchen zugesehen, mit manchen von ihnen eine Nacht verbracht.

Als die Musik für einen Augenblick verklang, lehnte sich Ahmed Said zu Kim hinüber: »Welche willst du?«

»Said-Sahib, ich bin geehrt, daß Sie mir die erste Wahl überlassen. Aber ich meine, Sie haben es nötiger als ich. Diese vielen Tage auf See, überall nur *kala pani*, Wasser, groß und weit und schwarz in der Nacht. Sie müssen ja richtig ausgehungert sein.«

»Nein, nein. Du wählst. Aber nimm dir nicht zuviel Zeit damit.«

»Also dann, die da.« Kim deutete auf das Mädchen, das ihn beobachtet hatte, wobei er gleichzeitig mit einem sich entschuldigenden Blick zu Narain hinüberschaute. Doch der machte gute Miene dazu. Ein Körper war schließlich ein Körper, alles das gleiche.

Ahmed wählte die jüngste. Er stand schon in den Jahren und brauchte junges Blut, um sich selbst zu verjüngen. Sie war sehr schlank, mit einem Kindergesicht. Die drei Frauen erhoben sich auf ein Zeichen der Alten anmutig und gingen lächelnd auf ihre Freier zu.

Kim betrat mit seinem Mädchen einen winzigen Verschlag, der nur durch einen Vorhang vom Gang getrennt war. Auf dem Boden stand ein niedriger Diwan, daneben Tisch und Petroleumlampe. Das Mädchen verkürzte den Docht, zündete ein Räucherstäbchen an und setzte sich mit gekreuzten Beinen auf dem Diwan nieder. Der Duft des Weihrauchs vermischte sich mit ihrem Parfüm. Sie streifte den Schulterüberwurf ihres Sari ab, so daß nun sichtbar wurde, welche prächtigen Brüste in die *choli* eingezwängt waren.

»Mach dir nicht die Mühe«, sagte Kim. Er wollte nur warten, bis die anderen fertig waren, denn er hatte noch etwas zu erledigen. »Woher stammst du?«

Das Mädchen akzeptierte die Ablehnung mit einem Schulterzucken. »Aus der Gegend von Benares.« Sanft strich sie über seinen Arm, über sein Gesicht. »Du siehst freundlich aus und bist hübsch. Die meisten Kunden sind häßlich, und immer wollen sie mich, weil ich eine helle Haut habe. Magst du meine Haut?«

»Ja.« Ihre Haut war wichtig für sie. Sie machte sie beliebt. »Vermißt du deine Familie?«

»Ja, sehr. Einst hatte ich Brüder und Schwester. Ich wurde entführt. Weglaufen ist unmöglich. Einige Mädchen haben es versucht. Immer fängt man sie, schlägt sie dann und verkauft sie zu guter Letzt an Ahmed Said. Gott allein weiß, was ihnen dann passiert. Wir hören nichts mehr von ihnen. Niemals.« Plötzlich schreckte sie zusammen. »Das habe ich nicht sagen wollen. Said-Sahib ist ein sehr netter Mann.«

»Ich bin nicht sein Freund.«

Sie seufzte: »Ich muß lernen, meine Zunge zu hüten. Ich lasse mich viel zu leicht zu unüberlegten Worten hinreißen. Wie heißt du?«

»Kim.«

»Kiim«, wiederholte sie. »Ich bin Lakshmi. Mein Vater war Radmacher, das heißt, ich nehme an, er lebt noch. Sie fehlen mir alle so sehr. Das Dorf war klein, nicht weit vom Ganges...«

Kim sah, wie in der Frau das Mädchen zum Vorschein kam, das sie einmal gewesen war. In welchen Alptraum sich ihr Leben verwandelt hatte! Sie würde bis zu ihrem Tod in Bombay bleiben müssen, niemals aus dem Alptraum erwachen. Er mußte an andere Dörfer und andere Flüsse denken ... und an eine andere Frau, ebenfalls in Angst. Hatte sie das gleiche Schicksal erlitten wie Lakshmi? War sie aus einem Bordell geflüchtet?

Er berührte ihren Arm. »Wenn du willst, kann ich dir helfen, in dein Dorf zurückzukehren.«

Sie lachte und kniff ihm sanft in die Wange. »Du bist jung und tapfer, und nichts täte ich lieber. Aber es ist zu gefährlich für dich. Du solltest dein Leben nicht für eine wie mich wegwerfen.« Scheu lehnte sie sich zu ihm hinüber und streifte mit den Lippen seine Wange. »Manchmal nur, nicht sehr oft, träume ich, daß ich eines Tages einen guten Gatten haben werde. Einen Mann wie dich. Gemeinsam kehren wir dann in mein Dorf zurück. Aber es ist bloß ein Traum.«

»Ich werde dir helfen, sobald ich meine Aufgabe hier beendet habe«, sagte Kim und erhob sich. Bevor er dieses Mädchen retten konnte, mußte er Parvati finden.

»Was weißt du von Ahmed Said?«

»Sehr wenig. Er macht mit Durga-Amah Geschäfte.« Sie betrachtete ihn eine Minute stumm. »Meinst du das ehrlich, was du eben gesagt hast?«

»Ja. Ich muß jetzt gehen, aber in ein paar Tagen werde ich zurückkehren, und dann können wir uns weiter unterhalten. Finde heraus, wie du bewacht wirst, wo die Männer postiert sind und so weiter. Ich werde Geld mitbringen.« Bevor er den Verschlag verließ, blieb er stehen. »Aber ich bin nicht der Gatte, auf den du hoffst.«

»Ich verstehe. Aber warum hilfst du mir? Ich bin doch nur eine Hure.«

»Du bist allein, du hast Angst ... und ich möchte dir helfen.«

Nachdem sie angemessen lange zusammengewesen waren, traten sie wieder in den Hauptraum. Die Musiker spielten leise einen Nacht*raga*. Die Wehmut griff ans Herz. Narain saß zufrieden neben der Alten. Sie warteten auf Ahmed Saids Erscheinen. Vorher konnten sie das Bordell nicht verlassen. Kurz vor Morgengrauen begleiteten sie ihn durch leere Gassen zu seinem Unterschlupf.

»Bring das Geld morgen«, sagte Said, »dann bekommst du den Revolver, drei Patronen und die Information über den *thakur*, die du brauchst. Ich weiß, wo er steckt.«

Als Kim gegen Mittag naßgeschwitzt aufwachte, schlief Narain noch tief und fest. Isaac Newton saß in derselben Haltung vor seinem Tisch wie beim ersten Zusammentreffen. Aber es lagen keine Diamanten vor ihm, sondern Papierfetzen mit irrsinnig verworrenen Zeichnungen. Seine zusammengezogenen Brauen ließen vermuten, daß er angestrengt nachdachte. Kim setzte sich schweigend zu ihm.

»Knifflige Sache, diese Erfindung, sehr schwierig«, seufzte Newton schließlich. »Also, wenn ein Draht dieses komische Klick-Klick-Klick des Tickers weiterleitet, sollte man doch annehmen, daß er das auch mit einer menschlichen Stimme machen kann. Oder wir vergessen unser Hindi und reden wie ein Ticker in diesem Klick-Klick-Geschnatter. Aber das ist nicht meine Absicht. Also, Kim, sag schon. Was willst du von mir?«

»*Paisa*. Kim genauer zu sein: zweihundert Rupien. Damit

kaufe ich Informationen über den Aufenthaltsort der beiden Männer, die ich suche.«

»Aber der Oberst-Sahib will, daß du diese Suche aufgibst. Du sollst statt dessen andere Unruhestifter aufstöbern.«

»Wenn ich sie finde, werden sie mich automatisch zu anderen führen«, gab Kim zu bedenken. Seltsam, dachte er. Wieder will der Oberst, daß ich die Finger von diesen zwei Männern lasse. Nun ja, Anil Ray hat einen Polizisten niedergestochen. Trotzdem: Diese zwei Männer gehen mir nicht aus dem Sinn.

Newton steckte in einer Zwickmühle. Er hatte den Befehl weitergegeben, aber Kim blieb bei seinem Vorhaben. Er haßte Zwickmühlen, aber er hatte keine Befehlsgewalt über Kim.

»Ah, dann wirst du mir für den Betrag auf einem *chitty* quittieren müssen. Der Oberst-Sahib verlangt über alle Vorgänge eine Aktennotiz, und zwar in zweifacher Ausfertigung. Sonst erstattet er mir meine Ausgaben nicht. Es dauert sowieso immer verdammt lange, und ich bin ein mittelloser Mann. Aber von diesen Dingen hat der *sarkar* keine Ahnung.«

Er nahm ein billiges Notizbuch vom Tisch, riß drei Blätter heraus und schrieb sorgfältig mit Bleistift: *Von Isaac Newton für Ausgaben betreffend den Kauf von Informationen über den Aufenthaltsort von zwei unruhestiftenden Individuen den Betrag von RS 200 (in Worten: zweihundert Rupien) erhalten:...* Er las es und fertigte zwei Kopien an. »Hier, unterschreibe alle drei.«

Kim unterschrieb, und Newton zählte zweimal nach, bevor er ihm das Geld aushändigte. Kim zählte es dann ebenfalls noch einmal nach, verbarg die Münzen in seinem *kurta* und ließ Newton über seine Erfindung brütend zurück. Ohne Schwierigkeiten fand er zu dem Unterschlupf zurück, mußte dort jedoch eine Stunde warten, bevor Ahmed Said zu seinem nachmittäglichen Frühstück erschien. Er war gut aufgelegt und bestand darauf, daß Kim die Mahlzeit mit ihm teilte.

»Du hast das Geld?«

»Ja. Hast du den Revolver?«

»Er wird gebracht.« Er gab seinem *chamcha* einen Wink, und der schlüpfte sofort aus der Spelunke. »Der *thakur* steckt in einer Pension des Getreidehändlers Amar Singh gleich neben dem Crawford-Markt. Geleitet wird die Pension von einer Tamilen-Familie. Sie sind fast schwarz. Du wirst sie leicht erkennen. Das Zimmer des *thakur* liegt auf der Rückseite. Bist du zufrieden?«

»Wir werden sehen.« Als sie ihre Mahlzeit beendet hatten, kehrte Saids Bursche mit einem kleinen Säckchen Reis zurück.

Ahmed Said nahm es entgegen, hielt es wägend in der Hand und reichte es Kim. Kim fuhr nach dem Revolver tastend mit der Hand durch den Reis.

»Ich will ihn mir ansehen, bevor ich dir das Geld gebe.«

»Dort ist ein kleines Hinterzimmer.«

»Danke. Ich möchte keinen Unfall haben. Ich schaue lieber hier nach.«

»Wie klug von dir, daß du mir nicht traust«, stieß Ahmed Said lachend hervor. »Ich wäre versucht gewesen, dir die Gurgel durchzuschneiden. Du kannst ihn aber beruhigt hier herausholen. Das sind alles meine Leute.«

Kim fischte den schwarzen Revolver aus dem Reis. Es war ein Armeerevolver Marke Webley, gut geölt und gepflegt. In der Trommel steckten drei Patronen; er drehte sie und drückte den Abzug durch. Der Revolver funktionierte. Kim übergab Ahmed das Geld. Der reichte es an einen seiner *chamchas* weiter. Es wurde dreimal nachgezählt, bevor feststand, daß es wirklich zweihundert Rupien waren.

»Wenn du mehr Waffen brauchst, denke an Ahmed Said. *Salaam*.«

Kim wollte den Revolver nicht am Körper tragen. Er kehrte zu Isaac Newton zurück und legte ihn unter sein Kopfkissen. Narain schlief noch immer erschöpft.

Der Crawford-Markt war Bombays Bauch, eine große Halle, die geräuschvoll und hektisch summte wie ein Bienenstock. Unter dem weit ausladenden Eisendach mit einem Springbrunnen von Lockwood Kipling als Mittelpunkt saß Bombay zur Krippe. Obst und Gemüse, frisch und in verschwenderischer Fülle ausgelegt, ließen die stets kühle und feuchte Luft unter ihrem süßen Duft erzittern wie unter hellem Gesang: Mangos, Kochbananen, Äpfel, Wassermelonen, Brotbaumfrüchte, Kokosnüsse, grüne und rote Chilischoten, Tomaten und Bohnen – die Fülle des Landes, hier floß sie über. Ihr Duft vermischte sich mit dem Duft von frischem Fisch. Am Boden lagen überall weggeworfene Früchte und Gemüse. Krähen und Spatzen beäugten den Festschmaus hungrig aus luftiger Höhe. Kim schlängelte sich durch die zahllosen Stände, drängte sich an Hausfrauen und Dienern vorbei, die mit den Anbietern lärmend um die Preise feilschten.

Neben dem Osteingang zum Markt befand sich das Haus des Getreidehändlers Amar Singh und dahinter ein kleines, bescheidenes Gebäude. »The Excellent Madurai Hotel« verkündete großspurig ein Schild auf englisch. Auf dem Boden verstreut lagen Blätter von Kochbananen, die man hier wie überall in Indien in Hotels der Eingeborenen und in den Straßenküchen als Geschirr benutzte. Kühe und Straßenköter schnüffelten und schleckten daran herum.

Kim setzte sich am Färberladen gegenüber auf die unterste Stufe in den Eingang. Die Luft darin schwirrte wie von tausend Farben. Dort standen zahllose offene Säcke; Rot, Grün, Indigo, Blau, Rosa, Gelb und Orange quollen in unzähligen Schattierungen daraus hervor, machten das Auge benommen – hypnotisierten. Eine rundliche Frau in purpurrotem Sari und mit Augen so dunkel wie schwarze Trauben thronte über der üppigen Palette. Auf dem Nasenflügel trug sie einen schweren Goldschmuck, und Goldwürfel zogen ihre Ohrläppchen lang.

»*Ahree*, Kuli! Was glaubst du, wo du bist? Im Wartesaal am Bahnhof? Wie sollen meine Kunden in den Laden gelangen, wenn du deinen feisten Hintern auf meine Schwelle setzt? Nun geh schon. *Chulo! Chulo!*«

»Maharani, eine Schönheit wie du sollte den müden Fremden gütig und barmherzig behandeln. Einzig wegen der wunderbaren Schönheit seiner Frauen bin ich nach Bombay gereist. Ich habe davon gehört, und nun bin ich hier, um zu schauen. Eine leibhaftige Padmini bist du. Ja, jetzt weiß ich, warum die Männer überall die Schönheit der Frauen Bombays rühmen. Sollte mir das Glück beschieden sein, auch nur einen Moment zu deinen Füßen ruhen zu dürfen, mein weiter Weg hätte sich gelohnt. Und wenn ich gar deine Hand berühren, deine Lippen küssen könnte, vor Freude würde mein Herz dann jauchzen.«

»Hab ich es mir doch gedacht. Ein Schlingel, wie er im Buche steht«, lachte die Frau. »Bleib nur sitzen, wenn du magst. Aber laß wenigstens einen kleinen Durchgang für meine Kunden. Wo kommst du her?«

»Aus der Stadt Lahore, Maharani. Ein wahrhaft bezaubernder Ort, aber seine Frauen sind leider so kalt wie die Winterwinde von den nahen Bergen.«

»Sag bloß, du bist tatsächlich nur gekommen, um hier Frauen anzugaffen?«

»Nur, sagst du dazu? Frauenschönheit zu erschauen, mit was sollte ich es vergleichen, wenn nicht mit einem Blick auf den Sonnenaufgang über dem heiligen Badrinath hoch oben im Himalaja? Wer Frauenschönheit erschauen darf, der sieht das Meer den Sand liebkosen und in unzählige Farben verwandeln wie ganz unten im Süden in Kanyakumari, dem Kap Comorin. Aber nebenbei bin ich auch gekommen, weil ich den Sohn des *Kaiser-i-Hind* sehen möchte.«

»Er wird morgen erwartet. Tilak-Sahib hat zum *bandh* aufgerufen. Streiken und boykottieren sollen wir, wenn es nach ihm ginge. Aber ich kann mir nicht erlauben, meinen Laden zu schließen, nicht einmal für einen Tag. Wir sind doch nur kleine Leute. Wir müssen unsere Waren bezahlen, Steuern bezahlen, Miete bezahlen, Kleidung und Essen bezahlen. Er hat leicht reden: ›*Bandh karo! Bandh!*‹ Er ist ein großer Mann.« Sie sah weder arm noch unterernährt aus; eher lebte sie wie eine Rani – satt, sorgenfrei und behäbig.

»Tilak-Sahib möchte, daß wir die Angrezis loswerden. Ein *bandh* bei dem Besuch des Sohnes des *Kaiser-i-Hind* würde unser Mißbehagen über ihre Herrschaft verdeutlichen.«

»Die *Angrezis* sorgen zumindest für Ruhe und Ordnung. Wir können in Frieden unseren Geschäften nachgehen. Was sollen wir mit diesem *swaraj* anfangen, das Tilak uns schmackhaft machen möchte? Es essen?«

Ein Kunde unterbrach das Gespräch, und Kim hockte sich auf die oberste Stufe der Treppe, wo es kühler war. Die Ladenluft kitzelte ihn in der Nase. Später setzten sie ihre Unterhaltung fort, sprachen über alles mögliche, den Preis der Farbstoffe und den Klatsch des Viertels. Als geborene Maharattin mochte sie den Madrasi nicht sonderlich, der auf der anderen Straßenseite das Hotel besaß.

»Er ist sehr reich geworden«, sagte sie und nahm eine Prise Schnupftabak. Sie bot auch Kim eine aus ihrer goldenen Dose an, aber der lehnte ab. »Heute wird er noch reicher werden, denn zu dem morgigen Spektakel sind viele Leute nach Bombay gekommen.«

»Warum mißgönnst du ihm seinen Erfolg?« Da weder Gold noch Besitz für Kim einen großen Wert darstellten, begriff er nicht, warum man darauf neidisch sein konnte.

»Er wäre besser geblieben, wo er hingehörte, hätte dort ein Hotel aufgemacht, nicht hier in meiner Stadt.«

Kim seufzte. Tilaks Ruf nach *swaraj* ist doch ein wenig zu optimistisch, dachte er. Die Freiheit werden wir nur durch gemeinsame Anstrengung erreichen. Und wenn die Leute nicht einmal in einer Gasse von Bombay miteinander auskommen, welche Chance hat Tilak dann, ganz Indien gegen die *Angrezis* zu vereinen? Es ist ein Traum. Er wird sich nicht verwirklichen. Niemals.

»Ich brauche einen guten Knüppel. Wo kann ich hier in der Gegend eine *lathi* herbekommen?«

Sie schickte ihn zum Holzhändler an der Ecke. Das frisch geschnittene Holz duftete harzig süß. Kim suchte sich einen kräftigen Stock vom Cashew-Baum aus, etwa so groß wie er selbst, bezahlte ihn und kehrte an seinen Platz zurück. Die Frau sah ihn den langen Stock wie einen kurzen Polizeiknüppel um seine Finger wirbeln.

»Du hältst doch nach jemandem Ausschau. Wer ist es? Und erzähle mir nichts mehr von Frauenschönheit, junger Mann. Du beobachtest das Hotel?«

»Ich suche zwei Männer«, gab Kim zu und ließ den *lathi* abermals um seine Finger wirbeln, bis dieser sich in einen surrenden, grauen Kreis verwandelte und dann ebenso abrupt anhielt.

»Wo hast du *kalaripayyatu* gelernt?«

»Von Katti. Er war mein Guru. Ich habe ihn in Lucknow kennengelernt, ihm meine Gebete dargebracht, und er hat mich in die Kunst der Selbstverteidigung eingeweiht.« Kim ließ die Waffe wieder sirrend kreisen. Kethi *kayeri* nannte man diese Art Stock. Kim konnte mit ihm den Gegner dreimal pro Sekunde treffen, ein wahrer Schlagregen. Und er kannte natürlich auch die *kulumarmam*, die vierundsechzig verwundbarsten Punkte des menschlichen Körpers. Wenn er auch nur einen davon traf, würde er den Gegner zum Krüppel machen, ihn vielleicht sogar töten.

Kim las nun Respekt vor ihm in ihren Augen. Er beherrschte die Kampfkünste. Er war ein gefährlicher Mann.

Kim war Katti während der Schulferien begegnet. Kattis Erscheinung entsprach seinem Beruf, ein kleiner, muskulöser Mann, biegsam und geschmeidig wie ein Tänzer, der sich mit dem Hochmut eines Fürsten bewegte. Der Nawab von Oudh hatte ihn aus Malabar an seinen Hof gerufen, um seine Kinder in den Kampfkünsten zu unterweisen: dem Kampf mit Schwert, bloßer Hand sowie *kethi kayeri* und *cheruvedi* – dem langen und dem kurzen Stock; der kürzere war im übrigen noch tödlicher.

Als Kim ihm zum ersten Mal zugeschaut hatte, wußte er sofort, daß er diese Kunst lernen mußte. Katti akzeptierte ihn als Schüler und führte ihn in die harte und streng geregelte Lebensweise ein, die zur Disziplinierung von Körper, Geist und

Seele unerläßlich ist. Jeden Morgen beteten sie zum rasenden Aspekt der Muttergöttin, zu Bhadrakali, die dem Zorn der Frau Shivas entsprungen war, als einstmals der Dämon Daksha ihren Gatten beleidigt hatte. Dann meditierten sie gemeinsam, denn nur einen geläuterten Geist wollte Katti die Kampfkunst lehren.

Er selbst sprang, wirbelte und sauste scheinbar schwerelos wie ein Zauberer. Mochten Schwerter und Knüppel noch so nahe um ihn herum durch die Luft schneiden und pfeifen, sie verfehlten ihn stets um einige Zentimeter. Nach und nach vervollkommnete sich auch Kim in dieser Kunst. So erhielt er am Ende eines Jahres von Katti die besondere Heilmassage, die den Körper biegsam macht und kräftig.

»Du könntest es auch lernen«, sagte Kim. »Hat nicht eine in dieser Kunst gebildete Königin sogar Seite an Seite mit ihrem Gatten in der Schlacht gefochten?«

»Dazu bin ich zu faul. Aber es wäre bestimmt eine ... unheimlich sinnliche Erfahrung, wieder ganz geschmeidig und biegsam zu sein.« Sie warf Kim Blicke zu, und er lächelte zurück, Verheißung in den Augen. Wirklich, diese Frau könnte ihm Lust bereiten. Er würde sie sich später holen.

Als der Abend dämmerte, erhob sie sich und zündete die Lichter an. Über ihrem Sitzkissen stand auf einem kleinen Sockel eine Statue des Gottes Ganesh. An ihn richtete sie ihre Abendgebete, bevor sie sich wieder hinsetzte. Kim sah, wie nun immer mehr Menschenschatten die Straße füllten. Gesichter konnte er keine erkennen. Auch in der Halle des Excellent Madurai Hotel gingen die Lichter an; die Gästezimmer allerdings blieben weiterhin dunkel.

»Ich werde die Nacht im Hotel verbringen«, sagte Kim, und in den Augen der Frau flackerte die Enttäuschung. Ganz wach war sie geworden in Vorfreude auf die Eroberung. Und nun würde sie leer ausgehen, Kim ins Hotel entwischen. Sie seufzte. Wie lange war es her, das letzte Mal? Schon eine ganze Weile. Das schwächlich dürre Männchen von Gatte konnte sie nicht befriedigen, ihren Hunger niemals stillen.

»Aber ich werde bald zurückkommen«, fügte Kim hinzu und erkannte in ihrem Blick die Zufriedenheit.

Gopalan trug kein Obergewand. Wie man an seinem Kastenzeichen erkennen konnte, war er ein Brahmane. Tatsächlich trug er seine Brahmanen-Schnur schräg über die Brust wie ein Krieger seinen Schild. Seine Stirn zierten drei waagerechte, farbige Linien. Sie kennzeichneten ihn als Shivaiten. Über seine dürre, zusammengekniffene Nase schauten seine Augen hochmütig auf Kim. Ja, er hatte ein Zimmer frei; für acht Anna. Kim versuchte, ihn herunterzuhandeln, geriet damit bei dem kleinlichen und ungeduldigen Gopalan jedoch an den Falschen.

»Nimm es oder scher dich fort«, bellte dieser ihn an.

Kim bezahlte für das Zimmer an der Rückseite des Gebäudes und gab noch einen Anna für ein Abendessen. Die beiden Männer waren noch nicht erschienen. Deswegen fragte er den Boy, wann man sie zurückerwarten durfte.

»Manchmal kommen sie nicht vor Mitternacht. Dann wache ich auf, um sie einzulassen. Nicht einmal dann geben sie mir *bakshish*. Sie reden nur sehr wenig.«

Das Hotel war ähnlich angelegt wie Newtons Haus. Kims Zimmer lag über dem Innenhof gleich neben dem Zimmer der beiden Männer. Kim setzte sich ans Fenster, um im Dunkeln zu warten. Er schaute in den klaren Himmel hinauf. Jeder Stern war zu sehen, das Universum grenzenlos, obwohl das Licht der Stadt die Kuppel des Kosmos am Rand ein wenig verwischte.

Unten im Hof sah Kim den Boy, den armen *chokra*, von einer Pflicht zur nächsten hetzen, von Gopalans scharfer Zunge unbarmherzig vorwärtsgepeitscht. Wie der Mann seine Stimme liebte; sie schepperte unermüdlich und pausenlos. Gerade scheuerte der *chokra* die Küchengeräte mit Kokoswolle und Sand. Er hielt oft inne, um sich mit dem Handrükken über das Gesicht zu wischen. Man könnte glauben, er weinte.

Kim fühlte mit ihm. Der Junge hatte einen weiteren Tag

kleiner Grausamkeiten überstanden. Und diese waren nicht zu zählen. Er litt darunter – wie die junge Hure, wie Parvati, wo auch immer sie in dieser Nacht schlafen mochte, wie Anil Ray, wie zahllose andere Opfer der zahllosen alltäglichen Grausamkeiten. Überflüssig sind sie und machen das Leben unerträglich. Der eigentliche Fluch sind nicht Schuß und Schwert, sondern die vielen kleinen Schnitte, die Kindern, Frauen, Männern und Tieren in der Seele brennen. Nichts konnte sie heilen, kein Balsam sie lindern. Man mußte lernen, damit zu leben – oder sterben.

Kim döste ein. Er träumte wieder seinen Traum. Von den Freunden und Gefährten, von dem rauchverhüllten Freiplatz, davon, daß sie alle plötzlich nicht mehr waren. Jetzt sah er überdies einen Brunnen nicht weit von seinem Standort; Schreie und dumpfes Stöhnen, hohl und wie ein unendliches Echo, krochen daraus hervor. Nun ging er langsam auf den Brunnen zu, zwang sich, einen erschöpften Fuß vor den anderen zu setzen. Er wollte nicht sehen, was ihn aus den Tiefen rief, aber er wußte, daß er ihm nicht entkommen konnte. Eine blutige Hand reckte sich empor, die Finger wie Vogelklauen von fast allem Fleisch freigeschält, um sich an den Rand der Öffnung zu klammern. Kim wollte wegrennen, sein Körper jedoch wurde niedergedrückt, und er spürte eine ungeheure Kraft ihn von hinten vorwärtsschleudern. Er blickte sich um, aber er war allein. Eine zweite Hand, die einer Frau, ebenso blutig, kam hervor, schnappte nach Luft ...

Er erwachte mit einem Schlag und wischte sich den Schweiß aus dem Gesicht, schüttelte sich wie im Fieber; erst allmählich konnte er sich danach beruhigen. Er wollte sich nicht erinnern, wollte niemals mehr schlafen, nur um den grausigen Szenen für immer zu entgehen.

Da schaute er aus dem Fenster. Ein fadendünner Lichtstrahl fiel weich aus dem Nachbarfenster. Vorsichtig öffnete er die Tür, kroch über den Balkon unter das Fenster. Lauschend vernahm er ein Rascheln. Jemand bewegte sich. Dann klickte Metall auf Metall. Stimmen jedoch waren keine zu hören. Er nahm den Turban ab, hob langsam den Kopf, bis sein Auge sich in Höhe des Lichtstrahls befand, der durch die geschlossenen Fensterläden nach draußen drang.

Zuerst sah er nicht mehr als den breiten, gebeugten Rücken eines Mannes. Die Gestalt bewegte sich und gab den Blick auf den Gefährten frei, einen Mann mit einem schönen, aber harten Gesicht. Er schien vollkommen bei seiner Arbeit zu sein: Mit geübten und fachmännisch ausgeführten Handgriffen nahm er gerade einen Revolver auseinander und reinigte ihn. Der ältere Mann setzte sich mit einem Seufzer wieder auf die Bettkante. Seine väterliche Miene wollte nicht zu seinen harten, wachsamen Augen passen. Während er zu sprechen begann, schloß er sie: »Du mußt morgen sorgfältig zielen, Madan ... Deine Kugel ist für uns ein Vermögen wert, aber nur wenn du triffst.«

Der junge Mann grunzte, setzte den Revolver wieder zusammen und lud jede Kammer mit einer Patrone. Dann legte er die Waffe unter sein Kopfkissen und blies die Kerze aus.

11

Sie nahm das Schauspiel vor ihren Augen kaum wahr ... ein weiterer Traum. Wirklichkeit und Vorstellung vermischten sich: die tiefblaue See ein gleißender Spiegel. Gestalten laufen, manche bedächtig, andere in Eile, aber alle gleichermaßen vom Vizekönig, der ganz in der Nähe weilt, hin und her geschoben.

Sie schaute sich zur Stadt um und auf die Menschenmassen, die dort die Ankunft der Hoheiten erwarteten. Die Enge nahm ihr die Luft, sie konnte kaum atmen: so viele Menschen auch hier. Diener wedelten zwar die Fächer aus Pfauenfedern, aber damit rührten sie nur die heiße Luft um. Der graue Zerstörer lag fast unmittelbar vor dem Kai, stahl dem Meer die

Weite. Sein Anblick tat ihren Augen weh, aber sie mußte trotzdem hinsehen. Langsam glitt die Barkasse des Vizekönigs nun in Richtung Ufer, und die Regimentskapellen spielten einen flotten Marsch. Fürsten saßen neben den Gouverneuren der verschiedenen Provinzen, Seidengewänder und Edelsteine neben Orden und Ehrenzeichen. Im letzten Augenblick hatte es sich Lord Curzon anders überlegt: Er würde die Hoheiten und den neuen Vizekönig Lord Minto erst in der Residenz des Gouverneurs persönlich willkommen heißen – die Geste eines wahren Vizekönigs.

Elizabeth saß eng an Sarah Rushton gepreßt unter den Damen. Die Luft duftete nach Lavendelwasser und Talkum. Sie ließ ihre Augen über die Zuschauer gleiten, in der Hoffnung, Peter Bayley zu entdecken. Die Herren saßen in einiger Entfernung von den Damen; so konnte sie das hübsche Gesicht und den seidig glänzenden Haarschopf nicht erkennen. Peters markante Züge gingen in der Vielfalt aus Rosa- und Rottönen unter und verschwammen auch in den Träumen, die sie von ihm träumte.

Knackig wie ein englischer Pfirsich war er, der Schweiß auf seiner Stirn taufrisch. Elizabeth kam zu dem Schluß, daß er unbefleckt sein mußte. Das würde er nicht bleiben, soviel erkannte selbst sie. Denn Verfall hing in der Luft, alles verschlingende Zerstörungswut. Man brauchte nur ein Stück Würfelzucker auf die Erde fallen zu lassen – in einer Minute hätten die Ameisen es gefressen. Und so zerfraßen Motten alle Kleider, Termiten alle Möbel, Hitze und Langeweile Männer wie Frauen. Peter hingegen erinnerte an eine Blüte, die sich entfaltete.

In den vergangenen Wochen war Elizabeth aufgefallen, daß Indien sie zu verändern begann. Sie war mit den besten Absichten zurückgekehrt und unverdorben, aber jetzt fühlte sie die Unschuld verrinnen. Indien weckte unbegreifliche Leidenschaften in ihr, die sie bei englischen Temperaturen und im zivilisierten Umgang der englischen Gesellschaft nicht an sich wahrgenommen hatte. Nun zeigte sich, wie dünn die Tünche gewesen sein mußte; sie bröckelte bereits. Auch wenn sie das Triebhafte ihrer Suche nach Peter Bayleys Gesicht keineswegs übersah, hatten diese Leidenschaften doch nicht ausschließlich mit Sex zu tun. Sie waren umfassender, weitreichender. Sie spürte Gewalten in sich schwelen: Wut, Liebe, Enttäuschung, Haß. Das Indien ihrer Kindheit war ihr teuer, eine wunderbare Erinnerung. Jetzt jedoch entschwand seine Unschuld.

Hier sitzen wir also, dachte sie, hoch oben unter unserem Baldachin auf dem Rücken des Elefanten und schauen gebannt aufs Meer, das Tier unter uns aber wollen wir nicht sehen. Und deswegen wahren wir Distanz. Nichts soll uns berühren, nichts uns beflecken: nicht das Böse im Leben der Armen, nicht die Verstümmelungen der Bettler, nicht die Schönheit von Menschen und Land. Wir stellen uns blind, und dies macht uns verdorben. Ich weiß nicht, wie ich es aushalten soll. Als Kind habe ich nichts gewußt und nichts bemerkt. Aber ich bin kein unwissendes Kind mehr.

»Kannst du ihn sehen?« fragte Sarah.

»Wen?«

»Mr. Bayley. Vielleicht gehört er sogar zum Empfangskomitee.«

»Du meinst, er ist tatsächlich hier irgendwo?«

Desinteresse heuchelnd wandte sich Elizabeth von der Reihe der Gesichter ab und schaute zu der Barkasse hinüber. Im allgemeinen stiegen die Passagiere heutzutage über die Gangway direkt auf einen der Kais herab. Der geschichtsbewußte Curzon hatte jedoch einzurichten gewußt, daß der Prince of Wales den indischen Boden auf traditionelle Weise aus einer Prunkbarkasse betrat, wie es vor dem Bau der Häfen üblich gewesen war.

Kim bekam von dem Spektakel nichts mit. Er hatte in der Nacht auch kaum geruht, sondern war vor Sonnenaufgang durch die verlassenen Straßen zu Isaac Newtons Haus getrottet. Es dauerte eine Weile, bis er endlich einen Bewohner aus dem Schlaf gestört hatte. Als Newton schließlich die Treppe herunterkam, informierte ihn Kim über die beiden Männer und bat ihn, den Oberst auf der Stelle zu benachrichtigen. Kim selbst wollte in der Zwischenzeit vor dem Excellent Madurai Hotel auf die Polizei warten.

»Ich werde selbst gehen«, sagte Newton und eilte in die Wohnung zurück, um in seinen Anzug zu schlüpfen.

Als Kim wieder beim Hotel anlangte, färbte die aufgehende Sonne den Horizont gerade blaßrosa; Menschen gingen ihrer Beschäftigung nach. Ochsenkarren und Handwagen rollten durch die schmalen Gassen, mit frischem Gemüse und Fisch für den Crawford-Markt beladen. Der Hotelbursche war bereits auf den Beinen; er machte gerade Licht im *hamam*, damit die Gäste ihr Bad nehmen konnten. Noch im Halbschlaf eingesponnen, schniefte er laut und kummervoll. Kim wartete vor dem Gebäude; die Wachleute des Obersts würden bald eintreffen.

Allmählich wurde es voller in den Straßen; Läden öffneten. Hie und da blieb ein Tor verschlossen, weil der Inhaber Tilaks Streikaufruf befolgte. Nicht jedoch die Inhaberin des Färberladens; sie begrüßte Kim mit einem Lachen, während sie die Läden aufklappte und sich zu ihrem Tagewerk niederließ. Bald begann die Sonne zu brennen, so daß Kim sich in den Schatten zurückzog. Er machte sich Sorgen ... wenn die Polizisten nur endlich kämen!

Die zwei Männer verließen das Hotel, der ältere trug einen Beutel mit Gemüse in der Hand, und Kim mußte ihnen folgen. Sie schlenderten gemächlich vor sich hin, ohne ein Wort miteinander zu reden. Im Schutz der anschwellenden Menschenmassen blieb Kim ihnen nahe auf den Fersen. Alle englischen Firmen, Läden und Bankhäuser hatten heute geschlossen. Für sie war es ein offizieller Feiertag, so daß man nun unmöglich unterscheiden konnte, ob die geschlossenen indischen Läden den englischen Feiertag oder den von Tilak angeordneten *bandh* befolgten.

Alle trugen ihre feinsten Sachen, als hätte man sie eingeladen, die Hoheiten persönlich zu treffen. Väter und Mütter trugen frischgewaschene Kinder auf dem Arm und diese, die Kulleraugen ganz rund vor Aufregung, Fähnchen in der Hand. Und sie schwenkten sie. Die Luft wogte in Rot, Weiß und Blau. Polizisten waren entlang der Route des Festzuges postiert, etwa alle fünfzig Meter von einem Eurasier in höherem Dienstgrad verstärkt, während an verschiedenen Stellen ein berittener englischer Polizeioffizier das Geschehen überwachte.

Die beiden Männer gingen weiter ihres Weges, hielten verschiedentlich, kauften *pan*, kauften Zigaretten, tranken Tee. Da sie sich ihren Platz im voraus ausgesucht hatten, konnten sie sich viel Zeit lassen. Kim behielt sie beständig im Auge, trieb im Strom der Menschenmassen mit und wartete geduldig darauf, daß sein Wild sich niederließ.

Anstatt weiter in Richtung Apollo-Pier zu schlendern, bogen sie in die Church Gate Street ab, wo die Menschen bereits den Straßenrand säumten, um den Vizekönig und ihre Hoheiten im offenen Wagen vorbeifahren zu sehen. Auf den Balkonen herrschte dichtes Gedränge, und Jungen kletterten auf Bäume. An einer Ecke nahe einem schmalen Steig hielten die Männer schließlich an, hockten sich am Boden nieder, den Rücken gegen eine Hauswand gelehnt. Kim ging unauffällig ein Stück zurück und setzte sich auf den Boden. Sie wirkten völlig unbesorgt; der ältere begann mit seinem Nachbarn zu schwatzen, der jüngere blieb teilnahmslos, unnahbar. Den Beutel mit dem langsam dahinwelkenden Gemüse hielt er dicht neben sich; eine Hand ruhte ständig darauf. Kim sah den Schweiß auf seinem Gesicht. Offenbar hatte er die Gewalttat bereits vor Augen, sah die Kugel ihr Ziel finden. Eine Stunde verging. Kim konnte unmöglich vorauswissen, ob sie das Attentat von eben dieser Stelle ausführen oder plötzlich weitergehen würden.

»Kim-Sahib!«

Kaum einen Meter vor ihm stand der Marwari aus dem Zug und lächelte ihn an. Sein Schreiber begleitete ihn auch hier, immer noch dürr, immer noch das Gesicht in Sorgenfalten gelegt. Der Marwari trug ein rosa Oberhemd und Hosen im europäischen Schnitt. Er gebärdete sich, als ob er in Kim zufällig einen alten Bekannten wiederträfe, den er seit Ewigkeiten nicht mehr gesehen hatte.

»Was führt Sie hierher?« fragte Kim.

»Alle Geschäfte sind zu. *Bandh karo!* Also kann ich mir die Zeit nehmen, den Festzug anzuschauen. Und wie steht es bei Ihnen?« Die dunklen Augen verrieten nichts, obwohl das Gesicht weiterhin ein freundliches Lächeln aufgesetzt hatte.

»Ausgezeichnet.« Kim blieb im Schatten sitzen und blickte zu dem Marwari auf. Das Zusammentreffen konnte Zufall sein, schon möglich. Aber war es das? Kim schaute zu den zwei Männern hinüber. Sie hatten sich nicht von der Stelle gerührt. Der Jüngere schien jetzt vor sich hin zu dösen. Der Marwari beunruhigte Kim, denn man merkte ihm an, daß er über das Zusammentreffen keine Spur überrascht war. War er der Mann, der Newton über Parvati in Kenntnis gesetzt hatte?

»Warum stehen Sie gerade hier?«

»Mein Geschäft liegt ganz in der Nähe, dort unter dem Bogengang. Ich bin Tuchhändler, aber das habe ich ja schon im Zug erzählt.« Mit seinem Taschentuch wedelte er den Staub von einer Treppenstufe, breitete es dann sorgfältig aus und ließ seine massige Gestalt darauf niedersinken. »Kommen Sie, wir trinken einen Tee, einverstanden?« Bevor Kim auch nur ein Wort sagen konnte, gab der Marwari dem Schreiber einige Münzen, der sofort eilfertig die nächste Teebude suchte.

In der Ferne hörten sie dumpf die Masse murmeln. Der Sohn des *Kaiser-i-Hind* hat indischen Boden betreten, ging es von Mund zu Mund wie eine Welle. Alle regten sie sich, erhoben sich ... Ähren im Wind. Es stand eine Reihe von Reden und Feierlichkeiten auf dem Programm. Bevor die Kolonne sich in Bewegung setzte, würde noch eine Weile vergehen. Als der Tee kam, bemerkte Kim, daß der Schreiber für sich keine Schale gebracht hatte; er wollte ihm seine aufdrängen.

»Kommt gar nicht in Frage«, mischte sich der Marwari ein.

»Er wird seinen eigenen Tee kaufen. Nun geh schon.« Der Mann trottete zu dem Straßenverkäufer zurück; seine Hand fischte in den fast leeren Taschen nach einer der wenigen Münzen.

»Ein einziger Skandal, dieser Besuch, wenn man mich fragt. Ein einziger Unfug. Bringt alles durcheinander. Und erst wir Narren. Sehen Sie doch selbst, hier stehen wir am Straßenrand, um den Sohn eines ausländischen Monarchen anzustarren. Wir sollten besser unseren Geschäften nachgehen, dann könnten die Briten wenigstens sehen, daß ihre Herrschaft uns nicht länger paßt. Wir können uns selbst regieren, meine ich.«

»Und mit was für einer Art von Regierung?«

»Wir würden uns schon zurechtfinden. Ich nehme an, eine Demokratie nach britischem Muster. Wahlen, Premierminister und alles, was dazugehört. Aber jetzt schiebt man uns herum wie kleine Kinder. Tu das, tu dies . . . und jenes auf keinen Fall.«

»Wenn dies tatsächlich Ihre Meinung ist, sollten Sie vor den Augen des Prinzen Protest erheben.«

Ein englischer Polizeioffizier zügelte seine graue Stute auf der gegenüberliegenden Straßenseite. Er saß herrschaftlich aufrecht und schaute auf die stumme Menge herab. Der Schatten seines *topi* bedeckte die Augen; er erinnerte an einen stolzen jungen Krieger. Eine Hand lag auf dem Oberschenkel. Das braune Leder seines Pistolengürtels war liebevoll auf Hochglanz poliert; seine Stiefel glänzten.

»Ja, ja, und mich dann verhaften, verprügeln und mir weiß Gott noch was antun lassen? Ich bin ein Feigling. Dagegen komme ich nicht an, meine Natur.« Der Marwari gluckste vergnügt. »Aber schließlich darf ich denken, was ich will und meine Meinung sagen. Und das tue ich denn auch. Wie ich höre, dürfen die Bürger im Hyde Park in London sich auf Holzkisten stellen und ihre Regierung nach Herzenslust beschimpfen. Wenn wir das tun, sind wir gleich Aufrührer, gefährliche Agitatoren. Warum sind die Männer in London dann nicht auch Agitatoren? Ist mir ein Rätsel.«

»Ja. Ich stimme Ihnen zu. Wir sollten unsere Meinung sagen dürfen. Jede Unterdrückung der Gedanken unterdrückt zugleich das wahre Ich. Wie in einem geschlossenen Topf verwandeln sich die Worte dann in Dampf. Irgendwann wird der Topf explodieren. Aber die Engländer sind auch ehrlich davon überzeugt, daß wir uns nicht selbst um unsere eigenen Angelegenheiten kümmern können. Sie halten uns für unfähig. Natürlich ist es nur zu ihrem Vorteil, wenn sie hierbleiben. Für immer.«

»In Indien gibt es kein ›Für-Immer‹. Bei uns hat noch nie irgend etwas für immer bestanden.« Er stand auf und klopfte Kim auf die Schultern. »Ich muß zu meinem Laden zurück.«

»Aber der ist doch geschlossen.«

»Oh, man weiß nie, was für Scherereien es bei einem Streik geben kann. Ich verabschiede mich, Kim-Sahib. Vielleicht begegnen wir uns eines Tages wieder einmal.«

Er warf die Tontasse über die Schulter und bedeutete dem Schreiber, ihm zu folgen. Kim sah sie in der Menge aufgehen. Er drehte sich um. Die beiden Männer waren verschwunden.

Die kurze Flucht vor ihren Gedanken, die Unterbrechung ihrer Pein, Mohini sah selbst, wie illusionär sie war. Das Spektakel lenkte sie einen Augenblick ab, mehr nicht. Als Prinz George vorbeifuhr, klatschte und lachte sie wie ein Kind, auch wenn sie ihn aus der Ferne weder klar erkennen noch hören konnte. Aber die Stimmung war gut: Der Prunk, die Militärkapellen, die Soldaten, Elefanten, Kamele spielten ihr zumindest die Illusion der Normalität vor.

Alice freute sich über diese Veränderung Mohinis. Das Dilemma des Mädchens ging ihr sehr nahe: die Tragödie eines jungen Lebens, zermahlen von Traditionen so alt, daß sie unerschütterlich sind. Sie erlaubten keine Liebe, wie Alice sie verstand, zwischen Mann und Frau, Eltern und Kind, Mensch und Gott. Der Gedanke der Pflicht erstickte alles und jeden – die fremde und schwer nachvollziehbare Vorstellung, daß man alle Gefühle mit unbeugsamer Disziplin beherrschen muß. Die Pflicht der Frau gegenüber ihrem Gatten, die Pflicht der Kinder gegenüber ihren Eltern. Wie Eisenbahnschienen bestimmt allein die Pflicht die Bahn des menschlichen Lebens. Ein anderer Kurs, unmöglich ... höchstens um einen unvorstellbar hohen Preis.

Am besten, ich sehe Kim niemals wieder, dachte Mohini. Sie durfte ihn mit ihrem elenden Leben nicht zerstören. Flucht, einzig die Flucht bleibt mir. Aber jede Flucht endet, muß enden. Wege und Leben, sie alle enden in einer Sackgasse. Die Mauer an ihrem Ende aber ist der Tod. Keiner entkommt.

Der Prinz und die Prinzessin bestiegen ihren Wagen, der Festzug setzte sich in Bewegung. Mohini beneidete sie um ihr geordnetes Leben. Mit ihrer königlichen Macht standen sie über jedem Schmerz, vor allem über so gräßlichen Schmerzen, wie Mohini sie erlitt.

»Das wär's dann wohl. Aber wir werden wohl noch ein Weilchen sitzenbleiben und braten müssen, bevor sie uns aus dem Hühnerstall herauslassen«, sagte Alice. Sie verstaute Notizbuch und Bleistift, wobei sie mit ihren Blicken die Würdenträger musterte, inständig betend, es möge nicht das vertraute Gesicht unter ihnen zu finden sein. Aber sie nahm nur einen ununterscheidbaren Knäuel von Farben und Linien war: Fürsten, Burra-Sahibs, Memsahibs mit Sonnenschirm, hie und da ein Inder im Anzug, ein Mitglied des gesetzgebenden Rates oder ein Geschäftsmann. Ihre dunklen Gesichter stachen vor den anderen hervor.

Aber dann entdeckte Mohini ein vertrautes Gesicht und hätte vor Angst fast laut aufgeheult. Sie wollte wegrennen, getraute sich jedoch nicht einmal sich zu rühren. Dort stand er, ihr Gatte, ein schlanker, elegant gekleideter Inder in einem Seidenanzug, mit einem Begleiter ins Gespräch vertieft. Die Köpfe steckten ganz nahe beieinander. Mohini hatte ihn an typischen Gesten erkannt, der lässigen Spielerei mit dem Stock mit goldenem Knauf, der Neigung der Schultern. Seine Haltung verriet Kälte: ein Mann, der die Welt überragte, von seiner eigenen Wichtigkeit und intellektuellen Brillanz eingenommen.

Er müßte jetzt nur den Kopf heben und leicht zur Seite wenden, um sie unweigerlich zu entdecken. Er hatte das Gesetz auf seiner Seite, vollkommen: Sie gehörte ihm ... ihr Körper, ihre Seele, ja, ihr Leben. Wie der Spazierstock in seiner Hand. Sie zog den Saum des Saris über ihren Kopf, bis er ihr Gesicht verdeckte. Sie hatte das Gefühl, sein Blick würde sofort auf sie fallen. In blinder Panik zischte sie Alice zu: »Ich muß hier raus!«

»Dein Gatte? Wo steht er?«

»Da drüben.« Mohini zeigte nicht auf ihn. Für sie war er überall.

»Stell dich hinter mich und warte ab. Die Menge wird sich gleich in Bewegung setzen. Wir können in ihrer Mitte entwischen.«

Endlich ließ die Polizei die Menge aus der Absperrung ziehen. Alice nahm Mohini bei der Hand und drängelte sich mitten in die sich bewegende Menschenmasse hinein. Noch einmal schaute sich Mohini um. Ihr Gatte überflog seine Umwelt mit der gewohnten Herrenmiene. Gehört alles mir, drückte sie aus. Sie ließen sich von der Menge mittreiben und vor Mohinis Gatten abschirmen. Sie sah ihn gemeinsam mit anderen Gästen zu den Wagen schlendern. Er stieg ein, und Zentimeter um Zentimeter bahnte sich seine Gharri ihren Weg durch das Volk, langsam ihren Blicken entschwindend.

»Er ist fort.« Mohini spürte ihr Herz wieder schlagen. Erleichtert sanken sie in sich zusammen. Aber dann raste ein Flüstern durch die Menschenmassen wie ein Feuer durch trokkenes Gehölz.

»Schüsse. Schüsse. *Mar, mar, mar!*«

Die Menge schwankte; wie ein gigantisches Tier drehten sich alle Köpfe der Quelle des Aufruhrs entgegen. Niemand war sicher, von wo das Gerücht kam, aber alle bemerkten sie die plötzliche Hast und Eindringlichkeit in den Gesichtern der englischen Polizeioffiziere. Sie rannten hin und her, schrien ihre Befehle. Dann drosch man mit Lathis auf das Volk ein, trieb es mit den langen Holzknüppeln zurück, als ob es den Vorfall verschuldet hätte. Arme schoben Mohini und Alice vor sich her, Ellbogen stießen sie in die Seite, als die Menschen vor ihnen dem Wüten der Polizei zu entfliehen trachteten.

Kim schlich sich über die Steinstufen an, da hörte er den Schuß. Er war vom ersten Stock aus abgefeuert worden. Auf der Straße verstummte die Menge. Er konnte nicht sofort sagen, wer niedergeschossen worden war. Allerdings sah er in der Ferne die offene Kutsche des Vizekönigs. Sie hatte angehalten und war gerade im Begriff umzudrehen. Er überflog die Köpfe der Menschen und sah dann unmittelbar unter sich auf die Straße hinab. Für einen Moment herrschte vollkommenes Durcheinander. Dann entdeckte er die graue Stute: Ihr Sattel war leer. Zwei Wachtmeister lehnten sich über den englischen Offizier am Boden, und Kim sah, wie das Blut sich über sein gestärktes Khakihemd ergoß. Er fühlte sich schuldig am Tod des jungen Mannes, aber er konnte nicht verstehen, warum sie ausgerechnet ihn umgebracht hatten; er sah nur das Gesicht des Toten.

Der Prinz, der Vizekönig, wieviel wichtiger waren sie, wieviel teurer ihr Leben als das Leben eines Polizeioffiziers. Und doch hatte man die Männer gerade für seinen Tod gedungen. Kim wußte, daß jeder Irrtum ausgeschlossen war. Die Männer hatten auf Anweisung ihres Zahlmeisters Ort und Opfer bewußt gewählt.

Kim hatte einige Zeit gebraucht, sie zu finden, und ein Dutzend Leute fragen müssen, bevor ein Kind auf die Tür am Ende der schmalen Stiege zeigte. Sie war verschlossen. Der Schuß fiel, als Kim sich vorsichtig in das Gebäude vortastete.

»*Jaldi, jaldi.*« Er hörte Stimmen und Sandalen auf Treppenstufen klatschen. Darauf preßte er sich in einen Türrahmen, seinen Stock schlagbereit. Der ältere Mann kam zuerst, stolperte fast über die eigenen Füße. Hinter ihm und weniger hastig folgte sein jüngerer Gefährte. Er schob den Revolver gerade unter das Gemüse.

Kim sprang aus seinem Versteck und versetzte im gleichen Augenblick dem ersten Mann einen Schlag in den Bauch, daß er vor Überraschung, Schock und Schmerz taumelte. Er rutschte in sich zusammen, fiel auf den Boden, rang nach Luft. Kim erkannte, daß er einen schrecklichen Fehler gemacht hatte.

Der jüngere Mann hielt im Lauf inne und sprang einen Schritt zurück. Das Licht stand hinter ihm. Kim konnte nur dunkle Umrisse erkennen, aber er wußte, daß die Hand im Beutel fieberhaft nach dem Revolver suchte. Gezielt ließ Kim das Ende seines Stocks gegen die Füße des Gegners sausen und traf zweimal ein und dasselbe Fußgelenk. Man konnte den Knochen splittern hören. Aufheulend sprang der Mann jedoch einen weiteren Schritt zurück. Kim folgte ihm, um ihn in Reichweite zu bekommen. Er wußte, wohin er schlagen mußte, wenn er ihn lähmen wollte. Aber als er ausholte, bekam sein Gegner den Revolver zu fassen, und er feuerte. Mitten im eigenen Schlag spürte Kim die ungeheure Wucht der Kugel, als würde er fliegen, während er auf den Rücken fiel.

Das Leben rann aus seinem Körper, er spürte es und kämpfte darum, es zu halten. Mit ungeheurer Anstrengung suchte er den Kiesel in seiner Kurta, zog ihn heraus: »Ram ... Ram ...«, flüsterte er ihm zu und rutschte schließlich an der Wand in sich zusammen.

Der Mann wimmerte. Sein Fußgelenk war zerschmettert. Er wollte sich an Kim für seine unerträglichen Schmerzen rächen, hob den Revolver, zielte.

»Schnell. Beeil dich. Die Polizei!«

Der ältere Mann rappelte sich auf, rang immer noch nach Atem. Als er über Kim hinwegstieg, trat er ihn in die Seite. Der Mann mit dem zerschmetterten Knöchel schob den Revolver in den Gürtel seines *paiyama* und humpelte seinem Gefährten hinterher.

12

Nacht. Unheimliche Stille hing über der Church Gate Street. In ganz Bombay konnte man die Nervosität fühlen, vor allem hier im Stadtzentrum, wo die meisten Weißen wohnten. Die Polizei hatte sofort Ausgehverbot verhangen, und die Straßen lagen verlassen. Im Schatten verborgen, stand eine einsame Gharri an der Straßenecke. Das Zaumzeug rasselte, manchmal klackten die Hufe, wenn das Pferd seine Stellung veränderte. Andere Geräusche gab es nicht.

Der Oberst wartete seit einer Stunde. Unter anderen Umständen wäre er inzwischen sehr ungehalten. Er schätzte Pünktlichkeit, erwartete sie allerdings niemals von einem Inder. Heute nacht jedoch verlor er sich in seinen Gedanken; darüber vergaß er die Zeit. Er wünschte sich sogar, er könnte sie zurückdrehen. Die letzten Stunden hatten Spuren hinterlassen; die Falten um seinen Mund waren tiefer geworden.

Gütiger Himmel, wie soll man mit der Schuld am Tod eines Unschuldigen weiterleben? Das hatte niemand vorgesehen. Ich habe doch jede Einzelheit sorgfältig geplant! Sogar ein gewisses Maß an Stümperei war berücksichtigt. Aber dann, alle Ereignisse können ihre ganz eigene Dynamik gewinnen und außer Kontrolle geraten. Sie erfüllen ihren Zweck, wie es ihnen gefällt. Nur ist der Preis viel höher, als ich vorausberechnet hatte. Es geht nicht anders. Wenn ich alles unter Kontrolle halten will, muß ich das Unvermeidliche auf mich nehmen und mit dem Tod leben. Gott, vergib.

Die Tür der Gharri öffnete sich unvermittelt, Schultern und Kopf eines Mannes erschienen in ihrem Rahmen. Er war so geräuschlos gekommen, daß selbst der Oberst ihn nicht gehört hatte, obwohl er sein Kommen erwartete. Zweifellos war dieser Tölpel von Kutscher eingeschlafen. Der Mann entbot seinen *salaam*.

»Du Idiot!« zischte der Oberst. »Du hast einen englischen Polizisten umgebracht, und einer meiner eigenen Männer wird noch vor Morgengrauen ebenfalls tot sein. Ihr hattet Befehl, nur zu verwunden. Von Mord war keine Rede gewesen.«

»Oberst-Sahib«, erwiderte der ältere Mann ruhig, ohne daß ihn die Wut im geringsten berührte, »wir haben einfach abgedrückt. Es lag am Revolver. Mit einer Waffe aus Ihren Beständen hätten wir genauer zielen können.«

»Das durfte ich nicht wagen. Stellt euch vor, wenn man euch mit einem Armee-Revolver erwischt hätte. Habt ihr ihn weggeworfen?«

»Ja. Außerdem, wie hätten wir erkennen können, daß es Ihr Mann war? In Ihren Diensten wie wir? Er griff uns an, und er hätte uns auch beide getötet. Ich bekam einen Hieb in den Unterleib, und Madans Fußgelenk ist zerschmettert. Er wird niemals wieder normal gehen können. Er mußte schießen.«

»Ist Madan reisefähig?«

»Er hat keine andere Wahl.«

»Also, dann los. Und beeilt euch, aber seid auf der Hut. Die Polizei ist hinter euch her. Taucht unter, bis ihr wieder von mir hört.«

Der Mann verschwand geräuschlos und schnell, wie er gekommen war. Der Oberst hatte keine große Angst, daß man ihn erwischen würde. Und selbst wenn. Er würde kein Wort sagen. Er war dem Oberst bedingungslos ergeben.

Am nächsten Morgen begleitete der Oberst den Polizeipräsidenten von Bombay zu einer besonderen Audienz bei Lord Minto, dem neuen Vizekönig. Man geleitete sie gemeinsam in Mintos provisorisches Büro im Palast des Gouverneurs von Maharashtra.

Der Unterschied zwischen Minto und Curzon hätte nicht größer sein können. Lord Minto war wesentlich älter und keine feinnervig aristokratische Erscheinung. Sein Ehrgeiz beschränkte sich darauf, sein Amt und das fürstliche Salär zu genießen. Im Gegensatz zu Curzon besaß er kein eigenes Vermögen. Er kam direkt aus Kanada, wo er als Generalgouverneur gedient hatte; seine Amtszeit war ohne besondere Vorkommnisse verstrichen. Minto wußte, daß er von den vielschichtigen Besonderheiten Indiens nicht die geringste Ahnung hatte, und beabsichtigte, sich ganz auf seinen Stab zu verlassen. Sein einziges Ziel bestand darin, Ruhe und Ordnung in Indien zu bewahren. Damit würde er zufrieden sein.

Der Oberst verbeugte sich und schüttelte Lord Mintos Hand, den er sofort als richtigen Mann einschätzte: rauh, aber herzlich. Der Polizeipräsident, ein ernster Mann und einige Jahre jünger als der Oberst, erstattete Bericht über den Mord an dem englischen Polizeioffizier. Momentan kämmten alle Beamten die Stadt durch und griffen drakonisch zu. Von den Attentätern jedoch fehlte bisher jede Spur.

Als der Polizeipräsident geendet hatte, peinlich berührt von seinem Versagen, wandte sich Lord Minto von ihm ab: »Oberst, Sie haben Erfahrung in diesen Dingen, was schlagen Sie vor?«

Der Oberst überlegte einige Augenblicke, um die Tragweite dieser Frage auszuloten. Der Vizekönig erwartete nicht sofort eine Antwort, sondern wartete geduldig.

»Exzellenz, ich halte nichts von hektischen, überzogenen Maßnahmen. Trotzdem müssen wir bedenken, daß Männer wie Tilak das Volk zur gewaltsamen Erhebung aufrufen. Einige sind dem Ruf sogar schon gefolgt, ich denke da an gewisse Bengalen, die meinen, Grund zur Klage zu haben, wegen der Teilung ihres Landes. Die beiden Attentäter mögen sehr wohl Bengalis oder extremistische Aufrührer gewesen sein. Soweit wir die Situation überschauen können, mag die Kugel sogar ursprünglich für Sie bestimmt gewesen sein. Deswegen ersuche ich um zusätzliche Befugnisse. Wir sollten den Brand ersticken, bevor er außer Kontrolle gerät wie Anno siebenundfünfzig.«

»Oh, selbstverständlich. Ich werde mich ganz an Ihre Vorschläge halten. An welche, äh, zusätzlichen Befugnisse hatten Sie gedacht?«

»Für bestimmte Elemente: Festnahme ohne Haftbefehl, Gefängnisstrafen ohne vorherigen Prozeß und, wo nötig, den

Galgen. Dies würde unsere Aufgabe wesentlich erleichtern. Wenn wir die Aufrührer dann schließlich losgeworden sind, können wir diese Gesetze aufheben. Das heißt in der fernen Zukunft. Zuerst müssen wir ihnen jedoch deutlich vor Augen führen, daß wir die Herrscher Indiens sind und uns mit solchen Morden niemals abfinden werden.«

13

Sie gehören zu einem Volk mit zwei Gesichtern. Eines davon habe ich gut gekannt; seine Menschen standen mir nahe. Ich habe viele glückliche Jahre meines Lebens in ihrer Mitte verbracht. Sie werden mir immer in Erinnerung bleiben: liebenswürdige, ehrbare, mitfühlende Bürger, die offen sind für jede intellektuelle Auseinandersetzung, beseelt von dem unerschütterlichen Glauben an die Freiheit des Individuums. In ihren Augen sind freies Denken und sein Ausdruck das unveräußerliche Recht jedes Mannes und jeder Frau. Beherzt stehen sie für diese Freiheiten ein, und diese klaren und einfachen Gedanken machen sie groß, ja einzigartig. Sie haben einige der größten Denker und Philosophen nicht nur unserer Zeit, sondern der Menschheit hervorgebracht. Wer Shakespeare, Macaulay, Dickens, Scott, Swift liest, lernt eine besondere Gattung Mensch kennen – eine Rasse von Titanen. Man braucht nur eine Seite aufzuschlagen und ist schon unweigerlich bewegt von den Gedanken dieser Männer. Ihre Worte und Vorstellungen sind unsterblich, und sie haben die Fenster des menschlichen Geistes aufgerissen allüberall …«

»Mr. Ray, wir sind hier nicht im Parlament«, unterbrach ihn der Richter gelangweilt. »Ich muß Sie daran erinnern, daß wir uns hier im Gericht befinden, wo man Sie des versuchten Mordes an einem Polizeibeamten bezichtigt.«

»Ich bin mir sehr wohl bewußt, wo ich bin, aber nicht, mit wem ich es zu tun habe«, sagte Anil Ray.

In Handschellen stand er vor seinem Richter John Spencer. Er hatte sich stark verändert seit jenem schicksalhaften Nachmittagspicknick mit seinem Onkel in den Bergen. Monate waren inzwischen vergangen. Das Warten auf seinen Prozeß, eingekerkert in die verschiedensten, aber durchweg schäbige Zellen, hatte einen anderen aus ihm gemacht.

Das Gefängnis verwandelt gewöhnliche Männer, macht aus ihnen Philosophen oder Kriminelle. Es formt sie, ohne daß sie verstehen wie. Ein anderer Mann wäre vielleicht zum Philosophen geworden, hätte die Grausamkeit des Schicksals akzeptiert und über seine wundersamen Wege nachgesonnen.

Anil Ray jedoch machte es rasend. Er war unruhig hin und her gelaufen, hatte geflucht, gekämpft ... und war geprügelt worden. Das Gefängnis gibt einer Gruppe von Männern Macht über eine andere Gruppe. Hinzu kommt in einem indischen Gefängnis die Kaste: Angehörige niederer Kasten haben plötzlich Gewalt über Angehörige höherer Kasten, die Armen Gewalt über vereinzelte Reiche. Jahrhundertealte Rechnungen werden beglichen.

Anil Ray hatte einen Engländer angegriffen und verwundet. Und das mit der Absicht, ihn zu töten. Die Strafe sah man ihm bereits an. Er trug einen dichten Vollbart und war in einen schmutzigen Anzug aus *kurta* und *paiyama* gekleidet. Der Bruch seines Nasenbeins war schlecht verheilt, was ihm ein grimmiges Aussehen verlieh. Das Funkeln in Anils Augen ließ Richter Spencer frösteln. Am liebsten wäre er von dem offenkundigen Haß ein paar Schritte zurückgewichen, der dem Mann ins Gesicht geschrieben stand.

Wenn Richter Spencer jedoch die Augen schloß und nur Anils Stimme lauschte, fühlte er sich zwischen grüne Hügel unter einen wolkenverhangenen Himmel versetzt; er spürte leichten kühlen Nieselregen an seinen Wangen und vermeinte, einen sanft dahinströmenden Fluß zu hören. Ja, er hörte sogar das gedämpfte Klirren von Porzellantassen in einem Salon. Alles an dieser Stimme erinnerte ihn an träge Sommernachmittage in der Nähe eines kleinen Gartenpavillons unter alten Ulmen; gleich würde er als Schräganstehender den Kricketball bis zur Spielfeldgrenze schlagen ...

Ein leichter Windstoß fuhr durch die Papiere auf dem Richtertisch, als ob er nach einem bestimmten Beweisstück suchen wollte. Der Schreiber saß eine Ebene tiefer. Zu seinem europäisch geschnittenen Anzug trug er einen Turban, und er gähnte gerade; beschaulich wartete er auf den Fortgang der Verhandlung. Er hatte kein Interesse an Anil Rays Worten, wollte sie nicht einmal hören, denn sie trugen den Samen der Zerstörung in sich. Er mochte Anil Ray nicht einmal anschauen.

Auch John Spencer wünschte die Sache schnell hinter sich zu bringen. Er hatte die Absicht, rasch zu einem leichten Lunch nach Hause zu gehen, einen kurzen Mittagsschlaf zu halten und den späten Nachmittag und frühen Abend beim Kricket zu verbringen. Er schaute durch die großen Fenster nach draußen. Der Himmel war klar, und die Bergkuppen verblaßten in der blauen Weite. Spatzen flogen herein, setzten sich auf den Balken nieder, schauten herab und zirpten. Die Wachtmeister standen gegen die Mauer gelehnt. Sie warteten auf das Ende der Verhandlung, um den Gefangenen hinauszuführen und den nächsten in den Saal zu bringen. Gelegentlich kam ein Gerichtsdiener mit einem Stapel Akten im Arm in den Saal, besprach sich mit den Schreibern und ging wieder. Alles geschah beiläufig, sichtlich gelangweilt.

Spencer hatte keine Geschworenen; er allein verhängte Urteil und Strafe. Von Anfang an hatte er die richterliche Laufbahn verfolgt und könnte eines Tages an den Hohen Gerichtshof von Bombay oder Kalkutta berufen werden, wenn er sich weiterhin geschickt verhielt. Früher hatten Verwaltung und Justiz in derselben Hand gelegen, aber dies hatte sich in den letzten zehn Jahren geändert. Ein angehender Beamter im ICS mußte sich nun für die eine oder andere Laufbahn entscheiden.

Hinter dem niedrigen Absperrzaun, in einiger Entfernung von der Richterbank, saß Anil Rays Vater. Er war als einziger gekommen, der brillanten Verteidigung seines Sohnes beizuwohnen. Seine Augen waren auf den Boden gesenkt, und seine Haltung war inzwischen ständig geduckt. Er konnte nicht verstehen, was sein Sohn sagte. Es klang gefährlich, aber es war ohnehin zu spät, um Worte auf der Goldwaage zu wägen. Zu viele Zeugen hatten gesehen, wie Anil den stellvertretenden Inspektor niederstach. Die Schuld war erwiesen, es ging nur noch darum, das Urteil zu verhängen.

DI Goode war bereits aufgerufen worden und hatte den Vorfall von seiner Seite geschildert. Man hatte ihm hinreichenden Grund zugebilligt und die Anklage gegen ihn fallengelassen. Mr. Ray konnte das nicht ganz begreifen. Hinreichenden Grund? Wie kann man einen Jagdstock mit einer Flinte verwechseln? Das waren nun doch zwei ganz verschiedene Dinge. Englischen Gehirnen war der Fehler jedoch anscheinend verständlich. Außerdem hatte ein Zeuge schriftlich zu Protokoll gegeben, daß einer der Männer tatsächlich ein Gewehr getragen hatte; zur Gerichtsverhandlung erschienen war er allerdings nicht.

»Sir, meines Wissens habe ich ein Anrecht auf mein Plädoyer.«

»Wir befinden uns hier nicht in einem englischen Gericht, Mr. Ray«, sagte John Spencer. Er war einige Jahre älter als Anil Ray, seine Robe ihm eine Größe zu groß. In seinem schwarzen Mantel hätte man ihn für eine Witzfigur halten können, wenn die schmächtige Gestalt nicht so eine ungeheure Machtfülle in ihren Händen hielte. Müde gab sie Anil Ray mit einem Wink zu verstehen, daß er fortfahren könne, lehnte sich zurück und träumte vom Kricketspiel – nicht hier in Simla, sondern auf dem Platz von Lord's, wo der Kricketsport zu Hause ist.

»Sir, haben Sie jemals den Roman *Dr. Jekyll und Mr. Hyde* gelesen?«

»Mr. Ray, darf ich annehmen, daß sich die Frage unmittelbar auf unseren Fall bezieht?«

»Ja.«

»In diesem Fall habe ich ihn gelesen.«

»Dann werden Sie meinen Vergleich um so leichter verstehen. In diesem Roman treffen wir auf einen guten, liebenswerten Mann, der niemals etwas Böses tun könnte. Ich nehme an, man könnte ihn als den englischen Gentleman *par excellence* bezeichnen, obwohl ich früher den Hinweis auf seine Herkunft als vollkommen überflüssig empfand. Jeder Gentleman war auch gleichzeitig Engländer, das stand von vornherein fest.« Er bemerkte Spencers dünnes, befriedigtes Lächeln. »Aber dieser Mann hat auch dunklere Wesenszüge, eine schwarze, erschreckende Seite. Wir erkennen sie nicht nur an seiner charakterlichen Wandlung, sondern symbolisch an dem Haus, in dem er wohnt. Mr. Hyde stiehlt sich klammheimlich von der Rückseite des Gebäudes davon, die viel schäbiger und verkommener ist als die Vorderfront, die auf eine dieser bezaubernden Londoner Straßen hinausführt.

Ich glaube nun, der Engländer kann beide Charaktere verkörpern, die im Körper und in der Seele dieses einen Individuums wohnen. Und die dunkle Seite, das ist der Engländer, der unser Land beherrscht: Ihm fehlt alle Menschlichkeit, alles Mitgefühl und jedes Verständnis für eine andere Rasse. Infolgedessen behandelt er die andere Rasse als minderwertig, meidet ihre Gesellschaft und vergißt alle Gerechtigkeit und Demokratie, die er in seinem eigenen Hause selbstverständlich in Ehren hält und ihre Gesetze beachtet. Narren wie ich glauben, daß Ideen den Ozean überqueren können. Ja, ich habe dies tatsächlich geglaubt... und mich gründlich getäuscht. Denn die Ideen verwandeln sich auf der langen Schiffsreise und kommen an unseren Ufern schließlich als Tausende kleiner und großer Mr. Hydes an. Tausende kleiner und großer Despoten, die uns nach Gutdünken aus unserem eigenen Land exilieren, uns einsperren, weil wir uns vom Joch ihrer Tyrannei befreien wollen, uns für unsere berechtigte

Wut an die Wand stellen oder an den Galgen bringen und unsere Gedanken ungestraft kontrollieren, als gehörten sie ihnen und nicht uns. Wir, das indische Volk, müssen uns erheben, Schwert, Flinte und Knüttel in die Hand nehmen und euch aus unserem Land vertreiben. Wir müssen Gott um ein Gemetzel bitten, wie es die Erde noch niemals sah . . .«

»Mr. Ray, Ihre Zunge legt Ihnen selbst den Strick um den Hals«, fiel Spencer ihm entschieden ins Wort. Alle Tagträume zerstoben im Angesicht dieses Hasses. »Das Gericht hat keine Zeit mehr, Ihren Tiraden zu lauschen. Ich werde jetzt das Urteil verkünden.« Er blickte zum Schreiber hinab, der mit der Feder in der Hand auf die nächsten Worte wartete.

»In vorliegendem Fall gibt es einige mildernde Umstände. Man hatte Sie provoziert, was jedoch nicht Ihre Gewalttat an einem englischen Polizeioffizier in Ausübung seiner Pflicht entschuldigt.«

»Er hat meinen Onkel ermordet! Nennen Sie das Pflichtausübung?«

»Ich kann das Urteil auch in Abwesenheit verhängen. Sie müssen dazu nicht vor mir stehen. Bei der nächsten Unterbrechung schicke ich Sie in Ihre Zelle zurück. Wo war ich stehengeblieben?«

». . . englischen Polizeioffizier in Ausübung seiner Pflicht entschuldigt«, wiederholte der Schreiber die letzte Zeile seines Protokolls.

»Richtig. Ihre abschließenden Bemerkungen jedoch . . . wie sollte ich sie nennen, Plädoyer vielleicht . . . oder Haßtirade . . . haben mich zutiefst beunruhigt. Ihr Aufruf zur gewaltsamen Erhebung erfüllt den Tatbestand der Agitation gegen Krone, König und Volk. Unter den gegebenen Umständen habe ich keine andere Wahl und verurteile Sie hiermit zu zwanzig Jahren Gefängnis für Ihren versuchten Mord an dem stellvertretenden Inspektor Goode und zu weiteren vier Jahren Gefängnis für Agitation und Volksverhetzung.«

»Eine Gewalthandlung kommt einer sprachlichen Äußerung gleich. Auch wenn die Worte vor Gericht gefallen sind.«

»Der Ort spielt keine Rolle, nur die Person, an die sie gerichtet waren. Und ich repräsentiere hier die Regierung, Mr. Ray. Ich habe sogar Nachsicht geübt und sowohl Ihre Herkunft als auch Ihre Bildung berücksichtigt. Andernfalls wäre das Strafmaß noch härter ausgefallen.«

»Warum sollten Sie Nachsicht üben? Weil ich Englisch mit einem Akzent spreche, der süß in euren *Angrezi*-Ohren klingt? Ich bin Inder. Ich bin mit Handschellen gefesselt. Ich bestehe darauf, daß Sie mich behandeln wie jeden anderen Mann meines Volkes.«

»Ich habe das Urteil verkündet.« Spencer stand auf. »Die Verhandlung ist geschlossen.«

»Glaubt ihr wirklich, ihr werdet immer über uns stehen?« brüllte Anil dem scheidenden Spencer nach. »Wir werden uns erheben und euch besiegen, wie die Japaner das russische Zarenreich besiegt haben.«

»Sie sind kein Japaner, Mr. Ray.«

Zwei Wachtmeister packten Anil rechts und links am Arm und führten ihn aus dem kleinen Gerichtssaal. Er sah seinen Vater, klein und zerbrechlich. Ganz allein stand er, seines Sohnes beraubt, als ob dieser schon vor ihm gestorben wäre und nun aus einer anderen Welt auf ihn zurückblickte. Anil ging einen Schritt auf ihn zu, aber die Wachtmeister rissen ihn zurück.

»Ich möchte den *darshan* meines Vaters empfangen, bevor ich ins Gefängnis gehe.«

Sie verstanden und ließen ihn einen Schritt vortreten. Er warf sich auf den kalten Steinboden nieder und legte den Kopf auf seines Vaters Füße, spürte die Hand seines Vaters sein Haupt berühren und ihn dann in die Höhe heben. Der ältliche Mann reichte ihm nicht einmal bis an die Schultern, und der Größenunterschied schockierte ihn für einen Augenblick. Er hatte immer gedacht, kleiner zu sein als sein Vater. Fast sein ganzes Leben hatte er zu ihm aufgesehen und darüber die Veränderungen vergessen, die das Leben mit sich bringt.

»Wie geht es Mutter?«

»Sie weint. Unaufhörlich. Aber damit will ich dich nicht belasten. Ich bin stolz auf das, was du getan hast, und stolz auf die Worte, die du dem Engländer ins Gesicht gesagt hast. Wir reden nicht darüber, sondern verschließen das alles tief in unserem Inneren und leiden daran.«

»Ich habe damit nur mein Strafmaß erhöht«, sagte Anil verbittert. »Aber ich konnte mich nicht beherrschen. Vierundzwanzig Jahre!« Die Zeit kümmerte ihn nicht, nur die Menschen, die mit ihr vergehen würden. Er würde seine Mutter verlieren, vor Gram. Er würde den Verfall seines Vaters mit ansehen müssen. Er umarmte seinen Vater, sog alle die vertrauten Düfte ein, die man niemals vergißt; dann küßte er ihn auf die Stirn.

»Die Zeit wird so schnell vergehen. Ich werde dich regelmäßig besuchen.«

»Zwei Exile hintereinander. Erst in ihrem Land, nun in ihrem Gefängnis? Wie soll ich jemals ein normales Leben führen? Ich weiß, daß ich mich nicht beherrschen können werde, und sie werden mich immer im Auge behalten, abwartend, lauernd. Ich fühle mich wie Bolingbroke beim Abschied von seinem Vater, als ihn sein Bruder ins Exil schickte, nur daß ich nicht unter fremder Sonne wandern, sondern eine winzige Höhle auf und ab schreiten werde, so klein wie ein Grab.«

»Ich kenne diesen Bolingbroke nicht, von dem du sprichst. Wenn er jedoch in die Ferne geschickt wurde, weiß ich, was sein Vater gefühlt haben mag: Schmerz und überwältigende Trauer. Ich hasse sie jetzt für alles, was sie unserer Familie angetan haben.«

Anil fühlte den Wachtmeister ungeduldig an der Kette ziehen und entließ seinen Vater aus der Umarmung. Sein Vater weinte. Anil jedoch hatte keine Tränen. Seine Augen waren so trocken wie die Kiesel in einem längst ausgetrockneten Flußbett.

Er schaute sich auch nicht um, als er auf den wartenden Ochsenkarren zuschritt, auf dessen Ladefläche man einen mannshohen Bambuskäfig errichtet hatte. Darin waren die anderen Gefangenen: Diebe und Mörder. Anil wurde hineingestoßen. Man schloß die Tür hinter ihm. Dann rollte der Karren in Begleitung der Wachtmeister langsam aus dem Hof des Gerichtsgebäudes.

Er schaute seine Mitgefangenen nicht an, sondern hinaus auf die Straßen, in die Sonne, die Wolken, zu den Bergen hinauf, die in der Ferne verblaßten. Er hatte in den letzten Monaten einen weiten Weg hinter sich gelegt – immer in derselben Stadt. Die Menschen starrten ihn an. Kleine Jungen folgten dem Karren mit großen, erschrockenen Augen. Einer oder zwei stocherten mit einem Stock durch das Bambusgitter hindurch.

Der Mann neben Anil knurrte. Nur ein dunkles Grollen aus seiner Brust, aber die Jungen hörten es und wurden unschlüssig. Es klang bedrohlich. Als Anil sich zu ihm umdrehte, sah er jedoch den Schalk in den Augen des Mannes blitzen. Seinen schreiend rot und gold gefärbten Turban trug er wie ein Rajpute; er hing ihm schräg auf dem Kopf wie ein Knäuel Schlangen, und der Schnurrbart war vor den Wangen hochgezwirbelt. Der Mann war schäbig gekleidet, aber niemand konnte den Stolz in seinem Gesicht übersehen. Er drehte sich nach draußen und spuckte einem Jungen einen Strahl *pan*-Saft auf das Hemd. Als der heulend davonflitzte, lachte er laut und schallend.

»Das wird dem kleinen Mistkerl eine Lehre sein. Mit einem Stock an Man Singh herumstochern, von wegen! Du hast von mir gehört? Natürlich nicht. Aber ich habe von dir gehört, Anil Ray: der Mann, der vor dem *Angrezi*-Richter sein Maul zu weit aufriß und dafür vier Jahre mehr aufgebrummt bekam. Was für ein Dummkopf, sage ich mir da. Warum kann er sein Maul nicht halten? Schau, wenn ich vor dem Richter stehe, bleibt mein Mund schön zu. *Gap shap!* Keinen Mucks mache ich da, außer ›jawohl, Sahib . . . nein, Sahib . . .‹ Und sie halten mich alle für einen drolligen Kerl.« Er gluckste.

»Und wer ist dieser drollige Kerl?« fragte Anil.

»Man Singh ist Man Singh.« Sein Lächeln enthüllte Zahnstümpfe und viele Lücken. Sein hageres Gesicht war scharf geschnitten, und er schielte auf einem Auge. Er wandte sich an den Mann neben ihm. »Sag ihm, wer Man Singh ist, Tölpel.«

»Man Singh«, wandte sich der Gefährte respektvoll an Anil, »ist der schrecklichste Dacoit in ganz Indien. Zahllos die Schar derer, die er umgebracht . . .«

»Zahllos«, fiel ihm Man Singh ins Wort, »was soll das heißen, du Schwachkopf? Viele? Keinen? Sag ihm wie viele. Nein, warte. Ich werde es ihm selbst sagen. Mehr als hundert Leute habe ich umgebracht.« Und setzte flüsternd hinzu, sein Atem sauer von Spucke und *pan*: »Aber beweisen können sie mir nichts. Die Leute verschwinden einfach vom Erdboden, auf Nimmerwiedersehen. Und wie haben sie mich dieses Mal geschnappt? Alles nur wegen dieser Wachtel, die ich entführt hatte. Eine hübsche Wachtel, weich, wonnig, warm – schön rund und hübsch. Sie war ein Fehler. Ihr Gatte besitzt ein bißchen Land. Er wird böse und meldet die Sache der Polizei. Der *Thanedar*-Sahib läßt mich gewöhnlich in Ruhe. Aber da kreuzt dieser Engländer auf. Sagt, dieser Unfug muß ein für allemal aufhören. Die Frau erinnert sich an den Ort und führt sie zu meinem Unterschlupf. Vertraue nie einer Frau, mein Freund. Ich habe es ihr gut besorgt, aber weil ich sie dann zu Hause abliefere, wird sie stinkwütend und verrät mich. Aber wie hätte ich sie bei uns behalten sollen?«

»Das wäre sicher schwierig geworden«, pflichtete Anil ihm bei. »Wieviel Jahre hast du bekommen?«

»Lebenslänglich. Man Singh soll im Gefängnis sterben. Aber das bilden sie sich nur im Traum ein. Eines schönen Tages wird Man Singh nämlich wieder in die Berge verduften.«

»Lebenslänglich für die Entführung einer Frau? Das nenne ich extrem.«

»Offenbar bist du außerordentlich einfältig. Oder reich. Erwartest du Gerechtigkeit in dieser Welt? Ich nicht.« Er zuckte mit den Schultern. »Ach, und da sind noch alle die anderen Geschichten. Du bist ein schlimmer Geselle, sagen sie mir. *Ahree*, was will man machen?«

Sie verstummten. Der Karren brachte sie nicht zu den Arrestzellen im Polizeirevier zurück, sondern zum Bahnhof. Im Schatten hielt er an. Mit Gewehren bewaffnete Polizisten stießen zu ihren Kollegen; zwei von ihnen schleppten eine lange Kette. Sie öffneten die Tür, und der erste Mann, der den Käfig verließ, wurde an das eine Ende der Kette angeschlossen. Dann zog man die Kette zwischen ihren in Handschellen gefesselten Händen hindurch und schloß den letzten Mann daran fest. Anil fand sich neben Man Singh wieder. Man ließ sie am Straßenrand niedersitzen, bis sie den Zug besteigen würden. Die Vorbeigehenden, sah Anil, zogen sich vor ihnen zurück, als ob man eine unsichtbare Sperre errichtet hätte.

»Wohin schaffen sie uns?« fragte Anil.

»Tihar Gaol.«

Anil war noch nicht abgehärtet genug, um nicht zu verzweifeln, als er diesen Namen hörte. Treuherzig hatte er geglaubt, in der Arrestzelle bleiben zu dürfen, denn er betrachtete sich immer noch nicht als gewöhnlichen Kriminellen, sondern weiterhin als Mann, der zufällig in Ungnade gefallen war. Irgendwie würde Rettung kommen. Man würde ihm alle seine Rechte und Vorrechte wieder einräumen.

Aber jetzt waren Oxford und Eton nur noch ein Traum, und er fragte sich, ob er überhaupt jemals dort gewesen war. Oder war er jetzt nur in einem Alptraum gefangen, aus dem er bald erwachen mußte ... vor einem offenen Kamin, ein Glas Sherry in der Hand, in der Gesellschaft guter Freunde?

In Gedanken versunken, weinte er innerlich seiner sorgenfreien Jugend nach, als sich alles nur darum drehte, das Leben so angenehm wie möglich zu machen und zu genießen. Deswegen sah er die beiden Polizeioffiziere nicht, die sich der Gruppe näherten. Sie gingen gezielt auf die Sträflinge zu. Sträfling! Anil mußte diese Verwandlung erst noch begreifen, denn er betrachtete sich als einen Gefangenen der Umstände, des *karma*, das sich in sein Leben gedrängt hatte und ihn nicht entwischen ließ. Aber ein verurteilter Sträfling, nein, das konnte er niemals sein. Die Offiziere hielten im Schatten, und die einfachen Polizisten salutierten vor ihnen. Anil bemerkte sie erst, als ihre polierten Lederschuhe und gebügelten Khakihosen sich vor sein Gesichtsfeld schoben.

»Aufstehen, los, steht schon auf«, befahl ein Polizist und trieb sie mit seiner *lathi* an, als ob sie Rindviecher wären, die im Schatten vor sich hin dösten.

Die Sträflinge standen auf den Beinen, und Anil sah DI Goode. Er hatte ihn auch im Gerichtssaal bei der Zeugenvernahme gesehen; dieses Gesicht brauchte er sich nicht nochmals einzuprägen. Mit geschlossenen Augen konnte er den roten Schnurrbart vor sich sehen, die Augenhöhlen, die abstehenden Ohren. Goode hatte ihn nur einmal kurz angeblickt. Mit ruhigen, festen Worten hatte er Anils Schicksal besiegelt.

Goode mochte die Kerkertore hinter Anil geschlossen haben und hatte ihm damit doch gleichzeitig ein anderes Tor aufgestoßen: einen neuen Sinn für ein Leben, das allen Sinn verloren hatte. Obwohl er es sich selbst noch nicht einzugestehen vermochte, wußte Anil doch schon, daß er Goode eines Tages töten würde. Und diesen Gedanken hatte er ebenso selbstverständlich hingenommen wie früher sein günstiges Los. Goodes Stimme drängte sich in seine Träumerei.

»Ich habe von Ihrer Brandrede gehört. Den Richter zu provozieren, das war sehr dumm von Ihnen.« Fast konnte man eine Spur Mitgefühl in Goodes Stimme entdecken. Anil sagte kein Wort, sondern blieb auf der Hut. »Nun gut, ich bin nicht gekommen, um mich zu entschuldigen, aber es war ein Versehen. Sehr bedauerlich, das Ganze. Mann, Sie sollten sich besser im Zaum gehalten haben! Was haben sie Ihnen denn in Oxford und Eton beigebracht? Nicht ein bißchen gute, alte englische Selbstbeherrschung?« Er wandte sich seinem Begleiter zu, einem jungen Engländer, vom Sonnenbrand gerötet. »Ein höchst bedauerliches Versehen«, erklärte er. Ein einfühlsames Brummen verhieß Zustimmung.

Anil fixierte ihn mit unheilverkündendem Blick. »Was erwarten Sie von mir, Mr. Goode? Absolution? Ich bin ein

Sträfling, kein Priester. Sie haben meinen Onkel ermordet. Also müssen Sie, wenn wir schon biblisch werden wollen, mit Vergeltung rechnen.«

»Stoßen Sie keine eitlen Drohungen aus, Mr. Ray. Sie werden sie später bedauern. Ich wiederhole: Was auch immer geschehen ist, es tut mir aufrichtig leid. Aber ich habe nur meine Pflicht getan.«

Das aufrichtige Bedauern in Goodes Stimme bewegte Anil Ray nicht. Er war für Mitgefühl inzwischen unzugänglich, obwohl er seine Meinung über den Polizisten vor ihm ein wenig änderte. Bisher hatte er ihn für einen finsteren Unhold gehalten. Als er jedoch jetzt das vor Besorgnis gerunzelte, volle Gesicht anschaute, erkannte er den wahren Mann: schlicht und ein wenig schwerfällig. Dasselbe idiotische Pflichtgefühl würde zweifellos bald noch weitere Männer auf dem Gewissen haben.

Goode hatte jedes Wort so gemeint, wie es gesagt war. Er hatte seine Pflicht getan, aber die Konsequenzen jener Tat, die er immer noch für richtig hielt, erschreckten ihn mittlerweile. Als er Anil Rays Onkel niederschoß und danach von Anil Ray selbst fast umgebracht wurde, hatte er nur das Leben des Vizekönigs von Indien schützen wollen.

Trotzdem glaubte Goode wie die meisten in Indien geborenen Weißen nicht an die europäische Erziehung der Eingeborenen. Er war sich der Tatsache bewußt, daß Anil Rays Leben in gewisser Weise ähnlich verlaufen war wie seines, und dieser Gedanke bedrückte ihn. Auch er hatte eine Internatsschule besucht (eine kleine, beileibe nicht Eton) und war dann zurückgekehrt, um Indien zu dienen – im Polizeidienst wie vor ihm sein Vater. Goodes einziger Ehrgeiz war, in die Fußstapfen seines Vaters zu treten und als stellvertretender Generalinspekteur der Polizei in den Ruhestand zu gehen. Er hoffte, daß dieser unglückselige Vorfall keinen Flecken auf seiner Karriere hinterlassen würde.

»Mit Ihrer Erlaubnis werde ich Sie in Tihar Gaol besuchen, Mr. Ray. Nicht gerade Schönes erwartet Sie dort, aber ich hoffe, daß meine fortwährende Anteilnahme Ihnen die Sache so weit wie möglich erleichtern wird.«

»Würde es etwas ändern, wenn ich Ihr Angebot ablehnte?«

»Nicht viel.«

Goode machte auf dem Absatz kehrt, und die beiden Engländer spazierten die Steigung hinauf, von der sie gekommen waren.

»Worüber habt ihr gesprochen?« fragte Man Singh, als sie sich in den Schatten zurückhockten. Er betrachtete Anil mit neuem Interesse. »Du hast etwas gesagt, was ihn sehr wütend gemacht hat, und du sprichst Englisch wie er.«

»Ich habe ihm gesagt, daß er ein mieser Halunke ist.«

»Und daß du ihn eines Tages töten wirst, das auch?«

»Woran hast du das erkannt?«

»Ich habe es in deinen Augen gesehen. Ich bin ein Straßenräuber, ein Dacoit. Ich wäre nicht mehr am Leben, könnte ich die Zeichen nicht deuten, die die Menschen von sich geben.« Er neigte sich näher zu Anil hinüber. »Ich werde dich mitnehmen, wenn ich eines Tages aus Tihar Gaol ausbreche. Ich mag dich.«

14

Kim lag im Sterben. In dem finsteren Treppenhaus sammelte sich sein Blut zu einer Lache und begann die Stufen herabzutröpfeln. Sein letztes Flüstern verhallte jedoch nicht ungehört. Es schoß schneller als ein Blitz durch die Lüfte in das Ohr des Zwerges. Die Worte hatten seine Lippen noch nicht verlassen, und schon spürte Kim die Gegenwart eines Wesens zu seiner Seite. Die Einsamkeit des Sterbens schwand, es schmolz die Todespein, die sein Herz umklammert hielt.

»Warum müssen die Menschen jede Gunst einfordern, die ich ihnen gewähre? Du hast Glück. Es ist nicht dein *dharma*, schon jetzt zu sterben, und deswegen bin ich deinem Ruf gefolgt. *Ahree*, immer wieder erfinden die Menschen neue Methoden, sich gegenseitig umzubringen. Auf diesem Gebiet sind sie groß. Selbst wir Götter können damit nicht immer Schritt halten.«

»Du bist nicht gekommen, als ich dich das letzte Mal rief.«

»Ich kann Wunder wirken, und du verlangst von mir, ein gebrochenes Herz zu kurieren? Mißbrauche die Gunst nicht! Wenn ich bei jedem Herzeleid erscheinen wollte, hätte ich keinen Moment Ruhe.«

»Lebt sie noch?«

Der Zwerg verflüchtigte sich; sein winziger Körper wurde immer durchscheinender, so daß Kim gerade noch die großen strahlenden Augen und den grauen Bart wahrnehmen konnte.

»Ja.«

»Wo kann ich sie finden?«

Kim hörte den Zwerg nicht mehr, auch wenn dieser ihm tatsächlich geantwortet haben sollte. Die Erschöpfung übermannte ihn. Ja, Zauberei, hatte er nicht im Basar Kunststücke dieser Art gesehen ... in der Kindheit ... Wohin der Zwerg wohl entschwunden sein mochte ... Er war ja nur so groß wie ein Kind ... Dann schlief Kim ein, und er schlief viele, viele Tage.

Das Gesicht des Obersts war das erste Gesicht, das er nach dem Erwachen sah. Er fühlte tiefen Trost. Als er die Hand bewegen wollte, bemerkte er, daß der Oberst sie in seiner Hand hielt. Unendliche Erleichterung überkam das Gesicht des Obersts; soweit sich Kim erinnern konnte, war das Lächeln erstmals warm und herzlich.

»Ich habe für dein Leben gebetet, Kim. Dr. Malcolm murmelt immerfort von einem Wunder. Ich bin sicher, er hat recht. Du mußt jetzt ruhen. Du hast sehr viel Blut verloren.« Gerade als Kim in den tiefen Schlaf zurückfiel, hörte er den Oberst noch leise flüstern: »Es tut mir leid.«

Er konnte sich nicht vorstellen, warum der Oberst sich bei ihm entschuldigen sollte. Wahrscheinlich tat es ihm leid, daß

Kim verwundet worden war und nun in einem Bett im Krankenhaus lag. Aber die Worte hatten geklungen wie ein Schuldbekenntnis.

Zwei Tage später stand der Oberst wieder neben seinem Bett und schaute gutgelaunt auf ihn herab.

»Ich glaube, am besten lasse ich dich für einige Zeit nach Kalkutta versetzen. Da kann ich ein Auge auf dich werfen. Bis du wieder bei Kräften bist, solltest du besser im Ministerium Schreibtischdienst tun.«

Kim hatte durch das Fieber stark abgenommen; seine Haut sah kreidig und ungesund aus. Er würde mindestens zwei Monate brauchen, bevor er an Körper und Seele genesen sein könnte. Er wollte Einspruch erheben, aber fühlte sich immer noch zu müde und zu schlapp. Im Augenblick hatte er der Entschlossenheit des Obersts nichts entgegenzusetzen.

»Nun gut. Aber können Sie mir vielleicht sagen, Sir, warum niemand die Polizei auf den Weg geschickt hat? Ich hatte Newton doch gebeten, meine Botschaft an Sie weiterzuleiten.«

»Sie waren unterwegs. Leider haben die Menschenmassen in den Straßen ihr Eintreffen verzögert. Ich selbst habe einen Sergeanten und fünf Wachtmeister losgeschickt, aber sie konnten dich nicht finden, als sie endlich zum Hotel kamen. Es war zu spät.«

Der Oberst sagte die Wahrheit. Kim sollte den Männern nicht folgen; wie gern wollte er das verhindert haben. Doch er hatte sich verrechnet. Zuviel wertvolle Zeit war verstrichen, bevor er die Polizisten zusammengetrommelt hatte. Er legte seine Hand liebevoll auf Kims Schulter. »Es tut mir alles schrecklich leid.«

Kim wunderte sich über den persönlichen Ton, ohne allerdings weiter darüber nachzudenken.

»Ich begreife nicht, warum sie den Polizeioffizier umgebracht haben. Wie hieß er doch gleich?«

»Fraser. Schotte und noch sehr jung. Er war nicht verheiratet. Gott sei Dank, wenigstens das nicht. Ein geringer Trost.«

»Aber warum? Ein paar Minuten später hätten sie den Prinzen töten können.«

»Wer kann das wissen? Panik, vielleicht. Sie haben einfach Angst vor der eigenen Courage bekommen. Ihr Vorhaben mag ihnen plötzlich zu ungeheuerlich vorgekommen sein. Wie dem auch sei, fest steht, unsere Befugnisse sind erweitert, so daß wir Herr der Lage bleiben können. Lord Minto hat für alle Anarchisten und Aufrührer die Festnahme ohne Haftbefehl und Haftstrafen ohne vorheriges Gerichtsverfahren gebilligt. Er versteht die Wichtigkeit dieser Maßnahmen zum gegenwärtigen Zeitpunkt. Wir haben hier ein paar faule Äpfel in der Kiste, die uns aus Indien vertreiben möchten. Den Gefallen werden wir ihnen aber nicht tun. Statt dessen werden wir sie aus dem Verkehr ziehen. In der Mehrheit möchten die Inder, daß wir bleiben; ich würde sagen, neunundneunzig Prozent der Bevölkerung sind dafür.« Der Oberst griff in seine Jackentasche und zog Kims Kiesel hervor. »Das hat man in deiner Faust gefunden. Sie konnten sie fast nicht öffnen, so fest hast du ihn umklammert.«

Kim nahm ihn wortlos entgegen. Seine Farbe hatte sich von Altgold in ein dumpfes, grünstichiges Messing verwandelt. Er ließ ihn in der Tasche seines *paiyama* verschwinden.

»Ein Wunder. Ein leibhaftiges Wunder. Keiner glaubt mir, wenn ich den Leuten sage, daß du ein wandelndes Wunder bist. Narren allesamt. Sie sollten es besser wissen.« Dr. Edward Malcolm war ein kurzgewachsener, hagerer Mann – und Kettenraucher.

Ununterbrochen klebte eine Zigarette in seinem Mundwinkel. Nikotin hatte die Ränder seines Temperament verheißenden Schnurrbarts tiefgelb und zwei Finger der rechten Hand tiefbraun verfärbt. Hatte er eine Zigarette aufgeraucht, warf er sie unweigerlich wie einen Knallfrosch über die Schulter und zündete sich die nächste an. Kim hatte die Kippen schon auf Menschen, Hunde und echte Perserteppiche fallen sehen. Die letzte allerdings fiel nur auf den gebohnerten Teakfußboden.

»Hier sitzt du nun munter und gesund in unserem schauderhaften Gymkhana-Klub am Mittagstisch, obwohl du eigentlich recht besehen doch längst tot sein müßtest. Du bist aus nächster Nähe niedergeschossen worden, sage ich aller Welt. Die Narbe der Kugel ist noch auf deiner Brust zu sehen. Aber verdammt will ich sein, wenn ich das Geschoß irgendwo gefunden habe. War nirgendwo zu sehen, das verdammte Ding. Es ist knapp über dem Herzen eingeschlagen, das weiß ich genau. Wo ist es geblieben? Ich habe viele Männer an wesentlich weniger ernsthaften Wunden verenden sehen. Gütiger Gott, ich habe doch selbst im afghanischen Krieg am Khyber-Paß die Verwundeten operiert, und viele sind an einem Nagel oder Eisensplitter aus einem alten *jezail* krepiert. Aber dich scheint das alles nicht zu betreffen. Du sitzt einfach hier am Tisch. Ein Wunder. Magie, wenn du mich fragst. Du willst mir immer noch nicht erzählen, wie es passiert ist, nehme ich an?«

Kim schüttelte den Kopf und schnitt weiterhin lustlos an seinem Lammkotelett und stocherte in den Kartoffeln und Erbsen herum. Er hatte dieselbe Geschichte schon unzählige Male aus Dr. Malcolms Mund gehört. Er mochte den Doktor. Obwohl er lobend und namentlich in den Kriegsberichten von der Nordwestgrenze erwähnt worden war, hatte er sich seine Eigenarten bewahrt. Kim schätzte seine Respektlosigkeit und seinen Nonkonformismus.

So war Dr. Malcolm der einzige wirkliche Freund, den Kim unter den Weißen Kalkuttas hatte. Seine spitze Stupsnase verlieh ihm ein schelmisches Aussehen. Er erinnerte an einen rührigen, emsigen Gnom. Auch wußte er ungewöhnlich viel über das Indien hinter den hohen Klubmauern und außerhalb der engen Grenzen der europäischen Enklaven im Lande. Dr. Malcolm sammelte Material für ein Buch, das er über die sexuellen Praktiken und Bräuche Indiens zu schreiben beabsichtigte, und tischte Kim immer neue Geschichten und Anekdoten zu diesem Thema auf.

»Wunderbar unzüchtig und absolut verdorben und schmutzig, die ganze Chose«, zog er Kim beim ersten Gespräch ins

Vertrauen, obwohl er immer wieder darauf zurückkommen würde. »Der Eingeborene genießt seinen Sex mit Curry, verstehst du. Oben am Khyber haben sie die Knabenliebe zur Kunst entwickelt. Sie stecken Gurken in Du-weißt-schonwas, um Durchgang und Gleitfähigkeit für Du-weißt-schonwen zu erleichtern. Was können wir nicht alles von ihnen lernen! Lieber Himmel, es gibt doch keinen Engländer mit College-Bildung, der in der Verehrung seines Helden nicht schon einmal aus Liebe seinen Dingsbums hingehalten hätte. Aber sie haben nicht viel Spaß dabei. Und dann erst im Süden. Da benutzen sie auch eine Gurke oder gar eine Wassermelone, ich weiß es nicht mit Bestimmtheit, muß irgendwo in meinen Aufzeichnungen stehen, und schieben sie den heiratsfähigen Mädchen zwischen die Beine. Manchmal beneide ich die Gurke. An ihrer Stelle zu sein, einfach köstlich. Ah, die müssen das Loch so groß und breit machen, daß man mit dem Zug durchfahren kann. Schrecklich ausgeleiert, wenn du mich fragst.« Der Doktor war vom Erfolg seines Buches überzeugt.

Jeden Dienstag lud er Kim zum Lunch in den Klub ein. Erst kürzlich von Bombay versetzt, hatte er sich sehr über das Wiedersehen mit seinem jungen Patienten gefreut. Sie saßen im Speisesaal und schauten gelegentlich durch die Verandatüren auf den grünen, kräftig mit Wasser besprengten Rasen. Weiter im Hintergrund konnte man noch dic Rattan-Verkleidung der Tennisplätze erkennen.

Die Atmosphäre im Speisesaal war eindrucksvoll, fast ein wenig bedrückend. Die Tische standen in weitem Abstand voneinander und waren mit weißem Leinen und prächtigem Tafelsilber gedeckt. Die Männer und Frauen an ihnen unterhielten sich leise. An vielen saß ein einzelner Herr, die *Times* lesend, die er nur senkte, wenn der Diener das Essen auftrug. Alle Diener waren in fortgeschrittenem Alter und bewegten sich mit der Geschwindigkeit von Schnecken.

Kim trug jetzt grundsätzlich einen Anzug im europäischen Schnitt, der ihn einengte und auf ihm zu lasten schien, obwohl er doch nur aus leichter Baumwolle bestand; Kragen und Krawatte erstickten ihn geradezu. Die Krawatte war der unbequemste Teil seiner Ausrüstung; ihren Zweck hatte er nie begriffen. Die ganze Tracht schien ihm im indischen Klima fehl am Platz, aber der Oberst hatte darauf bestanden. Solange er Innendienst tat, würde man europäische Kleidung von ihm erwarten. Wenn selbst die indischen Schreiber im Anzug kamen, durfte er als Engländer es um so weniger daran fehlen lassen. Kim fühlte sich in die schreckliche Zeit in der Schule in Lucknow zurückversetzt. Malcolms Stimme riß ihn aus seinen Gedanken.

»Ich muß los. Habe das ungeheure Vergnügen, die Hitzepickel von Mrs. Martin betrachten zu dürfen. Das ist vielleicht ein Weib! Neben ihren Rundungen wirkt jede Göttin flachbusig. Nur ihren Mund darf sie nicht auftun, dann wird sie zur Nervensäge. Dieses überspannte Getue! Ein Schankmädchen, das es zu etwas gebracht hat, sag ich immer. Mein Finger, auf den rechten Fleck gelegt, sollte sie ruhigstellen, vielleicht sogar ihren Ausschlag kurieren.«

Während sie den Speisesaal verließen, warf er die Zigarettenkippe über seine Schulter. Sie fiel in die Suppe eines Stabsoffiziers im Ruhestand, dem dies nicht auffiel, weil er im *Tatler* las.

»Bis nächste Woche. Selbe Zeit, selber Ort?«

»Gewiß«, antwortete Kim pflichtschuldigst.

Kims Büro lag im Writer's Building, ein kleines gemütliches Plätzchen, wo er, wie man von ihm erwartete, die Berichte las und analysierte, die aus der Provinz und jedem Bezirk des Landes hereinkamen. Alle in der einen oder anderen politischen Bewegung engagierten Eingeborenen endeten in einem solchen Bericht. Kim überraschte die Gründlichkeit, mit der jedes Wort festgehalten, jeder Mensch unter die Lupe genommen wurde. Die überwiegende Mehrheit der Berichte stammte zwar von Bezirksvorstehern, -richtern und untergeordneten Polizeibeamten, doch hatte der Oberst das ganze Land zusätzlich mit einem Netz von Informanten überzogen.

Kim hatte sich schon seit langem jeden Namen, Decknamen und Standort eingeprägt.

Seine gegenwärtige Stellung als junger Beamter in der politischen und geheimen Abteilung verdankte er dem Oberst. Er verdiente jetzt dreihundertfünfzehn Rupien im Monat und würde bei Erreichen des Ruhestandsalters ein Salär von siebenhundert Rupien beziehen können. Weiterer Aufstieg allerdings blieb ihm verwehrt, weil das Kürzel ICS hinter seinem Namen fehlte. Von wenigen Ausnahmen abgesehen, gehörten de facto nur gebürtige Engländer mit Eintrittsexamen aus London dem Indian Civil Service an. Theoretisch stand der Dienst natürlich auch den Indern offen, aber die Reisekosten nach London und das niedrige Eintrittsalter von neunzehn Jahren waren Hindernis genug, eine Wahrnehmung dieses Anrechts zu vereiteln. Deswegen forderte der Nationalkongreß immer wieder, Aufnahmeprüfungen zum ICS auch in Indien abzuhalten und das Höchstalter für den Diensteintritt auf dreiundzwanzig Jahre heraufzusetzen. Alle wichtigen Verwaltungsposten waren den ICS-Leuten vorbehalten. Der Oberst gehörte dem ICS allerdings nicht an. Er hatte es auch nicht nötig. Als Armee-Offizier gehörte er automatisch zur Aristokratie des Landes.

Die Akte auf Kims Schreibtisch behandelte die kürzliche Spaltung des Nationalkongresses. Der Kongreß trat nur einmal im Jahr zur Wahl seines Vorsitzenden zusammen. In der übrigen Zeit handelten seine Mitglieder völlig eigenständig, gingen jeder ihren eigenen Weg. Dieses Jahr hatte man sich in Surat getroffen. Kim kannte die Stadt flüchtig. Er war einmal durchgereist, eine kleine Stadt an der Westküste, etwa zweihundert Meilen nördlich von Bombay, eingequetscht in die hohen Stadtmauern auf der einen und die weite und träge Tapti auf der anderen Seite, die nur zur Monsunzeit gefährlich anschwoll. Die Stadt hatte eine einzige Hauptstraße vom Bahnhof zur Festung, die Khudavand Khan im sechzehnten Jahrhundert erbaut hatte, ansonsten glich sie einem Kaninchenbau: enge, gewundene Gassen, niedrige, klobig schiefe Häuser.

Vor langer Zeit hatten die Großmächte der Welt sie heiß umkämpft, ganze Armeen um den Besitz Surats gefochten wie um den ersten wichtigen Brückenkopf in Indien. Dies war inzwischen Geschichte, vergessen. Jetzt lag die Stadt nur träumend in der Hitze, und gelegentlich mochte sie dabei auch von ihrer vergangenen Größe träumen – wie eine schöne Frau im reifen Alter, von den alten Freiern längst vergessen, die nun anderen Reizen nachjagen.

Zuerst hatten die Portugiesen sie sich von der See aus erkämpft, nur um sie an Akbars riesiges Landheer zu verlieren. Akbar konnte sie halten, seine Nachfahren nicht. Die Portugiesen kamen zurück, um sie abermals zu erobern. Diesmal verloren sie sie an die Holländer – und die Holländer an die Briten. Die Kosten dieser Kriege konnte man immer noch anhand der Marmorgrabsteine des christlichen Friedhofes errechnen. Selbst im Tod lagen die Freier verschiedener Nationalitäten noch bei ihr: Portugiesen, Inder, Holländer und Briten. Aber ihre Namen und Taten waren verblaßt. Die Ewigkeit Indiens hatte die Grabinschriften verwischt.

Surat, seltsamer Schauplatz für die Jahrestagung des Nationalkongresses, dachte Kim. Gästezimmer hatten für die Flut der aus allen Landesteilen hereinströmenden Kongreßmitglieder so gut wie überhaupt nicht zur Verfügung gestanden. So hatten die meisten in Zeltstädten unter den Mauern der Festung genächtigt, in deren Nähe man auch den *pandal* für die Versammlungen errichtet hatte. Dort wurden zahllose Reden gehalten.

Kim überflog die Akte, bis er auf eine persönliche Schilderung der Vorgänge stieß:

Surat, Dezember 1907: *Der Empfang für Gokhale am ersten Tag verblüffte mich. Kongreßanhänger säumten die Straßen, die danach von Rosenblättern und weggeworfenen Blumengewinden bedeckt waren. Für den Weg vom Bahnhof zum Versammlungszelt benötigte er zwei volle Stunden, und überall toste es* »Bande mataram« . . . *»Heil dir, Mutter Indien!«*

Natürlich sind solche Einheitsbekundungen eine einzige Lüge, denn die meisten Kongreßmitglieder bleiben hübsch in ihrer eigenen Clique: Madrasis unter Madrasis, Bengalis unter Bengalis, Maharatten unter Maharatten und so weiter. Treffen außerhalb des Rahmens dieser Gruppen sind rar; ja, sie reden fast nicht miteinander. Man könnte es mit den vorhandenen Sprachschwierigkeiten erklären, was bei dem Bildungsstand der Anwesenden sicherlich zur Erklärung nicht ausreicht. Sie sprechen doch alle Englisch und haben irgendeinen akademischen Grad von der einen oder anderen Universität; einige besitzen sogar ein ausländisches Diplom, Oxford oder Cambridge. Trotzdem bleiben sie ihren bornierten Gewohnheiten und Vorurteilen treu. Natürlich bringt jede Gruppe ihren eigenen Koch mit, damit sie nur ja nicht in die Verlegenheit kommen, die Köstlichkeiten einer anderen Provinz zu schmecken oder mit einem Mann aus anderer, womöglich niederer Kaste zu speisen. Die Brahmanen aus Madras sind am schlimmsten: affektiert, eingebildet und furchtbar hochnäsig.

Was mir natürlich meine Arbeit erleichtert. Ich werde den Instruktionen folgen und mit meinen Anhängern bei der Wahl des Vorsitzenden für den gewünschten Tumult sorgen. Ich habe auch schon die Polizisten erkannt, die auf dem Gelände stationiert wurden, bereit, auf meinen Wink hin einzugreifen.

Und dann hörten wir eine Rede nach der anderen und eine länger als die andere. Wie gern sie sich alle beim Reden zuhören! Ein einziger reicht, um vier bis fünf Stunden zu füllen, ohne das geringste zu sagen. Sie sprechen die Sprache Gladstones und Macaulays eleganter, als Gladstone und Macaulay selbst es jemals gekonnt haben, gebrauchen wollüstig jeden Schnörkel und Fanfarenstoß, zu dem das Englische fähig ist. Mit einer Ausnahme: Tilak – klein, rund und stolz wie der Hahn im Hühnerhof. Seine Rede atmete Feuer und Schwefel, ein ätzender Erguß gegen die britische Herrschaft. Ich kann nicht leugnen, daß ich die Unruhe der Zuhörer spürte. Die Kongreßleute wollen doch alle nur eines: einen gutdotierten Posten in irgendeinem Stadtrat. Größerer Ehrgeiz geht ihnen ab.

Nicht einer von ihnen ist in der Lage, das ganze Land zu repräsentieren, den Bauern und den Grundbesitzer, den Kashmiri wie den Madrasi. Der Kongreß ist eine Partei für die oberen Zehntausend, nicht für die Massen. Dafür ist Indien zu groß und zu mannigfaltig. Und sollte tatsächlich einmal der Mann erscheinen, der Indien zu einer Nation vereint, wird diese Einheit stets gefährdet sein und dem Zerbrechen nahe.

Am letzten Tag des Treffens stand die Wahl des neuen Vorsitzenden auf der Tagesordnung; ein gewisser Reshbehari Ghose war der Kandidat. Da schlug ich Somnath Joshi vor, einen Brahmanen aus Maharashtra und vorgeblichen Tilak-Anhänger. Ich hatte etwa fünfzig Männer sicher in meinem Lager, alle von mir unter erheblichem finanziellen Aufwand (dies war im Original unterstrichen) *nach Surat gekarrt. Mein Vorschlag wurde vor Beginn der eigentlichen Wahl akzeptiert, so daß Joshi nun offizieller Kandidat war. Wie vorher besprochen, trat er jedoch zugunsten Tilaks zurück, ein Schachzug, der die Leute Gokhales natürlich zu wildem Protest animierte; das würden sie niemals anerkennen. Darauf begannen meine Männer ein wüstes Gebrüll und Geschimpfe. Lauthals bestanden sie auf Tilaks Kandidatur, was wiederum die Anhänger Gokhales in Harnisch brachte. Als meine Männer handgreiflich wurden, zahlten unsere Gegner es mit gleicher Münze heim. Es war soweit. Ich gab den Polizisten das Zeichen zum Eingreifen, in dessen Verlauf, wie Sie wissen, mehrere Leute festgenommen wurden, unter anderem auch Tilak. Sobald sich die Lage beruhigt hat, werde ich mich in eine günstige Ausgangsposition zu manövrieren wissen, von der ich den Nationalkongreß selbst übernehmen kann.* (gezeichnet) *Daddaji.*

Kim hatte in der Morgenausgabe des *Statesman* gelesen, daß man Tilak der subversiven Agitation und Volksverhetzung für schuldig befunden und in das Gefängnis von Mandalay in Burma verschickt hatte, wo auch schon der letzte Mogul Bahadur Shah sieben Jahre im Exil verbracht hatte. Der Leitartikel pries das Vorgehen der Regierung: Man habe einen sehr gefährlichen Mann hinter Schloß und Riegel gebracht.

»Mußte das unbedingt sein? Ich meine, mußten wir den Nationalkongreß tatsächlich spalten?« fragte Kim den Oberst am Abend auf der Heimfahrt in der Gharri. Der Oberst hatte für Kim ein Zimmer ganz in der Nähe seines eigenen Bungalows gefunden und nahm ihn gewöhnlich abends in der Kutsche mit, wenn er nicht zu lange im Büro blieb. »Das wäre doch früher oder später von selbst passiert.«

»Ja, zweifellos, da hast du recht. Ich wundere mich sowieso, daß es so lange gedauert hat. Wir waren der Auffassung, daß jetzt der geeignete Zeitpunkt gekommen wäre, die Auflösung ein wenig zu beschleunigen. Und außerdem wollten wir Tilak gern festnehmen. Seine Rede war eine einzige Tirade, da stimmst du mir doch zu?«

»Er sagt seit Jahren dasselbe. Man hätte ihn doch schon vor langer Zeit verhaften können.«

»Ja, aber da war der Zeitpunkt nicht richtig. Und jetzt, mit Tilak hinter Gittern, wird dieser blödsinnige Ruf nach Selbstbestimmung wohl eines natürlichen Todes sterben.«

Der Oberst spürte Kims Unbehagen bei seinen Worten. Gerne hätte er ihm noch einmal deutlich gemacht, daß er immer nur tat, was er zu tun hatte – für das Wohl des ganzen Landes. Er verfolgte Tilak und die anderen nicht aus persönlichen Beweggründen, sondern weil sie die Krone verrieten. Er hätte seine Gründe gern ausführlicher dargelegt, aber zum ersten Mal war er sich nicht sicher, ob er dies überhaupt tun sollte. Noch hatte bisher jeder Engländer seine Freude über Tilaks Verhaftung gezeigt. Die meisten bedauerten sogar, daß man ihn nicht gleich aufgehängt hatte. Aus Kim jedoch schien eine stumme Sympathie zu sprechen. Natürlich hatte er weder Tilak noch die anderen Aufrührer offen gelobt, aber er hatte sie auch nicht ausdrücklich verurteilt. Besser in Betracht ziehen, daß Kim nicht das ist, was er zu sein scheint, dachte der Oberst. Äußerlich ein Sahib, ein gutaussehender junger Engländer, ist er doch tief in seinem Inneren ein Inder. Wir von der geheimen Abteilung schätzen ihn, weil er unerkannt in Indien untertauchen kann. Aber Mutter Indien verschluckt jeden, der ihr zu nahe kommt. Bisher war noch jeder Eroberer dieser Umarmung erlegen, und nur wenig gab Zeugnis von seiner Anwesenheit – ein Palast oder ein Grabmal hie und da, ein Paar blaue Augen in einem dunklen Gesicht. Selbst uns hätte es fast erwischt. Nur durch bewußt gewahrte Distanz haben wir uns an der Macht halten und unsere Identität bewahren können.

Aus allen diesen Gründen entschloß sich der Oberst, jetzt nur wenig zu Kim zu sagen. Er würde abwarten, bis der Junge seine Entscheidung traf. Das könnte noch Jahre dauern, aber es mochte auch recht bald geschehen. Irgendwann würde es sich jedoch nicht länger vermeiden lassen. Der Oberst zweifelte keinen Augenblick, daß Kim sich auf eine solche Entscheidung zubewegte. Auf welcher Seite stehe ich? Das war die Frage. Er mußte sie für sich beantworten.

Was werde ich nach dieser Entscheidung wohl mit Kim anfangen? Dies beschäftigte den Oberst nicht wenig.

Früher als gewöhnlich befahl der Oberst dem Kutscher, die Gharri anzuhalten. »Ich habe noch einige Besorgungen in der Stadt zu erledigen. Richard hat nächste Woche Urlaub, und wir planen einen *shikar.*« Er lud Kim nicht zu dem Jagdausflug ein. Zwar fühlte er tiefe Zuneigung zu dem jungen Mann, aber Kim war immer noch sein Untergebener.

Kim band die Krawatte ab und stand einige Momente unschlüssig am Straßenrand. Was tun? Er fühlte sich freier, als habe er mit der Gharri eine Art Glaskasten verlassen, wenngleich er sich in den Augen der Passanten kein bißchen von jedem anderen jungen Sahib unterschied.

Nach Hause in sein hübsches Zimmer in dem Bungalow eines ICS-Beamten und seiner Frau wollte er nicht. Das Ehepaar war kinderlos und finanziell nicht auf einen Untermieter angewiesen, aber der Oberst war ein guter Freund, und so hatten sie ein nicht benutztes Zimmer mit Bett, Almirah und einer riesigen Kommode möbliert, in der Kims wenige Habseligkeiten verschwanden wie ein Floß im Ozean. Er aß mit seinen Vermietern und leistete ihnen auch meist zu einem oder zwei Drinks im Garten Gesellschaft. Dann lauschte er ihrem freundlichen Geplauder und fühlte sich trotz ihrer reizenden und gewinnenden Art unendlich einsam.

Diese Einsamkeit jedoch ging von ihnen aus, und sie war ansteckend. Kim hatte sich noch niemals in seinem Leben in Indien einsam gefühlt. Immer hatte es so viel zu sehen und zu tun gegeben, immer hatte er Freunde gehabt, mit denen sich wunderbar reden ließ – über Gerüchte mehr noch als Geschichten. Er gehörte zu keiner bestimmten Familie, Kaste oder religiösen Sekte und bezog sein Identitätsgefühl aus einer tieferen Quelle. Es kam aus Indien selbst, und dieses Band war so stark, daß er niemals auch nur danach fragte.

Nach einer Weile schaute er zum Himmel auf und sah drei Papierdrachen. Die Drachenzeit war angebrochen, und wie jedes Jahr spornte sie die Jungen Kalkuttas zu hitzigen Drachenkämpfen an. In seiner Kindheit hatte auch Kim große Schlachten am Himmel ausgefochten, vom Seil abgetrennte Drachen über Dächer, staubige Freiplätze und in Gassen gejagt. Auch er hatte die lange Drachenschnur mit einem Gemisch aus Leim und zermahlenem Glas präpariert, so daß sie andere Schnüre durchschneiden konnte wie ein Messer. Der Drachenkampf erforderte viel Geschick und Geduld. Man mußte wissen, wann man sich zurückziehen, wann man den Sturzflug beginnen, wann man die Schnur des Gegners durchtrennen mußte.

Kim verfolgte die Schlacht über seinem Kopf. Wo nahm sie wohl ihren Ausgang? Ob englische Jungen auch mit Drachen spielten? Oder hatten sie andere Spielzeuge? Die Jungen mußten sehr viel Schnur gegeben haben. Die Drachen hatten alle eine andere Farbe: Einer war grün und gold, ein anderer rot, ein dritter blau und weiß; aber alle zogen sie nur einen kurzen Schwanz hinter sich. Ein langer Schwanz brachte Gefahr. Zu leicht verfing er sich in der Schnur eines anderen Drachen, zu leicht konnte der Gegner dann die Beute zu Boden ziehen.

Er ließ die breite Allee hinter sich und betrat das Gewirr der engen Gassen. Das Leben zerbarst in Myriaden schwirrender Facetten. Rechts und links Lehm- und Ziegelhütten... Männer, Frauen, Kinder, Ziegen, Straßenköter, Kühe. Er schritt leicht und unbeschwert durch diese Gassen, doch konnte er nicht umhin zu bemerken, daß die Ansässigen, wenn sie seiner gewahr wurden, jene Mischung aus Staunen und Ehrerbietung entgegenbrachten, mit der der Eingeborene jedem Engländer begegnet. Alte Männer erhoben sich, Frauen bedeckten ihr Gesicht, Kinder glotzten ihn mit runden Augen an, und die Straßenköter zeigten ihr Gebiß.

Er fand die Drachenkämpfer. Sie standen angespannt jeder auf einem anderen Hüttendach, etwa einhundert Meter voneinander entfernt. Etwa zwanzig Jungen drängten sich um jede Schnur, der älteste vielleicht zwölf, der jüngste nackt und noch im Krabbelalter. Jeder Kämpfer hatte auch einen Assistenten, der die Bambusspule mit der Schnur in der Hand hielt. Keiner der Jungen bemerkte Kim.

Vielmehr schauten sie alle gebannt auf den Himmel und die Schlacht, die dort tobte. Die Zuschauer feuerten die Kämpfer an und warteten zugleich sprungbereit auf den entscheidenden Augenblick, wenn eine Schnur durchtrennt werden würde. Dann hieß es loslaufen und die Beute erhaschen. Und hundert andere Jungen, vor Kims und der Kämpfer Augen verborgen, fieberten diesem Augenblick ebenfalls entgegen. Alle wollten sie den Siegespreis gewinnen. War die Schnur gekappt, der Drache los, sie würden losjagen wie Pistolenkugeln.

»*Sahib hai*«, rief plötzlich ein Junge, als er Kim auf das Dach klettern sah. Alle verstummten. Selbst der Drachenkämpfer wirkte verstört, seine gespannte Aufmerksamkeit war dahin. Die Knaben trugen nur ihren Lendenschurz, am Oberkörper waren sie nackt. Schlank, biegsam, dunkelhäutig. Haaröl glänzte.

»*Ahree*, Drachenkämpfer«, sagte Kim. »Wenn du mich

noch lange so anstarrst, wirst du deinen Drachen verlieren. Schau doch, er stürzt sich schon auf dich herab. Du mußt deinen Drachen auch stürzen lassen.«

»Jawohl, Sahib.« Er wandte sich wieder seinem Drachen zu, aber Kims Anwesenheit hatte ihn und die anderen Jungen verunsichert. Sie traten einige Schritte zurück und glotzten ihn staunend an.

Kim hätte dem Jungen am liebsten die Schnur aus der Hand gerissen, und hätte er darum gebeten, man wäre seiner Bitte schnell gefolgt. Kim dachte an seine Kindheit. Wie hätte er selbst reagiert? »*Chul oji, chulo!* Mach, daß du fortkommst!« hätte er gebrüllt. Welcher richtige Junge gibt schon seinen Drachen mitten im Kampf aus der Hand.

Also schaute er still zu und spürte ihre Augen auf sich ruhen. Aber da war die Schnur auch schon durchtrennt; der Drache trieb sich überschlagend ab. Die Jungen zögerten nur eine Sekunde, schrien: »Schnitt! Schnitt!« und rannten los, vom Dach herab und auf zur Jagd. Die Gasse kochte kurz im Gewimmel ihrer Leiber, und dann war Kim allein. Nur das Baby krabbelte neben ihm auf dem Dach.

Der Abend dämmerte, in den Buden und Hütten leuchteten bereits die Lichter, als Kim Nadir Shah am Boden hocken und Selim über dem Boden schweben sah. Er glitt über die Köpfe der Menge hinweg, zog wie ein stummer Drache zwei Kreise, zuerst in der Rückenlage und dann, nachdem er sich behäbig umgedreht hatte, auf dem Bauch, die Menschen ruhig von oben beäugend. Sie traten nervös von einem Bein auf das andere. Sein unbestimmt unnachgiebiger Blick beunruhigte sie. Ein Rätsel, wie der Junge so lange in der Luft schweben konnte; es ängstigte sie, da sie es nicht begriffen. Kim ging auf die Menschenansammlung zu und hörte den vertrauten Klang von Nadir Shahs kräftiger Stimme.

»Ich will euch sagen, wie man das macht. Es ist kein Trick, sondern Zauberkunst, Magie. Jeder von euch könnte es, wenn ... ja, wenn er hoch in den Himalaja stiege und den *yoga*, die Askese, übte, für deren Meisterung mich Gott mit dieser Gabe belohnte. Lange habe ich dort in Eis und Schnee ausgeharrt, fünfzehn Jahre ununterbrochen zu Gott gebetet, bis er mir erschien und ich ihn um die Kraft bitten konnte, dieses Wunder zu wirken. Er kam zu mir in der Gestalt eines *sadhu*, eines jungen Heiligen, männlich und stark. Und er sagte: ›Nadir Shah, weil du so unerschütterlich an die Kraft des Geistes glaubst, gewähre ich dir die Gunst, Menschen fliegen lassen zu können.‹ Seht selbst. Ich muß nur meine Hand heben, schon steigt der Junge höher.« Selim schwebte vielleicht einen halben Meter höher. »Und wenn ich sie senke, fällt er.« Selim drehte seine Kreise nun wieder etwas tiefer. »Während er durch die Luft gleitet, kann er tief in eure Seelen schauen und alle eure Gedanken lesen.«

Babur, der Bär, brummte und schlug die Tatzen gegeneinander; Daniel und Asis hingegen hüpften schnatternd auf und ab. Kim freute sich über das Wiedersehen mit dem alten Reisegefährten, denn Nadir Shahs Gegenwart brachte ihm viele Erinnerungsbilder an seine geliebte Parvati ins Gedächtnis zurück. Er bahnte sich den Weg durch die Menge, die sofort zurückwich und nun anstatt Selim ihn anstarrte. Als Nadir Shah einen Weißen kommen sah, stand er sofort vom Boden auf.

»Seht, sogar der Sahib hat von uns gehört und ist viele Meilen gewandert, um das Wunder mit eigenen Augen zu sehen. Ich werde den Jungen nun über dem Sahib schweben lassen, damit der Sahib seinen Segen empfangen kann. Selim! Wenn du nun gleich über dem Sahib schwebst, wirst du anhalten und ihm deinen Segen geben.«

Selim zog einen Kreis und dann noch einen, bevor er sacht über Kim zum Stillstand kam.

»Nadir Shah . . .«, hob Kim zu sprechen an.

»Seht ihr . . . seht ihr, der Sahib kennt sogar den Namen des großen Nadir Shah. Er wird den anderen Sahibs von mir erzählen, und alle werden sie kommen, um das Wunder selbst zu sehen. *Bakshish*, Sahib. Zeige ihnen, daß du großzügig zu belohnen verstehst, wem Lohn gebührt, und Allah wird dich segnen.«

»Jawohl, es stimmt. Selbst ich habe von dem großen Nadir Shah gehört.«

Mit großer Geste zog Kim ein paar Münzen aus der Tasche und ließ sie auf das ausgebreitete Tuch fallen. Einige Schaulustige folgten seinem Beispiel. Dann ließ Nadir Shah Selim behutsam auf dem Boden aufsetzen. Der Junge lag kurze Zeit reglos, bevor er sich in den Schneidersitz erhob. Keck und aufgeweckt wie früher, schien er jedoch kräftig gewachsen zu sein; er war mindestens einen Kopf größer geworden. Die Menge zerstreute sich. Nur wenige blieben, darunter Kim. Sie wollten sehen, was Kim als nächstes tun würde.

»Erinnerst du dich nicht an mich, Nadir Shah?«

Ehrerbietig trat Nadir Shah einen Schritt näher, um Kims Gesicht im schwindenden Licht zu mustern. Auch Selim sah ihn an, bevor er sich bückte, um die Münzen aufzusammeln.

»Sahib, ich bin viel herumgekommen und habe schon viele Menschen getroffen. Bitte verzeih mir mein schlechtes Gedächtnis.«

»Ich bin Kim. Vor zwei Jahren bin ich mit dir von Agra nach Gwalior gewandert. Ich hatte einen Gefährten, den ich zuerst als meinen Bruder vorstellte, dir dann jedoch als die Frau offenbarte, die ich liebe.«

»Ah!« Nadir Shah schaute Kim abermals intensiv an und zog Selim an sich, damit er ebenfalls sah. Sie musterten ihn eingehend. »Ja, du siehst aus wie er, aber in diesen Sachen ... man kann es kaum erkennen, Sahib.«

»Wie ist es dir ergangen?«

»Uns geht es gut. Und wo ist deine Frau?«

»Ich weiß nicht. Ich habe sie verloren. In Bombay.«

Nadir Shah schnalzte mitfühlend mit der Zunge. Kim spürte, daß er respektvoll Abstand wahrte, obwohl er vorgab, Kim zu erkennen. Ehrerbietig wartete er, bis Kim als erster das Wort ergriff, auch wenn Kim viele Jahre jünger sein mußte als er. Selim hielt sich ganz abseits und sammelte die Tiere und ihre wenigen Habseligkeiten.

»Wohin wird euch eure Wanderung jetzt führen?«

»Wir kehren nach Delhi zurück. Neun Monate sind wir nun fast unterwegs. Es wird höchste Zeit.«

»Und deine anderen Söhne?«

»Einer ist gestorben. In zwei Jahren wird der andere groß genug sein, uns zu begleiten. Wir müssen uns nun verabschieden, Sahib.« Nach einer respektvollen Verbeugung schlängelte er sich mit Sohn und Tieren durch die Gassen und war bald aus Kims Blicken verschwunden.

Kim fühlte sich allein gelassen und stand einige Augenblicke unschlüssig herum, bevor er sich auf den Heimweg machte. Ein Glück, daß seine Wirtsleute nicht auf ihn gewartet hatten. Bevor er das Licht löschte, nahm er den Kiesel aus seiner Tasche. In den letzten Monaten hatte er abermals seine Farbe gewechselt: von Messinggrün in Oliv-Umbra – wie getrockneter Schlamm. Er verstand: Der Kiesel reflektierte die Farben seines Gemütszustandes.

Im Bett hatte er noch nie schlafen können. So streckte er sich auch hier auf dem Boden aus. Dunkelheit umklammerte ihn, die Decke schien auf seiner Brust zu lasten; unmöglich zu atmen. Die vier Wände und das Ziegeldach schnitten ihn ab vom Sternenhimmel, unter dem er den größten Teil seines Lebens verbracht hatte.

15

Elizabeth saß im Garten, ein Roman lag aufgeblättert in ihrem Schoß, die Hunde lagen neben ihr. Über ihrem Kopf trieb ein blauweißer Drachen vorbei, den sie nicht wahrnahm, ebensowenig wie die aufgeregten Stimmen rennender Jungen auf der Straße.

Sie war bewußt allein zu Hause geblieben, obwohl es Kalkutta nicht an gesellschaftlichen Ereignissen fehlte. Fast frenetisch mutete die Fröhlichkeit an, verzweifelt. Es gab Bälle und Kostümbälle, Dinner-Parties und Picknicks, *shikars* und Soiréen, Lesungen und Drama-Klubs. Wenn sie eine Verpflichtung nicht wahrnehmen wollte, konnte sie unter zwei anderen wählen.

Heute abend zum Beispiel erwartete man sie zu einem Dinner, dem sie mit Schrecken entgegensah. Sie würde dieselben Leute treffen, die sie erst gestern abend getroffen hatte, und alle würden sie bei zuviel warmem Wein dieselben Bosheiten und Seitenhiebe verbreiten wie gestern. Das falsche Leben, die gehetzten Vergnügungen laugten sie aus wie ein Blutegel. Wie gern wäre sie nach England geflohen, wo man an anderen Orten auch andere Leute traf. Der einzige Lichtblick war Richards Urlaub; er war für die nächste Woche bewilligt.

Der Diener Abdul kam mit einem Silbertablett über den Rasen auf sie zu.

»Ein Sahib hat sich angemeldet, Miss-Sahib.«

»Sag ihm, daß der Oberst noch nicht aus dem Büro zurück ist. Ist die Burra-Memsahib zu Hause?«

»Er wünscht die Miss-Sahib zu sehen.«

Sie nahm die Visitenkarte in die Hand. Darauf stand: *Mr. Peter Bayley.* Der schwungvolle Schriftzug mit den Schnörkeln über beiden y versetzte sie dermaßen in Wut, daß sie die Karte auf der Stelle entzweiriß.

»Sag ihm . . .«

Was erwartete er? Daß sie in seine Arme rennen und ihm um den Hals fallen würde, als hätte man sich erst gestern abend voneinander verabschiedet?

Nach dem Dinner bei Sarah Rushton hatte sie monatelang seinem Besuch entgegengefiebert. Wochenlang war sie ganz aufgekratzt gewesen und dann mehr und mehr gereizt. Unmittelbar nach der Rückkehr aus Bombay hatte sie tagelang keinen Fuß vor die Tür gesetzt, um seinen Besuch ja nicht zu versäumen. Danach hatte sie alle Bediensteten vom Gärtner bis zu Mary-Ayah instruiert, Bayley-Sahib genau zu erklären, wo sie gerade war, und ihn freundlich um einen erneuten Besuch zu bitten. Aus Wochen waren Monate geworden. Er hatte sein Versprechen nicht gehalten, er war nicht gekommen.

Ihre Stimmung verschlechterte sich, ihr Herz eine Grube der Verzweiflung. Vor einiger Zeit hatte sie Sarah geschrieben und ihre Hoffnungen und Enttäuschungen gebeichtet. Sie erhielt eine mitfühlende Antwort: »Ich habe dir doch gleich gesagt, daß er sehr geheimnisvoll ist. Meines Wissens treibt er sich gerade in Arabien herum. Vater hält ihn für einen Spion.«

Und jetzt saß er hier im Haus. Ohne Vorwarnung. Just in dem Augenblick, in dem sie begonnen hatte, ihn zu vergessen. Allerdings nicht wirklich, nicht ganz. Die Erinnerung an das Dinner, an seinen sinnlichen Charme hatte wie ein Liebesbillet in einem Schubfach ihrer Seele versteckt gelegen. Jetzt entfaltete es sich ... zu einem Roman.

»Bitte den Sahib ... zu warten. Und frag ihn, was er trinken möchte.«

Sie ließ ihr Buch fallen und eilte durch den Hintereingang in den Bungalow. Entsetzlich, wie sie aussah. Trotz aller Eile brauchte sie mehr als eine halbe Stunde, um sich einigermaßen passabel zurechtzumachen. Sie hatte nichts Gescheites zum Anziehen, höchstens das nilgrüne Chiffon-Kleid, einfach geschnitten, aber dezent elegant. In einer Zeitschrift hatte sie ein Bild gesehen, das Lady Grosvenor in einem solchen Kleid auf einem zwanglosen Empfang zeigte.

»Mr. Bayley!« betrat sie locker den Salon, wobei in ihrer Stimme, wie sie stolz beobachtete, die richtige Mischung aus höflicher Überraschung und gebührendem Abstand mitschwang. Sie wünschte, sie hätte die Karte nicht zerrissen. Ihr Auftritt wäre wirkungsvoller gewesen, hätte sie den Namen dabei von der Visitenkarte ablesen können. »Es tut mir leid, aber meine Tante und mein Vater sind nicht im Hause.«

Er stand vor ihr, größer, als sie ihn in Erinnerung hatte. Auch schlanker und sonnengebräunt. Und er lächelte, ein verruchtes Lächeln, wie ein Freibeuter, fröhlich und zugleich dreist. Von einem Augenaufschlag fühlte sie sich entkleidet und dann von einem belustigten Blick gestreichelt. Sie hielt ihm ihre Hand entgegen. Er ignorierte die Geste, sondern trat nahe an sie heran und küßte sie auf die Wange, als ob er ihr Geliebter wäre. Eine Zärtlichkeit, kein unschuldiger Schmatz. Hastig trat sie einen Schritt zurück.

»Hat Abdul Ihnen einen Drink gebracht?« Er hielt ihre Hand in der seinen, ließ sie nicht los, sondern zog sie mit, so daß sie sich neben ihn setzen mußte. Sie hatte sich auf den entferntesten Stuhl setzen wollen, um kühles Desinteresse zu demonstrieren.

»Du bist so schön, wie ich dich in Erinnerung hatte.«

»Es freut mich, daß Sie über ein gutes Gedächtnis verfügen, liegt unser Zusammentreffen doch schon eine Weile zurück.«

»Zwei Jahre und neunzehn Tage, um genau zu sein.« Die Exaktheit der Angabe nahm ihr den Atem. Er hielt innig ihre Hand, daß die Handflächen sich berührten. Ihre war feucht.

»Wo haben Sie die ganze Zeit gesteckt? Ich habe gewartet und gewartet auf Sie. Sie haben mir nicht einmal geschrieben.«

»Ich bin ein miserabler Briefeschreiber. Meine Geschäfte haben mich länger aufgehalten, als ich vorhersehen konnte, und dann mußte ich nach England. In London aber hat mich ein Freund auf eine Safari nach Afrika eingeladen, und ich brachte es nicht über mich abzulehnen. Ich war vorher schon einmal dort, und er brauchte jemanden, der ihm alle Kniffe zeigen konnte. Von Afrika bin ich schließlich schnurstracks hergeeilt. Zu dir.«

»Wie Sie das erzählen, klingt es, als wären Sie nur einmal kurz nach Simla gefahren.«

»Ja. Ein kleines bißchen weiter allerdings, aber genauso einfach.« Zu einem leichten Blazer trug er ein cremefarbenes Seidenhemd mit Seidenkrawatte, alles wunderbar gefertigt. Mit eingeborenen Schneidern gab er sich gar nicht erst ab.

»Wie lange wollen Sie sich in Kalkutta ... aufhalten?«

»Ich habe ein Haus auf der Strand Road bezogen.«

»Strand Road!« Die vornehmste und eleganteste Allee in der ganzen Stadt. An ihrem Kopfende stand auf einer leichten Höhe der Gouverneurspalast. »Was für ein Haus?«

»Das von Sir William Beckett. Er ist für ein Jahr auf Heimaturlaub nach England gefahren und hat es mir vermietet. Kein schlechter Ort, um sich ein wenig niederzulassen.«

»Aber warum? Das Haus ist riesig. Es hat einen Ballsaal, einen Tennisplatz und Gott weiß wie viele Salons und Schlafzimmer.« Der Gedanke an die ungeheuren Dimensionen von Sir Williams herrlichem Wohnsitz raubten ihr zum zweiten Mal den Atem. »Wohnen Sie allein dort?«

»Was glaubst du?« Er schaute sie über sein Whiskyglas an.

»Also doch. Sie haben Frau und fünf Kinder mitgebracht, nicht wahr?«

»O nein, meine Liebe. Die habe ich hübsch in England zurückgelassen.« Für einen Augenblick sah er sie todernst an, und Elizabeth' Herz machte einen wilden Satz; es hüpfte auf und ab wie ein Apfel in einer Wanne. Peter lachte laut auf. »Ich wohne allein dort, Dummchen.« Er drückte ihre Hand. »Ich möchte, daß du mich besuchen kommst.«

»Geben Sie eine Party? Wie aufregend.«

»Ja, aber du wirst mein einziger Gast sein, meine liebe ... Elizabeth. Seit unserem ersten Zusammentreffen habe ich ununterbrochen an dich gedacht. Ich konnte es kaum erwarten, nach Kalkutta zurückzukehren. Wirst du mich besuchen kommen?«

»Ich ... ich ...«

»Oh, fast hätte ich es vergessen.« Er zog ein in Seide gewickeltes, schimmerndes kleines Päckchen aus seiner Jacke hervor. Als sie es in die Hand nahm, fühlte sie die Konturen eines Schächtelchens.

»Was ist das?«

»Öffne es. Dann wirst du es sehen.«

Sie wickelte die Seide sorgfältig auf und fand darin eine blaue Schachtel, wie man sie für Schmuck benutzt. Obwohl Elizabeth schon von anderen Verehrern verschiedentlich ein

Geschenk bekommen hatte, wußte sie doch instinktiv, daß keines davon es mit der Pracht würde aufnehmen können, die in diesem hübschen Behälter lag. Sie zögerte und öffnete dann die Schnalle. Auf einem kleinen Satinpolster lag eine mit mehreren Diamanten besetzte Brosche in der Form eines Pfaus. Er hatte smaragdene Augen und war so exquisit, daß Elizabeth sich nicht getraute, ihn aus der Schachtel zu nehmen.

»Komm, laß mich mal machen.« Peter öffnete den Verschluß und befestigte die Nadel über ihrer linken Brust am Kleid. Er gebrauchte beide Hände und streichelte unbewußt die festen Linien. Er schien ihr plötzliches Erröten nicht zu bemerken, denn er lehnte sich zurück und lächelte sie an. »Es steht dir wunderbar, vollkommen.«

»Peter! Es ist herrlich. Aber das hättest du nicht tun dürfen. Noch nie in meinem Leben habe ich etwas so Schönes geschenkt bekommen.«

»Als ich die Brosche zuerst sah, sah ich gleichzeitig dein Gesicht vor mir, und ich wußte, daß ich sie für dich kaufen mußte.« Er zog eine fein ziselierte goldene Taschenuhr hervor und ließ den Sprungdeckel aufschnappen. »Ich muß jetzt gehen, meine Liebe. Ich konnte ja nicht sicher sein, daß du zu Hause sein würdest, und habe dummerweise Harry Redgrave versprochen, mit ihm zu essen.«

Er ging in die Vorhalle, immer noch ihre Hand haltend, und sie wünschte sich, er würde sie niemals mehr loslassen. Eine kohlrabenschwarze Gharri mit zwei ebenso schwarzen Pferden stand in der Einfahrt. Auch Kutscher und Lakai trugen Schwarz, dazu weiße Schärpen.

»Ist das Sir Williams Kutsche?«

»Nein, ich habe sie für mich gemietet.« Er küßte sie abermals, nicht auf die Wange, sondern etwas tiefer. Seine Lippen huschten zu ihrem Mundwinkel, verweilten.

»Also, es bleibt doch bei nächstem Donnerstag?«

»Peter, ich weiß nicht. Es ist nicht richtig . . .«

»Nächsten Donnerstag. Lunch, wenn alle ihren Mittagsschlaf halten, so daß wir in Ruhe und Frieden zusammensein können. Ohne Diener. Die stecken dann in ihren Zimmern. Ein unbeschwerter Nachmittag, besonders für uns.«

Elizabeth kleidete sich mit großer Sorgfalt für ihre Verführung. Sie trug ein korallenrosa Musselinkleid, das ihre Brüste hervorhob, und um ihre Taille zu betonen, schnürte sie die Schärpe, so fest es ging. Das Kleid war neu. Nur unter großen Schwierigkeiten hatte sie die Farbe finden können, die sie haben wollte. Die indischen Händler in Bengalen boykottierten englische Baumwollstoffe. Die grobe Baumwolle aus indischen Spinnereien, die die meisten von ihnen jetzt führten, würde sie jedoch unter keinen Umständen kaufen. Nach Elizabeth' Meinung ging diese *Swadesh*-Geschichte entschieden zu weit. Für sie war es ein Ärgernis. Am meisten litten jedoch die Händler und die Armen darunter, denn die indische Baumwolle war teurer. Aber das kümmerte die verrückten indischen Politiker herzlich wenig, die zu dem Boykott aufgerufen hatten. Für sie zählte nur ihr Glaube, daß *swadesh* – der ausschließliche Konsum von Produkten indischer Herkunft – die großen Spinnereien und Fabriken in Manchester und Birmingham in den Ruin treiben und England in die Knie zwingen würde. Was für ein ausgemachter Blödsinn. Die Inder hatten doch im Grunde keine andere Wahl, als weiterhin englische Erzeugnisse zu kaufen wie in den letzten fünfzig Jahren. Die scheußlichen Baumwollstoffe aus den indischen Spinnereien bewiesen hinlänglich, daß die Eingeborenen unfähig waren, Qualität zu produzieren.

So mußte Elizabeth alle größeren indischen Tuchgeschäfte zwei Tage lang in hektischer Suche durchstöbern, bevor sie den Stoff fand, den sie haben wollte, und anschließend Mrs. Pereira heftig genug zusetzen, das Kleid an einem Tag fertigzustellen. Der Schnitt entsprach der neuesten Londoner Mode.

Mary-Ayah kam die ungewöhnliche Betriebsamkeit am Donnerstagmorgen verdächtig vor. Elizabeth hatte ein zweites Bad genommen, was sie sonst am Abend tat, und Mary roch ein neues Parfüm im Zimmer. Französisch, klärte Elizabeth sie auf. Ihre *baba* war den ganzen gestrigen Abend unruhig und nervös gewesen, ein Zustand, der sich nicht gebessert zu haben schien, denn ihr Gesicht leuchtete rot wie vom Fieber. Mary-Ayah hatte ihr die Hand auf die Stirn gelegt. Sie war warm, aber nicht heiß genug, daß sie Elizabeth hätte ins Bett stecken können. Außerdem beteuerte Elizabeth, sie fühlte sich vollkommen in Ordnung.

»Aber wozu dann die ganze Hektik? Sie wird Sie noch krank machen.«

»Ich habe es dir doch erklärt! Ich gehe mit einer guten Freundin aus Bombay zum Lunch.«

»Welcher Freundin?«

»Ach, du kennst sie sowieso nicht. Du kennst nicht alle meine Freundinnen. Ruf endlich die Gharri vor das Haus, nun mach schon.« Und mit diesen Worten schob sie Mary-Ayah aus ihrem Zimmer.

Daß Mary-Ayah sich heute wie eine besorgte Glucke in ihrem Zimmer herumtrieb, machte Elizabeth noch nervöser, als sie ohnehin schon war. Dieses verdammte Geschöpf schien doch tatsächlich ihre Gedanken lesen zu können. Elizabeth öffnete ihren Schmuckkasten und nahm die Pfauen-Brosche heraus. Sie hatte sie noch nie getragen. Sollte sie sie jetzt anlegen? Sie war sich nicht sicher, hatte sogar ein wenig Angst. Das Herz würde ihr brechen, sollte sie ein derartig feines und kostbares Stück verlieren. Und: Schickte es sich, das Geschenk eines Verehrers zu tragen, wenn man ihn besuchte? Sie hatte es tatsächlich in ihrem Brevier für gute Umgangsformen nachgesehen. Allerdings wurde die Frage dort nicht erörtert, geschweige denn beantwortet. Daß eine unverheiratete Frau allein und unbegleitet einen alleinstehenden Mann besuchen könnte, dieser Gedanke war dem Verfasser anscheinend gar nicht einmal gekommen. Elizabeth steckte die Brosche mutig über dem Herzen an ihr Kleid.

Sie hatte »dem« schon so lange entgegengefiebert, daß sie »es« endlich hinter sich bringen wollte, ohne sich überhaupt vorstellen zu können, was dabei geschah. Davon hatte sie keine Ahnung. Ihre dürftigen Kenntnisse beruhten auf kichernd weitergeflüsterten Worten, die sie in der Schule über die schreckliche Leidenschaft bei der Verschmelzung von zwei Körpern gehört hatte. Dahinter lag der Abgrund der Unwissenheit.

Ich wünschte, meine Mutter wäre noch am Leben, dachte sie. Dann hätte ich wenigstens eine ungefähre Vorstellung von dem, was mich erwartet. Nicht einmal Mary-Ayah will mit mir darüber reden, obwohl sie doch verheiratet war. Angeblich soll es für die Frau scheußlich sein, während der Mann seinen Spaß dabei hat. Das erscheint mir äußerst ungerecht. O ja, ich weiß, was Leidenschaft für mich bedeutet: ein schöner Mann, der mein ihm entgegengerecktes Gesicht atemlos mit Küssen bedeckt.

»Was ist das?« Mary-Ayah beäugte die Brosche mit weit aufgerissenen Augen. Instinktiv erkannte sie ihren Wert. »Die habe ich aber noch nie gesehen.«

»Ein Geschenk.«

»Und wer macht Ihnen so hübsche Geschenke?«

Anstelle einer Antwort nahm Elizabeth ihren Hut, stolzierte an Mary-Ayah vorbei und bestieg die Gharri. Wie geplant verließ sie das Haus eine Stunde früher als notwendig. Hätte sie sich in ihrer eigenen Kutsche zu Peters Haus fahren lassen und dann den ganzen Nachmittag bei Peter verbracht, Sen, der Kutscher, wäre sogleich zu Mary-Ayah gelaufen, um alles auszuplaudern. Außerdem würde er es allen anderen Kutschern erzählen, so daß in Kürze die ganze Stadt davon wüßte.

Deswegen wies sie Sen an, sie zu Eden Gardens zu fahren, einem Park, den die Schwester von Lord Auckland angelegt und dann der Stadt Kalkutta in großzügiger Schenkung übertragen hatte. Eden Gardens, das war ein riesiges Arsenal von schattigen Spazierwegen und leuchtendbunten Blumenbeeten mit einem See in der Mitte, einem Kricketfeld, einem Teesalon, einem Restaurant und einer Pagode, die man in Prome, dem alten Shri Kshetra in Südburma, abgebaut und nach Kalkutta verfrachtet hatte. Die gute Gesellschaft der Stadt traf sich hier und erholte sich in der grünen Oase.

Elizabeth trug Sen auf, am Osttor auf sie zu warten, und durchquerte dann eilig den Garten. Am liebsten wäre sie ganz unter dem Schatten ihrer Hutkrempe verschwunden. Hoffentlich traf sie auf kein bekanntes Gesicht, was zu dieser Tageszeit allerdings wenig wahrscheinlich war. Am Westtor mietete sie eine andere Gharri.

Sir Williams Wohnsitz war die exakte Kopie eines Herrenhauses in Somerset; der vermögende Teehändler John Gibbs hatte das Palais 1848 errichten lassen. Lang streckte sich der eukalyptusbesäumte Kieselweg, bevor er die Treppe am Haupteingang erreichte. Mustergültig gepflegter Rasen lag zu beiden Seiten dieses Weges. Rechts neben dem Haupttrakt hatte man einen Tennisplatz angelegt. Das Gebäude selbst war aus Granit, den man eigens dafür importiert hatte, um dem Original in Somerset so nahe zu kommen wie möglich. Es hatte zahllose Glasfenster und ein riesiges Portal aus massiver Eiche. Aber seine Pracht wollte in dieser Umgebung nicht recht zur Geltung kommen. Irgendwie wirkte es fehl am Platze unter der grellen indischen Sonne und mit den blutroten Bougainvilleen, die sich an der Vorderfront emporrankten.

Elizabeth schickte die Gharri nicht sogleich fort. Unschlüssig schaute sie an dem stummen Gemäuer aus Stein empor. Es sah verlassen aus. Ihr Mut sank. Sie hätte nicht kommen sollen. Wäre nicht ein Diener in schwarzer Livrée aus der Tür hervorgetreten, um über die Treppe zu ihr herabzusteigen, Elizabeth hätte im selben Augenblick ihrem Kutscher befohlen, sie zu den Eden Gardens zurückzufahren. Müßig nahm er eine Stufe nach der anderen. Keine Spur von jener eilfertigen und dienstbeflissenen Unterwürfigkeit, die man von einem indischen Diener erwartet.

»Ist Bayley-Sahib zu Hause?«

»Ja.«

»Jawohl, Memsahib«, tadelte sie ihn.

»Jawohl – Memsahib«, kam mürrisch-widerspenstig die Antwort.

Er öffnete ihr die Tür der Gharri und schritt dann zum Haus zurück, ohne sich zu vergewissern, daß sie ihm folgte. Man würde Peter noch beibringen müssen, wie man Diener hielt.

Elizabeth kannte das Haus. Es war kühl darin. Sie erinnerte sich an den Ballsaal; er lag links. Und in der Empfangshalle prunkte der französische Kronleuchter, ein kopfunter hängender Berg aus Kristall. Sie hatte die Becketts schon besucht, beide Male in Begleitung ihres Vaters. Der Gedanke an ihren Vater ließ sie zögern ... nur kurz, denn sie wurde durch einen Irrgarten von Fluren und Gängen in einen behaglichen Salon geführt. Die Flügeltüren standen weit offen und gaben den Blick auf die mit Steinplatten ausgelegte Terrasse frei.

Peter wartete auf sie, als hätte er den ganzen Tag auf demselben Fleck gestanden und auf ihr Kommen geharrt. Sein Gesicht leuchtete, als er auf sie zuschritt, um sie zu umarmen. Noch nie hatte sie solche Freude in seinen Zügen gesehen.

»Elizabeth, du siehst einfach hinreißend aus. Rao, zwei Gläser Champagner.«

Er führte sie zum Sofa und streichelte ihre Arme, als sie sich neben ihn setzte. Seine Stimme war tief, volltönend und besänftigend. Sie merkte, wie sie allmählich ihre Ruhe zurückgewann, während sie seinen Erzählungen von einer Reise zu den Ruinen von Gauda zuhörte. Er hatte die verfallene und vollkommen verlassene Stadt in Westbengalen erst kürzlich besucht und ihre Zeugnisse aus der Mogul-Epoche bewundert, vor allem die guterhaltene Moschee mit ihren glasierten Fliesen aus der Zeit von Humayan. In seiner Schilderung klang es wie ein großes Abenteuer, und er hatte offenbar Dinge gesehen, denen sie gewiß weder Interesse noch Beachtung geschenkt hätte. Dann küßte er sie. Nicht auf den

Mund, nur auf die Nasenspitze. Sie fand es angenehm berauschend. Sie war schon geküßt worden; ein Junge hatte seine Lippen unbeholfen gegen ihre Wange gepreßt. Genuß, zart wie diesen, kannte sie nicht.

»Ich sollte nicht bei dir sein, Peter. Und ich komme nur zum Lunch. Ich sehe ein, daß du kaum Leute kennst. Deswegen denke ich, es ist das beste, wir nehmen die Kutsche und fahren ein bißchen in der Gegend herum.« Sie versuchte, von ihm abzurücken, als Rao mit den Getränken eintrat, aber Peter hielt sie fest. Raos Gegenwart schien ihn nicht zu stören, denn er hörte nicht auf, ihren Arm zu streicheln.

»Bitte, nicht vor dem Diener. Er ist so frech«, protestierte sie flüsternd und rutschte ein Stück zur Seite.

»Rao, warst du frech zu der Memsahib?«

»Nein, Sahib.« Er verbeugte und entfernte sich.

Peter ergriff erneut ihre Hand.

»Nun bist du endlich hier, meine liebe Elizabeth. Ich habe zwei volle Jahre auf dich gewartet. Hast du nicht auch auf mich gewartet?«

Seine Hände verwirrten sie. Niemals schienen sie an einer Stelle zu verweilen, sondern glitten flüchtig über ihren Körper. Sie spürte ihre leichte Berührung auf den Oberschenkeln, auf dem Bauch, am Hals. Sie bemühte sich, sie von sich fernzuhalten, und merkte doch, daß sie langsam, aber sicher die Kontrolle verlor.

Es eilte nicht. Sie hatten noch den ganzen Nachmittag vor sich. Das Stechen und Brüten der Sonne, im Haus nahm man es nur gedämpft wahr. Sie fühlte ihren Körper ermatten, schwer werden. Sie hörte sich über ihr eigenes ereignisloses Leben plaudern, den Tod ihrer Mutter, Richards bevorstehenden Besuch, Ferien in Simla, ihr Heimweh nach England. Im Gegensatz zu anderen Männern schien er ihr aufmerksam zu folgen. Er las ihr alle Wünsche von den Augen ab und kümmerte sich bei ihrem leichten Lunch, bestehend aus Salat und kaltem Braten, aufmerksam darum, daß ihr Teller stets gefüllt und ihr Glas niemals leer war.

Als sie vom Tisch aufstanden, nahm er sie bei der Hand und führte sie die Treppe hinauf. Sie betraten das herrschaftliche Schlafzimmer, von dem man den Rasen vor dem Haus überschaute – ein riesiger Raum mit einem ebenso riesigen Prunkbett. Kaschmirteppiche bedeckten den Boden. Die Möbel schienen französischen Ursprungs zu sein. Peter hob einen seidenen Morgenrock auf und überreichte ihn ihr.

»Für dich. Warum kleidest du dich nicht im Badezimmer um?«

Sie betrat eine Unendlichkeit, gemacht aus Rajputana-Marmor. Darin stand sie ... und zitterte.

Nein, ich bin gar nicht wirklich hier. Es ist alles nur ein Traum. Ich sollte mich nicht verführen lassen. Aber ich will ihn doch haben! Ich liebe ihn. Nie in meinem Leben habe ich leidenschaftlicher gefühlt als jetzt. Dies dürfte eigentlich erst in meiner Hochzeitsnacht passieren, und er hat noch nicht einmal von Liebe gesprochen. Von Heirat ganz zu schweigen. Ja, ich weiß nicht einmal mehr, worüber wir eigentlich geredet haben. Wie heiß es in mir ist, so geheimnisvoll. Angenehm ist es, nicht schmerzhaft. Ich habe es mir anders vorgestellt ... nein, eigentlich habe ich mir gar nichts vorgestellt. Es heißt, nur Männer haben diese Gefühle, nur bei Männern sind sie richtig. Irgend etwas kann mit mir nicht stimmen. In London haben mich die Umstände weniger gehemmt, und ich hatte viele Verehrer, aber Empfindungen wie jetzt, nein, die kannte ich damals nicht, habe ich nie gekannt.

Während sie noch mit sich selbst debattierte, zog sie sich schon aus und schlüpfte in den Morgenrock aus gelber chinesischer Seide, die sich leicht und kühl an ihre Haut schmiegte. Ihre Brustwarzen waren hart. Sie atmete tief ein, dann verließ sie das Badezimmer. Peter lag bereits unter einem feinen Leinenlaken im Bett. Er streckte ihr die Hand entgegen, sie schlüpfte zu ihm. Er war nackt.

Peter schälte sie sacht aus ihrem Morgenrock. Ein makelloser Körper, wie er ihn sich immer schon vorgestellt hatte. Runde, feste Brüste mit großen harten Brustwarzen, ein köstlich ebener Bauch, darunter das Dreieck flauschig-goldener Haare über ihrem Geschlecht. Er liebte den Anblick einer schönen Frau. Und sie hier, neben ihm im Bett, zu berühren, allein der Gedanke stieg ihm zu Kopf wie Wein. Sie bemühte sich, unbeteiligt zu erscheinen, aber täuschte ihn nicht. Die geröteten Wangen und der verhangene Blick in ihren Augen gaben deutlich zu erkennen, daß sie auf seine Zärtlichkeiten ansprechen würde.

Er hatte in den letzten zwei Jahren kaum an Elizabeth gedacht. Erst als er nach seiner Ankunft in Kalkutta im Klub einen Blick von ihr erhascht hatte, erinnerte er sich an sein altes Verlangen. Ferner erinnerte er sich an die kleine Begebenheit am Dinner-Tisch: ihr Oberschenkel kühl am Rücken seiner Hand ... und daß sie nicht zurückgezuckt war. Schon damals hatte er gewußt: Diese Verführung verspricht leichten Genuß.

Ihre Körper schlangen sich umeinander, und instinktiv begriff sie, daß er viel Erfahrung haben mußte. Seine Berührungen waren geübt, sicher. Aber ihre eigene Erregung erschreckte sie ein wenig. In ihr Ohr flüsternd pries er ihren Körper. Wie gern sie ihm glauben wollte. Ja, vollkommen war sie, tatsächlich vollkommen. Als er dann wie in Verehrung zwischen ihren Beinen kniete, war sie bereit. Ein scharfer Schmerzensschrei. Aber sofort löste seine Zärtlichkeit den Knoten der Pein. Sie vergaß alles ... bis auf das Verlangen, sich ganz und gar mit dieser unvorstellbaren Wonne zu erfüllen.

Den Tee nahm Elizabeth wieder schicklich in ihrem korallenrosa Musselinkleid ein. Peter führte sie händchenhaltend zur *gharri* und küßte sie zum Abschied sanft auf die Nasenspitze.

»Wann sehe ich dich wieder?« fragte sie.

»Nächsten Donnerstag.«

»Geht es nicht eher? Sagen wir übermorgen?«

»Mein Liebling, ich muß geschäftlich nach Shillong. Ich spiele mit dem Gedanken, mir dort eine Teeplantage zu kaufen. Es geht nur Donnerstag.« Die Festigkeit seiner Worte ließen keinen Zweifel: Sie würde ihn nicht erweichen können.

Sie wollte ihn haben. Nie hatte sie ein Verlangen gespürt wie dieses und fühlte sich schuldig, weil sie keinerlei Schuldgefühle hatte. Verdreht und absonderlich. Es machte ihr Sorgen. Die Heldinnen in ihren Serienromanen blieben keusch, auch wenn das Blut in ihnen wallte. Sie selbst jedoch war nun eine gefallene Frau. Seit ihrer Entdeckung dieser köstlich berauschenden Erfahrung hatten sich die Heldinnen in Närrinnen verwandelt; sie hatten sie getäuscht, an der Nase herumgeführt. Schon wahr, auch sie hatte von Liebe gesprochen, aber ihr Flüstern schien ungehört verklungen zu sein.

Erst dachte sie, die lange Woche der Trennung würde sie nicht überleben, und wanderte ziellos umher, immer auf der Suche nach Ablenkung und Zerstreuung. Dann betrat Richard das Haus, und sie war hingerissen.

Seit ihrer frühesten Kindheit betete sie ihren Bruder an, war ihm kreuz und quer durch Haus und Garten gefolgt und hatte fröhlich alle Demütigungen auf sich genommen, die er ihr bei seinen Abenteuerspielen auferlegte. Er war Clive, der Held von Arcot, sie Hyder Ali, sein Gegner, schmählich von ihm besiegt; er war General Lawrence, der Lucknow gegen die Meuterer hielt, sie ein aufständischer Sepoy. Er fiel über sie her, erschlug sie mit dem Schwert, fesselte sie an einen Baum, ließ sie manchmal dort, ohne daß sie auch nur einmal gewagt hätte, sich zu beschweren. Niemals sollte er sie feige nennen.

Dann hatte man sie zu verschiedenen Schulen nach England verschifft, sie nach Somerset, Richard nach Norfolk. Sie waren einander nahe geblieben, trotz erzwungener Trennung. Obzwar an Jahren etwas jünger, hatte sie sich stets als die Ältere gefühlt und Richard mit der Zeit unter ihren Schutz genommen. Natürlich, er war ihr Bruder. Da ihnen beiden die Mutter fehlte, hatte sie jedoch für ihn gefühlt wie eine Mutter. Sie schrieb ihm regelmäßig Briefe nach Norfolk, und er antwortete gelegentlich mit ein paar Zeilen.

Jedes Jahr hatten sie sich auf die gemeinsamen Sommerferien gefreut. Sie verbrachten sie bei Mrs. Bates, ihrem Vormund in der Nähe von Cirencester, eine pummelige, feiste Frau, die vornehmer tat, als sie war. Beide fanden sie sie unausstehlich. Mrs. Bates liebte es, streng zu sein, und gefiel sich in der Rolle der Despotin. Richard bekam es zu spüren: Er wurde fast für jedes ungewollte Mißgeschick verdroschen. Elizabeth weinte jedesmal, wenn sie Mrs. Bates' Rute schwirren und Richards unterdrückten Schrei hörte. Aber auch sie ging nicht ohne Strafe aus, die zumeist darin bestand, hungrig ins Bett geschickt zu werden. Richard gelang es dann fast immer, etwas zu essen in ihr Zimmer zu schmuggeln.

Irgendwann war er jedoch unvermittelt erwachsen geworden, als ob die Zeit sie um ihn betrügen wollte. Erst der Eintritt in die Militärakademie in Sandhurst, dann das Regiment. Sie spürte, daß sie ihn verlor. Zwar waren sie nur im Abstand von einem Jahr nach Indien zurückgekehrt, aber sie hatte ihn seitdem kaum gesehen. Wenn es nach ihr ginge, würde die Zeit den Menschen nicht derartige Veränderungen aufbürden.

Er war gewachsen und noch stattlicher geworden. Sie küßte und umarmte ihn. Tante Emma tauchte aus ihrem Zimmer auf und schlang ebenfalls ihre Arme um seinen Hals. Das kam unerwartet, denn niemand kannte sie als überschwenglich gefühlvolle Frau. Das ganze Haus, aus dem Alltagstrott aufgestört, wurde plötzlich wach. Alle flitzten von einer Ecke zur anderen, um zu bringen, was der *Chota*-Sahib wohl brauchte. Die Diener vergötterten Richard-*baba*, kamen einer nach dem anderen herbei, um seinen *darshan* zu empfangen. Mary-Ayah kniff ihn in beide frisch rasierten Wangen, dann küßte sie ihre eigenen Fingerkuppen.

Der Oberst drückte ihm fest die Hand und spürte die gleichermaßen feste Erwiderung. Am liebsten hätte auch er seinen Sohn umarmt bei diesem ersten Wiedersehen seit langem. Nur daß er es nicht über sich brachte; die Gefühlsbezeugung hätte sie beide verlegen gemacht.

Am Abend speisten sie erstmals nach zwei Jahren wieder als vollzählige Familie zusammen. Tante Emma hatte den Koch angewiesen, Richards Lieblingsgerichte zu bereiten: Zwiebelsuppe, panierte Kalbsschnitzel mit Tomaten, zum Nachtisch einen mit Wein durchtränkten und mit Eiercreme servierten Mandelkuchen.

»Nichts geht über eine gute Mahlzeit. Das Essen in der Messe ist durchweg von absoluter Scheußlichkeit. Wir müssen uns nach Peshawar ins Green Hotel verkrümeln, wenn wir etwas Anständiges zwischen die Zähne bekommen wollen.« Richard aß mit herzhaftem Appetit, seine Augen leuchteten.

Der Oberst mußte lächeln; Erinnerungen an seine frühen Jahre im Dienst tauchten unwillkürlich in ihm auf.

»In alten Zeiten haben wir immer die besten Köche der Stadt entführt. Ich erinnere mich noch, einmal sollten Bob Lloyd und ich einen aus Lahore herbeischaffen, der bei einer englischen Familie in Dienst stand. Wie hießen sie doch gleich? Ja, natürlich ... die Altons. Sie hatten diesen Moslem-Koch, ziemlich junger Mann, der diese hochtrabenden Franzmänner im Connaught glatt beschämen würde. Jedenfalls, Jack und ich erwischten ihn im Basar, gaben ihm hundert Rupien, die gesamte Messekasse, und ritten mit ihm im Schlepptau wie die Teufel zur Garnison zurück.« Mit freudigem Entzücken schaute er auf seinen Sohn. »Wie kommst du mit Dyer zurecht?«

»Mordskerl und ein verdammt guter Kommandeur. Er kennt seine Eingeborenen und hat eine ziemlich klare Vorstellung davon, wie er mit ihnen umgehen muß. Kein Spielverderber. Als wir einem dieser Stammeshäuptlinge, Gulam heißt er, zeigten, was England so von ihm hält, hat er doch glatt ...«

Elizabeth hörte ihnen zu, wie sie in Erinnerungen schwelgten. Da konnte sie nicht mithalten, weder von ruhmreichen Abenteuern noch gefahrvollen Begegnungen berichten. Es war eine Männerwelt, in der sie lebte, obwohl sie gern etwas zu ihrer Unterhaltung beigetragen hätte. Und mit ihrem einzigen wirklichen Abenteuer würde sie den vereinten Zorn von Vater und Bruder auf ihr Haupt laden. Beide würden sie Peter dann wahrscheinlich mit der Reitpeitsche traktieren, auch wenn sie zweifellos ihre eigenen fleischlichen Gelüste mit *Chi-chi*-Frauen oder Eingeborenen befriedigten. Allein die Vorstellung war ihr schon widerwärtig; sie wollte gar nicht daran denken.

»Was wollen wir denn in Richards Anwesenheit alles unternehmen?« fragte sie beim Pudding.

»Oh, das habe ich alles schon geplant«, sagte der Oberst. »Wir machen einen *shikar*. Erinnerst du dich noch, wie wir den Panther oben in der Nähe von Naini-Tal erwischt haben, Richard? Dein erstes Großwild. Habe ich dir schon erzählt, wie wir ihn erspähten? Also, Elizabeth, zuerst sahen wir nur einen großen Schatten vor diesen alten Ruinen. Richard war damals ... wie alt warst du eigentlich?«

»Sieben, wenn ich mich recht erinnere.« Richard und Elizabeth lächelten sich verschwörerisch an. Immer erzählte Vater diese Geschichte. Die Wiederholung schenkte ihm das Gefühl, Richard nahe zu sein. Sonst hatten sie ja kaum Gemeinsames erlebt.

»So jung. Ich habe Richard den ersten Schuß überlassen, und seelenruhig wie ein alter *shikari* hast du deine Flinte angelegt, gezielt und den Panther genau im Blatt erwischt. Ein perfekter Schuß.«

»Ja ... aber, Vater, ich habe seitdem recht häufig oben in den Bergen gejagt. Meist nur kleineres Wild, aber auch ein paar Bären und Sambarhirsche. Ich hatte mir eigentlich vorgenommen, ein paar von Elizabeth' Freundinnen kennenzulernen, während ich hier unten bin. In Peshawar haben wir nicht viel weibliche Gesellschaft. Die meisten Frauen sind verheiratet, und jeder weiß, was für Ärger man bekommen kann, wenn man sich mit ihnen einläßt.«

»Hmm. Ich habe mir sogar extra ein paar Tage Urlaub genommen.«

Und er hatte sich so darauf gefreut, sie mit seinem Sohn zu

verbringen. Man würde tagsüber auf die Jagd gehen und die Abende über ein paar *Chota*-Pegs Whisky oder Brandy gemütlich am Lagerfeuer verplaudern. Aus dem Jungen war ein Mann geworden. Mein Gott, die Zeit verging zu schnell! Elizabeth erinnerte ihn Tag für Tag mehr an ihre Mutter, und er merkte, daß er sich deswegen immer mehr von ihr fernhielt.

»Es tut mir leid, Vater.« Richard wandte sich seiner Schwester zu, damit er nicht die Enttäuschung im Gesicht seines Vaters sehen mußte. »Nun, Lil, du hast sicher die hübschesten Freundinnen. Charlie Hodges ist auch für einige Tage in Kalkutta und hat schon ein paar Mädchen aufgetrieben, aber ich habe ihm gleich gesagt, daß meine Lil noch schönere zu bieten hat. Sie müssen einfach hübscher sein, sagte ich ihm, weil Lil die hübscheste von allen ist. Du wirst Charlie mögen. Ein echter Spaßvogel.« Sie standen auf, um auf der Veranda ihren Brandy zu trinken.

»Wie sieht es bei dir aus, Lil? Noch nicht den Richtigen gefunden? Hatte eigentlich gedacht, daß du mittlerweile verlobt wärst. Was gefällt dir denn nicht an den Männern hier unten? Keine richtigen Kerle, was?«

»Oh, Elizabeth hat schon ihre Bewunderer«, schloß sich der Oberst ihrer Hänselei an. »Erst gestern ist einer von ihnen vorbeigekommen. Mr. Bayley.«

»Wer ist das?«

»Ich habe Peter vor etwa zwei Jahren bei einem Dinner im Hause der Rushtons kennengelernt. Er ist gerade in Kalkutta angekommen und hat seine Aufwartung gemacht.« Abdul und Mary-Ayah hatten dem Oberst zweifellos von Peters Besuch erzählt.

Elizabeth stellte dienstbeflissen ein Programm von Besuchen und Ballabenden zusammen, obwohl sie wußte, daß sie mit neuer Eifersucht würde ringen müssen. Natürlich würden die Mädchen alle schier ohnmächtig werden, sobald ihr Auge auf ihren Bruder, ihren geliebten Richard fiel. Was für ein Gekicher und Geschnatter mußte dann unweigerlich folgen, atemlos hervorgestoßen wie von den Heldinnen dieser dummen Serienromane. Und dann kämen die Bitten: Alles würde sie ihnen über ihn erzählen müssen. Nun ja, die Bewunderung für ihren Bruder machte sie stolz, aber sie war auch eifersüchtig: Ihr gehörte er, nur ihr allein. Sie wünschte, sie könnte eine von ihnen sein und sich von dem stattlichen jungen Mann verzaubern und den Kopf verdrehen lassen. Sie wünschte, er würde die koketten Annäherungsversuche ihrer Freundinnen nicht beachten, aber Richard war anfällig für ein hübsches Gesicht.

So bekam ihn seine Familie während seines kurzen Urlaubs kaum zu sehen. Er stand erst spät auf, verschlang eilig sein Frühstück und sauste aus dem Haus, entweder zu einem neuen Mädchen oder mit einem Freund aus dem Korps in den Klub. Elizabeth und der Oberst fühlten sich an den Rand seines Lebens geschoben, als sie beide seine Mitte sein wollten.

Kim stand mit Dr. Malcolm im Eingang zum Ballsaal des Bengal Club. Eine lebhafte, summende Menge drängte sich vor der Tür, alle begierig hineinzugehen. Laute Musik erfüllte die Luft im Innern, wo eine Kapelle aus Goa etwas unschlüssig und stockend Walzer spielte – ein Mann am Klavier, zwei Geigen, Baß, Trompete und Schlagzeug. Niemand störte sich daran, daß sie keinen Melodiebogen durchhalten konnten. Es war wenigstens Musik da, und man war gekommen, um sich am heutigen Silvesterabend zu amüsieren. Dr. Malcolm warf eine Zigarette über seine Schulter, und beide hörten sie eine Frau aufjaulen. Trotzdem hielten sie es nicht für nötig, sich umzudrehen.

»Geschieht ihr nur recht«, sagte Malcolm. »Du wirst heute abend deinen Spaß haben. Ich glaube, du brauchst eine fette junge Wachtel, schön warm und weich.« Er schüttelte sich vor Freude über seine eigenen Worte. Das war doch eine treffliche Beschreibung gewesen. »Sie laufen in Massen hier herum. Selbst ich mag auf meine alten Tage noch ein Stück Weiblichkeit abstauben! Wunderbar, nicht wahr. Aber die Eingeborene ist mir trotzdem lieber. Wie eine geheimnisvolle Rose duftet sie. Eine Berührung dunkler Haut, und ich vergehe vor Verlangen. Gurken, mein Junge. Denk an die Gurken.«

Sie schoben sich den Weg in das Innere des Saals frei, wo das Gewühl noch dichter war. Bunte Papierschlangen und chinesische Laternen hingen von der Decke. In dem Lärm konnte man kaum sein eigenes Wort verstehen, und Kim sah am anderen Ende des Raumes eine Festungsattrappe aus Pappe aufgestellt. Der Union Jack hing schlaff von den Pappzinnen. Davor aber erkannte man eine echte Kanone und eine echte Kompanie Soldaten in Paradeuniform. Die Soldaten waren alt, einige sogar gebrechlich, aber saßen stolz und gerade, und ihre Orden wetteiferten mit den bunten Girlanden des Festschmucks. Mit ihrer pergamentgelben Haut und ihren weißen Bärten glichen sie jedoch den traurigen Relikten eines vergangenen Zeitalters.

»Veteranen, die die Meuterei überlebt haben. Man hat sie das ganze verdammte Jahr über hochleben lassen, aber ich bin sicher, sie sind damals weggelaufen, was das Zeug hielt«, sagte Malcolm. »Wir werden nicht müde, dieser blöden Meuterei zu gedenken. Das ganze Jahr über hat es Feiern gegeben, und zweifellos werden wir 1957 selbst den hundertsten Jahrestag begehen.«

Auch der Ball stand unter dem Thema, und die Gäste waren in den verblichenen Uniformröcken inzwischen aufgelöster Regimenter erschienen, manche auch als Eingeborene, als der böse Haidar Ali, die erbarmungslose Rani von Jhansi oder auch nur in *kurtas, achkans* oder dem traditionellen Gewand der Rajput-Frauen. Mit Dr. Malcolm wandelte Kim durch die Menge und schnappte hie und da einen Gesprächsfetzen auf, Berichte von Taten großer Tapferkeit und grausamen Begebenheiten. Wie überall, wo Menschen zusammenkamen, kamen auch hier Legenden und Mythen zusammen. Schon seit fünfzig Jahren erzählte man sich diese Geschichten. Heute trafen sie erneut aufeinander, nur um beim Erzählen abermals verändert zu werden. Und auf allen englischen Gesellschaften und Bällen im ganzen Land würde dasselbe geschehen. Die

Festung ist echt, dachte Kim, nicht aus Pappe. Die Erinnerungen dieser Menschen sind die wahren Mauern und Zinnen.

In der Bar herrschte dichtes Gedränge. Es war ein großer holzgetäfelter Raum, mit alten Musketen, Speeren und Tierköpfen geschmückt. Die tiefen Ledersessel waren allesamt von älteren Herren in Beschlag genommen worden, die lauthals Aufmerksamkeit verlangten. Der Tresen ging über die volle Länge des Raumes, und Dr. Malcolm schob und schlängelte sich zu ihm durch, um einiges größere Männer beiseite schiebend. Wenig später tauchte er triumphierend mit zwei Whisky-Soda wieder auf.

»Ist mir unbegreiflich, warum wir das Töten und den Krieg verherrlichen. Ich habe wahrlich genug davon gesehen. Sollte für drei Inkarnationen reichen. Und das haben diese Kerle sicherlich auch. Aber glaubst du, es würde ihnen einen Augenblick zu denken geben? Nicht die Spur. Besoffen macht es sie, all dieses dumme Gerede von Eingeborenen-über-die-Klinge-springen-lassen und so weiter. Die meisten waren siebenundfünfzig nicht einmal dabei, aber mittlerweile glauben sie selbst daran. Sie reden, als ob sie selbst einen Eingeborenen aufgespießt, vor ein Kanonenrohr gebunden oder an den Eiern aufgehängt hätten.«

»Und ich glaube, sie möchten genau das gern wieder tun«, sagte Kim traurig. Er wußte es nur zu gut: Dinge werden Wirklichkeit, wenn die Menschen davon träumen.

»Du könntest recht haben. Und dann gnade uns Gott. Aber bevor es so weit ist, was hältst du von einer Wachtel für uns beide, heute nacht, Kim? Sollen sie sich gegenseitig umbringen, wir lassen uns in Frauenarme niedersinken.«

»Kim! Malcolm!« Bevor sie ihre Aufmerksamkeit anderen und lustvolleren Beschäftigungen zuwenden konnten, hatte der Oberst sie am Ellenbogen gepackt. Im Abendanzug sah er elegant aus, und er machte einen viel lebhafteren Eindruck als gewöhnlich.

»Es freut mich sehr, daß du kommen konntest, Kim. Ich bin sicher, du wirst deinen Spaß haben. Eine nette Party.«

Der Oberst gab sich bewußt jovial, auch wenn er gesellschaftliche Veranstaltungen gewöhnlich verabscheute. Aber heute begleitete er Richard und Elizabeth, weil es die letzte Möglichkeit für sie war, einen Abend gemeinsam zu verbringen. Am nächsten Morgen würde Richard sie verlassen und zu seinem Regiment zurückzufahren.

»Ich möchte, daß du meinen Sohn und meine Tochter kennenlernst. Wir haben einen Tisch draußen auf dem Rasen.« Immer noch hielt er Kim am Ellenbogen fest. »Ich bin froh, daß ich dich in dem Gedränge erwischt habe. Hier hast du die Gelegenheit, ein wenig mehr von dem zu sehen, für das wir gemeinsam einstehen, Kim. Und deswegen wollte ich dich auch im Ministerium haben. Wenn man immer unter Eingeborenen ist, verliert man alle Bindung. Man weiß dann gar nicht mehr, was es heißt, Engländer zu sein. Ich bin sicher, du hast dich bisher stets für nichts anderes als einen Eingeborenen gehalten, Kim, stimmt's?«

»Ja. Ich bin nicht in Ihrer . . . Welt aufgewachsen, Oberst. Meine Freunde erinnern sich nicht an den Aufstand, sie reden nicht mit solchem Vergnügen vom Töten.«

»Oh, auf dieses Gefasel würde ich nicht allzuviel geben. Aber trotzdem glaube ich, daß uns die Erinnerung nur hilft. Dem Eingeborenen fehlt sie. Er kann sich nicht einmal an seine eigene Geschichte erinnern und macht deswegen immer wieder dieselben Fehler. Indem wir uns erinnern, vermeiden wir die Fehler der Vergangenheit. In Indien wird es keine solche Meuterei mehr geben.«

»Aber mehr Morde.«

»Nein. Wir werden verdammt aufpassen, daß uns die Zügel niemals mehr aus der Hand gleiten.«

Draußen auf dem Rasen war es kühler und außerdem stiller, eine wahre Erholung von der Hitze und dem Gedränge im Saal. Der Mond schien voll, außerdem warfen die Laternen ihr sanftes, mattes gelbes Licht auf das Gras. Sie schlängelten sich zwischen den Tischen hindurch, traten immer wieder beiseite, um Dienern mit vollen Tabletts und jungen Männern aus dem Weg zu gehen, die bereits zuviel getrunken hatten. Elizabeth saß allein am Tisch.

»Elizabeth, darf ich dir Mr. O'Hara vorstellen. Und Dr. Malcolm.«

Elizabeth schaute kaum hoch. Ein kurzes Lächeln legte sich über ihr Gesicht, mechanisch, nur um sogleich wieder zu verschwinden. Sie sah einen unauffälligen, gutaussehenden jungen Mann. Offenbar ein Mischling. Zumindest sprach seine Hautfarbe dafür und die Art, wie er seinen Anzug trug – unbeholfen, als ob er es nicht gewohnt wäre. Neben ihm stand ein älterer und recht kleiner Herr, eine Zigarette auf ungewöhnliche Art in den Mundwinkel geklemmt. Sie brachte den jungen Mann nicht mit dem Eingeborenen in Verbindung, den sie vor zwei Jahren im Büro ihres Vaters in Simla gesehen hatte.

»Wo steckt Richard?«

Elizabeth deutete müde auf das Gedränge; auch dabei blickte sie kaum hoch.

Sie war schlecht gelaunt, denn sie hatte gewollt, daß Peter sie heute abend begleitete. Sie hatte erst am Nachmittag mit ihm geschlafen und sich der Einbildung hingegeben, sie könnte ihn überreden, während er heiß und feucht und verausgabt neben ihr lag.

»Lizzie-Liebling, ich glaube nicht, daß man uns in der Öffentlichkeit zusammen sehen sollte.«

»Warum denn nicht. Irgendwann muß es ja doch geschehen.«

»Noch nicht. Außerdem komme ich vielleicht gar nicht zu der Veranstaltung. Kann solche Feiern, ehrlich gesagt, nicht ausstehen.«

Nach diesen Worten hatte sie geschmollt, aber als er daraufhin wieder ihre Brüste streichelte, war das Schmollen schnell verschwunden, und sie hatte sich mit einem lustvollen Seufzer zurückgelehnt. Peter fand sie wunderbar gierig. Nur wenige Frauen waren so entgegenkommend. Trotzdem würde er Schluß machen, sollte sie zu besitzergreifend werden.

Elizabeth zog sich in die Schemen der köstlichen Erinnerungen an den Nachmittag zurück. Sie konnte das Verlangen ihres Körpers einfach nicht abschütteln.

»Nun, er wird sich schon bald blicken lassen. Ihr beide werdet euch prächtig verstehen, O'Hara. Ich glaube, ihr seid ungefähr gleich alt, und Richard kennt die Nordwestgrenze so gut wie du.«

Kim setzte sich neben Elizabeth. Er sah ihren Blick, der sich in unbekannter Ferne zu verlieren schien, so als hätte man sie hypnotisiert. Sie hatte sich seit ihrer letzten Begegnung sehr verändert, nicht altersmäßig, aber ihr Gesicht sah reifer aus. Sie hatte die mädchenhafte Unschuld verloren, die er von jenem Nachmittag noch am besten in Erinnerung hatte. Für einen Augenblick versuchte er sich vorzustellen, wie es wohl sein würde, bei ihr zu liegen. Würde sie denselben Duft ausstrahlen wie eine indische Frau? Würde sie des Nachts flüstern und kichern? Würde ihre Haut sich so glatt und seidenweich anfühlen?

»Unterhalten Sie sich gut, Miss Creighton?«

»Ja, danke«, antwortete Elizabeth mit der sanften, leisen Stimme, die darauf getrimmt war, zu Fremden freundlich zu sein.

Ihre Einsamkeit erinnerte ihn daran, daß auch er einsam war. Auch jetzt dachte er noch oft an Parvati. Sie lebte. Aber wo? In Bombay? Oder hatte sie von dort weglaufen müssen wie aus Delhi, verfolgt von Männern, die ihr Böses wollten? Sie beschützen wollte er, mit ihr zusammensein, nicht hier auf dem Rasen neben einer jungen Engländerin, die sich nicht im geringsten für ihn interessierte.

Sie saßen am Tisch und warteten auf Richard. Ohne seine Gegenwart wirkten alle verlegen, der Oberst nervös und zerfahren, weil er ständig nach seinem Sohn Ausschau hielt. Er schaute hierhin, dann dorthin, gelegentlich eine Entschuldigung vor sich hin murmelnd. Er spürte die Zeit verrinnen: ein Abend mit Elizabeth wie alle die anderen und nicht mit Richard, wie es hätte sein sollen.

Kim sah, daß der Oberst sich nicht für seine Tochter interessierte, spürte die Sehnsucht nach dem Sohn. Ob es in allen Familien geliebte und ungeliebte Kinder gab? Es betrübte ihn, den Oberst dermaßen verwundbar zu sehen, und er hätte ihm gern geholfen. Aber niemand würde Richards Platz füllen können. Nach ihm sehnte der Vater sich, an allen anderen lag ihm nichts.

»Ich glaube, wir brauchen noch einen Drink, Kim«, sagte Malcolm, stand ohne Entschuldigung auf und bedeutete Kim, ihm zu folgen. Sie waren beide erleichtert, der bedrückenden Ungeduld und der dumpfen Distanziertheit des Tisches zu entkommen.

»Wo waren wir gleich stehengeblieben, als der Oberst-Sahib uns so grob unterbrach? Ach ja, richtig, auf der Suche nach einem Paar Wachteln. Obwohl, diese hübsche kleine Miss-Sahib von Tochter ist ein gar appetitliches Frauenzimmer. Ich hätte nichts dagegen, ohne Spur in ihr zu versinken. Wer wohl der Glückspilz sein mag? Hallo! Ho!«

Kim verlor Malcolm im überfüllten Ballsaal aus den Augen. Er schlüpfte zu einer Seitentür hinaus und genoß den Jasminduft in der Luft. Eine Gharri stand da; er brauchte nur einzusteigen. Aber er wollte lieber durch die stillen Straßen zu Fuß gehen. Allmählich verstummte die Musik hinter ihm in der Ferne.

Männer, Frauen und Kinder schliefen im Freien wie kleine Bündel, in Schals und Decken eingerollt gegen die Kühle der Nacht. Er zog seine Jacke aus und legte sie über ein Kind, das dem Schutz der Mutter entglitten war. Er warf seinen Schlips von sich. Das erste Mal am ganzen Abend fühlte er sich wach und hoffnungsfroh. Ein Leben ohne Sinn, wie hier, und ohne Gefährten, wie hier, war leer und nichtig. Er hatte genug davon.

16

An den Ufern der fetten, faulen Tapti, im Schatten der Palastruine, die wie eine Honigwabe aus Stein den Berg hinabgestürzt war, unter eben demselben Gemäuer, unter dem Shah Jahan den Tod seiner geliebten Frau Mumtaz Mahal beweint hatte, traf Kim zwei blinde Knaben, die sehen konnten.

Sie waren eineiige Zwillinge, einer dem anderen ein Spiegel, mit den weichen, unausgeformten Gesichtszügen der Blinden. Ihr Fleisch erinnerte an ungebrannten Ton. Beide trugen sie einen blauen Turban. Der auf der rechten Seite hielt eine *ravanhatta*, der andere Zimbeln in der Hand. Während sie spielten und sangen, warfen sich Männer und Frauen zu ihren Füßen nieder, Schlangen krochen aus ihren Erdlöchern hervor, Vögel fielen aus allen Richtungen vom Himmel ein. Kein Wesen hatte je Stimmen gehört, die so schön waren, so klar.

Heute abend sangen sie vor dem kleinen weißen Schrein am Flußufer die *Gita*, und Kim sah mit eigenen Augen das Tempelinnere erglühen, das Götterbild sich erheben und zu den Klängen ihres Gesangs seinen ekstatischen Tanz tanzen. Shiva Nataraj, Gott in seiner Manifestation als kosmischer Tänzer, die Welt schaffend und zerstörend. Sein Donner erschütterte die Erde und durchtoste den Himmel. Zwei Tage und zwei Nächte tanzte er ununterbrochen, denn die Knaben sangen ohne jede Pause, ohne zu essen oder zu trinken. Ihre Musik verklang, und so verstummten Himmel und Erde. Alle, die zugegen waren, hörten den gewaltigen Seufzer; er schien den Kosmos zu durchdringen, von einem Ende zum anderen.

Als die Zwillinge die Stadt Burhanpur verließen, war ihre Almosenschale reich mit Speise und Geld gefüllt. Sie hätten auch bleiben können; denn die ganze Stadt, ja sogar der Mansif und die Seths, die reichen Kaufleute, baten sie inständig, sich bei ihnen niederzulassen. Was für eine Attraktion für die

Stadt, der Besitz dieser beiden Knaben, die für die Götter singen konnten. Man bot ihnen sogar an, einen Marmortempel zu bauen. Ein unmöglicher Vorschlag, denn Marmor war so gut wie nicht zu beschaffen. Und Statuen wollte man nach ihrem Bild meißeln, die die Besucher würden anbeten können, die sicherlich aus allen Ecken Indiens herbeiströmen würden, um sie singen zu hören.

Ihr *dharma*, ihre Bestimmung, jedoch war es zu wandern.

Sie waren noch keine zwölf Jahre alt. Gemeinsam mit Kim wanderten sie Hand in Hand über die staubige Landstraße. Sie hießen beide Bala, und Kim stellte fest, daß der Junge mit den Zimbeln stets auf der linken und der Junge mit der Ravanhatta auf der rechten Seite ging. Sie schritten sicher aus wie Kim, als ob sie so gut sehen könnten und so groß wären wie er.

»Unser Vater war ebenfalls Sänger. Wir stammen aus einem Dorf in der Nähe von Nyvelli.« Die Worte fielen in vollendetem Einklang, so daß man ihre Stimmen nicht voneinander unterscheiden konnte. »Er war ein Liebender, ein *bhakta*, und verehrte Krishna aus tiefstem Herzen. Bei unserer Geburt bat er Krishna um eine Gunst. Stimmen sollten wir haben, so lieblich, daß sie Milch in Honig und Wasser in Wein verwandeln konnten. Gott Krishna erhörte seine Bitte. Unser erster Schrei verwandelte den Mühlstein in unserer Hütte in Wasser und den Erdboden in Reis. Nachdem er ihm die Gunst gewährte, sagte Gott Krishna meinem Vater jedoch, daß die Welt ein Recht hätte, uns singen zu hören, und wir sie deswegen allein durchwandern müßten. Darauf weinte unser Vater, und seine Tränen erweichten Gott Krishna, so daß er die Bedingung milderte: Wenn wir fünfundzwanzig Jahre alt geworden sind, werden wir unsere Stimmen verlieren und dürfen in unser Dorf heimkehren.

Wir verließen unser Zuhause, als wir fünf waren. Seitdem wandern wir im Schutze Krishnas durch das Land. Kein Mensch wagt, uns ein Leid anzutun. Rajas müssen ihre Paläste öffnen, Dacoits uns freie Durchfahrt gewähren und Tiger uns den Rücken zuwenden. Wer vor dem Ablauf dieser Frist uns tötet oder auch nur verletzt, wird den Zorn Krishnas auf sich ziehen. Dann wird Krishna ihn vernichten, sein Geschlecht und das Königreich, aus dem er stammt. Auseinanderfallen soll es und vom Angesicht der Erde verschwinden.«

»Ich verstehe das nicht. Ihr seid blind, und doch schreitet ihr nicht weniger sicher aus als ich. Wie ich seht ihr die Vögel über eurem Kopf, seht den Himmel die Farbe wechseln, die Hügel am Horizont.«

»Wir kamen ohne Augen zur Welt, aber wir sind nicht blind. Als Brahma von Krishnas Gunst hörte, machte er uns hellsichtig. Er öffnete unseren Geist statt unserer Augen. Wir sehen so klar und deutlich wie du, mit dem einen Unterschied, daß die Welt für uns zweigeteilt ist: in die rechte und die linke Hälfte. Bala geht rechts, und Bala geht links. Bala sieht nur die rechte und Bala nur die linke Hälfte. Wir sehen nichts mehr, sobald wir unsere Position vertauschen. Wenn wir jedoch die richtige Position beibehalten, sieht Bala auf der rechten auch, was Bala auf der linken Seite sieht.«

Die drei wanderten durch ein Land der nackten Verzweiflung. Dürre Bäume streckten um Nahrung flehend ihre klauenähnlichen, knorrigen Wurzeln über den Boden aus. Wandelröschen mochten ihr eigenes Leid nicht länger tragen und brachten sich selbst zum Opfer dar in Rauch und Asche, die in der windstillen Luft weder stieg noch fiel, sondern wie ein grauer Schleier über dem Boden schwebte. Die Erde öffnete ihre rissigen Lippen, um Luft zu schnappen und was auch immer unselig genug war, in der Nähe zu stehen. Kim hielt sich nahe an die beiden Knaben, denn selbst die Erde hatte von Krishnas Gunst gehört. Sollte sie unbeabsichtigt die Knaben verschlucken, sie müßte in Gott Krishnas Zorn verdorren. In seinem ganzen Leben hatte Kim den Himmel noch nicht so bösartig gesehen. Er schien sich seiner zerstörerischen Gewalt zu erfreuen und die Angst zu genießen, die er in das Herz von Mensch, Vierfüßler und Vogel pflanzte.

In der zweiten Nacht ruhten sie unter den Zinnen einer alten Festung. Sie hatten sie schon aus vielen Meilen Entfernung gesehen. Doch erst aus der Nähe erkannten sie ihre Mächtigkeit. Die Mauern reckten sich eine halbe Meile hoch in den Himmel, grimmig und schwarz. Nichts rührte sich in ihrem Innern, und selbst Falken und Milane flogen einen Bogen darum, wie um giftigen Dünsten auszuweichen. Andere Vögel konnten nicht einmal zu den Zinnen aufschwingen, um einen Blick zu erhaschen, denn Höhe und Schrecken der Feste waren ihnen seit alters her bekannt.

Der Ort hieß Asirgah und war vor so langer Zeit errichtet worden, daß die Menschen ihn für älter hielten als Flüsse und Berge und sogar glaubten, die Erde sei einzig geschaffen worden, die Feste zu tragen, die weder Tor hatte noch Fenster und deren schwarzes Gemäuer so glatt war wie aus Glas. Man erzählte sich, Asirgah bewache den Eingang zur Hölle, aber das war nur eine Legende. Niemand wußte, wer es erbaut hatte und warum.

Wie ihr Weg ihnen vorzeichnete, wanderten sie gerade nach Westen. Damit folgten sie dem Plan, langsam die umgekehrte Pyramide Indiens von unten besteigend. Sie waren von zu Hause zuerst nach Westen gewandert bis zum Meer, dort zwei Tage nach Norden, dann nach Osten, zwei Tage nach Norden, nach Westen und immer so weiter. Kim erzählte ihnen seine Lebensgeschichte, vollständig und von Anfang an: von seinen ersten Erinnerungen an Lahore, seiner Wanderschaft mit dem Lama, seiner Arbeit für den Oberst, der Gunst des Zwerges, seinem Zusammentreffen mit Parvati, seiner Verwundung und was sich sonst noch alles zugetragen hatte, bevor er zu ihnen stieß. Er hatte im Zug von ihnen gehört und sich entschlossen, in Indore auszusteigen, um nach ihnen zu suchen.

Die Zwillinge mochten das Land schon viele Jahre durchwandert haben, doch wußten sie nicht, daß Fremde von jenseits des Kala Pani es beherrschten. Sie hatten in ihrem ganzen Leben noch keinen *Angrezi* gesehen, weil sie die Städte mieden. Ihr Gesang war für Himmel, Erde und Wasser bestimmt. In einer Stadt würden die ihn nicht hören.

»Und jetzt bist du auf der Suche nach deiner Parvati?« fragten sie und klatschten begeistert in die Hände.

»Ja. Ich gehe zuerst nach Bombay und von dort, wohin immer die Spur mich führt. Leider weiß ich nicht, wie sie jetzt aussieht.«

»Wir werden ein Gedicht von Kim und Parvati komponieren, und wenn du genau auf den Raum zwischen uns schaust, wirst du sie sehen. Wo auch immer sie ist, an einem Ort, den wir nicht kennen, sie wird erscheinen, nur für einen Augenblick, weil wir durch die Kraft unseres Gesanges Menschen und Götter vor uns materialisieren können. Auch Donner und Blitz können wir herbeirufen.«

Sie begannen die Geschichte von Kim und Parvati zu singen. Zuerst kam das Lagerfeuer, an dem sie saßen, zur Ruhe. Es flackerte und tanzte nicht mehr, auch vergaß es, Hitze abzustrahlen. Da fiel der Wind über sie her, kühlte die Luft; denn auch er wollte das Lied gern hören. Und überall um sie in der Nacht sah Kim die leuchtenden Augen von Tieren. Und zu ihren Füßen rollten sich Kobras und Kraits aus ihren Ringen.

Kim konzentrierte sich auf den Zwischenraum zwischen den Knaben. Er war gerade groß genug für eine Frau; sollte sie erscheinen, würde sie dort stehen können. Er wäre enttäuscht worden, hätte er erwartet, daß Parvati sich auf der Stelle materialisierte. Sie sangen eine Stunde, zwei Stunden, drei Stunden, und gerade als Kim die magische Kraft ihrer schönen Stimmen anzuzweifeln begann, sah er eine große, schlanke Frau in einem blauen Sari vor sich, eine Ranke von Jasmin im Haar. Sie sah ihn mit leeren Augen an, als würde sie ins Ungefähr schauen.

Er konnte Parvati sehen, sie ihn nicht. Sie saß in einem Zimmer auf einem Stuhl. Lieblich war sie, daß es ihm den Atem raubte, und ihn verlangte, die zarten Linien ihres Gesichts zu streicheln. Ihre Bernsteinaugen sahen traurig aus, und noch während er sie betrachtete, schreckte sie plötzlich auf und schaute sich angsterfüllt um. Er wollte aufschreien, ihr sagen, daß sie sich nicht zu fürchten brauchte, aber dann verfinsterte sich sein Gesicht. Sie fürchtete sich, weil sie jemand anders gesehen hatte. Dann trat ein Mann zwischen Kim und Parvati, und sie lösten sich auf in Nichts.

Kim starrte auch weiterhin auf den Zwischenraum zwischen Bala und Bala, als könnte er sie zurückzwingen. Vergeblich. Er verfügte nicht über dieselben Kräfte wie die Knaben. Und auch er hatte Angst vor dem Mann, der Parvati geängstigt hatte. Er mußte sich beeilen, wenn er sie retten wollte, obwohl er fürchtete, daß er bereits zu spät kommen würde. Offenbar hatte der Mann sie gefunden, der sie jagte.

Als die Knaben ihren Gesang beendeten, seufzte das Feuer auf und besann sich seiner Aufgabe; erneut begann es zu brennen und Hitze abzugeben. Der Wind erhob sich und trug ihr Lied nach Norden zum Himalaja; denn auch der wäre gekommen, hätte Brahma ihm nicht verboten, sich vom Fleck zu rühren. Tiere wie Schlangen weinten Tau und kehrten in ihren Unterschlupf zurück.

Am nächsten Tag ließ sich Kim von Bala und Bala segnen. Sie würden weiter bis zum Ufer des Kala Pani gerade nach Westen wandern, dort umkehren und nach Osten weitergehen. Sie hofften, daß das ganze Land sie bis zu ihrem fünfundzwanzigsten Geburtstag gehört haben würde. Lange schaute er ihnen nach; sie schwanden zu Punkten in der Ferne. Dann waren sie nicht mehr zu sehen.

17

Die Vision hatte Kim kein falsches Bild von Mohini gezeigt, sondern der Wahrheit entsprochen. Mohini hatte tatsächlich in einem blauen Sari in Alices Zimmer gesessen und sich von unsichtbaren Augen beobachtet gefühlt. Jede Vision ist ein Schemen, eine Illusion, immateriell; aber Mohini hatte sie physisch gespürt: Jene unsichtbaren Augen hatten auf ihr gelastet wie ein Gewicht. Zum Fürchten.

Mohini mußte das Universum für bösartig halten; das Leben hatte sie nichts anderes gelehrt. Und ebenso war sie überzeugt, daß die Menschen sich seine unheilvolle Energie zu bösen Zwecken dienstbar machen konnten. Deswegen wäre Mohini nie auf die Idee gekommen, daß es Kims Augen waren, die sie suchten. Für sie waren es die Augen ihres Gatten oder seiner Mutter gewesen, nach ihr tastend, forschend und jetzt sogar hier mit ihr in ein und demselben Zimmer. Welche Erleichterung, als Romesh Nairoji das Zimmer betrat und den Spuk allein durch seine Anwesenheit vertrieb. Eine Sekunde später waren die unsichtbaren Augen dann verschwunden.

Romesh war der einzige Mann in ihrem Jungfernhaushalt. Seine Besuche rüttelten die Frauen aus ihrem Trott, ließen sie leuchten wie Feuer den Docht. Mohini fühlte nur distanzierte Zuneigung; sie freute sich einfach, wenn er da war. Für Alice jedoch war er der Geliebte, der sie auch finanziell unterstützte, ein untersetzter, muskulöser Mann, in seinen Bewegungen geschmeidig wie ein Ballettänzer. Er schien ständig auf den Zehenspitzen mehr zu fliegen als zu gehen.

Als Parsi gehörte er zur Gemeinde Zarathustras. Nach ihrer Flucht vor der Verfolgung durch die Moslems hatten die Parsis vor elfhundert Jahren in Bombay eine neue Heimat gefunden. Sie galten allgemein als tüchtige Geschäftsleute. Viele Intellektuelle, Gelehrte und Sportler waren Parsis. Die Briten umwarben ihre kleine Gemeinde und förderten sie in jeder Hinsicht, selbst in der Politik. Leicht zu durchschauen, warum: Die Parsis hatten im Land der Hindus unverdrossen an ihrer Identität und ihren Traditionen festgehalten. Überdies stellten sie eine kleine Minderheit dar, so daß sie die britische Herrschaft nicht bedrohen konnten.

Romeshs Onkel, Mr. Daddhabhai Nairoji, hatte sogar den Londoner Wahlkreis Bethnal Green im Unterhaus vertreten, wohl vor allem, um zu beweisen, daß die Inder das Zeug hatten, etwas anderes als eine unterworfene Rasse zu sein. Die

Ironie dieser Glanzleistung war Mr. Daddhabhai Nairoji keineswegs entgangen. Mehr als einmal hatte er seinem Neffen nach seinem Ausscheiden aus dem Parlament nach einer Legislaturperiode von fünf Jahren gesagt: »Diese Engländer sind schon ein sonderbares Völkchen. Auf der einen Seite lassen sie mich, einen Inder, einen Wahlkreis vertreten, in dem ausschließlich Engländer leben und der noch dazu fast in Sichtweite von Big Ben liegt. Auf der anderen Seite tun sie so, als sei ich vollkommen unfähig, in den Grenzen meiner Heimat das Schicksal meiner Landsleute mitzugestalten, über die sie mich stellen, weil ich ein Parsi bin, während sie mich dessen ungeachtet ihnen selbst keineswegs für ebenbürtig halten.«

Als indischer Nationalist gehörte Mr. Daddhabhai zu einer Gattung Mensch, die der britisch-indischen Regierung zunehmend mißfiel. Da er einen englischen Wahlkreis vertreten hatte, konnte er überdies die Motive der Landesherren durchschauen: »Die Engländer in Indien sind die neuen Mogule, aber sie herrschen nach einer anderen Methode. Die Mogul-Herrscher wußten um ihre Abhängigkeit. Sie verstanden, daß sie nur an der Macht bleiben würden, wenn die Hindu-Massen ihre Herrschaft akzeptierten. Die Engländer nun haben dieses Prinzip geschickt umgekehrt. Sie mögen die Hindus nicht, weil sie ihre Religion nicht begreifen. Deswegen haben sie Gemeinschaften wie uns Parsis erhöht, als Puffer zwischen ihnen und der Mehrheit. Mit den anderen Minderheiten, den Moslems, Sikhs und Buddhisten, machen sie es genauso. Teile und herrsche! Ein simpleres und wirksameres Prinzip des Regierens gibt es nicht. Ich bewundere die Kerle. Sie sind, weiß Gott, das verschlagenste Völkchen der Erde. Trotzdem glaube ich, daß wir uns nur unter ihrer Herrschaft intellektuell und politisch entwickeln werden. Ohne sie kommen wir nicht weiter.«

Romeshs Onkel mochte ein noch so überzeugter Nationalist sein, wie für die meisten gebildeten Inder seiner Zeit lag auch für ihn ein unabhängiges Indien jenseits seiner Vorstellungskraft. Er dachte nicht einmal daran. Sein Nationalismus war ein sehr bescheidener – er erschöpfte sich in der Idee, daß die Inder ihr Land gemeinsam mit den Briten regieren sollten. Beide Seiten sollten sich den Kuchen teilen, anstatt ihn für sich allein zu beanspruchen. Die Unfähigkeit seiner Landsleute war ein Faktum. Für ihn stand fest, daß die Inder auf den väterlichen Beistand der Engländer angewiesen waren; sie würden sich niemals selbst regieren können. Diese Überzeugung beruhte auf Vertrauen. Mr. Daddhabhai vertraute darauf, daß die Engländer das Schicksal seiner Heimat besser begriffen als seine eigenen Landsleute.

Romesh hatte sich die Kenntnisse seines Onkels angeeignet und den Wohlstand der Familie genossen. Onkel und Vater waren Geschäftspartner. Sie besaßen zwei Baumwollspinnereien und eine Schiffslinie im Küstenverkehr. Alice hatte ihn kennengelernt, als sie seinen Onkel zur politischen Lage Indiens interviewte. Sie waren sofort sexuell füreinander entflammt, unsagbar hungrig. Sie wollte befriedigt werden. Mehr nicht. Seine Ehe mit einem Parsi-Mädchen störte sie keineswegs ... solange sie ihn zwei Tage in der Woche für sich haben konnte. Er hatte ihr den Bungalow auf Malabar Hill überlassen, nur ein kleines Anwesen in einem Gebiet außerhalb der eigentlichen Stadt, in dem seine Familie viele weitaus größere Grundstücke besaß.

Die sexuelle Gier der ersten Tage war in eine feste Beziehung gemündet, die mittlerweile vier Jahre dauerte. Es waren sehr befriedigende Jahre gewesen, wenn auch in Heimlichkeit genossen. Ein physisches Verhältnis zwischen einer englischen Lady und einem Inder? Allseits undenkbar! Alice war klug genug, dies erstens zu begreifen und sich zweitens danach zu richten.

Sie schrieb nicht länger für den *Manchester Guardian*. Die Zeitung konnte sich einfach nicht entscheiden, ob sie nun auf der imperialistischen Welle mitschwimmen sollte oder nicht. Sie hatte Alice mit ihren häufigen Kurswechseln vergrätzt. Einerseits wollte man in der Redaktion gern beschränkte Reformen für Indien befürworten, andererseits durften natürlich die Fundamente des Empire keinen Schaden nehmen. Alice war für diesen Wackelkurs nicht zu haben; sie hatte die Halbheiten satt. Sie wußte, daß ihr eigenes Volk keinen rechtmäßigen Anspruch auf die Herrschaft über Indien und noch weniger das Recht hatte, das Land auszubeuten. So schrieb sie nun für die *New York Herald Tribune*. Das war außerdem einfacher. New York war weit, Amerika an den Vorgängen in Indien unbeteiligt. Man ließ ihr die Freiheit zu schreiben, was sie schreiben wollte. Außerdem zahlten sie wesentlich besser als der *Manchester Guardian*.

Was sollten sie mit der Gestrandeten anfangen, die auf ihrer Schwelle gelandet war? Romesh und Alice wußten es nicht. Alice hatte das kleine Schlafzimmer auf der anderen Seite des Bungalows leergeräumt und das Faltbett für Mohini hineingestellt. Dabei blieb es. Weder Alice noch Mohini hielten mehr Möbel für sinnvoll oder gar notwendig. Mohini hatte in einer Zimmerecke ein Bild von Ganesh aufgehangen, dem Gott mit dem Elefantenkopf und Gebieter über Reichtum und Gelehrsamkeit. Jeden Morgen betete sie nach dem Bad eine halbe Stunde davor. Zumindest diesen Teil ihres Lebens hatte sie in die neue Behausung hinüberretten können, eine Kontinuität, die Mohini ein Gefühl der Sicherheit schenkte.

Mohini war zuerst extrem schüchtern gewesen. Vor allem vor Romesh blieb sie auf der Hut. Sein Verhältnis mit Alice schockierte sie zutiefst. Übrigens, der Schock kam zuerst, dann die Schüchternheit: Eines Morgens hatte sie Romesh aus Alices Schlafzimmer treten sehen und sich panikartig in ihr Zimmer verkrochen. Wenn Romesh Engländer oder Alice Inderin gewesen wären, ihr Verhältnis hätte sie nicht dermaßen verstört. Nur mit Liebe und Geduld hatte Alice sie an jenem Tag wieder aus dem Zimmer locken können. Allmählich lernte Mohini Romesh jedoch mögen, wohl auch darum, weil sein wiegender Gang sie an Kim erinnerte.

Seltsam, daß Mohini Kim selbst jetzt noch deutlich vor sich sehen konnte. Es war, als ob sie sich erst gestern getrennt hätten; sie hätte sein Gesicht vor ihrem geistigen Auge nicht deutlicher sehen können. Oft versuchte sie, ihn und die Erinnerung an jene gemeinsamen Tage aus ihrem Herzen zu verbannen. Es wollte nicht gelingen. Im Gegenteil, in ihrer Einsamkeit ertappte sie sich häufig in Gedanken bei ihm. Die Erinnerung tröstete sie. Aber sie teilte Kims Hoffnung nicht, daß sie sich wiederfinden würden. Für sie war Kim für immer verschwunden. Nur die zärtlich gepflegte Erinnerung blieb: ein brüchiges Rosenblatt zwischen den Seiten eines Bandes mit Gedichten.

Wann immer Alice wegen eines Berichts für ein paar Tage außer Haus war, wagte sich Mohini nicht aus den vier Wänden des Bungalows. Diese Einsamkeit war ihr neu. Seit frühester Kindheit hatte sie immer einen festen Platz im Leben gehabt. Sie war in einer Großfamilie aufgewachsen: mit Eltern, Cousinen, Vettern, Tanten, Onkeln, Dienerinnen, Dienern. Ihre Stellung in der Gruppe blieb stets fest umrissen und bestimmbar wie die Stellung des Mondes am Nachthimmel. Es hatte nie Anlaß zu Selbstzweifeln gegeben oder zu der Frage, wohin sie gehörte. Vom Aufstehen bis zum Schlafengehen war jeder Tag wohlgeordnet verlaufen. Was sie auch tat, sie tat es nach bestimmten Regeln: lernen, spielen, den Tempel besuchen, eine Hausandacht durchführen, der Mutter beim Kochen zur Hand gehen. Zahllos die Pflichten, aber klar definiert. Sie hatte niemals davon abweichen können und nicht einmal die Zeit gehabt, sich auf sich selbst zu besinnen, sich als eigenständiges, einzigartiges Wesen zu betrachten. Nein, alle ihre Handlungen, jeder Gedanke, den sie damals dachte, waren in irgendeiner Weise mit den Menschen verknüpft, die sie liebte und die ihr am Herzen lagen.

Und später, nach der arrangierten Heirat, hatte man sie vom Haus des Onkels in das Haus ihres Gatten überführt wie ein Stück bewegliches Hab und Gut, eine Leibeigene, die den Besitzer wechselt. Auch dort hatte sie ihren Platz gehabt. Zugegeben, er war weder angenehm noch freudvoll gewesen: Schwiegertochter einer bösen Frau, Gattin eines grausamen, ältlichen Mannes. Aber wie in der Kindheit blieb auch hier ihre Stellung fest umrissen; eine andere konnte sie nicht einnehmen. Sie war immer noch dieselbe, hatte nur die Umgebung gewechselt, Teil einer anderen Gruppe von Menschen mit anderen Sitten, anderen Traditionen, aber ihr trotzdem vertraut. Sie hatte einen neuen Status gewonnen, den der verheirateten Hindu-Frau. Später schrieb sie darüber in das Notizbuch, das Alice ihr geschenkt hatte:

Mein ganzes Leben habe ich als lebendiger Teil einem lebendigen Ganzen angehört, war ein Arm oder Bein, ein Zeh oder Finger. Jetzt bin ich verloren; denn ich habe das Teil, das ich bin, vom Ganzen abgeschnitten, mich selbst verstümmelt. Ich bin nicht für den Individualismus geschaffen, sondern für die Pflicht. Und in dieser Pflicht habe ich versagt, war weder eine gute Tochter noch eine gute Gattin, und die Mutter, die ich hätte sein können, werde ich nun niemals werden.

Aber wie paßt das Unglück, das Leid, das ich erlitt, in diese Pflicht? Hätte ich es wie ein Schicksal hinnehmen müssen, wie der Zugochse die Schläge seines Treibers oder der Bettler die absichtliche Selbstverstümmelung seiner Glieder hinnimmt? Ist die Pflicht ein höherer Wert als ich, als mein leibhaftiges Selbst?

Mir will scheinen, ich kann meine Pflicht nicht erfüllen, wenn ich mit meinem Schicksal unzufrieden bin. Aber wer bin ich, dies zu sagen, wenn doch die meisten Frauen ihr Los klaglos hinnehmen? Wie der Zugochse die Bedürfnisse des Bauern erfüllen wir die Bedürfnisse unserer Männer, ganz gleich, ob sie nun »Vater« heißen oder »Gatte«.

Alice erzählt mir, daß es den Frauen in England nicht anders geht. Aber dort begehren sie auf gegen die beleidigende Erniedrigung. Nun, in England mag es angehen. Aber hier? Hier sind wir doch alle, Männer wie Frauen, gleichermaßen unterdrückt Was bedeutet meine Not im Angesicht der großen Not, unter der wir alle leiden?

Mohini schrieb nur, wenn Depression sie niederdrückte, obwohl sie eigentlich gern Prosa schrieb. Manchmal schrieb sie auch Gedichte, traurige Bilder voller Herzeleid. Schreiben befreite sie aus der Einsamkeit ihres Zimmers.

Alice ermutigte sie dazu, und Mohini schwelgte in den Büchern aus Alices kleiner Bibliothek. Sie las sie alle: Romane von Dickens, den Schwestern Brontë und von Walter Scott; politische Abhandlungen von Marx, Hume und vielen anderen. Alice konnte beobachten, wie sich die Knospe langsam zur Blüte entfaltete: Ein Geist erwachte aus seinem Schlummer, streckte und reckte sich. Sie las Mohinis Essays, nicht ihre schmerzhaften persönlichen Bekenntnisse, sondern ihre Analysen der Werke anderer Schriftsteller, und gab ihre Meinung und ihren Rat dazu.

Mohinis Leben in jenen Tagen verlief nicht besonders befriedigend. Immerhin verbarg es sie vor ihrem Gatten und schützte sie vor ungewisser Zukunft. Sie hing vollständig von Alice ab. Alice mochte dies manchmal als eine Bürde empfinden, brachte es jedoch nicht über sich, Mohini vor die Tür zu setzen.

Nur unter der Hülle eines *burkha* wagte sich Mohini aus dem sicheren Hafen des Bungalow. Der schwarze Überwurf der Moslemfrauen hüllte sie von Kopf bis zu den Zehen ein und ließ nur an den Augen einen schmalen Sehschlitz offen. »Man fühlt sich darin«, schrieb sie, »wie in einem wandelnden Grab. Ich verwandle mich in ein Gespenst, das sehen kann, aber selbst unsichtbar bleibt. Doch schützt mich der Aufzug vor den Augen der Häscher meines Gatten, die vielleicht selbst noch nach mir suchen.«

Mohini hätte sich nie absichtlich in Alices Haushalt einmischen mögen. Alice hatte eine lockere Übereinkunft mit ihrem Boy Manswami; er tätigte alle Einkäufe und kochte. Unglücklicherweise kam Mohini dahinter, daß Manswami Alice betrog. Er wirtschaftete in die eigene Tasche, stahl Geld und Lebensmittel. Er war wohl seit langem zu dem Schluß gekommen, daß Soames-Memsahib viel zu viele Dinge im Kopf hatte, um solche schnöden Kleinigkeiten zu bemerken. Mohini hatte ihn erwischt. Wie alle Inderinnen mißtraute sie jedem Diener und jeder Dienerin mit geradezu angeborener Skepsis.

Manswami bat sofort um seine Entlassung, sicher um sich eine neue Memsahib zu suchen, die von den Lebensmittelpreisen im Crawford-Markt so wenig Ahnung hatte wie Alice. Nun führte Mohini den Haushalt. Die Aufgabe befriedigte sie. Sie aßen gut, und sie ersparte Alice einige Ausgaben. Trotzdem wußte Alice, daß Mohini nicht lange so würde weiterleben können.

Je länger ihr selbstgewähltes Exil währte, desto schneller füllte Mohini ihre Tagebücher. Sie schrieb:

Alice verliert langsam die Geduld mit mir. Sie sagte mir, daß dies kein Leben ist. Ich bin eine Hindu-Frau, aber lebe völlig abgeschieden und vertrockne in bitteren Gedanken. Aber was soll ich tun? Sicher, ich muß sie das zum tausendsten Mal gefragt haben – wie mich selbst. Zu dem Mann zurückkehren, der mein Gatte ist? Das wäre mein Ende. Seine kalte Berührung jagt mir Schauer der Angst über den Rücken. Und natürlich würde er mich dann permanent bewachen lassen. Ich würde nicht wieder entkommen können. Wer weiß, vielleicht bringt er mich sogar um. Fähig dazu wäre er, denn ich bin doch nur ein Staubkorn in seinem Leben – aber eines, das ihn juckt. Seine Mutter wird ihm mit Freuden beistehen. Es ist so leicht, eine Frau zu töten, die zu Hause eingesperrt ist. Wie man hört, genügt ein Tröpfchen Gift. Mehr braucht es nicht.

»Du kannst nicht ewig so weitermachen«, sagt Alice. Sie meint es gut. Trotzdem fühle ich mich bei solchen Worten wie der kleine Welpe eines Straßenköters, den man mit ein paar freundlichen Worten aussetzt.

Ich kann zu meinem Gatten nicht zurückkehren. Ich war bei der Heirat ja noch ein Kind. Aber er hat mich benützt, wie es ihm gefiel, nach Lust und Laune, ohne Verständnis. Und ich habe geweint. Zu meinen Tränen fiel ihm nur die gemeinste Drohung ein: seinen Dienern würde er mich zum Spielzeug geben, den beiden Brüdern, die so schwarz wie der Teufel und ihm blind ergeben sind. Damals habe ich seiner Drohung geglaubt. Und ich glaube, er würde es auch jetzt noch fertigbringen.

»Wie furchtbar! Nein, meine Liebe, ich will auf keinen Fall, daß du zu diesem bösen Mann zurückgehst. Weiß Gott, ich würde ja auch niemals zu meinem zurückkehren. Er würde mich vielleicht einsperren lassen oder mir noch Schlimmeres antun. Ich glaube, er würde mir etwas zuleide tun, wenn ich mein Gesicht in seinem Haus zeigte. Auch wenn ich ihn nicht hasse, haßt er mich; soviel ist sicher . . .«

»Warum? Was hast du ihm getan?«

»Alles meine Schuld. Es lag allein an mir. Aber wir Frauen sind ja immer schuld an allem. Die Männer können nach Belieben flirten und fremdgehen. Uns ist es verboten. Ich habe zu jung geheiratet; sicher, ich war kein Kind mehr wie du, aber trotzdem zu jung, um zu wissen, was ich eigentlich wollte. Er war ein schneidiger Offizier, und darauf bin ich hereingefallen. Ich war gerade in Indien angekommen, weil das Leben in England mich erstickte. Mein Gott, es war so muffig. Indien sollte mein großes Abenteuer werden.

Daraus wurde nichts. Hier war ich nun . . . und wieder unter ebenso engstirnigen Leuten wie zuvor, beschränkten Männern und beschränkten Frauen. Sie waren noch schlimmer als ihre Sorte in England, denn sie platzten fast, so aufgeblasen waren sie: Herrenmenschen, von Gott erwählt, die Eingeborenen zu führen und zu leiten. Nicht das Abenteuer fand ich, sondern eine Art sonnenverbranntes Surey. Einfach scheußlich.«

»Hast du Kinder gehabt?«

»Zwei. Und sie fehlen mir immer noch sehr. Aber der Schmerz hat mit den Jahren nachgelassen. Ich weiß, ich weiß, Frauen haben angeblich diesen unausrottbaren Mutterinstinkt, aber mittlerweile bin ich mir fast sicher, daß diese sogenannten Instinkte eine Erfindung der Männer sind, die uns an Heim und Herd fesseln sollen. Den Kindern hat man erzählt, daß ich gestorben sei.« Sie verstummte. Ich sah ihre Augen sich zusammenziehen, so als würde sie gleich weinen. Sie muß sich schon

vor Jahren leergeweint haben. Erinnerungen jedoch lassen sich nicht so leicht wegwischen wie Tränen.

»Der Junge muß inzwischen vierundzwanzig sein, das Mädchen dreiundzwanzig. Wie sie wohl aussehen? Vielleicht erkenne ich sie nicht einmal, wenn ich ihnen auf der Straße begegne. Aber hier steht nicht mein, sondern dein Leben zur Debatte. Wir müssen uns für dich etwas einfallen lassen, und ich glaube, ich habe schon eine Idee. Du schreibst immer besser. Obwohl ich Konkurrenz in meinem selbstgewählten Beruf gar nicht mag, kann ich dies doch sehen. Ich denke, du solltest eine Stelle annehmen.«

»Willst du etwa, daß ich für die New York Herald Tribune *schreibe?«*

»Dagegen hätte ich sicher etwas. Ich würde dir davon abraten. Sie haben nur einen freien Korrespondenten hier, und das bin ich. Außerdem denken sie, daß ich ein Mann bin. Ich schreibe unter dem Pseudonym ›Max Johnstone‹. Und ich habe nicht die Absicht, mir selbst das Wasser abzugraben.«

»Für wen dann?«

»Romesh und ich werden bald unsere eigene Zeitschrift herausbringen. Sie wird in der Hauptsache politisch und nationalistisch sein. Ich weiß, daß du uns dabei helfen könntest, sehr sogar. Du hast eine kostbare Gabe: Du liest und schreibst fließend Englisch. Damit kannst du dir leicht deinen Lebensunterhalt verdienen.«

Und so begann meine Karriere als Journalistin.

Am nächsten Morgen warf Mohini ihren *burkha* über. Dann fuhren sie in einer Gharri zu Romesh Nairojis Büro. Es lag in einem großen Bungalow, ein gutes Stück von der Straße zurückgesetzt. Ein Schild an der Tür wies das Gebäude als Firmensitz Nairoji & Sons aus. Rikschas und Gharris warteten vor dem Tor auf der Straße, und auf dem kurzen Weg vom Tor zum Eingang bemerkte Mohini das ununterbrochene Hin und Her, Inder in Anzügen, die vor Alice höflich den Hut zogen, während sie Mohini ignorierten. Wie es schien, war sie gar nicht vorhanden. Ein paar Männer warteten auf der Veranda. Sie sprangen sogleich hurtig auf, um Alice ihren Stuhl anzubieten und dann auch Mohini, so als würden sie erst im nachhinein daran denken. Es war schon kurios zu beobachten, wie rücksichtsvoll sie die Weiße behandelten, während eine der Ihren für sie offenbar nur ein Gegenstand war, ein lebloses Ding eben. Ihr Verhalten erinnerte sie an ihren Gatten; auch er hatte sie mit kaum verhohlener Verachtung behandelt.

Selbst Romesh stand nicht auf, als sie von einem Diener in sein Zimmer geführt wurden, sondern erst als die Tür hinter ihnen geschlossen worden war. Dann kam er hinter seinem mächtigen Schreibtisch hervor, umarmte Alice und küßte sie auf die Wangen, um danach in den Sehschlitz von Mohinis Burkha hineinzulugen.

»Du steckst da drin, stimmt's?«

»Ja«, antwortete Mohini flüsternd. Sie wußte nicht, wie sie sich verhalten sollte.

»Wenn du willst, kannst du das Ding bei der Arbeit anbehalten. Aber ich bezweifle doch, daß die *gundas* deines Mannes bei Nairoji & Sons ein und aus gehen. Meiner Meinung nach kannst du es ablegen.« Er wartete, und langsam lüftete Mohini das schwarze Tuch.

»Es muß heiß sein darunter, besonders wenn man obendrein einen Sari trägt wie du. Komm mit. Ich habe ein Büro für dich eingerichtet.«

»Ich bin noch nie in einem Büro gewesen.«

»Es ist ein Zimmer wie jedes andere, meine Liebe«, sagte Alice. »Es wird ein Schreibtisch darin stehen und ein Stuhl, und bald wird es mit deinen Papieren überquellen.«

»Aber was soll ich tun, wenn ich darin bin?«

»Du wirst Alice helfen, die Zeitschrift herauszugeben. Sie wird nicht jeden Tag hier sein können. Keine Zeit. Und ich habe sie auch nicht. Ich meine, die erste Ausgabe sollte aus Beiträgen bestehen, die schon irgendwo anders erschienen sind. Wir müssen unsere eigenen Mitarbeiter ja erst noch anwerben. Du wirst Auszüge aus den Schriften von Tilak, Hume und anderen auswählen. Dann werden Alice und ich ... gut, gewöhnlich nur Alice ... deine Artikel prüfen und endgültig entscheiden, was wir drucken wollen.«

»Wie wird die Zeitschrift heißen?«

»*Sher*, also ›Tiger‹. Tilaks Blatt heißt *Kesari.* Aber ich glaube, daß der Tiger ein wilderes und furchtbareres Tier ist als der Löwe.«

Mohinis Büro lag auf demselben Flur wie das von Romesh, allerdings auf der Rückseite des Bungalows. Es sah aus, wie Alice es gerade beschrieben hatte, nur daß vorläufig keine Papier-, sondern ausschließlich Stapel von Büchern herumlagen.

»*Sher* wird monatlich erscheinen, die erste Ausgabe in etwa zwei Monaten.« Romesh konnte sich über das Unternehmen begeistern wie ein Kind über sein neues Spielzeug. In Gedanken malte er sich bereits aus, daß *Sher* nicht nur das indische Bildungsbürgertum, sondern auch die britisch-indische Regierung beeinflussen würde. »Du bekommst am Anfang zwanzig Rupien im Monat, und wenn die Zeitschrift einen festen Stamm von Abonnenten gewonnen hat, werden wir dein Gehalt erhöhen.«

»Wann soll ich anfangen?«

»Jetzt«, sagten die beiden und schlossen die Tür hinter sich.

Mohini setzte sich vorsichtig auf den Schreibtischstuhl. Sie hatte keine Ahnung, was sie jetzt tun sollte, und fühlte sich von der ungewohnten Umgebung eingeschüchtert. Am ersten Tag starrte sie nur die geschlossene Tür an und hoffte, daß sie sich öffnen und ihr gestatten möge, endlich zu entkommen.

Das Zimmer hatte ein Fenster. Von dort beobachtete sie einige Zeit die Dienerin des Nachbarbungalows, wie diese Töpfe reinigte, Kleider wusch und drei Kinder versorgte. Ihre Arbeit nahm kein Ende. Manchmal trat eine Gruppe von Büroboten vor die Tür. Die Männer rauchten eine *bidi* und kehrten dann zu ihrer Arbeit zurück. Die Frau jedoch werkte ununterbrochen.

Am Abend öffnete Romesh die Tür. Dankbar schlüpfte

Mohini unter ihren *burkha* und ging zu der Gharri, die sie nach Hause bringen würde.

Am zweiten Tag öffnete sie ein Buch von Hume und las einen offenen Brief, den er mit Erlaubnis der Regierung an alle indischen Universitätsabsolventen geschrieben hatte:

Es gibt Fremde wie mich, die lieben Indien und seine Kinder. Dies jedoch ändert nichts daran, daß die Menschen dieses Landes sich selbst helfen müssen: Sie müssen die eigentliche Arbeit tun. Wenn sich nicht fünfzig Männer finden, die die Kraft zur Selbstüberwindung aufbringen, dann gibt es keine Hoffnung für Indien. Fünfzig Männer, die Liebe und Stolz empfinden für ihr Land, fünfzig selbstlose, echte Patrioten, bereit zu handeln, und wenn es sein muß, Tag für Tag bis zum Ende ihres Lebens im Dienst der Sache! Ohne sie ist alles vergebens. Ohne sie werden die Söhne des Landes unscheinbare, ärmliche und hilflose Instrumente in den Händen ihrer ausländischen Herren bleiben.

Mohini hätte sich nie für eine Revolutionärin gehalten, ja sie hatte sich nicht einmal aus eigenem Entschluß um diese Stelle als Redakteurin beworben; Alice hatte sie dazu gedrängt. Aber jetzt spürte sie erstmals freudige Erregung, wenn auch nur zaghaft.

In den ersten Tagen konnte sie kaum essen und fand auch wenig Schlaf. Vor Aufregung? Weil sie sich fürchtete? Schwer zu entscheiden, was von beidem der Grund war. Welche Schande brachte sie nun wieder über ihre toten Eltern? In ihrer Familie hatte bisher keine Frau gearbeitet. Niemals. So weit sie zurückdenken konnte. Alle hatten sie ein bequemes, wenn auch etwas beschränktes Leben geführt. Nur die Armen arbeiteten, und ihre Familie war zwar nicht übermäßig reich, aber doch recht wohlhabend gewesen.

Ihr Vater hatte die Einkünfte aus seiner Arztpraxis gehabt und zudem fruchtbares Land besessen, das ihnen ein ordentliches Einkommen garantierte. Ihr Gatte war von Beruf Anwalt. Er stammte ebenfalls aus einer Familie von Gutsbesitzern und bezog den größten Teil seiner Einkünfte aus Reisfeldern und Cashew-Plantagen. Er war reicher als ihre Familie, ein entfernter Vetter des Maharaja von Baroda. Onkel und Tante hatten ihn deswegen trotz des großen Altersunterschieds für eine ausgezeichnete Partie gehalten.

Also schrieb Mohini in ihr Tagebuch:

Wenn wir in unserem Pantheon von Göttinnen und mythischen Gestalten doch bloß eine Heldin hätten, die sich ihren Lebensunterhalt mit ihrer Hände Arbeit verdiente! Wenn Sita oder Draupadi doch gearbeitet, für ihre Mitwirkung in der Schlacht oder bei der Verwaltung ihres Reiches einen Lohn bezogen hätten, könnte ich mich meiner Arbeit mit größerer Gelassenheit nähern. Aber eine solche Göttin gibt es nicht. Ich habe keine Göttin, an die ich mich betend wenden, deren Beispiel ich folgen kann. Und trotzdem empfinde ich mein Vorhaben als ehrenhaft.

Ich arbeite in einem ehrenhaften Gewerbe für die Sache Indiens. Ich sollte mich dessen nicht schämen, und doch tue ich gerade dies. Ich schäme mich sogar zutiefst. Ich fühle mich entehrt. Ich fühle mich besudelt. Ich fühle so schreckliche Dinge, daß ich sie nicht einmal diesen Seiten anvertrauen kann. Ich weiß, daß meine Familie auf mich herabsehen würde wie auf ein gefallenes Mädchen, eine Nautch-Tänzerin.

Und jetzt, da ich diese Zeilen schreibe, denke ich wieder an Kim. Wie ich ihm damals lachend ins Gesicht log, daß ich ein Nautch-Mädchen werden würde, und er mich verschmitzt und gutmütig über meine Pflichten aufklärte. Wenn er doch nur hier bei mir sein könnte! Sein Rat würde mir helfen. Er war so ein weiser Mann. Er hat mich niemals schäbig behandelt wie die anderen Männer. Er war ein echter Gefährte und Freund. O Kim! In meinem Geist und meinem Herzen wirst du ewig wohnen, aber wiedersehen werde ich dich nicht.

Was soll ich also tun? Arbeiten! Für eine Frau wie mich hat das Wort so einen seltsamen Klang. Andererseits, warum soll ich hier zu Hause hocken ohne Mann, bis mein Leben immer beschränkter wird. Ich werde arbeiten. Indem ich diesen Satz beherzt niederschreibe, weiß ich doch, daß ich schwanken werde und mich immer wieder in purdah, *in die Abgeschlossenheit der Frauengemächer, zurückflüchten möchte.*

O Gott, warum hast du mich gemacht, wie ich bin! Warum hast du mich nicht gehorsam gemacht? Warum hast du mich nicht unterwürfig gemacht? Warum hast du mich nicht zu einer guten Frau gemacht?

Gott blieb stumm. Mohini fühlte sich jeden Morgen bei Sonnenaufgang unwohl, aber zog sich trotzdem entschlossen an und stieg, nach einer ermutigenden Umarmung von Alice, in eine Rikscha; das war billiger als die Gharri. Mohinis regelmäßiges Erscheinen erschreckte die Männer, die Schreiber, die mit krummem Rücken über ihren riesigen, ledergebundenen Hauptbüchern saßen, und die Dienstboten, stets sprungbereit auf ihrem Hocker. Sie kam in ihrer schweren Burkha und verschwand für den ganzen Tag in ihrem Büro. Natürlich hielten sie sie für eine Moslem-Frau, aber der Diener, der ihr Tee und Lunch brachte, wußte anderes zu berichten. Er schwor, daß sie eine Hindu war, weil sie einen Sari trug; ein Ehe-*thali* hatte er an ihr allerdings nicht gesehen.

»Es wird eine Weile dauern, bis sich die Männer an dich gewöhnt haben«, sagte Romesh. »Du bist ein tapferes Mädchen, Mohini.«

»Ich habe Angst.«

»Du wirst sie überwinden. Wir meinen auch, daß du selbst einen eigenen Beitrag schreiben solltest. Alice vertraut deinen Fähigkeiten absolut.«

»Aber ich kann meinen Namen nicht benutzen. Mein Gatte . . .«

»Dann leg dir ein Pseudonym zu, Draupadi oder Padmini.«

»Nein, Parvati. Diesen Namen habe ich schon einmal benutzt.« Sie mochte es sich nicht eingestehen, aber doch bewegte sie der Gedanke, daß Kim, sollte er noch am Leben sein, durch einen glücklichen Umstand die Zeitschrift zu Gesicht bekäme. Zwar würde er sie nicht hinter dem Namen Parvati vermuten, aber vielleicht würde er sich immerhin an sie erinnern, wenn er ihn sah.

Die drei machten ihre mangelnde Erfahrung durch um so größere Begeisterung wett. Alice war das Fundament des Ganzen, der feste Anker für Mohini und Romesh. Sie war atemberaubend kühn. Mohini und Romesh hingegen wesentlich verzagter. Dies hatte seinen Grund: Die Gesetze gegen Aufruhr und Volksverhetzung hingen über ihrer beider Köpfe. Selbst in dieser Hinsicht genoß die Engländerin Alice Soames Privilegien. Das Impressum der ersten Ausgabe von *Sher* lautete: Herausgeber: Romesh Nairoji; Chefredakteurin: Alice Soames; Redaktionsassistenz: Parvati. Das ganze Heft war Tilak gewidmet; Alice setzte einen Auszug aus seinen Schriften auf die Titelseite, und zwar in Fettdruck:

Die Fremdherrschaft hat unser Land ruiniert. Zuerst haben wir uns überrumpeln lassen. Wir waren wie gelähmt. Wir lebten in dem Glauben, daß die fremden Herrscher nur zu unserem Besten handelten, daß die englische Regierung von den Wolken herabstieg, um uns vor den Invasionen Tamerlans und Dschingis-Khans zu behüten oder, wie es so schön heißt, uns vor »bürgerkriegsähnlichem Blutvergießen« zu bewahren.

Wir waren einige Zeit glücklich mit unserem Los, erkannten jedoch bald das wahre Gesicht des Friedens; er hatte noch ein anderes als das auf den ersten Blick sichtbare. Mr. Daddhabhai hat die Situation auf den Punkt gebracht. Man hinderte uns daran, uns gegenseitig an die Gurgel zu fahren, damit die Ausländer an unser aller Gurgel fahren konnten. Pax Britannica *verfolgt nur einen Zweck: Sie garantiert, daß die Fremdherrscher unser Land ausbeuten können.*

Mohinis eigener Beitrag erschien irgendwo eingeschoben zwischen einer langen Story von Alice Soames über die Ausbeutung Indiens durch die Briten und einem Artikel von einem

Reporter des *Hindu* aus Madras. Ihr erster kurzer Versuch. Sie starrte den ganzen Tag auf ihren Namen. Da stand er gedruckt: Parvati.

Ich bin eine Frau, und die Geschichte schreitet voran, ohne daß wir dies so recht bemerken. Frauen wie ich haben stets im Dunkel gestanden, in den nur verschwommen wahrnehmbaren Ekken, wo der Preis für ein Pfund Reis oder der Neid auf ein Schmuckstück mehr zählt als die Bemühungen der Männer, unser Schicksal zu gestalten und zu verändern.

Wir sind rückständig, weil wir nicht von einer Zukunft träumen, in der Männer und Frauen einander gleichberechtigt begegnen: einer Zukunft, in der wir stolz auf uns sind, weil wir Inderinnen sind, anstatt uns über unsere Zugehörigkeit zu einer religiösen Sekte zu definieren, die unser Leben nur künstlich einengt.

Neue Ideen können uns angst machen; sie können aber auch das Gegenteil bewirken: Sie können uns erheben.

Wir haben Angst, ja warten fast darauf, daß uns der Blitz erschlägt. Als ob Gott uns dafür verdammen würde, daß wir es wagen, die Traditionen und Gebräuche in Frage zu stellen, die uns tausend Jahre beherrscht haben! Aber sind es nicht gerade diese alten Vorstellungen, die Indien und seine Frauen in Ketten halten?

Wenn wir uns von unserer Vergangenheit befreien, wird Indien auch die Fremdherrschaft abschütteln können. Wie Indien müssen wir das Alte aufgeben und das Neue annehmen, es greifen mit unserer Hand.

Im Augenblick mag uns die Wahl erschrecken; noch schwanken wir zwischen Altem und Neuem, schauen erst zur einen Seite und halten an der Vergangenheit fest und torkeln dann unsicher zur anderen. Das Alte scheint anheimelnd; es ist uns vertraut. Das Neue ist das Unbekannte.

Mr. Tilak hat ganz recht: Wir müssen swadesh *üben, um für* swaraj *zu kämpfen – die Erzeugnisse unseres Landes für unsere Selbstbestimmung. Ich bin ganz aufgeregt über diese Ent-*

wicklung, atemlos. Ich, eine Hindu-Frau, lange Zeit in purdah *eingesperrt, und nun begierig darauf, das Banner der Freiheit zu erheben.*

Bin ich deswegen eine Schande? Aber: Wie könnte ich für meine Heimat nicht fühlen? In England, erzählt man mir, darf der freie Bürger frei sagen, was er denkt. Aber was ist mit Tilak? Der Nationalkongreß hat ihn ausgestoßen, die Briten haben ihn in Madalay eingekerkert, nur weil er offen für swaraj *eingetreten ist Wer kann uns führen? Gokhale? Er kommt den Engländern zu sehr entgegen. Sein Credo ist die Geduld. Gut und schön. Nur: Wie lange sollen wir uns noch gedulden?*

Wir müssen uns zur Veränderung zwingen, und zwar eiligst, wenn wir die britische Herrschaft jemals abschütteln wollen.

Sie verkauften 2879 Hefte der ersten Ausgabe von *Sher*, ein ermutigendes Ergebnis. In Indien war eine Zeitschriftenschwemme ausgebrochen; überall gab es neue, einige in Englisch, die meisten in einer einheimischen Sprache: Gujerati, Maharati, Bengali, Tamil und Telugu. Es schien, als ob Schreiben und Druckerkunst die neueste Sache der Welt wären und Männer – ja, natürlich, in der Hauptsache Männer – den Geist in ihren Köpfen entdeckt hätten, um ihn endlich zu gebrauchen.

Am Ende des ersten Geschäftsjahres verkaufte *Sher* eine Monatsauflage von 5000 Exemplaren. Die Zeitschrift machte Romesh nicht reich, aber sie steuerte die Familie auch nicht in den Bankrott. *Sher* stand unter einem glücklichen Stern, wohl hauptsächlich deswegen, weil Romeshs Vermögen die Kosten für die ersten Ausgaben decken konnte. Weniger glückliche Publikationen mußten ihr Erscheinen schon in der anfänglichen Durststrecke einstellen. Aber sofort traten dann andere an ihre Stelle.

Mohini hatte immer weniger Zeit für ihre eigenen Schreibversuche. Sie schlüpfte faktisch in die Position der Herausgeberin und Redakteurin, obwohl dies nicht im Impressum berücksichtigt wurde; immerhin erhielt sie eine Gehaltserhöhung und verdiente nun fünfunddreißig Rupien im Monat. Sie lebte wie eine Angestellte. Jeden Tag fuhr sie von Malabar Hill nach Bombay hinein. Auch fühlte sie sich allmählich immer sicherer, so daß sie auf diesen Fahrten ihren *burkha* ablegte. Wich sie jedoch von ihrem alltäglichen Weg ab und fuhr in den Basar oder zu einer Druckerei, verschwand sie auch jetzt noch unter der schwarzen Hülle.

Alice schrieb wie immer ihre Berichte, veröffentlichte die Artikel, die sie für die *New York Herald Tribune* verfaßt hatte, in *Sher* und andere, für *Sher* geschriebene, in der amerikanischen Zeitung. Gelegentlich begleitete Mohini sie auf ihren Fahrten für einen Sonderbericht. Das heißt, wenn es zeitlich möglich war. Sie fuhren auf der Bahn immer gemeinsam in der dritten Klasse, wo man Alice ehrfürchtig bestaunte. Alice blieb keine andere Wahl; denn in einem Waggon der ersten Klasse hätte sich Mohini äußerst unwohl gefühlt. Mohini reiste in ihrem *burkha*. Sie hatte diese suchenden Augen nicht vergessen, die immer noch auf ihrem Körper lasteten, und betete, daß sie niemals unter das Moslemkostüm dringen würden.

Mohini freute sich sehr über Alices neuesten Vorschlag: Sie sollte sie zum diesjährigen Treffen des Nationalkongresses nach Allahabad begleiten und darüber in eigenem Namen einen Artikel für *Sher* schreiben. Mohini, die Korrespondentin! Es machte ihr nichts aus, daß sie keine große amerikanische Zeitung vertrat. Hochzufrieden nahm sie ihren Aufstieg vom bescheidenen Posten der Redaktionsassistentin zur Korrespondentin zur Kenntnis.

18

Kim hatte vergessen, welcher Lärm, welche Gerüche und welche Menschenmassen Bombay beherrschten. Die Stadt bestürmte seine Sinne, und er wäre auf der Stelle weggerannt, hätte er nicht gewußt, daß er seine Suche hier beginnen mußte. Die Gasse der Juweliere hatte sich seit seinem ersten Besuch keinen Deut verändert. Er stieg die Hintertreppe hinauf und betrat Isaac Newtons Zimmer.

Newton saß über seinen Steinen wie in tiefe Konzentration versunken. Daneben lag ein Stapel von Zeichnungen und Berechnungen, unwirsch beiseite geschoben.

»Kim!« Newton sprang auf und umarmte ihn. »Geht es dir gut?«

»Ja, ja. Natürlich geht es mir gut. Du hast dich nicht verändert.«

»Wie kann ich mich verändern? Gott hat mich gemacht, wie ich bin, und ich füge mich seinem Willen. Ich stehe wieder kurz vor einem Erfolg mit dieser neuen Maschine. Nimm Platz, setz dich doch.«

Kim ließ sich auf dem Boden nieder. »Und wie geht es Narain? Treibt er sich immer noch herum?«

»O ja«, lächelte Newton. »Immer noch ein Meister seines Fachs, ein erstklassiger sogar. Er hat sich überall in Bombay umgeschaut und umgehört, um die beiden Übeltäter zu finden, die dich so schwer verletzt haben. Aber sie sind schon seit langem verschwunden.« Er wußte nicht, wieviel er Kim anvertrauen durfte. Der Oberst-Sahib hatte ihn auf diesen Besuch nicht vorbereitet.

»Ich war häufig im Krankenhaus. Du hast bei jedem Besuch geschlafen. Es war, als ob du *moksha* erlangt hättest, Befreiung aus dem Kreislauf der Existenzen.«

»So habe ich mich in gewisser Hinsicht auch gefühlt«, sagte Kim. »Selbst die Polizei kann die Männer nicht finden?«

»Nein. Sie haben überall gesucht, unter dem Volk und unter den Reichen.«

»Der Oberst-Sahib hat mir erzählt, daß er einen Sergeanten und fünf Wachtmeister geschickt hätte, die aber zu spät kamen.«

»Ich bin selbst zum Gouvernment House gerannt und habe ihm deine Botschaft überbracht. Er sagte nur, daß er die Polizisten sofort schicken würde, und danach ging ich wieder nach Hause. Viel später erfuhr ich dann von den Schurken und daß man dich niedergeschossen hatte.«

»An einen erinnere ich mich jetzt. Ich brach ihm das Fußgelenk. Ich hörte den Knochen noch zersplittern. Er kann nicht weit gekommen sein.«

»Er ist sehr weit gekommen. So weit, daß niemand ihn finden konnte.« Newton bemerkte, daß Kim in Gedanken woanders war. »Aber du suchst jetzt nicht diese beiden?«

»Nein. Das Mädchen.«

»Wir haben intensiv nach ihr geforscht, aber es dann aufgegeben.«

Newton sagte die Wahrheit. Auf Anweisung des Oberst-Sahib hatten seine Männer Bombay von oben bis unten durchgekämmt, sie trotz allem jedoch nicht aufspüren können. Wenn der alte Rikscha-*wallah* nur ein paar Tage länger gelebt hätte, wären sie sicher auch auf ihn gestoßen und hätten ihn befragt. Aber seine Krankheit hatte ihn schließlich bezwungen, nur wenige Tage nachdem er Mohini nach Malabar Hill befördert hatte. Newton hatte seinen Bericht geschrieben und der Oberst die Akte geschlossen.

»Ich habe sie gesehen.«

»Hier? Dann werden wir sie auch finden.«

»Ich weiß nicht, wo. Ich habe eine Vision von ihr gehabt. Ich muß sie suchen. Kann Narain mir helfen?«

»Der Herumtreiber wartet nur auf deine Befehle.« Er erhob seine Stimme und schrie: »Narain! Wo steckst du, Narain!« Der erschien wenig später und rieb sich den Schlaf aus den Augen; er schien immer noch denselben *dhoti* zu tragen.

Wie Newton freute er sich über das Wiedersehen mit Kim und gelobte eifrig, auf der Suche nach Parvati mit Kim Bombay auf den Kopf zu stellen. Während er dies beteuerte, fing er jedoch Newtons Blick auf und verstand sofort, daß Übereifer keineswegs gefragt sein würde. Immer noch galt der Befehl des Obersts, Kim nichts über sie zu erzählen.

Newton ließ für Kim Tee und *jelebis* kommen. Seinen eigenen Tee trank er aus einem Becher, den die Porträts des Prinzen und der Prinzessin von Wales zierten. Er war mächtig stolz auf dieses Souvenir und erzählte Kim, daß er das Paar mit eigenen Augen gesehen hätte.

»Der Besuch war ein großer Erfolg, wirklich. Wo immer der Prinz auftauchte, gaben wir ihm ein kräftiges *zindabad*. Das gefiel ihm, außerordentlich sogar.«

Newton täuschte sich. In kleinem Kreis kritisierte Prinz George unverhohlen Curzons Teilung Bengalens, und von seinen englischen Untertanen in Indien hatte er sogar noch eine schlechtere Meinung. In seinem Tagebuch schrieb er über sie: »Wir betrachten die Eingeborenen viel zu leichtfertig als besiegte und minderwertige Rasse. Das bleibt ihnen nicht verborgen, zumal sie selbst immer gebildeter werden.«

Es ist nicht leicht, in einer indischen Stadt eine Frau zu finden, denn Moslems wie Hindus verstecken ihre Frauen hinter den hohen Mauern ihrer Häuser, die »Mauern der Keuschheit« nennen sie es. Nur die Männer der Familie bekommen sie zu Gesicht, niemals ein Fremder.

Die Hindus übernahmen die *purdah* erst spät in ihrer Geschichte, und zwar von ihren moslemischen Eroberern. Vor der Invasion der Moslems hatten sich die Hindu-Frauen höherer Kaste unverschleiert und vollkommen frei bewegen können. Sie konnten nicht nur ihr Gesicht offen zeigen, sondern trugen an den Fürstenhöfen und Residenzen traditionell nur sehr dünne, durchsichtige Baumwollgewänder; jedermann konnte ihre Brust sehen, ja sogar die Form der Brustwarze erkennen. Die wiederholten Einfälle von der Nordwestgrenze hatten die Freiheit der Hindu-Frau immer mehr beschnitten, bis auch sie hinter hohen Mauern und dicken Schleiern verschwand, um sie vor Schändung zu schützen.

Aber Kim blieb bei seinem Entschluß, und Newton befahl Narain, ihn auf der unmöglichen Suche nach Parvati zu begleiten. Jedoch erhielt Narain die Anweisung, sofort den Oberst-Sahib zu informieren, falls er das Mädchen vor Kim entdecken sollte ... und Kim nichts davon zu sagen. Newton hatte keine Ahnung, warum sich der Oberst für dieses Frauenzimmer interessierte, und er rechnete auch damit, weiterhin im dunkeln gelassen zu werden, denn er war nur ein kleines Rädchen in der großen Maschinerie.

Kim mochte eifrig und zielstrebig vorgehen, aber auch er folgte nur den alten Wegen, denen Newtons Männer schon vor ihm nachgegangen waren. Er befragte Bettler, vor Armut verkrümmt und verblödet, Rikscha-*wallahs*, *chowkidars*, Dienstboten. Diener, Basarhändlerinnen, Obstverkäufer. Sechs Monate später hatte er halb Bombay befragt, aber keiner wußte von dieser Frau im blauen Sari. Er stellte sogar unter den *purohitas*, den Priestern, seine Fragen, erkundigte sich bei ihnen nach den Eheschließungen der letzten Jahre, denn er hatte den Mann in seiner Vision nicht vergessen. Auch sie konnten ihm nicht helfen.

Newton und Narain hatten ihren Freund niemals zuvor derartig niedergeschlagen gesehen wie in dem Augenblick, als er sich endlich die Aussichtslosigkeit seiner Suche eingestand. Parvati war wie eine nie verheilende Wunde in seiner Seele. Für den Rest seines Lebens würde er an sie denken, ihre Gegenwart innerlich spüren müssen.

Natürlich hatte Newton den Oberst über Kims Anwesenheit informiert. Die Anweisungen waren kurz und unmißverständlich. Newton sollte ein Auge auf Kim werfen und den Oberst über seine Entwicklung auf dem laufenden halten. Der Oberst schrieb: »Er muß sie sich endgültig aus dem Kopf schlagen. Er ist noch jung und wird sie schließlich vergessen.«

»Wir könnten unser Glück in den Bordellen versuchen«,

schlug Narain vor. Auf diese Bemerkung fing er einen Blick ein, der ihn erblassen ließ.

»Sie dort? Niemals!«

»Welche Frau will schon in einem Bordell sein. Man fängt sie mit Gewalt und hält sie mit Gewalt.«

»Ich sah sie in meiner Vision in ... einem anständigen Haus mit ... mit Stühlen.« Jetzt, da ihm dieser Erinnerungsfetzen wieder einfiel, versuchte Kim sich erneut zu vergegenwärtigen, wie die Umgebung Parvatis in der Vision ausgesehen hatte. Leider hatte er damals ganz gebannt auf ihr Gesicht geschaut und daneben nichts bemerkt; sie hätte auf einem Vulkan sitzen können, selbst das wäre ihm nicht aufgefallen. Er verwünschte seine Unachtsamkeit. Bei seiner Schulung sollte er sich eigentlich an jede Kleinigkeit in einem Raum erinnern, aber in diesem Fall hatte die Liebe ihn blind gemacht.

Das Wort Bordell rief Kim jene andere Begebenheit ins Gedächtnis, bei der er gezwungen war, eines aufzusuchen. Er erinnerte sich an das vor langer Zeit gegebene Versprechen. Die Hure Lakshmi wartete in ihrer Zelle auf ihn, wartete immer noch darauf, daß er sie in ihr Dorf zurückbrachte. Ganz gleich, ob er vieles vergessen haben mochte, sein Wort vergaß er niemals; er hatte ihr sein Wort gegeben, und dieses mußte er halten.

Sie würde in der Zwischenzeit keinen Gedanken mehr daran verlieren; ja, sie selbst würde es vergessen haben: Viele Männer versprachen ihr leichtfertig alles mögliche. Sie bemerken nicht, daß auch Lakshmi glaubt und liebt ... und verletzt werden kann. Aber so sind die Männer eben. Sie gehen ins Bordell, erleichtern sich bei ihr und vergessen danach sofort ihr Gesicht. Das ist die schlimmste Erniedrigung: vergessen und mißachtet zu werden nach solcher Nähe.

»Du kannst dich erkundigen, aber sie wird nicht dort sein. Und wenn du schon einmal dort bist, erkundige dich auch nach dem Mädchen Lakshmi. Ich habe ihr versprochen, sie in ihr Dorf zurückzubringen.«

Narain drehte sich überrascht um. »Aber sie ist eine Kastenlose. Mach dir ihretwegen keine Gedanken.«

»Ich habe ihr mein Wort gegeben.«

»Sie wird es inzwischen vergessen haben. Außerdem werden ihre Eltern sie nicht mehr aufnehmen wollen, selbst wenn du sie in ihr Dorf zurückbringst. Und was soll sie dann machen?«

»Ich weiß. Trotzdem ist es meine Pflicht. Ich schulde es ihr. Wenn sie nicht will, bin ich ihr nicht mehr verpflichtet.«

»*Ahree*. Das Wort, das man einer Hure gibt, gilt nichts.«

»Für mich schon. Finde heraus, ob sie noch zurückkehren möchte. Ich kann ihr den kleinen Gefallen tun.«

Narain protestierte grummelnd und fragte seinen Onkel um Rat. Newton war mit allen Gedanken bei der Entwicklung einer neuartigen Dampfmaschine als Antrieb für einen einfachen Holzkarren. Dies, so seine Überlegung, wäre ein großer Dienst an seinem Volk. Sie würden ihre Ochsen dann nicht mehr durchfüttern müssen. Er hatte die Dampflokomotiven im Victoria-Bahnhof studiert und viele Bücher darüber gelesen. Sein Problem war nun, die Maschine stark zu verkleinern, so daß sie unter einen einfachen Holzkarren passen und ihn antreiben würde. Trotzdem nahm er sich die Zeit, Narain zuzuhören.

»Du wirst tun, was er sagt, und mich über die Angelegenheit informieren.« Er schüttelte den Kopf. »Weiber bedeuten Ärger, immer. Die andere sucht er wie ein Verrückter und kann sie nicht finden, und diese hier kann er zwar finden, aber keiner will sie haben. Du darfst sie auf keinen Fall hier ins Haus bringen. Ich würde ihre Unberührbarkeit nie mehr loswerden.«

»Bin ich ein Narr?«

»Ja. Wie du auch ein Herumtreiber bist. Wo liegt ihr Dorf?«

»Keine Ahnung.«

»Dann finde es heraus. Es könnte in der Nähe, aber ebensogut am anderen Ende des verdammten Landes liegen. Man verschleppt diese Mädchen aus allen Himmelsrichtungen nach Bombay.« Er nahm sein Notizbuch zur Hand. »Ich werde dem Oberst eine Nachricht schicken.«

»Aber das ist doch eine Privatangelegenheit.«

»Für Kim gibt es keine Privatangelegenheiten. Er ist eine eminent wichtige Person, ein VIP«, bekräftigte er seine Aussage auf englisch. »So jedenfalls sieht es der Oberst. Und deswegen muß ich ihn über jedes Niesen und jeden Furz dieser eminent wichtigen Person informieren.«

»Dann brauche ich Geld.«

Die Brauen des Onkels zogen sich mißbilligend zusammen.

»Nachforschungen kosten etwas. Wie kann ich die Sache sonst mit dem Nautch-Mädchen besprechen?«

»Du wirst die Sache besprechen, Narain. Kein Sex mit dem Mädchen, verstanden? Du steckst dich nur an, und dann fallen dir Haare und Zähne aus.«

»Kein Sex«, versprach Narain und nahm das Geld in Empfang.

Auch er mußte den *chitty* in drei Ausfertigungen mit seinem Kürzel »Agent Nummer 3« unterschreiben. Er wußte, daß sein Onkel die »Nummer 1« war, aber die Identität von »Nummer 2« hatte er niemals in Erfahrung bringen können.

Im Bordell hatte sich seit seinem letzten Besuch nur wenig geändert. Durga saß auf demselben Diwan, bösartige Trägheit verstrahlend. Ein anderer Junge hockte hinter ihr und bereitete den *pan*. Dieselben Musiker spielten dieselben *ragas*, allerdings eine Spur melancholischer. Selbst die Luft war trauriger, schwerer.

Die Mädchen saßen in geschlossener Gruppe unter der Lampe, ausgelegt wie die Früchte auf einem Obstkarren, aber nicht von Tau, sondern von Bad, Puder und Parfüm benetzt. Durga lud Narain nicht zu sich auf den Diwan. Auch ließ sie ihm keinen *pan* anbieten. Statt dessen bedeutete sie ihm mit einem Wink, auf einem anderen Diwan Platz zu nehmen. Vielleicht hatte sie ihn erkannt, vielleicht auch nicht. Ihre schläfrigen Augen blieben bis auf ein leeres Lächeln ausdruckslos.

Das Mädchen, Lakshmi, erkannte ihn nicht wieder. Sie saß mit gekreuzten Beinen, den Kopf auf eine Handfläche gestützt, und lauschte konzentriert der Musik, so als hörte sie sie zum ersten Mal. Sie wirkte nicht gealtert, aber ihre Schultern waren gewölbt und ihre Augen abgestumpft.

Narain bewunderte solche Konzentration. Er war auf sie alle scharf, besonders auf die drei Neuzugänge, hellhäutig, geschmeidig und jung. Sie lächelten ihn flirtend an, und er bedauerte, daß er sich nicht eine von ihnen aussuchen konnte.

Allmählich wehte der fortschreitende Abend andere Männer in die Stube. Sie setzten sich neben ihn, und als die Musik allmählich leiser wurde, gab Narain Lakshmi ein Zeichen.

Sie erhob sich anmutig. Gemeinsam gingen sie an einer ausdruckslos lächelnden Durga vorüber durch einen dunklen Gang in die kleine Kammer, die immer noch spartanisch eingerichtet war wie zuvor. Dort stellte Lakshmi die Petroleumlampe auf kleinste Flamme, zündete ein Räucherstäbchen an und schälte sich aus ihrem Sari. Ein Gefühl der Schuld stach Narain für einen Augenblick ins Herz, als er Lakshmis Körper vom Kokon des Sari befreit vor sich sah, die festen Rundungen ihrer Brüste aus Dämmerlicht geboren. Dann fiel ihm ein, daß Kim an ihr an sich nichts lag, nur an seinem Versprechen, das er ihr gegeben hatte; dieser Gedanke ließ das Schuldgefühl verstummen.

Also befriedigte er sich an ihr. Als sie danach ihr Haar kämmte und zu einem Knoten aufsteckte, fragte er sie:

»Erinnerst du dich an mich?«

»Nein. Sollte ich?«

»Vor ein paar Jahren bin ich mit zwei Freunden hier gewesen, einer von ihnen Ahmed Said.«

»Hast du bei mir gelegen?«

»Nein.«

»Wie sollte ich mich dann an dich erinnern? Ahmed Said bringt viele Männer mit.«

»Damals lag ein sehr hellhäutiger Mann bei dir, fast so hell wie ein *Angrezi*. Er versprach dir etwas. Er wollte dir helfen, in dein Dorf zurückzukehren.«

Sie lächelte. »Ah, *Kiim*. Er hat nicht mit mir geschlafen. Wir haben uns nur unterhalten, und dann hat er mir dieses Versprechen gegeben.« Sie zuckte mit den Schultern. »Warum erinnerst du mich jetzt daran?«

»Er ... er ist krank gewesen. Aber er hat dich nicht vergessen. Wenn du immer noch in dein Dorf möchtest, wird er dir helfen. Wo liegt es?«

»In der Nähe von Rae Bareli.« Sie band sorgfältig ihren Sari.

Narain sank das Herz. »Das ist sehr weit von hier. Ich weiß nicht, ob Kim deinetwegen eine so lange Reise machen kann.«

»Das habe ich auch nicht von ihm erwartet.« Sie nahm die Ablehnung schicksalsergeben hin. »Danke ihm in meinem Namen, daß er sich meiner erinnert.«

»Warte.« Er zog noch seine Hosen über, während sie bereits zum Vorhang ging, um ihn zu öffnen. »Wie könntest du entkommen?«

»Jeden Freitag erlaubt man uns, in der Mittagszeit den Tempel zu besuchen, den Minakshi-Tempel an der Ecke des Forts. Ich könnte in der Menge untertauchen und entkommen, wenn mich mein Helfer dort erwartet.«

»Begleitet euch jemand?«

»Ja. Aber nur ein Mann, und zudem ist er alt. Wir alle wissen ja, was uns erwartet, wenn wir wegrennen. Sie hetzt uns ihre *gundas* hinterher, läßt uns verprügeln und verkauft uns anschließend an Ahmed Said.« Der Name allein ließ sie erzittern.

»Warum sollte die Flucht mit Kim anders ausgehen? Er wird mit diesen *gundas* auch Schwierigkeiten bekommen.«

»Sie werden mich nicht finden, wenn er mir hilft.«

»Aber sie werden in deinem Dorf auf euch warten.«

»Ich habe sie angelogen. Sie wissen nicht, woher ich stamme. Nicht einmal dir habe ich die Wahrheit gesagt. Meine Entführer sind längst nicht mehr in Bombay. Wie dem auch sei, richte Kim aus, daß ich nicht wichtig bin und ihm keine Scherereien bereiten möchte. Die Rückkehr in die Heimat war nur ein Traum, mehr nicht.«

Narain hatte sich vorgenommen, Kim anzuschwindeln. Es ging nicht. Kims fester Blick und die innere Ruhe, mit der er zuhörte, erschütterten Narains Entschluß. Er gab das Gespräch wahrheitsgemäß wieder und schloß düster, Kim solle die Hände von dieser Unberührbaren lassen.

»Du hast mit ihr geschlafen, und ich soll die Hände von ihr lassen? Aber, aber. So unberührbar scheint sie gar nicht zu sein«, gluckste Kim listig.

»Habe ich nicht«, fuhr Narain auf. Aber dann mußte er Kims Blick ausweichen. »Das ist etwas anderes. Wann wirst du zum Tempel gehen?«

»Nächsten Freitag. Vielleicht ist Parvati nicht mehr in Bombay. Ich muß die Suche in Delhi fortsetzen. Dort haben wir uns ja auch kennengelernt.«

Trost war es, was Kim am meisten brauchte. Die Jahre hatten ihn erschöpft. Physisch war er zwar kräftig wie je, aber die innere Lebenskraft zerrann. Die Monate in Kalkutta wirkten immer noch nach. Führten die Männer und Frauen der englischen Kolonie dort nicht ein merkwürdiges Leben? Drei Dinge schienen es zu bestimmen: ihr Status, ihr Ehrgeiz und ihre Verachtung eines ganzen Volkes, in dessen Mitte sie lebten. Sie waren einsam in einem Land, in dem eine Million Freunde auf sie warteten. Und sie sehnten sich in ihre Heimat zurück. Darum drehte sich ihr Leben, mehr gab es für sie nicht. Kim hatte sich von solchen kleinen Sehnsüchten ausgeschlossen gefühlt.

Meine Pflicht bereitet mir allmählich Kopfzerbrechen. Ich weiß: Der Wagenlenker Krishna hat in der *Gita* gesagt, daß ein jeder seine Pflicht tun muß, für die er berufen ist. Der Fürst muß weise herrschen, der Brahmane alle Rituale vorschriftsgemäß ausführen. Ich diene einem Fürsten. Ist es der richtige? Bin ich ihm zur Treue verpflichtet? Ein Fürst muß gerecht sein, er muß sein Volk lieben. Wenn nicht, verliert er seinen Thron.

Ich kann die Erde bereits unter dem Thron des *Kaiser-i-ind* beben hören, denn ich habe sehr viel über die *Angrezi* gelernt. Ich habe gesehen, daß sie das Volk nicht achten, das sie beherrschen. Sie sehen nur den Nutzen, nicht die Pflicht. Wohl bin ich einer von ihnen und kann sie nicht verraten, aber schwerer noch wiegt meine Pflicht dem Volk gegenüber, zu dem ich gehöre. Ich brauche Rat. Ich muß einen *guru* finden, der mich durch diese Klippen führt.

Die Zeit bis zum Freitag verkürzte sich Kim mit der Suche nach Parvati. Auch wenn er sie nur routinemäßig betrieb, bewahrte sie ihn vor Langeweile. Auf einem seiner Rundgänge fand er sich am Crawford-Markt wieder und erinnerte sich an ein anderes Versprechen, das er einstmals gegeben hatte; seine Schritte wurden schneller.

Das Excellent Madurai Hotel sah aus wie vor ein paar Jahren. Gopalan kommandierte den *chokra* herum. Kim erkannte, daß es ein neuer Junge war, noch kleiner und noch verängstigter. Die Färbersfrau saß unter der Lampe im Laden. Kim ging hin und setzte sich auf die Stufen.

»Ah, mein Freund aus Lahore, wo die Frauen so kalt sind wie Schnee. Wie geht es dir?« Sie neigte ihren Kopf zur Seite, um ihn näher zu begutachten. »Du hast Gewicht verloren, bist dünner geworden. Du mußt besser essen. Deine Haut ist immer noch so hell. Erhalte sie dir. Sie erhöht deinen Wert auf dem Heiratsmarkt.«

»Maharani, ich bin geehrt, daß du dich an mich erinnerst. Du hast ein scharfes Auge und einen wachen Verstand. Und deine Schönheit ist so überwältigend, daß ich sie nicht vergessen konnte und eigens meine Reise unterbrach, nur um dir zu Füßen zu sitzen.«

»Deine Zunge ist wahrhaftig in Honig getaucht.«

»Und sie hat Dinge gekostet, die noch herrlicher sind als Honig, Maharani. Wirst du deinen Laden bald zumachen?«

Sie lächelte. Ohne ein Wort zu sagen, erhob sie sich und begann die Türläden zu verriegeln. Im Schein der Lampe standen sie sich gegenüber, rochen die Farben und einander. Dann nahm sie ihn bei der Hand und führte ihn am hinteren Ende des Ladens in einen kleinen Lagerraum, in dem nichts lag außer einer Menge leere Jutesäcke.

»Was für ein kräftiger Mann du bist«, flüsterte sie, als sie sich gemeinsam niederlegten, und er begann, sie zu streicheln. Sie öffnete hastig seine *paiyamas*. »Ich habe dich nicht vergessen und mir dieses Vergnügen häufig vorgestellt. Und du, hast du an Rakmani gedacht?«

»Oft. Und ich habe mich verwünscht, weil ich nicht schon früher zu dir geeilt bin.«

Sie war erfahren und willig wie Kim. Als sie ihren ersten Hunger gestillt hatten, begannen sie von neuem. Dann lagen sie in der stickigen Dunkelheit, die Arme erschöpft umeinander geschlungen.

»Es ist schon lange her, aber kannst du dich vielleicht erinnern, ob Polizisten zum Hotel kamen an dem Tag, an dem der *Kaiser-i-Hind* Bombay besuchte?«

Sie schwieg einige Augenblicke. »Ja. Sie suchten nach dir. Mich haben sie auch ausgefragt. Aber ich habe sie natürlich belogen. Warum sollte ich diesen Halunken helfen? Was hast du angestellt?« Die Frage klang nicht entsetzt, eher neugierig.

»Nichts. Ich wollte nur wissen, ob sie tatsächlich gekommen sind.«

»Die Polizei kommt und geht, nutzloses Pack. Sie wollen im Hotel doch bloß eine Mahlzeit abstauben und, wenn es geht, obendrein eine Frau.« Sie streichelte zärtlich sein Gesicht. »Aber deswegen zerbrichst du dir nicht den Kopf, nicht wahr? Ich sehe etwas anderes in deinem Gesicht: eine Frau.«

»Ja, ich habe sie gesucht, aber kann sie nirgends finden.«

»Wenn es dein Karma dir bestimmt, wird es schon gelingen.«

Sie liebten sich nochmals. Als sie den Färberladen verließen, war die Gasse menschenleer. Nach der hektischen Geschäftigkeit des Tages berührte diese Leere sie seltsam.

»Wann sehe ich dich wieder?«

»Maharani, ich werde auf der Stelle zu dir eilen, wann immer ich nach Bombay zurückkehre.«

»Ich werde dich mit Freuden empfangen, selbst dann noch.«

Lachend ging sie, mit wiegendem Schritt – wie eine Frau, die mit dem Leben zufrieden ist.

Im inneren Heiligtum des Minakshi-Tempels war es heiß und stickig. Ein Geländer trennte Kim von der Statue der Göttin; seidendrapiert glitzerte sie in Gold und Diamanten. Viele Blumengirlanden hingen um ihren Hals. Man konnte ihre aus schwarzem Stein gemeißelte Gestalt kaum sehen. Im Licht der winzigen Öllampen veränderten ihre Gestalt und ihr Gesicht sich ständig zum Gefallen der Andächtigen; denn nun konnten diese darin sehen, wen immer sie wollten. Die Männer standen in einer Schlange links neben dem Götterbild, die Frauen rechts. Alle trugen sie eine Opfergabe: Kokosnüsse, Kochbananen, Kampfer, *pan*, Blumen. Die Milch von Hunderten zerbrochener Kokosnüsse hatte den Boden schlüpfrig gemacht; Weihrauch und Kampfer trieben in süßen Wolken durch die Luft. Glattpoliert schimmerten die Granitmauern wie der Marmorboden, den Menschensohlen über die Jahrhunderte blankgescheuert hatten. Kim reichte seine Opfergabe an einen Priester weiter.

»*Namam?*« fragte dieser ihn monoton. »Kim.«

»Kim«, wiederholte der Priester und betrat die kleine Kammer. Er war ein alter Mann, schweißglänzend, fast kahl, mit einem Spitzbauch. Er legte die Blumen auf die Statue, entzündete den Kampfer, vollzog *arthi* und sang einen *shloka* einen Sanskritvers, der den Segen der Göttin auf den Mann »Kim« herablenken sollte, um seine Schritte zu lenken und ihm ein glückliches Leben zu schenken. Es war eine kurze Angelegenheit; schon nach einer Minute gab der Priester die nun gesegneten Opfergaben an Kim zurück.

Kim suchte sich eine Säule im Schatten, setzte sich mit gekreuzten Beinen nieder, lehnte sich zurück und beobachtete die Betenden. Einige warfen sich inbrünstig vor der Göttin nieder, andere umwandelten das Heiligtum in rituellem *parikrama*, wieder andere saßen in Kontemplation versunken wie er selbst.

Er sah die Prostituierten in geschlossener Gruppe den Tempel betreten. Sie trugen frisch gebügelte Saris und Blumen in den Haaren. Eine Aura frischgewaschener Unschuld umgab sie. Jedoch bewegten sie sich abschreckend kühn, wortlos Trotz und Hohn versprühend. Die anderen Frauen schauten weg. Kim bezweifelte, ob die Göttin oder irgendein Gott sich darum scherte, wer sie anbetete. Acht Mädchen gingen dicht beieinander, ein neuntes folgte einen Schritt dahinter und schaute in die Menge.

Kim stand auf, damit Lakshmi ihn sehen konnte, aber ihre Blicke glitten ein-, zweimal über ihn hinweg, ohne daß sie ihn wahrnahm. Er sah sie verzweifelt zu Boden blicken und dann erneut versuchen, ihn in der Menge zu finden. Als sie ihn erkannte, konnte sie ihre Freude kaum verbergen. Der Mann hinter ihr trug einen Stock und eine Brille mit kleinen, runden Gläsern. Er war schon älter. Doch sollte man sich davon nicht täuschen lassen: Die wachen Augen warnten vor einem Mann, der auf der Hut war.

Die Mädchen gingen in Andacht versunken vorüber. Lakshmi schaute sich nur ein einziges Mal vergewissernd um. Ja, ihr Retter wartete auf sie; er war wirklich, kein bloßes Traumgespinst. Kim dachte: Wie viele kleine, leicht übersehbare menschliche Tragödien es gibt. Wie viele Menschen sind Gefangene eines Schicksals, das sie nicht selbst bestimmen. Ein launischer Dämon schiebt sie willkürlich hin und her, läßt sie an seinen Fäden tanzen, verändert den Lauf ihres Lebens, stößt sie in Fallgruben, aus denen es keine Rettung gibt.

»Ich habe eine Rikscha organisiert. Sie wartet schon auf euch«, flüsterte Narain. »Der Mann hat flinke Beine. Ich habe ihm mehr bezahlt als üblich. Wie kommt ihr aus Bombay heraus?«

»Mit dem Zug.«

Kim störte Narains Gegenwart nicht. Er hatte den jungen Mann liebgewonnen und wünschte sich nur, daß er sich von Newton hätte verabschieden können. Aber Newton wäre dem Oberst sofort mit einem Report zu Diensten gewesen; nun ja, jetzt würde es Narain tun. Man konnte in diesem Land den wachsamen Augen nicht entkommen.

»Wirst du es Newton erzählen?«

»O ja. Er muß über alles Bescheid wissen, sonst wird der Oberst sehr böse.« Seine Hand verschwand in der Tasche seiner Kurta und brachte einige Rupien hervor. Er gab sie Kim. »Ich weiß, daß du von so schnöden Dingen wie Geld wenig hältst, aber ein paar Rupien könnten dir auf der Reise nützlich werden.«

Kim stopfte das Geld in seine Tasche. »Ich kann dir nicht versprechen, ob ich es dir jemals zurückzahlen werde. Wie weit kommst du mit uns mit?«

»Nur bis zum Bahnhof. Ich kann Bombay nicht verlassen. Hier kenne ich mich aus. Ansonsten ist das Land ein einziger Urwald für mich.«

Als der Singsang der Priester anschwoll, erhoben sie sich. Glocken erklangen; viel mehr Menschen standen jetzt dicht gedrängt um das Heiligtum herum, und alle baten sie um Minakshis *darshan* – ihre segnende Gegenwart. Die Hitze war schier unerträglich geworden. Kim schwitzte, als er sich mit Narain den Weg freischubste. Sie sahen Lakshmi ins Gebet vertieft. Auch der alte Mann betete, blickte jedoch von Zeit zu Zeit auf, um sich zu vergewissern, daß seine Herde immer noch beisammen war.

Der Priester schloß seine Gebete, und als die Menschen zum Ausgang drängten, rutschte Narain wie zufällig vor dem alten Mann aus und blockierte den Durchgang. Die Mädchen hatten die Tempelschwelle ja bereits überschritten. Kim folgte ihnen, packte Lakshmis Hand und zog sie fort.

Die anderen Mädchen ließen sich nicht anmerken, ob sie etwas gesehen hatten oder nicht; sie begannen in aller Ruhe mit der rituellen Umwandlung des Tempels.

Scharen von Bettlern bevölkerten die Gasse vor dem Eingang, Rikschas und Tongas standen in dichtem Knäuel. Reichbestückte Verkaufsstände boten die für die Andacht notwendigen Dinge an: Früchte, *kunkum*, Kampfer und Räucherstäbchen.

Sie bahnten sich ihren Weg durch die Menge und fanden an der Ecke den von Narain bestellten Rikscha-*wallah.*

»Ich habe nie geglaubt, daß du mir tatsächlich helfen würdest«, waren Lakshmis erste Worte. Und ebenso ungläubig betrachtete sie Kim. »Warum hast du das getan?«

»Ich habe einmal einer anderen geholfen und sie anschließend wieder verloren.«

Lakshmi dachte, daß Kim mehr erzählen würde. Jedoch schwieg er. Die Rikscha kam nur langsam voran. Wie eine Schnecke fast bahnte sie sich den Weg durch die Gassen. Lakshmi konnte sich nicht beherrschen; sie mußte sich einfach nach Verfolgern umschauen. Da sah sie einen Mann hinter ihnen herrennen.

»Sie sind uns auf den Fersen!« rief sie Kim zu und dann zum Rikscha-*wallah: »Jaldi! Jaldi!«*

Als Kim sich umsah, erkannte er Narain. Dieser holte die Rikscha bald ein und lief schwitzend und außer Atem neben ihr her. Als Lakshmi ihn erkannte, schaute sie weg.

»Hat der Alte ihr Verschwinden schon bemerkt?«

»Noch nicht. Ich sah ihn mit den Mädchen sprechen, und die Mädchen die Köpfe schütteln. Entweder wissen sie nichts, oder sie sagen nichts. Er wird sich noch ein Weilchen umschauen, bevor er zu Durga läuft.« Narain grinste. »Und dann sind die *gundas* los! Alle, alle, alle!«

»Sie werden dich wiedererkennen, mein Freund.«

»Na und. Ich habe Lakshmi ja nicht. Du hast sie. Und außerdem habe ich selbst genug *gunda*-Freunde in Bombay, die mir helfen werden, sollte ich in Schwierigkeiten geraten.« Narain fuhr fort: »Im Bahnhof müßt ihr den erstbesten Zug nehmen, egal, wohin. Warten wäre zu gefährlich. Sie werden den Bahnhof zuerst absuchen.«

Der erste Zug aus dem Victoria-Bahnhof ging nach Nagpur. Während Narain die Fahrkarten kaufte, fanden Kim und Lakshmi zwei Plätze in einem überfüllten Abteil dritter

Klasse. Der Zug fuhr sofort los. Narain mußte an den Waggons entlangrennen, um Kim schließlich vom Trittbrett aus die Fahrkarten zu überreichen.

»Du wirst an mich denken, Kim?«

»Ja, immer, mein Freund.«

»Gut. Ein Mann kann vom Leben nicht mehr verlangen, als daß man an ihn denkt, denn es beweist, daß er tatsächlich gelebt hat. Kim, du wirst in mir leben, mein ganzes Leben lang.«

Kim sah die Tränen in Narains Gesicht und drückte noch einmal seine Hand, bevor er sie endlich losließ. Narain hörte erst auf zu winken, als der Zug um die Kurve bog und er Kim nicht mehr sehen konnte.

Die Fahrt nach Nagpur dauerte zwei Tage. Dort warteten sie einen Tag und eine Nacht, die sie auf dem Bahnsteig schlafend verbrachten, auf den Anschluß nach Benares.

»Du hast so wenig mit mir gesprochen«, sagte Lakshmi, als sie der heiligen Stadt schon nahe waren. »Bist du mir böse?«

»Nein. Mir ist nur eingefallen, daß ich nicht weiß wohin, wenn ich dich abgeliefert habe. Ich kann nicht ewig umherwandern, und ich weiß nicht, ob ich jemals finden werde, was ich suche. Ich werde einige Zeit in Benares verbringen und dann wahrscheinlich nach Delhi weiterziehen.«

»Willst du nicht eine Weile mit mir in meinem Dorf bleiben? Meine Familie wird sich um dich kümmern.«

»Werden sie sich überhaupt um dich kümmern? Hast du dich schon einmal gefragt, ob sie dich jetzt überhaupt noch zurückhaben wollen?«

»Wenn sie mich abweisen«, sagte sie gleichmütig, »werde ich wieder fortgehen und in Kalkutta, Delhi oder irgendeiner anderen Stadt Arbeit finden. Dienerinnen werden immer gebraucht, also werde ich arbeiten und meine Vergangenheit vergessen.«

In dieser Vergangenheit aber nahm Kim einen besonderen Platz ein. Während der ganzen Reise dachte Lakshmi über ihn nach, betrachtete ihn, wenn er schlief, kaufte an jeder Station Essen und Obst. Im Bordell hatte sie immer fest an die Begegnung mit dem Mann geglaubt, der sie lieben und für sie sorgen würde – und dessen Liebe sie tausendfach erwidern könnte. Und so träumte sie also von ihrem gemeinsamen Leben mit Kim. In einem Dorf würden sie leben, weit weg von den Städten und ihren Versuchungen. Sie würden Kinder haben und zusammen altern. Ein ganzes Leben, in wenigen Minuten war es durchlebt und wiederholte sich doch fortwährend in ihren Gedanken, immer und immer wieder.

Schlief er, hielt sie seine Hand und streifte seine Wangen zart mit ihren Lippen; diese sanfte Berührung konnte ihn nicht aufwecken. Sie wußte, daß Kim nicht bei ihr bleiben würde. Nie hatte sie einen Mann kennengelernt wie ihn, der gab, ohne etwas dafür zu fordern, und der sich scheinbar nur nach einem sehnte: frei zu sein für seine Suche. Sie hatte ihn nie nach seiner Krankheit gefragt, denn er hatte sie von sich aus nie erwähnt. Wenn er doch nur zur Ruhe kommen und bei ihr bleiben könnte, sie würde ihn kräftig und fett machen. Es verletzte sie, ihn immer wieder beteuern zu hören, daß er sie in ihr Dorf geleiten und danach seine Wanderung allein fortsetzen wollte.

Als sie bei Sonnenaufgang aus dem Fenster blickten, sahen sie die heilige Stadt. Zahllose Tempelkuppen reckten sich entlang der Badeplätze, der *ghats*, in den Himmel. Mutter Ganga glänzte, obschon von Menschenmassen bedrängt, die in ihr untertauchten; rosa und golden spielte das Licht auf ihr. Sie konnten den bittersüßen Geruch wahrnehmen, der von den Verbrennungsplätzen hinüberwehte, vermischt mit dem Duft von *ghi*, Reis und Milch.

Je näher sie dem heiligen Ort kamen, desto erregter gebärdeten sich die Menschen im Zug, bis schließlich beim Halt im Bahnhof jeder jeden schubste, um so schnell wie möglich auszusteigen. Alle strebten sie begierig dem Fluß zu. Sie waren gekommen, um mit ihren Gebeten Wunder für sich zu wirken. Sie waren gekommen, um sich im Wasser des Ganges von unzähligen Sünden reinzuwaschen. Sie waren gekommen, um Heilung zu empfangen. Sie waren gekommen, weil sie Dank sagen wollten. Hier in Benares strömten die Hoffnungen eines ganzen Volkes zusammen. Jeder gab der Stadt seinen Zehnten des Glaubens. Gemeinsam blähten sie die Stadt auf zu einer Stätte grenzenloser Inbrunst.

Sie alle glaubten, und Kim beneidete sie darum. Durch den Glauben konnte der Blinde sehen, der Lahme gehen und der Unheilbare geheilt werden. Aber lag die Rettung tatsächlich im Glauben, geschah sie durch seine Kraft? Oder besaßen der Ganges, die Tempel, die von Gebeten geschwängerte Luft, die Gegenwart der heiligsten Asketen, Wandermönche und *sadhus* Wunderkräfte, die aus eigener Kraft wirkten, ob man glaubte oder nicht?

Lakshmis Heimatdorf lag noch weit hinter Benares. Etwa zwei Wochen würde die Reise dorthin dauern, und man würde nur mit einem Ochsenkarren, einem Tonga oder zu Fuß ans Ziel gelangen. Andere Verkehrsmittel gab es nicht.

Halb gestoßen und geschoben verließen sie den Bahnhof. Sogleich kreisten Rikscha-*wallahs*, Straßenverkäufer und Führer zu den heiligen Stätten sie belagernd ein; alle wollten sie etwas von ihnen. In der Gegenwart mästete sich die Gier der Menschen an den Gläubigen.

Kim verscheuchte die Meute, und Lakshmi folgte ihm durch die engen Gassen. Sie gingen an vielen Tempeln vorbei, die so dicht beieinanderstanden wie in Bombay die Häuser, und es schien so viele davon zu geben wie *avatars*. Lärm und Farbgewirr Tausender von Andächtigen erfüllten die Straßen. Alte gab es und Schwache, Kinder mit ihren Eltern. Durch die staubige Luft schwirrten Myriaden von Heilserwartungen.

Selbst wenn Lakshmi als Kind Benares mit ihren Eltern besucht haben sollte, konnte sie sich jetzt nicht mehr daran erinnern. Aber Kim schien sich auszukennen; denn er ging mit sicheren Schritten durch sich windende schmale Gassen bis zu einem etwas freistehenden Tempel. Dort hatte sein älterer Freund, der Lama, sich aufgehalten, als er den sagenumwobenen Fluß suchte.

Im Inneren der hohen Granitmauern konnte man von dem

Lärm und Gewühl von Benares nichts mehr hören. Kühl und glatt breitete sich der Fußboden im Schatten, und die vielen Schnitzereien erinnerten an einen alten, ein wenig zerrissenen Wandteppich. Doch war der Tempel noch recht neu. Den alten, ursprünglichen Tempel hatte Shah Jahan niederreißen lassen. Sobald das Mogul-Reich auseinanderfiel, hatten die Priester ihn wieder errichtet. Trotzdem strahlte er Ruhe aus. Das Gemurmel der Gebete machte die Luft ganz lind. Kim spürte, wie sie ihn umfing, alle Sorgen und Ängste glättend.

»Dies ist meine ganz persönliche Pilgerreise«, erklärte er, »wir werden hier bleiben, und ich werde meditieren.«

Lakshmi war mit allem einverstanden; sie würde tun, was Kim sagte. Sie sah ihn sich hinsetzen, den Blick auf das Zimmer gerichtet, in dem der Lama damals viele Jahre lang gewohnt hatte. Jetzt saß ein anderer Pilger darin; Kim hatte seine Andacht gestört, als er in die Zelle lugte.

Also machte sich Kim daran, seinen Geist von Gedanken zu läutern. Es dauerte einige Zeit, bevor er alle Erinnerungen abwerfen konnte: den Duft der Frau neben ihm, die über ihn wachte, die Anstrengung der Zugfahrt, alle die tausend kleinen Ablenkungen, mit denen der Geist sich zu beschäftigen liebt. Allmählich fühlte er seine Seele still werden, den Aufruhr der Gedanken sich an den Rand des Bewußtseins zurückziehen.

Dann spürte er ein sanftes Licht aus der Leere aufleuchten. Zuerst war es nur ein Punkt, so winzig wie die Spitze einer Nadel. Anziehend blickte es ihn an, einer flackernden Lampe gleich. Bei der kleinsten Unachtsamkeit würde es verlöschen. So konzentrierte er sich darauf, das Licht am Leben zu halten, und es wuchs, füllte vollständig sein inneres Gesichtsfeld, bis es seinen Geist durchströmte und seinen Körper durchkreiste. Er fühlte sich schwerelos wie ein Blatt, das in reiner Luft dahingleitet: ein Zustand der Beseligung – erfüllt von Stille und eingefaßt in Licht, das ihn umfängt wie eine Mutter das Kind in ihrem Leib.

19

Mohinis Gatte wartete im Royal Calcutta Club im Schatten eines Banyan-Baumes auf den Oberst. Ein rosa Band am Revers seines Seidensakkos war seine Eintrittskarte zum Bereich der Rennbahn, vor dem deutlich sichtbar Schilder verkündeten: »Zutritt nur für Weiße.« Die uneingeschränkt zugängliche Tribüne hatte man so weit wie möglich von der Ziellinie entfernt gebaut. Er saß ganz locker da, ohne die geringste Spur von Unbehagen zu zeigen, und beobachtete die Weißen, wie sie zwischen ihren Logen, dem Klubhaus und dem Sattelplatz hin und her wandelten. Durfte er sich nicht wie im Theater fühlen? Hier vor seinen Augen traten die Schauspieler auf, die in ihren Kostümen in der feuchten Luft von Kalkutta leicht unwirklich anmuteten; er war ihr kritisches Publikum. Er interpretierte ihre Handlungen; er hauchte ihnen mit seiner Anwesenheit Leben ein.

Sie warfen dem Eindringling ihrerseits musternde Blicke zu, denen er ungerührt standhielt. Er wird wohl ein Fürst sein, mochten sie denken, denn diese gehörten zur seltenen Kategorie der »Ehren-Weißen« – vorausgesetzt, sie wußten sich wie Weiße zu benehmen.

Man konnte sein Gesicht nicht eigentlich hübsch nennen, dazu war es zu fein und zu aristokratisch geschnitten. Jedoch verloren die Linien zu beiden Seiten des Mundes ihre Schärfe, wann immer er lächelte. Er war glattrasiert, eine Sitte, die sich im Land zunehmend durchsetzte. Am kleinen Finger der linken Hand trug er einen Goldring mit einem großen, rechteckig geschliffenen Diamanten; sein einziger Schmuck.

Bahadur Ram Shankar mochte den Ort; es war der ideale Treffpunkt. Er brauchte sich nicht zu verstecken oder im Hintergrund zu halten und war den Augen seiner Landsleute trotzdem verborgen. Herrscher und Untertanen trafen sich nur selten bei gesellschaftlichen Anlässen. Manchmal erwies sich die strikte Trennung als ein Hindernis, vor allem wenn man insgeheim etwas bereden wollte.

Die Wahl des Obersts belustigte ihn. Ja, ein Geheimtreffen hätte sich tatsächlich nur schwer arrangieren lassen. Wo hätte man zusammenkommen können? In einem Hotel? Schwerlich. Es hätte ein indisches sein müssen, und dort wäre der Oberst sofort aufgefallen. Vielleicht auf einer Gartenparty? Auch nicht gut. Es wären selbstverständlich andere Inder eingeladen gewesen, Männer von Einfluß wie er selbst. Sie würden das *tête-à-tête* bemerken und sich, sollten sie es nicht sofort erwähnen, doch später zu einem höchst unpassenden Zeitpunkt daran erinnern. Zu Hause konnte er den Oberst nicht besuchen, es sei denn mitten in der Nacht, und dieser Aufwand widersprach Bahadur Ram Shankars Temperament: Er verabscheute alle romanhafte Dramatik. Ja, die Rennbahn war tatsächlich ideal – der Ort, wo Männer und Frauen auf den Sieger wetten.

Der Klub war elegant und vornehm ausgestattet. Man ließ es sich etwas kosten, ihn so zu unterhalten, daß nur Ascot und Goodwood gleiches bieten konnten. Die Besucher hatten sich alle dem Anlaß entsprechend gekleidet, die Männer in Cutaways und Seidenhüten, die Frauen in Sommerkleidern, mit Blumenhüten und mit Sonnenschirmen. Man trank Tee, von Dienern in makellosen Uniformen in den Logen serviert, mit Ausnahme jener Gentlemen, die auch am Nachmittag schärfere Sachen vorzogen. Die Rennbahn wurde mit militärischer Präzision geführt. Man hatte nicht ohne Grund einen Ex-Offizier zum Klubsekretär gewählt, der für strikte Ordnung sorgte.

Im einheitlich braunen Kalkutta erschien der Rasen von Sattelplatz und Rennbahn wie eine grüne Oase, gut bewässert und hervorragend gepflegt. Bei jedem Rennen standen Kulis am Rand der Bahn, um aufgerissene Grassoden wieder in den Boden zu drücken, sobald die Pferde vorbeigeprescht waren.

Neben dem Ort war außerdem der Anlaß für das Treffen besonders geeignet: die alljährlichen Amateurrennen des

Gymkhana-Klubs. Der Rennkarte konnte man entnehmen, daß Vizekönig Lord Minto im letzten Rennen reiten würde. Nach allem, was Bahadur-Sahib gehört hatte, mußte er ein ausgezeichneter Reiter auf Hindernisstrecken sein, ein Gentleman-Jockey sozusagen.

Gerade begann wieder ein Rennen. Er zog seine Taschenuhr hervor. Der Oberst hatte sich einige Minuten verspätet. Bahadur-Sahib steckte eine englische Zigarette auf seine Zigarettenspitze aus Elfenbein und Gold; dann zündete er sie an. Als guter Nationalist hätte er eigentlich eine indische Marke rauchen und alle englischen Waren boykottieren müssen. Aber *swadesh*, die Kampagne für den ausschließlichen Konsum der Erzeugnisse des Landes, langweilte ihn, wenn sie ihn nicht sogar nervte.

In seiner Jugend hatte er England besucht und genoß immer noch den Luxus, seine Kleidung direkt in London zu bestellen. Sein Anzug stammte von den Schneidern der Savile Row, die Seide aus einer Weberei in Manchester. Er trug handgenähte Schuhe von Peal, und seine Hemden kaufte er ausschließlich bei Turnbull & Asser. Ein Diener ging mit einem Tablett Erfrischungsgetränken an ihm vorüber. Bahadur-Sahib schnippte herrisch mit den Fingern und bediente sich; die Geste geriet eine Spur zu trotzig. Der Diener zögerte zuerst, traf auf Bahadur-Sahibs Blick und ging schnell ins Klubhaus zurück, um eine neue Runde zu holen.

Genüßlich nippte er an seinem *nimbu-pani*, oder sollte er »lime-juice« sagen, wie die Engländer dieses alte Erfrischungsgetränk umgetauft hatten. Dabei studierte er die Pferde, die über den Buchmacherplatz paradierten. Vor den Zuschauern tänzelten sie fahrig und nervös, vor Schweiß und guter Gesundheit glänzend. Er hatte für Pferde nicht viel übrig, und es belustigte ihn, daß Menschen so dumm sein konnten, ihr Geld auf den Galopp eines Tieres und die Bestechlichkeit seines Reiters zu verwetten. Er selbst wettete nur, wenn der Ausgang im voraus feststand.

Die beiden Männer erblickten sich fast im selben Augenblick. Während der Oberst auf ihn zuschritt, dachte Bahadur-Sahib vergnügt, daß der Vorteil dieses eine Mal auf seiner Seite lag. War er nicht das einzige dunkle Gesicht außer den Dienern, die ohnehin nicht zählten. Der Oberst hingegen war hier nur einer von vielen Weißen. Der Moment kehrte die Verhältnisse um, und jetzt verstand Bahadur-Sahib auch schlagartig, warum die Engländer so fest zusammenhielten: Außerhalb ihrer eifersüchtig behüteten Reservate würden sie immer eine Minderheit sein. Er erhob sich erst, als der Oberst vor ihm stand.

»Bahadur-Sahib, es tut mir schrecklich leid, daß ich Sie warten ließ.«

»Oh, ich habe das Defilee genossen«, antwortete Bahadur-Sahib. Er sah das Gesicht des Obersts sich verziehen, als bei dieser Bemerkung gerade zwei junge Damen an ihnen vorübergingen, leise lachend in ihre Unterhaltung vertieft. »Ich meine natürlich die Pferde.«

»Freilich. Warum machen wir nicht einen kleinen Spaziergang und unterhalten uns dabei?« Sie schlenderten in Richtung Sattelplatz. Der Oberst studierte fachmännisch seine Rennkarte; er schien genau zu wissen, woran er bei den verschiedenen Tieren und Amateur-Jockeys war. »Sun King hat gute Siegeschancen. Die Distanz liegt ihm, und Henderson ist ein ausgezeichneter Reiter. Wollen Sie etwas setzen? Ich kann es für Sie tun.«

»Danke, nein. Dieses Vergnügen überlasse ich Männern, die dümmer sind als ich. Aber ich will Sie keinesfalls zurückhalten, Oberst.«

»Vielleicht warte ich noch.« Der Oberst fühlte sich in Bahadur-Sahibs Gegenwart niemals ganz wohl. Der Mann schien permanent zu lächeln, auch wenn er dieses Lächeln ebenso permanent verbarg; er erinnerte an eine übervorsichtige, schlaue Katze. Auch beunruhigten ihn die Gentleman-Allüren, die teuren Maßanzüge, das Auftreten. Den Mann umgab eine schwer erklärbare Aura des Trotzes. Zweifellos, Bahadur-Sahib war ein Mann, der Spaß an der Macht hatte und mehr davon wollte. Der Oberst konnte ihn über die Schritte beraten, die zu ihrem Besitz führen mochten.

Sie gingen ein Stück weiter am Geländer entlang, vor ihren Augen das riesige grüne Oval der Rennstrecke; das Startband war in weiter Ferne zu sehen. Die Rennen wurden immer gegen den Uhrzeigersinn geritten. Schließlich nahmen die beiden Männer fünfzig Meter hinter der Ziellinie Platz. Langsam führte man die Pferde zum Starttor auf die Bahn; der Oberst beobachtete es durch seinen Feldstecher.

»Ich glaube, Ihre Zeit ist gekommen. Sie sollten einen entscheidenden Schritt tun. Meiner Meinung nach wäre es eine gute Idee, wenn Sie dem Kongreß-Komitee beitreten würden. Die Leute an der Spitze wissen im Moment nicht, was sie wollen. Das Komitee braucht eine neue Führung, die es in die richtige Richtung steuert. Wir halten Sie für diese Aufgabe in hervorragender Weise geeignet.«

»Vielleicht bin ich auch für die anderen Kongreß-Mitglieder akzeptabel. In Surat konnte ich schön im Hintergrund bleiben. Also verdächtigen sie mich noch nicht.«

»Ausgezeichnete Arbeit war das, Bahadur-Sahib, ganz ausgezeichnet. Und nichts wünsche ich mir weniger, als Sie schon jetzt als meinen ›Daddaji‹ zu verlieren. Der Kongreß wird bald in Allahabad zusammentreffen. Sie sollten auf der Stelle beginnen, die Weichen für Ihre Wahl zu stellen. Natürlich wird die Regierung Ihre Ansprüche unterstützen. Wir ziehen jemanden wie ... Sie ... jedem neuen Tilak vor.«

»Werden Sie Tilak vorzeitig aus der Haft entlassen? Wenn er wiederauftaucht ...«

»Er wird nicht wiederauftauchen«, sagte der Oberst mit fester Stimme, und Bahadur-Sahib fragte sich, ob Tilak in seinem Gefängnis in Mandalay sterben müßte.

»Nie?«

»Das habe ich weder gesagt noch gemeint. Aber nicht in den nächsten Jahren, das ist sicher.« Bahadur-Sahib machte sich über seine Herrscher keine Illusionen. Sie mochten sich als »zivilisiert« bezeichnen, aber wenn ihre Pläne es erforderten, konnten sie so bestialisch sein wie Timur der Barbarenkönig. Man hatte es schon gesehen. Ihre Rache für den Aufstand von 1857 konnte sich durchaus mit Nazir Shahs Hinschlachten der Einwohner Delhis vergleichen, und 1879 hatten sie angeblich in Afghanistan so fürchterlich gehaust, daß ganz London davon angeekelt war.

Das Dementi des Obersts bedeutete also nur, daß Tilaks Tod im Moment ungelegen käme. Dies könnte sich ändern, zum Beispiel bei einer ernsthaften Bedrohung ihrer Machtposition. Jetzt war sie von Indien her unangreifbar. Aber auch das würde sich ändern.

Indien ist ein altes Land. Der Zusammenbruch von tausend Reichen liegt noch als Echo in der Luft wie der Tod von tausend Königen. Jeder von ihnen war einen Moment lang unangreifbar. Es kam vor allem darauf an, diesen »Moment« korrekt zu berechnen; er könnte lange andauern, vielleicht länger als das eigene Leben. Und sein Ende war nie auf die Minute zu bestimmen. Aber hatte nicht Bahadurs Familie vor allem deshalb überlebt, weil sie in dieser Hinsicht alle sehr kluge Rechner gewesen waren? Vater, Großvater und Urgroßvater hatten verschiedenen Fürsten als Premierminister gedient, und Bahadur-Sahib hatte eine feine Nase, was die Lebenserwartung neuer Fürsten anging.

»Was bringt mir das?«

»Macht.« Der Oberst ließ das Wort auf der Zunge zergehen, daß es Bahadur-Sahibs Ohren auch wirklich erreichte und seidig verheißend umschmeichelte. »Wir werden dafür sorgen, daß Ihre Ansichten so oft wie möglich Gehör finden. Natürlich würden Sie im Kongreß die Stimme der Mäßigung im Umgang mit der Regierung sein. Und wir werden Ihnen auch in anderer Beziehung weiterhelfen. Wir können garantieren, Sie als Berater zur gesetzgebenden Versammlung hinzuzuziehen, und stellen Ihnen schließlich die Mitgliedschaft im Exekutivrat in Aussicht.« Hier machte er eine Pause. »Sie würden der erste Inder mit diesem hohen Privileg sein.«

»Der erste Inder . . .«, wie süß das klang. So lief die Sache also: Die Engländer schrieben das Rennen aus und versprachen dem Gewinner Ehre und Geld. Zweifellos würde er beides auch bekommen. Trotzdem klang es komisch, diese Worte auf indischem Boden von einem Fremden zu hören. Die Macht des Obersts reichte weit. Er konnte sie aussprechen, obwohl das Land weder ihm noch irgendeinem anderen Engländer gehörte. Er konnte Gefälligkeiten gewähren oder verweigern, und Bahadur-Sahib kannte den Wert des Angebots, der »erste Inder« sein zu dürfen.

Wahrscheinlich hatte es für seine Stellung unter seinen eigenen Landsleuten eine noch viel größere Bedeutung als für seine Stellung bei den Engländern. Sie würden alle ehrfürchtig zu ihm aufschauen, denn er hatte erreicht, was über ihre kühnsten Träume hinausging. Die Inder besaßen nicht das geringste Selbstvertrauen. Wenn die Fremdherrscher es ihnen nicht bestätigten, glaubten sie einfach nicht, zu irgend etwas fähig zu sein. Das Wort der Fremden war wie ein Gütesiegel. Bahadur-Sahib fragte sich, wie es wohl in englischen Ohren geklungen haben mochte, wenn man in England den »ersten Engländer« gebeten hätte, an der Regierung seines Landes mitzuwirken.

»Das wäre in der Tat höchst befriedigend«, sagte Bahadur-Sahib, »würde aber Ausgaben verursachen, die ich mir wahrscheinlich nicht leisten kann, Oberst-Sahib.«

»Wir erstatten Ihre Kosten für den Wahlkampf, die Reisen und, gut, nennen wir es die notwendige *bakshish.* Das kann ich Ihnen jetzt schon garantieren.«

Sie sahen durch den Dunst hindurch in der Ferne die Startfahne niedergehen und die Pferde mit einem mächtigen Satz lospreschen. Die Ermunterungsrufe von der Europäer-Enklave klangen gedämpft, von der Tribüne der Inder hingegen erhob sich ein dumpfes Brausen. Der Oberst verfolgte das Rennen durch sein Glas; Bahadur-Sahib musterte die Partien des Gesichts, die darunter hervorlugten. Sie verhießen Stärke und Entschlossenheit und zeigten wenig Emotionen. »Steife Oberlippe«, murmelte er zu sich selbst, »dickköpfig, durchsetzungsstark und zu jeder Grausamkeit fähig.« Die Pferde jagten an ihnen vorüber, daß der Boden unter den Hufen dröhnte.

»Danke für den guten Rat, Bahadur-Sahib«, sagte der Oberst. »Ich hätte um Kopflänge verloren. Ich bin sicher, das nächste Mal macht er das Rennen.«

»Es würde fünfzig- bis sechzigtausend Rupien kosten, vielleicht auch volle hunderttausend, ein *lakh*.«

Sie sahen, wie die Pferde zu den Ställen zurückgeführt wurden, der Sieger aber das Siegergatter betrat. Eine freudestrahlende Frau in einem gigantischen rosa Hut und weißen Handschuhen drängte sich hindurch, um den ledernen Hals des Pferdes zu küssen.

»Das scheint mir ein vernünftiger Preis. Oh, sehen Sie, da, Mrs. Nesbitt. Ihr Mann ist im Holzgeschäft. Macht ein Vermögen, einiges davon illegal. Zumindest habe ich den Verdacht.« In der leisen Bemerkung des Obersts schwang keinerlei Neid mit, eher eine Mischung aus Verwirrung und Verachtung.

»Was mißbilligen Sie daran, den Reichtum oder die Korruption?«

»Die Nesbitts sind keine angenehmen Bekannten, ganz und gar nicht. Seit drei Generationen sind sie hier, und ich habe in meinem ganzen Leben noch keine hochnäsiger und penetrantere Sippschaft getroffen. In Ihren Augen sehen wir vielleicht alle gleich aus, Bahadur-Sahib, aber, glauben Sie mir, eine Reihe meiner Landsleute sind mir zuwider. Leute wie die Nesbitts. Bilden sich ein, sie hätten das Recht, Indien auszubeuten und die Inder zu verachten.«

»Ich dachte, das sei Ihnen allen gemein, das verbindende Element sozusagen?«

»Verdammt noch mal, nein. Ich liebe das Land, und ich habe hart für Land und Leute gearbeitet. Damit stehe ich nicht allein. Wie ich haben viele Männer ihr Leben dem Wohl des Eingeborenen gewidmet. Wir haben in der Bezirksverwaltung gearbeitet und im Urwald, an Orten, in die Sie in Ihrem ganzen Leben noch nicht Ihren Fuß gesetzt haben, und verdammt einsam sind wir auch gewesen, da draußen. Gehen Sie in ein Dorf, egal, wohin, und fragen Sie die Bewohner nach ihrer Meinung über uns, und Sie werden zu hören bekommen, daß wir sie immer fair und gerecht behandelt haben. Die Nesbitts und Konsorten aber wollen nur raffen, und zwar so viel wie möglich. Wie, das hat uns ihrer Meinung nach nichts anzugehen. Aber wir sind da, um das Volk vor den Nesbitts und ihresgleichen zu beschützen. Und dann erst diese aus dem Ausland zurückgekehrten Inder! Haben in Oxford oder Cambridge studiert und tragen einen Anzug. Das, meinen sie, qualifiziert sie schon, uns vorzuschreiben, wie wir das Land zu regieren haben, wie sie dann auch offen sagen, was sie von uns halten. Wir haben das Land verdammt noch mal um einiges besser regiert, als ihr selbst es jemals fertiggebracht habt.«

»Die Leidenschaft hätte ich Ihnen nicht zugetraut, Oberst-Sahib«, murmelte Bahadur.

»Leidenschaft ist es keineswegs. Ich wollte Ihnen nur die Haltung von Leuten vom Schlage der Nesbitts erklären«, sagte der Oberst kurz angebunden. »Wollen wir Tee trinken?«

»Darf ich denn?«

»Sie sind mein Gast.«

Sie passierten einen rotgesichtigen älteren Herrn; er strahlte stolz die Frau an, die das Pferd zur Siegerrunde führte. Er lüftete vor dem Oberst den Hut. Dieser schnitt ihn jedoch. Als Bahadur-Sahib sich umschaute, sah er kurz einen Schatten über das Gesicht huschen, bevor es sich wieder in das zufriedene Grinsen der Siegermiene legte.

»Aber«, begann Bahadur-Sahib, während er darauf wartete, daß der Oberst bei einem Diener Tee und Gurkensandwiches bestellte, »schließlich haben die Kaufleute das Empire nach Indien gebracht. Der Handel folgte nicht der Flagge, wie Sie so schön sagen, sondern die Flagge dem Handel. Jetzt aber verachten Sie sie.«

»Und was für einen Mist John Company hier angerichtet hatte. Die Krone mußte einspringen und die Regierung übernehmen. Aber diese Leute glauben immer noch, daß wir das

Land für ihre Profite, für ihre Geschäfte und für ihre selbstsüchtigen Interessen regieren.«

Bahadur-Sahib wollte gern mehr über die Konflikte der verschiedenen Interessengruppen seiner Herrscher erfahren, gab sich allerdings nur oberflächlich interessiert. Wie jeder andere Inder war auch er geneigt, die Engländer als eine monolithische Macht zu betrachten. Nun begann er divergierende Tendenzen wahrzunehmen. Die Interessen von Regierungsbeamten wie dem Oberst kollidierten mit den Interessen der weißen Händler und Geschäftsleute. Er wußte noch nicht, welchen Vorteil er aus diesem neuen Wissen ziehen würde. Jetzt war auch nicht der geeignete Zeitpunkt, erschöpfend darüber nachzudenken. Aber man mußte diese Dinge auf jeden Fall im Kopf behalten, das stand fest.

Wenn das ganze Land ihr folgte, könnte die *Swadesh*-Bewegung den Kaufleuten großen Schaden zufügen und ihnen zeigen, daß ein Bleiben sich nicht lohnte. Bahadur-Sahib bezweifelte nicht, daß genau dies eines Tages geschehen würde. Aber wann? Alles würde davon abhängen, ob sich in Indien ein Mann finden ließe, der das Wunder fertigbrachte, das ganze Land hinter sich zu scharen.

»Ja, ich glaube, es ist an der Zeit, daß ich den National-Kongreß übernehme, er wird langsam zur Volksbewegung.«

»Eine Bewegung der Mittelklasse, und die hat keinen Einfluß auf die Volksmassen. Der Kongreß glaubt seinen Zweck schon erreicht, wenn seine Mitglieder immerfort reden und nochmals reden.«

»Sie glauben nicht, daß das Volk ihm eines Tages folgen wird?«

»Um Himmels willen! Wieso denn auch? Können Sie mir einen Grund nennen? Der National-Kongreß ist vollkommen ahnungslos, was die Wirklichkeit Indiens und seiner Bewohner angeht. Die schwitzen nämlich und plagen sich verzweifelt, um ihr bißchen Leben zu verdienen. Was könnte der Kongreß dem Volk bieten, das wir ihm nicht schon jetzt geben?«

»Stimmt, ich hatte die große Liebe Ihres Volkes für den einfachen Bauern ganz vergessen«, bemerkte Bahadur-Sahib. Vorsichtig stellte ein Diener den Tee ab, dazu zwei Teller mit Sandwiches und einen Teller mit Gebäck. Bahadur-Sahib sah ein, daß der Oberst recht hatte, für den Augenblick zumindest. Der National-Kongreß war nicht viel mehr als ein Ballon heißer Luft – und machtlos. Er kritisierte die Regierung, hatte aber wenig Hoffnung, jemals an die Macht zu kommen. »Nach meiner Meinung ließe sich der Kongreß schon beeinflussen. Ich kenne eine ganze Reihe von Mitgliedern und darüber hinaus noch weitere, die eher zur Geduld neigen als zu leidenschaftlichen Aktionen. Natürlich würde es meine Arbeit erleichtern, wenn die Regierung zu einigen Kompromissen bereit wäre.«

»Wie zum Beispiel?«

»Sie haben ja bereits einen vernünftigen Vorschlag gemacht, nämlich die Erweiterung des legislativen Rats und die Ernennung eines Inders in den Beirat des Vizekönigs. Damit wahrt man zumindest den Schein. Es sähe wenigstens so aus, als ob der Eingeborene bei der Regierung seines Landes etwas zu sagen hat.«

»Wir werden sehen. Mr. Morley, der Staatssekretär für indische Angelegenheiten, diskutiert gerade einige Vorschläge zur Verwaltungsreform mit Lord Minto. Ich werde Ihre Anregungen an den Vizekönig weiterleiten.«

Der Oberst schmeichelte Bahadur-Sahib, indem er so tat, als ob dies jetzt dessen eigene Vorschläge wären. Dieser widersprach nicht und trank zierlich ein Schlückchen Tee. Er wähnte sich wohl bereits im Beirat des Vizekönigs, womöglich gar mit einem Titel. Sir Bahadur Ram Shankar. Das klang gut. Titel waren das beste Gängelband für die Überehrgeizigen. Mit Titeln hielt man sie in Schach, denn Bestätigung war ihnen teurer noch als Geld.

»Haben Sie inzwischen herausgefunden, wo Ihre Frau sich aufhält, Bahadur-Sahib?« fragte der Oberst ausgesucht höflich, wobei er den Mann allerdings scharf im Auge behielt und das Unbehagen des anderen genoß.

»Nein.«

»Ich dachte, wir würden sie in Bombay aufspüren, aber scheinbar hat sie sich in Luft aufgelöst. Solche Dinge können in Indien eben passieren.«

»Wie hieß doch gleich der Agent, der sich mit ihr angefreundet hatte?«

»Ich hatte keinen Namen genannt.«

Der Oberst wollte nicht an Kim erinnert werden, denn der war ja inzwischen ebenfalls wie vom Erdboden verschwunden. Verdammte Unzuverlässigkeit! Zweifellos ist Kims Kindheit unter den Eingeborenen daran schuld. Wenn er nicht gestorben ist, wandert er wahrscheinlich wieder einmal mit irgendeinem *fakir* durchs Land. Sollte es ihm jemals in den unsteten Sinn kommen, wird er sich auch wieder bei mir melden.

Solcher Mangel an Verantwortungsgefühl mißfiel dem Oberst. Tatsächlich war er sogar wütend auf Kim, hielt dieses Gefühl bis jetzt allerdings unter Kontrolle, lag Kims besonderer Wert doch gerade darin, daß er unerkannt im Land untertauchen konnte. Und deswegen konnte der Oberst ihn jetzt nicht finden.

Als er über das letzte Jahr nachdachte, brach sein alter Zorn auf Newton wieder durch, obwohl er genau wußte, daß den Mann keine Schuld traf. Wie hätte er Kims Verschwinden auch vorausahnen sollen? Nach Kims fluchtartiger Abreise aus Kalkutta hatte Newton seine Ankunft in Bombay gemeldet und über seine Unternehmungen berichtet. Dann verschwand Kim abermals unvermittelt, weil er Bahadur-Sahibs Frau nicht finden konnte, wie Newton in einem Brief schrieb. Hätte er doch bloß ein Telegramm geschickt! Dann hätte der Oberst Kim auf der Bahn überwachen lassen können. Als er schließlich verspätet allen Stationsleitern und der Polizei Mitteilung machen konnte, war Kim bereits untergetaucht.

»Haben Sie ihn nochmals befragt?«

»Er wußte nicht, wohin sie gegangen war. Welcher Mut! Ich hoffe, ihr wird nichts zugestoßen sein.«

»Sie ist . . . ein wenig störrisch. Ich hätte sie lehren sollen, sich zu benehmen, aber ich war zu nachsichtig, weil sie noch so jung ist.«

»Das ist sie in der Tat«, bemerkte der Oberst trocken. »Hat sie mit ihrem Onkel oder ihrer Tante Kontakt aufgenommen?«

»Noch nicht. Falls sie es tut, werden sie mich sofort benachrichtigen. Für sie ist sie nicht weniger eine Schande als für mich.«

»Und falls Sie sie zurückbekommen sollten?«

»Dann werde ich sie züchtigen«, sprach Bahadur-Sahib steif. Der Oberst gab sich keiner Illusion über die Bedeutung dieser alttestamentarisch anmutenden Worte hin.

»Ich hoffe, es wird keinen Skandal geben. Wir können im kaiserlichen Palast keinen Berater brauchen, der etwas ... Abstoßendes oder Verwerfliches getan hat.«

»Es wird sehr diskret geschehen. Wir dürfen unseren Frauen nicht erlauben, sich dermaßen schlecht zu benehmen. Stellen Sie sich vor, wenn Ihnen Ihre Frau weggelaufen wäre – aus welchem Grund auch immer ... ein anderer Mann vielleicht – wer weiß. Was würden Sie tun, wenn sie zu Ihnen zurückkehrte? Würden Sie ihr vergeben? Oder würden Sie sie bestrafen? Ich bin sicher, Sie verstehen meine Gefühle. Nicht wahr, Oberst?«

Bahadur-Sahib drehte sich lächelnd um. Kälte durchschauerte den Oberst. Er sah ein Geheimnis in diesem Lächeln: sein eigenes, lang vergessenes, lang vergrabenes. Jetzt also sollte es offenbart werden? Unmöglich! Das konnte nicht sein. Kaum jemand wußte irgend etwas über sein Privatleben. Wie seine Arbeit lag auch seine Vergangenheit hinter dem Schleier strikter Geheimhaltung verborgen. Was vor so langer Zeit geschehen war, es war ohne Zeugen geschehen. Der Oberst ließ sich Zeit, beobachtete den Aufmarsch der Pferde für das nächste Rennen, die Jockeys beim Aufsteigen, bevor er sich entschied nachzufragen, ob Bahadur-Sahibs Lächeln irgend etwas bedeuten mochte.

»Warum sollte ich das verstehen?«

»Oberst, Sie meinen, Indien zu kennen, aber Sie kennen es nicht. Geheimnisse bleiben nicht ewig geheim. Meine Diener, Ihre Diener, sie sehen und hören, und wir vergessen, daß sie stumm in unserem Schatten stehen.« Er knabberte an einem Gurkensandwich; es erinnerte ihn an ein zweitklassiges englisches Hotel. »Wir sind zwei Männer in einer ähnlichen Lage. Mein Verlust liegt, das gebe ich zu, erst viel kürzer zurück als der Ihre. Deswegen haben Sie auch mehr Erfahrung mit dieser Angelegenheit ... der verschwundenen Ehefrauen.«

»Meine Frau ist gestorben«, sagte der Oberst kurz. Bahadur-Sahib zuckte unter dem kalten Blick nicht zurück. Ja, er antwortete sogar hintergründig humorvoll:

»Aber natürlich, Oberst.« Er schaute dem Oberst dabei direkt in die Augen, und beide erkannten sie die Lüge.

»Haben Sie etwas anderes gehört ... von Dienern vielleicht?«

»Sie wissen doch, wir Eingeborenen lieben Gerüchte. Sie sind für uns, was für den Straßenköter ein saftiger Knochen ist. Gerüchte. Da Sie ihre Unwahrheit nun entlarven, brauchen wir sie nicht länger zu glauben, keinen Gedanken mehr daran zu verschwenden, daß Ihre Frau einen anderen Mann kennengelernt hat und mit ihm durchgebrannt ist.« Sorgfältig schob er eine Zigarette in die Zigarettenspitze. »Aber das ist freilich nur ein Gerücht, nicht wahr, Oberst-Sahib?«

»Ja. Ein sehr gemeines sogar.«

»Wie jung die Kinder damals noch gewesen sein müssen, viel zu jung, um solche Dinge zu begreifen. Und dann sind sie nach England zur Schule gegangen. Ich habe in dieser Hinsicht mehr Glück. Oder sollte ich sagen Unglück, denn den Segen der Vaterschaft habe ich nie kosten dürfen.«

»Ich würde gern wissen, wer solche Gerüchte über mich und ... meine ... Frau ... verbreitet.«

»Niemand Bestimmtes, tut mir leid, Oberst. Nur der Wind wispert es, wenn er tief aus dem Süden bis nach Delhi hinaufstreicht. Ich habe es ganz zufällig aufgefangen. In Ihren ersten Dienstjahren waren Sie in Bangalore stationiert, nicht wahr, Oberst Creighton?«

»Ja. Und dort ist sie auch gestorben. Cholera.«

»Eine schreckliche Krankheit. Zwei meiner Brüder sind daran gestorben. Ich frage mich, ob wir solche Plagen jemals besiegen werden. Sie wird durch die Luft übertragen, habe ich gehört. Wie tragisch, daß sie auch Ihre Frau hinweggerafft hat und Ihnen aufbürdete, allein zwei kleine Kinder aufzuziehen. Wie dem auch sei, ich werde persönlich dafür sorgen, daß diese Gerüchte über Ihre Frau niemals wiederholt werden. Das versichere ich Ihnen aus ganzem Herzen.«

»Ich werde mich ebenfalls darum kümmern.« Sie erhoben sich. Ein Diener huschte herbei und hielt dem Oberst das Quittungsbuch zur Unterschrift hin. Der Oberst bemerkte den Eintrag über einen zusätzlichen Limonensaft und unterschrieb die Quittung.

Die beiden Männer gingen zum Ausgang. Keiner sagte ein Wort, denn sie waren beide in Gedanken versunken. Der Oberst überragte Bahadur-Sahib um einen Kopf, aber beide gingen sie aufrecht und stolz, der Engländer freilich mit einer Autorität, die sich aus der Unterwürfigkeit aller Passanten ringsum speiste. Bahadur-Sahib bemerkte den Unterschied sofort, hielt sich so gerade wie möglich und versuchte sogar, sich ein paar Zentimeter größer zu machen. Er verstand die Situation: Er befand sich in einem Reich, in dem er keinerlei Rechte hatte. Das rosa Band verwandelte ihn, den Inder, auf indischem Boden in einen Fremden. Polizisten säumten den Weg zum Ausgang.

»Gewiß schwere Zeiten, wenn ein Sahib sich in seinem eigenen Land nicht frei bewegen kann«, kommentierte Bahadur-Sahib.

»Eine vorübergehende Erscheinung«, antwortete der Oberst, obwohl er selbst nicht daran glaubte.

Seine Antwort war ihm automatisch über die Lippen geflossen, eine höfliche Floskel, die er im Laufe der letzten drei Jahre häufig benutzt hatte. Seit Curzons Teilung Bengalens, um genau zu sein. Der war dann unbelästigt und sorgenfrei nach England zurückgekehrt, gleich nachdem er dieses unselige Problem geschaffen hatte. Gute Gründe sprachen für die Teilung: Ostbengalen war überwiegend mohammedanisch. Westbengalen überwiegend hinduistisch. Curzons Anliegen, die Verwaltung der riesigen Provinz durch Teilung zu vereinfachen, mußte bei rationaler Betrachtung sogar sinnvoll erscheinen, wie es auch sinnvoll gewesen war, sie geheim und stillschweigend vorzubereiten. Aber die Bengalen verschlossen sich allen solchen Überlegungen. Statt dessen lehnten sie sich gegen die Teilung auf, zuerst mit Worten, dann mit Taten. Seit kurzem gab es Geheimgesellschaften junger bengalischer Nationalisten, die Bomben warfen und britische Beamte ermordeten.

Vor zwei Wochen erst waren Miss und Mrs. Kennedy umgekommen, zwei harmlose, unbeteiligte Damen; man hatte einen Sprengsatz in ihre Gharri geworfen – ein gräßlicher Irrtum, wie sich herausstellte. Als die Polizei den Mörder, Khudiran Bose, kurze Zeit später faßte, gestand dieser, daß er die Gharri der Kennedys mit der fast gleich aussehenden Kutsche von Bezirksrichter Douglas Kingsford verwechselt hatte, seinem eigentlichen Opfer. Kingsford war ein Zuchtmeister von bewundernswertem Schneid, und Kingsford glaubte an die Peitsche; er hatte Khudiran Bose auspeitschen lassen, weil dieser sich gegenüber einem weißen Polizisten »aufsässig benommen« hatte. Das war eigentlich nichts Ungewöhnliches. Zivil- und Polizeirichter verurteilten die jungen Bengalis häufig über die Haftstrafe hinaus und zusätzlich zu einer ordentlichen Tracht Prügel mit dem Bambusstock.

Alle Weißen Kalkuttas ereiferten sich über diesen Mord. Der *Pioneer* hatte im Leitartikel am Tage nach der Tat vorgeschlagen, für jeden ermordeten Weißen zehn Inder aufzuhängen. Die Begründung: »Das wird den Eingeborenen zeigen, daß sich 1857 nicht wiederholen wird, weil wir sie nicht wieder so nachsichtig behandeln werden wie damals.« Überdies bewachte die Polizei nun alle Häuser, in denen Weiße wohnten.

»Teile und herrsche«, sagte Bahadur-Sahib, als ob er den Oberst nicht verstanden hätte. »Jedes Reich hat seine eigene Staatsräson, Methoden, seine Herrschaft zu sichern. Mit militärischer Stärke können Sie Indien noch halten. Wenn Sie es tun, verstoßen Sie jedoch gegen die Grundsätze Ihrer eigenen Politik, denn diese schreiben Ihnen Sensibilität vor, nicht rohe Gewalt. Was wird geschehen, frage ich mich, wenn wir uns eines Tages nicht mehr teilen lassen?«

»Dieser Tag wird niemals kommen«, schloß der Oberst das Gespräch entschieden.

Unter dem von rosa Bougainvilleen durchwobenen Torbogen hielten sie vor einem bewaffneten Wachtmeister, der sofort das Gewehr präsentierte. Die Straße war relativ leer, nur einige Soldaten, Pferdespione und Rennbahnbesucher waren zu sehen.

»Viel Glück.«

»Vielen Dank, Oberst-Sahib. Ich werde Sie über den Fortgang der Ereignisse in Allahabad auf dem laufenden halten.«

Der Oberst wartete nicht darauf zu sehen, ob Bahadur-Sahib eine Gharri zum Bahnhof gefunden hatte. Er war froh, ihn los zu sein. Bahadur-Sahib machte ihn immer nervös. Der Mann war nicht weniger tückisch als er selbst, sein Netz der Täuschung so dicht wie sein eigenes.

Wir sind uns doch recht ähnlich, dachte er im Weggehen. Wie ein Schlangenbeschwörer mit seiner Flöte verführerische Töne webt, spinnen wir unsere Märchen, um von unseren eigentlichen Absichten abzulenken. Allerdings mit dem Unterschied, daß ich es für das Allgemeinwohl tue, während Bahadur-Sahib nur auf seinen Vorteil aus ist. Kann ich ihm geben, was er will, und bleiben wir an der Macht, wird er zu seinem Wort und zu uns stehen. Verlieren wir die Macht, ist er auf und davon. Aber dies wird nicht passieren. Ich darf also darauf bauen, daß Bahadur-Sahib tun wird, was ich ihm sage.

Nachdem er eingestiegen war und sich ruhig hingesetzt hatte, ließ Bahadur-Sahib seine Gharri nur wenige Meter fahren. Seine beiden Diener warteten auf seine Anweisungen; es waren die beiden dunklen Männer, die Mohini damals so fürchterlich erschreckt hatten.

»Fahren wir nicht los?« fragte schließlich der eine.

»Nein, ich will sehen, wen der Oberst als nächsten trifft. Wenn man mich zu Geschäften in die Abgeschlossenheit der Rennbahn der *Angrezis* einlädt, wird man dort auch andere zu einem ungestörten Gespräch empfangen.«

Er wartete eine Stunde, bis eine andere Gharri vorfuhr und zwei Inder ausstiegen. Auch sie trugen Schleifen am Knopfloch ihrer Jacketts. Als Bahadur-Sahib sie erkannte, mußte er selbstzufrieden über seine Schlauheit lächeln; dann wies er seine Männer an, ihn zum Bahnhof zu bringen.

Der Oberst war an seinen Tisch zurückgekehrt, glücklich über einen Wettgewinn von zehn Rupien. Er studierte das Rennprogramm, als zwei moslemische Gentlemen an ihn herantraten.

»Mr. Ali, Mr. Khan, schön, Sie zu sehen. Es macht Ihnen doch keine Ungelegenheiten, mich hier zu treffen, hoffe ich.«

»Oh, keineswegs«, sagte Mr. Ali für sie beide. Ihre Gesichter trugen einen Ausdruck, als ob sie sich permanent für irgend etwas rechtfertigen müßten. Und als sie sich setzten, berührten sie mit ihrem Gesäß kaum die Kante der Sitzfläche. Sie hatten nicht Bahadur-Sahibs Selbstvertrauen. Als der Oberst gesagt hatte, was er sagen wollte, zog sich das Schweigen in die Länge. Wieder wurde Tee serviert, aber weder der Oberst noch die beiden Moslems aßen oder tranken etwas.

»Nun, ich glaube, es ist an der Zeit, Sie beide mit Seiner Exzellenz bekannt zu machen. Er wird im Umkleideraum sein. Wir werden ihn nur eine Minute in Anspruch nehmen. Er nimmt am letzten Rennen des Tages teil und haßt politische Gespräche, bevor er in den Sattel steigt.«

»Dann sollten wir besser heute überhaupt nicht stören.«

»Das werden Sie auch nicht. Die Gelegenheit ist günstig. Er möchte Ihnen gern seine Ansichten zur Gründung Ihrer Moslem-Liga mitteilen. Der National-Kongreß ist schließlich in erster Linie eine Partei der Hindus. Er wird vornehmlich für die Interessen seiner Religionsgenossen einstehen. Nach unserer Meinung sollten jedoch auch die Moslems in der Regierung vertreten sein.«

»Es hat uns sehr ermutigt, daß Sie sich höchstpersönlich für die Moslem-Liga interessieren, Oberst-Sahib. Ohne Ihre Hilfe hätte die Gründung viel länger gedauert, und wahrscheinlich wären Jahre vergangen, bevor wir eine Audienz beim Vizekönig bekommen hätten. Als wir ihn letztes Jahr in Simla sprachen, versicherte er uns der sofortigen Anerkennung durch die Regierung. Und er garantierte, die Rechte der Moslems zu schützen.«

»Für uns«, sagte der Oberst, während sie über den Sattelplatz zum Umkleideraum schlenderten, »ist jeder Inder gleichermaßen wichtig. Wir müssen sicherstellen, daß die Hindumehrheit nicht die weniger mächtigen erdrückt.«

Die Moslem-Liga sollte ein Gegengewicht gegen den National-Kongreß bilden. Die Regierung hatte gehofft, daß die Liga die Mehrheit der Moslems anziehen würde, auch wenn der Kongreß einige islamische Mitglieder hatte. Diese Hoffnung hatte sich inzwischen bestätigt. Die Existenz der Moslem-Liga hatte die Behauptung des National-Kongresses Lügen gestraft, unabhängig von der Religionszugehörigkeit die Interessen aller Inder zu vertreten. Der Kongreß mochte jede Begünstigung der Hindus abstreiten, fest stand, daß die Moslems auf einer eigenen politischen Partei beharrten, sobald die Regierung sie als gleichberechtigte und für sich bestehende Gruppe anerkannt hatte.

Der Wunsch kam den Interessen der Krone entgegen. Es war für die Regierung so viel einfacher, sich mit zwei Parteien anstatt mit einer vereinigten Opposition auseinanderzusetzen. Beide Parteien vertraten jedoch nicht eigentlich das indische Volk, auch wenn sie es immer wieder von sich behaupteten. Der National-Kongreß war zwar inzwischen über die oberen Zehntausend hinaus auch für andere Volksschichten ein wenig attraktiver geworden, die Moslem-Liga hingegen verteidigte ausschließlich die Belange der reichen moslemischen Grundbesitzer und des Klerus.

Im Umkleideraum herrschte ein fröhliches Durcheinander. Es roch nach Schweiß, Leder, Politur und Staub. Die Männer und Jungen, bis zur Hüfte nackt, sprudelten vor guter Laune über, während sie sich auf das Rennen vorbereiteten oder nach dem Rennen erholten. In einer Ecke saß ein älterer Herr, wog die Jockeys mit ihren Sätteln und machte sich eifrig Notizen. Wer zu seinem Rennen hinausging, wurde mit viel »Hallo« und »Hals- und Beinbruch« verabschiedet. In makellos schicken Uniformen, mit Spitzhelmen und Epauletten geschmückt standen am anderen Ende des Raumes in der äußersten Ecke zwei Aldes-de-Camps Wache.

Augenblicklich öffneten sie dem Oberst und seinen beiden Begleitern die Tür. Der Nachbarraum war sehr groß und behaglich eingerichtet. Es gab einige lederbezogene Sessel, einen niedrigen Beistelltisch und sogar ein Bett. Eine kleine Gruppe von Männern stand mit dem Rücken zur Tür, das Gesicht dem Vizekönig zugewandt. Der Oberst erkannte den Sekretär des Rennklubs, den Stewart und drei engere Freunde des Vizekönigs. Der Vizekönig ließ sich gerade von zwei uniformierten Dienern die Stiefel überziehen. Zwei weitere warteten mit Standarte, Reitpeitsche und Sattel auf ihn. Ein fünfter trug auf einem Silbertablett die Teekanne, während der sechste ein Handtuch hielt.

Lord Minto war ein untersetzter Mann mit einem runden Allerweltsgesicht. Die wettergegerbte Haut besaß die typische Röte eines englischen Landedelmannes, von der indischen Sonne allerdings eine Spur dunkler gebräunt. Er schlürfte seinen Tee und genoß sichtlich die Beachtung und die Aufmerksamkeiten der Umstehenden.

»Kommen Sie nur herein, Oberst, kommen Sie!« Selbst die dröhnende Stimme erinnerte an einen Gutsherren. Er stand nicht auf, um dem Oberst oder den beiden Moslems die Hände zu schütteln. Diese übrigens drückten sich fest gegen die Tür; man mußte sie ausdrücklich auffordern. Von sich aus wären sie niemals näher an den Vizekönig herangetreten. »Es ist mir ein Vergnügen, meine Herren! Ich freue mich, Sie begrüßen zu können!« Der Oberst beugte sich vor und wiederholte leise ihre Namen: »Mr. Ali. Mr. Khan.«

Der Vizekönig stand auf, eine weiche, fleischige und rundliche Erscheinung. Er stampfte fest auf den Boden, damit die Füße in den Stiefeln den richtigen Sitz bekamen. »Warum drehen wir nicht zusammen eine kleine Runde im Garten?« Er wandte sich den anderen zu: »Meine Herren, wenn Sie uns einen Augenblick entschuldigen wollen.«

Durch eine Glastür gelangten sie über die Veranda auf den Rasen, der saftig grün prangte wie die Rennstrecke. Eine hohe Hecke schirmte ihn vom Rennplatz ab; dahinter patrouillierten ein Dutzend Soldaten. Die drei Männer standen mitten auf dem Grün, der Vizekönig ihnen gegenüber.

»Als erstes möchte ich mich bei Ihnen für die Gelegenheit bedanken, daß ich hier und jetzt die gerechte Sache der gläubigen Moslems würdigen kann. Wir wissen Ihre Entschlossenheit zur Mitwirkung an der zukünftigen politischen Gestalt des Empire zu schätzen. Wenn ich Sie richtig verstehe, wünschen Sie sich auf jeder Ebene der Volksvertretung, etwa der Stadt- und Kreisverwaltung, das heißt in jeder gesetzgebenden Körperschaft, eine angemessene Repräsentanz der Gemeinde der Moslems, sollte die Organisierung der Wählerschaft in Zukunft eingeführt und verstärkt gefördert werden.« Lord Minto schaute zum Oberst hinüber und erhielt ein kurzes, bestätigendes Kopfnicken. Sofort verlor er das Interesse an den zwei Moslems, die aussahen wie zwei im Flug zu Eis erstarrte Vögel. »Nun, Creighton, wie schätzen Sie meine Chancen ein?«

»Ich glaube, Sie haben ein scharfes Rennen vor sich. Der junge Scott reitet Prince Valiant, einen vielversprechenden Zweijährigen.«

»Oh, der. Den lasse ich nach dem Start zwei, drei Längen vorpreschen. Diese jungen Spunde hetzen ihr Pferd immer zu früh.« Er wendete sich ab, um in den Umkleideraum zurückzugehen, als er sich plötzlich an die zwei Moslems erinnerte. Er streckte ihnen die Hand entgegen. Sie schüttelten sie voll Inbrunst und Hoffnung.

Der Oberst lotste die beiden Herren vom Vizekönig fort und geleitete sie zum Tor.

»Wird Seine Exzellenz diese Gefühle für sich behalten, Oberst-Sahib?« fragte Mr. Ali.

»Nein. Mit Ihrem Einverständnis wird er sich bei der nächsten Sitzung des Exekutivrates in diesem Sinne äußern.«

»Wir würden uns glücklich schätzen.«

»Ausgezeichnet.«

Der Oberst wartete, bis sie in ihre Gharri gestiegen und weggefahren waren, dann suchte er seine eigene. Er hatte kein Verlangen, Seine Exzellenz reiten zu sehen. Unter der ruhigen Fassade brodelte es in ihm; er wollte am liebsten weglaufen.

»Nach Hause, Sahib?« fragte ihn sein Kutscher Sen vom Bock und unterbrach damit seine Gedanken.

»Nein . . .« Er zögerte. Das Haus würde leer sein. Emma war ausgegangen und Elizabeth bei Freunden in Simla auf Besuch. Er wollte nicht ganz allein auf der Veranda sitzen und in den Garten starren. Im Büro wartete wenigstens Arbeit. Er mußte noch einige Vorlagen für Lord Minto ausarbeiten.

Wie anders er ist als Curzon, dachte der Oberst. Minto ist rauh, aber herzlich. Er hat weder die Arroganz noch die Begabung, noch das quecksilberhafte Temperament seines Vorgängers. Man kann ihn leicht manipulieren, wenn man seinen Spaß am Regieren und am Status seines Amtes berücksichtigt. Er verdient einen Haufen Geld und kann nach Herzenslust reiten. Mehr will der Mann gar nicht. Einen gesunden Sinn für die Realitäten Indiens hat er obendrein. Er weiß, daß wir gegen die Aufrührer und Terroristen schnell, hart und energisch vorgehen müssen.

Wort und Tat waren in den Augen des Obersts gleich gefährlich, und mit Erleichterung hatte er festgestellt, daß Minto diese Ansicht teilte. Der gute Mr. Morley in London hatte ja keine Ahnung, was hier gespielt wurde. Von seinem Sessel eines Staatssekretärs für Indien pochte er auf eine erweiterte Mitsprache der Babus in der Verwaltung. Um dreißig indische Mitglieder sollte der legislative Rat in Kalkutta aufgestockt werden, die legislativen Räte der Provinzen jeweils sogar um fünfzig. Der Oberst hatte nicht die Absicht, diesen Unsinn durchgehen zu lassen, und wußte sich mit den anderen Ressortleitern in Kalkutta einer Meinung. 1882 hatte Lord Ripon mit seinem Vorschlag zur Gründung indischer Gemeinderäte beinahe ähnlichen Mist verzapft. Der ICS hatte die Initiative geschickt sabotiert.

»Zum Büro«, befahl er, in der Hoffnung auf Zuflucht vor den Erinnerungen, die Bahadur-Sahib in ihm aufgewirbelt hatte.

Seltsam, dachte er, wie die Vergangenheit uns plötzlich einholen und fesseln kann. Sie wartet auf uns. Nicht in dunklen Ecken, nein. Nicht in der Nacht, wenn wir uns naßgeschwitzt im Bett wälzen, eingesponnen in unsere Träume. Sie wartet auf uns am hellichten Tag, wenn die Sonne das Blätterdach des Banyanbaumes durchbricht, wenn wir gemütlich in der uns vertrauten Welt sitzen und Tee trinken. Die Angst kommt so unerwartet, daß sie unnatürlich wirkt, fast bizarr. Wir schauen sie an, lassen sie an uns vorüberziehen und frösteln erst viele Momente später, da wir begreifen, wie nah die Gefahr uns diesmal gestreift hat.

Die Selbsttäuschung muß mir zur zweiten Haut geworden sein: Ich habe Elizabeths Mutter vollkommen vergessen. Hat sie jemals wirklich existiert? Ihr Bild, ja . . . in Elizabeth. Und heute, an einem sonnigen, wunderschönen Tag steigt sie aus dem Mund von Bahadur-Sahib wie ein Teufel aus dem Fegefeuer. Nach einem Gerücht soll sie niemals gestorben sein? Der Schuft weiß, daß Gerüchte sich verselbständigen, ein Eigenleben annehmen können. Sie entstehen ganz langsam, gehen hin und her, tanzen über viele Zungen und hypnotisieren ihr Opfer.

Wir beide wußten genau um die gegenseitige Vortäuschung,

daß es sich nur um ein Gerücht handele. Bahadur ist nicht der Mann, sich eine solche Gelegenheit entgehen zu lassen. Er wird dem Geheimnis auf den Grund gehen, bis er genau weiß, wann sie gestorben ist. Oder nur verschwand. O Gott, wie gelegen der Tod manchmal kommt. Er besänftigt unseren Schmerz, lockert ihn, gibt uns einen Grund für unser gebrochenes Herz. Er ist endgültig. Und wir akzeptieren seine Endgültigkeit, weil wir nichts daran ändern können. Selbst jetzt kann ich nicht klar an sie denken, ja ich kann nicht einmal ihr Gesicht klar vor mir sehen.

»Halt!« rief er, und die Gharri hielt an. »Ich werde das letzte Stück zu Fuß gehen.«

»Aber die Hitze, Sahib. Und es ist so schmutzig hier«, wandte Sen fürsorglich dagegen ein. »Sie bleiben besser in der Kutsche. Das Büro ist nicht mehr weit.«

»Hör auf, mich zu bemuttern, Sen«, wies der Oberst seinen alten Diener zurecht, obwohl es ihm gefiel, daß zumindest ein Mensch sich um ihn sorgte. »Ein kleiner Spaziergang wird mir guttun. Folge mir in einigem Abstand.«

Er entstieg der Gharri und streckte sich, weil er ihrer Enge entkommen wollte; sie hatte ihn gestört. Es war nicht Platzangst gewesen, nur so ein Gefühl. Endlich draußen, fand er sich jedoch nur in einem größeren Gefängnis eingesperrt: Kalkutta. Die Stadt brodelte um ihn herum: Straßenhändler, Gassenjungen, Bettler, die unaufhörliche Neugier von Männern und Frauen, die immer die Muße fanden, stehenzubleiben und ihn anzustarren. Als ob sie noch nie zuvor einen Weißen gesehen hätten. Und das, obwohl es seit drei Jahrhunderten Engländer in der Stadt gab, einer Stadt, die Europäer gegründet und erbaut hatten.

Er durfte nicht klein beigeben, umfaßte seinen Stock fester und ging entschlossen weiter. Die Hitze brannte. Staub setzte sich auf seinen Schuhen nieder. Der Oberst erachtete es nicht als Heldentat, auch wenn er sich durchaus der Tatsache bewußt war, daß er für einen jungen bengalischen Heißsporn mit Messer oder Feuerwaffe ein leichtes Ziel abgeben würde.

Unter einem anderen Banyanbaum war es geschehen, vor langer, langer Zeit, und er selbst war damals ein junger Mann gewesen ... Fast zögerlich, von den fernen Rändern der Vergangenheit drängte sich die Erinnerung in sein Bewußtsein. Er hatte die Bilder und Gefühle mit willentlicher Anstrengung beiseite gelegt, sie abgeheftet wie ein Dokument in einen Ordner. Und jetzt legte man ihm dieses Dokument wieder vor. Unerwartet betrat die Vergangenheit sein Gedächtnis. So lange her, aber der Schmerz blieb unerträglich. Die Zeit heilte keine Wunden.

Ein mächtiger Banyanbaum. Zweihundert Jahre alt, als wären sie ein Tag, in Hosur, auf einem Gestüt ein paar Meilen außerhalb von Bangalore. Er verbrachte damals seine freien Wochenenden gewöhnlich dort, bei seinem Freund Charles Redhead, der das riesige Gut verwaltete; knapp unter eintausend Hektar war es groß. Charles organisierte herrliche Jagden, ein Mordsspaß für alle. Europäische Siedler und Beamte aus weitem Umkreis hielten sich ein Jagdpferd in den Ställen des Gestüts und kamen regelmäßig zu Besuch, manche jedes Wochenende. Charles Redhead bewohnte einen kühlen, weitläufigen Bungalow in einem Rosengarten, den er hegte und pflegte wie eine Mutter ihr Kind. Trotzdem bot das Gebäude niemals für alle Platz. Aber man wußte sich zu helfen, schlug auf dem Rasen Zelte und Campingbetten auf.

Gewöhnlich trafen sich Bezirksleiter, Bezirksrichter, Polizeikommissare und einige Armee-Offiziere Samstag nachmittags mit den Memsahibs. Einige Damen nahmen an der Jagd teil, andere nur am gesellschaftlichen Beisammensein.

Der Jagd-Klub von Hosur besaß ein buntes Allerlei von Hunden: Setter, Mischlinge, Labradore und deutsche Schäferhunde. Gestüt und Umgebung eigneten sich perfekt für einen Ausritt: ein welliges, offenes Land, hie und da von einem Dschungeldickicht unterbrochen. Mit zugekniffenen Augen konnte man sich sogar in England wähnen, nur daß das Gras nicht weich und grün, sondern hart und braun den Boden bedeckte. Darüber hinaus hatte Hosur auf Grund seiner Höhenlage ein angenehmes Klima. Das ganze Jahr über herrschte mehr oder weniger ein schöner, kühler und trockener englischer Sommer. Im Winter mußte man sich morgens Schal und Pullover überziehen, und nach Sonnenuntergang kühlte es ab, daß die Nächte fast kalt zu nennen waren. Für Gäste, die sich an Jagd und Ausritten nicht beteiligen wollten, bot das Gestüt unter drei riesigen Samanbäumen einen Tennisplatz.

Er besaß damals ein herrliches Jagdpferd. Seine hundert Guineen wert, ein verdammt guter Gaul. Es war das dritte Wochenende ... Wie präzise die Erinnerung doch manchmal sein kann! Man hatte sich wie immer zu einem kleinen Drink unter dem Banyanbaum zusammengefunden. Da kam sie, eine Tante im Schlepptau.

Unter den Sonnenstrahlen, die durch eine Lücke im Blätterdach in den Schatten hinabfielen, umfing ihr Haar mit rotem Schimmer ihr Gesicht ... Und dieses Gesicht war vollkommen: feste graue Augen, ein kräftiges Kinn. Obwohl er sie aus relativ großer Entfernung musterte, glaubte er englischen Regen und Rosenparfüm auf ihrer Haut zu riechen. Sie zog ihn an. Überrascht fand er sich wenig später in ihrer Nähe wieder, vielleicht einen halben Meter neben ihr, vielleicht noch näher. Wie ein dummer Junge glotzte er sie an. Sie bemerkte seinen Blick und errötete unter seinem Brennen.

Während der Jagd behielt er sie genau im Auge. Auch wenn er ihr Geschick im Sattel durchaus bewunderte, ließen ihre Wildheit und ihre draufgängerische Art ihn manchmal unwillkürlich zusammenzucken. Sie schien sich mit den Männern messen zu wollen, anstatt ihnen mit den anderen Frauen nur vorsichtig zu folgen. Man erlegte an jenem Nachmittag zwei Schakale, und sie erhielt einen der Schwänze als Trophäe.

Er ging später zu ihr, um sie zu beglückwünschen. Da andere Bewunderer sie gerade umgaben, wartete er geduldig. Sie entschlüpfte ihnen. Sofort war er an ihrer Seite.

Aber bevor er auch nur ein Wort herausbringen konnte, sagte sie: »Danke, daß Sie so gut auf mich aufgepaßt haben. Es war ein herrlicher Spaß. Sie müssen uns unbedingt in Bangalore besuchen kommen.« Ihre kräftige Stimme klang ein wenig rauchig. Und erst ihr Lächeln: Es blendete ihn.

Sie wohnte bei ihrer Tante im Cantonment, der englischen Siedlung in der Wellington Street etwas außerhalb der eigentlichen Stadt. Er besuchte sie zuerst zum Tee ... und bald besuchte er sie jeden freien Abend, führte sie zu den Bällen im United Services Club und zu Dinnerparties.

Ihm war nicht mehr zu helfen: Er hatte sein Herz an Miss Soames verloren. Heftiger glühte er als alle jungen Männer, die sie kannte; denn natürlich warben auch noch andere um sie. Aber allmählich machte die Neuigkeit im Offizierskasino und im Klub die Runde. Die übrigen Bewerber zogen sich grummelnd zurück und wandten ihre Aufmerksamkeit anderen Mädchen zu. Es gab eine ganze Reihe, die auf Gattensuche nach Indien gekommen waren.

Zum Teil zog ihn ihr gutes Aussehen an, darüber hinaus aber auch ihre geistigen Qualitäten. Eine ähnlich belesene Frau hatte er noch nicht getroffen. Man konnte sich intelligent mit ihr über Politik, Geschichte und Wissenschaft unterhalten. Bald fand er heraus, daß ihr Vater am Christ Church College in Oxford Geschichte unterrichtete, während ihre Mutter eine bekannte Dichterin war. Mrs. Caxton, ihre Tante, war verwitwet; der oberste Bezirksrichter, der ihr Gatte gewesen war, hatte sich bei einem Jagdausflug das Genick gebrochen. Ihre inzwischen erwachsenen Kinder lebten in England, und sie selbst hatte sich gegen die Heimkehr entschieden. Wie eine Reihe von Weißen, wollte sie lieber bei ihren Freunden in Indien bleiben.

Er hatte keine präzisen Erinnerungen an die Zeit der Brautwerbung, sondern wußte nur noch, daß er nie in seinem Leben sich zugleich glücklicher und elender gefühlt hatte. Miss Soames besaß ein recht kokettes Wesen, aber dann besänftigte sie seine Eifersucht so schnell, wie sie sie entfacht hatte. Außergewöhnlich ihr beißender Humor und ihr flinkes Mundwerk. Auch kicherte und giggelte sie nicht wie die anderen Mädchen. Ihr Lachen klang kehlig tief ... und es bezauberte ihn.

Kehrte sie ihm ihre volle Aufmerksamkeit zu, fühlte er sich in die Lüfte entschweben, so daß die Liebe in seinem Herzen sang. Sie besaß nur einen kleinen Fehler: Mit den Eingeborenen ging sie viel zu ungezwungen um. Aber sie war ja auch erst sechs Monate in Indien. Sie würde es schon noch lernen.

Neben seinem Sold bezog er ein kleines Zinseinkommen aus dem Familienvermögen, war also nicht mehr oder weniger mittellos wie viele andere junge Offiziere, ein wichtiger Faktor, der ihn für jede junge Frau attraktiver machte. Sie wußte davon. Und sie wußte es zu schätzen. Für die Frau eines jungen Offiziers bedeutete ein eigenes Vermögen sehr viel. Es war nicht leicht, in einem tropischen Land zu leben, jede Annehmlichkeit war deswegen willkommen. Allerdings mußte er erst die Erlaubnis seines Vorgesetzten einholen, bevor er formell um ihre Hand anhalten konnte.

Bei seinem Gesuch verzog Oberst Waters zuerst einmal mißbilligend das Gesicht. Seiner Meinung nach sollten Offiziere erst nach Dreißig heiraten. Also ließ der Oberst ihn einige Wochen zappeln. Zu seiner Verteidigung führte er jedoch immer wieder an, daß sein Vermögen ihm die Heirat ermögliche, ohne seinem Diensteifer zu schaden. Und: Wer wollte schon eine so reizende Frau verlieren? Was für ein Tag, als Alice Soames seinen Antrag annahm. Er ritt danach Hals über Kopf in die Kaserne zurück und lud das versammelte Kasino bis zum Morgengrauen zu Drinks ein. Den Kater würde er niemals vergessen!

Sie wurden in der St. Andrew's Church direkt an der South Parade getraut und verbrachten die Flitterwochen in Ooty. Zurück in Bangalore, fanden sie sofort ein nettes, kleines Häuschen in Langford Town nicht weit vom Klub, also dem gesellschaftlichen Leben, das Alice so viel Freude machte. Er widmete sich wieder seinem Dienst, als glücklicher und zufriedener Mann. Sehr bald jedoch wurde Alice schwanger, und diese Zeit verlief weitaus weniger angenehm, als er sich erträumt hatte. Der Zustand machte sie reizbar. Sie mochte ihn nicht und nahm die Einschränkung ihrer Bewegungsfreiheit nur murrend in Kauf. Sie konnte nicht mehr reiten, sie konnte nicht mehr zur Jagd gehen, sie konnte nicht mehr Tennis spielen. Schlimmer: Ihr Körper wurde rund. Je mehr er anschwoll, desto deprimierter wurde sie, aller Hilfe und Unterstützung durch ihre Tante ungeachtet.

Aber auch sein Leben veränderte sich schneller, als er jemals geglaubt hätte. Wegen seines fließenden Urdu und Hindi und wegen seiner natürlichen Begabung für die Geheimdienstarbeit fand er sich von einem Tag zum nächsten zur geheimen und politischen Abteilung abkommandiert. Zwar war er nun von Glanz und Gloria der Armee ausgeschieden, aber er genoß die Unabhängigkeit seiner neuen Stellung und daß sie ihn wirklich forderte. Nach Richards Geburt gewann Alice ihren natürlichen Esprit und Humor zurück, ihre grenzenlose Energie für den Genuß alles Schönen. Allerdings verschob sich ihr Interesse, und das war beunruhigend. Anstatt zum Trubel des Klublebens zurückzukehren, wurde sie immer neugieriger auf die Welt der Eingeborenen. Sie begann, Hindustani zu lernen, besuchte das Missions-Krankenhaus, sprach mit den Ältesten und nahm seiner Meinung nach zu sehr am Privatleben ihrer Bediensteten Anteil. Ja, sie wetterte sogar gegen die Anwesenheit der Engländer im Land. Er mußte sie streng zurechtweisen, aber sie hörte ihm nicht einmal zu. Seine Freunde begannen ihn zu meiden.

Weitere Peinlichkeit blieb ihm nur erspart, weil man ihn zum politischen Berater in einem der Eingeborenen-Staaten ernannte, eine Stelle, die in Wahrheit nur die Aufgabe beinhaltete, Landesherren zu überwachen. So war er also Wachhund geworden in einem Königreich, von dessen alter Größe nur noch wenig übrig war. An sich ein uninteressanter Posten, aber die ideale Schule für die Feinheiten der Geheimdienstarbeit. Sie waren die einzigen Europäer am Ort. Das heißt, es gab da noch einen jungen Offizier, der die Armee des Landes befehligte, einen Hauptmann John Woodruff. Angenehmer Kerl. Er kannte das Land und seine Geschichte. Alice ritt lange mit ihm aus. Und dann wurde Elizabeth geboren.

». . . Oberst . . . Oberst!«

Zuerst vernahm er den Ruf nicht einmal. Dann schreckte er aus seiner Träumerei auf und schaute sich um. Er sah kein bekanntes Gesicht. Für eine Sekunde glaubte er sich nur um Haaresbreite von der Kugel eines Attentäters entfernt. Ja, das war es. Der Attentäter wollte auf sich aufmerksam machen: Als letzten Eindruck von dieser Welt würde er das haßverzerrte Gesicht eines Eingeborenen mit in den Tod nehmen. Der Augenblick verging. Eine Frauenstimme? Da. Auf der gegenüberliegenden Straßenseite hielt eine *gharri*; die Vorhänge hinter den Fenstern waren zugezogen. Sie teilten sich einen Spalt. Eine Frauenhand winkte ihn herbei.

»Oberst Creighton?«

Er überquerte die Straße, um in den verdunkelten Innenraum zu lugen. Französisches Parfüm erfüllte die reglose Luft. Er sah Edelsteine schimmern und weiße Zähne in einem dunkelhäutigen Gesicht. Die Hand zog den Vorhang noch ein wenig mehr zur Seite, so daß nun Licht auf Mrs. Basus Gesicht fiel.

»Sie erinnern sich doch an mich, Oberst Creighton?«

»Natürlich, Mrs. Basu. Wie geht es Ihnen?«

»Gut. Aber höfliche englische Konversation läßt sich nur schwer mitten auf der Straße pflegen. Darf ich Sie ein Stück mitnehmen?«

»Meine eigene Gharri folgt mir in wenigen . . . Ich wollte . . .« Wie lange es schon her war, seit er mit ihr im Hause ihres Vaters diniert hatte. Er hatte danach eigentlich kaum mehr an sie gedacht. Obwohl, nicht ganz: Ihr Bild war haftengeblieben, irgendein Schemen weit im Hintergrund des Bewußtseins. Warum hatte er nicht einen kleinen Dankesbrief geschickt, wie man es nach einer formalen Einladung im allgemeinen zu tun pflegt? Aus Vorsicht? Weil die Kluft zwischen den Rassen ihn daran hinderte? Er erinnerte sich nur, ein paar Zeilen geschrieben, sie dann jedoch niemals abgesandt zu haben. Außerdem, die Inder schickten solche Dankesbriefe nicht; es war nicht üblich.

Vor einem Jahr war er dann abermals versucht gewesen, sich an sie zu wenden. Er arbeitete damals an der Übersetzung von Abu Talib Kalim, dem Hofdichter des Großmoguls Shah Jahan, und war auf Schwierigkeiten gestoßen. Da hatte er an Mrs. Basu gedacht. Im Geist hatte er sie sogar brieflich um die Gefälligkeit gebeten, ihm bei der Übersetzung zu helfen. Aber diesen Brief hatte er nur geträumt, niemals wirklich geschrieben. Vergessen war sie also keineswegs, nur auf Distanz gehalten.

Der Oberst bemerkte, daß er die Tür der Gharri öffnete und einstieg. Er hatte sich vorher unwillkürlich umgeschaut. Mrs. Basu lachte daraufhin ihr kehliges Lachen.

»Sie werden doch mit einer indischen Dame ein Stück in einer Kutsche fahren können, ohne böse Zungen zu fürchten, Oberst-Sahib.«

»Ich war nur auf Ihren Ruf bedacht, Mrs. Basu.«

»Wie ihr Engländer doch stets um uns arme Eingeborene besorgt seid. Jetzt beziehen Sie sogar meinen Ruf in diese Sorge ein, nicht nur unser Wohlergehen . . .«

»Eine englische Dame . . .«

»Englische Damen sind so gesittet. Lassen Sie uns nicht über Memsahibs sprechen. Es würde uns nur das Vergnügen dieser kleinen gemeinsamen Fahrt verderben.«

Die Gharri rollte bereits. »Sie wissen doch gar nicht, wohin ich will.«

»O doch. Eine Überraschung. Oder mögen Sie keine Überraschungen, Oberst-Sahib?« Sie drückte ihm ein Taschentuch aus weißen Spitzen in die Hand. »Es ist zu heiß. Ein Sahib sollte bei solcher Hitze nicht zu Fuß gehen.«

Er tupfte sich den Schweiß von der Stirn und wollte ihr schon das parfümierte quadratische kleine Stück Tuch zurückgeben. Sie winkte ab.

»Wie geht es Ihrem Vater?«

»Allen in meiner Familie geht es gut, Oberst. Mein Gatte ist auf seinem Landsitz. Damit hätten wir dann auch schon der Höflichkeit genüge getan; wir brauchen uns nicht mehr nach dem Befinden jedes unserer Bekannten zu erkundigen. Und ich werde es mir ersparen, nach Ihrer Tochter zu fragen.«

»Waren Sie auf dem Rennplatz?«

»Eingeborenen Frauen ist der Zutritt verwehrt, nur Memsahibs dürfen dort offen herumstolzieren. Ich war einkaufen.« Er sah einen Stoß Stoffe auf dem Sitz gegenüber. »Als gute Inderin muß ich Landesprodukte kaufen. Sie sind bei weitem nicht so fein wie die Saris aus Manchester. Aber wir sind nun einmal Patrioten. Egal. Ich schaute aus dem Fenster und sah einen Sahib durch die Straßen von Kalkutta streifen, als ob die Stadt sein Eigentum wäre. Dies ist sie ja natürlich auch. Und Sie, Oberst, haben Sie beim Rennen gewonnen?«

»Wenn man es so nennen will, ja. Übrigens hatte ich Ihnen erst kürzlich schreiben wollen«, hörte er sich gestehen. Ihre Nähe, der Duft und die Wärme verwirrten ihn. Er würde auf der Hut sein, beschloß er. »Ja, ich hatte einige Schwierigkeiten mit einer Übersetzung.«

»Hätten Sie es doch getan. Ich hätte Ihnen gern geholfen. Welcher Dichter?«

»Kalim.«

Dichtkunst war ein neutraler Gesprächsstoff, und so unterhielten sie sich während der ganzen Fahrt über ihre verschiedenen Lieblingsdichter, ohne daß er im mindesten geahnt hätte, wohin es ging. Sein Stolz verbot ihm zu fragen. Neben den bekannten, klassischen hatte sie moderne Dichter gelesen und lobte sie sehr, Tagore etwa, Ganesh Damador Sarvarkar und Banim Chadra Chatterji.

»Dafür reicht mein Bengali nicht aus«, meinte der Oberst. Diese Herren zu diskutieren hätte er gern vermieden. Sollte Mrs. Basu tatsächlich nicht wissen, daß sie als Aufrührer galten und die meisten ihrer Werke verboten waren? Chatterji war der gefährlichste. In seinen Schriften pries er Bomben und Pistolen als gutes Mittel zum gerechten Zweck, und der Zweck war das Ende der britischen Herrschaft. »Ich frage mich gerade, warum Sie mich wohl mitnehmen?«

»In meinen Augen sind Sie ein interessanter Mann, anders

als die meisten *Angrezis*. Obwohl, wahrscheinlich gibt es eine ganze Reihe wie Sie: lieben Indien, aber hassen die Inder. Wahrscheinlich tun Sie wenige Dinge lieber, als Urdu-Dichter zu übersetzen. Hätte Kalim jedoch auch nur eine Zeile gegen Ihre Herrschaft geschrieben, Sie würden keinen Augenblick zögern, ihn einzusperren. Ich glaube auch, daß Sie so einsam sind, wie ich selbst es bin. Man hat mich sehr jung an einen gleichgültigen Mann verheiratet, der sich lieber zu Tode trinkt, anstatt mit seiner Frau zu leben. Zweifellos wird er es bald geschafft haben. Dann werde ich Witwe sein, Oberst. Gott helfe mir.«

In einem Sonnenstrahl sah er ihre Tränen. Hinter ihrer Fröhlichkeit lauerte die Angst vor dem Witwendasein. Sie würde sich das Haar scheren und bis zum Ende ihrer Tage das weiße Trauergewand tragen müssen. Ein farbloses Leben, nicht im übertragenen Sinne, nein, ganz konkret: kahlgeschoren, weißgewandet, schmucklos. Jetzt trug sie herrliche Steine. Sie würde sie nicht mehr tragen dürfen. Absolutes Ausgestoßensein, das Schlimmste, was einer Frau widerfahren konnte, zu messen daran, was man in diesem tief abergläubischen Land für das größte Unglück und schlechteste Vorzeichen hielt: einer Witwe zu begegnen. Er verlor kein Wort über die bestialischen Bräuche, die Indien so rückständig machten. Mrs. Basus Einsamkeit hatte schon begonnen – am Tage ihrer Hochzeit.

Selbst nicht wissend, was er tat, nahm er ihre Hand. Ja, er brauchte den Trost dieser leichten Berührung so sehr wie sie. Seit Jahren hatte er keine Frauenhand vertraut in der seinen gehalten. Er spürte sich regendes Verlangen. Ihre Hand hielt nun seine, fest sogar, weicher und wärmer, als er es für möglich gehalten hätte. Die Erinnerung an das Fleisch, lange war sie unterdrückt. Wie war das gewesen: bei einer Frau liegen? Er und Mrs. Basu, was für ein entsetzlicher Gedanke, fuhr es ihm zuerst durch den Sinn. Unvorstellbar. Und doch: einmal geweckt, fraß ihn der Drang.

Die Gharri hielt an, und für einen Augenblick rührte weder

sie sich noch er. Schließlich öffnete der Oberst die Tür. Er stand in einem großen Garten vor einem stillen Haus. Haus wie Garten schienen verlassen: keine Gärtner, keine Diener, keine Kinder. Der Garten jedoch sah sorgfältig gepflegt aus. Zwischen symmetrisch angelegten Blumenbeeten ein makelloser Rasen.

Alle Fensterläden waren geschlossen. Muß ein von der Welt abgeschiedenes Königreich sein, dachte er, ein geheimer Unterschlupf. Selbst die Vögel blieben still wie die Luft, der Himmel unendlich und wachsam.

»Wo sind wir?«

»Bei mir zu Hause. Ich wohne hier.«

Wie selbstverständlich folgte er ihr über die Stufen in den dämmerigen Salon. Zwischen hohen Wänden standen zusammengedrängt Sofas, Sessel, Vitrinen, gefüllt mit Raritäten. An den Fenstern hingen blaue Samtvorhänge, und der Boden war mit kostbaren Teppichen ausgelegt. Staub schien in der Luft zu schweben, obwohl er auf marmornen Tischplatten und Mahagonischränken kein Stäubchen wahrnehmen konnte.

»Leben Sie allein hier?« Seine Stimme hallte durch die Stille, die über ihm hing und sein Verlangen wie ein Echo zurückwarf, ihm zum Spott.

»Nicht immer. Manchmal ist meine Schwägerin bei mir, aber im Augenblick sind sie fortgefahren. Einmal im Jahr kreuzt auch mein Gatte auf, um irgendwelche Leute zu empfangen. Im Grunde alles nur Geister, die durch mein Leben irren. Ach ja, es gibt Diener, die sich um mich kümmern. Ich genieße jede denkbare Annehmlichkeit. Allein. Gelegentlich führe ich Selbstgespräche, nur um eine Stimme zu hören.«

Der Oberst hätte höflich auf einem der Sessel Platz genommen, aber sie ging immer weiter, tief in das Haus hinein, in die Stille. Offenbar erwartete sie, daß er ihr folgte. Sie passierten einen weiteren Salon, der ebenso mit Möbeln vollgestopft war wie der vorangegangene. Auch er verlassen und ... sinnlos, wie es schien. Man hatte ihn gebaut, dann möbliert. Wo blieb die Gesellschaft, die ihn bevölkerte? Wo das Lachen?

Nun durchschritten sie einen Durchgang, dessen Wände mit Schwertern, Lanzen und ein oder zwei Musketen behangen waren, bis sie ein kleineres Zimmer erreichten. Hier war es lichter und luftiger, und man sah, daß die einfachen Möbel benutzt wurden. Es roch nach ihrem Parfüm. Das Zimmer verströmte geradezu Mrs. Basus Gegenwart. An einer Wand stand ein großes Bücherbord, während über den Tisch Bücher und Zeitungen achtlos verstreut lagen. Dort stand auch ein Silbertablett mit frischen *Pan*-Blättern. Der Oberst fühlte sich unbehaglich, so als ob erst kurz vor ihrem Eintritt ein anderer das Zimmer verlassen hätte. Der Betel erinnerte ihn an eine brennende Zigarette. Vielleicht hatten die Spiegel Augen, und man beobachtete sie jetzt.

»Gin? Whisky? Brandy?«

»Whisky, bitte. Mit Soda. Ich komme mir vor wie ein Eindringling.« Im hellen Licht sah er die von ihren letzten Tränen noch rot umränderten Augen, kleine Trauerfalten um Augen und Mund, die sie unscheinbarer machten, als sie war. Sie sah verloren aus.

»Ich hoffe nur, Sie sind auch einer.« Sie ging zu einem Schrank, öffnete ihn und entnahm ihm eine Flasche. »Ich halte meinen Getränkeschrank stets gut bestückt, für meinen Gatten.«

»Ist er hier?«

»Lassen Sie den besorgten Ton, Oberst. Nein. Sie verstehen, nur für den Fall, er käme auf den Gedanken, mich zu besuchen.« Sie nahm ein Glas, schüttete etwas Whisky hinein und hob es ihm sichtbar hoch. Er nickte. Sodawasser stand auf dem anderen Tisch. Sie gab einen Schuß hinzu.

»Bitte etwas mehr.«

Als er das Glas entgegennahm, nahm er auch ihre Hand, hielt sie fest. Sie versuchte, sie ihm zu entwinden. Er ließ sie nicht los. Widerstand, war das nicht reine Frauenlist? Sie senkte das Gesicht, wandte es ab von ihm. Ihre Keckheit war

Fassade gewesen, kleine Angeberin. Jetzt wünschte er nur eins: sie beschützen, zärtlich ihr die Angst zu nehmen, ihr sagen, wie sehr er sie brauchte.

»Wie lange ist es her, seit Ihr Gatte ... bei Ihnen war?«

»In der Hochzeitsnacht und einmal danach. Ich habe nicht ... sehr viel Erfahrung mit diesen Dingen. Tut mir leid.« Er konnte sie kaum hören. Während er seinen Drink abstellte, drehte er ihr Gesicht, daß er es sehen konnte. Ihre Augen blieben geschlossen. Konnte es eine Frau geben, die schöner und lieblicher war als sie? Er sah in ihr eine jener wunderbaren Figuren, aus Holz geschnitzt: stille Sinnlichkeit, die zum Leben erweckt werden will, um zu singen, um zu tanzen.

»Ich habe es auch seit Jahren nicht getan. Tut mir leid. Ich habe auch kaum Erfahrung.« Er beugte sich zu ihr herab, streifte ihre Wange unendlich langsam mit einem Kuß. So weich. Er wollte sie ganz und gar einatmen. Dann wandte sie ihm das Gesicht zu, und er küßte sie auf den Mund.

20

Nun, Anil Ray, wie fühlen wir uns heute?« erkundigte sich Inspektor Goode höflich.

Goode war gerade befördert worden. Ein Sonnenstrahl fiel durch das vergitterte Fenster auf den neuen Orden: »überreicht für Tapferkeit im Dienst über die Grenzen der Pflichterfüllung hinaus«. Die Ironie des Schicksals. Ausgerechnet die leichte Narbe von Anil Rays Messerstich hatte seinen Aufstieg beschleunigt. Goode war erleichtert, daß der Mord an Anil Rays Onkel nicht als Schandfleck auf seiner Karriere hängengeblieben war.

»Sie sprechen im Pluralis majestatis. Höchst unpassend, Mr. Goode, denn ich sitze im Gefängnis, während man Sie für einen Mord befördert hat.«

»Tut mir leid. Es lag mir fern, mich über Sie lustig zu machen. Es war freundlich gemeint. Übrigens unterhielt ich mich gerade mit dem Gefängnisdirektor. Mr. McKay sagt, daß Sie ihm für einen gebildeten Mann reichlich viel Schwierigkeiten machen. Ich hatte gehofft, Sie würden sich gut führen.«

»Bildung, Mr. Goode, verändert die Menschen. Das müßte Mr. McKay eigentlich wissen und also begreifen, daß ich die Ketten meiner Kerkermeister gerade darum verachte, weil ich die Bildung genießen durfte, auf die er sich beruft.«

Hand- und Fußschellen ketteten Anil Ray. Der schwarze Bart fiel ihm bis auf die Brust herab und gab ihm ein finsteres Aussehen. Mit schulterlangem Haar und stechenden Augen erinnerte er an einen wahnsinnig gewordenen *fakir*. Goode dagegen sah jungenhaft und geschniegelt aus in seiner frisch gebügelten Uniform und den blank gewichsten Schuhen. Er hielt sein Offiziersstöckchen fest unter die Achselhöhle gepreßt, und Anil Ray übersah nicht, daß die Pistolentasche am Gürtel fest verschlossen war, ständig von einer Hand beschirmt.

»Man würde Ihnen mit mehr Güte begegnen. Sie müssen nur lernen, sich zu benehmen.«

»Im Gefängnis gibt es keine Güte, Mr. Goode, nur Grausamkeit, nur Ungerechtigkeit. Ihr Besuch überrascht mich. Möchten Sie sich an meinem Elend weiden?«

»Ich würde mich nie an Ihrem Elend weiden«, erwiderte Goode empört. »Ich habe eine Menge Unannehmlichkeiten in Kauf genommen, um Sie zu sehen. Der Weg nach Delhi ist weit.«

»Aha, ich soll dem Goode-Sahib also dankbar dafür sein, daß er sich solche Mühen macht, den Bösewicht zu retten.«

»Sie mißverstehen meine Absichten. Ich hatte gehofft, mein Einfluß könnte Ihnen den Aufenthalt hier erleichtern, aber Sie scheinen es darauf anzulegen, meine Bemühungen zu untergraben.«

»Mr. Goode, wie die meisten Engländer in meinem Land sind auch Sie wohlmeinend und dumm zugleich. Für den Augenblick halten uns Ihre wohlmeinenden Absichten in Ketten, aber Ihre Dummheit wird die Ketten schließlich sprengen.«

»Ungeheuerlich, diese Bemerkung. Ich bin empört.« Goode war die Röte ins Gesicht gestiegen, und er klopfte mit dem Offiziersstöckchen gegen sein Bein. Nur ein leichter Klaps, aber zweifellos kochte in ihm der Zorn. »Der Grund für meinen Besuch war eigentlich, Ihnen zu helfen, aber ich könnte Ihnen das Leben hier auch zur Hölle machen.«

»Nein, das können Sie nicht. Glauben Sie, es könnte noch Schlimmeres geben, als eingesperrt zu sein wie ein Tier? Und wenn Sie glauben, Ihre guten Absichten könnten Sie retten, Mr. Goode, dann täuschen Sie sich.«

»Ich habe Ihre Drohung nicht vergessen.«

»Sie allein hält mich am Leben.«

Goode erkannte die Nutzlosigkeit seiner Bemühung. Nicht die Mauern kerkerten Anil Ray ein, sondern der Haß. Sein Blick ließ Goode beinahe schaudern, aber wirklich ängstigen konnte er ihn nicht. Er fürchtete sich weder vor Anils Wut noch vor seiner Drohung. Es war nichts zu ändern, und dies machte ihn traurig und hilflos. Er hatte ungewollt in das Leben dieses Mannes eingegriffen, es auf den Kopf gestellt. Jetzt hoffte er, es irgendwie wieder einrenken zu können, und wußte doch um die Vergeblichkeit des Versuchs. Tihar Gaol würde Anil Ray so lange wie irgend möglich in seinen Mauern festhalten müssen.

»Ich werde weiterhin alles versuchen. Sethu!«

Anils Wächter war sofort salutierend zur Stelle, ein dunkelhäutiger Schrank von einem Mann. Er trug eine makellose Khaki-Uniform, so steif gestärkt, daß sie für sich aufrecht stehenbleiben würde wie aus Pappe; mit dieser Bügelfalte konnte man sich die Haut aufritzen. Sethus Schnurrbart war geölt und gewachst.

»Sethu, du machst deine Sache nicht gerade gut. Er ist immer noch derselbe. Möchtest du nach Mandalay versetzt werden? Dort gibt es auch ein Gefängnis.«

»Nein, Sahib. Ich bin gern hier.«

»Dann sorge dafür, daß Mr. Ray sich zu benehmen lernt. Hat er das nicht, werde ich dich nach meinem nächsten Besuch fortschicken.«

»Jawohl, Sahib.«

Goode verließ die spärlich möblierte Zelle, in der gewöhnlich die Verhöre stattfanden, und Sethu ließ seinen in Leder gebundenen Knüppel zweimal auf Anils Rücken niedersausen. Nicht mit ganzer Kraft. Dazu war er zu stämmig gebaut, zu muskulös. Er würde Anil das Rückgrat brechen.

»Du machst mir ganz überflüssige Scherereien. Tu, was er von dir will. Alles wäre dann leichter. Bitte, wenigstens mir zuliebe. Damit ich dich nicht jeden Tag prügeln muß. Ich gebe zu, es macht mir Spaß. Aber es ist nicht gut, wenn ein Sahib wie du wie ein Zugochse geschlagen wird. Du müßtest es eigentlich besser wissen, du bist doch ein studierter Mann. Wenn der *Angrezi* von dir will, daß du das und das tust, dann tust du es eben. Geh schon, geh ...« Er stieß Anil mit dem Stock an, und da dieser nur langsam über den Gang schlurfte, trieb er ihn bis zur Zellentür mit leichten Püffen vor sich her.

Anil kannte Sethus geduldige Ausdauer in der Ausübung des Bösen bereits. Seine beiläufige Grausamkeit hatte einen längeren Atem als jede Wut, die sich dagegen empörte. Anil wußte auf den ersten Blick, wen er vor sich hatte: Sethu war ein *shudra*. Damit gehörte er zur niedersten Kaste; nur die Kastenlosen, die Unberührbaren standen noch unter ihm. Wahrscheinlich waren seine Vorfahren ebenfalls Gefängniswärter gewesen. Darauf angesprochen, hätte er sicher einen Scharfrichter der Mogule für seine Sippe reklamiert. Indien ist das Land der Kontinuität, im Bösen wie im Guten. Hier im Gefängnis stand Sethu, der *shudra*, über Anil Ray, dem Brahmanen in Ketten. Sethu genoß diese Umkehrung der Verhältnisse mit sichtlichem Behagen. An welchem anderen Ort der Welt würde Gott ihm das Vorrecht gewähren, einen Brahmanen zu behandeln wie einen Zugochsen?

Anil Ray teilte sich mit drei anderen Männern eine Zelle von der doppelten Größe eines Kabinenkoffers. Sie mußten sich zum Essen, Schlafen und Auf- und Abspazieren abwechseln. Sie hatten eine strohgefüllte, verlauste Matratze, die zusätzlich Scharen von Schaben beherbergte. Von einer Mauer zur anderen waren es drei Schritte. Ein winziges, vergittertes Fenster hoch oben in den Granitblöcken ließ Luft herein, aber nur wenig Licht.

Anil gehörte zur Klasse C. Daneben gab es Gefangene der Massen A und B; sie galten als »ungefährlich« und genossen eine Reihe von Vorrechten. Goode jedoch hatte dafür gesorgt, daß Anil ihn niemals vergessen würde: Er selbst hatte ihn als C-Gefangenen eingestuft und damit vom Vorrecht des arretierenden Beamten Gebrauch gemacht, bei der Einlieferung ins Gefängnis eine bindende Empfehlung für die Klassifizierung des Sträflings abzugeben.

Einmal in der Woche ließ man Anil mit den anderen in den Gefängnishof hinaus. In dieser kostbaren Zeit hastete er an den Mauern auf und ab wie eine gefangene Ratte, die ihren Käfig erkundet. Gierig sah er zum Himmel hinauf, sog das Bild ein: Wolken, die über seinem Käfig vorüberzogen. Und er genoß die Hitze der Sonne auf seinem Körner. Wie sehr vermißte er den einfachen Zauber der Natur! Das Gefängnis isoliert den Insassen von den Elementen und vom natürlichen Rhythmus der Jahreszeiten.

Anil beneidete die Affen, die in den Bäumen des Gefängnishofes herumtollten und einfach über die Mauern kletterten, wenn sie ins Freie wollten. Am Anfang sah er in ihnen nicht mehr als ein ganz gewöhnliches Affenrudel. Aber im Laufe der Wochen und Monate lernte er jedes Mitglied zu unterscheiden: den fuchtig bissigen und zumeist übel gelaunten Anführer des Rudels, seine Frauen, die jungen Burschen und die zu jeder Schelmerei aufgelegten Kleinen. Der Anführer umkreiste sein Rudel zumeist wachsam; manchmal durfte ein kleines Affenkind seine Späße mit ihm treiben, ansonsten setzte es jedoch Knüffe und Püffe. Er erinnerte Anil an Professor Timmins aus Balliol, dessen Laune von der Menge der genossenen Drinks abhing.

Anil stellte nach dem Auslauf im Hof jedesma…
kleine Anstrengung an der frischen Luft ihn …
schöpfte. Früher war er die hundert Yards in Reko…
sprintet, hatte beim Kricket mit müheloser Leichtigk…
hundert Läufe absolviert. Aber diese Leistungen sch…
jetzt unendlich weit entfernt, als gehörten sie gar nicht zu i…
Ein anderer mußte sie vollbracht und erlebt haben, ein ande…rer, den er aus der Ferne beobachtet, von dem er geträumt und den er mit anderen Jungen wie einen Helden vergöttert hatte.

Mr. Simon McKay leitete Tihar Gaol gewissenhaft. Er war kein grausamer Mann, zumindest nicht mit Absicht. Aber er glaubte an eiserne Disziplin. Jede Übertretung der Regeln wurde streng bestraft. Der Übeltäter wurde ausgepeitscht, oder man steckte ihn ins Loch, das eine schlimmere Strafe war als die gewöhnliche Einzelhaft: eine innen und außen mit getrocknetem Schlick ausgekleidete Kiste, die jeden Mann so schnell röstete wie ein *Iandur*-Ofen Fleischspieße. Nach Mr. McKays Überzeugung mußten die Jahre in England Anil Ray grundlegend zivilisiert haben. Deswegen gestattete er ihm den Auslauf. Die wöchentliche Stunde im Freien war ein Beweis seines guten Willens und seiner Fürsorge. Den übrigen Gefangenen der Klasse C blieb der Luxus der frischen Luft versagt.

Zu seinen Zellengenossen gehörte Man Singh, der Dacoit. Er hatte Sethu bestochen, um mit Anil Ray in eine Zelle gesteckt zu werden. Man Singh erkannte Unwissenheit, wenn er sie sah: Dieser junge Sahib hatte nicht die leiseste Ahnung von der grausamen Welt, in die er nun gestoßen war. Die übrigen Insassen waren Jai Singh, Man Singhs rechte Hand in der Bande, und Charan, ein Straßenjunge, der nicht einmal seinen Familiennamen kannte; er hatte keine Eltern, kein Zuhause. Angeblich hatte er einen Mann ermordet, was er jedoch beharrlich leugnete. Man konnte ihn wegen seines Wolfsrachens kaum verstehen. Trotzdem nahmen sich die drei Männer Charans an, denn er war eifrig um Gefälligkeit bemüht.

Man Singh plante immer noch seine Flucht, Anil jedoch

henkte diesen Träumen seines neugewonnenen Freundes enig Vertrauen. Tihar war dafür gebaut, Menschen für ewig n seinen Mauern zu halten. Es war aus Granit und Eisen gemacht, die Außenmauern türmten sich zehn Meter hoch und waren oben mit Glasscherben bestückt. Die Männer mußten sich in ihren Zellen aufhalten und lebten nur nach dem Willen ihrer Kerkermeister. Glücklich der Gefangene, dem die Familie zu helfen vermochte. Wer seinen Wärter bestechen konnte, durfte in bescheidenem Luxus schwelgen: Er hatte zu rauchen, Seife und genug zu essen. Der Unglückliche, der Mittellose, den die Umstände, vielleicht ein kurzes Aufflackern der Gewalt, direkt aus dem Slum hereingeweht hatten, würde nur als Leibsklave seines Wärters am Leben bleiben. In Tihar Gaol gab es viele Unglückliche, und die Wärter überlegten in aller Ruhe, wen sie sich zum Leibsklaven erkoren. Trotz aller Schläge und Tritte war es ein glückliches Los: gelegentlich sprangen eine *bidi* oder ein paar Essensreste dabei heraus.

Einmal im Monat kam Anils Vater, und bei jedem Besuch sah Anil ihn ein wenig gebrochener, ein wenig mehr gealtert – die Wangen hohl, das Haar zuerst ergraut, dann schlohweiß geworden, die Schultern vornübergefallen. Anil nahm den Schatten des Todes wahr, der über seinen Vater fiel. So sehr er ihn liebte, er verlor ihn nach und nach, jeden Tag ein Stück. Und es war seine Schuld: Er hatte seine Eltern im Stich gelassen. Ein Jahr nach seiner Einlieferung in Tihar starb die Mutter. Er erfuhr es aus einem Brief seines Vaters, den er erst zwei Wochen nach ihrem Verscheiden erhielt. Er hatte viele Tage um sie getrauert.

»Ich muß hier raus. Ich muß hier raus.«

»Sahib, gerade das plane ich ja schon die ganze Zeit.«

»Aber es ist unmöglich.«

»Alles ist möglich für Man Singh, den größten aller Dacoits. Aber zuerst brauchen wir Geld. Ist deine Familie reich?«

»Ja. Wieviel?«

»Zweitausend Rupien. Kannst du so viel Geld auftreiben?«

»Ja. Wofür brauchen wir so viel?«

»Das Gefängnis läßt einige Sträflinge draußen arbeiten, Straßen bauen, Gräben ziehen, solche Sachen. Sträflinge sind billige Arbeitskräfte. Mit dem Geld können wir den Schreiber des Gefängnisdirektors bestechen, damit er unsere Namen auf die Liste der Arbeitskräfte setzt. Sobald wir draußen arbeiten, wird mein Stellvertreter, Ranjit Lal, die Wachmannschaft überfallen, und wir können flüchten.«

»Klingt ein bißchen zu simpel.«

»Nur weil es simpel ist. Du beschaffst das Bestechungsgeld.«

Es kam der nächste Besuchstermin. Anil sah, daß sein Vater inzwischen am Stock ging, außerdem schlurfte er mit den Füßen, als ob auch seine Beine in Ketten gefesselt wären. Der Anblick erschreckte Anil, führte ihm die Dringlichkeit des Fluchtplanes vor Augen. Vater und Sohn verblaßten, jeder auf seine Weise, vor des anderen Augen. Es gelang ihm, seinem Vater die Bitte zuzuflüstern, und selbst dieser winzige Hoffnungsschimmer erleichterte schon den alten Mann. Ach, wenn es nur ginge, würde er für die Freiheit seines Sohnes sein gesamtes Vermögen hergeben.

»Sobald du auf freiem Fuß bist, mußt du das Land verlassen«, flüsterte er, »am besten, du gehst nach Amerika. Dort können dir die Briten nichts anhaben.«

»Ja, das werde ich. Aber zuerst muß ich Goode töten.«

»Nein, nein, nein. Laß ihn zufrieden. Gott wird ihm am Ende geben, was er verdient.«

»Wie er uns gegeben hat, was wir verdienen? Ich kann nicht leben, solange ich ihn am Leben weiß.«

»Du mußt mir versprechen, daß du ihm nichts antust. Wenn du ihn tötest, werden die Briten dich töten, und dann habe ich keinen Sohn mehr. Sie werden dich erwischen, selbst in Amerika, und dann werden sie dich hängen. Es ist besser, du bleibst, wo du bist.«

»Ich verspreche es.«

Es war gar nicht einfach, den Schreiber des Direktors zu bestechen. Er hieß Menon, stammte aus Cochin und war dürr wie ein Schilfrohr. Menon mußte sich die Sache in aller Ruhe durch den Kopf gehen lassen. Man Singh war kein Problem, Anil Ray jedoch war eines. Der Direktor nahm persönlich an seinem Werdegang Anteil. Zweitausend Rupien schienen in diesem Fall zu wenig. Man erhöhte die Summe auf dreitausend. Menons Bedenken schwanden. Jedoch gab er sich nicht mit einer Anzahlung zufrieden. Er wollte alles Geld sofort. Aus verständlichen Gründen, die angedeutet, aber niemals ausgesprochen wurden: Sollte Anil tatsächlich entkommen, wäre damit auch das Motiv für die Zahlung entfallen. Man händigte ihm die Summe in Gold-Sovereigns aus. Vom nächsten Tag an wurden Anil, Man Singh, Jai Singh und Charan einer Arbeitskolonne zugeteilt.

Die Arbeit schenkte Anil ein bisher unbekanntes Vergnügen. In seinem ganzen Leben hatte er noch niemals mit seinen Händen gearbeitet, nun wühlte er mit Freuden die Erde auf, fiel mit Gusto über sie her. Fast schon ein Triumph, wenn die Spitzhacke in trockenem Aufprall gegen die harte, braune Kruste schlug. Aber die Erde widersetzte sich, gab immer nur ein paar Krumen her.

Anils Arbeitskolonne hatte einen schmalen Abflußkanal auszuheben, der das Monsunwasser vom großen Wallgraben um das Rote Fort ableiten sollte. Manchmal mußte Anil einige Augenblicke verschnaufen, um Luft zu holen, und schaute zu dem Marmorpalast hinauf, der über den Zinnen der Festung zu schweben schien. Er hatte diese Mauern nie von innen besichtigt, aber er wußte, daß auch sie einen Gefangenen beherbergt hatten – einen Kaiser.

Fünfzehn Wärter, acht davon mit Gewehren bewaffnet, waren zu ihrer Bewachung abgestellt. Sie sahen nur gelegentlich zu den Männern hinüber, während diese hackten und schaufelten. Der Arbeitstag begann im Morgengrauen und endete bei Sonnenuntergang.

»Wann können wir mit deinen Leuten rechnen?« fragte Anil, nachdem er eine Woche lang geduldig gewartet hatte. Die Arbeit gab ihm etwas zu tun. Er fühlte sich besser, zwar von der Sonne der vornehmen Blässe seiner Kaste beraubt, aber kräftiger – muskelstark und drahtig.

»Bald«, erwiderte Man Singh. »Einer der Wächter hat die Botschaft weitergeleitet; er ist mit dem *sar-panch* meines Heimatdorfes verwandt. Ranjit Lal muß das Unternehmen planen und die nötigen Waffen besorgen, bevor er zum Angriff schreitet. Ich gebe dir mein Wort, er wird kommen. Wenn nicht, werde ich ihm eines schönen Tages die Kehle durchschneiden, das weiß der Halunke nur allzugut.«

Erst drei Wochen später entdeckte Man Singh seinen Stellvertreter in der Menge. Anil hatte schon befürchtet, er würde nicht mehr erscheinen. Der kleine Kanal war fast vollendet; wahrscheinlich würde man sie bald von ihrem Arbeitseinsatz zurückbeordern.

Ranjit Lal trug einen leuchtendroten Turban, und er war älter, als Anil erwartet hatte. Da Man Singh in seinen Dreißigern stand, hatte Anil gefolgert, sein Stellvertreter müsse noch relativ jung sein. Aber der Mann sah anders aus: alt, mit vielen Narben und schlecht rasiert. Bevor er wieder in der Menge untertauchte, bestätigte er Man Singhs Zeichen mit kurzem Kopfnicken. Sie nahmen daher an, er würde ihnen zum Fort folgen und die Wärter dort angreifen. Den ganzen Tag spannte die Erwartung sie auf die Folter. Gleich würde das Feuer eröffnet, gleich müßten sie vor den Schüssen des Wachpersonals Deckung suchen und in die Freiheit sprinten. Am Ende des Tages hatte die Anspannung sie doppelt erschöpft.

»Der *chutay«*, fluchte Man Singh. »Ich werde ihm die Kehle durchschneiden, wenn ich frei und in Sicherheit bin. Er wagt es, mich warten zu lassen.«

»Vielleicht ist er nur vorsichtig und hat einen besonderen Plan.«

»Ja. Mag schon sein. Er war immer der Vorsichtige, ich der Draufgänger. Du wirst uns in die Schluchten von Chambal folgen müssen. Dort wird uns die Polizei niemals aufstöbern. Wie viele Könige haben uns nicht schon ihre Armeen auf den Hals gehetzt? Selbst Chandragupta hat vor tausend Jahren seine Soldaten geschickt, aber die Schluchten haben uns sicher geborgen. Dort wirst auch du Schutz finden.«

»Ich komme später nach.«

»Ah, du willst also immer noch diesen DI umbringen. Die Briten werden dich danach niemals mehr zur Ruhe kommen lassen. Sie werden dich überall suchen, und mit deiner Gegenwart wirst du unser Leben gefährden. Aber ich bin Man Singh, der große Bandit. Wenn ich mich vor den *Angrezi*-Soldaten und Polizeibütteln fürchten würde, wäre ich nicht, was ich bin.«

»Danke.« Anil wußte, einzig in den Schluchten von Chambal würde er bis zu seiner Flucht nach Amerika ein sicheres Versteck finden. Aber so weit in die Zukunft wollte er nicht gern vorausdenken. Fest stand nur, daß es Wege gab, wenn man sich auf ein Schiff schmuggeln wollte. Lajpat Rai hatte es vor zwanzig Jahren allen vorgeführt. Er hatte es fertiggebracht, nach Amerika zu fliehen, obwohl die Briten ihn in ganz Indien jagten.

Am nächsten Morgen war von Ranjit Lal nichts zu sehen. Keine Spur von Ranjit Lals rotem Turban, keine Spur von seinen Männern. Man Singh kochte vor Wut und übler Laune und stieß leise die wildesten Drohungen hervor. Sie arbeiteten bis elf. Am Abend würden sie den Abflußkanal endgültig fertiggestellt haben und danach nicht mehr zum Roten Fort zurückkehren.

Im Schatten der Festungsmauern sollten sie gleich kalte *chapatis, dal* und ein paar Kartoffeln bekommen, ihr Mittagessen. Man Singh jedoch kauerte abseits, blickte den Passanten nach, hielt nach Zeichen und Omen Ausschau.

Seine Männer kamen tatsächlich – nicht von der Straße, sondern vom Ufer der Yamuna, wo sie sich im Schilf verborgen gehalten hatten. Gerade als die Wachen den ersten Bissen essen wollten, wurde das Feuer eröffnet. Menschen rannten auseinander, ließen alles fallen. Die bewaffneten Wächter griffen zu ihren Gewehren.

»Los! Nichts wie weg!« brüllte Man Singh und rannte geduckt auf seine Männer zu, Jai Singh gleich hinter ihm her. Anil zögerte eine Sekunde. Irgend etwas stimmte nicht. Das Durcheinander, Menschen, die hin und her rannten, alles verwirrte ihn. Aber er durfte keine Zeit verlieren. Er gab Charan einen Stoß, und sie folgten Man Singh.

Als sie über den Haufen frisch aufgeschaufelter Erde setzten, lag das Schilf etwa fünfzig Meter offen vor ihnen. Anil sah Man Singh plötzlich straucheln, sich um die eigene Achse drehen und auf den Rücken fallen. Jai Singh hielt an und kniete neben ihm nieder, und die Gewalt der einschlagenden Kugel hob ihn halb auf die Beine, bevor sie ihn zurückschleuderte. Anil und Charan waren inzwischen zwanzig Meter näher an Man Singh herangekommen.

»Halt, halt«, brüllte Anil Charan hinterher. Der aber lachte und schrie begeistert wie ein kleiner Junge – was für ein aufregendes Abenteuer, diese Flucht!

»Ranjit Lal schießt auf *uns*! Bleib stehen! Halt!«

Zu spät. Er hatte nichts gehört. Er lachte immer noch, als die Kugeln ihn trafen und er sich rückwärts überschlug. Anil fiel ganz instinktiv zu Boden, spürte, wie die Erde um ihn in vielen kleinen, bösartig pfeifenden Explosionen zum Leben erwachte. Er robbte sich die letzten Meter an Man Singh heran; es roch nach Blut, nicht anders als das Blut seines Onkels: süß und klebrig. Er nahm verschwommen wahr, daß das Gewehrfeuer aufgehört hatte und die Gefängniswachen ihm nachgerannt kamen.

»Verrat«, flüsterte Man Singh. »Verrat. Wenn Könige verraten werden, warum dann nicht auch der König der Dacoits? Dieser elende Hund hat es tatsächlich fertiggebracht, mich umzubringen. Er hat meine Bande übernommen.« Er seufzte, seine Augen wurden glasig. »Anil, du mußt mir versprechen, mich zu rächen. Man Singh darf nicht ungerächt sterben. Versprich es.«

»Ich verspreche es«, flüsterte Anil rasch. Er war sich nicht sicher, ob er noch gehört worden war.

21

Es war dunkel in ihm. Keine undurchdringliche Schwärze, sondern die Dunkelheit von Chaos und Aufruhr. Kim hörte die Stimmen der Pilger. Die heiligen Texte der *shastras* wurden gemurmelt, eine Krähe krächzte auf ihrem Flug nach Osten, der Duft von Räucherstäbchen und Kampfer erfüllte die Luft. Kim saß auf hartem, unbequemem Steinboden. Am liebsten wäre er aufgestanden und hätte die Beine gestreckt. Gedanken zerrten an ihm. Sein Geist irrlichterte durch sein Leben, beschien hie und da ein Bruchstück zur näheren Begutachtung. Die Einzelheiten sammelten sich zu einem unordentlichen Haufen: der Schuß, der ihn getroffen hatte ... ein unvorstellbarer Schock, doch kein Schmerz, nur Schwärze; Parvatis Lachen, als sie sich mit ihrer lebhaften Phantasie Geschichten zurechtsponn ... das zarte Licht des Sonnenuntergangs auf ihrem Gesicht; die Hand des Obersts auf seiner Schulter, die ihn an seine Pflicht erinnerte; der knurrende Magen und die Hoffnung, Lakshmi möge bald kommen und etwas zu essen bringen. Kim betete darum, daß er endlich seinen Geist zu beherrschen lernte, der wie ein Affe von einem Ding zum nächsten hüpfte.

Seit Monaten verging ein Tag wie der andere in gleichförmigem Ritual. Der Singsang der Priester weckte ihn vor Morgengrauen. Noch war es dunkel und kühl, denn Sterne und Mond hatten die Luft über Nacht gewaschen. Auf seinem Weg zum Fluß atmete er die reine Luft, während er an den Trauerzügen vorbeikam, die einen Toten auf seinem Weg zu den Verbrennungsplätzen begleiteten.

Und dann tauchte er wie Tausende und Abertausende von Pilgern in der göttlichen Ganga unter, nach Osten gewandt, der Sonne zu, um zu beten, während Rurya die ersten Lichtstrahlen sandte, die Erde vom Himmel zu scheiden. Der Fluß veränderte rasch sein Gesicht: von tiefem Schwarz über silbernen Schimmer in feuriges Rot, sobald die Sonne ihn beleckte.

Dann erglühten auch die Tempel, als ob ihr altes Gemäuer von innen strahlen würde. Unter den hinweggleitenden Schatten tanzten die Reihen von Götterfiguren ihren ewigen Tanz, zeigten hier ein neues Gesicht, dort eine neue Bewegung.

Nach dem Tauchbad wandte sich Kim nach Norden, dem Himalaya entgegen, wo die heiligen Wasser entsprangen, schöpfte mit hohlen Händen das heilige Naß und trank einige Schlucke. Die Mutter Ganges entsprang im Himmel und war also ein himmlischer Fluß. Als sie auf die Erde herabfiel, hatte Shiva mit seinem langen Haarschopf ihren Aufprall gedämpft.

Vom Fluß ging Kim dann sogleich zum Tempel zurück, setzte sich in den Schatten eines *bodhi*-Baumes und begann zu meditieren. Wie einfach hatte sich der Körper läutern lassen; man tauchte in den Fluß, und schon war es geschehen. Die Läuterung des Geistes hingegen glich eher einer Schlacht. Wie eine dicke Steinmauer verwehrte der Geist ihm den Zugang zur Seele. Gelegentlich spürte er die Beseligung, die zeigte, daß er sich dem innersten Punkt seines Wesens näherte, in dem alles Denken verblaßt in der Erfahrung von Licht, Leichtigkeit und Stille. Aber dies hielt nur für Sekunden, dann verlor er die Konzentration, und das Licht zuckte in das Dunkel seines Geistes zurück.

Trotzdem verharrte er weiter auf seinem Platz, bis der harte Stein seine Glieder betäubte und die Passanten den Magen dieses *sanyassi* knurren hörten, der noch nicht gelernt hatte, seine körperlichen Begierden zu beherrschen. Gegen Mittag schnupperte er dann leichten Duft von Jasmin und hörte Lakshmis Fußreifen leise schellen, während sie sich vor ihm niederhockte, um das Ende seiner Meditation abzuwarten.

Immer saß sie ihm dabei gegenüber, betrachtete jeden Zug seiner Erscheinung: seine Nase, seinen Mund, die geschwungenen Lippen, die aufrechten Schultern. Ihre klaren, glänzenden Augen sogen ihn in sich auf. Er ließ sie gewöhnlich eine halbe Stunde warten, obwohl sein Geist nur bei recht weltlichen Erfahrungen verweilte, etwa der kühlen Brise, die gerade vom Fluß herüberwehte. Als er schließlich seine Augen öffnete, lächelte Lakshmi stets entzückt.

»Hast du gefunden, was du suchst?«

»Nein, deine Anwesenheit hat mich gestört.«

»Ein echter *sanyassi* würde sich von mir nicht stören lassen. Ob nun eine Frau oder ein Tiger an ihm vorübergeht, er bemerkt sie nicht einmal.«

»Sie sind ja auch ein und dasselbe, gleichermaßen gefährlich für den Mann.«

»Dann eben morgen. Morgen wirst du finden, was du suchst.«

Sein Versagen schmerzte sie nicht, bedeutete es doch, daß sie noch ein Weilchen länger würde für ihn sorgen können. Sie rollte das Bananenblatt vor ihm auf dem Boden auf. Dann schüttete sie aus der *lota* etwas Wasser über seine Hände, kniete neben dem Blatt nieder und füllte es aus einem Tonkrug mit Reis und Gemüsecurry. Sie hatte auch stets noch einen kleineren Krug dabei; daraus kratzte sie ein wenig Mango-chutney heraus und ein paar Körner grobes Salz. Schließlich gab es zum Nachtisch eine Süßigkeit, entweder einen *laddu* oder eine *jalebi*.

Während Kim aß, plapperte sie über die neuesten Neuigkeiten der Stadt, fütterte ihn mit Nachrichtenschnipseln und Klatsch, die zumeist gefärbt und maßlos übertrieben waren. Der Priester Soundso nimmt Geld für bestimmte Rituale; der alte Sowieso, ein reicher Großgrundbesitzer, möchte hier in Benares sterben, weil er sich davon *moksha* erhofft; an den und den Plätzen treibt sich ein wunderkräftiger *sadhu* herum; die Polizei sucht immer noch die Schurken, die ein Götterbild gestohlen haben. Kim hörte nur mit halbem Ohr zu. Er hoffte, sie würde endlich die Lust an allem verlieren und ihm gestatten, sie in ihr Heimatdorf zu bringen.

Er hoffte vergeblich. Sie hatte viele Jahre in einer Großstadt gelebt und genoß es sichtlich, frei und unbekümmert durch Gassen und Basare schlendern zu können. Ihre Versorgung stellte sie vor kein Problem. Tempel und reiche Pilger gaben regelmäßig Mahlzeiten an die Armen aus; sie brauchte sich nur in die Schlange der Wartenden einzureihen. Die Nacht verbrachte sie in einer Herberge, ebenfalls eine Stiftung für arme Pilger. Das Gebäude lag am Stadtrand und hatte große abgetrennte Schlafsäle für Männer und Frauen.

Punkt zwölf Uhr Mittags und bei Sonnenuntergang hockte sie bei Kim, um ihm seine Mahlzeit zu bringen. Er hatte sie mehrfach zu überreden versucht, gemeinsam mit ihm zu essen, aber dies hatte sie beharrlich abgelehnt. Ihre Pflicht war es, ihm zu dienen und dafür zu sorgen, daß er genug zu essen hatte. Nachdem sie gegangen war, legte er sich in einer kühlen Ecke des Tempelanwesens zum Mittagsschlaf nieder. Der Tempel schloß seine Pforten. Nichts geschah, und niemand rührte sich mehr außer den Männern der Tempelkanzlei; die saßen nun in einer Reihe nebeneinander und zählten die Morgeneinnahmen in den Tempel-*handa*, den großen Kessel aus Metall, der als Kollekte diente. Die Hitze war selbst den Affen zuviel; ruhig dösten sie im Schatten der Götter vor sich hin.

Kim wachte auf, als die Sonne schräg in die *gopurams* der Tempel hineinschien und lange Schatten warf. Dann besuchte er Anand, den alten Oberpriester, der inzwischen achtzig Jahre alt war und den ganzen Tag Zeitung las – Zeitungen in Urdu und Englisch, in Bengali und Hindustani, in Maharati und Tamil, egal ob alt oder neu. Er bewahrte sie in seiner winzigen Kammer auf, die gerade lang genug war, daß er sich nachts ausstrecken konnte. Am Abend fand man ihn regelmäßig an der sonnigen Westecke des Tempels in der Nähe eines kleinen Schreines.

Anand hatte keine Haare, weder auf dem Kopf noch auf dem Körper; seine trotz seines hohen Alters befriedigend rundliche Erscheinung strahlte Zufriedenheit aus. Nur wenige Zähne waren ihm geblieben, alle aus Gold. Er saß mit gekreuzten Beinen und lehnte sich gegen dieselbe Säule wie jeden Abend. Die noch ungelesenen Zeitungen lagen zu seiner

Rechten, säuberlich gestapelt und mit einem Stein beschwert. Bereits gelesene Zeitungen lagen ebenfalls säuberlich gefaltet links neben ihm. Mit dem Brillengestell aus feinem Golddraht auf seiner Nasenspitze erinnerte er Kim an eine neugierige Eule. Die Brille gehörte ihm nicht. Von einem Pilger vergessen, hatte er sie mit Freuden übernommen. Beim Lesen kniffen die Augen zusammen. Anand hatte zu jedem Thema etwas zu sagen, ganz gleich ob es sich um die Auslegung der *Gita*oder die neuesten Kricketergebnisse handelte. Und das, obwohl er, wie Kim hörte, in den letzten vierzig Jahren keinen Fuß vor das Tempelgrundstück gesetzt hatte.

Außer Kim suchten noch viele andere Anand in ihrer freien Zeit auf: jüngere Priester, Pilger, Bettler und Diener. Sie scharten sich im Kreis um ihn und hörten ihm zu. Damit sparten sie sich die Mühe, alles selbst lesen zu müssen (sofern sie überhaupt des Lesens kundig waren), und konnten doch nun zu allem möglichen eine fundierte Meinung abgeben, gestützt auf Anands enzyklopädisches Gedächtnis! Ein ehrfurchtgebietendes Gedächtnis in der Tat. Wie alle männlichen Vorfahren seiner Familie hatte Anand als kleiner Junge die Veden auswendig gelernt, von denen es so viele gibt, daß ihre auf Palmblättern festgehaltenen Schriften ein ganzes Zimmer füllen. Aber auch die *puranas* und natürlich die *Gita* kannte er auswendig wie alle anderen Texte und Abhandlungen, die seinem erstaunlichen Gedächtnis vor die Augen gekommen waren. Anand sprach im Singsang des Gebets, denn sein Leben lang hatte er Rituale geleitet und dabei Gebete vorgesprochen. Im Augenblick saß nur Kim bei ihm, und er las im *Statesman*, den er dicht vor seiner Nase hielt, um die Buchstaben zu entziffern.

»Ich lese gerade etwas über diesen Mohandas Gandhi. Hast du von ihm gehört?« sagte er, ohne aufzuschauen.

»Nein. Ist er einer vom Nationalkongreß?«

»Ein komischer junger Mann. Er stammt aus Kathiawar, einer Kleinstadt in der Nähe von Bombay. Eigentlich hätte er einem der unbedeutenden Rajas der Region als Premierminister dienen müssen wie vor ihm sein Vater, sein Großvater und ein Onkel. Aber statt dieser von den Vorvätern ererbten Pflicht zu folgen, ist Mohandas Gandhi nach England gegangen, um dort Jura zu studieren. Nach Erhalt seiner Zulassung als Rechtsanwalt ging er in seine Heimat zurück, ohne dort eine Arbeit oder Aufgabe zu finden. Also entschloß er sich, sein Glück in Südafrika zu versuchen. Jetzt gehört er zum Kongreß von Natal und schlägt sich mit den Briten herum. Er bekämpft die schlechten Gesetze, die die Regierung dort gegen die indischen Einwanderer erlassen hat. Im Unterschied zu den zornigen jungen Männern in Bengalen hat er seine Ziele jedoch seltsamerweise niemals mit Gewalt durchzusetzen versucht, obwohl er selbst schon viele Monate im Gefängnis sitzen mußte, weil er Kennkarten verbrannte. Er glaubt, daß er über Recht und Gesetz am ehesten zum Ziel kommt. Meiner Meinung nach hat er den Schlüssel gefunden, mit dem das Empire geknackt werden könnte. Siehst du, es herrscht mit Gewalt. Gewaltsam bringt es Schmerz und Tod. Dieser seltsame Gandhi ist deswegen zu dem Schluß gekommen, daß er am Ende die Oberhand behält, wenn er diesen Schmerz auf sich nimmt, ihn sozusagen aufsaugt. Ziemlich schlau. Schmerz ist das probateste Mittel zur Kontrolle des Volkes. Wenn jedoch der Schmerz die Menschen nicht mehr schreckt, verliert er alle Macht über sie. Ohne Macht wiederum muß das Empire in die Brüche gehen. Nun erhebt sich eine interessante Frage: Wieviel Schmerz? Wie hoch muß er sein? Ist er kalkulierbar? Drei Mangos und zwei Papayas sind zusammen fünf Früchte. So einfach läßt Schmerz sich jedoch nicht addieren. Wir alle fürchten und verabscheuen Schmerzen. Wie ein wirklicher *sunyassi* hat Gandhi diese Furcht überwunden. Trotzdem, mag er auch noch so stark sein, reicht ein einzelner Mann doch niemals aus, so viele Schmerzen auf sich zu nehmen, daß er damit den Meister in die Knie zwänge. Viele andere müssen seinem Beispiel folgen, und hier beginnt das Rechenexempel. Wie viele werden sich mit ihm solidarisieren, auf seine Seite stellen und den Schmerz auf sich nehmen?« Anand lugte über den Rand der Zeitung.

»Hat dieser Schmerz eine Grenze? Ich selbst weiß, was Schmerz ist, denn ich habe Schmerzen gefühlt. Mochten sie noch so schlimm sein und ich mittendrin, habe ich doch immer gewußt, daß sie vorübergehen, daß es eine Heilung für die Krankheit gibt. Wenn der Schmerz eine Grenze hat, dann werden viele in Südafrika Gandhi zur Seite stehen.«

»Nein, nein. Es kann keine Grenze geben. Wenn der Schmerz eine Grenze hat, und der Meister sie kennt, braucht er die Menschen nur bis zu dieser Grenze zu treiben. Mit dem Schmerz ist es wie mit dem Land Ayodhya. Ramas, Sitas und Arjunas Strafe bestand darin, daß man sie über die Grenze aus ihrer Heimat vertrieb. Mit dem Schritt über die Grenze standen sie im Exil. Was aber wäre passiert, wenn Ayodhya keine Grenzen gehabt hätte, wenn es so grenzenlos gewesen wäre wie unsere Erde? Wohin hätte man sie vertreiben können? Nun, in den Tod natürlich. Nur mit unserem Tod kann man uns aus dem Leben vertreiben. Und deswegen muß der Schmerz grenzenlos sein.«

»Was halten die Briten von Gandhi?«

»Ein Ärgernis, das schließlich verschwinden wird. Ein Mensch ist sterblich, nicht so das Empire. Sie warten geduldig das Ende seiner Zeit ab, und dann machen sie weiter wie bisher, immer im alten Trott, nach denselben Gewohnheiten. Das Empire verabscheut neue Gewohnheiten. Neue Gewohnheiten verändern die Menschen.«

»Wenn er dort weggeht, kommt er doch sicher nach Hause?«

»Ja. Und es wird höchst interessant sein zu beobachten, was er hier unternimmt. Noch interessanter jedoch wird sein, was die Regierung gegen ihn unternimmt.«

Kim sagte für einige Momente nichts. Vor seinem geistigen Auge sah er eine Balkenwaage: auf der einen Waagschale Gandhi, auf der anderen die Regierung. Die Waage hatte schwer Schlagseite. Wie sollte dieser Gandhi überhaupt etwas ausrichten? Kim sah die Unmöglichkeit. Das Empire würde bleiben – unverändert, ungerührt. Hatten nicht schon andere Männer versucht, das Gleichgewicht der Kräfte umzukehren? Gokhale, Lajpat Rai, Tilak, unzählige namenlose Aufrührer, die man regelmäßig verhaftete, auspeitschte und dann entweder einsperrte oder an den Galgen brachte. Sie waren doch allesamt nur winzige Dornen auf der Haut des Elefanten. Ja, das Ungetüm bemerkte nicht einmal ihre Gegenwart oder ihre verzweifelten Bemühungen, es in andere Bahnen zu lenken.

Kim war kein politischer Mensch. Vor allem erkannte er die Dauer und Verläßlichkeit des Empire an und den Frieden, den es seinem Land gebracht hatte. Vor dem Eingreifen der Engländer hatte es jahrhundertelang ständig Krieg gegeben. Ein Raja hatte den anderen befehdet, so leidenschaftlich und bitter, daß sie bei einer Bedrohung von außen niemals gemeinsame Sache machen und den Eindringling – ob Timur, Babur oder die Briten – erfolgreich bekämpfen konnten. Statt dessen verrieten sie sich gegenseitig und zogen in ihrer Kurzsichtigkeit nicht in Betracht, daß der Eindringling sie schließlich alle verraten würde. Nein. Kim glaubte nicht, daß dieser Gandhi irgendeinen Druck auf die Regierung ausüben könnte, nicht ohne Waffen. Nur mit Waffengewalt konnte man Waffengewalt in die Knie zwingen.

Diese Gedanken schwirrten noch durch seinen Kopf, als er sich wie immer am selben Platz zur Meditation niedersetzte. Die Tempelpforten waren inzwischen wieder geöffnet, und die Pilger strömten herein. Sie grüßten ihn mit ihrem freundlich-ehrfürchtigen *namaste*. Ein oder zwei von ihnen baten ihn sogar um *darshan*; offenbar hielten sie ihn für einen heiligen Mann. Kim gab ihnen den gewünschten Segen. Wenn der Mensch an etwas glaubt, läßt sich sein Glaube nicht so leicht erschüttern. Und wenn diese Männer an die Kraft seines Segens glaubten, durfte er ihnen ihre Bitte nicht abschlagen.

Es war kühler geworden. Er saß im Schatten, und die leichte Brise trocknete die Schweißperlen auf seinem Gesicht. Langsam spürte er sich in Frieden und Stille hineingleiten, und die Tempelgeräusche verklangen allmählich, als ob sie immer weiter von ihm zurückwichen. Er nahm einen ersten Glanz wahr, weniger eine direkte Lichtwahrnehmung als die bewußt gespürte Präsenz des eigenen Gewahrseins: nicht die Flamme der Kerze, sondern ihr Leuchten. Dieses Leuchten mochte in der nächsten Sekunde wieder verschwunden sein, und deswegen konzentrierte sich Kim, um es zu bewahren. Nach und nach dehnte es sich sogar aus, wurde weiter und weiter, füllte zuerst seinen Geist, strömte nach außen, um seinen Körper zu umfangen. Wie ein Blatt im Wind trieb er in der kristallklaren Hülle dieses Leuchtens.

Daraus entfaltete sich eine Vision: Ein Riese stand auf offen weitem Feld. Von gigantischer Gestalt wie Trivakrama, löschte er das Leuchten. Sein Schatten fiel über die Erde, berührte gar den Horizont. In der Hand hielt er den Bogen, so groß wie eine Himalaya-Zeder, und golden schimmerten die Pfeile. Ohne ein Wort zu sagen, legte er einen Pfeil auf die Sehne, spannte sie, hob den Bogen und ließ den Pfeil fast senkrecht hoch in die Lüfte schwirren. Kim folgte seiner Flugbahn, als flöge er selbst neben dem Pfeil her. Als der Pfeil sich schließlich in die Erde bohrte, verwandelte er sich auf der Stelle in einen unvorstellbar schönen Baum, der eine einzige Blüte trug. Diese Blüte war von ungewöhnlicher Form, duftete zart und sinnlich zugleich. Kim hielt sie in der Hand, bestaunte ihre feine Haut, ihr zartes Fleisch. Glückseligkeit umfing und durchpulste ihn. Dann drehte er sich um und schaute abermals zu dem Riesen auf, der gerade einen weiteren Pfeil auf die Sehne spannte. Dieser flog noch weiter in die Ferne, und als er zu Boden fiel, explodierte die Erde. Rauch, Dampf und Dreck spritzten auf, erfüllten die Luft und wollten Kim ersticken. Aus dem Dampf züngelte feiner roter Schaum, der seine Kleider durchdrang und seine Haut verbrannte. Er konnte nicht feststellen, wo genau der Schmerz ihn biß; er schien ihn zu umschlingen, schien die Luft überall zu erfüllen. Kim taumelte aus Dampf und Dunkelheit ins Freie. Und abermals erwartete ihn dort der Riese, der nun den dritten Pfeil auf den Bogen legte. Dieser Pfeil fiel nicht im Bogen auf die Erde zurück, stieg vielmehr hoch und immer höher hinauf in die Lüfte, um endlich in strahlendem Licht zu vergehen. Kim schaute sich um. Der Riese war nirgends mehr zu sehen.

Es dauerte eine Weile, bis Kim sich zurückfand. Das Stimmengewirr wurde lauter, er hörte die Tempelglocken und spürte Lakshmis mittlerweile vertraute Nähe. Als er die Augen aufschlug, sah er direkt auf ihr Gesicht, das ihn besorgt anblickte.

»Du hast eine Vision gehabt, nicht wahr?«

»Ja. Woher weißt du es?«

»Es stand dir ins Gesicht geschrieben. Du warst so weit weg, so in dich gekehrt. Wie die Menschen, die auf einem *mela* das Antlitz Gottes erschauen. Wirst du jetzt fortgehen und mich allein zurücklassen?«

»Ist das alles, was dich beschäftigt? Willst du nicht erfahren, was ich gesehen habe?«

»Nein. Ich kann nur an mein eigenes Glück denken. Wenn du fortgehst, werde ich wieder allein sein.« Sie schmollte und breitete das Blatt nicht aus. »Also gut, was hast du bei deiner Vision gesehen?«

Kim erzählte es, sie hörte ihm aufmerksam zu. »Wer war der Mann?«

»Ich weiß nicht. Was meinst du?«

Sie zuckte mit den Schultern und entrollte vor ihm langsam das Bananenblatt. Alle Lebensfreude war aus ihren Bewegungen gewichen; sie fühlte sich unendlich schwer und müde. Lakshmis Visionen kreisten einzig um Kim. In seiner Gegenwart erwachte sie zum Leben, bekam ihr Leben einen Sinn. Kims Vision bedrohte sie. Sie hatte keine Ahnung, was sie bedeuten mochte, aber die Bedrohung war an Kims Gesicht abzulesen. Er würde den Sinn der Vision ergründen wollen und zu diesem Zweck vielleicht durch das ganze Land reisen müssen. Er würde sie also verlassen, und sie wußte, daß sie sich niemals wiedersehen würden.

Bei diesem Gedanken fühlte sie sich unsagbar elend. Sie wünschte, sie wäre im Bordell geblieben. Dort hatte es niemals Hoffnung gegeben, und ohne Hoffnung gibt es keinen Schmerz. Dort war sie wie betäubt gewesen... und das wünschte sie jetzt zu sein. Was sollte sie in einem Dorf, das sie mittlerweile so gut wie vollständig vergessen hatte? Das Leben der Frau eines Bauern leben? Den ganzen Tag auf den Feldern arbeiten? Hunger und Durst leiden? Und wissen, daß das Leben keine Freude mehr für sie bereithielt?

»Wann wirst du mich verlassen?«

»Zuerst muß ich hinter die Bedeutung der Vision kommen.«

»Nun, in der Zeitung wird sie nicht stehen«, schnappte sie. »Frag doch Anand oder den *sanyassi* am *ghat*, der die Wunder vollbringt. Er wird sie deuten können.«

»Ich werde Anand fragen.«

Anand hatte seinen Stammplatz verlassen und saß nun unter einer Laterne, obwohl er aufgehört hatte zu lesen. Kim setzte sich vor ihn auf den Boden, während Lakshmi den gebührenden Abstand hielt. Anand duldete keine Frau in seiner Nähe. In seinen Augen war jede Frau unrein. Er hörte Kim aufmerksam zu und dachte dann lange Zeit angestrengt nach, wobei seine Finger unaufhörlich mit seiner Brahmanenschnur spielten.

»Ich deute deine Vision etwa in diesem Sinn: Die drei Pfeile wollen dich auf deinen Lebensweg hinweisen. Der erste Pfeil, der sich nach deiner Beschreibung in einen blühenden Baum verwandelte, versinnbildlicht das Ziel für deinen Körper. Es wird ihn zutiefst befriedigen, ihn mit großer Lust beglücken. Kannst du mir folgen? Der zweite Pfeil zeigt Gefahr an. Ich weiß nicht, ob er nur eine Warnung beinhaltet oder ob dich das Unglück tatsächlich ereilen wird. Die Farbe Rot bedeutet Blut, vielleicht dein eigenes. Du sagst, der Schmerz lag überall in der Luft: Das heißt, daß du von Sterbenden umgeben warst.«

»Ich habe schon früher einmal geträumt, daß ich von Rauch und Blut umgeben bin.«

»Dann wird es so geschehen.«

»Werde ich mit dem Leben davonkommen?«

»Das kann ich nicht mit Gewißheit sagen. Ich glaube ja, weil du den dritten Pfeil hast fliegen sehen. Aber er mag auch eine andere Bedeutung haben, nämlich daß deine Seele zu Brahma aufsteigt. Dazu müßtest du erst sterben. Dann wirst du *ananda* erlangen, den Zustand der Gnade, weil du während deines Erdenlebens gütig und mitfühlend gewesen bist. Oder...« Anand hielt inne und spitzte dann den Mund, »es könnte auch sein, daß die Pfeile jeweils eine Entscheidung versinnbildlichen. Du mußt dich für einen von ihnen entscheiden, und dieser führt dich zu deinem gewählten Ziel.«

»Wie kann ich wissen, für welchen ich mich entscheiden soll?«

»Bist du jedesmal an den Ausgangspunkt der Pfeile zurückgekehrt?«

»Nein. Ich bin von einem zum nächsten gegangen.«

»Dann mußt du dein Ziel nicht wählen, denn eines wird dich zum nächsten führen.«

»Wie soll ich den Baum erkennen? Werde ich ihn im Dschungel oder in der Wüste finden?«

»Der Baum selbst wächst nicht auf unserer Erde. Das menschliche Auge kann ihn nicht wahrnehmen. Trotzdem wirst du es wissen, wenn du ihn gefunden hast.«

»Und wie? Wenn ich nicht weiß, wonach ich eigentlich suche, kann meine Suche sehr leicht endlos dauern.«

»Diese Art Mühsal ist Teil unseres Menschseins. Zu suchen.« Anand zwinkerte wohlwollend. Von den Brillengläsern vergrößert, erinnerten seine Augen an große, runde braune Monde. »Du bist jung. Dir bleiben noch viele Jahre, deine Aufgaben zu erfüllen. Aber weil du noch so jung bist, wünschst du dir, das Leben möge einfach sein. Am liebsten würdest du von mir hören, daß du an dem und dem Ort das und das finden wirst. Wie einen verborgenen Schatz. Aber das Leben ist nicht so, mein junger Freund.« Er seufzte kurz, als ob für einen langen Seufzer nicht genügend Zeit bliebe. »Du wirst dich bald auf den Weg machen, und ich werde dich nicht wiedersehen. Deine Gesellschaft hat mir viel Freude bereitet, denn du hörst genau zu und behältst auch im Kopf, was man dir sagt.«

»Bitte, Anand, segne mich.«

Anand hob die Hand, und Kim berührte die rissigen Füße, die unter dem Gewand verborgen waren.

»Was hat er gesagt?« fragte Lakshmi.

»Ich muß mich auf die Suche begeben.«

»Ich komme mit dir.«

»Nein. Zuerst bringe ich dich wie versprochen in dein Dorf zurück.«

»Nicht nötig«, widersprach Lakshmi verdrossen, »ich kann ebensogut bleiben, wo ich bin. Was soll ich in dem öden Kaff denn überhaupt anfangen?«

»Immerhin ist es die Heimat deiner Vorfahren.«

Kim erkannte am verstockten Ton ihrer Worte, daß sie nicht in bester Laune war. Sie funkelte ihn so wütend an, daß er sich wünschte, wenn auch nur für einen Augenblick, er hätte sie niemals aus dem Bordell in Bombay befreit. Damals hatte er nur helfen wollen, und jetzt lastete ihre Gegenwart wie ein Joch auf seinem Nacken. Auch wenn sie niemals ein Wort darüber verlor, wußte er, wovon sie träumte, denn immer folgten ihre Augen ihm mit hungrigen Blicken. Wenn er bei ihr bliebe, würde er alles von ihr haben können. Sie würde ihm bis ans Ende Indiens folgen. Ja, ja, Narain, dachte er, ich hätte auf dich hören sollen! Diese Frau wird mir mit ihrer Liebe noch die größten Schwierigkeiten machen. Aber ich will sie nicht verletzen, denn sie ist in ihrem Leben schon oft genug verletzt worden. Trotzdem kann ich mich nicht selbst unglücklich machen, nur um sie aus ihrem Unglück zu erretten.

»Ich werde zurückkommen, wenn meine Schule zu Ende ist.«

»Versprichst du mir das?«

»Ja.«

Damit war sie zufrieden. Sie wußte, daß Kim zu seinem Wort stand. Wenn Kim es versprach, würde er zurückkehren.

Er hatte ihr ja auch seine Hilfe bei der Flucht aus dem Bordell versprochen und sein Wort gehalten, obwohl sie es ihm niemals verübelt hätte, wäre er nie wiedergekommen. Also breitete sie das Bananenblatt nun vor ihm aus und füllte es mit einer reichlichen Portion. Ein reicher *ghi*-Händler, so kugelrund wie ein vollgepackter Lastesel, hatte im Durga-Tempel zweihundert arme Pilger gespeist. Er mußte wahrlich ein großer Sünder sein, denn nach einem Gerücht sollte er dem Tempel obendrein zehntausend Rupien gespendet haben.

Sie verließen Benares vor dem nächsten Sonnenaufgang. Beide hatten sie nicht viel zu tragen. Lakshmi besaß inzwischen einen zweiten Sari; ein reicher Bauer hatte ihn ihr anläßlich der Schnurverleihung seines Sohnes geschenkt. Kim hatte ein zweites Paar *paiyamas* und einen neuen *jiba.*

Sie reisten mit einer Karawane, die sie im Basar aufbruchbereit gefunden hatten. Sie bestand aus zahlreichen Ochsenkarren und Kamelen. Kim sprach den Karawanenführer an, einen *sardar* namens Balbir Singh, der ihnen nach reiflicher Überlegung erlaubte, sich der Karawane anzuschließen. Seine Kamele waren vollgepackt mit kostbaren Seidenstoffen von den Handwebstühlen aus Benares. Er wollte sie nach Amritsar schaffen, wo er sie für das Zweieinhalbfache verkaufen konnte, galten doch die mit Gold- und Silberfäden durchwirkten Saris aus Benares in ganz Indien als die besten und kostbarsten des Landes. Und natürlich mißtraute Balbir einem kräftigen Mann von Kims Statur, der ihn überdies an einen Dacoit aus den Schluchten von Chambal erinnerte, welcher ihm vor ein paar Jahren fast die Kehle durchgeschnitten hatte. Balbir Singh reiste in Begleitung von drei Söhnen, jeder mit einem *jezail* bewaffnet. Sie stellten die Wachmannschaft dar, der jüngste war erst zwölf, der älteste fast dreißig Jahre alt. Alle drei sahen blendend aus und waren außerdem liebenswürdig. Die Ochsenkarren gehörten ebenfalls ihnen. Darauf hatten sie billige Stoffe, Gewürze, Töpfe, Pfannen und andere Dinge des täglichen Bedarfs für die Dörfer geladen, die sie auf ihrer langen Reise durchqueren würden.

Weiterhin hatte sich ihnen eine Hochzeitsgesellschaft angeschlossen, die auf Pilgerschaft in Benares gewesen war. Die Frauen reisten in einem geschlossenen Wagen, und so fragte Kim sie sofort, ob Lakshmi mit ihnen fahren konnte. Ein Kopf schaute aus der Plane hervor, beäugte Lakshmi von Kopf bis Fuß und gab erst nach ausgiebiger Musterung sein Einverständnis zu erkennen.

»Wo wirst du dich aufhalten?« fragte Lakshmi, als Kim ihr Kleiderbündel auf den Wagen legte und ihr beim Einsteigen half. »Du wirst doch nicht weglaufen?«

»Nein, ich werde mit den Männern zu Fuß gehen. Ich habe versprochen, daß ich dich zu deinem Dorf begleiten werde, und ich werde mein Wort halten.«

»Deine Frau?« fragte der junge Bräutigam, als Kim neben ihm herging, und die Karawane sich endlich in Bewegung setzte.

»Nein. Ich bin der Bruder eines Vetters von ihr. Wir waren in Benares und haben gebetet. Viele, viele *pujas*. Jetzt bringe ich sie in ihr Dorf zurück.« Er log, weil er Lakshmis Ruf schützen wollte. Jede Frau, die allein mit einem Mann unterwegs war, bot Anlaß zu allerlei Mutmaßungen, und es war immerhin möglich, daß ein Mitglied der Reisegruppe aus Lakshmis Heimatdorf stammte oder Leute von dort kannte.

»Wo liegt es denn?«

»Viele *kos* von Rae Bareli. Auf dieser Seite.« Die Richtungsangabe war so ungenau wie Lakshmis Erinnerungen an ihr Zuhause. Kim bezweifelte nicht, daß der Ort tatsächlich existiert hatte, und hoffte nur, daß es ihn noch gab. Bei einem heftigen Monsunsturm konnte ein Dorf über Nacht vom Erdboden verschwinden. »Aber ich bin selbst noch nicht dagewesen. Ich stamme aus Kalkutta.«

Der Junge seufzte: »Ich bin in meinem ganzen Leben noch nicht bis nach Kalkutta gekommen, aber es soll riesig sein, und man sieht dort die herrlichsten Dinge. Dort leben auch die Männer mit der weißen Haut.«

»Ja, die *Angrezis*. Und wo du herkommst?«

»Ein oder zwei. Ihnen gehört das meiste Land in der Nähe unseres Dorfes, und sie machen uns das Leben schwer. Wir haben früher immer nur Weizen gesät, hauptsächlich für uns selbst, Essen für unsere Familie; den Rest haben wir dann verkauft. Die *Angrezis* jedoch bestehen darauf, daß wir Indigo anbauen. Sie sagen, daß wir damit viel Geld verdienen können, aber sie bezahlen uns nicht. Keinen Anna haben wir bisher zu Gesicht bekommen. Wenn der Monsun ausbleibt oder zu spät kommt, werden wir nicht genug zu essen haben.«

Er war ein hagerer, angenehmer Junge, noch keine zwanzig Jahre alt. Sein Gesicht kennzeichnete ihn als einen Träumer, und er verfiel häufig in langes Schweigen, wie er sich auch oft nach dem Wagen umschaute, um sich zu vergewissern, daß die Gesellschaft mit seiner Kinderbraut ihnen tatsächlich folgte. Er hieß Rambaj und stammte aus einer Familie von Pachtbauern. Sie bewirtschafteten einen Morgen Land, der jetzt überwiegend mit Indigo bepflanzt war. Sein Vater wollte im nächsten Jahr wieder Weizen anbauen, aber der Verband der Pflanzer und Grundeigentümer untersagte es ihm.

»Eure Dorf-*panchayat* sollte das Problem mit dem Distriktsamtmann besprechen. Er wird euch beistehen.«

»Nein. Wir sind vertraglich verpflichtet, Indigo anzubauen. Die Verteilung war zu Anfang auch gerecht: drei Teile Indigo, zwanzig Teile Weizen. Damals haben wir genug Getreide für uns selbst anbauen dürfen; wir hatten immer zu essen. Jetzt jedoch bauen wir zehn Teile Indigo und zehn Teile mit Weizen an. Der Ältestenrat hat mit dem Amtmann-Sahib gesprochen, aber er wird uns nicht beistehen. Er sagt, daß wir Indigo anbauen müssen.«

»Aber sicher wird euch doch der *sarkar* helfen. Er liebt euch alle, und er sorgt gut für euch.«

»Warum sollte er?« fragte Rambaj verbittert. »Wann hat uns der *sarkar* jemals geholfen. Der heutige unterscheidet sich doch kaum von den früheren. Man behandelt uns wie kleine Kinder und hält es mit den Grundbesitzern und mächtigen Pflanzern. Einmal haben wir protestiert. Da haben sie gleich die Polizei geschickt. Wir sind arm und lassen uns leicht einschüchtern.«

Kim wollte Rambaj nicht glauben. Er wußte doch, daß die englischen Bezirksvorsteher, ihre Stellvertreter und die Bezirksrichter viele Jahre an solchen gottverlassenen Orten wie Rae Bareli verbrachten, Straßen bauten, Bewässerungsdämme und Abflußkanäle, so daß sich das Los der Bauern nach Jahrhunderten der Ausbeutung und Vernachlässigung endlich Schritt für Schritt verbesserte. Rambaj übertrieb gewiß; solche verläßlichen und guten Leute würden das einfache Volk niemals ausnützen oder bedrohen. Trotzdem sagte Kim nichts weiter dazu, sondern lauschte dem Dorftratsch.

Der Vater der Braut war ein Brunnenbauer; er hatte zuviel zu tun, um die Gruppe, hauptsächlich Frauen aus beiden Familien, auf ihrer Pilgerreise zu begleiten. Für die Frauen war es das eine große Abenteuer in ihrem ansonsten tristen Leben. Kim hoffte, daß sie viel Spaß gehabt hatten. Außer Rambaj gehörte noch ein weiterer Mann dazu, ein frisch verwitweter Onkel; seine Frau war erst kürzlich bei der Geburt eines Kindes verschieden. Suresh Lal war ein gedrungener, fröhlicher Mann und verbreitete gewiß nicht den Eindruck eines trauernden Witwers. Sein prächtiger Schnurrbart war fest gezwirbelt und reichte fast bis an den Turbansaum über seinem pockennarbigen Gesicht. Als Jawan eines Jat-Regiments im Ruhestand hatte er sich von dem gesparten Sold mehrere Morgen Land gekauft und an Kleinbauern verpachtet. Harte körperliche Arbeit war seine Sache nicht, denn er hatte sich schon in der Armee verausgabt. Als Veteran aus den Kämpfen an der Nordwestgrenze schätzte er sich glücklich und dankbar, sich immer noch seines Lebens erfreuen zu dürfen.

»Ich habe meinen Abschied genommen«, bekannte er vor Kim, »weil wir zuviel im Einsatz waren. Schlachten und Scharmützel ... hier, dort, überall. Vor sechs Jahren bin ich sogar bis nach Tibet gekommen, um gegen die Russen zu kämpfen. Mein Gott, pfiff dort ein eisiger Wind! Das hatte ich noch nicht erlebt. Es war so kalt, daß mir eine Hälfte meines

Schnurrbarts zu einem Eiszapfen gefror und einfach abbrach. Da wußte ich, nach Ablauf meines Dienstvertrages würde ich gehen.«

»Hast du tatsächlich gegen die Russen gekämpft?«

»Nein, nur gegen buddhistische Mönche, die wir auf Befehl niedermetzeln mußten.« Er zwirbelte seinen Schnurrbart. »Das war ihnen eine Lehre, obwohl mir immer noch nicht ganz klar ist, was eigentlich die Lehre gewesen sein soll.« Ihn bewegte noch etwas anderes, aber er kam erst am nächsten Tag darauf zu sprechen, während er sich zum Frauenwagen umschaute. »Eine hübsche Cousine hast du da. Willst du sie heiraten?«

»Nein. Ich begleite sie nur zu ihrem Dorf zurück.« Er sah den Vorhang sich verstohlen einen Spalt öffnen. Lakshmis Augen bohrten sich unablässig in seinen Rücken. »Sie ist ein herzensgutes Mädchen.«

»Wie meine Frau, aber die war bei weitem nicht so hübsch wie deine Cousine. Ich mag sie am liebsten, wenn sie hellhäutig und anmutig sind.«

Kim hatte damit gerechnet, daß Suresh Lal weiterreden würde. Aber er verfiel in nachdenkliches Schweigen, grübelte über sein Verlangen nach. Kims junge Augen mochten einen alten Mann in ihm sehen; sie täuschten sich, er war gerade fünfundvierzig Jahre alt.

Doch ging Kim eigentlich ein anderer Gedanke durch den Kopf als Suresh Lals Alter. Mit ein paar ermunternden Worten hier und da, hoffte er, könnte sich eine Heirat einfädeln lassen. Suresh schien recht wohlhabend zu sein, denn neben seinen Pachteinkünften bezog er eine Armeepension. Er würde gut für Lakshmi sorgen. Kim zitterte ein wenig bei dem Gedanken, die Verantwortung für Lakshmi aus den Händen geben zu können, und dieses Zittern entsprang einem leichten Schuldgefühl. Er hatte ihr Rettung versprochen und nicht, daß er sie verheiraten würde. Aber bevor er diesen Gedanken auch nur zu Ende gedacht hatte, rief sie ihn schon zu sich. Ihr fraulicher Instinkt hatte bereits gespürt, daß irgend etwas im Gange war.

»Worüber hast du dich gerade mit diesem Suresh Lal unterhalten?«

»Dies und das.«

»Er schaut mich immer so komisch an. Hast du ihm erzählt, was ich bin?«

»Nein. Das ist vorbei und außerdem deine Sache. Es wird ewig mein Geheimnis bleiben. Aber du bist nun frei und solltest in die Zukunft schauen.«

»Das tue ich ja auch.«

»Ich muß meine Suche fortsetzen. Ich kann mich nicht lange in einem Dorf aufhalten.«

Alle hörten sie seufzen und schmollen, aber Kim verschloß sein Herz. Er ließ sie stehen und entfernte sich mit schnellem Schritt. Nach dieser Szene schien es ihm geboten, sich für ein paar Tage nicht in ihrer Nähe blicken zu lassen.

An der Spitze der Karawane schritt Balbir Singh leichtfüßig wie seine Tiere; selbst ein Tagesmarsch von zwanzig bis dreißig Meilen konnte ihn nicht erschöpfen. Das Land rechts und links der schmalen Landstraße war geradezu verschwenderisch üppig: Sie durchwanderten die Ebene des Ganges, das fruchtbarste Land in ganz Indien. So weit das Auge sah, bedeckten die Plantagen das Land: Indigo, Weizen, Zuckerrohr, Mangobäume, Senfkraut, Linsen, Erbsen, Bohnen, Kichererbsen, verschiedene Arten von Chilis. Die Sonne gleißte. Sie spiegelte sich auf den Wassern des Ganges und der schmalen Bewässerungskanäle, die vom Fluß abzweigten. Sie brannte auf die Männer und Frauen herab, die schnitten und pflanzten und bewässerten, auf die Büffel und Kamele, die den Pflug zogen und Lasten trugen.

»Selbst Kinder würden hochschießen wie die Pflanzen, wenn ich ein Loch in die Erde graben und meinen Samen darin verspritzen würde«, bemerkte Balbir Singh. »Wäre ich ein Bauer, das wäre mein Land. Hier würde ich mich einkaufen. Aber ich bin schon zu viele Jahre durch die Gegend gereist, um es länger als einen Monat an einem Ort auszuhalten. Ich würde sehr bald sehr zappelig werden. Stell dir vor, alle

Tage mit ein und derselben Frau zusammen zu sein. *Ahree*, wahnsinnig sollte mich das machen! Ich habe eine Frau in Benares, eine in Lucknow, eine in Delhi, eine in Amritsar und eine in Lahore. Selbst ein Monat bei einer von ihnen ist schon fast zuviel, länger könnte ich keine ertragen.«

»Wie viele Kinder hast du?«

»Eine Menge. Ab einem bestimmten Alter habe ich aufgehört zu zählen. Ich weiß es nicht.«

»Von welcher Frau stammen die Jungen hier?«

»Zwei sind von meiner Frau in Amritsar, der dritte von der in Delhi, prächtige Jungen alle drei. Sie erzählen ihrer Mutter kein Wort von den anderen Frauen. Na ja, ich habe es ihnen unter Androhung einer ordentlichen Tracht Prügel verboten. Sie sind so gehorsam. Und du, bist du nicht verheiratet?«

»Nein.« Kim schwieg.

»Dir fehlt doch nichts, oder? Du bist jung und kräftig, siehst einigermaßen attraktiv aus.« Er schaute Kim prüfend an. Der war wohl ein *badmash* wie er selbst und nahm sich seinen Spaß, wo er ihn bekommen konnte.

Balbir war groß, eine würdevolle Erscheinung, sonnengebräunt, mit weißem Vollbart. Hübsch allerdings konnte man ihn bei der Knollennase unmöglich nennen, jedoch spürte man geradezu seine Lebensfreude. Balbir würde für ein gutes Geschäft oder einen guten Tauschhandel um die ganze Erde laufen. Er hatte sogar die andere Seite von Himalaya und Hindukusch kennengelernt, denn in jungen Jahren war er mit seinem Vater auf der Seidenstraße bis nach Samarkand gekommen. Dort hatte er das Grabmal Tamerlans gesehen und beschrieb es als großes Wunder, wenn auch nicht von der gleichen zarten Schönheit wie das Taj Mahal. Die Frauen dort waren nach seinen Erzählungen untersetzt und kräftig; er beschwor, eine von ihnen hätte ihn dreimal niedergerungen, auf die Bettmatte geworfen und dann dermaßen beglückt, daß er sicherlich sein ganzes Leben bei ihr geblieben wäre, hätte ihr unersättlicher Hunger ihn nicht erschöpft. Schließlich sei er ihrem Vater und ihren sechs Brüdern um Haaresbreite entkommen.

Am Abend fanden sich die Männer der Karawane zum Würfelspiel zusammen. Die Würfel gehörten Balbir, und so gewann er fast immer, meistens von seinen Söhnen. Er rechtfertigte sich mit der Erklärung, daß solcher Betrug sie auf das Leben vorbereiten würde. Wie, darüber ließ er sich nicht näher aus. Kim hatte den Verdacht, daß die Söhne ihren Vater durchschauten und über den Verlust nur lachen konnten. Sie standen ihrem Vater sehr nahe, ständig spaßten und scherzten sie mit ihm.

Auf ihrem Weg nach Norden durch die Gangesebene verließen alle Reisenden, die sich ihnen früher angeschlossen hatten, die Karawane einer nach dem anderen, während neue Begleiter zu ihnen stießen. Wenn sie Glück hatten, übernachteten sie am Rande eines Dorfes. Wenn nicht, schlugen sie ihr Lager im Freien auf, schnitten so viel Gestrüpp wie möglich und igelten sich hinter einer künstlichen Dornenhecke ein, die Schakale, Tiger und Dacoits abwehren sollte. Meist aber hatten sie Glück. Das Land war so fruchtbar, daß viele Dörfer auf ihrem Weg lagen.

In vielen kannte man Balbir. Die Frauen sahen sich seinen Schmuck an, wenn sie das Geld dafür hatten, den Goldschmuck, der reich mit Smaragden oder Rubinen besetzt war, oder die Ohrgehänge, Fußgelenk- und Armreifen aus Silber. Sie handelten den Preis herunter und kauften schließlich. Kim entging nicht, daß Balbir bei dem Geschäft seinen Schnitt machte. Gern befingerten die Frauen auch die Seidensaris und seufzten dabei – bewundernd und neidisch zugleich. Die wenigsten konnten sich solche Eleganz leisten, doch ging Balbirs Geschäft blendend, wenn im Dorf eine Hochzeit bevorstand. Natürlich hing alles davon ab, aus welcher Familie die Braut stammte. War der Vater ein *vakil* oder *thakur*, hatten sie auch das nötige Geld. War er ein *kissan*, wickelte Balbir seine Seiden schnellstens wieder in ihre Leinenbezüge. *Kissans* hatten kein Geld, nicht einmal einen Anna.

»Du solltest auch einen Sari kaufen, damit du alles hast,

wenn die Zeit kommt«, neckte Balbir Kim. »Dann bist du für alle Fälle gerüstet.«

»Daran liegt mir nichts. Ich fühle mich wie du am wohlsten, wenn ich von Ort zu Ort wandere. Frauen hassen solch ein Leben.«

»*Ahree*, du wirst noch länger durch die Welt wandern als ich. Was ist das für eine Blume, die du suchst?«

Kim überraschte die Frage nicht. Lakshmi hatte sicher mit den Frauen über ihn gesprochen, und die Frauen hatten dann alles ihren Männern weitererzählt. »Es ist ein Baum, keine Blume. Ein Baum, wie ich ihn bisher weder gesehen noch berührt habe; sein Duft macht trunken wie Wein.«

»Keine Rose also? Kein Lotus? Wie viele verschiedene Blumen ich in meinem Leben gesehen habe! In den Bergen gleichen sie Diamanten im Schnee, weiß und zart, in der Dschungel erinnern sie an Smaragde, sind so üppig, duften schwer.«

»Nein. Wenn ich ihn sehe, werde ich ihn erkennen.«

»Solltest du auf deinen Fahrten durch Amritsar kommen, mein Freund, so schau bei Balbir Singh vorbei. Mein Laden liegt ganz in der Nähe vom Goldenen Tempel, auf der Straße, die im Norden an seinen äußeren Gebäuden vorbeiführt. Da hängt auch ein Schild: Balbir & Söhne. Du kannst es nicht verfehlen. Einer meiner anderen Söhne kümmert sich um das Geschäft.«

Etwa dreißig Meilen vor Rae Bareli verabschiedete sich Kim mit Bedauern von Balbir und seinen Söhnen. Deren Weg führte bis Lucknow weiter nach Norden, wo sie nach Westen, in Richtung Delhi, abbiegen würden. Kim, Lakshmi und die Hochzeitsgesellschaft mußten sich hingegen gleich nach Westen wenden. Kim vermißte Balbir und seine Söhne in den nächsten Tagen. Mit ihnen hatte man sich wunderbar unterhalten können, die Dörfler dagegen sprachen nur über ihre eigene kleine Welt. Nach vier Tagesmärschen erreichten sie Rambajs Heimatdorf.

Es war recht klein, und doch größer als viele andere, eingebettet in endlose Morgen von Indigo, nur gelegentlich von einem Flecken mit Weizen und Senf unterbrochen. Auf der kurzen Hauptstraße gab es ein paar Geschäfte: einen Lebensmittel-, einen Stoff- und einen Teeladen. Zwei eingeschossige Häuser aus getrockneten Ziegeln hatte das Dorf, ansonsten strohgedeckte Lehmhütten. Die Ziegelhäuser gehörten dem örtlichen Grundbesitzer. Am Dorfrand sah man vier Zelte aufgestellt, eines davon größer mit getrennter Wohn- und Schlafkammer. Ein Polizei-Sergeant, vier Polizisten, zwei Boten und zwei Diener hockten müßig unter einem Mango-Baum im Schatten.

»Der Bezirksamtmann ist hier«, flüsterte Rambaj.

Das Dorf war unnatürlich still. Eine Stunde vor Mittag, und doch herrschte fast kein Betrieb auf der einzigen Straße. Die Männer des Ortes standen zu zweit und zu dritt zusammen und sprachen leise miteinander. Frauen sah man keine. Die Luft hing voll Gewisper, eine leichte Brise, die Geheimnisse in jedermanns Ohren munkelte, nichts Bestimmtes – doch schneidend kalt wie die ersten Boten des Winters.

»Bleib doch für eine Weile bei uns, du mußt«, sprach Rambaj ihm höflich zu. Aber auch er spürte die Stimmung, das Warten. Die Frauen stiegen vom Wagen herab und hasteten außer Sichtweite.

Lakshmi hockte sich unter einen Mango-Baum im Schatten, erfüllt von dem Gedanken an ihr Elend und einem Gefühl der Hoffnungslosigkeit. Hier waren sie in einem vergleichsweise großen Dorf; ihr eigenes würde winzig sein. In der Gefangenschaft des Bordells hatte sie immer daran denken müssen: die Weizen- und Senffelder, den grenzenlos blauen Himmel über ihrem Kopf, den Duft der Erde. Aber jetzt stieß die Armut sie ab. Ihr Entschluß stand fest: Sie würde bei Kim bleiben. Wohin auch immer seine Schritte ihn lenkten, sie würde ihm folgen. Er brauchte sie. Wer würde seine Kleider waschen, wenn nicht sie? Wer für ihn kochen? Von einem Mann erwartete man, daß er sich nicht mit solchen erniedrigenden Verrichtungen abgab. Sie würde ihn überreden, und er würde schließlich ja sagen.

»Nein, wir müssen das Dorf meiner Cousine noch vor Einbruch der Nacht erreichen. Es ist doch nur noch wenige *kos* entfernt, nicht wahr?«

Rambaj zögerte, ließ den Blick über den endlosen Horizont wandern. Die Fahrt nach Benares war seine einzige Reise gewesen; sonst hatte er sich höchstens ein paar Meilen von der Scholle entfernt, auf der er gerade stand.

»Ich weiß nicht. Wartet. Ich werde jemanden fragen.«

Kim hockte sich zu Lakshmi in den Schatten, während Rambaj eilfertig einen Dorfältesten suchen ging, der ihnen den Weg zu ihrem Dorf erklären könnte. Es lag am Fluß Gomati, wo sich ein Hügel aus der Ebene erhebt. Das war die einzige Beschreibung. Einen Namen hatte das Dorf nicht.

Während sie warteten, sahen sie den Bezirksvorsteher von seiner Inspektion zurückkehren, einen hageren, sonnenverbrannten Engländer, vielleicht so alt wie Kim. Er hielt den Rücken gerade zum Zeichen seiner Autorität. Die obere Hälfte des Gesichts verschwand unter dem Schatten seiner *topi*, darunter sah man einen sauber gestutzten Schnurrbart und ein entschlossenes Kinn. Das Khakihemd klebte ihm am Leib. Er nahm den *salaam* der Dörfler mit einer leichten Bewegung seiner Reitpeitsche zur Kenntnis; ein Bullterrier trottete hinter den Hufen seines Pferdes her. Einmal hielt er an, um mit einem älteren Bauern zu sprechen. Kim sah die Unterwürfigkeit: Zwar blickte der Mann zu dem Reiter auf, aber man glaubte, er hielte seine Augen niedergeschlagen. Die Zurechtweisungen des Amtmannes ließ er widerspruchslos mit dem Lächeln der Ergebenheit über sich ergehen.

Als der Sahib mit dem Mann fertig war, ritt er weiter und sah auf Kim herab, ohne wirklich hinzuschauen, desinteressiert; dann starrte er ihn geradezu an, vielleicht weil er etwas Besonderes an ihm spürte. Kim erwiderte seinen Blick, ohne aufzustehen, und merkte, wie Lakshmi über diese Forschheit unruhig wurde. Aber der Amtmann ritt an ihnen vorbei. Dann jedoch überlegte er es sich anders, drehte um und hielt sein Pferd nur dreißig Zentimeter vor Kim an. Die Sonne stand in seinem Rücken. Kim befand sich in seinem Schatten.

»Woher kommst du?«

»Aus Benares.« Kim blickte zum Amtmann hinauf. Graue, von Falten umrahmte Augen in einem runden Gesicht. Gleichmäßig klopfte er mit der Reitpeitsche gegen seinen Stiefel, als ob er zu einem Lied in seinem Kopf den Takt angeben wollte.

»Und warum bist du hier?«

»Ich begleite meine Cousine in ihr Dorf zurück.«

»Steh gefälligst auf, wenn ich mit dir spreche«, platzte der Bezirksvorsteher heraus und erschreckte damit das Pferd. Und dann zu sich selbst auf englisch: »Paß bloß auf, verdammter Wog, daß der Schuh dir nicht einige Nummern zu groß ist!«

Kim stand auf, bemühte sich jedoch weder um ein Lächeln noch um eine andere Geste der Ergebenheit. Er blickte den Bezirksamtmann weiterhin stumm an, und dieser stellte fest, daß die Augen dieselbe Farbe hatten wie seine eigenen. Ruhige Augen: Sie wollten nicht schmeicheln, sie zeigten keine Angst ... und sie machten ihn beklommen. Bei dem leisesten Anzeichen der Wut in ihnen hätte er den Mann auf der Stelle festnehmen lassen. Aber da stand Kim vor ihm, geduldig wartend. Er wirkte eher belustigt als wütend.

»Was hast du dann hier zu suchen?«

»Wir sind gerade mit der Hochzeitsgesellschaft angekommen und werden ebenso schnell wieder verschwinden.«

»Gute Idee, ja. Verschwindet von hier. Wo liegt das Dorf?«

»An der Gomati. Bei dem großen Hügel.«

Der Bezirksvorsteher ließ sein Pferd auf der Hinterhand wenden und gab ihm die Sporen, ohne sich nochmals umzudrehen. Lakshmi hatte ihr Gesicht aus Schüchternheit und Angst während des Wortwechsels hinter dem Sari versteckt gehalten; nun lugte sie hervor.

»Warum war er wütend?«

»Er ist noch jung und hat Angst.«

»Wovor? Vor uns?«

»Vor der Stille.«

Lakshmi schaute sich um. Die Männer, die in kleinen Gruppen beieinander standen, starrten sie schweigend an. Dann bemerkte sie, daß das ganze Dorf unnatürlich ruhig war. Eigentlich sollten hier die Kinder auf der staubigen Straße spielen, die Frauen ihrer Arbeit nachgehen, Ochsenkarren mit den Erzeugnissen der umliegenden Felder hin- und herfahren. Nichts davon geschah.

»Was ist hier los?«

»Ich weiß nicht. Fragen wir Rambaj.«

Rambaj schritt eilig auf sie zu, fast rannte er. Lange bevor er neben Kim stand, deutete er schon nach Osten.

»Wenn ihr euch immer in diese Richtung haltet, werdet ihr euer Dorf in etwa anderthalb Tagen erreichen. Am besten, ihr brecht bald auf.«

»Was ist hier los?«

»Der Amtmann-Sahib hat der Polizei gestern befohlen, unseren *sar-panch* zu verhaften, als der ihn zusammen mit den andern Mitgliedern des Ältestenrates bitten wollte, uns mehr Weizen anbauen zu lassen. Ein Unruhestifter soll er sein.«

Man sah Rambaj die Aufregung an. Das Drama ließ seine Träumer-Augen funkeln, obwohl er selbst doch nur den geringsten Teil davon mitbekommen hatte. Aber Unrecht machte ihn auch wütend. Er zitterte wie alle Knaben, die noch nicht genau wissen, wie sie ihre Empfindungen ausdrücken sollen. Jedes gewaltsame Vorgehen widersprach seiner Natur. Wahrscheinlich würde er sich wie seine Dorfgenossen einreden, daß es für sie alle das Beste sei, ihr Los zu ertragen, ohne zu klagen, ohne aufzumurren: eine heilsame Lehre. Danach würden das Dorf und der ganze Bezirk wieder zu Ruhe und Normalität zurückfinden.

»Was sollen wir bloß tun?«

»Nichts.«

»Aber wir müssen etwas tun. Mein Vater und die anderen Männer des Dorfes reden davon, den Amtmann-Sahib aufzusuchen und um die Freilassung unseres *sarpanch* zu bitten.«

»Am besten tut ihr gar nichts. Er kommt ohnehin bald frei. Wenn ihr den Amtmann-Sahib jedoch mit einem Massenauflauf überrascht, wird er noch mehr Angst bekommen und noch mehr von euch verhaften.«

»Warum sollte er Angst vor uns haben? Er hat doch die Polizei bei sich.«

»Er wird trotzdem Angst haben.«

Kim wußte auch warum: Bengalen war an allem schuld. Das leichte Kräuseln zog Kreise. Irgend etwas regte sich, als ob die Menschen aus langem Schlaf erwachten. Und dieses Erwachen beunruhigte die Regierung. Damit hatten sie nicht gerechnet. Erst nur Bengalen und jetzt das: In einem kleinen Dorf war eine Handvoll Männer unzufrieden, weil sie auf Anweisung von oben eine bestimmte Pflanze anbauen sollten. Vor einem Jahr noch hätten sie ihr Los stumm ertragen. Heute stellten sie die Autorität des Amtmann-Sahib in Frage, wenn auch nur flüsternd. Er war es nicht gewöhnt.

Rambaj wandte sich von Kim ab, vergaß seine Einladung, sagte kaum Lebewohl und rannte nach Hause.

»Komm«, sagte Kim zu Lakshmi, während er die ersten Schritte in Richtung ihres Dorfes tat. Er konnte seine Erleichterung über das nahe Ende ihrer gemeinsamen Reise nicht verbergen und gelobte, das sei das letzte Mal, daß er sich mit einer Frau auf irgend etwas eingelassen hatte. Nach ein paar Metern drehte er sich um. Lakshmi blieb störrisch im Baumschatten zurück, die Zehen in die Erde gekrallt, den Blick gesenkt.

»Kommst du nun?«

»Nein.«

»Warum nicht? Wir sind doch ganz nahe bei deinem Dorf.«

»Weil ich mich fürchte. Ich werde bei mir zu Hause eine Fremde sein, und Gott allein weiß, wie man mich behandeln wird. Wie soll ich ihnen erklären, wo ich gewesen bin, was ich getan habe?«

»Sag ihnen einfach, du warst Hausdienerin bei einem reichen Großgrundbesitzer.«

»Du hast leicht reden«, fuhr Lakshmi auf. »Du gehst deiner Wege und läßt mich im Stich. Die Männer haben es gut. Sie können tun und lassen, was ihnen gefällt. Das können wir Frauen nicht. Ich werde mit dir kommen.«

»Lakshmi«, Kim hockte sich neben sie hin. »Ich kann dich nicht überallhin mitnehmen. Ich habe mein Leben, du deines. Hör mir zu. Es gibt einen anderen Menschen, für den ich sehr tief empfinde.«

Da brach Lakshmi in Tränen aus. Ihre Schultern schüttelten sich ruckartig auf und nieder. Sie weinte bitterlich in den Saum ihres Sari. Kim wartete, bis der Tränenstrom abebbte, ohne sie zu berühren; mit dieser Geste würde er ihr nur Macht über sich geben. Trotzdem konnte er sich in ihre Lage versetzen und nachfühlen, warum ihr das Herz brach.

»Warum hast du mir das nicht schon früher gesagt? Wir haben soviel Zeit miteinander verbracht, und erst jetzt erzählst du mir, daß eine andere Frau im Spiel ist.«

»Vielleicht werde ich sie niemals wiederfinden, aber sie lebt in mir. Ich kann die Erinnerung an sie nicht auslöschen. Sie ist mein ganz persönlicher Kummer, über den ich nicht spreche. Mit niemandem.«

»Weil ich eine Hure bin.«

»Glaubst du, mir macht es irgend etwas aus, was du warst?«

»Nein.« Lakshmi seufzte. Noch gab sie die Hoffnung nicht auf, nur ihre Zuflucht zu den Tränen. Obwohl er sie liebevoll anschaute, würde er sich nicht erweichen lassen. Kim war so stark. Sie wünschte, er wäre es nicht.

»Dann geh doch«, sagte sie pathetisch. »Ich bleibe hier.«

»Und was willst du hier machen?«

»Arbeiten. Hungern und geschlagen werden wie sie. Schau sie dir doch an.« Sie war wütend auf die Bauern, wütend darüber, daß sie früher selbst eine von ihnen gewesen war und geglaubt hatte, es sei ihr Wunsch, zu ihrem Leben zurückzukehren. »Sie haben nichts zu essen, und sie sind schmutzig.«

»Nur weil sie arm sind und weil sie nicht das Geld für neue Kleider haben.«

»In Bombay hatte ich jeden Monat einen neuen Sari.«

»Bereust du, daß du Bombay verlassen hast?«

»Nein. Aber lieber wäre es mir, ich hätte nur seine schlechten Seiten aufgeben müssen und seine guten Seiten behalten dürfen.«

In diesem Augenblick dachte Kim, daß er seine Pflicht getan hätte. Er hatte Lakshmi quer durch Indien bis wenige Meilen vor ihr Heimatdorf geführt. Und jetzt rührte sie sich keinen Schritt, wie ein störrisches Kamel. Das war nicht seine Schuld. Trotzdem brachte er es nicht über sich, sie einfach sitzenzulassen und seiner Wege zu gehen. Für eine Weile hockte er still am Boden, hörte die Insekten summen, die Stille des Dorfes, das oberflächlich betrachtet ein Bild vollkommenen Friedens abgab. Und doch fühlte er die Spannung steigen: Männer redeten miteinander, wurden mutiger, wenn auch nicht zuversichtlicher. Die Situation im Dorf erinnerte an ein großes Puzzle, dessen Steine sich langsam, Stück für Stück zusammenfügen.

»Warte hier«, sagte er zu Lakshmi. Dann ging er zur *chai*-Bude hinüber, bestellte Tee und Gebäck. Außerdem erkundigte er sich nach Suresh Lals Haus. Und dorthin ging er, nachdem er Lakshmi den Tee gebracht hatte.

Suresh Lal saß auf seiner *charpai* vor dem Haus, das Mundstück einer Wasserpfeife im Mund, die nicht brannte. Er war froh über Kims Besuch.

»Ich fühle mich ziemlich einsam. Die Dorfbewohner gehen mir aus dem Weg. Und alle Welt ereifert sich mehr und mehr darüber, daß der Amtmann-Sahib den *sarpanch* verhaftet hat. Warum hat der auch so dumm sein müssen, den Amtmann-Sahib mit dieser Indigosache zu belästigen!«

»Betrifft sie dich nicht?«

»Ich baue keinen Indigo an, nur Weizen. Ich habe mit dem Verband der Pflanzer und Grundeigentümer nichts zu schaffen, bin nicht Mitglied in dem Verein.« Er lachte zufrieden. »Ja, ja, der Preis für meinen Weizen geht beständig in die Höhe. Die Menschen haben Essen nötiger als Farbstoffe.«

»Ich bin gekommen, weil ich etwas anderes mit dir besprechen will. Es geht um meine Cousine. Oder hast du sie bereits vergessen?«

»Nein, ich habe die ganze Zeit über sie nachgedacht. Wie die Dinge liegen, habe ich zur Zeit niemanden, der mich versorgt. Niemanden, der für mich kocht oder mir meinen *huka* anzündet. Deine Cousine hat eine helle Haut und ist hübsch. Außerdem sieht sie so aus, als könnte sie mir gesunde Söhne schenken. Was würde sie in die Ehe mitbringen, ich meine an Mitgift?«

»Nichts.« Kim hatte der Frage mit einiger Sorge entgegengesehen. »Ihre Familie ist arm. Sie hat bei einem reichen Gutsherren in Bombay gearbeitet. Aber sie wollte unbedingt nach Hause zurück. Du wirst sie ohne Mitgift heiraten müssen.«

Suresh Lal kannte seinen Wert. Er war ein wohlhabender Mann. Jede Familie würde mit Freuden eine gute Mitgift gezahlt haben, um ihre Tochter an ihn zu verheiraten. Er hatte seine Pension, ein gutes Zeugnis vom *sarkar* für die Dienstzeit in der Armee, und er besaß einige Morgen Land. Leider jedoch wußten die Dorfmädchen nichts von der Welt und ihren Gebräuchen. Er war in großen Städten gewesen, hatte mit seinen Kameraden getrunken, sich sogar in Tibet die Hälfte seines Schnurrbartes abgefroren. Seine Ansprüche lagen höher: Ein etwas welterfahrenes Mädchen müßte es sein. Sie wäre die rechte Frau für ihn, verstünde sie doch besser seine Bedürfnisse und Wünsche.

Noch etwas anderes sprach für diese Heirat. Sollte Kims Cousine ihm nicht gefallen, konnte er sie aus dem Haus werfen, ohne den Zorn ihrer Familie befürchten zu müssen. Er verspürte nicht die geringste Lust, sich bei einer Familien-Vendetta wegen einer Frau die Kehle durchschneiden zu lassen.

»Also gut«, sagte er, »ich bin ein Freund von schnellen Entschlüssen. Ich werde sie heiraten.«

»Ausgezeichnet. Gibt es einen *prohit* im Dorf?«

»Ja. Ein seniler alter Mann. Aber er schließt hier die Ehen. Ich werde mit ihm reden.«

Zu Kims Überraschung schmollte Lakshmi nicht. Die bevorstehende Heirat mit Suresh Lal schien ihr sogar zu gefallen. Allerdings durchschaute er nicht den Grund für ihren Sinneswandel; denn sie dachte nur, mit der Heirat würde sie Kim eine Lehre erteilen. Soll er mich nur verlassen, dachte sie, er wird schnell genug merken, wie sehr er mich eigentlich begehrte. Dann wird er rasch umkehren und mich entführen wollen. Meine Stunde ist da: Ich werde ihn abweisen, ihn betteln lassen und erst nach langem Flehen einwilligen. Wie wunderschön, von süßer Rache an Kim zu träumen! Es half ihr die Heiterkeit bewahren.

Nachdem der Priester lange genug über ihren Geburtshoroskopen gebrütet hatte, verkündete er die Stunde, die für die zukünftige Ehe Glück verhieß: Viertel nach sechs am nächsten Morgen. Er war ein altes, kleines, vertrocknetes Männchen, seine Haut so faltig und zäh wie ein Fell, das man zu lange in der Sonne liegengelassen hat. Aber in der zerbrechlichen Hülle wohnte ein berechnender Geist. Der *prohit* lebte gut, denn er bekam für seine Dienste immer etwas geschenkt, Geld oder Nahrungsmittel. Mochten die, die ihm die Geschenke gaben, auch nicht regelmäßig essen, er tat es. Und er kannte seinen Preis. Fragten ihn doch viele Männer und Frauen in allen Belangen ihres Lebens um seinen Rat: wann sie pflanzen, sähen, kaufen, verkaufen, sich verheiraten und, wenn es sich denn einrichten ließe, am besten sterben sollten. Er mochte Einfluß besitzen, Macht über ein ganzes Dorf, und doch war er ein säuerlicher Mann, geheimniskrämerisch und zynisch. Er verachtete sie alle.

Die Frauen aus Rambajs Familie halfen ihrer Reisegefährtin gern bei den Vorbereitungen, auch wenn sie Lakshmis Vergangenheit und ihr Verhältnis zu Kim mit einigem Argwohn betrachteten. Immerhin hatten die beiden sich auf der ganzen Reise tadellos betragen. Und so kaufte man mit Suresh Lals Geld alles Notwendige für die Hochzeit. Der hatte zwar gehofft, daß Kim als Lakshmis Vetter die Kosten dafür übernehmen würde, war jedoch enttäuscht worden. Kim berief sich auf seine Armut.

Natürlich erwartete man, daß Suresh Lal für das Dorf eine Feier ausrichtete, wie es sich für jeden wohlhabenden Mann geziemt. Er murrte zuerst, aber die Frauen redeten so lange auf ihn ein, bis er schließlich einwilligte. Sie würden mit Freuden das Festessen kochen und verteilen.

Der Morgen graute. Ein glücklicher Morgen, dachte Kim, für eine ehemalige Hure, die nun einen in seinem Dorf allseits geachteten Mann heiraten wird. Und das war sein Verdienst. Wäre er nicht gewesen, Lakshmi hätte in den düsteren Kammern des Bordells allmählich zugrunde gehen und schließlich sterben müssen – von Krankheit gezeichnet und nach dem Verlust ihrer Schönheit verstoßen.

Man hatte vor Suresh Lals Haus ein kleines, einfaches Festzelt errichtet und darin auf dem Boden mit farbigem Sand komplizierte Muster gezeichnet: Sechsecke; immer kleiner werdende Dreiecke in größeren Dreiecken und viele vielfarbige symbolische Diagramme mehr. Der Priester vergewisserte sich, ob er für die Zeremonie alle notwendigen Utensilien bereitliegen hatte: Reis, *ghi*, Blumen, Wasser, Mangoblätter, Limonen und Kampfer. Dann ließ er sich in der Mitte des Zeltes nieder. Die Frauen wußten genau, was zu tun war. Sie hatten seit ihrer Kindheit zahlreichen Hochzeiten beigewohnt und vermochten sogar, die *shastras* zu rezitieren, obwohl keine von ihnen lesen oder schreiben konnte. Zufällig hielten sich auch gerade zwei wandernde Musikanten im Dorf auf; einer spielte *tabla*, der andere blies Flöte.

Die Gäste setzten sich auf den nackten Boden, die Frauen rechts, die Männer links, während die Kinder zwischen ihnen hin und her wanderten. Dürr und in Lumpen gehüllt, warteten sie wie alle übrigen Dorfbewohner auf das üppige Frühstück nach den Feierlichkeiten, für sie eine Abwechslung in dem ewigen Einerlei ihrer Tage, ein bißchen Unterhaltung, ein Vorwand, zusammenzukommen und miteinander zu schwatzen.

Ein Thema war Tagesgespräch. Alle redeten sie nur über die Verhaftung ihres *sar-panch* und darüber, was sie nun unternehmen sollten ... ob sie überhaupt etwas unternehmen könnten. Obwohl sie die Angelegenheit überschlafen hatten, waren sie doch zu keinem Entschluß gekommen. Es war keiner da, der ihre Gedanken hätte bündeln und in eine eindeutige Bahn leiten können.

Kim, der neben dem *prohit* saß, hörte ihr Geflüster. Er war Lakshmis Vetter, der einzige anwesende männliche Verwandte. Also würde er dem *prohit* die formale Antwort und damit Lakshmi in die Ehe geben. Er tat es sehr gern.

Frisch gebadet und in neuen Kleidern saß Suresh Lal links neben dem Priester. Seine Haut glänzte, so gründlich hatte er sich abgeschrubbt, und die Wangen glühten noch von der frischen Rasur. Wie Kim hatte er den Barbier des Dorfes aufgesucht und sich dort mit einer uralten Klinge bearbeiten lassen. Er überflog die Versammlung, spürte die Unruhe, die Aufregung, die die Männer selbst hier im Hochzeitszelt noch miteinander flüstern ließ.

»Narren sind sie, unverbesserlich«, sagte er schließlich zu Kim. »Je mehr sie untereinander flüstern, desto mehr werden sie sich erregen. Ich habe ihnen gesagt, daß sie gegen den Amtmann-Sahib nichts ausrichten können. Er hat die Polizei unter seinem Befehl und wird außerdem Verstärkung anfordern, wenn sie ihm zu nahe kommen. Du solltest mit ihnen reden, ihnen die Lage erklären.«

Der Vorschlag überraschte Kim. »Aber ich bin doch gar nicht von hier. Das ist Sache der Dorf-*panchayat*.«

»Sie haben alle gesehen, wie furchtlos du dem Amtmann-Sahib begegnet bist. Sie werden deinen Worten glauben.«

»Ich habe nur den einen Wunsch, meine Reise fortzusetzen.«

Auch wenn das Dorf recht klein war, wußten doch nicht alle Bewohner über die Hochzeit Bescheid, und es waren auch nicht alle eingeladen. Wer die Neuigkeit nicht gehört hatte, befand sich entweder auf den Feldern bei der Arbeit oder war ins nördliche Nachbardorf zu einem *mela* gegangen. Dort konnte man das wenige vom Ertrag der Felder verkaufen, das für den Handel übrigblieb, oder ein Büffelkalb erwerben. Blieben die, die man nicht eingeladen hatte. Das waren die Unberührbaren. Sie lebten am Rande des Dorfes, angespült wie Strandgut, hatten ihren eigenen Brunnen und leisteten die entehrendsten Dienste. Ihre Gesellschaft war für den Rest des Dorfes unzumutbar, und sie durften den *prohit* nicht für ihre Zeremonien beanspruchen. Sie waren noch ärmer als das übrige Dorf.

Der Polizei-Sergeant wußte Bescheid. Man hatte ihn sogar eingeladen. Aber er erwähnte kein Wort davon. Da der Bezirksvorsteher sichtlich verärgert und gereizt zu sein schien, unterrichtete er auch ihn nicht über das Ereignis. Schließlich waren sie nicht im Juni, dem Monat der Hochzeiten. Die Heirat kam für alle unerwartet.

An diesem Morgen ritt der Bezirksvorsteher nicht zu einer Inspektionstour aus, sondern blieb in seinem Zelt, um sich auszuruhen. Ralph Sparrow hatte sich sein Leben anders vorgestellt. Seine hervorragenden Fähigkeiten gingen in diesem elenden Bezirk ungenutzt vor die Hunde. Hatte er nicht in Balliol in Griechisch und Latein als Klassenbester abgeschlossen und ebenso die Prüfung für den Verwaltungsdienst in Indien! Nein, da kannte er keine falsche Bescheidenheit: Seine Leistungen und Talente konnten sich sehen lassen. Sparrow glaubte immer noch, Anspruch auf ein angenehmes Leben zu haben, und bis vor nicht allzu langer Zeit war ihm der Erfolg zugeflogen. Dem Sport eher abgeneigt, hatte er sein Leben den Büchern gewidmet, stets in der Annahme, daß wissenschaftliche Brillanz ihm mit der Zeit den begehrten Lohn eintragen würde. Dabei hatte er ganz übersehen, daß er seinen Aufstieg in Indien als As im Kricketteam des Gouverneurs wesentlich hätte beschleunigen können. Leidliche Reitkünste hätten der Karriere ebenfalls nicht schlecht gestanden; dann hätten ihn wenigstens die Polomannschaften begehrt. Da Sparrow sich nach seiner Ankunft jedoch weder als ein Krikket-As noch als guter Reiter erwies, versetzte man ihn binnen kurzem zu einem Außenposten, und weniger würdige Männer durften in Lucknow oder Delhi bleiben, nur weil sie mit einem teuflischen Schlag den Dreistab treffen und ein Kricket-Match entscheiden konnten.

Im Zelt trug er keine *topi*, und man sah die scharfe Trennlinie über das ganze Gesicht laufen: rote Wangen, rote Nasenspitze, rotes Kinn, darüber eine fahle Stirn. Ohne *topi* strahlte er nicht dieselbe Autorität aus. Bei einem näheren Blick erkannte man außerdem, daß sein Gesicht aussah wie geschält. Er hatte sich angewöhnt, sein Gegenüber nicht anzuschauen, während er mit ihm sprach, häufig zur Verwirrung seiner Diener und Wachtmeister. So sehr sie sich bemühten, in sein Blickfeld zu gelangen, ging sein Blick doch immer irgendwie an ihnen vorbei.

Ein herrliches, berauschendes Leben hatte Sparrow vor Augen gehabt, als sein langgehegter und ehrgeizig verfolgter Wunsch in Erfüllung ging, in Indien zu dienen. Als Knabe hatte er davon geträumt, einmal Vizekönig zu sein. Er hatte Bilder und Fotos angestarrt, darauf man mächtige Sahibs mit Fürsten dinieren sah oder auf Elefantenrücken beim *shikar*, der höchsten Form der Jagd, oder im Klubsessel, vornehm und fein. Gewiß, kleine Brösel von dieser Herrlichkeit hatte er bekommen: Diener, einen Bungalow. Was ihm fehlte, war Gesellschaft – andere Weiße.

Mit der Dunkelheit kam am Abend die Vereinzelung: Sparrow fühlte sich, als ob man ihn mit lauter Fremden in ein Boot gesteckt und auf offener See ausgesetzt hätte. Er mußte der Wahrheit ins Auge schauen, sich eingestehen, daß das Leben auf seinem Außenposten ihm Angst einjagte. Und am schlimmsten waren die einsamen Abende. Er verbrachte sie gewöhnlich vor dem Zelt sitzend und starrte zu den flackernden Laternen im Dorf hinüber.

Sparrow glaubte an die Macht der eisernen Hand. Ziel war die strikte Kontrolle. Diese Bauern waren allzu nachlässig und verdammt undiszipliniert. Er wußte zwar nicht genau, warum er den *sar-panch* festgenommen hatte, aber sowohl der Verband der Pflanzer und Grundeigentümer als auch die Regierung in Kalkutta hatten übereinstimmend die Weisung erteilt, fest durchzugreifen. Sein unmittelbarer Vorgesetzter hatte sogar Verhaftungen und, wenn geboten, öffentliche Auspeitschungen empfohlen. Er hatte ihn auch vor verdächtigen Fremden gewarnt, womöglich Anhänger Tilaks, die den Aufruhr schürten.

So ein Morgen also war es, und Sparrow saß mürrisch in seinem Zelt, während sein Diener ihn rasierte. Überdies hatte er einen Kater, was auf seine Stimmung drückte. Vor seiner Ankunft in Indien vor drei Jahren hatte er Alkohol strikt gemieden. Mit der Zeit schien es dann immer schwieriger, diesem Entschluß die Treue zu halten. Er hatte ganz vorsichtig begonnen, einen Brandy mit Soda hie und da, um den anderen Männern im Klub seine Kollegialität zu beweisen. Es war beständig mehr geworden. Jetzt war der Alkohol der Freund, der ihm die Einsamkeit vertrieb.

Er stocherte in seinem Frühstück herum: klitschige Rühreier, viel zu heller Toast und ein schreckliches Gebräu, das den Namen Tee nicht verdiente. Sein Koch schien zu mehr offenbar nicht imstande. Durch seine stechenden Kopfschmerzen, von der grellen Morgensonne noch verstärkt, konnte er schnelle Fingerschläge auf einer *tabla* und das Klagen einer Flöte hören. Für ein Fest schien es verdammt früh am Morgen. Er kniff die Augen zusammen und schaute in die Richtung, aus der die Töne kamen. Das Getrommel steigerte sich zur Raserei. Sparrow jedoch versetzte es nur in Erregung, weil er den Anlaß nicht kannte. Für ihn klang es wie ein Signal – ein Aufstand. Die Bauern müßten längst bei der Arbeit auf den Feldern sein.

»Was ist los?« fragte er seinen Diener.

»Ich weiß nicht, Sahib.« Er lauschte den Tablas. »Klingt mir wie eine Hochzeit oder so.«

»Schön. Und wer heiratet?«

»Ich weiß nicht, Sahib.«

»Weißt du überhaupt irgend etwas?«

»Nein, Sahib.« Der Diener räumte das Geschirr zusammen, dann verließ er das Zelt. Sparrow blieb allein vor sich hinbrütend zurück. Eigentlich hätte er von der Hochzeit erfahren müssen. Die Bauern sollten ihn sogar aus Respekt zu den Festlichkeiten eingeladen haben. Doch er hatte nichts gehört.

Allmählich verfestigte sich der Gedanke in ihm: Das war gar keine Hochzeit, sondern nur ein Vorwand, sich zu versammeln und gegen ihn zu verschwören, weil er den *sar-panch* verhaftet hatte. Sparrow hatte erst tags zuvor alle öffentlichen Zusammenkünfte verboten, und zwar unter Berufung auf das Polizei-Gesetz von 1861, das politische Versammlungen untersagte, sobald in ihrem Verlauf zu Handlungen gegen die Regierung aufgerufen wird. Dasselbe Gesetz hatte auch die Verhaftung des *sar-panch* verlangt. Jetzt wurde es wiederum gebrochen. Sparrow entschloß sich, auf der Stelle einzugreifen.

Ihm unterstanden im Augenblick ein Sergeant und fünf Polizisten. Überdies konnte er telegraphisch aus Lucknow Verstärkung anfordern. Sparrow zog an seiner Unterlippe, eine dumme Angewohnheit, die er schon als Schuljunge gehabt hatte. Dann ließ er sie zurückschnappen. Nein, das würde ewig dauern. So lange konnte er nicht warten. Er packte hastig seine *topi* und stolzierte aus dem Zelt.

Sergeant Mohindar Singh, ein Jat wie Suresh Lal und obendrein sein Freund, hatte mit Sparrows Erscheinen gerechnet. Ja, natürlich hätte er Suresh Lal auf das Versammlungsverbot aufmerksam machen sollen. Andererseits hatte er nicht sicher gewußt, ob eine Hochzeit tatsächlich einen Bruch des Gesetzes darstellte.

Er und die zwei Polizisten im Dienst standen sofort stramm und salutierten Sparrow. Sie spürten seine schlecht verhaltene Wut, denn seine Augen schossen wild hin und her, als ob in dunklen Ecken irgendeine Bedrohung lauerte. Der *sar-panch* saß in dem kleinen Zelt unmittelbar daneben – mit Handschellen gefesselt.

»Wo sind Wachtmeister Jagit und Wachtmeister Ramesh?«

»Sie haben dienstfrei.«

»Wer hat ihnen freigegeben?«

Sergeant Mohindar erwiderte nichts. Er ärgerte sich über Sparrow. Hätte man ihm gesagt, daß seine Männer Dienst tun sollen, wären sie jetzt im Dienst. Sparrow ging aufgeregt hin und her und hielt alle Augenblicke an, um angestrengt das ganze Dorf zu überblicken. Die *tablas* waren verstummt. Die Stille schien anzuschwellen wie die Hitze. Beide bedrückten sie ihn.

»Hast du etwas von einer Hochzeit gehört?«

»Nein, Sahib«, log er, um Suresh Lal zu decken.

»Gib an die Leute Waffen aus und bewaffne dich auch selbst.«

Die Hochzeitszeremonie hatte zwanzig Minuten gedauert. Wäre es nach Suresh Lal gegangen, hätte er die Gäste auf der Stelle aus dem Zelt gescheucht und Lakshmi ins Bett geschleift. Seit der letzten Nacht in Benares hatte er bei keiner Frau mehr gelegen. Aber die Gäste blieben. Sie saßen nun in ordentlichen Reihen nebeneinander, jeder ein Bananenblatt als Teller vor sich. Sie bekamen zwei *puris, dal*, Gemüse und zum Nachtisch eine *jalebi*. Das Essen war ebenso schnell gegessen, wie es verteilt worden war. Straßenköter drückten sich knurrend in den Ecken, um vielleicht einen winzigen Happen zu ergattern. Um acht Uhr hatten alle ihre Mahlzeit beendet. Die Sonne brannte unerfreulich heiß.

Eigentlich hätten die Männer nun zur Arbeit auf die Felder hasten müssen. Sie taten es nicht. Sie blieben in den winzigen Schattenflecken hocken, redeten ... und redeten. Rambaj ging von einer Gruppe zur nächsten, hörte eifrig seinen älteren Dorfgenossen zu. Ergraute Männer, die sie waren, dürr und dunkelhäutig, ließen sie sich viel Zeit, bevor sie ihre Gedanken in Worte formten. Ihre Züge beschworen Dauer, als ob sie selbst aus der Erde gemacht wären und dem Stein, auf denen sie lebten.

»Sie wollen dem Amtmann-Sahib jetzt ihre Bitte übermitteln«, berichtete Rambaj. Er war fürchterlich aufgeregt. Wie herrlich, er durfte die Angelegenheit gemeinsam mit den älteren, im Dorf anerkannten Männern vertreten. Erst jetzt fiel Kim auf, daß er offenbar während des ganzen Palavers die Worte von der einen an die nächste Gruppe weitergeleitet hatte. »Sparrow ist ein guter Mann. Er wird uns verstehen. Man muß uns erlauben, mehr Weizen anzubauen und für eine Trockenheit zu speichern, denn sonst werden wir verhungern. Hat er unsere Lage begriffen, wird er auch unseren *sar-panch* freilassen. Willst du mit uns kommen?«

»Nein. Ich gehöre nicht zu eurem Dorf, und außerdem muß ich mich endlich auf den Weg machen.«

Rambaj ließ den Kopf sinken. So sehr wünschte er sich, sein neuer Freund möge mit ihnen gehen, ihr Leben teilen, wie er es auf der Reise getan hatte. Rasch fügte Kim hinzu: »Aber ich bin sicher, daß Sparrow-Sahib euch anhören wird.«

Kim sagte dies nicht einfach dahin. Er meinte es. Er glaubte, daß der Bezirksvorsteher in der Tradition seines Amtes als Vaterfigur und loyaler Verwalter seinen Bauern zuhören und ihre Klagen berücksichtigen würde. Wahrscheinlich hatte er den *sar-panch* in der Hitze der Auseinandersetzung überhastet eingesperrt. Inzwischen waren jedoch zwei volle Nächte verstrichen, und Kim war sicher, der *sar-panch* könnte nun jeden Augenblick die Straße entlangspaziert kommen.

Rambaj schloß sich wieder einer Gruppe von Männern an, Kim hingegen begab sich auf die Suche nach Lakshmi. Erleichterung und Reue schwirrten in ihm turbulent durcheinander. Viele Monate hatte sie als treue Gefährtin für ihn gesorgt. Er hatte sie herzlich gern wie einen lieben Freund, von ihrer Neigung zum Schmollen einmal abgesehen. Nur wenn Gott es so wollte, würde er jemals wieder durch dieses Dorf kommen.

Kim fand sie kichernd und lachend in der Gesellschaft anderer Frauen. Sie hatten für sich getrennt im rückwärtigen

Raum von Suresh Lals Haus gegessen, wie der Brauch es verlangte. Jetzt saßen sie im Schatten eines *pipal*-Baums, kauten zufrieden *pan* und erzählten. Er näherte sich ihnen mit der gebotenen Zurückhaltung.

»Ich komme, um mich von meiner Cousine zu verabschieden. Lakshmi, ich wünsche dir viele Kinder und viel Glück für dein Leben.«

Lakshmi hatte die ganze Nacht darüber nachgedacht, wie sie sich in diesem Augenblick verhalten sollte, und sich vorgenommen, kühl zu bleiben, leicht den Kopf zur Seite zu neigen und sehr förmlich Lebewohl zu sagen. Sie hatte ihn doch nicht nötig, nicht ein bißchen. Aber jetzt vergaß sie ihre Vorsätze. Tränen schossen in ihre Augen, sie rannte auf ihn zu, umarmte ihn und weinte an seiner Schulter.

»Obwohl wir nur Vetter und Cousine sind«, erklärte Kim den anderen Frauen, »stehen wir uns sehr nahe. Ihr werdet euch doch gut um sie kümmern?«

»Ja, natürlich, das werden wir«, antwortete eine der Frauen.

Lakshmi trat mit niedergeschlagenen Augen einen Schritt zurück; ihre Zehen gruben sich unwillkürlich in den rissigen Lehmboden. Sie trug immer noch das Symbol, das der Priester ihr bei der Hochzeit auf die Stirn gemalt hatte, und Blumen im Haar. Und sie hatte sich verändert. Der neue Stand und der Respekt, den sie damit erfuhr, schienen sie selbstsicherer zu machen. Ihr Gesicht glühte vor Aufregung über die Ereignisse des Morgens, und Kim sah das Selbstvertrauen, das sich darauf abzeichnete. Sie drehte ihr Gesicht, so daß die Sonne es nicht mehr direkt beschien. Wie schön sie war. Kim staunte: Frauen wechseln ihr Gesicht so leicht wie eine Maske. Sie ziehen ihre Kraft aus geheimnisvollen Quellen, die ihre Augen, ihren Mund im Augenblick verändern können.

»Ich liebe dich«, flüsterte sie. »Ich werde dich immer lieben, und wenn du mich brauchst, werde ich kommen, wo du auch bist.«

»Lakshmi, das weiß ich. Aber du wirst hier sehr glücklich werden.«

»Schon möglich, aber glücklicher wäre ich bei dir. Wirst du nun nach ihr suchen?«

»Nein. Zuerst muß ich den Sinn meiner Vision ergründen.«

»Kim, was für ein Dummkopf du doch bist. Ich bin zwar weder *prohit* noch Seher, aber trotzdem weiß ich, was der erste Pfeil dir sagen will. Was kann schöner, was unergründlicher sein als die Liebe zu einer Frau? Kim, sie ist der Baum mit der seltsamen Blüte, den es nirgendwo auf der Erde gibt. Ich habe gehofft und gebetet, daß ich es für dich sein könnte. Es hat nicht sein sollen. Nun mußt du als erstes sie suchen.«

Kim überdachte Lakshmis Worte. Was für ein Narr war er gewesen und Anand nicht weniger. Er hatte die Vision zu wörtlich verstanden und war schon entschlossen gewesen, alle Dschungel und Berge Indiens zu durchstreifen, eine Aufgabe, der er mit Bangen entgegensah. Nun begriff er ihren Sinn. Als er sich aus seinen Gedanken löste und Lakshmi anschaute, sah er ein Funkeln in ihren Augen: Sie hatte ihr Geheimnis so leichtfertig preisgegeben. Sie sah ihn plötzlich hoffnungsfroh. Wenn sie ihren Mund gehalten hätte, wäre er vielleicht eines Tages zu ihr zurückgekommen. Aber sie konnte nicht schweigen. Dazu liebte sie ihn zu sehr.

»Du hast recht.« Er streichelte ihre Wange. »Alle Männer sind Toren. Ich weiß nicht, wo ich beginnen soll. Ich werde zuerst nach Delhi wandern und sehen, ob ich herausfinden kann, wo sie früher gewohnt hat.«

»Und ich werde jeden Morgen in meiner *puja* für dich beten.« Sie versuchte ein verschmitztes Lächeln. »Und dann werde ich beten, daß du zu mir zurückkommst und mich mitnimmst.«

Kim gluckste. »Bei meinem nächsten Besuch wirst du von deinen Kindern umringt sein und niemals mehr von hier fortgehen wollen. Suresh Lal ist ein guter Mann.«

»Vielleicht.« Lakshmi kannte die Männer zu gut, um zu glauben, was ein Mann über den Charakter des anderen zu sagen hatte. »Gut« hatte eine andere Bedeutung für eine Frau als für einen Mann. »Gib mir deinen *darshan, sadhu*.«

Sie kniete nieder und berührte Kims Fuß mit ihrer Stirn. Diese Respektsbezeugung beeindruckte die Frauen sehr. Kim half ihr auf die Füße.

»Denselben Respekt mußt du auch deinem Gatten bezeugen.«

»Ja, und dann wird er als glücklicher Mann sterben. Aber ich werde ihn nie so hoch achten und ehren können wie dich.«

»Lebe . . .«

Kim konnte dieses Lebewohl nie vollenden. Gewehrfeuer schreckte ihn hoch. Die Frauen hatten einen derartig ungewöhnlichen und erschreckenden Lärm noch nie zuvor gehört und schauten sich zuerst nur verdutzt an. Kim unterschied drei Schüsse, alle fast im selben Augenblick abgefeuert. Die Krähen flüchteten laut krächzend mit heftigem Flügelschlag auf und davon; wie schwarze Blitze ließen sie das Dorf hinter sich. Unter ihrem Lärm dehnte sich die Stille der Menschen. Kim versuchte mehr zu hören, aber er hörte weder Stimmen rufen noch Weinen. Das Dorf war vollkommen verstummt, als ob es in Sekundenschnelle ausgestorben wäre.

»Was ist das?« fragte Lakshmi.

»Gewehrschüsse«, antwortete Kim. Als Lakshmi seine Betroffenheit und Sorge heraushörte, bekam sie Angst. Den Frauen entging es nicht. Sie waren der Panik nahe und wußten nicht, ob sie zur Quelle dieser fremdartigen Geräusche rennen oder sich nicht rühren und an Ort und Stelle bleiben sollten. Eine oder zwei machten Anstalten wegzulaufen, wobei sie Kim ängstlich anschauten.

»Wartet hier.«

Kim trat aus dem Haus und hörte Männerstimmen, zuerst nur ein konfuses Murmeln, dann unverständliches Geschnatter. Dann verstummte alles. Man hörte Füße tappen. Gerade als er um die Ecke in die Hauptstraße einbog, sah er die Männer in einem dichten Knäuel auf sich zurennen, der am Dorfrand auseinanderstob. Einige verschwanden in Hauseingängen, andere hasteten durch Abflußgräben, alle keuchten sie vor Angst. Die älteren stolperten und suchten Deckung, um von den jüngeren nicht niedergetrampelt zu werden. Auch Kinder schossen hin und her wie aufgescheuchte Fohlen, die Augen weit aufgerissen; sie wußten nicht, wohin sie rennen sollten. Am meisten erschreckte Kim, daß die Männer mit derartig stummer Verzweiflung vor dem Grauen flohen, das hinter ihnen lag. Ihr weit offener Mund schien eine Warnung ausrufen zu wollen, aber es kam kein Laut über ihre Lippen.

Einzig Suresh Lal hatte keine Angst. Er kniff die Augen zusammen, um zu sehen, was im Rücken der Meute vor sich gegangen war.

»Was ist geschehen?« fragte Kim.

»Sie sind zum Amtmann-Sahib marschiert. Ich glaube, er hat sie schon erwartet und der Polizei befohlen, Warnschüsse abzugeben. Schau sie dir nur an. Wie Kamele stieben sie in alle Himmelsrichtungen auseinander.«

Zugegeben, es sah fast lustig aus. Turbane flogen von Köpfen und kullerten durch den Staub, Sandalen blieben liegen, wo sie vom Fuß gerutscht waren, und *kurtas* flatterten wie Fahnen im Wind. Straßenköter kläfften, aufgeregt und angstvoll zugleich. Wie die Krähen spürten auch sie instinktiv die ungeheure Gefahr der Gewehre.

Dann war die Straße auf einmal leergefegt. Der Staub setzte sich nieder, so daß Kim und Suresh Lal bis zum Zelt des Bezirksvorstehers sehen konnten. Dieser ging mit seinen drei Polizisten in einer dünnen Linie vor.

»Jemand ist verletzt«, sagte Suresh Lal leise.

Das Etwas erinnerte an ein Kleiderbündel, auf das sich langsam der Staub legte. Kim wartete ab, ob es sich vielleicht bewegen würde; aber es blieb reglos auf der Stelle liegen. Dann ging er darauf zu und hoffte, daß es sich endlich erheben, den Staub abklopfen und auf ihn zurennen würde. Nichts davon geschah. Es rührte sich nicht, ganz für sich allein blieb es liegen. Die Polizisten standen locker dahinter, die Gewehrkolben auf den Boden gestützt.

Kim erkannte, wer es war, ohne auch nur auf das Gesicht zu sehen. Es war kein Mensch mehr, sondern ein Etwas; der Tod hatte den Menschen ausradiert. Kim erkannte den neuen, grünen Turban, der schief im Staub lag. Er bückte sich und drehte Rambaj auf den Rücken. Die Überraschung hatte sich in das Gesicht gebrannt wie ein harter plötzlicher Frost. Der Mund stand ein wenig offen. So abrupt der Schmerz im Nichts verschwunden war, im Körper schwärte er noch. Auf dem frischgewaschenen *kurta* sah man in Brusthöhe die Blutflecken; kleine Bröckchen Erde klebten daran, auch sie rot. Blut veränderte alles.

Die Trauer um seinen Freund überwältigte Kim. Rambaj hatte sich kaum etwas von seinem Leben versprochen, und doch war es noch vor wenigen Tagen herrlich gewesen, so reich und erfüllt. Er hatte seine junge Braut nach Benares geführt, war in die heiligen Wasser des Ganges eingetaucht und hatte dabei zweifellos um ein langes Leben und viele Kinder gebetet.

Ein lächerlicher *tamasha* war der heutige Vorfall gewesen, eine kleine Aufregung in einem ansonsten farblosen und langweiligen Leben. Mit den älteren Männern seines Dorfes hatte er den Amtmann-Sahib aufsuchen wollen, und dabei hatte der Zufall die Kugel in seine Brust gelenkt. Aus ihm wäre ein guter Mann geworden. Aber das sollte nun nicht mehr sein.

Kim wischte den Staub aus dem toten Gesicht. Frisch und feucht fühlte sich der Schweiß darauf noch an. Er konnte Rambaj nicht einfach hier liegen lassen. Also kniete er nieder, um ihn aufzuheben. Der Junge war so leicht wie ein Kind, aber als Kim sich aufrichtete, spürte er einen harten Stoß im Rükken.

»Laß ihn da liegen.«

Kim ignorierte die Stimme, die ihn einschüchtern wollte, und spürte einen zweiten Stoß, härter noch als der erste.

»Er kann nicht wie ein Straßenköter hier liegenbleiben. Ich werde ihn nach Hause tragen.«

»Hörst du etwa nicht, was ich sage? Ich sagte, laß ihn liegen.«

Sparrow schlug Kim mit der Reitpeitsche auf den Rücken;

es war kein harter Schlag, aber er brannte. Kim drehte sich um, Rambaj vor sich auf den Armen. Aufgeregt und wütend zugleich errötete Sparrow. Die kleine Welt, in der er lebte, hatte seine Macht kennengelernt. Die Polizisten standen hinter ihm, die Gewehre im Anschlag und auf Kim gerichtet.

Sparrow erkannte Kim auf der Stelle.

»Was treibst du dich noch hier herum?«

»Ich bin für die Hochzeit meiner Cousine geblieben.« Er drehte sich um und schritt langsam von Sparrow weg.

»Sergeant, halten Sie den Mann fest!«

Drei Gewehre, von drei Seiten auf ihn gerichtet, ließen Kim anhalten. Aber er drehte sich nicht um. Er wartete ruhig, bis Sparrow um ihn herumstolziert kam und ihn anstarrte. Sparrow konnte Kim nicht leiden. Kim machte ihn unsicherer als je ein Inder. Dieser Eingeborene hatte doch tatsächlich keine Angst vor ihm. Seine Arroganz war unerträglich. Er glaubte wohl, er könnte einem Weißen begegnen wie einem Ebenbürtigen.

»Du gehörst zu Tilaks Meute, stimmt's? Man hat dich hergeschickt, damit du Unruhe stiftest. Zweifellos hast du den ganzen Aufstand geplant.«

»Es hat keinen Aufstand gegeben. Sie wollten nur mit Ihnen über ihre Probleme reden und Sie bitten, ihren *sar-panch* freizulassen.«

»Na, du scheinst ja bestens darüber informiert zu sein, was hier los ist. Da du den Ort offenbar heiß und innig liebst, lade ich dich ein zu bleiben. Sergeant, verhaften Sie den Mann! Wenn er zu fliehen versucht, erschießen Sie ihn.«

22

Das Schicksal meinte es gut mit der Prostituierten, die den ungeliebten Mann heiratete. Elizabeth hingegen behandelte es stiefmütterlich; denn immer noch wartete sie ungeduldig auf den Heiratsantrag von dem Mann, den sie zu sehr liebte. Sie hatte an die einfache Liebe geglaubt, sah sich von kräftigen Armen hinweggehoben, mit leidenschaftlichen Küssen bedeckt. Die Heldinnen ihrer Serienromane, die sie am laufenden Band verschlang, hielten ihren Mann mit Charme, Flirt und Hilflosigkeit, bis er fest angebissen hatte, und gaben ihm ihren Körper erst ganz zum Schluß hin; sie hatte ihn gleich zu Beginn gegeben.

Wann immer sie ihre Liebe bekannte, blieb ihr Flüstern ungehört.

Sie hatte viel über Peter nachgedacht und dabei ebensoviel gelitten. Die schlaflosen Nächte zeichneten Ringe unter ihre Augen, machten sie mürrisch und schlecht gelaunt. Zwei Jahre kannten sie sich nun, trotzdem wußte sie so gut wie nichts von ihm. Ein Schleier des Geheimnisses umgab ihn: Wie lebte er? Was tat er wohl zu seinem Lebensunterhalt? Für die ganze Europäer-Gemeinde war er Gegenstand vielfältiger Spekulation; denn alle kannten sie sich untereinander und hielten sich ständig im Auge. Wenn sie zusammen schlafen wollten, mußte Elizabeth es planen wie eine Verschwörung; sie kamen an den unmöglichsten Orten zusammen und zu den unmöglichsten Zeiten.

Peter sprach von seinem Leben wie ein amüsierter Beobachter, immer leichtfertig und hochmütig, und Einzelheiten gab er so gut wie niemals preis. So erwähnte er zum Beispiel seinen Landsitz in Hampshire, aber sobald sie ihn genauer danach fragte, wurden seine Angaben vage. Sie wollte nicht fragen, nicht wissen. Sie wollte ihm glauben, nicht nur die Geschichte vom Landhaus, sondern auch die von seiner Wohnung in der Halfmoon Street und viele, viele andere Dinge.

Sie hatte inzwischen gelernt, wie nutzlos der Versuch war, in ihn zu dringen. Als er das erste Mal ohne Vorwarnung für zwei Monate verschwunden war, hatte der Kummer sie regelrecht krank gemacht. Sie war überzeugt gewesen, daß er sie und Kalkutta für immer verlassen haben mußte; eine andere Erklärung kam nicht in Betracht. Dann hatte sie Sir Williams Haus aufgesucht und Peters Sachen vollzählig im Schlafzimmer gefunden. Er besaß so wenig: zwei Überseekoffer. Sein Diener Rao blieb unauffindbar; offenbar hatte er ihn mitgenommen. Als Peter dann zurückkehrte, hatte sie ihn mit tausend Fragen gequält. Vor allem: Wo war er gewesen? Er jedoch deutete mit der Hand nachlässig zum Horizont, als ob er um den ganzen Globus gereist wäre.

»Wo hast du gesteckt?« bohrte sie hartnäckig.

»Das geht dich verdammt wenig an, meine liebe Elizabeth. Wir sind nicht verheiratet, und ich bin nicht der Gatte, den du mit Fragen zu Tode piesacken kannst. Ich gehe, wann es mir gefällt, und ich komme zurück, wann es mir gefällt. Und wenn dir das nicht gefällt, brauchst du nicht länger zu mir zu kommen.«

»Aber ich *will* zu dir kommen. Ich liebe dich.«

»Wir haben das doch schon ein paarmal durchgemacht.« Sanft fuhr seine Hand über ihren ganzen Körper. »Wie schön du bist und so sinnlich! Die perfekte Kombination, wie ich sie brauche. Ich will noch nicht heiraten. Dann könntest du mir das Leben zur Hölle machen. Vielleicht später, eines Tages ... ich weiß nicht, wann. Komm, laß uns zusammen schlafen, bevor es zu heiß wird.«

Ihre diskreten Nachforschungen blieben ergebnislos; nichts kam dabei heraus. Er verschwand einfach mit Rao. Rao mochte sie nicht, ein schweigsamer, stets mürrischer Mann, der für einen Eingeborenen mit Peter viel zu ungezwungen umging. Sie hatte es gesehen. Die beiden steckten manchmal die Köpfe zusammen und flüsterten miteinander – nicht wie Herr und Diener, eher wie Verschwörer.

Man konnte es kaum höflich nennen, wie Rao sie behandelte, aber niemals mehr vergaß er, sie mit »Memsahib« anzureden. Für den Augenblick schien er ihre Gegenwart zu dulden. Sollte er es sich jedoch irgendwann anders überlegen, würde Peter zweifellos zu ihm und nicht zu ihr stehen. Rao hatte eine Arrak-Fahne, morgens, abends, immer. Und seine Augen röteten sich von Tag zu Tag mehr; vor allem bei Einbruch der Nacht funkelten sie wütend wie Rubine. Aber er war tüchtig. Er kümmerte sich hervorragend um Peter und war selbst immer in eine makellose Uniform, rote Schärpe und weißen Turban gekleidet.

Gelegentlich verdächtigte Elizabeth Peter einer Affäre mit einer anderen Frau, ein Gedanke, der ihrer Eifersucht entsprang und ihrer üblen Stimmung über sein plötzliches Verschwinden: Sie mochte nicht zu Hause zurückgelassen werden wie Strandgut. Ja, eine Frau in einer fernen Stadt, nicht in Simla, Bombay, Delhi oder Lucknow, sondern an einem geheimnisvollen Ort, wohin kein Weißer vordrang, irgendwo im Dschungel oder in den Bergen. Beweise dafür gab es keine, außer den aufreizenden Bildern in ihrer Phantasie. Die Zeit ging weiter. Sie spürte regelrecht, daß sie älter wurde. Feuchtigkeit und Hitze verbrannten ihre Jugend vor der Zeit. Hie und da ein Fältchen, ein Stück eingefallene Haut; allmählich verlischt schwelend jeder Tatendrang: Der Geist zerfällt.

»Was hast du deinem Vater erzählt?« fragte Peter.

»Eine Lüge. Daß ich bei den Hayes übernachte. Sie haben in der Nähe von Kufri ein Haus. Du magst ihn nicht, nicht wahr?«

»Das darfst du so nicht sagen. Es ist komplizierter: Ich habe nichts gegen ihn, allerdings auch keine Gefühle für ihn. Aber da er nun einmal dein Vater ist, wird er mich irgendwann fragen: ›Nun, junger Mann, welche Absichten hegen Sie in bezug auf meine Tochter?‹ Antworte ich darauf: ›Die Befriedigung meiner Lüste, Sir‹, wird er mich wahrscheinlich mit der Reitpeitsche verprügeln lassen. Der Oberst ist der Typ dafür.«

»Du übertreibst. Er macht dich nervös wie alle. Reitpeitsche? Unsinn. Er wird dich bei Sonnenaufgang erschießen lassen.«

Sie ritten den schmalen Saumpfad bergan. Rechts von ihnen fiel der Hang steil zu einem Gebirgsbach ab, und über ihnen erinnerten die Himalaya-Zedern an gigantische Streichhölzer. Auf ihren winterkahlen Ästen lag der Schnee, und Schnee bedeckte auch den Boden, so weit das Auge reichte. Vor ihrem Mund sahen sie ihren Atem, und sie fühlten unter sich die Wärme ihrer Pferde. Das tat gut. Eisig blau der Himmel, der Bergwind pfiff die Hänge herab, schnitt durch die Kleider. Kälte und Anstrengung hatten ihre Wangen rosig überzogen. Hinter ihnen führten Rao und zwei Träger ein Gebirgspony, beladen mit Speisevorräten und Bettzeug.

Der Oberst war mit Elizabeth über Weihnachten nach Simla gekommen. Sie erwarteten Richard an Heiligabend. Für ihren Vater hatte Elizabeth ein Original-Manuskript mit Gedichten aus der Mogul-Epoche gefunden; es war reich illustriert, ein Kunstwerk. Sie war nur durch einen Zufall darauf gestoßen, und zwar in einem Buchladen in Kalkutta, wo es hinter einem Stapel *Imperial Gazeteer* verborgen gelegen hatte. Obwohl sie selbst kein Wort davon zu entziffern vermochte, wußte sie, daß ihr Vater sich sehr freuen würde. Richard würde einen neuen Sattel bekommen. Die Geschenke lagen gut verpackt unter ihrem Bett.

Weihnachten war immer etwas Besonderes. Es beschwor die Vergangenheit herauf, vor allem hier im Schnee und in der Kälte von Simla. Mochte sie sich noch so sehr darum bemühen, unten in der Ebene kam in Elizabeth keine Weihnachtsstimmung auf. Und an die Weihnachtstage im Internat in England wollte sie lieber nicht zurückdenken – diese Einsamkeit und Verzweiflung. Nicht einmal Richard war in der Nähe gewesen, um sie zu trösten. Er verbrachte das Fest in seinem Internat wie sie, Sarah Rushton und die anderen Mädchen aus anglo-indischen Familien in ihrem. Wie die Kletten hingen sie dann in leeren Schlaf- und Speisesälen aneinander, nur den ersten Feiertag vor dem Kamin im Zimmer der Direktorin, wo sie Erinnerungen aus Indien aufwärmten. Als sie klein war, hatte sie sich mit Richard und den anderen Kindern in Schneeballschlachten ausgetobt. Sie waren Schlitten gefahren. Sie waren morgens in die Kirche gegangen und hatten sich dann zu Truthahnbraten, Röstkartoffeln und Bohnen an den Tisch gesetzt. Dann kam der Weihnachtspudding auf die Tafel, ordentlich in Brandy schwimmend mit zahlreichen Zwölf-, Acht- und Vier-Anna-Münzen darin. Tante Emma bereitete stets aus Limonensaft, Gewürzen und einem Schuß Brandy vier Flaschen OT. Den tranken beim Besuch von Freunden die Damen, während die Herren ihrem Brandy treu blieben.

Peters Gegenwart war sozusagen ein unverhofftes Weihnachtsgeschenk. Er hatte ihr nicht verraten, daß er sie in Simla treffen wollte, sondern aus heiterem Himmel die Mitteilung geschickt: »Hast du Lust, mit mir in Kufri eine Nacht zu verbringen?« Dieser Einladung konnte Elizabeth unmöglich widerstehen.

»Wir reiten nicht bis nach Kufri hinein. Ich darf freundlicherweise einen Bungalow benutzen, der eine Meile vor dem eigentlichen Ort liegt.«

»Wem gehört er denn?«

»Den Godfreys.«

»Ich dachte, die wären mittlerweile zurück. Mir war nicht bekannt, daß sie den Winter unten in der Ebene verbringen wollen.«

»Tun sie auch nicht. Godfrey hat Heimaturlaub genommen. Ich bin ihnen in Kalkutta zufällig begegnet. Als ich ihnen sagte, daß ich in die Berge will, haben sie mir ihr Haus zur Verfügung gestellt. Sie haben geradezu darauf bestanden, daß ich es besuche.«

»Das kommt recht plötzlich. Ich habe sie erst vor, oh ... vielleicht zwei Wochen getroffen. Da war von Heimaturlaub noch keine Rede. Ihr Haus liegt wunderbar, am Hang. Man sieht sogar den Everest.«

»Unmöglich.«

»Doch. Natürlich.«

»Elizabeth, den Everest sieht man erstmals von einem Ort namens Nagarkoth, und der liegt am Rande von Kathmandu. Von Sinila aus kannst du den Everest nicht sehen.«

»Du wirst wohl recht haben, und ich nehme an, du hast ihn auch schon gesehen, von diesem Nagarkoth aus.«

»Noch nicht. Vielleicht nehme ich dich eines Tages dorthin mit, und wir lieben uns im Schatten des Everest.«

Sie ritten eine Weile schweigend.

»Möchtest du je nach England zurück?«

»Manchmal kann ich an nichts anderes denken«, sagte Elizabeth. »Zuerst habe ich alles hier gehaßt, als ich aus der Schule wieder zurück nach Indien kam. Als ob meine Seele langsam verrotten würde. Am liebsten wäre ich weggerannt. Aber dann, in Augenblicken wie jetzt, bin ich sehr glücklich, daß ich hier bin mit allen Menschen, die ich liebe. Vater, Richard, Tante Emma, du. Wenn man will, ist es ein bequemes Leben, solange man nicht näher hinschaut und lernt, nicht zu fühlen. Aber in anderen Momenten hasse ich das Land auch und will für immer weg von hier. Wirst du hierbleiben?«

»Ich weiß nicht.«

»Immer weichst du aus.«

»Nur weil ich nicht für die Ewigkeit plane, sondern in den Tag hinein lebe. Das solltest du inzwischen doch wohl bemerkt haben.« Dann unvermittelt: »Fehlt dir deine Mutter?«

»Was für eine Frage! Nein. Aber nur, weil ich sie niemals gekannt habe.« Sie bemerkte, daß er sie aufmerksam musterte. »Was ist los?«

Er schüttelte den Kopf. »Dein Vater ist ein verschlossener Mann.«

»Das bist du auch. Es muß an seiner Arbeit liegen. Sie scheint so viele Geheimnisse zu berühren, daß ich mich manchmal frage, ob seine rechte Hand weiß, was seine linke tut.«

»Ja, diese Arbeit muß sein Leben beeinflussen.«

»Er spricht nie darüber, was er tut. Und ich frage ihn nie danach.«

Am späten Nachmittag, zur Teezeit, hatten sie den Bungalow erreicht. Er sah kalt und verlassen aus: der Garten schneeverweht, die Zedern nackt, fast zum Fürchten schwarz. Rao hatte die Schlüssel. Er ging zum Hintereingang, um ihnen vorn von innen zu öffnen. Drinnen war es noch kälter und sehr düster.

Als Lampen aufleuchteten, schweifte Elizabeths Blick in ihrem sanften Licht durch ein mit Erinnerungsstücken vollgestopftes Zimmer. Antiquitäten in den Regalen, Antiquitäten auf Tischen und Fensterbänken. Mosaiksteinchen eines Lebens, zusammengetragen aus England, Burma, Rajasthan, Afghanistan. Feine Bronzen und haarfeine Miniaturen aus der Mogul-Zeit. Eine ganze Wand war mit einer geschlossenen kleinen Sammlung von Miniatur-Porträts von Weißen aus der Hand indischer Künstler behangen; sie mußten aus dem letzten Jahrhundert stammen.

Sie beobachtete Peter. Mit einer Laterne in der Hand inspizierte er das Zimmer, hielt häufig inne, um das Licht nahe an einen Gegenstand heranzuführen. Er erinnerte sie an einen kleinen Jungen in einer Schatzhöhle. Dinge, die ihm gefielen, faßte er an und betastete sie zärtlich. Wie sonst zu ihrem Körper sprachen seine Hände nun zu einer Bronze. Die zarten Finger faszinierten sie; jetzt streichelten sie gerade die üppigen Formen einer indischen Göttin.

»Ich wünschte, ich wäre an ihrer Stelle.«

Ihre Worte überraschten Peter. Schnell setzte er die Figur ab, kam auf Elizabeth zu und küßte sie auf die Nase.

»Heute nacht bist du es.«

Rao war tüchtig wie immer. Während er den Tee aufsetzte, kümmerte er sich gleichzeitig um den Kamin. Bald brannte das Holz und erwärmte allmählich das Zimmer. Sie tranken den Tee neben dem Fenster, unter einer Decke aneinandergeschmiegt. Dabei blickten sie auf die langsam verblassenden Berge hinaus.

»Wer ist dein bester Freund, Peter?«

»Hier oder in England?«

»Auf der Welt.«

»Seltsame Frage. Ich nehme an, ich darf Anthony Lawrence einen engen Freund nennen. Aber der beste? Ich weiß nicht, wer das sein könnte. Anthony ist mit mir zur Schule gegangen. Jetzt arbeitet er bei Lloyds in London. Und deiner?«

»Richard. Ich erzähle ihm alles. Wenigstens alles, was eine Frau ihrem Bruder anvertrauen darf. Danach kommst du. Ich habe mein Leben vor dir ausgebreitet, aber von dir weiß ich nicht allzuviel, nicht wahr?«

»Du weißt schon eine ganze Menge. Was ist mit den Mädchen, die du in Kalkutta und hier oben kennst?«

»Wir verkehren miteinander, weil wir niemand anders haben. Es ist wie auf einer Insel. Man nimmt, was da ist. Sie sind nett, aber ich glaube nicht, daß sie meine besten Freundinnen sind.«

»Überall dasselbe, egal wo du lebst. Man schließt Freundschaft mit den Menschen, die einem über den Weg laufen.«

»Aber in England wäre ich nicht obendrein eingesperrt.«

»Das fühlst du tatsächlich? Du fühlst dich eingesperrt?«

»Hin und wieder. Ich treffe jeden Tag an denselben Orten mit denselben Menschen zusammen.«

»Jetzt bist du zur Abwechslung einmal woanders.«

Obwohl sie Rao nicht mochte, mußte sie sein Arbeitstempo bewundern. Genau mit dem Einbruch der Dunkelheit war ihr Badewasser heiß, und als sie fertig waren und unter der Decke in die Nacht hinausschauten, konnten sie Küchendüfte riechen. Peter hatte eine Flasche Whisky mitgebracht. Sie trank vor dem Abendessen ein paar Schluck, auch wenn sie den Geschmack im Mund eigentlich verabscheute. Obwohl keineswegs üppig oder ausgefallen, schmeckte die Mahlzeit doch ausgezeichnet: Schnitzel mit grünem Pfeffer, dazu Gemüse-Curry. Rao hatte sogar eine Wärmflasche ins Bett gelegt und den Kamin im Schlafzimmer beheizt.

Nie zuvor hatte sie in kühler, frischer Luft mit einem Mann geschlafen. Kühle Liebkosungen auf trockener Haut, das flakkernde Leuchten aus dem Kamin an der Decke über ihren Körpern – es war wunderbar. Zuerst versteckten die tanzenden Schatten, was geschah. Dann offenbarten sie dem Auge die Körper, die ineinander verschlungen sich unaufhörlich wanden – wie Wellen. Nachdem sie sich erschöpft hatten, schmiegte sie sich unter den schweren Decken an Peter und schlief ein.

Sie erwachte in hellem Sonnenschein und einem leeren Bett. Sie kleidete sich rasch an und fand Peter im Salon, wo er die indischen Miniaturen der Weißen aus dem frühen 19. Jahrhundert betrachtete.

»Es gibt keine anpassungsfähigeren Künstler auf der Welt als die Inder. Schau, das hier ist im Mogul-Stil, weil noch die Mogule herrschen. Und hier, wie leicht sie den europäischen Stil übernehmen, weil nun die Engländer die Macht im Lande haben. Sie sind geradezu versessen darauf, zu lernen, zu übernehmen, die Stile zu mischen.«

»Mag sein. Aber einen ... einen Rembrandt oder Leonardo werden sie nie hervorbringen.«

»Das haben sie auch gar nicht nötig. Ihre Kunst ist anders. Sie kreist nicht ums Ich. Kein Bild ist signiert. Wie immer. Sie sind wahre Künstler, du bist eine kleine Pharisäerin, und ich langweile dich mit meinem Geschwätz.«

»Ich hatte keine Ahnung, daß du so viel darüber weißt.«

Er nahm Elizabeth bei der Hand, um sie auf die Veranda zu geleiten. Dort betrachteten sie den Horizont: Gipfel, still. Sie schimmerten weiß in der Ferne und schienen in der klaren Luft doch greifbar nahe.

Nach dem Frühstück auf der Veranda war es für Elizabeth Zeit, sich zu verabschieden. Sie wollte in Simla sein, bevor die Sonne die tiefer liegenden Hänge beschien.

Peter begleitete sie zum Tor, wo Pferd und Träger auf sie warteten. Elizabeth weinte einige Tränen.

»Warum feierst du nicht in Simla Weihnachten, dann könnte ich dich wenigstens sehen.«

»Vielleicht komme ich noch. Aber Weihnachten ist mir zuwider. Ich möchte allein sein. Hier.«

»Warum zuwider?« Sie wartete, aber er zuckte nur mit den

Schultern. »Ich könnte nach dem zweiten Feiertag für einen Tag hochkommen.«

»Ja, mach das doch. Ich halte inzwischen das Bett warm.«

Auf dem Nachhauseritt sann sie viel über diese letzte Bemerkung nach. Was würde er tun? Den ganzen Tag die Berge anstarren? Sie waren zu vollkommen – zu unnahbar. Still in sich zurückgezogen blieben sie immer dieselben; sie änderten sich nicht.

Am Stadtrand von Simla entließ sie den Träger. Die Ställe lagen am Hang unter der Mall. Dort übergab sie ihr Pferd einem Burschen und schlenderte über die Mall zurück nach Hause. Alle Läden hatten geöffnet, und es drängten sich in ihnen die Kunden, die in letzter Minute ein Geschenk kaufen wollten.

Als sie die Tür öffnete, spürte sie im selben Augenblick ein Prickeln auf der Haut, einen kalten Hauch, der sie erzittern ließ, aber nicht vor Kälte. Der Bungalow war absolut still. Sie hörte keine Diener in den hinteren Räumen lärmen, und der Hund lag auf dem Teppich, Augen auf, Ohren leicht gehoben; aber er schien traurig zu sein. Er bewegte den Schwanz nur einmal kurz nach einer Seite und hielt den Kopf geduckt. Gewöhnlich sprang er auf und leckte ihre Hand.

»Tante Emma?« Ihre Stimme schallte unnatürlich laut durch das Schweigen. Sie durchquerte das Haus zum Garten an der Rückseite. Die Diener saßen zusammengekauert unter dem Apfelbaum, als ob sie sich gegenseitig trösten wollten. »Mary-Ayah?«

Mary-Ayah sah sie, aber nahm sie nicht zur Kenntnis. Statt dessen huschte sie, den Sari über den Kopf gezogen, in ihr Zimmer. Elizabeth bekam Angst. Sie rannte zum Zimmer ihres Vaters. Sie öffnete die Tür. Ihr sank das Herz, denn das Zimmer war leer. Erst als sie sich wieder von der Schwelle zurückzog, sah sie ihn in seinem Lehnstuhl am Fenster sitzen. Sie trat näher. Er rührte sich nicht, starrte vielmehr weiter zum Fenster hinaus.

»Vater, was ist passiert?« Sie kniete neben ihm nieder, aber er hatte ihr Flüstern nicht vernommen. »Vater, was ist passiert? Bitte, sag es mir.«

»Wo zur Hölle hast du gesteckt?« Er sprach nicht lauter als gewöhnlich, aber die Frage sprang sie an, brutal und kalt.

»Ich ... ich habe es dir doch gesagt. Bei den Hayes.«

»Du lügst. Ich bin dort gewesen. Die Hayes haben dich nicht gesehen.«

»Ich habe es mir dann doch noch anders überlegt ... Ich war ...«

Das erste Mal in ihrem Leben fühlte sie die harte Hand des Vaters auf der Wange. Der Schlag erschütterte sie, aber sie war zu verdutzt, um physischen Schmerz zu spüren.

»Du hast die Nacht mit diesem Bayley verbracht! Bist wie deine Mutter, diese Nutte, die mit jedem Mann ins Bett gegangen ist.«

»Nie hat meine Mutter das getan.« Sie war schockiert, verteidigte die tote Erinnerung automatisch, denn sie konnte nicht anders.

»Wie die Mutter, so die Tochter.« Er beugte sich zu ihr vor und packte sie fest am Handgelenk, daß er fast die Knochen zerbrach. Elizabeth schrie vor Schmerz auf: »Du solltest tot sein, nicht Richard. So tot wie sie.«

Elizabeth begriff nicht, konnte nicht begreifen. Der Angriff auf sie und ihre Mutter verwirrte sie, aber als sie schließlich seine Worte faßte, begann sie zu weinen.

»Richard? Tot? Nein, nein, niemals. Es kann nicht sein. Du sagst das nur, weil du wütend auf mich bist. Ja, ich war mit Peter zusammen. Aber deswegen darfst du mich noch lange nicht mit Richards Tod erschrecken. Das ist grausam und gemein.«

»Lies.« Er warf ihr das Telegramm hin wie zum Beweis ihrer Sünden.

BEDAURE SIE VOM TOD IHRES SOHNES RI-CHARD CREIGHTON INFORMIEREN ZU MÜSSEN STOP IM KAMPF GEFALLEN STOP ALS TAPFERER SOLDAT

FÜR KÖNIG UND VATERLAND STOP MEIN TIEFSTES BEILEID STOP BRIEF FOLGT STOP
R DYER OBERST

Elizabeth verkroch sich in ihr Zimmer. Sie weinte ununterbrochen, den ganzen Tag, die Nacht hindurch, und selbst am folgenden Morgen flossen noch die Tränen. Sie rollte sich zusammen, umklammerte ihre Knie und schaukelte hin und her, denn sie hatte ja niemanden, der sie in den Armen halten und beruhigen konnte. Zu keinem anderen Gedanken fähig, wurde sie überwältigt von der Pein in ihrem Herzen. Wie gern hätte sie geschrien, laut geklagt, sich selbst Schmerzen zugefügt und konnte doch nur schluchzen. Am liebsten wäre sie tot umgefallen. Vielleicht würde sie ja beim Weinen sterben, und das hätte sie auch geschafft, wenn Tränen aus Blut gemacht wären anstatt aus Wasser.

Am Morgen hörte sie die Tür aufgehen und dachte, Mary-Ayah käme zu ihr. Aber es war ihr Vater. Das Bett knarrte, als er sich neben sie setzte. Sie fühlte seine Hand auf ihrer Schulter, drehte sich jedoch nicht um.

»Es tut mir leid, Lil. Ich war vollkommen durcheinander, und als ich dich nicht finden konnte, habe ich mir Sorgen gemacht. Ich hätte nicht dermaßen aufbrausen dürfen.«

»Du warst grausam. Nie hast du zu mir über Mutter gesprochen, und dann sagst du gleich so gräßliche Dinge über sie.«

Sie drehte sich um und sah in sein Gesicht. Es war grau und leer, wie um zehn Jahre gealtert. Behutsam legte sie ihre Hand auf die seine.

»Zum Glück war ich bei den Hayes geistesgegenwärtig genug zu verschweigen, daß du mir gesagt hattest, du wolltest bei ihnen übernachten. Das war eine dumme Lüge. Ich hätte es am Ende doch herausgefunden. Und die Hayes, nun, sie sind reizende Leute, aber auch fürchterliche Klatschtanten.«

»Was hast du ihnen zur Rettung meines Rufes erzählt?«

fragte sie, obwohl sie wußte, daß er sich mehr um die Schicklichkeit und seinen eigenen Ruf sorgte als um ihren.

»Ich habe gesagt, du hättest erwähnt, du wolltest vielleicht zum Tee bei ihnen vorbeischauen. Das war das beste, was ich in der fürchterlichen Situation machen konnte.«

»Danke, Vater.«

»Wir fahren nach 'Pindi. Der Zug nach Delhi geht in einer Stunde. Morgen steigen wir dann gleich in den *Frontier-Mail* um.«

»Ich komme nicht mit.«

»Liegt dir nichts an deinem Bruder?«

»Er ist tot, und ich habe ihn mehr geliebt, als du ihn jemals lieben konntest. Ich will sein Grab nicht sehen. Erst Mutter, nun Richard. Ein sinnloser Tod obendrein. Wofür? Indien. Verfluchtes Indien. Ich hasse es. Fahr du nur, und schau dir sein Grab an. Es wird aussehen wie jedes andere Grab auf jedem anderen Friedhof.«

Sacht schloß ihr Vater die Tür hinter sich. Er hatte nicht einmal um seinen Sohn geweint. Sie hätten gemeinsam weinen sollen, einer dem anderen ein Halt.

Wann immer sie in Zukunft einen Offizier sähe, würde sie an Richard denken müssen. Das wußte sie. Jetzt bereits haßte sie den Anblick jeder Uniform. Richard war tot, und sie war allein. Indien nahm ihr die Familie, einen Menschen nach dem anderen. Ihrer Meinung nach starben alle Soldaten einen sinnlosen Tod: Nach dem kurzen Augenblick im Ruhm und Glanz der Tapferkeit gehen sie ein in den endlosen Kummer der Erinnerung ihrer Hinterbliebenen. Elizabeth hörte nur das Echo der Ereignisse, die sich in den Felsschluchten zugetragen haben mochten: ein Gewehrschuß, der durch die Ewigkeit geisterte, immer wieder abgefälscht von Stein zu Stein. Ihr Vater nannte es »Das Große Spiel«. Verloren hatte Richard. Dein Pech, alter Knabe! Nach fünfzig oder einhundert Jahren werden Hitze und Monsun deinen Grabstein verwittert haben; er wird verblassen wie ein Bild, das man im offenen Sonnenlicht liegenläßt.

... Sie selbst war sieben Jahre alt, Richard acht. Mit Vater machten sie einen Jagdausflug in die Gegend von Naini Tal, wo Richard seinen ersten Panther schoß. Einmal, am Abend, saßen sie zusammen am Feuer, wärmten sich und starrten in die Flammen.

– Erinnerst du dich noch an dieses Feuer? fragte Richard.
– Welches? Ich habe so viele Feuer gesehen.
– Es war wie ein Traum. Wir waren noch sehr klein. Wahrscheinlich habe ich es auch bloß geträumt. Aber ich habe immer gemeint, du hättest damals neben mir gestanden.
– Nein, ich kann mich nicht erinnern. Wie alt war ich?
– Noch ein Baby.
– Wie soll ich mich dann erinnern. Du mußt es geträumt haben.
– Nein. Alles war klar und deutlich. Ich wachte in der Nacht vom Feuerschein an der Decke unseres Zimmers auf. Der Ventilator war stehengeblieben, und die Flammen erleuchteten den Garten. Ich stand auf und ging zum Fenster.
– Was hast du gesehen? Teufel?
– Nein, Dummchen. Ich glaube, es war Vater. Zumindest ähnelte die Gestalt ihm sehr. Er stand direkt am Feuer, und neben ihm lagen eine Menge Sachen auf einem Haufen. Er warf sie eine nach der anderen in die Flammen und stocherte mit einem Stock darin herum.
– Was für Sachen?
– Ich konnte es nicht genau sehen. Bücher und Papiere und eine Menge Kleider. Er schürte die Flammen mit einem Stock, wohl um sicherzugehen, daß alles restlos verbrannte. Dabei ging er immer wieder um das Feuer herum. Gelegentlich sah ich sein Gesicht, und dann wiederum hatte er kein Gesicht.
– Erschrick mich nicht!
– Das will ich auch nicht. Sein Gesicht war schwarz wie das eines Eingeborenen. Wahrscheinlich vom Rauch und von der Asche. Schwarz war auch sein Anzug. Dann überwältigte mich der Schlaf. Ich bin mir ziemlich sicher, am Fenster

eingeschlafen zu sein, aber am anderen Morgen wachte ich im Bett auf.

– Siehst du, es war doch ein Traum.
– Wahrscheinlich. Komisch, daß man sich an einen Traum so deutlich erinnert und viele andere vergißt.
– Was habe ich in der Zeit getan?
– Geschlafen wie immer. Du hast immer sehr viel geschlafen. Aus irgendeinem Grund glaube ich jedoch, daß du neben mir gestanden hast. Ich habe dich hochgehalten, damit du alles sehen konntest. Erinnerst du dich nicht daran?
– Du hast selbst gerade gesagt, daß ich noch ein Baby war. Wie soll ich mich also daran erinnern? ...

Seltsam, warum ihr gerade dieses Gespräch in den Sinn kam. Die Toten wecken Erinnerungen, Sedimente vergangener Ereignisse; zeitweise vergessen, ruhen sie am Boden des Bewußtseins. Was brachten sie an die Oberfläche? Sie hatte seit Jahren nicht mehr an jenes Gespräch gedacht. Und nun ahnte sie, daß jeder Gedanke an Richard einen anderen Erinnerungsfetzen zu Tage fördern würde. Mein Gott! Laß die Erinnerungen nicht so bösartig mit meinem Herzen spielen.

23

Man stieß den in Handschellen gefesselten Kim in ein kleines Zelt, das hinter dem großen Zelt von Bezirksamtmann Sparrow aufgebaut war. Draußen stand ein Wachtmeister Posten; sein Körper zeichnete sich wie ein Schattenriß auf der Seitenwand ab. Im Zelt stand die heiße Luft still. Kim war in die Knie gesunken und richtete sich unbeholfen auf, damit er mit gekreuzten Beinen sitzen konnte. Der *sar-panch* kauerte in einer Ecke, ein dürres Bündel von Gewand und Turban mit einem sorgengezeichneten Gesicht dazwischen. Seine knochigen Handgelenke hingen schlaff über den knochigen Knien.

»Ich habe Schüsse gehört. Was ist passiert?«

»Die Dorfbewohner wollten den Bezirksamtmann aufsuchen und um deine Freilassung bitten. Die Polizei hat das Feuer eröffnet. Ein Mann wurde getötet.«

»Wer?«

»Rambaj.«

»*Ahree. Ahree. Ahree.*« Vor Gram wiegte er seinen Körper hin und her und trommelte die geballten Fäuste gegen die Schläfen, als ob er damit seinen Schmerz stillen könnte. Tränen brachen aus seinen Augen. Wie ein schwächliches Rinnsal bahnten sie sich ihren Weg durch den Staub und fielen schließlich auf seinen *kurta*. Der heftige Schmerz verebbte. Der *sarpanch* wischte sich das Gesicht, verschmierte Tränen und Schmutz.

»Der Tochtersohn meiner Schwester. Er hatte gerade geheiratet. Danach sind sie nach Benares gepilgert.«

»Ich bin mit ihnen von dort gekommen.«

»Wer bist du? Ich habe dich hier noch nie gesehen.«

»Kim, aus Lahore. Ich wollte meine Cousine eigentlich in ihr Dorf begleiten, aber sie hat hier geheiratet.«

»Wen?«

»Suresh Lal.«

»Tatsächlich. Was ist ihre Kaste?«

»*Kayasth.*«

»Ausgezeichnet. Eine gute Frau?«

»Sehr.«

»Suresh Lal braucht eine gute Frau. Meine Gattin hatte an eine ihrer Cousinen als mögliche Frau für ihn gedacht, aber vielleicht wäre sie nicht die richtige gewesen. Ein Tod, eine Hochzeit. Selbst in unserem kleinen Dorf spielen sich Dinge ab, wie ich es in dieser Art noch nie erlebt habe. Ich verstehe nicht, warum der Amtmann-Sahib mich so behandelt. Wir bitten doch nur darum, genug Weizen anbauen zu dürfen, daß wir nicht hungern müssen, wenn der Regen ausbleibt. Er reagiert darauf, als ob wir alles Land für uns haben wollten. Warum hat man dich festgenommen?«

»Aus keinem besonderen Grund. Höchstens dafür, daß ich versucht habe, Rambajs Leiche aufzuheben und nach Hause zu tragen.«

»Ist das ein Verbrechen?«

»Ich weiß nicht. Der Amtmann ist jung. Er hat Angst, daß wir alle gegen ihn sind.«

»Dann war es sehr tapfer von dir, ihm zu trotzen.«

»Du bist tapferer. Du wolltest deinem Dorf helfen, daß es genug zu essen bekommt. Wenn du ihm versprichst, die Leute nicht weiter aufzuwiegeln, wird er dich bald freilassen.«

»Wie könnte ich ihm ein solches Versprechen geben? Wir sind arm und werden jeden Tag ärmer. Vermag ich meinem Dorf nicht zu helfen, bin ich kein richtiger Mann. Wenn ich nur tapferer und klüger wäre. Aber ich bin nun einmal weder das eine noch das andere. Wir hören unsere Kinder nach Essen schreien. Diese Schreie klingen uns in den Ohren.«

»Es ist ein gutes Dorf.«

»Was nützt uns das, wenn wir nichts zu essen haben.« Der schrille Aufschrei einer weinenden Frau ließ sie verstummen. Er schwebte in der Luft wie ein Papierdrache, stürzte urplötzlich ab und erscholl dann von neuem. Das Leid, das er herantrug, bedrückte Kim. Rambaj, so vollkommen sinnlos sein Tod. Der Junge hatte beweisen wollen, daß er ein Mann war. Nun hatte sein Eifer ihm alle Möglichkeit geraubt, jemals einer zu werden.

Für mich wäre es ein Kinderspiel, diesem Elend zu entkommen. Ich könnte die Handschellen abschütteln, das Zelt hinter mir lassen. Wenn ich will, brauche ich die Gesichter dieser Bauern niemals wiederzusehen. Sie sind Indiens Sandkörner. Eines liegt bereits zermahlen am Boden. Im Laufe der nächsten Jahre werden Tausende mehr zu Staub zermahlen werden – hagere Männer, dürre Frauen, verhungernde Kinder. In den Plänen der Reichen und Mächtigen spielen sie keine Rolle. Was schere ich mich eigentlich um sie? Ich bin zu Größerem berufen und geschult. Aber zu welchem Zweck? Mein Dasein auf der Welt verliert seinen Wert, wenn mein Tun noch mehr Tode nach sich zieht. Ich kann zwar meiner momentanen Lage entkommen, nicht jedoch meinem Schicksal. Wie leicht es wäre: den Wachtmeister hereinrufen und mich vor Amtmann Sparrow als kaiserlicher Agent zu erkennen geben. Ich könnte es tun. Aber ich kann meine Augen nicht vor dem Leid der Menschen hier verschließen.

Die Zeltklappe wurde geöffnet, und man befahl ihnen herauszukommen. Das grelle Sonnenlicht ließ sie blinzeln. Die Männer des Dorfes hatten sich unter dem *bodhi*-Baum versammelt. Bezirksamtmann Sparrow saß auf einem Campingstuhl hinter einem Klapptisch. Darauf lagen verschiedene Papiere. Die Wachtmeister eskortierten Kim und den *sar-panch* durch eine schmale Gasse zwischen den hockenden Dörflern hindurch. Die Frauen waren in den dunklen Hütteneingängen zurückgeblieben. Man hörte Kinder plärren. Sonst war es still – und die Stille so bedrückend wie die Hitze.

Sparrow las in seinen Papieren, ließ die Stille sich dehnen. Er war ganz ruhig, so als säße er in seinem Büro. Schließlich hob er den Kopf und blickte dem *sar-panch* fest ins Gesicht. Kim übersah er einfach.

»Ajit Singh, du bist mir einer, schlimm und verstockt. Du bist an allem schuld. Wegen dir mußten meine Männer einen Jungen aus eurem Dorf erschießen. Rambajs Tod tut mir aufrichtig leid, aber er war unumgänglich. Begreift es endlich. Wer sich dem *sarkar* widersetzt, wird streng bestraft. Jeder. Ausnahmslos. Verstanden?«

»Amtmann-Sahib«, erhob der *sar-panch* seine Stimme, »ich sehe nicht ein, warum es notwendig gewesen sein sollte, einen von uns umzubringen. Wir werden doch sowieso sterben. Ich will mich dem *sarkar* ja gar nicht widersetzen. Ich bitte für unser Dorf nur um die Erlaubnis, genug Getreide und Feldfrüchte anbauen zu dürfen. Indigo macht uns nicht satt, und wenn der Regen ausbleibt, werden wir nicht genügend Vorräte haben und also sterben müssen. Rambajs Tod macht mich sehr traurig, Sahib. Wenn ich ihn verschuldet habe, muß ich dafür bestraft werden.«

»Wir haben darüber schon genug geredet. Nach Meinung des *sarkar* ist der Indigoanbau für euer Dorf das Beste. Haben wir das nicht bereits festgestellt?« Ajit Singh blieb stumm. »Ich lasse dich frei, unter einer Bedingung: Du machst mir keine Scherereien mehr. Einverstanden?«

»Wenn ich nicht einverstanden bin, werde ich dann auch weiter bestraft?«

»Außerdem habe ich entschieden, daß du nicht länger *sar-panch* des Dorfes sein darfst.« Alle Männer zogen hörbar den Atem ein, aber Sparrow ignorierte sie. »Ich ernenne hiermit Mohindar Kumar zum *sar-panch*. Du wirst ihm in allen Angelegenheiten gehorchen. Ist das klar?«

»Aber das Dorf muß ihn wählen, Amtmann-Sahib.«

»Larifari, der *sarkar* hat ihn ernannt. Er hat das Vertrauen der Regierung.«

Mohindar Kumar unterschied sich keinen Deut von den übrigen Dörflern: ein hagerer Mann, stoppelbärtig, die Augen zu Boden gerichtet. Man konnte seiner Miene unmöglich entnehmen, ob ihn diese plötzliche Erhebung freute oder unglücklich machte. Unter Ajit Singhs Blicken jedoch verdorrte er geradezu.

Unwissende Bauern. Sie hatten ja keine Ahnung, daß das Empire selbst die Fürsten mächtiger autonomer Staaten beliebig austauschte, sobald sie der Regierung »Scherereien machten«. Was war dagegen schon ein *sar-panch*? Ein Staubkorn, ein Nichts. Zweifellos hatte Amtmann Sparrow Mohindar Kumar ausgesucht, weil dieser ihm gehorchen würde. Tat er dies, würde er *sar-panch* bleiben.

Natürlich verstanden die Bauern sehr wohl, daß man sie verraten hatte. Aber ihnen blieb nichts anderes übrig, als Mohindar Kumar als ihren neuen Dorfvorstand zu akzeptieren. Er würde nichts unternehmen, ihnen nicht helfen, und Kim sah die Angst in ihren Augen. Sollte der Regen ausbleiben, würden viele von ihnen sterben.

»Du kannst dich jetzt zu den anderen hocken«, entließ Sparrow Ajit Singh. Stumm, von der Niederlage gebeugt, nahm Ajit Singh seinen Platz in der letzten Reihe ein. Danach befaßte sich Bezirksamtmann Sparrow mit Kim. »Und nun zu dir: Du bist ein Unruhestifter.«

»Ich habe keine Unruhe gestiftet. Sie war hier, als ich kam; sie bleibt hier, wenn ich gehe.«

»Ich kann dich nicht leiden. Du bist verdammt frech, zu frech.« Sparrow stand auf und trat näher an Kim heran, um ihn von oben bis unten zu mustern. War es Trotz oder war es Ekel, den er in Kims Augen las? Diese Augen. Sie machten ihn immer noch unbehaglich. Es war eine Stärke in dem Mann, und sie sprach ohne Worte zu Sparrow. Du kannst mir nichts anhaben, sagte sie.

»Ich werde dir eine kleine Lektion erteilen. Dieses und alle anderen Dörfer in der Umgebung sollen wissen, wie gefährlich es für sie werden kann, wenn sie Männer wie dich herbringen.«

»Sie haben mich nicht hergebracht, ich bin von selbst gekommen. Mit meiner Cousine.«

»Dreister Lump. Du widersprichst mir dauernd.«

»Wenn du Lügen über mich verbreitest, muß ich diese Lügen richtigstellen.«

Sparrow spürte die Bewegung unter den Bauern förmlich. Noch nie hatte in ihrer Gegenwart ein Eingeborener einem Engländer so beherzt und unerschrocken geantwortet. Aus der ersten Regung könnte eine Welle werden, die Welle könnte sich ausbreiten, andere Dörfer erfassen, sobald auch sie sich die Geschichte von dem Mann erzählten, der so ungeheuer mutig mit dem Amtmann-Sahib gesprochen hatte. Noch warteten sie ab. Sie wollten sehen, wie er reagieren würde, und Sparrow wußte, daß er seine Autorität nicht von diesem Mann aushöhlen lassen durfte.

»Sergeant.«

»Sahib.«

»Peitscht ihn aus. Dann nehmen wir ihn mit nach Rae Bareli und stellen ihn vor Gericht.«

»Jawohl, Sahib.«

Die Wachtmeister schlossen Kims Handschellen auf, packten ihn fest an den Armen und schleppten ihn zum Heiligen Feigenbaum. Eine Erderhebung faßte den Baum ein; sie war etwa einen halben Meter hoch. Die Dorf-*panchayat* hielt darauf gewöhnlich seine Sitzungen ab. Fast jedes Dorf hatte einen solchen Baum und einen solchen Brauch. Die Wachtmeister stellten Kim auf die Erhebung und zwangen ihn, den Stamm des alten Baumes mit den Armen zu umfangen. Die Rinde scheuerte ihm das Gesicht auf.

Kim roch die Unschuld des Holzes. Außer dem dunklen Baumstamm konnte er nichts sehen. Unruhig erhob sich das Gemurmel der Bauern. Kim wollte es nicht hören. Er verwehrte ihm den Zugang zu seinem Bewußtsein, schirmte den Geist ab gegen äußere Reize. Nachdem er seinen Geist in sich verschlossen hatte, schloß er Augen und Ohren. Losgelöst vom Körper, würde er den Schmerz ertragen können. War nicht der Körper die Quelle aller Schmerzen? Also würde er den Schmerz besiegen, indem er sich ganz in das innere Leuchten seines Geistes zurückzog.

Kim hörte den Stock nicht, den der Sergeant zur Probe durch die Luft sausen ließ, ein dünnes, elastisches Holz wie die Ruten, mit denen man ungezogene Buben in der Schule zur Raison bringt. Nun stieg der Sergeant ebenfalls auf die Erhebung und spreizte die Beine, damit seine Schläge mehr Kraft hatten. Er blickte zum Amtmann-Sahib hinüber. Sparrow hatte damit gerechnet, daß Kim weinen und sich vor ihm winden würde, ja er wünschte es sich sehnlichst. Diese stumme Ergebenheit unterhöhlte abermals die Autorität, nahm Sparrow die Macht, den Mann zu beherrschen, ihn vor den Augen der Bauern zu erniedrigen. Schade. Aber der Schmerz würde schon bald dafür sorgen, würde den Mann aufschreien lassen und damit beweisen, daß er schwach und knetbar war wie alle anderen. Dann würde Sparrow ihm vergeben und ihn aus dem Dorf entfernen.

»Zehn Hiebe werden dem Landstreicher eine Lehre sein.«

»Jawohl, Sahib.«

Der Sergeant hob den Stock und ließ ihn auf Kims Rücken niederpfeifen. Ein anderer Mann wäre zusammengezuckt. Kim regte sich nicht. Es klatschte Holz auf Haut, und der Nachhall war noch einen kurzen Augenblick danach hörbar. Dann schlug der Sergeant ein zweites Mal zu. Dreimal, viermal. Kim stöhnte. Sein Körper wollte ihn im Stich lassen. Er fühlte, wie dieser vierte Schlag sich in seinen fest verschlossenen Geist hineinzwängen wollte, hineinfuhr wie ein Blitz, hungrig nach seiner Kraft schnappend, um sie ihm zu stehlen. Kim schloß die Augen noch fester, konzentrierte sich grimmig auf das innere Licht, das mit jedem weiteren Schlag ein wenig mehr zersplitterte. Er biß die Zähne zusammen und preßte sein Gesicht mit aller Kraft in die harte Rinde hinein. Der neue Schmerz würde ein Gegengewicht bilden, ihn davon abhalten, laut hinauszuschreien. Kim wußte, daß Sparrow ihn schreien hören wollte.

Die Tränen liefen ihm über das Gesicht, aber er würde dem *salah* nicht das Vergnügen bereiten, sich an seinem Schmerz zu weiden.

Schließlich folgte kein neuer Schlag. Kim blieb angespannt. Er rechnete mit einem Betrug. Aber nun ließen die Wachtmeister seine Arme los. Er versuchte, mit leichtem Schritt von der Plattform zu steigen und fortzugehen, aber die Beine versagten ihm den Dienst. Er stürzte und rollte durch den Staub, sah und hörte nichts mehr, nicht das Sonnenlicht, nicht die mitfühlenden Blicke der Bauern, nicht Sparrows Stimme.

»... und paßt mir ja auf, daß ihr nicht wieder einen Störenfried beherbergt wie diesen Kerl hier, denn das nächste Mal werde ich euch alle verprügeln lassen, damit ihr es endlich begreift.«

Kim kam wieder zu Bewußtsein, starrte durch die Äste in das Blau des Himmels. Ganz am Rande seines Gesichtsfeldes nahm er Sparrow wahr, der auf ihn herabblickte. Das aufgedunsene Gesicht erinnerte an einen bleichen Ganesh. Dann erkannte Kim den *topi*. Er wollte sich aufsetzen. Vergeblich.

Sein Rücken schien unauflösbar verknotet. Da er sich nicht auf die Beine helfen lassen wollte, blieb er geduldig liegen und wartete darauf, daß die erste Übelkeit des Schmerzes nachließ. Er spürte seinen *kurta* in den blutigen Wunden kleben.

»Komm schon, du kannst nicht ewig hier liegenbleiben.« Sparrow entfernte sich aus seinem Gesichtsfeld.

»Wachtmeister, legt ihm Handschellen an und führt ihn ab.« Man zerrte Kim auf die Füße. Auch die Männer aus dem Dorf erhoben sich. An ihren Augen sah er, daß sie ihn bemitleideten. Suresh Lal und Ajit Singh schienen auf dem Sprung, zu ihm zu eilen und ihm zu helfen, aber die Angst vor Sparrow hielt sie zurück. Der hatte Kim zum Unberührbaren gemacht. Halfen sie ihm, würden sie Schläge bekommen wie er. Da rannte eine Frau weinend aus einer Hütte auf ihn zu.

»Wie könnt ihr ihn mit euch fortschleifen, ohne vorher seine Wunden zu waschen?« schrie Lakshmi Sparrow an.

»Das bißchen Prügel wird ihn schon nicht umbringen.«

Lakshmi schob die Wachtmeister beiseite, bevor sie seine Hände auf dem Rücken fesseln konnten. Dann führte sie ihn zu der Plattform zurück und drückte ihn herab, daß er sich setzte. Sie tauchte den Saum ihres Sari in einen Krug mit Wasser, tupfte ihm den Schmutz aus dem Gesicht und drehte seinen Oberkörper sanft zur Seite, um den Rücken zu inspizieren.

»Diese Hunde«, flüsterte sie, und er hörte die erstickten Tränen in ihrer Stimme. »Allesamt umbringen sollte man sie.«

»Paß auf, was du sagst, sonst wird der Amtmann-Sahib dich wegen Volksverhetzung festnehmen.«

»Soll er doch. Meinetwegen so oft es ihm gefällt.« Aus dem Krug goß sie das Wasser behutsam über seinen Rücken.

»Es blutet heftig, aber die Wunden sind nicht tief.« Er spürte, wie sie das aufgeplatzte Fleisch abtupfte. Das kühle Wasser löste die Knoten in seinen Rückenmuskeln.

»Laß mich etwas davon trinken.« Er neigte den Kopf zurück, während sie ihm etwas in den Mund goß. »Ich kann dir nur raten, daß du deinen Gatten so liebevoll behandelst.«

»Aber ich liebe ihn nicht, wie ich dich liebe.«

»Du wirst ihn lieben lernen.«

»Verscheucht mir endlich dieses Weib. Wir können nicht den ganzen Tag vertrödeln.« Da stießen sie Lakshmi fort und zerrten Kim auf die Beine. Als sie seine Hände auf dem Rükken in Handschellen legten, zuckte er zusammen. Das Eisen schnitt in das blutende Fleisch. Ein Wachtmeister befestigte eine kurze Kette an den Handschellen und hielt sie straff.

»Ich komme mit«, sagte Lakshmi.

»Nein. Du bleibst hier. Mir wird nichts passieren.« Die Männer des Dorfes teilten sich langsam, bis sie eine Gasse bildeten, durch die Kim hindurchschritt. Er fühlte Suresh Lals Hand kurz auf seinen Schultern, und in den Augen las er das Lebewohl. Kim konnte ihnen nicht verübeln, daß sie zögerten, ihm beizustehen. Ihr Leben war hart genug. Zwei Polizisten eskortierten ihn aus dem Schatten des *bodhi*-Baumes. Sparrow schritt vornweg, der Sergeant immer hinter ihm her. Man hatte Sparrows Pferd gesattelt, und er stieg auf. Ohne sich nochmals umzuschauen, trabte er aus dem Dorf.

Der Marsch nach Rae Bareli dauerte zwei Tage. Kim entdeckte, wie weh das Laufen tut, wenn die Hände hinter dem Rücken gefesselt sind. Sobald er stolperte oder langsamer ging, halfen die Polizisten mit ihren *lathis* nach. Die kleine Prozession, bestehend aus dem Amtmann-Sahib zu Pferd mit dem Gebaren eines Fürsten, einem Kamel vor dem Karren mit der Campingausrüstung, dem Sergeanten, Kim und den Polizisten, zog weiter von Dorf zu Dorf, und überall wurde Kim neugierig begutachtet wie ein Tanzbär oder ein dressierter Affe. Man zeigte ihn herum, das abschreckende Beispiel für die Bestrafung, die jeden erwartete, der gegen den *sarkar* arbeitete.

Bei jedem Halt führte Sparrow Kim dem *sar-panch* und den übrigen Männern des Dorfes vor, erklärte ihnen, wie er Kim gefaßt und bestraft hatte, und welche Strafe ihn zusätzlich am Sitz der Bezirksverwaltung erwarten würde: Anklage auf Landfriedensbruch und Gefängnis. Seid gewarnt! Wenn ihr die Strolche nicht daran hindert, euch zu verderben, werdet auch ihr in Ketten enden, werdet auch ihr unter dem Stock enden, werdet auch ihr im Gefängnis enden. Man hörte und verstand: Alle rückten sie von Kim ab. Schon sein Schatten mochte die schreckliche Strafe auf sie herabbringen.

Aber dann, gerade in diesem Augenblick, lächelte Kim sie an, und er sah, daß sie zu zweifeln begannen. So ein fröhliches Lachen, als ob alles ein Spiel wäre. Es war ein Spiel für ihn, wenn auch sehr verschieden vom Großen Spiel. Er war in eine Eingeborenenfalle getappt. So sei es denn: Man sollte ihn ja überall für einen Eingeborenen halten. Er würde einer sein.

Lächerlich, wie einfach er seinen Kopf wieder aus der Schlinge ziehen könnte. Er brauchte nur den Mund aufzutun. Aber er verschwieg beharrlich seine Identität.

Sie erreichten Rae Bareli gegen Mittag, ein großes Dorf, fast schon eine Kleinstadt. Die zweistöckigen Ziegelbauten mit den roten Dachsteinen spiegelten seine wachsende Prosperität, und auf der Hauptstraße herrschte geschäftiges Treiben. Die Läden und Verkaufsstände boten alles von den Grundnahrungsmitteln bis zur Seide und zum Schmuck. Hinter den Läden zu beiden Seiten der Hauptstraße wurden die Häuser immer kleiner; am Dorfrand führten die menschenüberfüllten Gassen dann wieder an strohgedeckten Hütten vorbei.

Der größte Wohnbungalow lag in einem weiträumigen Anwesen am anderen Ende des Dorfes hinter einer hohen Mauer. Der Garten war ordentlich gepflegt, obwohl entsprechend der Jahreszeit staubig und braun. Diener hatten die Kiesel der Auffahrt von allen Blättern freigefegt, und in den frisch gedüngten Beeten blühten Cannas, Ringelblumen und Rosen.

Trotzdem strahlte der Ort Verlassenheit aus, wie vom Auf und Ab des Dorfes abgeschnitten. Drei kleinere Gebäude standen hinter diesen Mauern: der *dak*-Bungalow für Regierungsbeamte oder Gäste des *sarkar* auf der Durchreise; ein in fröhlichem Rot gestrichenes Einfamilienhaus, über und über mit Bougainvilleen behangen – das Polizeirevier; und das Haus des Bezirksrichters.

Kim wurde in das Polizeirevier geführt. Dort nahm man ihm die Handschellen ab und sperrte ihn in eine vergitterte Zelle. Nur die Bettrolle in einer Ecke durchbrach die Monotonie der nackten Wände, von den Schaben einmal abgesehen. Braun glänzend und fingergroß, nahmen sie von Kim nicht die geringste Notiz, sondern liefen eilig über Mauersteine und in Ecken hin und her. Sie waren die Hausherren, er nur der Gast.

Er nahm sein anhaltendes Unglück mit philosophischer Gelassenheit hin. Was auch immer es im Leben an Erscheinungen geben mochte – stets ist es vergänglich. Erfolg und Mißerfolg, Freude und Leid, Wut, Glück und Trauer, sie alle kommen und gehen in ewigem Kreislauf. Nur eines muß der Mensch begreifen: Nichts ist von Dauer, das Leben eine Illusion – ein Gebilde, von einem Zauberer heraufbeschworen wie eine Münze, die erscheint und verschwindet, wie ein Kind, das sich in Luft auflöst. Kim breitete die Bettrolle aus, legte sich hin und schlief auf der Stelle ein.

Als die Sonne unterging, weckte ihn ein *chokra* auf; er hatte runde Augen, und sein Haar roch nach Kokosöl, das im Lichtschein glänzte und die Zelle mit seinem kräftigen, süßen Duft erfüllte. Der Junge entfaltete ein Blatt, wie man es in Indien häufig als Teller benutzt, wobei er sichtlich auf der Hut war. Dann drückte er sich mit dem Rücken zur Öffnung aus der Tür und kam mit kleinen gefüllten Tonschalen zurück; darin war das Abendessen. Sprungbereit neben der Tür hockend beobachtete er, wie Kim seine Mahlzeit zu sich nahm.

»Bist du ein Straßenräuber, ein echter Dacoit?«

»Ja. Und wenn du nicht artig bist, komme ich und schneide dir die Ohren ab.«

»Was hättest du davon? Ich besitze kein Geld, und ich dachte immer, die Dacoits würden Leute nur umbringen, weil sie ihr Geld haben wollen. Hast du schon viele Leute umgebracht?«

»Nicht sehr viele.«

»Wie viele? Zehn, zwanzig, hundert? Hast du ihnen die Kehle durchgeschnitten oder sie mit einem Seidentuch erdrosselt, wie es die Thugs machen?«

»Nein«, gestand Kim, »ich habe noch überhaupt keinen Menschen umgebracht.« Der Junge war sichtbar enttäuscht. »Aber ich habe früher viele Dacoits gekannt, die eine Menge Leute umgebracht haben. Wir waren Freunde, und sie treiben sich auf der Grand Trunk Road herum. Sie warten nur darauf, daß kleine Jungen wic du vorbeikommen. Dann fangen und verkaufen sie dich an Menschenhändler in Bombay.«

»Dagegen hätte ich nichts einzuwenden. Überall ginge es mir besser. Hier ist mein Leben nur Arbeit, Arbeit und nochmals Arbeit. Wenn ich Glück habe, bekomme ich einen Anna; wenn nicht, gehe ich leer aus. Immerhin habe ich zu essen, und der *salah*, der mein Herr ist, prügelt mich nicht allzuoft.«

Der *chokra* erinnerte Kim an den Hotelburschen in Bombay. Zerstörte Kindheiten gab es massenhaft in diesem Land, und als er seiner eigenen gedachte, die er nicht in Knechtschaft sondern frei umherwandernd verbracht hatte, bedauerte er die Unglücklichen, die ein schlechteres Los getroffen hatten.

»Dann rennst du besser weg.«

»Wohin? Es ist doch überall dasselbe.« Nachdem Kim seine Mahlzeit beendet hatte, rollte der *chokra* sorgfältig das Blatt zusammen und hob ein Stück Gemüse vom Boden auf. »Werden sie dich aufhängen?«

»Ich hoffe nicht. Es ist furchtbar anstrengend, mit dem Hals in der Schlinge am Leben zu bleiben, besonders wenn man noch dazu einige Fuß über der Erde baumelt.«

Am nächsten Tag wachte Kim mit dem Morgengrauen auf. Kühle Luft erfüllte die Zelle und gewährte ihm einige Augenblicke des Wohlbehagens. Schon bald nach Sonnenaufgang würde sich die befreiende Kühle in bedrängende Hitze verwandeln. Man führte ihn zur Verrichtung seiner Bedürfnisse hinaus, und dabei sah er das Dorf sich allmählich rühren. Da waren die Ochsenkarren, die sich auf ihren täglichen Weg zu den Feldern begaben, gefolgt von einer sich graziös wiegenden Linie von Männern und Frauen. Der Rauch erster Kochfeuer füllte die Luft mit dem Duft brennenden Holzes.

Wieder in der Zelle, kreuzte er die Beine, im Schneidersitz ruhig abwartend, was als nächstes geschehen würde. Er verschloß ein Nasenloch mit dem Zeigefinger, atmete tief durch das andere ein, hielt den Atem an, während er im Geist bis zwanzig zählte, und atmete dann langsam aus. Diese Übung wiederholte er, abwechselnd durch das eine oder andere Nasenloch ein- und ausatmend, bis er sich der tiefen Stille des Geistes öffnete, die nun seinen Körper durchdrang. Sein Blut pulsierte nicht mehr pochend; sein Herz schlug langsamer.

Schwerelos verharrte er in dieser Stille, bis der *chokra* ihn mit dem Morgenmahl aufstörte: ein großes Stück *nan*-Brot und eine Tasse heißer Tee.

»Im Dorf sagen sie, daß du noch gefährlicher und schlimmer bist als ein Dacoit, nämlich ein Agi . . .. ein Agitator. Du bekämpfst den *sarkar*. Stimmt das?«

»Ich habe keinem Menschen etwas zuleide getan.«

»Aber ich habe schon von Männern gehört, die *Angrezis* ermorden. In Kalkutta hat eine Bombe zwei *Angrezi*-Frauen zerrissen, erzählt man. Sie sollte eigentlich einen Mann töten. Aber als sie ihre Bombe warfen, haben die Männer sich in der Gharri getäuscht. Sie wollten einen Gesetzes-Sahib umbringen.«

»Dann weißt du mehr als ich. Wie die Zeiten sich wandeln. Langsam erwacht der Elefant aus seinem Schlaf, und wir können noch nicht genau sagen, wie er gelaunt ist. Ein Teil scheint gereizt, während der andere weiterhin friedlich bleibt. Die Mahouts sollten ihn nicht länger unbedacht hin- und herstoßen, sonst machen sie ihn noch ernstlich böse. Die Bombenwerfer in Kalkutta sind der Teil, den es bereits juckt, und noch ist er klein. Das übrige Tier schläft. Wenn es aufwacht, werden wir sehen, was es tut.«

»Bin ich auch ein Teil des Elefanten?«

»Ja. Ein Haar auf dem Hintern.«

»Pah. Lieber wäre ich ein Stoßzahn. Aber du erzählst doch bloß Geschichten. Ich habe übrigens gehört, daß sie dich heute morgen vernehmen wollen. Der Wachtmeister sagt, daß Polizeichef Laird die Untersuchung persönlich leiten wird.«

Die Neuigkeit überraschte Kim nicht. Der Junge hatte sicher seine großen Ohren gespitzt und bei seiner Arbeit in der *chai*-Bude den neuesten Dorfklatsch gehört.

Kim mußte noch eine geraume Weile auf sein Verhör warten; es begann erst gegen Mittag, als die Hitze das Atmen erschwerte. Der Wachtmeister brachte einen Stuhl, stellte ihn mit der Lehne zur Tür mitten in die Zelle, setzte Kim darauf und fesselte ihn hinter dem Rücken. Minuten vergingen, schwollen an zu einer Stunde, die Zeit in einen gleichmäßigen Fluß verwandelnd, der Kim erfaßte. Auf der Reise zum Horizont im Westen verblaßte das Licht der Sonne; nur noch fahlgelbe Strahlen erhellten die Zelle. Er hörte die Stimmen der Dörfler, die unter seinem Fenster vorbeigingen, quietschende Räder, den schrillen Schrei der Papageien. Die Schaben wußten, daß er sich nicht regen konnte. Und so verließen sie ihren Unterschlupf an den Wänden, um seine Füße zu erkunden. Trocken raschelnd wanderten sie über seine Haut, doch er zuckte nicht, machte keine Bewegung.

Er hörte die Tür aufgehen und fühlte einen Hauch kühlerer Luft. Nachdem die Tür wieder ins Schloß gefallen war, nahm er rechts und links hinter sich zwei Männer wahr. Um ihn zu verunsichern, blieben sie stumm hinter seinem Rücken stehen. Er wußte, worauf sie warteten: Er sollte sich umdrehen und verzweifelt versuchen, einen Blick von ihnen zu erhaschen, wie um sich zu vergewissern, daß sie Menschen und keine wilden Tiere wären. Aber Kim blickte stur geradeaus; nur ihre Ausdünstungen sog er ein. Der eine war offenbar der Wachtmeister und benutzte das gleiche Haaröl wie der *chokra*. Der andere roch eindeutig wie ein Weißer: nach Kölnisch Wasser, Stiefelwichse und Pomade.

Kim fühlte, wie sein Turban behutsam gelüftet wurde, worauf sich eine Hand väterlich auf seinen Kopf legte. Finger spreizten sich, wuschelten sich in das dichte Haupthaar ... und dann zogen sie sich mit einem Ruck zu einer Faust zusammen. Kims Kopf wurde zurückgerissen; er sah einen Augenblick die Decke, dann das Gesicht eines Weißen, das sich in sein Blickfeld schob.

Polizeichef Laird hatte hagere Züge und einen schmalen gestutzten Oberlippenbart. Der Schirm seiner Mütze beschattete seine Augen, darunter lugte ein spitzes Kinn hervor. Der in typisch indischer Manier zur Seite geneigte Kopf und die feinen Nasenflügel zeigten es: Der Mann war kein reiner Weißer, sondern Eurasier.

»Nun?« fragte er sanft. Der Akzent bekräftigte Kims Vermutung. Nun – ein leeres Wort, ein Ausdruck, der eigentlich keiner Erwiderung wert war und sich doch wie eine Frage über Kims Kopf zusammenschob. »Nun« wollte sagen: Man hat etwas gesehen, etwas entdeckt, höchst unappetitlich, ja unerträglich.

»Sahib, ich bin unschuldig«, erwiderte Kim mit rauher Kehle auf Urdu. »Ich habe nichts verbrochen.«

»Natürlich nicht.«

Die Stille wurde beklemmend. Kim hörte ihren Herzschlag und bemerkte den Puls an der Halsschlagader des Polizeichefs. Das Gesicht schwebte über ihm, als ob er selbst unter Wasser nach oben zu den verschwimmenden Umrissen über der Wasseroberfläche aufblickte. »Ich kann euch Kerle nicht ausstehen. Ich hasse euch. Alle beteuert ihr, daß ihr unschuldig seid, nichts verbrochen habt. Ich werde dir nun einige Fragen stellen. Ich nehme nicht an, daß du auch nur ein Wort Englisch verstehst, oder etwa doch?« Kim ließ die Maske völligen Nicht-Verstehens über sein Gesicht gleiten. »Übersetz es ihm, Wachtmeister.« Der Wachtmeister übersetzte.

Laird ließ seinen Polizeistock auf Kims Nasenbein ruhen, dann hin- und herrollen, als ob er die Tragfähigkeit dieser Oberfläche testen wollte. Schließlich hob er ihn ein Stück, nur ganz wenig, nicht mehr als einen Zentimeter ... und ließ ihn fallen. Kim trat das Wasser in die Augen.

»Wie heißt du?«
»Kimachand.«
»Nun, Kimachand-*wallah*, wo kommst du her?«
»Lahore.«
»Also bist du ein Pathane?«
»Nein.«
»Was hattest du in dem Dorf zu suchen?«
»Ich habe meine Cousine in ihr Dorf zurückgebracht, das . . .« Der Stock hob sich, hing einen kurzen Augenblick in der Luft und fiel. Diesmal war der Aufschlag härter.
»Wie soll ein Mann aus Lahore eine Kusine in den Vereinigten Provinzen haben?«
»Sahib, sie ist nur eine entfernte Kusine, so entfernt wie die Vereinigten Provinzen von Lahore. Der Gatte der Frau des Bruders ihres Vaters ist der Bruder eines Vetters meines Onkels.«
Laird seufzte: »Ich habe nicht die Zeit, mir darauf einen Reim zu machen. Fest steht jedenfalls, du bist dort aufgekreuzt, um Ärger zu machen.«
»Nein, Sahib.« Der Stock hob sich, schwebte einen Augenblick und fiel – der Aufprall wieder etwas härter. Tränen füllten Kims Augen. Er konnte seinen Kopf nicht von der Stelle regen, denn der Wachtmeister hatte ihn immer noch fest am Schopf gepackt. Sein Nasenbein fühlte sich an, als wollte es mit dem nächsten Aufprall zersplittern: »Ich schwöre es, Sahib.«
»Wer hat dich in das Dorf beordert?«
»Niemand, Sahib.« Der Stock fiel, ein Stück tiefer, näher an der Nasenspitze. Ein rasender Schmerz.
»Wer hat dich dorthin beordert? Tilak? Bannerjee vielleicht?«
»Niemand hat mich geschickt. Ich bin ein unwissender Mann. Ich kenne keinen Tilak oder Bannerjee.«
»Was meinst du, sind wir die rechtmäßigen Herrscher im Land?«
»Jawohl, Sahib. Wer sonst könnte es regieren?«

»Oh, ich nehme an, daß einer von euch Niggern schon ganz gern das Ruder übernehmen würde. Natürlich würdet ihr dann den größten Mist anstellen. Wo bist du vorher gewesen?«

»Benares, Sahib. Auf Pilgerschaft. Das ist doch gestattet, oder?«

»Hier stelle ich die Fragen.« Er ließ den Stock aus genau kalkulierter Höhe auf Kims Nasenbein herabfallen. Nicht hoch, nur etwas über ein Zoll. Trotzdem fühlte Kim Blut aus seiner Nase tröpfeln. Er zog es ein und rang um Atem. »Und wohin sollte die Reise danach gehen?«

»Ich war auf dem Rückweg nach Lahore, Sahib.«

»Wer hat dich geschickt?«

»Niemand, Sahib.«

»Bist du jemals in Kalkutta gewesen?«

»Ich war dort, Sahib. Eine große Stadt.«

»Hast du dich dort mit Aufrührern getroffen und über Politik gesprochen?«

»Ich kümmere mich nicht um solche Sachen, Sahib.«

»Hast du Terroristen getroffen?«

»Nein, Sahib.«

»Wahrscheinlich bist du für *swaraj.*«

»Was ist das, Sahib?«

Die Fragen wiederholten sich, mit derselben Monotonie die Schläge auf die Nase. Abgesehen von seiner gnadenlosen Eintönigkeit hatte das Verhör keinerlei Struktur. Eine Stunde verging. Kims Nase schwoll an. Vor seinen nach unten schielenden Augen erschien sie zweimal so groß wie gewöhnlich. Die Folter geschah ganz beiläufig. Der Ausführende nahm ihn überhaupt nicht wahr; für ihn existierte er nicht als menschliches Wesen, das Mitgefühl und Sorge verdiente. Kim wurde wie ein Zugochse mit dem Stock traktiert, und man erwartete von ihm, daß er sich wie ein Ochse von diesem Stock leiten ließ.

Er brauchte nur zu sagen, was sie hören wollten. Dann würde es keine weiteren Fragen mehr geben, und der Stock würde nicht länger wie ein Hammer auf seine Nase herabfallen. Polizeichef Laird wünschte sich Kim als den gefährlichen Terroristen, der es fertigbringt, Bomben zu werfen und wild um sich zu schießen. Dieser Wunsch beflügelte sein Tun. Er brauchte den Beweis als Rechtfertigung für die Strafe. In anderen Bahnen konnte er nicht einmal denken. Kim saß in Handschellen gefesselt in der Zelle. Laird stand neben ihm. Sie waren beide aus demselben Grund in derselben Zelle. Und der Grund war: Kims Schuld.

»Ich muß schon sagen, du bist ein hartgesottener Nigger. Aber ich klopfe dich weich. Ich komme wieder. Vielleicht schneide ich dir auch die Eier ab. Wetten, daß dir das nicht gefällt. Mach ihn los.«

Kims Kopf fiel vornüber. Blut tropfte aus seiner Nase auf sein Hemd, weiter auf den Boden und bildete dort eine Pfütze, bevor es einsickerte. Der Wachtmeister schloß die Handschellen auf, dann riß er abrupt den Stuhl unter Kim fort, daß dieser unsanft auf der Erde landete. Dort lag er, vorsichtig seine Nase abtastend. Sie war über alle Maßen geschwollen; die leiseste Berührung ließ ihn aufheulen. Er wischte das Blut so gut es ging mit dem Ärmel seines *kurta* ab und achtete darauf, nicht durch die Nase zu atmen.

Der Polizeichef von Rae Bareli kam weder am nächsten noch am übernächsten Tag zurück. Aber am vierten Tag legte der Wachtmeister Kim wieder in Handschellen und führte ihn aus dem Polizeirevier ins Freie. Sie gingen über die Einfahrt zum Bungalow des Bezirksleiters und warteten dort im Schatten eines *saman*-Baumes. Dort standen oder hockten auch andere Männer, allein, zu zweit, in kleinen Gruppen, einige von ihnen Bauern, der Rest *banyas*. Sie alle wollten vom Bezirksrichter gehört werden.

Der Gerichtsdiener rief einen nach dem anderen auf, um sie ins Büro zu geleiten. Nach Abschluß einer Angelegenheit kam der nächste an die Reihe. Am Mittag verebbte der Strom. Der Bezirksrichter aß seinen Lunch und würde vor der Wiederaufnahme seiner Pflichten auch noch ein Nickerchen machen. Kim vertrieb sich den Tag mit der Beobachtung der Bittsteller. Wenige hatten einen *vakil*, einen einheimischen Rechtskundigen; die meisten waren allein gekommen, weil sie sich die hohen Gebühren für eine Beratung nicht leisten konnten.

Die Sonne war schon fast hinter dem Horizont verschwunden, als der Gerichtsdiener den Wachtmeister aufrief, der Kim sogleich auf die Füße scheuchte. Sie betraten den großen, kühlen Raum. Papiere stapelten sich auf dem Tisch, hinter dem der Bezirksrichter saß. Ein Schreiber saß in der Nähe, auch er von vielen Papieren und Akten umgeben. Beide nahmen sie von Kim keinerlei Notiz, sondern zeichneten Akten ab und kritzelten vor sich hin; einzig die kratzenden Stahlfedern waren im Raum zu hören. Schließlich schaute der Bezirksrichter auf, ein rundlicher, kleiner Mann, der im fahlen Licht recht blaß erschien. Er schnippte mit den Fingern. Das war für den Schreiber das Zeichen, ihm die richtigen Unterlagen zu überreichen. Nachdem er sie gelesen hatte, hob er abermals den Kopf.

»Polizeichef Laird hält deine Schuld für erwiesen. Hast du etwas dazu zu sagen?«

»Sahib, ich bin unschuldig.« Kim näselte. Seine Nase war zwar zu ihrer normalen Größe geschrumpft, aber seine Stimme klang immer noch verzerrt.

»Das seid ihr doch alle. Trotzdem hat dich der Bezirksamtmann ertappt, als du Unruhe in der Bevölkerung gestiftet hast. Ob du einer politischen Gruppe, meinetwegen auch mehreren Gruppen angehörst, ist für diesen Tatbestand unerheblich. Deswegen verurteile ich dich zu sechs Monaten verschärften Arrests.« Er winkte den Wachtmeister fort und damit auch Kim.

»Sitze ich die sechs Monate hier ab?« fragte Kim den Wachtmeister auf dem Rückweg zur Zelle.

»Kerle wie dich überführen wir in das Gefängnis von Lucknow. Wir haben nicht das Geld, dich hier sechs Monate lang durchzufüttern.«

»Wann werde ich verschickt?«

»Wenn der Amtmann-Sahib die Papiere für deine Überführung unterschrieben hat. Wahrscheinlich werde ich dich auf dem Transport bewachen.«

Nachdem Kims Schuld nun richterlich bestätigt war, zeigte der Wachtmeister sich umgänglicher. Der Schuldbeweis bestätigte seine Autorität; er verwandelte Kim in einen bloßen Gegenstand, und der Wachtmeister konnte ihn nach Gutdünken schlagen oder menschlich behandeln. Für den Augenblick hatte er sich für die menschliche Behandlung entschieden, aber in den Händen eines Mannes wie ihm war jedes bißchen Macht eine Frage der Laune. In einer Stunde könnte er es sich anders überlegt haben.

»Macht es dir Spaß, Menschen zu quälen?«

»Es gehört dazu, ein Teil meiner Pflichten sozusagen. Ich muß es tun. Wenn Polizeichef Laird mir befiehlt, dich an den Haaren zu zerren, muß ich dich an den Haaren zerren. Bei der ersten Unbotmäßigkeit feuert er mich, und dann ... wie sollte ich dann leben? Ich habe Frau und Kinder, fünf. Vier davon Jungen«, fügte er stolz hinzu.

»Mag sein. Aber nehmen wir einmal an, du quälst einen Unschuldigen?«

»Was würde das ändern? Durch meine Schläge kommt seine Unschuld heraus. Ohne die Schläge würden wir ihn womöglich für schuldig halten.«

Logisch und unwiderlegbar. Wie leicht kann der Mensch sich einreden: Mein *dharma* fordert von mir, daß ich andere quäle im Dienst der Gerechtigkeit. Der menschliche Geist, dachte Kim, ist ein steiniger und reißender Gebirgsbach mit unzähligen Stromschnellen. Ich muß auf der Hut sein. Ich habe denselben *dharma* wie der Wachtmeister, als kaiserlicher Agent diene ich blind ergeben derselben Macht. Aber wie kann ich dieser Macht weiterhin mit derselben Ergebenheit dienen, wenn in ihrem Namen solches Unrecht geschehen darf, wenn sie Polizeichef Laird erlaubt, mich bei der Suche nach seiner Version der Wahrheit zu quälen? Ich habe mit eigenen Augen gesehen, daß sie einen Jungen erschossen haben, nur weil er Klage erheben wollte über den Hunger seiner Dorfgenossen. Das Recht war auf seiner Seite, nicht auf der Seite des Bezirksamtmannes, der dieselben Leute vertritt, denen auch ich diene. Weil ich wie ein Mensch fühle, habe ich den toten Jungen von der Straße aufgehoben, wo er lag wie ein räudiger Hund. Dafür hat man mich verhaftet. Und jetzt, durch eine fast unerklärliche Verkettung von Umständen, hat man mich sogar zu verschärftem Arrest verurteilt. Schon diese kleine Geste muß ihnen angst gemacht haben.

Kim seufzte. So dachte ein Verräter, und es beunruhigte ihn, daß er so dachte – ohne es zu wollen. Zweifel stiegen in ihm auf wie Luftblasen, die zur Wasseroberfläche drängten. Er mochte die Blasen eine nach der anderen zerplatzen lassen, immer trat eine neue an ihre Stelle. Wenn er sich, wie bisher, selbst treu bleiben wollte, würde sein Leben in der Zukunft schwierig und gefährlich sein.

Er durfte in aller Ruhe über dieses Dilemma nachdenken, denn er hatte viel Zeit. Offenbar konnten die notwendigen Unterschriften nur nach einem langwierigen Aktenvorgang unter die Papiere gelangen, so daß sich Kim schließlich nicht von Männern, sondern von Papieren eingekerkert fühlte: Papiere, die stärker waren als Männer oder Gitter.

Er schlug seine Zeit tot, indem er viel schlief und mit den Wachen Karten spielte. Der *chokra* unterhielt ihn mit Dorfklatsch, obwohl er bitter enttäuscht war, daß Kim nicht an den Galgen kommen würde. Ihm gefiel der Gedanke, einmal mit einem Todeskandidaten Bekanntschaft gemacht zu haben. In seinem Heimatbezirk hatte er dazu nur selten Gelegenheit.

Eines Tages, als er seine Mahlzeit mit einem Mittagsschläfchen verdaute wie die Wächter, wurde Kim von einem nervös wirkenden Wachtmeister geweckt.

»Dein Bruder will dich sehen. Ich habe ihm zwar gesagt, er soll später wiederkommen, aber er bestand darauf.« Bei diesen Worten machte er sich nicht die geringste Mühe, die Münze in seiner Hand zu verbergen.

Narain schob seinen Kopf in die Zelle, und bevor Kim sich erheben konnte, war Narain bei ihm und hielt ihn umarmt. Erleichtert weinte er. Kim konnte kaum atmen, so fest wurde er umschlungen.

Narain sah bemitleidenswert aus, die Kleidung schäbig und verstaubt; auch wirkte er ausgemergelter als je zuvor. Die Erschöpfung hatte tiefe Falten in sein Gesicht gegraben. Als er sich von der Überraschung erholt hatte, konnte Kim seine Freude über das Wiedersehen mit dem alten Weggefährten nicht verbergen. Nachdem Narain ihn endlich losgelassen hatte, tanzte er durch seine Zelle.

»Wie hast du mich gefunden?«

»Ich habe alle diese verdammten Dschungeln auf den Kopf gestellt, Kim. Ich war hier, dort – überall. Ich habe in Basaren und Urwäldern nach dir geforscht – ach, das ganze Land ist eine einzige Dschungel, in Tempeln, Moscheen und Bordellen. Schließlich landete ich in Benares, wo sie so viele Tempel und in jedem Tempel so viele Betende haben, daß mir davon schwindlig wurde. Dort hörte ich von einem gewissen Kim erzählen, der sich offenbar einige Monate lang mit einer Frau in der Stadt aufgehalten hatte. Aber glaubst du, von da an wäre alles weitere einfach gewesen für deinen Narain?

Als ich wissen wollte, wohin ihr danach gezogen seid, deuteten sie mit ihren Fingern gleichzeitig in jede Ecke des Landes. Mir fiel ein, daß Lakshmi mir irgend etwas von einem Dorf nördlich von Benares erzählt hatte. Aber wo? Tausende von Dörfern liegen nördlich von Benares. Also frage ich jede Menschenseele, die mir begegnet, und endlich komme ich zu einem Dorf, wo du in der Karawane eines *sadaqis* gesehen worden warst. Ich folge deinen Fußstapfen und finde Lakshmi. Welch eine Freude! Ich biete ihr Geld, aber sie weist mich ab. Seit sie diesen Narren geheiratet hat, hält sie sich wohl für ein Muster an Keuschheit. Immerhin schickt sie mich hierher, und hier bin ich nun.«

»Warum? Mir geht es gut.«

»Gut?« heulte Narain los. »Du sitzt in einem Polizeigefängnis und sagst, dir geht es gut? Einfach so. Der Oberst-Sahib wird mir Zunder geben. Er hat schon eine volle Breitseite auf meinen Onkel abgefeuert, und der hat sie prompt an mich weitergegeben. Beide behaupten sie, Kims spurloses Verschwinden sei allein meine Schuld. Mein Onkel sagt, ich brauchte mich bei ihm gar nicht erst wieder blicken zu lassen, ohne dich vorher gefunden zu haben.« Vor Erleichterung schlaff, lehnte er sich zusammengesunken gegen die Wand. »Ich hatte schon geglaubt, ich würde mein geliebtes Bombay nie mehr wiedersehen. Ich dachte, ich müßte für alle Ewigkeit durch diese Dschungel irren. Ein schreckliches Exil.«

»Dann fährst du jetzt also nach Bombay zurück?«

»Wie denn? Ich kann doch nicht einfach nach Bombay zurückfahren und meinem Onkel und dem Oberst-Sahib erzählen: ›Ja, natürlich habe ich Kim gefunden: in einem Polizeigefängnis.‹ Die hängen mich glatt auf. Nein. Ich werde den beiden auf der Stelle ein Telegramm schicken: KIM GEFUNDEN STOP NARAIN. Vielleicht befördert mich der Oberst-Sahib sogar. Dann bin ich nicht länger von den Launen und Schrullen meines Onkels abhängig.«

»Wie geht es Newton-Sahib?«

»Er ist fürchterlich niedergeschlagen. Er hat eine neue Maschine erfunden, aber wir kommen beide nicht dahinter, wofür sie eigentlich gut sein soll. Trotzdem bin ich überzeugt, eines Tages wird es mit den Erfindungen klappen. Aber, Kim, eines möchte ich gern von dir wissen: Warum hast du dem Amtmann-Sahib nicht gesagt, wer du bist? Du brauchst doch bloß den Mund aufzutun: ›Ich bin Kim. Würden Sie sich das bitte vom Oberst-Sahib bestätigen lassen.‹ Da wärst du im Nu wieder auf freiem Fuß.«

»Meine Gründe sind schwer zu erklären. Ich habe nichts Unrechtes getan und bin trotzdem verurteilt worden. Natürlich hätte ich dem entkommen können. Aber wenn ich ein anderer wäre, ein gewöhnlicher Mann, der nicht über die Zauberkraft meines Namens verfügt, würde ich womöglich jahrelang in dieser Zelle schmachten. Ich habe mich dafür entschieden, dieser andere Mann zu sein.«

»*Ahree, baba!* Du bist ein Idiot. Wenn du Beziehun gen hast, mußt du sie auch gebrauchen. Das macht das Leben erst lebenswert und erleichtert das Fortkommen wie die Säfte zwischen den Beinen der Frau. Mache Gebrauch von der *bakshish*, die Gott dir gegeben hat. In diesem Land wirst du ein elendes Dasein fristen und irgendwo in einer Kloake enden, wenn du den gewöhnlichen Mann spielst ohne einflußreiche Onkel, Väter und Vettern. Wenn der Fürst dein Freund ist, warum dann Zeit in seinen Kerkern verschwenden?«

»Solange der Herrscher nicht weiß, wie sein Untertan lebt, wird er nicht gerecht herrschen.«

»Du redest, als ob du selbst der Fürst wärst. *Ahree bhai*, Bruderherz: Du träumst mit offenen Augen. Wir müssen jede Gelegenheit nutzen, um Schmerz und Elend zu entkommen. Was bist du denn? Dasselbe wie ich: ein kaiserlicher Agent. Anders als meines gilt dein Wort jedoch etwas bei unseren Herren. Ich gehöre zum Fußvolk: Strauchdieb und Stromer dritter Klasse für Seine Kaiserliche Hoheit. Wenn Männer wie Tilak dafür nach Mandalay ins Gefängnis abgeschoben werden, daß sie sagen, was sie denken, was, glaubst du, können wir erreichen? Nichts.«

»Aber er hat doch nichts weiter getan, als seine Überzeugung zu äußern.«

»Na und. Was ändert das? Ein unverbesserlicher Narr. Er hat eben einmal zuviel gesagt, daß die Briten verschwinden müssen. Also haben die Briten ihn nach Burma verfrachtet.«

»Und du stimmst Tilak nicht zu?«

Narain neigte den Kopf zur Seite und schaute sich besorgt zur offenen Zellentür um. Der Gang war leer. Er antwortete nicht sofort. Statt dessen musterte er Kim eingehend, wobei die Sorge in seinem Gesicht in Panik überging. Er legte den Zeigefinger auf die Lippen.

»Stell mir bitte nicht solche Fragen. Ich kann dir keine Antwort geben, schon gar nicht, während wir hier in einem Polizeigefängnis sitzen. Jedenfalls stehe ich voll und ganz hinter den Briten«, fügte er laut genug hinzu, daß ein Lauscher es hören mußte. Schweißperlen liefen ihm über die Stirn. »Dieser Ort muß dich vollkommen wahnsinnig machen.«

»Keineswegs. Ich werde nicht wahnsinnig. Du mußt mir versprechen, den Polizisten nicht zu sagen, wer ich bin.«

»Du bist wahnsinnig. Wenn du bereit bist, dein Leben in die Hände dieser *salahs* zu legen, kannst du gleich eine dieser Flugmaschinen von meinem Onkel besteigen. Sie werden dich fürstlich behandeln, sobald sie wissen, wer du bist.«

»Nein, ich verbiete es.«

Narain ging kopfschüttelnd am Wachtmeister vorüber und steckte ihm noch eine Rupie zu. Dann schickte er sein Telegramm an den Oberst ab. Mit Narain am Ort verbesserte sich Kims Speisezettel schlagartig. Der *chokra* schaffte Hühnchen und *paratha* heran, *biryani* und Lamm-*korma*. Und stets begleitete ihn Narain, der über Kim wachte und ihm beim Essen zusah, als wollte er ihn vor Ankunft des Oberst noch schnell aufpäppeln.

Der Oberst jedoch kam nicht, den Funkenregen der Macht hinter sich wie einen Kometenschweif, wie es sich Narain insgeheim erhofft hatte. Endlich hatte der Amtmann-Sahib die Überführungspapiere unterzeichnet. Die Fahrkarten wurden gekauft, und der Wachtmeister führte Kim in Handschellen zum Bahnhof, gefolgt von einem ernst, ja geradezu feierlich dreinblickenden Narain, der sich nicht davon abbringen ließ, im selben Zug zu reisen wie Kim, und ihn sogar bis in das Gefängnis von Lucknow begleiten wollte. Da er ihn einmal gefunden hatte, würde er ihn nicht mehr aus den Augen lassen. Schließlich bezahlte er sogar den Wachtmeister, damit dieser, sollte jemals ein Oberst-Sahib aus Kalkutta in Rae Bareli erscheinen, ihm auftragsgemäß berichtete, Kim und Narain wären beide im Gefängnis von Lucknow zu finden.

Kim reiste im Begleitwagen des Wachpersonals des *Benares Passenger*. Während der gesamten Reise legte der Wachtmeister die Kette niemals aus der Hand. Narain fuhr in der dritten

Klasse. Aber bei jedem Halt sprang er ab und eilte von Stand zu Stand, um für die Gefängnisgesellschaft Essen und Tee zu kaufen. Schließlich mußte man den Wachtmeister mit *bakshish* bei Laune halten, damit er Kim gut behandelte.

Als Kim am zweiten Tag der Reise aus dem Fenster schaute, sah er die Silhouette von Lucknow. Stolz hoben sich die Minarette und Kuppeln vor dem Abendrot; je näher sie kamen, desto majestätischer reckten sie sich in den Himmel. Er erkannte Kaisarbagh, den Palast Wajid Ali Khans, den die Engländer 1857 aus Rache zerstört hatten; er war erst 1850 fertiggestellt worden. Er erkannte die Große Imanbara, 1784 errichtet und das größte Bogengewölbe seiner Zeit; sie war dem Andenken an Hassan und Hussein gewidmet und den Schiiten heilig. Etwas weiter im Hintergrund erhob sich die Satkhanda, in dem indische und europäische Stilelemente unharmonisch zusammengewürfelt waren. Dhaus glitten beschaulich langsam über die Gampti, unter den Palästen und Moscheen der Nawabs von Awadh vorbei, die weder so begabte Baumeister noch so geschickte Herrscher gewesen waren wie die Mogule. Ihre Macht hatte gewährt, solange sie den Briten nützlich war.

Der Anblick der großen Stadt erfüllte Kim mit Wehmut. Seit Jahren war er nicht mehr in Lucknow gewesen, und er wünschte, er könnte in die Vergangenheit zurückschlüpfen, als sein jugendlicher Geist noch unberührt war von den Ereignissen, die ihn nun überrollten. Der Zug fuhr nicht weit an der Residenz im Zentrum des Cantonment vorbei, eine sorgfältig gepflegte Ruine, weder Palast noch Grabstätte, sondern ein gewöhnliches, wenn auch ziemlich weitläufiges Herrenhaus. Dort hatte der britische Resident in Awadh gewohnt. Ihre eingefallenen Mauern erinnerten Inder und Briten daran, daß die Briten den Aufständischen 1857, auf der Höhe der Volkserhebung, siebenundachtzig Tage widerstanden hatten.

Für die Briten war die Residenz deswegen eine Art Nationalheiligtum geworden, ein Pilgerort, wo sie vom Garten über die palmenumsäumte Auffahrt auf die Granatlöcher in den Wänden starrten. Immer senkte sich ein wehmütiger Schleier auf die Augen herab, wenn sie der Tapferkeit jener längst vergangenen Tage gedachten. Der Union Jack wehte ununterbrochen über diesen eingestürzten Mauern.

Nicht weit von der Residenz lag seine alte Schule. Während der Zug in einer Kurve in den Bahnhof von Lucknow einfuhr, erhaschte Kim einen Blick auf ihre Gebäude. Die Schule war ein Teil seiner Vergangenheit, zu dem er sich nicht zurücksehnte. Dort war er niemals glücklich gewesen. Man hatte ihn gezwungen unbequeme englische Sachen zu tragen, die ihn wie eine Rüstung einengten. Gestrenge weiße Lehrer versuchten unbeirrt, ihm englische Manieren beizubringen, um ihn in einen Gentleman zu verwandeln. Seine Mitschüler hatten ihn so wenig gemocht wie er sie. Sie hatten ihn verlacht, schikaniert und herumkommandiert, und das allein, weil er der Mensch war, zu dem sein Leben ihn gemacht hatte. Bei jeder Gelegenheit war er in die Altstadt entflohen – Indien, seine Zuflucht.

Kim konnte die Stadt fast schmecken, während sie am Waggon vorüberzog. Sie hatte ihren eigenen Geruch, ihren eigenen Charakter, zum Beispiel den alten Basar: Seide strömte dort wie Wasser aus den Läden, und Juwelen funkelten wie die Sterne am Nachthimmel. Er war zwar nur ein kleiner Junge gewesen, aber trotzdem hatte er die Nautch-Mädchen in den Häusern reicher Kaufleute tanzen gesehen. Diese Frauen waren herrliche Geschöpfe, unvergleichlich schön. Ein einziger Blick auf sie ließ das Begehren in den Lenden schmerzlich flammen. Wer sie sah, mußte sie haben ... den Körper, die quellenden, roten Lippen.

Könnte ich nur wieder jung und frei sein, dachte er, ich würde in die Basare zurückkehren, meine alten Freunde wiedersehen und die Frauen besitzen, die ich wegen meiner Jugend damals nicht besitzen konnte. Ich würde den Zauberern bei der Arbeit zusehen und den Geschichtenerzählern lauschen, wenn sie von den Königen und Königinnen berichten, die Awadh einst regierten.

Als der Zug in Lucknow einfuhr, sah er zwei Polizisten,

einen Bezirkschef und einen Sergeanten, an den Wagen entlangschauen, und er wußte sofort, daß sie nach ihm Ausschau hielten. Der Zug war kaum mit einem dampfenden Stoßseufzer zum Stillstand gekommen, die Reisenden platzten förmlich auf den Bahnsteig hinab, da wurde die Tür zum Wagen der Begleitmannschaft aufgerissen, und der Wachtmeister stand stramm.

Man führte Kim über den Bahnsteig in den Wartesaal der ersten Klasse. Vor einer Tür mit dem Schild »Zutritt nur für Weiße« stand ein Wachtmeister Posten. Kühl, düster, still war der Raum, die reinste Erholung vom Lärm und gleißenden Licht draußen. Bequeme Sofas, ein Schreib- und ein Eßtisch mit Stühlen füllten ihn. Neben Lithographien von Lucknow hing auch ein Porträt des Königs und Kaisers von Indien an der Wand. Man sah zwei kleinere Türen; sie führten direkt zur Herren- und zur Damentoilette. Bis Kims Augen sich an das Dämmerlicht gewöhnt hatten, vergingen einige Augenblicke. Dann nahm er die Bewegung auf einem der Sofas wahr.

»Kim«, sagte der Oberst, während er sich erhob. Er schien von der Hitze unbeeindruckt und sah so gut erhalten aus wie immer, zumindest auf den ersten Blick. Rasch schritt er auf Kim zu. »Ich hatte schon befürchtet, du wärst tot. Du bist einfach vom Erdboden verschwunden. Mein Gott, diese Trottel haben dich immer noch gefesselt. Inspektor!«

Der Bezirkschef der Polizei, ein Eurasier so hellhäutig wie der Oberst, trat schneidig zur Stelle.

»Sie Esel. Machen Sie, daß die Handschellen verschwinden! Und dann bringen Sie uns *khana*. Wir wollen ungestört essen. Sorgen Sie dafür!«

Nachdem der Inspektor auf seinen Posten vor der Tür zurückgekehrt war, rieb sich Kim die Handgelenke. Der Oberst blieb neben ihm stehen, einen Arm immer noch liebevoll auf seine Schulter gelegt, so daß Kim das Gesicht aus der Nähe betrachten konnte. Er erschrak. Tiefe Trauer hatte sich um die eisigen Augen gelegt. Kim mußte an das Foto im Büro des Obersts in Simla denken, das ihn mit seinen Kindern zeigte.

Damals hatte sie nur im Blick selbst gelegen. Jetzt hingegen hatte sie sich bis zu den Falten neben den Augenhöhlen vorgeschlichen. Auch das Haar wirkte ergraut.

Der Oberst las Kims Gedanken, ging zu einem Spiegel hinüber und betrachtete sich selbst.

»Es läßt sich nicht verbergen, nicht wahr? Ein Tod in der Familie zeichnet die Hinterbliebenen. Mein Sohn Richard wurde von Stammeskriegern an der Grenze am Khyber-Paß erschossen. Du hast ihn niemals kennengelernt, oder?«

»Nein, Oberst-Sahib. Mein Beileid.«

»Deswegen habe ich mich auch so um dich gesorgt, du bist für mich immer wie ein zweiter Sohn gewesen. Ich hatte schreckliche Angst, daß dieses verfluchte Land auch dein Leben gekostet haben könnte. Es kostet uns schon so viele, unnötige dazu.« Dann wechselte er bewußt den Ton. »Wie wär's? Willst du dich auf der Toilette vielleicht ein bißchen frisch machen?«

Als Kim in den Wartesaal zurückkehrte, servierte ein Diener Tee, Kuchen und Sandwiches. Der Oberst setzte sich an den Eßtisch, und Kim folgte seinem Beispiel.

»Das ist mir ja eine hübsche Geschichte. Allerdings weiß ich nicht allzuviel davon. Ich weiß nur, daß du auf dem Weg ins Gefängnis bist. Wie ist das passiert?«

Kim zerbrach den Kuchen wie indisches Fladenbrot in kleine Stücke und begann zu essen. Er erzählte dem Oberst in allen Einzelheiten, was sich bei Festnahme und Gerichtsverhandlung zugetragen hatte, ohne seine Gedanken und Gefühle zu offenbaren. Er schwieg, weil er hören wollte, daß der Oberst dieselbe Trauer und denselben Abscheu über den sinnlosen Mord an einem unschuldigen Jungen äußerte. Während er die Ereignisse schilderte, stellte er sich immer wieder vor, was der Oberst am Ende sagen würde: »Das ist ja gräßlich. Wir werden Bezirksamtmann Sparrow unverzüglich zur Rechenschaft ziehen.« Es kam anders.

»Schade, daß du dich eingemischt hast.« Nach dieser ersten Bemerkung des Obersts fühlte Kim unendliche Verzweiflung in sich aufsteigen. Es kam ihm vor, als hätte man ihn aus großer Höhe herabgestoßen: nun begann sein Fall.

»Er war doch nur ein Junge. Ich habe seinen Leichnam von der Straße aufgehoben.«

»Du hast viel Mitgefühl, Kim. Aber Sparrow wollte die öffentliche Ordnung aufrechterhalten. Ich bin sicher, er hat den Feuerbefehl nur erteilt, weil er gute Gründe zu der Annahme hatte, die Lage würde aus den Fugen geraten und die Nachbardörfer negativ beeinflussen. Er mußte seine Macht demonstrieren. Hätte er sich schwach gezeigt, man hätte ihn überwältigt.«

»Aber die Bauern wollten doch nur erreichen, mehr Weizen anbauen zu dürfen.«

»Die Sache ist nicht so einfach, wie du dir das denkst. Nach Meinung der Regierung lohnt sich der Indigoanbau für die Bauern. Wir bezahlen guten Lohn, und mit dem Indigoexport erzielen wir in Europa ausgezeichnete Gewinne. Indien ist hoch verschuldet und muß viele Kredite zurückzahlen. Allein die Landesverteidigung verschlingt die Hälfte unserer Staatseinnahmen, und dabei leben wir in tiefstem Frieden. Hinzu kommt, daß wir in England für neue Großprojekte viel Kapital aufnehmen mußten. Kanäle, Straßen, Eisenbahnen, alles kostet Geld. Aber es verbessert die Zustände im Land ganz enorm. Ich will mich nicht in Einzelheiten verlieren, jedoch mußt du verstehen, daß Sparrow im besten Interesse des Landes handelte.«

»Aber, hat das nicht auch Rambaj getan? Und die übrigen Bauern? Sie begreifen nicht, daß die Armee sie die Hälfte aller Staatseinnahmen kostet. Sie denken nur an ihre leeren Bäuche. Sie sind arm, und sie werden immer ärmer.«

»Unsinn. Sie stehen besser da als jemals zuvor. Glaubst du, die Nawabs, Rajahs und Konsorten hätten sich so gut um ihr Volk gekümmert wie wir? Nicht die Spur. Das Land war im Zustand völliger Auflösung, als wir das Ruder übernahmen.« Wieder las der Oberst Kims Gedanken, als ob dieser sie laut ausgesprochen hätte. »Du hast recht. Es tut mir leid, daß der

Junge dabei ums Leben gekommen ist. Ich werde Sparrow anweisen, der Familie Schadenersatz zu leisten, aber ich kann ihm keinen Rüffel oder gar Verweis erteilen, denn man hätte ihn auf der Stelle nach England zurückgeschickt, wenn er die Kontrolle über die Demonstration verloren hätte. Wir müssen die Kontrolle behalten, Kim. Du mußt versuchen, das zu begreifen. Selbstverständlich hat Sparrow dich für einen Aufrührer halten müssen. Er konnte ja unmöglich ahnen, daß du Engländer und noch dazu einer meiner Agenten bist. Die Aufrührer haben ihr Gift schon über das ganze Land verspritzt. Deswegen haben wir an alle Bezirksamtmänner, Bezirksrichter und Polizeichefs die ausdrückliche Weisung ausgegeben, ihnen mit aller Härte entgegenzutreten. Dieses *swaraj*-Gefasel muß aufhören. Wir haben nicht die Absicht, Indien den Rücken zu kehren. Niemals.«

»Rambaj hatte keinen blassen Schimmer von *swaraj*.«

»Davon bin ich überzeugt.«

Der Oberst studierte Kim aufmerksam. Er hatte sich sehr verändert. Fast keine Spur mehr von dem Jungen, der er einmal gewesen war. Der Mann schien sich nicht mehr für das Große Spiel begeistern zu können. Er hatte seinen Glauben, seine Ideale verloren. Aber glauben muß der Mann. Jeder Mann muß Ideale haben. Sie tragen ihn. Wer sich einer Sache nicht wirklich verschreibt, kann ihr auch nicht dienen. Als der Oberst über den bisherigen Verlauf ihres Gespräches nachdachte, mußte er sich eingestehen, daß er den Keim eines Zweifels in Kims Stimme entdeckt hatte. Kim war zwar nicht wirklich mit der Sprache herausgerückt, aber der bedauerliche Tod dieses Rambaj, eine der unvermeidlichen Lektionen für die Eingeborenen, hatte ihn offenbar beunruhigt und aus der Bahn geworfen. Der Oberst spürte, daß sich Kims Einstellung gewandelt hatte. Als er ihm die Politik der Regierung darlegte, war ein ungeduldiges Flackern über seine Augen gehuscht, eine Spur von Zorn sogar. Der Oberst hatte dasselbe Flackern auch schon bei anderen Männern gesehen – und sie wollten *swaraj*. Er benötigte Kim mehr denn je, aber er zögerte, ihn einzusetzen. Bevor er ihm vertrauen konnte, mußte er ihn erst noch einmal gründlich testen.

»Vergiß nicht, daß du kein Inder bist, Kim«, sagte der Oberst ruhig.

Es war eine Warnung, und er hatte nicht die Absicht, sie näher auszuführen. Verrat war immer ein zweischneidiges Schwert, und er wollte Kim vorsorglich ins Gedächtnis rufen, daß er seine Herkunft kannte.

»Ich werde es nicht vergessen. Aber was ist ein Inder? Gibt es das überhaupt, einen Inder?«

»Ein Eingeborener. Obwohl ich zugebe, daß du wie ich hier im Land geboren wurdest.«

»Nicht ganz wie Sie, Oberst-Sahib. Aber ich werde nicht vergessen, wer ich bin.«

Der Oberst wartete einen Moment, denn er war sich nicht sicher, wie er diese Worte verstehen sollte. Dann entschied er sich, seine Pläne vorzutragen. »Nun zu dieser Geschichte, in die du da geraten bist. Ich könnte dich natürlich auf der Stelle freibekommen.«

»Ja, das ist mir klar.« Die ruhigen Augen blickten ihn wachsam an und ließen keinerlei Regung erkennen. Sie warteten auf den nächsten Zug des Oberst.

»Aber in der Wolke ist gleichzeitig auch ein Lichtblick. Viele Aufrührer und Terroristen, die wir gefangen haben, sitzen in Tihar Gaol in Delhi ein. Wir kennen nicht das gesamte Ausmaß ihrer Kontakte. Wer finanziert sie? Wer versteckt die Flüchtigen? Wer sympathisiert mit ihnen? Die paar Männer im Gaol sind meiner Meinung nach wahrscheinlich nur die Spitze eines Eisbergs. Natürlich steht nicht ganz Indien hinter ihnen. Die Bauern werden immer auf unserer Seite sein. Es sind diese studierten *babus*. Sie allein machen den Ärger. Wir müssen sie an der Wurzel packen und ausreißen.«

Kim nickte, trank seinen Tee und lauschte den Bahnhofsgeräuschen draußen. Der *Benares-Passenger* stand immer noch neben dem Bahnsteig auf dem Gleis, obwohl die Uhr über dem Spiegel anzeigte, daß sich die Abfahrt bereits zehn Minuten verspätet hatte. Offenbar wartete der Zug auf ihn.

»Du kannst natürlich ablehnen, Kim. Das sollst du wissen, unbedingt. Ich hätte Verständnis dafür. In diesem Fall würde ich dich in einen anderen Teil des Landes beordern, damit du dort deine Arbeit fortsetzen kannst. Andererseits ist es eine großartige Gelegenheit. Wir könnten endlich mehr über die Kontakte jener Männer herausfinden. Wenn du auch in Tihar einsitzt, werden sie dich bereitwillig als einen der ihren akzeptieren; schließlich wirft man ja auch dir Aufrührerei und Volksverhetzung vor.«

24

Alice erhob sich aus dem Bett und setzte sich an den Schreibtisch. Ihre Tränen überraschten sie selbst. Sie beweinte nicht so sehr den Tod eines Fremden, sondern ein vergeudetes Leben – das Leben, das sie gemeinsam hätten haben können, wenn alles anders gekommen wäre. Und das war überhaupt das Schlimmste am menschlichen Dasein: die vielen Möglichkeiten, die auch hätten Wirklichkeit werden können.

Wäre sie selbst ein anderer Mensch, sie hätte ihren Sohn kennenlernen dürfen, sie hätte ihn aufwachsen sehen können, sein Lachen hören, seine Tränen wegwischen und den Berichten von seinen Abenteuern lauschen können. Er hätte die Gelegenheit gehabt, ihre Liebe zu erfahren, sogar ihren Zorn und ihre Ungeduld. Wie viele Erfahrungen hatte sie versäumt – hatte er versäumt! Seinen Tod allerdings hätte sie nicht verhindern können.

Sie nahm ein Blatt Papier, legte es vor sich auf den Tisch. Dann saß sie lange Zeit davor, ohne sich zu rühren, starrte aus dem Fenster auf die Stelle, wo der *mali* ihren kleinen Garten bewässerte. Als sie erstmals mit dem Gedanken gespielt hatte, dachte sie, nichts würde ihr leichter fallen, als ihrer Tochter zu schreiben. Aber jetzt wußte sie nicht, wo sie beginnen sollte. Wie sollte sie das Leben schildern, das man ihrer Tochter bisher verheimlicht hatte? Eine ganze Stunde starrte sie auf das leere Blatt. Dann fing sie an zu schreiben:

Meine liebe Tochter Elizabeth,
heute las ich in der Imperial Gazette *von Richards Tod. Er war Dein Bruder ... und mein Sohn. Ich kann mir nicht helfen, ich muß einfach weinen, nicht um mich, sondern um ihn und um Dich. Hätte meine Gegenwart sein Leben in andere Bahnen gelenkt? Was hätte ich aus ihm gemacht? Vielleicht hätte ich seinen Tod verhindern können. Vielleicht wäre er anstatt auf die Militärakademie nach Oxford gegangen. Dann hätte er als Zivilbeamter im ICS dienen können, sollte der Dienst an Indien tatsächlich seinen Wünschen entsprochen haben. Oder er hätte dem Beispiel meines Vaters folgen und die Gelehrtenlaufbahn einschlagen können. Aber dies lag offenbar nicht in seiner Natur.*

Ich weiß absolut nichts über meinen Sohn. Ich weiß nur eines: Jedem Menschen ist ein Wesen angeboren. Jeder Mensch bringt seine ureigenen Rhythmen mit auf die Welt, und in diesen unterscheidet er sich von seinen Mitmenschen wie die Jahreszeiten untereinander; sie können rauh sein oder mild. Vielleicht war es Richard tatsächlich bestimmt, Soldat zu sein und jung zu sterben.

Ich nehme an, dieser Brief wird über Dich kommen wie ein Schock. Fest steht nur: Ich lebe. Welche Gefühle diese Erkenntnis in Dir auslöst, kann ich nicht voraussehen. Vielleicht bist Du tief verletzt und zornig, weil ich Dir noch nie geschrieben habe. Glaube mir, ich habe es immer wieder versucht. Nach unserer Trennung habe ich mich an Deinen Vater gewandt, ihn angefleht, Euch sehen und besuchen zu dürfen. Zuerst antwortete er nicht. Trotzdem gab ich nicht auf. Ich schrieb so gar jedem von Euch eigene Briefe, obwohl mir klar war, daß Ihr sie niemals erhalten würdet. Schließlich schickte mir Euer Vater eine kurze Mitteilung: ›Ich habe den Kindern erzählt, daß Du tot bist. Für mich und für die Kinder bist Du gestorben. Solltest Du trotzdem die Unverfrorenheit besitzen, Dein Gesicht hier zu zeigen, werde ich abstreiten, daß Du ihre Mutter bist. Im selben Umschlag sandte er mir ein Billet für einen Dampfer nach England. Ich habe es zerrissen und ihm die Schnipsel zurückgeschickt.

So hat es aufgehört. Jetzt muß ich Dir erzählen, wie alles begann.

Ich habe Deinen Vater unter einem Banyan-Baum in Hosur kennengelernt. Alle anderen Engländer schienen diesen Baum zu übersehen, für sie war er eine Selbstverständlichkeit, aber ich hatte noch nie in meinem Leben etwas so Wunderschönes erblickt. Er erinnerte mich an einen gigantischen Regenschirm; in seinem Schatten glaubte ich immer, er sei vor allem für die Kinder geschaffen worden. Es war ein Mutterbaum mit tief herabhängenden und weit ausladenden Ästen. Wenn ich in meiner Kindheit in England doch nur einen so wunderbaren und natürlichen Spielplatz gehabt hätte!

Ich bin ein Einzelkind und stamme aus Oxford. Nicht unter Bäumen und zwischen Hecken und Büschen lag mein Spielplatz, sondern in der Bibliothek und im Arbeitszimmer meines Vaters; er ermutigte mich, möglichst viel Zeit darin zu verbringen. Ich lernte gelehrte Männer kennen, die viel von Indien erzählten, nicht von seiner politischen Macht, dem Dominion, seinen Schätzen, sondern von seinen Menschen, seinen Sprachen, seinen Bräuchen. Das waren die Samen. Damals schon galt Indien meine Liebe.

Ich erinnere mich noch an eine Begebenheit aus meiner frühen Jugend, wenn nicht Kindheit. Ich machte mit Sir Roger Chichester Bekanntschaft, einem ehemaligen Studenten meines Vaters. Sein Groß- und sein Urgroßvater hatten in der Ostindien-Kompanie gedient, der Urgroßvater als Schreiber, der Großvater als Soldat. Indien hatte ihnen ein Vermögen und sogar ein Adelsprädikat eingebracht. Sir Rogers Vater war bei den Kämpfen während des Aufstandes von 1857 dabei und danach bei dem Tribunal, das über die Aufständischen richtete. Unter den Angeklagten war ein Nawab. Man hatte ihn des Verrats und der Rebellion für schuldig befunden und zum Tode verurteilt, aber er nahm das Urteil so gelassen hin wie die Tatsache, daß man ihn vor eine Kanone binden und von ihr in Stücke fetzen lassen würde. Major Chichester wohnte der Exekution als offizieller Zeuge bei. Als der Nawab ihn erkannte, nahm er einen Diamanten von seinem Turban ab und überreichte ihn dem Major. Eine Minute später war er in unzählige Fleischschnitzel zerrissen.

Sir Roger zeigte mir den Diamanten. Welche kalte Schönheit. Während ich ihn in den Händen hielt, glaubte ich den Geist des tapferen Nawab zu spüren. ›Warum‹, fragte ich, ›hat Ihr Vater ihn nicht der Familie des Nawab zurückgegeben?‹ Darauf Sir Roger: ›Warum hätte er das tun sollen, meine liebe Alice. Der Diamant war rechtmäßige Kriegsbeute. Wir sind doch alle davon reich geworden, daß wir nach dem Aufstand ihre Schätze geplündert haben.‹

Es muß wohl an meinem Wesen liegen, daß ich mit dem Nawab sympathisierte und die Habgier von Sir Rogers Familie verabscheute. Alle Kriegsbeute war in meinen Augen nichts als Diebstahl. Diese Geschichte hatte meine Leidenschaft entfacht. Von nun an las ich alle Bücher über Indien, die ich bekommen konnte, und als ich neunzehn Jahre alt geworden war, überredete ich meine Eltern, mir einen Besuch bei meiner Tante in Bangalore zu gestatten.

Ich hatte kaum den Fuß auf seinen Boden gesetzt, schon liebte ich Indien. Die Bücher hatten mir vieles nicht vermitteln können. Sie hatten mir nichts erzählt von den kraftvollen Farben, satten Düften, der Schönheit des Landes, der Pracht seines Himmels, den unvergleichlichen Gebäuden und Monumenten und der Liebenswürdigkeit der Menschen. Meine Tante entpuppte sich als eine reizende Dame. Jedoch lebte sie wie alle Weißen vom Lande isoliert.

Ich machte mich sofort daran, die Landessprachen zu lernen. Das war nicht üblich für eine Frau; keine andere englische

Dame in Bangalore hatte sich je darum bemüht So seltsam dies klingt: Ich hatte das Gefühl, nach Hause gekommen zu sein. Meine Leidenschaft für Indien war so groß, daß ich meine eigene Heimat darüber vergaß, und diese Leidenschaft sollte schließlich auch meinen Fall herbeiführen. Ich ging darin auf. Indien war meine Bestimmung, um so mehr als ich dann unter dem herrlichen Banyan-Baum den jungen Mann mit den feurigen Augen sah. Nun würde ich sie erfüllen: Ich brauchte doch nur diesen Offizier der indischen Armee zu heiraten. Nie zuvor hatte ich einen ähnlich entschlossenen Mann kennengelernt, zielstrebig in jeder Beziehung: in seinem Beruf, seiner Leidenschaft und seinem Werben um meine Hand.

Eine Frau fühlt sich von solcher Aufmerksamkeit leicht geschmeichelt. Dann glaubt sie an die Liebe und Aufrichtigkeit, die der Mann ihr beteuert; sie kann gar nicht anders. Zu Beginn unserer Ehe baute ich darauf, daß er das Land so vorbehaltlos liebte wie ich. War er nicht hier geboren und aufgewachsen? Mußte seine Liebe also nicht sogar die meine überragen? Er sprach die Landessprache, kannte die Bräuche und war mit dem Volk vertraut. Ich war blind. Ich hätte sehen müssen, daß er stets Distanz wahrte. Er betrachtete Indien nicht als seine Leidenschaft, sondern als sein Eigentum. Und auch ich, so dachte er, würde in seinen Besitz übergehen, indem ich seine Frau wurde. Er erwartete von mir, daß ich fühlte wie er.

Er sonderte sich von allem ab, nicht nur von Indien. Im Kern blieb er unberührt. Das Wesen der Dinge schien ihn abzuschrecken, und in seinen Adern schien Eiswasser zu fließen. Ich hatte mich gründlich geirrt, Leidenschaft zu sehen geglaubt, wo es nur kühlen Verstand gab, und Besitzgier als Liebe mißverstanden. Viel zu spät bemerkte ich, daß der Liebesakt für ihn etwas Anstößiges war, prinzipiell überflüssig außer in den Nächten, in denen die Kinder gezeugt werden sollten, die er haben wollte: Ich war nicht mehr als das Gefäß für seinen Samen. Als ich mir diese Wahrheiten eingestand, verflüchtigte sich die Liebe sehr schnell. Eine andere Leidenschaft trat an ihre Stelle: Haß.

Jedoch konnte ich nicht einfach davonlaufen. Ich war schwanger. Überdies sind solche Entscheidungen um so schwerer, je jünger und unerfahrener man selbst noch ist. Soll man dem Mann überhaupt davonlaufen? Und wie? Nach Richards Geburt begann ich, meine Flucht zu planen, aber er ließ mich ununterbrochen von den Dienern überwachen. Sie berichteten ihm jeden Schritt. Außerdem hielt er mich über den Geldbeutel fest am Gängelband. Alle Einkäufe und Anschaffungen gingen auf Rechnung, selbst meine Kleider. Wie sollte ich auch nur eine Rupie beiseite legen?

Wenn auch nicht physisch, konnte ich seinem Zugriff doch wenigstens geistig entkommen, als man ihn in ein unabhängiges Fürstentum versetzte, das er als der britische Resident für die Regierung bespitzeln sollte. Einige Monate später kamst Du auf die Welt.

Für mich bedeutete diese Veränderung eine ungeheure Erleichterung. Endlich war ich dem Klüngel der Weißen entkommen, ihrem ständigen Klatsch und dem Kerker einer Gemeinschaft, deren Hauptttugend darin besteht, sich über alles und jeden zu mokieren.

Und dann lernte ich John Woodruff kennen. Er war weder attraktiv noch besonders forsch. Er saß unbeholfen im Sattel, und wenn man ihn sah, hatte man immer den Eindruck, gleich müßten die Nähte seiner Uniform platzen. Aber sein Lachen war wunderbar: herzlich und übermütig. Wahrscheinlich brachte mich meine Einsamkeit ihm näher. Vielleicht auch fanden wir uns, weil wir einander ähnlich waren. Ich lernte von ihm sehr viel über Indien, und ich schätzte unsere täglichen gemeinsamen Ausritte.

Allmählich begann ich ihn zu lieben, zuerst nur wie einen Gefährten, dann wie einen Geliebten. Natürlich hätte ich die Reaktion meines Gatten voraussehen müssen, die beherrschte Wut, den kalten Haß. Jetzt informierten ihn nicht nur die Diener des Hauses, das ganze Land leistete ihm Spitzeldienste. Wachsame Augen verfolgten John und mich, als wir zusammen ausritten, und wenn wir lachten und Händchen hielten, erfuhr er davon.

Wieder verhielt ich mich unwissend; mir war einfach nicht klar, welche eruptive Gewalt in ihm steckt. Seine anerzogene englische Reserviertheit verdeckte sie so gut wie vollkommen. In meinen Augen war Dein Vater damals ein kaltes Wesen und zu jeder leidenschaftlichen Regung unfähig. Ich hatte damit nur bedingt recht. Gewiß, leidenschaftlich lieben konnte er nicht – aber leidenschaftlich hassen. Mit dieser Fehleinschätzung führte ich John Woodruffs Tod herbei. Er hätte, weiß Gott, ein besseres Schicksal verdient.

Wir planten unsere Flucht, nicht sehr sorgfältig, eher aufs Geratewohl. Liebende sind miserable Verschwörer. Sie denken nur an ihre eigenen Gefühle und Wünsche und sind viel zu sehr ineinander vernarrt.

Was wir vorhatten, war so leicht zu durchschauen, fast schon kindisch: John sollte uns drei Stunden nach Sonnenuntergang in einem Tonga am Haus abholen, weil mein Gatte zu dieser Tageszeit stets unterwegs war. Danach wollten wir gemeinsam in das etwa eine Tagesreise entfernte Ranipat fahren, dort den Madras Mail besteigen und für immer verschwinden. Wir waren wie zwei Kinder, die ein unschuldiges Abenteuer planen.

Ich habe Euch an jenem Nachmittag schon sehr früh angekleidet und mich dann hingesetzt, um auf John zu warten. Du warst unruhig und hast viel geweint. Es war Dir in den Sachen wohl zu heiß, wahrscheinlich hast Du auch meine wachsende Verzweiflung gespürt, während die Stunden verstrichen, und sich allmählich Schatten über das Land senkten. Schließlich brachte ich Dich ins Bett und blieb allein in der Dunkelheit sitzen, die Gefangene meiner Ängste.

Dann fuhr ein Tonga vor. Ich stand gar nicht erst auf. John konnte es nicht mehr sein, soviel wußte ich. Mein Gatte betrat wortlos das Haus, packte mich am Arm und zog mich zum Tonga. Zum Widerstand war ich nicht fähig. Ich hatte allen Willen verloren. Ich konnte gerade noch die Kraft aufbringen zu gehen. Als er mich in den Tonga hob, flüsterte er mir ins Ohr: ›Deine Fahrkarte.‹ Dann drückte er mir ein Stück Papier in die Hand.

›Meine Kinder?‹ fragte ich, ohne ihm dabei in seine schrecklichen Augen blicken zu können. ›Die bleiben bei mir. Willst Du nicht erfahren, was mit Woodruff los ist? Er hat es sich anders überlegt. Du wirst von ihm hören.

Ich habe nie wieder etwas von ihm gehört, denn er war in jenem Augenblick bereits tot. Zwei Tage später las ich im Hindu, *daß er einem Schlangenbiß erlegen war.*

Sicher hat Dir Dein Vater nichts von alledem erzählt. Ich habe nie erfahren, in welche Schulen man Euch in England geschickt hat, sonst hätte ich Euch beiden schon vor Jahren geschrieben; dort wären meine Briefe auch nicht abgefangen worden.

Bei allen Fehlern, die ich gemacht habe, habe ich Euch beide doch niemals vergessen, nicht für einen Augenblick. Deine Dich liebende
Mutter

Selbst in der hellen Morgensonne drückten sich noch Erinnerungen und Schatten in den Ecken des Zimmers herum, und sie hängten sich an sie. Alice hatte das Gefühl, sie würde sie niemals abschütteln, ihnen niemals entrinnen können. Sie hörte, daß Mohini gerade ins Büro aufbrach, wollte zu ihr gehen, vermochte sich jedoch nicht von der Stelle zu rühren. Sie las den Namen ihrer Tochter am Ende der Todesanzeige in der *Imperial Gazette* »... und seine Schwester Elizabeth Violet«. Dann erhob sie sich entschlossen. Sie faltete den Brief sorgfältig, steckte ihn in einen Umschlag und legte diesen in eine Schublade. Sie mußte ihre Tochter wiedersehen, sie in ihren Armen halten.

25

Obwohl es ein mythischer Fluß war, wußte Mohini, daß er in Gestalt einer Frau existierte, die in der einen Hand ein Manuskript hielt, während in ihrem Schoß eine vina lag. Sie stellte sich das Wasser des Flusses kühl und süß vor. In die Saraswati einzutauchen mußte sein, als würde man von Wolken gewaschen; ihre Berührung heilte den Geist und brachte der aufgewühlten Seele Freude und Glück. Sie wußte nicht genau, wo der Fluß lag, nur daß er himmlischen Ursprungs war wie der Ganges und die Jumna und irgendwo unter dem Zug dahinrann.

Mohini wartete ungeduldig darauf, daß der Zug in Allahabad eintraf, aber statt dessen hatte er zischend eine halbe Stunde lang auf der Curzon-Brücke gestanden. Sie saß da und sah auf einen der heiligsten Orte Indiens herunter, auf den Zusammenfluß des Ganges, der Jumna und des unterirdischen Stroms, der Saraswati. Die Sonne lag gleißend auf dem Zusammenfluß der beiden Gewässer, des raschfließenden, okkerfarbenen Ganges, der fetten Schlick zum Meer hinuntertrug, und der blauen, stillen Jumna, deren Wasser unmerklich dahinströmte. Obwohl die Stadt mit den niedrigen weißen Bauten, die sich in die Ferne erstreckte, als Allahabad bekannt war, wußte sie, daß es die alte vedische Stadt Prayag war. Sie war deshalb so heilig, weil Brahma da, wo die beiden Ströme sich vereinigten, ein Pferd geopfert hatte zur Erinnerung daran, daß er dort die verlorenen vier Veden gefunden hatte.

»Ich muß im Tribeni-*ghat* baden«, sagte Mohini. »Ich habe vielleicht nie wieder die Gelegenheit.«

Romesh sah von seinem Buch auf, einer kürzlich erschienenen Ausgabe der gesammelten Gedichte von Shelley, dann hinab auf die beiden Flüsse unter dem Fenster. Er fand ihren Eifer belustigend.

»Man wird dich in der Aufmachung nicht hineinlassen.«

»Ich werde etwas anderes anziehen.« Sie zupfte ungeduldig an ihrem schwarzen Schleier. Die Hitze darunter war unerträglich, und sie war es satt, die Welt durch den glasigen Schleier eines feinen schwarzen Netzes zu sehen. »Ich nehme ihn ab, bevor ich in den Tempel gehe.«

»Ist das denn klug? Es ist sehr wohl möglich, daß dein Mann bei dieser Konferenz zugegen ist. Er nimmt inzwischen eine bedeutende Stellung in der Kongreßpartei ein.«

»Nein, es ist unklug. Nichts, was ich getan habe, ist je besonders klug gewesen. Aber ich muß hier baden. Allahabad ist so heilig wie Badrinath oder Benares. Ich muß auch beten. Ich werde mich unter die anderen Frauen mischen und mein Gesicht bedeckt halten. Er ist ja auch kein religiöser Mann. Er ist nie in den Tempel gegangen, hat nie zu Haus *puja* verrichtet. Er glaubt nicht an Gott, nur an sich selbst. Er wird sich nicht die Mühe machen, den Tempel zu besuchen.«

»Aber das Haus der Familie Nehru.«

»Und ich werde mich im Frauengemach verstecken. Ach, warum muß ich mich mein Leben lang verkriechen?«

Mohini fürchtete sich. Sie hatte Angst, seit sie vor fünf Tagen in Bombay in den Zug gestiegen waren. Ihre Handflächen waren die ganze Zeit feucht, und ihre Augen unter dem Schleier hohl und schwarz umrandet vom Mangel an Schlaf. Sie zwang sich zu essen, obwohl sie sich infolge dieser Angst krank fühlte. Als sie von der möglichen Anwesenheit ihres Mannes in Allahabad hörte, hatte sie den Auftrag eigentlich ablehnen wollen, vor allem, da Alice diesmal nicht bei ihr war, die sie sonst beschützte. Weder Romesh noch Alice hätten sie gezwungen mitzufahren, aber Mohini wußte, daß sie sich nicht ewig in ihrem Schneckenhaus verkriechen konnte. Wenn sie vorsichtig war, würde er sie nicht erkennen. Kein Mann würde es wagen, hinter diesen Schleier zu blicken, kein Mann würde es wagen, die Frauengemächer im Hause Nehrus zu betreten. Sie würde unsichtbar sein, und das war ihr einziger Trost. Ihre Sehnsucht, an diesem uralten Ritual teilzunehmen, war schließlich größer gewesen als die Angst vor ihrem Mann. Sie hatte lange genug in der kultivierten Atmosphäre von Alices Haus gelebt und kam sich jetzt so abgeschnitten von ihren Traditionen vor. Sie wollte ja nur kurz in dieses heilige Gewässer eintauchen, und in dem Gedränge würde man sie nicht bemerken.

»Du wirst doch auf mich aufpassen, nicht wahr?«

»Ja, natürlich. Aber im Frauengemach kann ich das nicht. Und in den Tempel werde ich nicht gehen. Vergiß auch nicht, daß du eine Moslemfrau darstellen willst. Nenne dich Banu, und sprich nicht mehr als unbedingt nötig.«

»Aber wie soll ich dann irgend etwas schreiben? Alice sagte, sie wolle einen Bericht über das Treffen der Kongreßpartei.«

»Es gibt da einen besonderen, für die Frauen reservierten Rang. Setze dich dort hinter den Vorhang und mach dir Notizen. Ich werde dir dann alle zusätzlichen Berichte geben, die du brauchst.« Romesh starrte verdrossen auf den Fluß hinab. »Ich hoffe, Alice geht es gut.«

»Aber du wußtest doch, daß sie verheiratet war.«

»Ja, aber ich habe nicht damit gerechnet, daß sie je ihren Mann und ihre Kinder besuchen würde. Sie hat nie viel von ihnen geredet. Ich habe sie einmal nach ihnen gefragt, und sie machte einen kleinen Witz und winkte ab. Ich nehme an, man kann nicht einfach die Vergangenheit wegwischen, wenn man einen Sohn verloren hat, den man kaum gekannt hat. Ich hoffe, sie kommt darüber hinweg. Es ist seltsam, wie sehr ihr beide Angst vor euren Männern habt.«

»Kannst du uns das vorwerfen? So wie ihr Männer euch benehmt, muß eine Frau ja Angst bekommen.«

»Was meinst du mit ›ihr‹? Ich habe Alice nicht schlecht behandelt.«

»Und was ist mit deiner Frau, Romesh? Was sagt sie zu deiner Freundschaft mit Alice? Sie sitzt Tag und Nacht zu Hause, während du dich amüsierst. Wenn sie aber das gleiche täte, würdest du sie aus dem Haus werfen.«

»So ist die Welt nun einmal eingerichtet«, sagte Romesh, erhaben über diesen Streit. »Ich schlage sie weder, noch füge ich ihr irgendein Unrecht zu. Es war eine von den Familien arrangierte Heirat, also blieb mir gar keine Wahl. Auch Männer sind nicht so frei, wie du denkst. Wir müssen auch unseren Eltern gehorchen und unsere Pflicht ihnen gegenüber erfüllen.«

Der Zug setzte sich mit einem Ruck in Bewegung. Sie sah seinen Schatten langsam über das blitzende Wasser des Ganges, über die kleinen schwarzen Inseln der Wasserbüffel, über die Wäsche waschenden Frauen und die spielenden Kinder dahingleiten. Reisfelder zogen sich am Ufer entlang – ein leuchtendes, reines Grün, so weit das Auge reichte.

Sie dachte mit Bitterkeit an das Glück der Männer, war wütend auf ihr eigenes Dilemma. Obwohl Romesh immer freundlich zu ihr war, wußte sie, daß er ihr Verhalten mißbilligte. Sie hätte im Haus ihres Mannes bleiben und diesen Schmerz ertragen sollen so wie seine eigene Frau. Ja, sie spürte, daß seine Sympathien ihrem Mann und nicht ihr galten.

Am Bahnhof angekommen, nahmen sie einen Tonga, der sie zum Haus der Nehrus brachte. Allahabad war die Hauptstadt der kürzlich geschaffenen Vereinigten Provinzen. Vor 1902 war sie das Hauptquartier der Nordwest-Provinzen gewesen. Infolge ihrer Erhebung in den Rang einer Hauptstadt war sie auch zum Sitz des Provinzgerichts geworden, das in einem großen weißen Gebäude tagte. Dessen Eingang war von eindrucksvollen Säulen flankiert und lag in einem riesigen staubigen *maidan*. Sie kamen an Juristen vorbei, Engländern und Indern, die schwarze Talare trugen, und an Wächtern in weißen Mänteln und mit hellroten Schärpen. Die Juristen erinnerten Mohini an gefährliche Krähen.

In dieser Stadt gab es verschiedene Schichten, das fiel Mohini sofort auf. Die reichsten Elemente spiegelten europäischen Einfluß wider, man sah es an der Architektur der Häuser und der Verwaltungsgebäude, der Stadtviertel und an den Namen der langen Avenuen, die sie nun hinunterfuhren. Unterhalb der europäischen lag die Schicht, die die moslemischen Eroberer hinterlassen hatten: Das Fort des Mogul-Königs Akbar an den Ufern des Ganges, der Khusrau-*bagh*, die Moscheen. Und tief unten lag die vergessene Stadt Prayag und wartete auf ihre Wiedergeburt, den Augen nicht sichtbar, aber wie die Saraswati mythischer Natur und von stärkerem Einfluß als die späteren Hinzufügungen. Sie lagen wie Staub auf der Erdoberfläche und konnten das geheime Wesen von Prayag nicht verdecken.

Das Haus der Nehrus, Ananda Bhavan, lag auf einem hübschen, kleinen, von hohen Mauern umgebenen Hügel. Der Tonga fuhr durch das von Gurkhas bewachte Tor und den Kiesweg hinauf zum palastartigen Herrenhaus. Es war von eher europäischer Bauart, und eine Veranda umgab es wie ein Festungsgraben. Es war zweistöckig; die grünen Fensterläden hatte man geschlossen, um die morgendliche Hitze und den Sonnenglast nicht hineinzulassen. Auf dem Dach befand sich eine Art Pavillon. Der Garten war sorgfältig gepflegt, und hinter dem Hauptgebäude sah Mohini ein kleineres für die Gäste. Ganz hinten, vor der Umfassungsmauer, lagen die Behausungen der Dienstboten. Sie sah auch auf der einen Seite eine Meine Wasserfläche und dachte zuerst, es handele sich um einen Zierteich. Romesh sagte ihr, es sei ein Schwimmbecken. Sie konnte nicht schwimmen und fand den Gedanken höchst ungewöhnlich. Einen Teich oder auch Springbrunnen hätte man erwarten können, aber ein Schwimmbecken, das keinen ornamentalen Zwecken diente, verdutzte sie.

Sie waren nicht die einzigen Gäste. Männer saßen zu zweit und zu dritt auf der Veranda und steckten die Köpfe zusammen, während sie sich unterhielten, während andere im Schatten der Mango- und Tamarinden-Bäume saßen. Mohinis Augen sprangen in panischer Angst von einem Mann zum anderen, während sie sich bemühte, durch das Netz ihres Schleiers ihren Mann zu entdecken. Romesh fühlte ihr Zittern und beruhigte sie.

»Ich begleite dich zum Frauengemach. Bleib jetzt vorläufig dort. Wenn du irgend etwas brauchst, schick mir eine Nachricht heraus. Komm nicht selbst. Und um Himmels willen, nimm ja nicht den Schleier ab.«

»Das brauchst du mir nicht zu sagen.«

Ein Diener führte sie die Veranda an der Rückseite des Hauses entlang. Sie kamen an Empfangsräumen voll von Männern vorbei und hörten Bruchstücke ihrer geflüsterten Unterhaltung. Sie erreichten eine Tür, die zu einer schmalen Treppe führte. Hier verließ Romesh sie, um sein eigenes Zimmer zu suchen, und Mohini erlebte einen Augenblick blinder Panik, als sie ihn fortgehen sah. Ganz gleich, was er von ihr dachte, er war ihr einziger Freund in dieser fremden Welt. Der Diener führte sie die Treppe hinauf, und Mohini fand sich in einem großen, kühlen Raum wieder, in dem einige Frauen saßen oder auch lagen. Es gab darin nur wenige Möbel, im Gegensatz zu den prachtvoll eingerichteten Räumen im Erdgeschoß. Die Wände waren nackt, und Matten standen zusammengerollt in einer Ecke. Motilal Nehrus Frau, Swaruprani, eine kleine, rundliche Person, begrüßte sie auf indische Art mit zusammengelegten Handflächen, die Daumen zur Brust weisend, und einem leichten Nicken und zog sie ganz hinein in den Raum. Da Mohini gerade erst angekommen war, befahl man einer Dienerin, heißes Wasser für ihr Bad zu holen. Bei den Frauen handelte es sich um Gattinnen der anwesenden Mitglieder der Kongreßpartei und auch um Damen aus der Familie Nehru. Die Nehrus waren Brahmanen, die aus Kaschmir stammten, und Motilal war ein reicher Rechtsanwalt. Die Familie war zuerst von Kaschmir nach Delhi gezogen und hatte sich erst in der letzten Generation in Allahabad niedergelassen.

In dem Raum im Erdgeschoß saß Motilal Nehru Mohinis Mann gegenüber. Sie waren einander an Eleganz ebenbürtig. Beide trugen sie kremfarbene seidene Anzüge, seidene Hemden und seidene Krawatten. Sie saßen bequem zurückgelehnt in ihren Sesseln und tranken schweigend ihren Tee, als genössen sie die Annehmlichkeiten eines Londoner Clubs. Obwohl

Nehru nicht viel Zeit in England verbracht hatte, bewunderte er die Briten sehr. Er hatte seinen Sohn Jawarhalal nach Harrow und Cambridge geschickt, weil er für den Jungen die allerbeste Ausbildung wollte. Es hieß auch, daß er so verliebt in die englische Lebensweise sei, daß er seine Wäsche in London waschen ließe. Sogar Fürsten waren nicht so phantasievoll in ihren Extravaganzen. Motilal war ein untersetzter, hübscher Mann mit einer mächtigen Stimme. Er erweckte Zutrauen, so wie er dasaß und sich bewegte und sprach. Er war in seinem eigenen Königreich, und Bahadhur-Sahib mußte ihm die nötige Hochachtung zollen.

Nehru hatte sich zu jenem Zeitpunkt noch nicht endgültig auf die Kongreßpartei festgelegt. Gewiß, er unterstützte sie mit finanziellen Beiträgen, aber politisch hielt er noch einen gewissen Abstand.

»Ich verstehe mich als einen interessierten Beobachter, Bahadhur-Sahib. Ich bin mir einfach nicht sicher, wohin ihr Kongreß-*wallahs* geht. Was meint ihr eigentlich mit Selbstregierung?«

»Innerhalb des Rahmens des Empire hätten wir dann eine geringe Selbstbestimmung über unser Leben.«

»Nein, nein. Was für eine Art politische Institution?«

»Eine parlamentarische und demokratische natürlich. Aber sie stünde unter der britischen Schirmherrschaft. Wir würden uns einfach nur an ihrer Regierung beteiligen, nicht sie übernehmen. Nein, genauso wie Sie glaube auch ich, daß wir uns unter den Briten eines Friedens und eines Wohlstandes erfreuen, wie es ihn noch nie in Indien gegeben hat, und auf diesem Weg sollten wir fortfahren.«

»Ich stimme Ihnen zu. Ich glaube nicht, daß wir eine europäische Regierungsform auf den indischen Boden verpflanzen können. Das würde uns nicht einigen, wahrscheinlich ganz im Gegenteil.«

»Ich bin nicht für *swadesh* oder *swaraj*. Diese Aktionen sind für uns vollkommen unnötig. Wir sollten einige Sitze in den gesetzgebenden Versammlungen in den Provinzen und in Kalkutta verlangen. Ich bin der Meinung, daß die Regierung solchen Vorschlägen mit der Zeit zustimmen würde. Sie hat sogar vorgeschlagen, daß ich, als Mitglied der Kongreßpartei, dem Rat des Vizekönigs angehören sollte. Ich überlege mir das zur Zeit und werde natürlich auch andere Kongreß-Mitglieder konsultieren.«

»Oho, ein Mann, der das Ohr der Regierung hat? Hervorragend! Und Sie möchten, daß ich Sie unterstütze?«

»Ja. Wollen Sie das tun?«

»Sie fragen mich ganz offen. Ja, ich könnte mir vorstellen, daß ich Sie unterstütze.«

Bahadhur-Sahib neigte feierlich den Kopf, um Nehru zu danken. Innerlich lächelte er. Es war alles einfacher gewesen, als er gedacht hatte. Nehru war kein echter Politiker, er hielt sich für zu bedeutend für solche kleinkarierten Ambitionen. Er war für Bahadhur-Sahib von vorübergehendem Wert, aber nur wegen des Einflusses, über den er verfügte. Als erfolgreicher Anwalt mit seinem großartigen Haus und seiner Wäsche, die er in England waschen ließ, konnte er die Gedanken der anderen eifersüchtigen Politiker, die seine Gunst suchten, in die richtigen Bahnen lenken.

Motilal Nehru sah Bahadhur-Sahibs Kopf an, der sich in geheuchelter Demut neigte, und die langen, zarten Finger, die die Teetasse hielten. Er traute Bahadhur nicht. Das hatte nichts mit dessen Charakter zu tun, sondern mit seinem Machthunger. Zweifellos würde der Mann hoch aufsteigen, denn sein Ehrgeiz war grenzenlos. Und wenn ihm die Regierung einen Sitz im Rat des Vizekönigs anbot, wäre er der einflußreichste Inder im ganzen Land. Für den Augenblick war es ein Pakt zum Nutzen beider Männer.

Sie sprachen noch ein wenig länger über die Sache, an welche Männer man herantreten sollte, auf wen man sich verlassen konnte. Als die Begegnung vorbei war, ging Motilal mit Bahadhur-Sahib hinaus in den Garten. Sie waren beide zufrieden. Bahadhur-Sahibs übliche beiden Diener warteten an seiner Gharri, um ihn zu dem Haus zurückzufahren, in dem er während des Kongreß-Treffens wohnte. Und als Nehru seinem Bekannten die Hand geschüttelt hatte, stand er da und sah die Gharri die Einfahrt hinunterrumpeln und wandte sich dann seinem nächsten Gast zu, der schon seit einer Stunde auf der Veranda wartete.

Wenn Mohini gewußt hätte, daß ihr Gatte so nahe war, hätte sie nicht so ruhig mit dem Rücken zur Wand dagesessen, *pan* gekaut und mit den anderen Frauen geplaudert. Sie fühlte sich angenehm erfrischt nach ihrem Bad und hatte vorübergehend ihren Schleier abgelegt. Die Frauen überraschte es natürlich, hinter dem *burkha* eine Hindufrau zu entdecken, eine hübsche Frau in einem flammend gelben Sari mit einer *tilak*-Markierung auf der Stirn und dem mit Jasminblüten geschmückten Haar. Mohini war nun viel selbstbewußter als zuvor und erzählte ihnen, daß der Mann, der sie mitgebracht hatte, ihr Gatte sei, ein Moslem; ihm hätte sie ihre Kleidung angepaßt, sei aber keine Konvertitin. Das war durchaus akzeptabel, denn einige Hindu-Frauen waren mit moslemischen Fürsten verheiratet. Ihr einziger Wunsch sei es, so gestand sie ihnen, am Tribeni-*ghat* zu baden, wie es einer gläubigen und frommen Hinduistin zukam. Natürlich würde sie, dem Wunsch ihres Gatten entsprechend, den *burkha* bis zum Eingang des Tempels tragen.

Es sollte am selben Abend ein *mela* an dem *ghat* stattfinden, und alle Frauen hatten vor, dort zu baden. Die Frauen kamen alle aus verschiedenen Teilen Indiens und kannten, obwohl sie demselben Glauben anhingen, die religiösen Gebräuche der anderen Frauen kaum; denn die Komplexität der Religion lag in den verschiedenen Arten des Gottesdienstes und seinen zahlreichen Göttern. Sogar die Sprache trennte sie voneinander, und da Mohini keine der südindischen Sprachen kannte, konnten sie und viele von den anderen sich nicht mit den Frauen aus Bangalore oder Madras unterhalten. So flüsterten sie statt dessen untereinander.

Kurz vor Anbruch der Dämmerung bestellten die Frauen Gharris, die sie zu dem *ghat* bringen sollten. Sie trugen

Früchte und Blumen, Kampfer und Weihrauch, Kokosnüsse und Betel-Blätter. Es war für sie alle ein fröhlicher Ausflug, und er erinnerte Mohini an ihre Kindheit, als sie ihre Mutter jeden Freitag zum Tempel begleitet hatte.

Ihre Gefährtinnen konspirierten, um sie vor bösen Augen zu schützen. In der Gharri saß sie in der Mitte, ganz in Schwarz gehüllt und fast unsichtbar in der zunehmenden Dämmerung. Die Pilgerfahrt war wie jede Pilgerreise zum Teil religiöser Art, sorgte aber auch für Erheiterung. Nach dem Gottesdienst würden sie andere Frauen treffen und die Zeit plaudernd verbringen, über ihre Ehegatten reden, über die Kinder und die Probleme, die der Haushalt mit sich brachte, über die Kosten von Juwelen, die Eheaussichten der Söhne und Töchter. Mohini folgte Romeshs Rat und sprach nur sehr wenig. Sie wußte, daß es gefährlich war, zu viele Lügen zu erzählen.

Der Saraswati-Tempel stand auf dem dreieckigen Stück Land, genau dort, wo die beiden Flüsse zusammenkamen. Der Mond war eine Sichel, und die Nachtluft war warm. Mohini nahm ihren *burkha* ab und ließ sie in der Gharri zurück. Eng umringt von ihren Gefährtinnen, trat sie in den Tempel ein. Es war eine willkommene Rückkehr zu einem vertrauten Teil des Lebens – eingetaucht in die Menschenmenge den Duft des Weihrauchs und des Kampfers zu riechen, den feuchten Stein unter ihren Füßen zu fühlen, die *mantras* und Glocken zu hören. Man schob und stieß sie vorwärts, sie war glücklich. Sie brauchten eine ganze Stunde, bis sie schließlich das Heiligtum erreichten und Saraswati sahen, glühend im Licht der Lampe, in Seide eingehüllt, vor Diamanten glitzernd, reich mit Rosengirlanden geschmückt.

»O Göttin«, betete Mohini, »hilf mir. Mein Herz und meine Seele sind wie ein Vogel, der keinen Platz findet, um sich in die Lüfte zu schwingen. Muß ich den Rest meines Lebens in diesem Zustand verbringen und über dem gewöhnlichen Leben herumflattern, das zu führen ich mich sehne, oder wirst du mich in einen sicheren Hafen geleiten, in dem ich mich niederlassen kann? Ich weiß, ich habe meine Pflicht als Ehefrau vernachlässigt. Aber sollte die Pflicht einer Ehefrau über ihr Glück gestellt werden? Ist es zu selbstsüchtig, ein sinnvolles Dasein zu erstreben? Und ist der Schmerz ein permanenter Zustand meines Lebens? Bitte, führe mich in diesen Dingen.«

Sie hatte keine Zeit für ein längeres Zwiegespräch mit der Göttin. Der Priester nahm ihre Opfergaben, legte sie kurz vor Saraswati hin, sang das *mantra* ihres Namens – Mohini –, denn sie konnte einen Gott nicht anlügen und behaupten, sie hieße Parvati, und gab ihr dann ihre Gaben zurück. Mit ihren Genossinnen und hundert anderen Andächtigen, sowohl Männern als auch Frauen, ging sie den *ghat* hinunter zum Fluß. Langsam stieg sie ins Wasser, voll bekleidet wie alle anderen Frauen. Sie tauchte dreimal ganz ins Wasser ein, ein Akt der Selbsttaufe, mit dem sie ihren Glauben an sich selbst erneuerte, und stieg dann tropfend heraus, um sich auf die Stufen zu setzen und zu trocknen.

Im Augenblick ihrer Andacht verschwand ihre Angst. Statt dessen überkam sie ein Gefühl der Ruhe, das Gefühl, eine Zuflucht gefunden zu haben. Aber gerade als Mohini auf der Treppenstufe saß und darauf wartete, daß die anderen Frauen sich zu ihr gesellten, wurde sie gesehen.

Von der obersten Stufe des *ghat* aus sah ein Diener ihres Gatten, der jüngere der beiden Brüder, die ihrem Herrn immer treu gedient und die Mohini so sehr geängstigt hatten, auf sie herab. Es war kein Zufall, daß er sich dort befand. Er war auch sehr religiös und wollte, genau wie Mohini, in dem *ghat* baden. Er hatte sie in dem Gedränge am Heiligtum erkannt; denn der Tempel war auch ein Ort, an dem man Frauen betrachten konnte. Sie lebten gewöhnlich hinter Mauern verborgen, und ein Mann wie er hatte selten Gelegenheit, sie zu sehen. Er war kein anziehender Mann, aber sein Begehren war ungeheuer groß, und wenn er Glück hatte, mochte er eine Frau kennenlernen, die nach einiger Überredung mit ihm schlafen würde. Auf der Suche nach einer solchen Gelegenheit hatte er sich die Frauen auf der anderen Seite der Barriere genau angesehen. Er traute seinen Augen nicht, als er

Mohinis schönes, feines Profil erblickte. Sie war zu sehr mit ihren Gebeten beschäftigt, mit ihrem Gebet, in dem sie Gott um Führung und Hilfe bat. Und in eben diesem Augenblick hatte Gott ihre Identität dem Mann enthüllt, den sie fürchtete.

Aber sie sah sich nicht um, und selbst wenn sie es getan hätte, hätte sie den Diener ihres Gatten in der Dunkelheit nicht entdeckt. Statt dessen sah sie zum klaren Nachthimmel auf und richtete ihren Blick auf den Polarstern und fragte sich, ob Kim wohl irgendwo zu demselben Stern emporblickte. Sie zeichnete in Gedanken ein großes Dreieck und verband die drei Punkte miteinander, wenngleich sie wußte, daß es nur ein Traum war. Kim hatte sie sicher inzwischen vergessen; er lag wahrscheinlich bei einer anderen Frau, und sie schauten beide zu dem Stern empor. Mohini sah, wie sich ihr Leben vor ihr ausstreckte, eine nie endende Einsamkeit, und sie flüsterte in die heilige Luft: »Kim, Kim, Kim.«

Bahadhur-Sahib blickte auch hinauf in den dunklen Himmel, ein Glas mit Whisky und Soda in der Hand. Er war mit der Welt zufrieden; diese Sterne gehörten jetzt ihm. Sie würden ihn nun mit Sicherheit an die Macht bringen. Zwei Männer saßen bei ihm, Rajender und Mahender.

Sie waren Brüder, die seiner Familie seit zwei Generationen dienten. Ihr Verhältnis war feudaler Art, ihre Loyalität absolut. Sie besaßen das Vertrauen ihres Herrn, und trotzdem würden sie nie die Grenze zur plumpen Vertraulichkeit überschreiten. Rajender war der ältere, aber um wie viele Jahre, wußte inzwischen keiner mehr. Er war der gesprächigere von den beiden und verbrachte die Abende am Boden vor dem Stuhl von Bahadhur-Sahib hockend, lauschte seinen Reden, erteilte auch Ratschläge, die sein Herr manchmal akzeptierte. Mahender stand immer ein wenig abseits in wildem, zornigem Schweigen. Seinen Zorn konnte man spüren, sogar aus der Entfernung. Sie waren keine richtigen Diener, denn sie wurden nicht bezahlt, obwohl sie sich beide um alles, was Bahadhur-Sahib brauchte, kümmerten: Sie kochten, machten sauber, erledigten Besorgungen und trugen seine Sachen. Sie behielten auch seine Finanzen im Auge und sorgten dafür, daß die übrige Dienerschaft seinen Befehlen gehorchte. Sie waren seine Augen und Ohren in dem Spinnennetz, das er wob.

Mahender lauschte dem, was sein Herr ihm von der Begegnung mit Motilal Nehru und den anderen Kongreß-Männern berichtete. Anders als sein Bruder, der den Klatsch und die Intrige liebte, zog Mahender es vor, Befehle auszuführen. Wenn körperliche Aktion dazugehörte, um so besser. Er wartete ungeduldig auf eine Pause in dem Gespräch.

»Es sind auch ein paar Damen anwesend«, warf er schließlich dazwischen.

»Aber sie haben nichts mit Politik zu tun«, sagte Bahadhur-Sahib. Er wollte in seinem Bericht fortfahren, aber er merkte, daß Mahender noch nicht zu Ende gesprochen hatte.

»Ich bin heute abend zum Tempel gegangen. Es war ein günstiger Tag für den Gottesdienst, und es fand ein *mela* statt. Ich ging zum *ghat*, um all meine Sünden abzuwaschen.«

»Dann wäre der Ozean ein besserer Ort für all deine Sünden, Mahender. Was willst du mir sagen?«

»Ich habe zu Saraswati gebetet. Die Menschenmenge war riesig groß. Eintausend Leute, vielleicht mehr. Als ich betete, bat ich um die Führung Gottes, und als ich die Augen aufschlug, sah ich *sie*. Sie stand nur einen Fuß weit von mir entfernt. Sie hat mich nicht bemerkt.«

»Wen hast du gesehen?«

»Mohini-Memsahib.«

Das Zusammenzucken seines Herrn befriedigte Mahender. Im Licht der Lampe sah er, wie Bahadhurs Gesicht erstarrte. Allein schon ihr Name schmerzte ihn, und er saß so still da, daß er nicht zu atmen schien.

Bahadhur-Sahib horchte weiter, obwohl Mahender nichts mehr sagte. Er konnte sein Herz klopfen hören, den schneller werdenden Herzschlag, der so laut in seinen Ohren war, daß er sich fragte, ob seine Diener ihn wohl auch hörten.

»Mohini . . . Mohini.« Seine Zunge rollte sich um ihren Namen herum zusammen.

Das Begehren, das so lange unter dem Zorn über ihre Mißachtung und ihr Verschwinden verborgen gewesen war, kehrte schmerzhaft zurück. Überraschte ihn. Er dachte an die seidige Glätte ihres Körpers, den Duft ihrer Haut, an die Gier, mit der er sich in sie verströmt hatte. Sie war die einzige Frau, die seinen Appetit niemals sättigen konnte. Er pflegte ihr zuzusehen, wenn sie badete, sich anzog und ihr Haar kämmte. Ihre kühle, distanzierte Art, ja, selbst ihr Haß auf ihn stachelte ihn zu größeren Anstrengungen an. Und als sie ihm entkam, überfiel ihn ein Gefühl der Panik bei dem Gedanken, daß er sie nicht mehr in seiner Gewalt hatte. Er verstand seine Besessenheit, wie er die Besessenheit anderer Männer verstand, von der die Geschichte erzählte. So war Mohammed Khilji von Padmini besessen gewesen und Mohammed von Gaur beim Anblick Rupmatis. Sie hatten nicht das Glück gehabt, diese köstlichen Leiber zu berühren und an sich zu drücken; denn diese Frauen hatten sich umgebracht, um ihnen nicht gehören zu müssen. Aber er hatte Mohini besessen und würde nie den Schmerz der köstlichen Sinnenlust vergessen können.

Und sie war hier. Er wußte, daß Mahender sich nicht irrte. Sein ganzer Körper sehnte sich nach ihr wie noch niemals zuvor. Er würde sie auskleiden und betrachten und diese Kälte und Gleichgültigkeit sehen, so als ob sie gar nicht zu dem Körper gehörte, den er küßte und berührte. Sie würde wie immer stöhnen, wenn er ihr weh tat, aber sie würde niemals schreien. So eine Besessenheit konnte einen Mann in den Wahnsinn treiben.

»Sie ist hier. Ich fühle es. Sie ist in dieser Stadt. Ich will sie wiederhaben. Mahender, du findest heraus, wo sie wohnt, und berichtest mir von ihren Bewegungen. Dann, wenn der richtige Augenblick gekommen ist, fangen wir sie wie einen Vogel und halten sie fest, aber nicht zu fest. Wir stellen einen Tonga bereit, und dann bringt ihr sie ins Jagdschloß. Nicht nach Hause: ins Jagdschloß. Ich komme mit dem Zug nach.«

»Ich habe schon herausbekommen, wo sie wohnt. Ich habe am *ghat* gewartet, bis sie mit ihren Freundinnen nach Hause fuhr, und bin ihr gefolgt. Sie geht als Moslemfrau verkleidet. Wenn ich ihr nicht im Tempel, sondern auf der Straße begegnet wäre, hätte ich sie nicht erkannt.«

»Wo wohnt sie, Mahender?«

»Im Haus der Nehrus. Ich habe mit einem der Diener gesprochen. Er erzählte mir, sie sei mit einem Mann gekommen, einem Parsen namens Romesh Nairoji. Er besitzt ein Kaufhaus in Bombay.«

»Und weshalb ist sie hier?«

»Man sagte mir, sie schreibe für eine Zeitung.«

»Sie kann nicht ewig im Haus der Nehrus bleiben. Wenn sie für diese Zeitung schreibt, wird sie die Versammlungen der Kongreßpartei besuchen. Du und Rajender, ihr könnt sie dann fassen.«

»Ja, Sahib.« Mahender erhob sich, erfreut über seinen Auftrag, aber enttäuscht darüber, daß er ein solches Vergnügen mit seinem Bruder teilen mußte.

Bahadhur-Sahib hatte nicht gesagt, daß er ihr nicht weh tun solle. Er wollte ihr nur ein bißchen weh tun. Er durfte ihr eine Ohrfeige geben, sie ein bißchen hart anfassen, mit einem ordentlichen Stück fesseln. Vielleicht kam der Tag, an dem Bahadhur sie ihm vor die Füße warf, als Geschenk, wenn sie ihn genug geärgert hatte. Ein Mann konnte sich von einer Frau nicht alles gefallen lassen.

»Aber wenn sie euch entwischt«, sagte Bahadhur-Sahib, »werde ich euch beide töten lassen. Bringt sie mir ja zurück. Wenn nötig, holt euch noch ein paar Männer dazu.«

Die Versammlungen der Kongreßpartei fanden täglich auf dem *maidan* hinter dem Provinzgericht statt. Man hatte einen riesigen *pandal* zu diesem Zweck errichtet, und der Boden war mit *daris* bedeckt. Am einen Ende befand sich eine erhöhte Plattform, auf der die Parteiführer saßen. Sie waren alle da: Gokhale, Valabhai Patel, Motilal Nehru, Mohammed Ali

Jinnah, der sich bald der neugebildeten Moslemliga anschließen würde, und viele andere. Bahadhur -Sahib, der neben Gokhale hätte sitzen sollen, ließ sich wegen Krankheit entschuldigen, um nicht von Mohini gesehen zu werden. Er hoffte, daß Mahender seine Aufgabe vor dem letzten Tag bereits erledigt haben würde, an dem er, Bahadhur, seine Rede halten wollte.

Die ganze Konferenz wurde in englischer Sprache abgehalten, denn es war die einzige Sprache, dic allc Delegierten verstanden, und genau wie Bahadhur-Sahib dem Oberst aus Surat berichtet hatte, waren die Reden endlos lang. Manche der Männer brauchten vier oder fünf Stunden, um ihre eintönigen Ansprachen herunterzuleiern. Die Stimmung im *pandal* war träge und lau. Die Männer hörten zu oder unterhielten sich, kamen und gingen, applaudierten oder wurden still und nachdenklich.

Im Auditorium saßen drei Polizeibeamte, die sich sorgfältig Notizen machten. Sie gaben sich keinerlei Mühe, ihre Identität zu verbergen, aber jetzt, da Tilak im Gefängnis saß und der Kongreß gespalten war, wurde kaum etwas gegen die Briten geäußert. Es schien ein stillschweigendes Einverständnis zu herrschen, daß die Freiheit unerreichbar war. Alles, was sie jetzt wollten, war ein Anteil an der Herrschaft in ihrem Land.

Nahe der Plattform, rechts vom *pandal*, befand sich eine Sperre. Dahinter saßen die Frauen und hörten zu, ohne sich zu beteiligen. Mohini kritzelte in ihr Notizbuch und wünschte sich, sie könnte schneller schreiben und auch, daß die Reden nicht gar so lang wären. Das Papier reichte nicht aus, denn sie hatte noch nicht genügend Erfahrung darin, wie man eine Rede zusammenfaßt. Jedenfalls wiederholten sich die meisten Redner endlos.

Endlos war auch die Überwachung durch Mahender und Rajender. Sie hatten zwei *gundas* angeheuert, zwei von denen, die im Bazar herumlungerten; sie kosteten zwei Rupien pro Tag. Auch ein Tonga war gemietet und stand die ganze Zeit bereit. Jeden Morgen folgten sie Mohinis Gharri vom Haus der Nehrus bis zum Kongreß-Treffpunkt im Tonga zusammen mit den *gundas*. Sie saßen dann geduldig im Schatten eines Tamarinden-Baums in einiger Entfernung vom Eingang. Mahender und Rajender blieben im Tonga sitzen, weil Mohini sie erkennen würde. Wenn die Kongreß-Versammlung vorüber war, folgten sie ihr zurück zum Nehru-Haus. Sie fuhr mit den Frauen zusammen, verließ nie ihre Gesellschaft, nicht mal für eine Minute. Und sobald sie im Haus angekommen war, trat sie niemals aus den Frauengemächern heraus.

Als die Tage dahingingen, wurde Mahender immer nervöser. Er war kein geduldiger Mensch, das Warten irritierte ihn. Rajender blieb ruhig, er wußte, daß der richtige Augenblick schließlich doch kommen würde. Jeden Abend berichteten sie von ihrem Mangel an Fortschritt und sahen das grimme Gesicht ihres Herrn. Er wurde langsam unruhig, denn die Versammlung der Kongreßpartei würde in zwei weiteren Tagen enden. Und doch ermahnte Bahadhur-Sahib sie immer wieder zur Vorsicht. Er hatte die Warnung des Oberst nicht vergessen und wollte keinen *garbarh*, der seine Pläne durcheinanderbringen würde.

»Sie muß einfach wie vom Erdboden verschwinden«, instruierte sie Bahadhur-Sahib. »Niemand darf merken, was geschehen ist.«

Das machte Mahenders verzweifelten Plan zunichte – einen Unfall herbeizuführen: Die Gharri würde umstürzen – zugegeben, ein paar Frauen würden dabei verletzt werden, aber das bereitete ihm keine Sorge –, und sie würden Mohini in der allgemeinen Verwirrung wegbringen. Er hatte sogar überlegt, ob man im *pandal* nicht eine Schlägerei anfangen könnte, so wie er es bei der Begegnung in Surat getan hatte, allerdings hatten dort vierzig weitere Männer mitgeholfen. In dem Durcheinander würde er in die Frauenabteilung eindringen und Mohini herausholen.

Es war gegen Mittag, so still und heiß, daß sogar der Schatten in Flammen zu stehen schien. Rajender hatte die Idee. Sie war einfach und genial. Er überlegte, ob er zu Bahadhur-Sahib laufen und es ihm erzählen sollte, aber wenn die Sache klappen sollte, mußte er sofort handeln. Der *maidan* war fast leer, bis auf ein paar Straßenköter, die Futter suchten, und ein paar Essensverkäufer, die sich im Schatten eines anderen Baumes ausruhten. Rajender stieg vorsichtig vom Tonga herunter und schlenderte zu ihnen hinüber. Zwei von ihnen waren Frauen, die Körbe mit Früchten feilboten. Sie sahen ziemlich verwahrlost aus, aber die jüngere, eine dreiste, dralle Person, eignete sich für diese Aufgabe. Er hockte sich neben sie und prüfte ihre Mangos. Sie feilschten ein bißchen, bevor er ihr eine abkaufte.

»Wieviel verdienst du am Tag?«

»Was fragst du? Willst du mich wegen meiner Mitgift heiraten?«

»Ich habe dir nur eine einfache Frage gestellt.«

»Keine Frage ist so einfach. Es muß einen Grund dafür geben. Vielleicht hast du vor, mich zu berauben.«

»Weib, ich habe hier in meiner Hand mehr Geld, als du in einem Monat verdienst.« Er zog eine Handvoll Rupien heraus. »Ich könnte dir ein paar davon geben.«

»Ich wußte, daß ich die Mango nicht so billig hätte verkaufen sollen. Du siehst wie ein armer Mann aus. Warum solltest du mir Geld geben? Willst du den ganzen Korb?«

»Ich möchte keine Mangos mehr. Ich zahle dir fünf Rupien, wenn du für mich eine Botschaft zu meiner Freundin bringst. Sie ist im Frauenabteil im *pandal*, und ich kann nicht hinein.«

»Das ist eine Menge Geld für einen Botengang.«

»Ich möchte großzügig sein. Willst du oder willst du nicht?«

Sie streckte die Hand aus, und er legte zwei Silbermünzen hinein.

»Du hast fünf gesagt.«

»Du kriegst den Rest, wenn du die Botschaft abgeliefert hast. Sehe ich wie ein Narr aus?«

»Die meisten Männer sind Narren.« Sie erhob sich und wollte den Korb auf den Kopf setzen. »Hock doch nicht einfach da. Hilf mir.«

»Du kannst ihn hierlassen.«

»Und wem kann ich ihn lassen, ohne daß etwas verschwindet?«

Aber sie merkte, daß er ärgerlich wurde, und rief der älteren Frau zu, sie möchte ihre Mangos bewachen. Sie zählte sie zur Vorsicht noch einmal laut durch, eine Arbeit, die allerhand Zeit kostete. Sie wischte sich das Gesicht mit dem Ende ihres Sari ab, um sich präsentabel zu machen, und folgte Rajender zum *pandal.*

»Meine Freundin ist eine Moslemdame. Du erkennst sie an ihrem *burkha.* Sage ihr, daß Romesh Nairoji dringend mit ihr sprechen muß und daß er draußen vor dem Zelt, an dem Tonga, auf sie wartet. Kannst du diese Botschaft behalten?«

»Ich bin nicht blöde.«

»Wiederhole es.«

Sie tat es, und er schob sie zum Eingang der Frauenabteilung. Sobald sie hineingegangen war, rief er den Tonga mit Mahender und den *gundas.* Er ließ den Tonga seitlich neben dem Ausgang warten und seine beiden Helfer in den Schatten zurücktreten. Er und Mahender hockten sich im Tonga nieder. Wenn Mohini sie sähe, würde sie sofort wegrennen.

Die Obstverkäuferin kam zuerst aus dem *pandal* heraus, und einen Augenblick darauf folgte Mohini, eingehüllt in den schwarzen *burkha.* Die junge Frau deutete auf den Tonga und führte Mohini an den beiden *gundas* vorbei, die rasch hinter ihnen hergingen. Just als Mohini den Tonga erreicht hatte, packten sie sie um die Hüfte und hoben sie, mit dem Kopf zuerst, hinein. Mahender drückte ihr die Hand auf den Mund, während Rajender sich auf sie setzte. »*Jaldi karo*, Tonga-*wallah. Jaldi!*«

Als die Früchteverkäuferin die Entführung sah, wartete sie nicht auf ihr Geld, sondern lief sofort davon. Sie hätte Mohini durch Schreie helfen können, aber statt dessen rannte sie zu ihrem Mangokorb zurück. Sie hatte keine Lust, sich in so etwas verwickeln zu lassen, geschweige denn, mit der Polizei zu tun zu bekommen; das würde ihr nur Ärger bringen. Als sie sich umdrehte, um zurückzublicken, galoppierte das Tonga-Pony aus dem *maidan*, der Tonga-*wallah* stand auf den Deichseln und peitschte es erbarmungslos.

Mohini wußte augenblicklich, was geschehen war. Sie war entsetzt und voller Angst und zugleich wütend auf sich selbst, daß sie sich so einfach hatte täuschen lassen. Sie trat und biß um sich. Sie schlug die Zähne in Mahenders Finger und preßte sie mit aller Kraft zusammen, aber der schwarze Schleier saß dazwischen und hinderte ihren Biß. Er riß die Hand weg, und als sie Luft holte, um zu schreien, schlug er ihr ins Gesicht. Der Schlag betäubte sie, und die Hand schloß sich wieder über ihrem Mund. Sie versuchte nun, den Mann wegzustoßen, der auf ihrem Bauch saß, aber sie hatte nicht genug Kraft dafür.

»Fessele sie.«

Sie erkannte Rajenders Stimme und fing lautlos an zu weinen. Sie drehten sie auf den Bauch herum, packten ihre Hände und banden ihre Handgelenke zusammen, dann ihre Fußgelenke. Ein schmutziges Stück Stoff, das sie würgte, wurde ihr über den Mund gebunden. Sie warfen eine Decke über sie, und sie war nicht mehr zu sehen.

Als Mohini sich ausgeweint hatte, fing sie an zu beten. Sie bat Gott, ihr zu hellen. Flucht, Flucht, Flucht; die Hufe des Ponys hämmerten einen Trommelrhythmus in ihren Kopf. Bald wurde ihr übel von der fortwährenden Bewegnng. Der Tonga hielt niemals an, wenngleich das Pony jetzt in einem stetigen Trab lief. Jedesmal wenn sie sich auszustrecken oder umzudrehen versuchte, stießen die Brüder sie zurück. Die Stöße taten weh, und einer von den beiden – sie wußte, daß es Mahender sein mußte – tätschelte sie heimlich, nicht zärtlich, aber mit deutlicher Absicht. Sie dachte, das Pony würde bald eine Ruhepause brauchen und sie würde dann fliehen oder um Hilfe rufen. Sie mußten sie aufstehen lassen. Sie wußte, daß ihr Gatte, was auch immer er mit ihr tun mochte, niemals zulassen würde, daß man ihr körperlich ein Leid zufügte. Aber der Tonga fuhr immer weiter.

Schließlich wurde das Pony langsamer, und der Tonga blieb

endlich stehen. Die Stille war eine Erleichterung. Sie fühlte, wie man die Decke von ihr nahm und ihr die Beine losband.

»Steh auf. Du darfst jetzt austreten. Wir werden etwas essen.«

Man zog sie aus dem Tonga, aber als sie zu stehen versuchte, fiel sie hin. Rajender half ihr auf, hob den Schleier hoch und knotete das Tuch auf, mit dem man sie geknebelt hatte. Es war dunkel. Sie hatte keine Ahnung, wo sie sich befanden. Es war kein Zeichen von Leben zu erkennen, und das Land lag kalt und geisterhaft im Mondlicht.

»Binde mir die Hände los!«

»Dann rennst du weg.«

»Wie kann ich sonst austreten? Binde mir die Hände los! Bahadhur-Sahib wird von eurer schlechten Behandlung erfahren.«

Rajender band den Knoten auf.

»Du hast uns immer wie Dreck behandelt«, sagte Mahender aus der Dunkelheit heraus.

»Weil ihr das seid.« Das sagte sie in herrischem Ton, als sie an ihnen vorbei zu den Büschen ging. »Und kommt mir ja nicht nach!«

Sie verrichtete ihre Notdurft und ging dann schnell auf einen Abhang zu. Vielleicht lag dahinter ein Dorf. Aber als sie oben auf dem Hügel ankam, sah sie noch immer nichts, nicht mal ein Licht irgendwo in der Ferne. Die Unwirtlichkeit der Landschaft schmerzte sie mehr, als die Fesseln und die Demütigung es getan hatten. Plötzlich erhob sich ein Schatten vom Boden, und sie sah weiße Zähne blitzen.

»Ich dachte mir, daß du versuchen würdest wegzulaufen«, sagte Mahender. Er stieß sie zurück zum Tonga hin.

»Sie werden nach mir suchen.«

»Wer?«

»Nehru-Sahib. Und Nairoji-Sahib.«

»Natürlich werden sie suchen, aber was können sie tun? Niemand hat gesehen, wie wir dich fortgebracht haben, außer der Obstverkäuferin, und sie wird nicht wagen, den Mund aufzumachen. Außerdem bist du Bahadhur-Sahibs gesetzlich angetrautes Weib, und wir bringen dich nur zu dem Haus seiner Väter. Sie können sich nicht dreinmischen. Iß jetzt.«

Er warf ihr in ein Blatt gewickeltes Essen zu, kalte *chapatis* und *sabji.* In ihrer Verzweiflung hätte sie es den Brüdern beinahe an den Kopf geworfen, aber der Duft erinnerte sie, obwohl das Essen kalt war, daran, daß sie den ganzen Tag noch nichts zu sich genommen hatte.

Es stimmte, was sie sagten. Was konnten Romesh oder Mr. Nehru tun? Männer hinterherschicken, die die Verfolgung aufnahmen? Die Polizei aussenden, damit sie Bahadhur-Sahibs Haus durchsuchte? Nichts, nichts, nichts. Sie hatten kein Recht, irgend etwas zu unternehmen. Sie war seine Ehefrau, sein Eigentum, mit dem er tun konnte, was ihm beliebte. Sie zitterte bei dem Gedanken daran, was er mit ihr tun würde. Sie wagte sich nicht vorzustellen, was für eine Strafe sie erwartete. Die Nacht war nicht so schwarz wie das Elend in ihr. Niemand würde sie retten. Sie würde sich selbst retten müssen, entweder durch die Flucht, oder indem sie sich das Leben nahm. Tod. Andere Frauen waren lieber in den Tod gegangen, als sich zu unterwerfen. Padmini von Chitor hatte *jauhar* begangen; Rupmati hatte sich vergiftet. Die Geschichte berichtete von so vielen tapferen Königinnen, die sich das Leben genommen hatten. Alle waren sie von eigener Hand gestorben. Mohini versuchte sich vorzustellen, wie sie in den Tod gehen würde, aber die Ereignisse des Tages hatten sie völlig erschöpft, und als Rajender den Strick um ihre Fußknöchel verknotete und sich das andere Ende ums Handgelenk band, akzeptierte sie diese Demütigung, ohne Widerstand zu leisten.

Sie erwachte bei Tagesanbruch und schöpfte neue Hoffnung. Der Himmel hatte eine blasse Pfirsichfarbe mit Streifen leuchtenden Goldes darin, und die Luft war noch kühl und frisch. Sie sah umher auf der Suche nach einem Dorf und erblickte eines in der Ferne. Männer und Frauen bewegten sich durch die Weizenfelder, ein Kamel zog einen Pflug, ein Mann balancierte auf einem Balken, mit dem er Wasser aus einem Brunnen pumpte. Sie hatten in einer Höhle ein paar Meter abseits der Straße geschlafen, und bald hörte sie das Quietschen eines Ochsenkarrens. Mohini stand auf und erinnerte sich an den Strick, mit dem ihr Fuß gefesselt war. Aber als sie anfing, ihn loszubinden, erwachte Rajender mit einem Grunzen und warf sie mit einem Ruck am Seil zu Boden.

»Denkst du etwa, ein Dorfbewohner würde dir zu Hilfe kommen? Da hast du dich geirrt. Wir werden ihm sagen, daß du die Ehefrau unseres Herrn und daß du weggelaufen bist. Sie werden uns verstehen.« Er lachte. »Vielleicht geben sie uns sogar einen Stock, mit dem wir dich verprügeln sollen. Sie werden dein Verhalten keineswegs gutheißen, sonst könnten ihre Frauen ja auf den gleichen Gedanken kommen.«

Er zog einen Dolch hervor, und die Klinge blitzte im Sonnenlicht. Sie sah, warum ihr niemand helfen würde. Die beiden Brüder waren klein, aber recht kräftig, und ihre Gesichter wirkten furchteinflößend. Mahenders zornige Augen würden dafür sorgen, daß nicht einmal der mutigste Dorfbewohner es wagte, ihr zu helfen.

Der Ochsenkarren kam langsam heran. Er war voll beladen mit Frauen und Kindern, und als er vorbeiquietschte, winkten sie ihr fröhlich zu. Es war eine Hochzeitsgesellschaft.

Der Tonga-*wallah* war ihre letzte Hoffnung. Er war noch ein junger Mann mit einem Bartflaum. Als er aufwachte, ging er sofort zu seinem Pony. Ein kräftiges, wenn auch kleines Tier, das offenbar anständig ernährt worden war. Er bürstete sein braunes Fell und gab ihm Hafer und Grünfutter, von dem er einen kleinen Vorrat unter der Fußmatte des Tonga aufbewahrte. Daß er so gut für das Tier sorgte, gab ihr ein wenig Hoffnung. Gewiß würde er auch ihr gegenüber Mitleid empfinden. Wer war sonst noch da?

»Wenn du dich anständig benimmst, werden wir dich gut behandeln. Dann darfst du aufrecht im Tonga sitzen. Aber wenn nicht, dann fesseln wir dich und stecken dich wieder unter die Decke. Es hängt also ganz von dir ab.«

»Ich werde mich anständig benehmen«, sagte Mohini kleinlaut.

Diesmal ging Rajender mit ihr in die Büsche, blieb aber in diskreter Entfernung stehen. Im Gewirr der Büsche und Schlinggewächse verborgen lag eine kleine Ruine, überschattet von einem *pi pal*-Baum, ein vergessener Tempel. Sie überlegte, ob sie ein kurzes Gebet an Gott richten sollte. Aber sie war ärgerlich auf Gott, daß er sie so einfach im Stich gelassen hatte. Sie erhielt eine weitere *chapati*, und man befahl ihr, wieder den *burkha* anzulegen. Aber bevor sie erneut unter dem schwarzen Schleier unsichtbar wurde, gelang es ihr, dem Tonga-*wallah* zuzulächeln. Er erwiderte ihr Lächeln nicht, sondern starrte sie mit feierlich-ernstem Gesicht an. Er schien nicht so böse zu sein wie die beiden Brüder, trotzdem wußte er, daß man sie entführt hatte, und hatte sie hierhergebracht, ohne zu protestieren.

Man setzte sie in die Mitte. Mahender und der Tonga-*wallah* setzten sich nach vorn, während Rajender hinter ihr Platz nahm und die Beine über den Rand des Tonga hinausbaumeln ließ. Er saß nur halb von ihr abgewandt und ließ sie nicht aus den Augen, während Mahender sich von Zeit zu Zeit zu ihr umdrehte, um sicherzugehen, daß sie sich nicht hinter seinem Rücken aus dem Staub machte. Sie wußte nicht, daß das Leben der Brüder davon abhing, daß sie sie sicher an ihren Bestimmungsort brachten. Die beiden Männer vor ihr nahmen ihr die Sicht, zwischen ihnen blieb nur ein schmaler Ausschnitt, in dem sie die Bäume und den Himmel erblickte. Dörfer zogen langsam wie Treibholz vorbei. Sie sah nur schemenhaft die Schatten von Bäumen und Hügeln, sie war nicht fähig, irgend etwas vorauszuplanen. Nur an das Messer dachte sie. Darauf konzentrierten sich ihre Überlegungen, als sie sich lebhaft an das Aufblitzen der scharfen Klinge in der Sonne erinnerte. Wenn sie es an sich bringen könnte, würde sie es sich ins Herz stoßen, und obwohl sie ein Aufflackern der Angst erlebte, war sie entschlossen, ihr Dasein zu beenden, bevor sie ihren Mann wiedersah. Aber das Messer blieb in den Falten von Rajenders Kleidung verborgen, und schließlich wandte sie ihre Aufmerksamkeit wieder der Reise zu.

»Das ist nicht der Weg nach Delhi.«

»Wir bringen dich nicht nach Delhi. Du würdest von dort ja doch nur wieder weglaufen.«

»Wohin denn?«

»An einen geheimen Ort.«

Mehr wollte Rajender ihr nicht verraten. Sie setzte ihm zu, aber er schwieg. Sie kannte keinen anderen Ort südwestlich von Allahabad. Delhi lag im Nordwesten. Sie versuchte sich zu erinnern, was für Ländereien ihr Mann besaß, aber sie wußte nur, daß sie sehr ausgedehnt und überall verstreut waren. Auf Delhi hatte sie ihre ganze Hoffnung gesetzt, so winzig sie auch sein mochte. Da ihr dort einmal die Flucht geglückt war, würde sich vielleicht wieder eine Gelegenheit bieten. Nun war sie ganz mutlos. Sie wußte nicht einmal, wo sie sich befand; dort gab es keine Diener, die sie kannte und an die sie appellieren konnte, und keinen Kim, der sie retten, der sie in die Arme nehmen würde, um sie zu beruhigen und ihr die Angst zu nehmen. Er gehörte zur Vergangenheit, die nicht wiederkehrte, er hatte sie vergessen.

Gegen Mittag hielt der Tonga kurz an, damit Rajender etwas zu essen kaufen konnte. Dann fuhren sie noch eine Meile weiter, bis sie schließlich im Schatten eines *jamblam*-Baums Rast machten, um zu essen. Es war die gleiche Nahrung wie am Vortag, einfach und karg; diesmal aber lauwarm. Die Brüder wollten weiterfahren, aber der Tonga-*wallah*, der nur wenig sprach, weigerte sich. Er mußte sein Pony bis zum Abend ausruhen lassen; dann, wenn es kühler geworden war, könnten sie ihren Weg fortsetzen.

Als die Sonne unterging und der Himmel eine zornige rote Farbe angenommen hatte, erreichten sie ein Gewässer, einen schmalen, trägen, lehmfarbenen Nebenfluß der Jumna. Auf beiden Seiten stand hohes Schilf, und in der Ferne sah sie ein weiteres Dorf liegen.

»Ich möchte baden. Halt an.« Zu ihrer Verwunderung blieb

der Tonga stehen, und sie begriff, daß sie die Macht hatte, diesen Dienern Befehle zu erteilen, obgleich sie eine Gefangene war. Ihre Macht war nur gering, aber trotzdem fühlte sie sich ermutigt.

Sie fand einen abgeschiedenen Platz im Schilf, entkleidete sich und versank langsam in dem kühlen Wasser. Erst fröstelte sie, als sie eintauchte, aber als es sie bedeckte, erwachten ihre Lebensgeister aufs neue nach der langen, erschöpfenden Fahrt, und sie dachte an ihr Bad im heiligen Fluß. Sie wusch ihren Körper und ihr Haar, so gut sie konnte. Als sie aus dem Wasser auftauchte, saß Mahender am Ufer neben ihren Kleidern. Das Licht hatte ihren Körper in Bronze verwandelt, und die Wassertropfen auf ihrer Haut leuchteten wie Honig. Seine Augen waren groß und gierig, aber wenn er gedacht hatte, daß Mohini zurückweichen würde, hatte er sich getäuscht. Mohini stieg einfach aus dem Fluß heraus, und ihre Gestalt war so vollkommen wie eine Saraswati und blieb einen Fuß von ihm entfernt stehen. Es gab an ihr nichts, das er nicht sehen konnte, aber er hatte sich das schon so lange in Gedanken ausgemalt. Nun wußte er, warum sein Herr diese Frau so sehr begehrte. Ihre Brüste waren rund und fest mit großen braunen Brustwarzen, während ihre Taille schmal genug war, daß man sie mit den Händen umfassen konnte. Ihre Hüften waren üppig wie das Land am Ganges und ihre Beine so lang und schlank wie die Natarajs, der ewig tanzt, um die Welt vor der großen Feuersbrunst zu bewahren.

Als wäre er gar nicht da – etwas Unwichtigeres noch als ein Stein oder ein Baumstumpf –, zog Mohini sich an, schüttelte das Wasser aus dem Haar, beugte sich vor, um es auszuwringen, und kämmte es mit den Fingern durch. Sie hätte allein in ihrem Zimmer sein können, nicht umgeben von dem dunkler werdenden Land oder bedroht von dem finster blickenden Mann, der ihr zu Füßen kauerte, zusammengekrümmt, so daß er sie jeden Augenblick anspringen konnte.

Als sie an Mahender vorbeigehen wollte, packte er sie am Fußgelenk. Nicht um sie herabzuziehen, sondern um sie festzuhalten, um sie zu berühren. Sie stand ganz still und wartete. Sie wußte, was er wollte; er fieberte vor Leidenschaft, genau wie ihr Mann, als könnte der Besitz ihres Körpers bedeuten, daß ihm ihre Seele und ihr Herz gehörten.

»Willst du mich haben? Du kannst mich nehmen. Hilf mir zu entfliehen, und ich werde bei dir liegen. Du kannst mich überall berühren, mit mir tun, was du willst.«

Er war heiser vor Begierde, aber als sie auf ihn herabsah, konnte er nur hilflos den Kopf schütteln. Er wog das Vergnügen, das ihm der Genuß ihres Körpers bringen würde, gegen den Zorn und die Rache Bahadhur-Sahibs ab und wußte, daß es nicht sein Leben wert war. Doch hatte sie ihm bewußt gemacht, wie unbedeutend er in ihren Augen war, und er wollte sie nicht nur nehmen, sondern ihr auch weh tun, um sie für diesen Augenblick seiner tiefsten Demütigung zu bestrafen – allerdings ohne daß er sich selbst dadurch schadete. Er brauchte nur lange genug zu warten: Irgendwann würde er sie dafür büßen lassen. Eines Tages würde Bahadhur-Sahib ihrer müde sein, dann gehörte sie ihm. Und dann würde er sie zwingen, sich an diesen Augenblick zu erinnern. Er ließ ihr Fußgelenk los und sah ihr zu, wie sie herausfordernd davonschlenderte.

26

Obwohl Kim wußte, daß er privilegiert war und unter dem Schutz des Obersts stand, konnte er doch eine gewisse Angst nicht verhehlen, als er mit zehn anderen Gefangenen durch das Tor in das Gefängnis von Tihar eintrat. Die Luft war stickig und kaum zu atmen, als dränge sie nur mit Mühe durch die Gitterstäbe und den Mörtel ein. Es war ein passender Tag für ihn, von der Freiheit in die Gefangenschaft zu gehen. Der Himmel war düster von den Monsunwolken; die Finsternis verstärkte noch die brütende Bedrohlichkeit des Ortes. Unterwegs hatte sie ein Gewitter überrascht, und ihre Kleidung war durchtränkt. Der Donner grollte um den offenen Karren herum, der sie von der Bahnstation zum Gefängnis gebracht hatte. Weil die Straße überschwemmt war, hatten sie den Karren zweimal schieben müssen, als die Räder im Schlamm steckenblieben. Nun saßen sie zusammengekauert unter dem Strohdach, von dem der Regen tropfte, und warteten auf die Registrierung.

Kim schlurfte schließlich über den Steinfußboden, bis er vor Menons Schreibtisch stand. Der Schreiber sah nicht auf, sondern fuhr mit seiner Arbeit fort. Das Hauptbuch war feucht und die Tinte verwischt. Er arbeitete angestrengt mit dem Löscher, aber der Löscher war ebenso feucht wie alles andere. Die Wände des Raums waren feucht, und Wasserrinnsale liefen herab und sammelten sich in Pfützen auf dem Boden. Kim dachte: Die Wände weinen. Menon, der jede Verantwortung für den Schreibfehler von sich gewiesen hatte, durch den Anil Ray in die Arbeitskolonne versetzt worden war, wandte sich schließlich Kims Akte zu. Er sah Kim von oben bis unten an und trug dann mit steifen Fingern Kims Namen, sein Vergehen, sein Urteil und seine Vorrechte in das Buch ein. Menon beachtete Kim gar nicht richtig. Er war nur ein weiterer Sträfling, eine weitere Nummer, unberührbar. Er richtete auch nicht das Wort an ihn, und sobald er die Eintragungen vorgenommen hatte, die nun ein unauslöschlicher Teil des Gefängnisregisters waren, winkte er der Wache, teilte ihnen den Status mit, den der Gefangene habe, und ließ den nächsten hereinbringen.

»Du hast es gut«, sagte der Wächter wohlgemut, als sie durch den Schlamm zu Kims Zelle stampften. »Ein Gefangener erster Klasse. Sehr gut. Du wirst hier sechs Monate lang ein bequemes Leben führen.«

»Darf ich jeden Tag bei Moti Mahal im Chandini-*chauk* essen?«

»Natürlich nicht.«

»Wieso werde ich es dann gut haben? Das ist hier schließlich ein Gefängnis.«

»Aber wenn du ein Gefangener Klasse C wärst, wäre dein Leben wirklich miserabel. Das Leben besteht aus lauter kleinen Vorteilen. Zum Beispiel darf ich dich nicht ohne Erlaubnis des Direktors schlagen. Siehst du, was für Vorrechte du hast?«

»Das ist, als ob man einem Ochsen sagte, daß er nicht geschlagen werden wird, daß man ihm nur den Schwanz verdrehen will.«

»Und er ist dafür dankbar, genauso wie du es sein wirst. Kannst du dir irgendwelches Geld beschaffen?«

»Warum?«

»Wenn du mir fünf Rupien die Woche zahlst, garantiere ich, daß du gut behandelt wirst. Das ist doch nicht viel, oder? Ich besorge dir Zigaretten, Arrak, sogar eine Frau. Das wirst du am meisten vermissen. Bist du verheiratet?«

»Nein.«

»Ich könnte sonst deine Frau dich besuchen lassen. Aber ich kenne eine gute Frau. Sie kostet fünf Rupien für jeden Besuch.«

»Und was passiert, wenn ich dir nicht fünf Rupien in der Woche gebe?«

»Oh, dein Essen wird dann voll Küchenschaben sein, ich vergesse, dich in den Freistunden herauszulassen, und so weiter.«

Der Wächter Hari Das erinnerte Kim an Nadir Shas Bär. Sie hatten den gleichen watschelnden Gang und einen dichten Haarpelz. Wie bei Babur dem Bär waren auch Haris Schultern rund. Kim dachte, der Mann hätte wahrscheinlich ein bequemes Leben, wenn er auf allen vieren ginge. Der vorgeschriebene Turban auf seinem Kopf gab ihm zwar ein menschenähnliches Aussehen, aber der größte Teil seines Gesichts lag unter einem dichten Bart verborgen, der in alle Richtungen sprießte. Seine Gestalt erinnerte auch etwas an Babur. Die runden Schultern gingen in einen ballonartigen Unterleib und eine sogar noch rundere Rückseite über. All das Fleisch stak in einer durchgeschwitzten Khakiuniform.

Hatte Gott einen Mann wie Hari Das geschaffen, um uns unsere Leiden zu erleichtern? Hari ist mehr an meinem Komfort als an meiner Gefangenschaft interessiert – zu einem gewissen Preis natürlich; denn man kann von einem Mann nicht erwarten, daß er einem ohne eine angemessene *bakshish* einen Gefallen tut. Diesem lächerlichen Wärter ist es völlig gleich, weshalb ich hier bin. Ich bin für ihn eine Gelegenheit, sein mageres Gehalt um bescheidene fünf Rupien die Woche aufzubessern. Ich kann das ablehnen und leiden oder sein Angebot annehmen und ein bequemes Leben führen. Was soll ich tun? Wenn ich ein wahrer *sanyassi* wäre, müßte ich das Leid auf mich nehmen. Aber Gott hat Hari für einen Zweck geschaffen, und er dient loyal diesem Zweck und erleichtert das Leben der Sträflinge, während sie im Gefängnis sitzen. Ich bin sicher, daß er es unzuträglich findet, uns leiden zu lassen. Er hat sicherlich mehr Vergnügen dabei, die fünf Rupien auszugeben, als Küchenschaben zu sammeln und in mein Essen zu tun. Ich sollte eigentlich wütend werden, daß man Geld von mir verlangt, aber warum? Verlangt der Priester nicht Geld für seine *mantras*? Dieser Wächter hier verlangt doch nicht mehr als eine gerechte Belohnung für meine Privilegien.

»Ich zahle dir das Geld.«

»Gut, gut. Hier.« Er gab Kim ein Päckchen *bidis*, um den Handel zu besiegeln. Sie waren durchweicht und nicht zum Rauchen geeignet.

Kims Zelle befand sich in einer Reihe, die am Gefängnishof lag. Der hatte sich vorläufig in einen Schlammsee verwandelt. Das Gebäude war lang und niedrig und sollte eigentlich weiß sein, aber die Mauern waren gelb und trugen vom Regen schwarze Streifen. Es gab zwölf Zellen in dem Gebäude; jede besaß auf der einen Seite eine Eisentür, auf der anderen ein vergittertes Fenster. Das Dach war aus roten Ziegeln, und in einer anderen Umgebung hätte der Zellenblock ein passables Landhaus darstellen können.

»Hier zieht der Wind durch«, kündete Hari ihm an, als er das schwere Türschloß entriegelte. »Und trocken ist es, glaube ich.« Kim sah hinein. Die Wände machten einen trockenen Eindruck, obwohl der Wind den Regen über den Fußboden getrieben und den *charpai* durchnäßt hatte. Abgesehen von der Pritsche gab es einen Tisch, einen Stuhl und einen Nachttopf. Die Zelle war etwa drei Meter mal zwei Meter groß.

»Gibt es noch andere Gefangene in diesem Gebäude?«

»Alle Zellen sind voll. Tihar ist niemals leer. Unser Geschäft geht gut. Schurken, *badmashs*, Dacoits, Aufrührer wie du, alle werden hier untergebracht. Morgen werde ich dir zeigen, wo wir sie aufhängen.«

»Ich habe keine Lust, das zu sehen.«

»Es ist auch weiter nichts als ein Balken und ein Strick.« Er las langsam seine Anweisungen vor. »Du darfst Zeitungen, Zeitschriften und Bücher haben. Ich werde dir ein paar zusammen mit dem Mittagessen bringen.«

Mittags – es sah allerdings nicht nach dieser Tageszeit aus, der Himmel hatte noch immer dieselbe aschgraue Farbe wie am Morgen – brachte ihm Hari das Essen, zwei alte Zeitungen, eine Zeitschrift und ein Buch. Zeitungen und Zeitschrift waren sorgfältig zensiert, man hatte ordentliche rechteckige Löcher in die Seiten geschnitten. Das Buch aus der Bibliothek war *The Flora and Fauna of the Lower Himalayan Foothills* von Sir Reginald Whittacker, einem pensionierten Beamten der indischen Zivilverwaltung. Es war mit Zeichnungen versehen, und Kim verbrachte seinen ersten Nachmittag mit dem Erlernen der lateinischen Bezeichnungen für eine Welt, die ihm in einer anderen Sprache vertraut war.

Um fünf Uhr öffnete Hari wieder die Tür der Zelle. Kim trat vorsichtig heraus, sah die Reihe der Zellen entlang und erblickte andere Männer, die sich alle zu ihm umwandten, um den Neuankömmling zu mustern. Der Mann in der nächsten Zelle war ein junger Moslem. Er trug einen *khadi-kurta* und einen *paiyama* und auf dem Kopf eine Mütze aus Karakulfell. Er war angenehm rundlich mit rosigen Wangen. Die Gefängniskost mußte ihn erst noch ausmergeln.

»Ich bin Jahangir Alam, aus Delhi. Und darf ich Ihren werten Namen erfahren?«

»Kim, aus Lahore.«

»Kim. Ein ungewöhnlicher Name.« Sie schüttelten einander die Hände, und Jahangir Alam nahm ihn mit, um ihn den anderen vorzustellen. »Wir sind, wie Sie sehen können, Männer jeden Alters und jeden Glaubens. Wir sind hier durch das Unglück vereint, einen großen Mund zu haben.«

Es war eine zusammengewürfelte Schar, doch schienen sie alle der Mittelschicht zu entstammen und eine gute Erziehung genossen zu haben. Drei waren ältere Männer, denen die übrigen Gefangenen großen Respekt entgegenbrachten. Die meisten waren im gleichen Alter wie Kim und Jahangir. Die älteren waren Anhänger von Tilak, und als man ihn nach Mandalay gebracht hatte, hatte man sie nach Tihar geschafft. Einer von ihnen, Mr. Joshi, ein schmaler, stolzer Mensch, verstand seine Gefängnisstrafe als eine gegen seinen Status als Politiker gerichtete Beleidigung. Er wäre lieber mit seinem Freund und Führer Tilak nach Mandalay gegangen. Subash Bhattacharji war da, ein älterer, kurzsichtiger Mann mit Brillengläsern so dick wie das Glas von Sodaflaschen. Ihn hatte man wegen seiner Bemühungen festgenommen, in seinem Distrikt in Westbengalen *swadesh* einzuführen. Er hatte persönlich einen Überfall auf den Laden eines Kaufmanns angeführt, der immer noch in England hergestellte Baumwolle führte. Sie hatten die Stoffballen öffentlich verbrannt. Bevor er auch noch den Laden selbst anstecken konnte, hatte die Polizei ihn verhaftet. Der dritte war ein Anwalt aus Lucknow, ein stets fröhlicher Mann, der ebenso rund wie groß war. Mr. Akbar hatte beim Kreuzverhör eines Zeugen, wobei es um gewisse Eigentumsrechte ging, ein Gesetz in einer gewissen Beziehung unabsichtlich als Eselei bezeichnet. Da der Vorsitzende, Richter Richard Lacey, der den Fall zu beurteilen hatte, derjenige gewesen war, der das Gesetz eingeführt hatte, hatte Mr. Akbar somit den ehrenwerten Gentleman selbst beschuldigt, ein Esel zu sein, und war aufgrund der Anschuldigung, daß er die Autorität eines Regierungsbeamten untergrabe, zu sechs Monaten Gefängnis verurteilt worden.

Es gab fünf Sikhs, alle Mitglieder desselben *guru-dwara* in Delhi. Man hatte sie ins Gefängnis gesteckt, weil sie gegen die Verhaftung ihres Oberpriesters demonstriert hatten. Der Priester hatte dagegen protestiert, daß ein Polizeiwachtmeister einen Jungen schlug, und hatte einen *thanedar* beleidigt, indem er ihn einen Lakaien der Briten nannte. Die Sikhs stammten ursprünglich aus Amritsar und waren nach Delhi gegangen, um ein Geschäft zu eröffnen, das sich mit dem Import von in Birmingham produzierten religiösen indischen Messingstatuen befaßte.

Drei Männer aus dem Punjab waren Mitglieder der Kongreßpartei; man hatte sie in Surat wegen Gefährdung der öffentlichen Sicherheit und Ordnung verhaftet und jedem drei Jahre Gefängnis aufgebrummt. Kim spürte, daß diese Männer, statt sich zu schämen, sogar ein wenig stolz auf ihren Aufenthalt im Gefängnis von Tihar waren. Obgleich die Gründe verschiedenartig waren, erfüllte die Einkerkerung offenbar denselben Zweck – es war ein Akt des Widerstandes und des Märtyrertums.

Sie alle wanderten im Kreis herum, stellten sich vor und erklärten ihre Vergehen, während sie durch den Schlamm des Gefängnishofes zu waten begannen. Sie wurden dabei von einem durchnäßten Affenvolk beäugt, das in einem Baum hockte. Die drei älteren Männer führten die kleine Delegation an. Dahinter gingen die Kongreß-Männer, dann kamen die Sikhs. Jahangir und Kim bummelten als letzte hinterher.

»Was war Ihr Vergehen?«

Kim erzählte es ihnen, und seine Zuhörer nickten, würdigten seine Tat.

»Und Ihr Vergehen?« fragte er Jahangir.

»Ich bin Journalist. Ich habe über ein Treffen zwischen der Moslemliga und der Regierung berichtet; ich dachte, es sei meine Pflicht, über solche Dinge zu berichten. Eine Organisation wie die Moslemliga sollte es nicht geben. Wir sind alle Inder, aber die Briten haben die Moslems dazu ermutigt – nein, sie haben ihnen Angst damit eingejagt – anzunehmen, daß der Kongreß sich nur um die Hindubevölkerung kümmere. Ich weiß, daß das falsch ist. Ich wurde am nächsten Tag verhaftet und mit einem Gefängnisurteil von neun Monaten an diesen Ort geschafft. Sieben Monate sind noch abzusitzen. Mein Redakteur, Mr. Ashok Dass, entzog sich der gerichtlichen Verfolgung durch Flucht, bevor die Polizei ihn festnehmen konnte. Er hält sich jetzt bei seinem Onkel in Meerut verborgen. Wenn ich hier herauskomme, werde ich Ihre Geschichte aufschreiben. Wir sind so schlecht informiert über die Probleme draußen auf dem Land. Wie hätte ich erfahren sollen von diesem Dorf, in dem man die Leute zwingt, Indigo anzubauen, wenn Sie es mir nicht erzählt hätten? Wenn wir uns schneller verständigen können, wird diese Nation zu einer Einheit werden statt eines Sammelsuriums von tausend kleinen Stämmen, die eine Halbinsel namens Indien bewohnen.«

Um halb sechs mußten sie in ihre Zellen zurück. Kim setzte sich auf die *charpai*. Wenn er seine Pflicht gegenüber dem Oberst erfüllen wollte, hieß das, diese Männer zu verraten. Sie würden ihm im Verlauf der nächsten paar Monate viele solche Informationen zukommen lassen, ohne zu wissen, was sie taten. Er brauchte dann nur noch zu berichten, daß Mr. Ashok Dass, gesucht wegen Verbreitung aufrührerischer Schriften, sich im Haus seines Onkels in Meerut versteckte. Es schien eine einfache Pflicht zu sein, die er dann erfüllte, aber er begriff allmählich die Komplexitäten des Verrats. Der Verräter, und da gab es nun mal kein anderes Wort, mußte diese Männer betrügen, um damit für sich einen Gewinn zu erzielen. Er konnte sich keinen Gewinn dabei ausrechnen, spürte nur, wie unbehaglich ihm das Ganze war.

Das trübe Licht des Monsuntages verdämmerte schnell, und ein neuer Gewittersturm brach los, der Wind trieb fauchend mehr Regen durch die Gitterstäbe herein. Er sah, daß man zu einigen anderen Zellen Laternen trug, und wartete, daß man ihm auch eine brachte. Als keine kam und Hari statt dessen eine Stunde später seine vom Regen durchweichte Abendmahlzeit brachte, bat er Hari um eine.

»Ich kann Ihnen keine geben. Es steht nichts davon in Ihrer Akte.«

»Wenn ich andere Privilegien erhalte, dann wird man mir doch sicherlich auch eine Lampe geben, damit ich diese Zeitungen lesen kann.«

»Es steht nichts in Ihrer Akte. Ohne Befehl kann ich Ihnen keine Lampe geben.«

»Erwarten Sie denn von mir, daß ich den ganzen Abend im Dunkeln sitze?«

»Warum nicht? Dorfbewohner tun das auch. Bevor wir das Feuer erfanden, taten wir das alle.«

Kim ging früh schlafen. Sein Tageslauf wurde so mönchisch, wie er während seines Aufenthalts im Tempel von Benares gewesen war. Sein Leben wurde vom Läuten der Glocke beherrscht – nur war es nicht das feine Läuten der Tempelglocke, sondern das bittere, wütende Hämmern eines Stocks an eine Eisenschiene. Er wachte davon auf, aß auf dieses Signal hin, auch der Hofgang wurde so angekündigt. Hier hatte er allerdings nicht das Gefühl, in einem Heiligtum zu leben, sondern in einer Atmosphäre der Gewalt, die von den Männern ausging, die man eingesperrt hatte. Obgleich er in einiger Entfernung vom dunkleren Labyrinth Tihars lebte, spürte Kim die Schwingungen des Schmerzes und der Verzweiflung sich wie Hitzewellen ausbreiten, die aus einer Wüste aufsteigen.

Jeden Sonntagmorgen durften die Gefangenen der A-Klasse Besuch empfangen. Die Gegenwart fremder Gesichter, das bunte Leuchten der Saris waren eine willkommene Ablenkung. Kim, der unter dem Eingesperrtsein im Internat gelitten hatte, fand die Gefangenschaft in der Haft bereits unerträglich. Er sehnte sich danach, die Gefängnismauer hochzuklettern und seine Suche nach Parvati fortzusetzen. Sie stammte aus einem Ort so nahe dem, an dem er gefangen saß, daß man ihr Haus vielleicht sogar von Tihar aus sehen konnte. Er fragte sich, wo sie wohl als Kind gespielt haben, als Frau spazierengegangen sein mochte. Gewiß würde jemand sie kennen. Aber Delhi und Parvati lagen außerhalb seiner Reichweite. Er schritt verzweifelt in seiner Zelle auf und ab.

Narain kam als letzter in der Reihe der Besucher ins Gefängnis. Er schwankte unter dem Gewicht eines Weidenkorbs und ließ ihn an Kims Zellentür fallen.

»Es ist, als ob man in die Hölle zieht. Ich mußte den Wachen zwei Päckchen Zigaretten und eine Mangofrucht geben, bevor sie mich hereinließen. Du solltest dem Oberst-Sahib sagen, daß du hinaus willst.«

»Das kann ich nicht. Ich sitze meine Strafe für ein Vergehen ab.«

»Du bist ein Mann mit zuviel Ehre. Das wird dir großes Leid bringen. Du solltest mehr wie ich sein, korrupt, wenn es darum geht, sich den Folgen seiner Handlungen zu entziehen.«

»Und wenn du in deinem nächsten Leben eine Küchenschabe wirst?«

»Dann wird jemand auf mich treten und mein Elend beenden. Wie sollte eine Küchenschabe das Wesen der Wiedergeburt verstehen? Sitzt sie etwa da und philosophiert? Daß sie die Seele von Narain hat, der so schlüpfrig wie eine Küchenschabe war, wenn es darum ging, sich der Strafe zu entziehen? Als Küchenschabe werde ich von mir als Narain gar nichts wissen. Du solltest darauf bestehen, daß du verdammt schnell aus diesem Loch herauskommst.«

»Wir werden sehen. Was hast du mitgebracht?«

»Der Oberst-Sahib sagte mir, ich solle mich deiner annehmen.«

Er öffnete den Korb, und heraus fielen Zigarettenpäckchen, Obst, Süßigkeiten von Moti Mahal, einen neue *kurta* und einen *paiyama*, Seife, Handtuch, *pan*. »Ich habe auch etwas Geld für *bakshish*. Wieviel brauchst du?«

»Fünf Rupien.«

»Nimm zehn.« Er warf die Münzen durch das Türgitter. »Was tust du hier den ganzen Tag?«

»Nichts. Sie lassen uns einmal am Tag heraus, und den Rest der Zeit sitze ich da und lese oder meditiere. Die anderen hier sind auch wegen Aufwiegelung eingesperrt. Ich rede mit dem Moslem in der Zelle neben mir über die Welt da draußen: was er um diese Tageszeit zu tun pflegte, was ich getan habe. Er ist verheiratet, seine Frau fehlt ihm. Sie erwartet in der allernächsten Zeit die Geburt eines Kindes, und er wird bei der Geburt nicht da sein.«

»Ich glaube, du solltest bald heiraten. Vergiß diese Parvati. Gott allein weiß, wohin sie verschwunden ist.«

»Wenn Gott sie hat verschwinden lassen und wenn es mein *karma* ist, wird er mich sie auch wiederfinden lassen.«

»Bis dahin bist du ein alter Mann. Dein *linga* wird dann vergessen haben, hart und lang zu werden. *Ahree*, Kim, vergiß sie. Sieh mal, ich erinnere mich nie lange an eine Frau. Ich habe ein Haus im *chauk* gefunden, wo es die schönsten Punjabi-Weiber gibt, die mir je untergekommen sind. Als Volk sind sie gewöhnlich am häßlichsten. Sehr billig, weniger als in Bombay.«

»All dies Gerede über Frauen hilft mir gar nichts, solange ich in dieser Gefängniszelle hocke. Aber während ich hier festsitze, könntest du Parvatis Haus suchen. Sie sagte mir, von ihrem Fenster aus könne sie die südlichen Mauern von Purana Qila sehen. Nicht ganz nah, aber nahe genug, daß man etwas davon erblickt. Es ist ein großes Haus, und es liegt in einem riesigen Garten. Am Tor wird ein *chaukidar* sein, und auf beiden Seiten des Tors stehen Gold*muhar*-Bäume. Gegenüber dem Tor befindet sich eine kleine *chatri*. Es dürfte ziemlich leicht sein herauszubekommen, wo es ist.«

»Und dann – was soll ich dann tun?«

»Frag, wer sie ist und, wenn möglich, wo sie ist. Vielleicht ist sie dorthin zurückgekehrt, obwohl ich es nicht glaube.«

Narain seufzte ob der Narrheit seines Freundes. »Ich werd's versuchen. Ich habe mich mit einem Schmuggler angefreundet. Er sollte mir behilflich sein können, dieses Haus zu finden. Pah! Delhi hat gar nichts, es ist ein Dorf. Überall nur Ruinen. In Bombay reißen wir das ganze alte Zeugs verdammt schnell ab.«

Sie wurden von den harten Schlägen gegen die Eisenschiene unterbrochen, und die Wärter kamen, um die Besucher zusammenzutreiben.

»Was hast du erfahren? Der Oberst-Sahib sagte, du würdest mir ein paar Sachen mitteilen, und ich sollte ihm diese Informationen sofort schicken.«

»Bisher noch nichts.«

Kims Stimme klang störrisch, und Narain machte sich Sorgen deswegen, als er aus dem Gefängnis eilte. Er spürte, daß Kim etwas entdeckt hatte, sich aber weigerte, es den Oberst-Sahib wissen zu lassen. Narain mochte keinen Ärger. Er wollte dem Oberst-Sahib schicken, was auch immer er haben wollte. Wenn Kim nicht mitspielte, würde es Ärger geben, dieses Gefühl hatte Narain. Er konnte dem Oberst-Sahib einen Bericht schicken mit der Feststellung: »Noch keine Information.« Oder auch: »Kim will nichts sagen.« Aber dann bekäme Kim Ärger. Er wünschte sich, er könnte das Problem mit seinem Onkel Isaac Newton diskutieren. Der hatte mehr Erfahrung in diesem Geschäft, dem Oberst-Sahib zu berichten. Was sollte er tun?

Kims Antwort: »Nichts« hallte durch den düsteren Abend. Die Luft war elektrisch geladen, still. Der Himmel schwarz mit schweren Wolken, die sich zusammenzogen, um sich zu entladen, und am Himmel zuckten Blitze.

Nichts. Ich habe, indem ich dieses Wort aussprach, meine Pflicht gegenüber dem Mann, dem ich so viele Jahre gedient habe, nicht erfüllt. Ich habe ihm nicht nur die Information, die er wollte, verweigert – einen Bruchteil des Wissens, das er täglich zusammenbringt –, sondern die Treuepflicht. Hätte ich trotzdem anders handeln und dennoch in Frieden mit mir selbst leben können? Ich habe den einen verraten und nicht die anderen. Der eine ist wie ein Vater zu mir gewesen, der Mann, der mich geliebt und zu dem gemacht hat, was ich bin. Die anderen sind eine Gruppe von fremden Menschen, denen ich keine Treue, keine Pflicht, keine Liebe schulde: Aber sie sind mein Volk. Ich bin dasselbe wie der Moslem und der Sikh und der Punjabi. Ich bin ein Teil von ihnen, und daraus muß mir meine Pflicht erwachsen. Wenn ich ein Teil von etwas bin, dann schulde ich meine Pflicht dem Ganzen. Ich bin kein Teil des Obersts, obwohl wir ähnliches Blut haben. Ich bin ein Europäer, ein Sahib, aber ich bin kein Fremder wie er. Ich bin nicht der Herrscher, sondern der Beherrschte aufgrund dessen, was ich in meinem Innern empfinde.

Ich habe den Schmerz von Rambajs Tod empfunden, das Gelächter Narains, das Glück Lakshmis, die Liebe Parvatis, die Gesellschaft Nadir Shashs und Balas, die Zuneigung Isaac Newtons, die Weisheit meines Lama. Sie von meinem Leben abzuschütteln hieße, mein Leben selbst abschütteln. Sie zu verraten, und sie gehören zusammen, hieße mich selbst verraten. Und auf der anderen Seite der Waage steht ein Mann, ein Weltreich. Es ist das Gewicht des Lebens gegen das Gewicht der Macht. Ich habe das Leben gewählt, nicht die Macht. So hätte mein Lehrer auch gehandelt.

Diese Gedanken gingen ihm durch den Kopf in jener schicksalhaften Nacht, als einmal mehr der Regen durch das vergitterte Fenster sprühte. Er verkroch sich in seine Ecke. Am nächsten Tag war es nicht anders, und der Regen fiel weiter. Der Gefängnishof schien sich in seine Zelle verkriechen zu wollen und mit ihm Frösche und Tausendfüßler. Zwei Schlangen, vom Wasser aus ihren Löchern gespült, zuckten durch das dreckige Wasser auf der Suche nach Fröschen. Sie hinterließen verschwommene Abdrücke in der feuchten Erde.

Als der Regen schließlich aufhörte, roch die Luft nach Fäulnis; nach verfaultem Holz, *chunam*, Kleidern, kleinen Tieren und Erde. Sogar das frische Regenwasser hatte einen Fäulnisgeruch an sich. Zeitschriften und Zeitungen zerfielen ihm in den Händen. Der Gefängnishof war von abgebrochenen Ästen bedeckt, und als die Sonne einmal kurz durch die Wolken brach, hängte Kim seine Kleidung zum Trocknen auf. Die nicht privilegierten Gefangenen der C-Klasse wurden herausgebracht, um nach dem Regen aufzuräumen, und zwei wurden zum Ausfegen der Zellen abgeordert. Jeder trug einen Strohbesen und eine Schaufel aus Weidengeflecht. Der Wächter Mari öffnete Kims Tür, und ein Häftling wartete schweigend, bis Kim heraustrat.

Kim vergaß nie ein Gesicht. Dieses war gealtert, und tief eingegrabene Falten verbargen, daß es sich um einen noch jungen Mann handelte; die Augen waren trübe geworden, und der Körper war von der mangelhaften Ernährung ausgemergelt. Anil Ray betrat die Zelle, um den Schlamm und das Regenwasser hinauszukehren.

»Bist du Anil Ray?« fragte Kim von der Tür aus.

Anil Ray blickte zu Kim auf, schien ihn jedoch nicht zu erkennen.

»Bin ich so berühmt?«

»Nein. Ich habe dich nur vor einigen Jahren im Polizeigefängnis von Simla gesehen. Ich gab dir Wasser. Die Polizei hatte dich geschlagen.«

»Das war gar nichts, mit dem verglichen, was ich hier durchmache.« Er fegte weiter und versuchte, sich an die eine freundliche Behandlung zu erinnern, die er seit seiner Festnahme erfahren hatte. »Ich hatte ... ich hatte immer gedacht, daß der Mann, der mir damals das Wasser zu trinken gab, nur ein Traum war. Aber ich kann wohl nicht mehr unterscheiden, was wirklich ist und was nicht. Deine Freundlichkeit schien mir nur noch etwas zu sein, was ich erfunden hatte.« Er machte eine Pause, um das Buch anderswohin zu legen, und hielt es, als wäre es eine Krone. Er schlug es auf, blätterte eine Seite um, und seine Finger streichelten die Worte. »Es ist Jahre her, seit ich irgend etwas gelesen habe. Ich habe früher einmal Gedichte in englischer Sprache geschrieben. Es ist eine Sprache, die ich jetzt hasse, aber ich kann ihr nicht entkommen.«

»Behalte das Buch. Es handelt nur von der Fauna und Flora der Ausläufer des Himalaya.«

»Selbst das ist mehr, als ich in all den Jahren gelesen habe. Nein. Man wird es vermissen. Behalte es.«

»Ich werde dem Wächter sagen, daß es im Regen verfault sei. Versteck es unter deinem *kurta.*«

Sie sahen sich beide um. Hari war nicht in der Nähe. Anil steckte das Buch unter sein weites Hemd und fegte weiter.

»Es ist meine Schuld, daß dein Leben so grausam verlaufen ist.«

»Du hast mir Wasser gegeben.«

»Das war später«, sagte Kim. »Ich habe einen Bericht abgesandt, daß zwei Männer in Simla ein Attentat planten. Ich hatte im Basar ein Gerücht gehört. Offenbar trug einer von ihnen ein *jezail.* Sie waren in die Hügel oberhalb der Eisenbahnlinie hinaufgestiegen. Diese Informationen leitete ich an die Polizei weiter, und durch einen schrecklichen Zufall trafen sie dich und deinen Onkel dort oben an. Als ich herausbekam, daß die beiden Männer, die ich suchte, in Wirklichkeit nach Bombay gegangen waren, versuchte ich das Unrecht, das ich dir angetan hatte, wiedergutzumachen. Ich schickte diese neue Information an die Regierung, aber inzwischen hattest du auf den stellvertretenden Polizeiinspektor eingestochen. Es tut mir leid.«

»Was nützt das jetzt noch? Beim Prozeß erfuhr ich, daß es da einen Zeugen gäbe, der von dem Vorhandensein einer Waffe berichtet hätte, aber der Vorsitzende erlaubte mir nicht, ihn vorladen zu lassen. Das warst du. Wie heißt du?«

»Kim.«

»Das ist kein indischer Name.« Anil Ray betrachtete Kim eingehend. »Bist du Eurasier?«

»Nein. Ire.«

»Du siehst wie ein Inder aus.«

»Ich bin ein Inder. Ich bin im Basarviertel von Lahore aufgewachsen – wie jeder andere *chokra.*«

»Was für eine ideale Waffe für die Briten! Einer von ihnen, der auch einer von uns ist. Wer von beiden bist du? Nach dem, was du gesagt hast, bist du ein Agent der Regierung. Was tust du hier? Hat man dich hier eingesetzt? Du befindest dich in einer sehr gefährlichen Lage, nachdem du mir das alles erzählt hast.«

»Ich wurde vom Steuereinnehmer in Rae Bareli unter dem Vorwurf aufrührerischer Tätigkeit festgenommen. Er wußte nicht, wer ich war. Das Gericht hat mich dementsprechend zu einer Gefängnisstrafe verurteilt.«

»Aber ...«

»Mein Vorgesetzter schickte mich in dieses Gefängnis, und ich soll Informationen weiterleiten. Aber ich habe es nicht getan und werde es auch nicht tun. Ich bin ein Inder.«

»Sagst du das jetzt nur so dahin?«

»Nein.«

»Ich weiß nicht so recht, ob ich dir glauben soll. Ich bin mir über meine Gefühle dir gegenüber noch nicht so ganz im klaren. Ich war dankbar für das Wasser, ergrimmt über den Verrat. Indirekt warst du schuld am Tod meines Onkels, obwohl Goode auf den Abzug gedrückt hat. Ich sollte dir gegenüber das gleiche empfinden, was ich ihm gegenüber empfinde. Aber du bist zumindest ehrlich gewesen, als du es nicht hättest zu sein brauchen. Du hättest mir einfach das Buch geben können, und ich wäre dankbar für dieses kleine Gnadengeschenk gewesen. Ich hätte nie mehr von dir zu erfahren brauchen. Ich muß darüber nachdenken, was ich nun tun soll.«

»Chulo ... chulo ... chulo ... «, schrie Hari und schlug mit seinem Stock gegen die Gitterstäbe. »Braucht man eine halbe Stunde, um einen kleinen Raum auszukehren? Da sind noch mehr.« Er stieß Anil mit dem Stock vorwärts, ließ Kim zurück in seine Zelle gehen und schloß sie ab.

Kim, der an das Streben nach Wahrheit glaubte, wußte, daß er jetzt die Konsequenzen dieser Wahrheit akzeptieren mußte. Das ließ sich nicht umgehen. Anil Ray hatte ein Recht darauf, die genauen Gründe dafür zu erfahren, warum das Unglück ihn so jäh und grausam getroffen hatte. Es war Kims Fehler, daß er in diesem Land der Gerüchte, in dem man eher an Illusionen als an die Realität glaubte, in dem Mythen zu Geschichte wurden, dem Gerücht geglaubt und es als Tatsache berichtet hatte. Die Last von Anil Rays *karma* war jetzt seine Last. Wenn Ray Rache nehmen wollte, konnte er die Information weitergeben, daß Kim ein Agent, ein Europäer sei.

Anil Ray lebte ohne Licht. Seine Zelle besaß kein Fenster, und das einzige Licht kam von einer Laterne auf dem Gang, ein schwacher gelber Strahl, der kaum bis in seine winzige Zelle reichte. Sie war groß genug, daß er darin sitzen und dabei die Beine bis zur gegenüberliegenden Wand ausstrecken konnte. Er schlief zusammengekrümmt. Nach seinem Fluchtversuch hatte man ihn geschlagen und in Einzelhaft gesteckt. Es hätte schlimmer werden können, aber indem er leidenschaftlich jede Kenntnis von der Planung des Fluchtversuchs bestritt – und behauptete, er sei zu den verwundeten Männern gelaufen, um ihnen zu helfen –, gelang es ihm, eine Verlängerung seiner Haftzeit zu verhindern. Er hatte sich selbst und Man Singh und Chandra verraten, aber sie waren jetzt tot, während er noch lebte.

Er zog das Buch hervor, ein Geschenk des Mannes, der ihn bei der Polizei angezeigt hatte, und hielt es in den Händen. Es würde nicht möglich sein, es zu lesen, aber es einfach nur so zu halten, war ein gutes Gefühl. Er erinnerte sich an die anderen Werke, die er gelesen und geliebt hatte: *A Tale of Two Cities, Ivanhoe, Macbeth, Wuthering Heights, Der Graf von Monte Christo, Don Quixote, A Latin Grammar, A History of the British Empire*, in Leder eingebundene juristische Bücher. Sie alle gingen ihm durch den Kopf, er erinnerte sich an ganze Seiten daraus, sie brachen durch die Schranken seiner Verbitterung. Das Gewicht, die Glätte dieser Seiten besänftigten ihn, erinnerten ihn daran, daß draußen eine zivilisierte Welt lag, in der Worte einen Wert hatten.

Kim! Das Schicksal hatte es so gewollt, daß man denselben Mann, der verantwortlich für seine, Anils Tragödie gewesen war, ins gleiche Gefängnis eingesperrt hatte. Indem Kim ihm die Wahrheit erzählte, hatte er sich ihm auf Gnade oder Ungnade ausgeliefert. Er wußte ganz ehrlich nicht, was er tun sollte. Kims Identität verraten? Daß er ein Agent des Empire war? Rache geloben, wie er es im Hinblick auf Goode getan hatte? Was da oben in den Hügeln von Simla geschehen war, hatte Goode verschuldet, nicht Kim. Wenn Goode seinen Onkel nicht getötet, sondern nur festgenommen hätte, wären die Folgen gänzlich andere gewesen. Und doch, hätte nicht Kim in seinem Bericht von einem *jezail* gesprochen, wäre Goode nie auf den Gedanken gekommen, den Jagdstock seines Onkels als *jezail* anzusehen. Und dieser Fehler hatte seinen Onkel das Leben gekostet. Was sollte er tun? Sie alle töten, einschließlich des Richters Sethu Ranjit Lal – er hatte sein Versprechen nicht vergessen, und es hing an seinem Herzen wie ein Fleischerhaken – und Kim? Die Liste war endlos, und er hatte seinen eigenen Haß satt. Goode würde am Schluß kommen, ganz gleich, wie viele Jahre er warten mußte.

Als Anil das nächste Mal erschien, um seine Zelle auszufegen, ließ Kim die Schachtel mit den Süßigkeiten, eine Mangofrucht und ein Päckchen Zigaretten draußen liegen.

»Willst du mich mit diesen Sachen bestechen, damit ich dir vergebe?«

»Nein. Ich würde jedem gegenüber das gleiche tun. Nimm sie, wenn du willst, oder laß sie liegen.«

»Ich könnte mir zunutze machen, was du mir gesagt hast«, meinte Anil zynisch, aß ein Stück Konfekt und steckte die Zigaretten ein. »Ich habe genug gelitten wegen des *karmas*, das du in Gang gesetzt hast.«

»Nein. Du selbst hast es in Gang gesetzt. Du hast auf Inspektor Goode eingestochen. Die Handlung ist aus deinem Inneren gekommen, obgleich meine Handlung dir den Grund gegeben hat, ihn erstechen zu wollen. Wir müssen uns beide die Schuld teilen. Du kannst nicht fortgesetzt andere für das verantwortlich machen, was geschehen ist.«

»Was bist du, ein *sanyassi?*«

»Ich war einmal der *chela* eines Lama. Er hat mich die Folgen von Handlungen und Unterlassungen gelehrt.«

Am nächsten Sonntag erschien Narain noch einmal mit

einem Korb voll Nahrung und Kleidung. Er war gedrückter Stimmung und vermied es, Kim in die Augen zu sehen.

»Was ist?«

»Der Oberst-Sahib besteht darauf, Informationen über die Leute hier zu bekommen. Er will ihre Geheimnisse wissen, die Geheimnisse, die sie dir anvertraut haben. Er hat mir diesbezüglich einen Brief gesandt. Ich habe geschwiegen, aber ich weiß, daß ich im nächsten Brief eine Kanonenkugel vom Oberst-Sahib bekommen werde. Er wird mir die Schuld geben.«

»Sag ihm, ich habe nichts gehört.«

»Er wird mir nicht glauben. Wir Inder sind notorische Redner. Bei uns bleibt kein Geheimnis lange verborgen. Er weiß genau, daß diese Männer dir gewisse Dinge anvertraut haben. Gib mir einen Namen, ein kleines bißchen an Information, womit ich den Oberst-Sahib füttern kann.«

»Es gibt nichts.«

»Nichts? Verstehst du nicht die Folgen, die solch ein Wort beim Oberst-Sahib haben wird? Er wird vergessen, daß du sein Agent bist. Er wird dich hier für immer festhalten.« Narain packte Kims Hand durch die Gitterstäbe hindurch. »Denke darüber nach, bitte, Kim. Ich werde meinen Job auch verlieren wegen meiner Unfähigkeit.«

»Dann kannst du nach Bombay zurückgehen.«

»Das ist wahr. Aber ich müßte dich verlassen, und das möchte ich nicht. Ich bin dein Freund.«

Kim lachte über diese Sentimentalität. Narains Zuneigung zu ihm war immer offenherziger Art gewesen, und er mochte ihn deshalb gern.

»Nun, was hast du über Parvati herausbekommen? Hat sie jemals nahe dem Haus gelebt, das ich dir beschrieb?«

»Ja.«

Kim wartete, aber Narain sagte nichts. Kim merkte, daß noch mehr dahintersteckte.

»Was noch?«

»Kim, sie ist die Frau von Bahadhur Ram Shanker. Sie ist

von ihm weggelaufen, und man hat sie seitdem nicht mehr gesehen. Wenn sie seine Frau ist, hat er alle Rechte auf sie, ganz gleich, welcher Art deine Gefühle sind. Du mußt sie vergessen.«

Es war nicht so ein großer Schock, wie Narain erwartet hatte. Kim erinnerte sich an die lustigen Geschichten, die sie von ihrer Verlobung erzählt hatte; über die Tatsache ihrer Verheiratung hingegen hatte sie nie gesprochen. Aber er hatte bereits in der ersten Nacht gewußt, als er neben ihr lag und sie ihn im Schlaf von sich stieß, daß sie einen Ehemann von sich stieß, den sie haßte. Bahadhur Ram Shanker. Kim erinnerte sich an den Bericht aus Surat. Er war der Agent des Obersts, Daddaji.

27

Sie war in ihrer Melancholie gefangen, und niemand besaß den Schlüssel, um sie aus ihrem Gefängnis zu befreien. Jeden Mittag saß Elizabeth an ihrem Schlafzimmerfenster, tat nicht einmal so, als lese sie, tat nicht einmal so, als beschäftige sie sich mit ihrem Haar oder als studiere sie die Mode in *The Illustrated London News*. Sie tat auch nicht, als esse sie, obwohl Mary-Ayah sie mit ihrer Lieblingsspeise zu verlocken suchte – Rühreier mit Tomatenscheiben, Zwiebeln, grünen Paprikaschoten und frischem Koriander, mit Schinken und heißem Toastbrot und Tee. Elizabeth schob die Gabel weg, schloß den Mund ganz fest, genau wie sie es als Kind getan hatte. Damals war es ein Spiel gewesen, und Mary-Ayahs Geduld hatte endlich doch den Sieg davongetragen. Jetzt aber war ihre *baba* erwachsen und verfiel vor ihren Augen. Das Haar war strähnig und ohne Glanz, die hübschen grauen Augen waren in noch grauere Höhlen eingesunken. Elizabeth war immer schon schlank gewesen, und Mary-Ayah, die von

Mode nichts wußte, hatte diese Schlankheit nicht gefallen. Eine rundliche Frau war ein Zeichen für Wohlergehen und Zufriedenheit. Jetzt war Elizabeth nur noch Haut und Knochen.

Der Oberst beobachtete sie beide von der Schlafzimmertür aus wie jeden Morgen. Elizabeths gebeugter Rücken wirkte fast trotzig in ihrem Elend. Er kam auf sie zu, küßte sie auf den Kopf und nahm ihre Hand. Sie fühlte sich kalt und leblos und zerbrechlich an. O Gott, wie sehr bedauerte er doch seinen Wutausbruch. Worte, die nie hätten ausgesprochen werden dürfen. Sein Zorn hatte gar nicht ihr gegolten, sondern der Vergangenheit. Seine eigenen Erinnerungen und sein eigenes Elend hatten ihn so überkommen, daß er die Gegenwart mit der Vergangenheit verwechselt hatte. Elizabeths Vergehen hatte ihn an das ihrer Mutter erinnert.

Er war an Richards Grab gewesen auf dem Friedhof oben in Rawalpindi. Die Sonne glitzerte auf dem neuen Marmor. Die Inschrift lautete schlicht: *»Killed in Action.«* Gefallen im Kampf. Er wollte nicht mehr. Und als er sich an Elizabeths Worte erinnerte, sah er sich auch die meisten anderen Gräber an, ungepflegt, mit verblaßter Schrift, grau, von Flechten überwuchert. Soldaten, Frauen, Kinder. Die meisten waren alt; nur einige wenige waren so neu wie das von Richard.

Elizabeth lag auch in einem Grab. In gewisser Weise war auch sie, genau wie Richard, für den Colonel gestorben. Richard war fort, für immer verschwunden, aber er blieb rein und ehrenhaft im Herzen seines Vaters. Elizabeth hingegen befleckte es. Sie blieb hartnäckig gegenwärtig, eine anhaltende Erinnerung an ihre Sünden. Der Verlust, den er erlitten hatte, war fast unerträglich, und ihm war, als ob er um seine beiden Kinder weinen müsse.

»Nun, ich gehe jetzt«, sagte er mit erzwungener Munterkeit. »Brauchst du irgendwas?«

»Wirst du es heute herausbekommen?«

»Ich versuche es immer noch, aber Bayley scheint vom Erdboden verschwunden zu sein. Er ist von keinem der Häfen und mit keiner der Schiffahrtslinien abgereist.«

»Dann ist er tot«, sagte sie dumpf.

»Natürlich nicht, Liebling. Ich hätte davon gehört, wenn ein Europäer im Lande getötet worden wäre. Ich bin sicher, du bekommst heute einen Brief von ihm.«

Der Oberst überwachte ihre Post so genau, wie er die Häfen und Seidenstraßen und Gebirgspässe überwachte. Er hoffte so sehnlich auf einen Brief von Bayley wie Elizabeth, aber nur, um Bayleys Aufenthaltsort zu erfahren. Bayley beunruhigte ihn. Die seltsamen Gerüchte hatten eine gewisse Zeit gebraucht, bis sie ihn erreichten, aber es schien, daß es überall, wohin Bayley reiste, vor allem in den entfernten Gegenden dieses riesigen Landes, zu unliebsamen Zwischenfällen kam. Es konnten alles auch Zufälle sein, aber der Oberst mißtraute solchen simplen Antworten. Er hatte mehr über diesen Mann herauszubekommen versucht, der so frech, so anmaßend in Kalkutta gelebt und seine Tochter verführt hatte, aber Bayley schien eine nicht recht greifbare Vergangenheit zu haben. Über sein Leben war nichts Handfestes, nur Widersprüchliches zu erfahren, wie der Oberst feststellen mußte, als er telegraphisch in London nachforschte.

Elizabeth' Herzeleid kümmerte ihn wenig. Sie war jung, sie würde sich wieder erholen. Aber solange sie immer noch nach ihm schmachtete und sich grämte wie eine Tigerin, die nach ihrem Männchen verlangt, mußte er sich ihrer bedienen, um Bayley aus seinem Versteck zu locken.

Er küßte sie wieder. »Kommst du heute abend zum Empfang des Vizekönigs?«

»Ja, ich komme, danke schön.« Sie hatte sich seit dem Gefühlsausbruch ihm gegenüber nicht ablehnend oder haßerfüllt gezeigt. Sie hatte sich verkrochen, und das war die Schuld von Bayley, diesem Schurken.

»Die Abwechslung tut dir sicher gut. Der Vizekönig fragt immer nach dir.«

»Ich leide an einem gebrochenen Herzen, Vater. Du kannst ihm das sagen.«

Elizabeth sah ihren Vater in die Gharri steigen und in ihre

Richtung winken. Sie winkte nicht zurück. An einem anderen Ort, in einem anderen Land, zu Hause hätten sie sich nach Richards Tod und dem Wutanfall ihres Vaters auseinandergelebt. Aber wohin konnte sie gehen? Zu wem? Zu welchem Ziel? Sie konnte nicht nach England, ohne zu wissen, was mit Peter geschehen war. Angenommen, er kam die Auffahrt herauf mit diesem sonnigen Lächeln auf dem Gesicht, und sie hätte ihn für immer verpaßt! Sie mußte hier warten. Zwei Monate waren vergangen ohne ein Wort von ihm. Der Bungalow, den er in der Dufferin Street gemietet hatte, wurde nur noch von seinem Geist bewohnt. Seine Kleidung hing noch immer in der Almirah, seine geputzten Schuhe füllten das Schuhregal, sein Bett war frisch gemacht für ihn. Aber er war nicht aus Kufri zurückgekehrt. Ihr Vater mit all seinen Möglichkeiten konnte keine Spur von ihm entdecken. Niemand hatte sie gesehen. Peter und Rao blieben verschwunden, als ob die Erde sie beide verschluckt hätte. Sie stellte sich vor, daß Peter tot war, erstickt in einer Schneewehe oder in einem flachen Grab verscharrt. Sie hatte sich gewünscht, daß er sie tröstete, als sie von Richards Tod erfuhr, und war zurückgeritten, um ihn am Weihnachtstag zu sehen. Das Haus war leer und kalt gewesen, und die entzückenden Miniaturen waren auch verschwunden. Was sonst? Sie war nicht sicher. Sie hatte es nie ihrem Vater erzählt, sondern für sich behalten. Peter mußte die Sachen selbst gekauft haben, es gab keine andere Erklärung.

Mary-Ayah entfernte das Frühstückstablett, ließ eine Orange und eine Banane als einsame Versuchung zurück. Elizabeth blieb am Fenster sitzen, wartete auf den Postboten. Sie wußte, daß sie heute einen Brief von Peter bekommen würde. Er würde ihr wieder Mut geben; er befand sich auf irgendeiner verrückten, abenteuerlichen Reise in Burma oder Tibet oder Siam. Und natürlich liebte er sie.

Statt des Postboten kam eine Gharri die Auffahrt herauf, als hätte sie unten an der Straße darauf gewartet, daß ihr Vater das Haus verließ. Der Zeitpunkt war zu gut gewählt. Ja, das mußte Peter sein. Elizabeth sprang auf, erregt und glücklich.

Sie sah fürchterlich aus. Ihr Haar war nicht gewaschen, sie trug einen alten Morgenmantel, sie hatte noch nicht ihr morgendliches Bad genommen, sie hatte noch nicht ... Zahllose Rituale waren noch nicht ausgeführt, und sie war nicht auf die Rückkehr ihres Geliebten vorbereitet.

Sie wäre zum Badezimmer geeilt, aber der Hunger auf das Wiedersehen mit Peter, auf den Anblick, wie er von der Gharri herabstieg, lähmte sie. Sie ließ sich schwer in den Sessel zurückfallen, bitter enttäuscht, als eine Frau herausstieg. Elizabeth starrte die Fremde an. Die Frau kam nicht zum Haus, sondern sie stand da und hielt sich an der Tür der Gharri fest, als brauche sie eine Stütze. Unter ihrem schattigen Hut konnte Elizabeth den unteren Teil ihres Gesichts sehen. Die Frau kam ihr irgendwie bekannt vor, nicht wie eine völlig Fremde, war aber niemand, an den sie sich sofort erinnern konnte. Die Frau sah zum Haus herüber, dann geradewegs zu Elizabeth' Schlafzimmer herauf, obgleich sie Elizabeth nicht gesehen haben konnte, die im Schatten saß.

Elizabeth hatte nicht gehört, daß Mary-Ayah mit einem Glas warmer Milch hereingekommen war. Mary-Ayah sah hinaus und erblickte die Frau. Der Butler würde sie früh genug melden, und sie würde Elizabeth entschuldigen müssen. Erst als Mary-Ayah die Frau auf die Eingangsstufen zukommen sah, wurde sie unruhig. Als Kind hatte sie diesen Schritt gesehen, und im ersten Augenblick konnte sie sich nicht erinnern, obwohl sie intuitiv Angst verspürte. Es war der Schritt einer mutigen Frau, voller Leben ...

»Du mußt hierbleiben, Elizabeth-*baba*. Geh nicht hinaus. Ich schicke sie weg.«

»Wer ist sie?«

»Ich ... ich weiß nicht.« Mary-Ayah verschüttete die Milch, als sie aus dem Zimmer lief. Elizabeth hatte sie noch nie so verwirrt erlebt, fast in Panik. Die Besucherin war die Treppe hinaufgestiegen, wurde von den Neufundländern begrüßt. Sie beugte sich vornüber, um sie zu tätscheln. Als Wachhunde waren sie ziemlich nutzlos. Dann bewegte die

Frau sich weiter, erreichte die Veranda und war nicht mehr zu sehen.

Elizabeth wartete. Sie hörte Stimmengemurmel. Mary-Ayahs Stimme; die Stimme der Frau. Beide klangen laut, beinahe ärgerlich. Die Stimme ihrer Mary-Ayah wurde schrill. Noch nie hatte sie gehört, daß Mary in Gegenwart einer Europäerin ihre Stimme erhob. Jetzt zankte sie mit ihr genauso wütend, wie sie sich mit dem *mali* oder dem Straßenfeger herumstritt. Elizabeth fand es spannend – wider Willen. Sie band den Morgenmantel fest zu und ging an die Tür, um zu horchen.

»Nein . . . nein. Elizabeth Miss-Sahib ist nicht zu Hause. Ich sage es Ihnen doch dauernd. Elizabeth Miss-Sahib ist in Simla. Wenn Sie den Oberst-Sahib sehen wollen, er ist in seinem Büro. Ich werde dem Gharri-*wallah* sagen, wie man dahin kommt.«

»Ich wünsche ihn nicht zu sehen, niemals«, sagte Alice und hätte die Frau am liebsten erwürgt. Sie erinnerte sich nicht an das kleine Dienstmädchen, das sich um Elizabeth und Richard gekümmert hatte. Das war zu lange her, aber Alice vermutete, daß diese Ayah seit damals bei der Familie war, denn sie hatte sie zweifellos erkannt. Die störrische, gluckenhafte Haltung ärgerte sie. »Wer bist du?«

»Mary-Ayah. Ich kümmere mich um Elizabeth Miss-Sahib.«

»In dem Fall wärest du auch in Simla. Jetzt setze ich mich, und du, Mary-Ayah, gehst hin und sagst Elizabeth, daß ich hier bin. Bitte geh!«

Elizabeth hörte das Knarren eines Rattansessels. Mary-Ayah hatte sich nicht vom Fleck gerührt, und Elizabeth, die wußte, daß es unmöglich war, diese hartnäckige Person abzuweisen, öffnete die Tür und trat ins Wohnzimmer, gerade als Alice ihren Hut abnahm.

Elizabeth war erneut von der Vertrautheit des Gesichts betroffen. Es hatte kräftige Konturen, ein festes Kinn, hohe Backenknochen. Das Haar hatte dieselbe Farbe wie ihr eigenes, obgleich ein paar graue Fäden darin waren. Die Frau saß kerzengerade, und in der Haltung ihres Rückens sah Elizabeth Zorn – und noch etwas anderes. Nervosität. Ihre Hände zupften an dem Strohhut, sie zogen an den Bändern und Blumen. Ihre Hände wirkten zart, ebenso wie ihr Gesicht, aber nicht zerbrechlich. Da sie mit dem Rücken zur Sonne saß, die durch die Veranda ins Zimmer fiel, schien die Frau von einem leuchtenden Heiligenschein umgeben.

»Was kann ich für Sie tun?« fragte Elizabeth.

Alice drehte sich herum, um ihre Tochter zu betrachten. Obwohl so viele Jahre vergangen waren, konnte sie sie sich nur als kleines Baby vorstellen, und sie hatte nicht erwartet, ein Spiegelbild ihrer selbst zu sehen. Wo waren die Worte, die sie vorbereitet, die Szenen, die sie geprobt hatte, obwohl sie wußte, daß ihre Vorstellungskraft die Wirklichkeit niemals einholen konnte? Sie wollte einfach und direkt mit ihr sprechen.

Alice stand auf, ging auf die überraschte Elizabeth zu und umarmte sie. Sie drückte ihre Tochter mit aller Kraft an sich. Elizabeth gelang es schließlich, aus der erstickenden Umarmung auszubrechen. Sie fühlte sich überwältigt, obwohl die Wärme dieser fremden Frau sie für einen Augenblick in ihrem Elend tröstete. Als sie zurücktrat, sah sie, daß die Frau weinte, nicht vor Schmerz, sondern vor Glück, einem sonderbaren Glück, das Elizabeth nicht verstehen konnte.

»Verzeihen Sie mir bitte. Aber: Kenne ich Sie?«

»Nein ... ja ... nein. Ich glaube, nein. Elizabeth, ich bin deine Mutter.«

Elizabeth setzte sich langsam, starrte die Frau an. Sie wußte, daß die Hitze, die Einsamkeit manche Europäer bisweilen sehr verrückt machen konnte.

Aber diese Frau sah nicht so aus.

»Ich glaube nicht, daß ich Sie verstehe.«

»Deine Mutter. Alice Creighton. Ich habe von Richards Tod gelesen, und da wußte ich, daß ich kommen mußte, um dich zu sehen, was auch immer dein Vater getan haben mochte, um das zu verhindern.«

Elizabeth spürte, daß eine Welle der Hysterie über sie hinwegrollte, ähnlich dem Schwindelgefühl, welches sie manchmal überkam, wenn sie zu lange draußen in der Sonne gewesen war. Die Gestalt der Frau schien in der Hitze zu zittern, während sie ihr ruhig gegenübersaß.

»Aber meine Mutter ist tot«, sagte Elizabeth und sah, wie die Frau anfing, den Kopf zu schütteln. »Sie ist gestorben, als ich noch ein Baby war.«

»Das hat dein Vater dir erzählt. Er wollte, daß du das glaubst. Ich nehme an, er glaubt es inzwischen selbst. Wenn du einen Beweis verlangst, frag deine Ayah. Sie hat mich sofort erkannt.«

Mary-Ayah stand an der Tür. Ihr Gesicht war vor Angst, auch Haß, erstarrt. Ja, Mary glaubte offensichtlich, daß diese Frau ihre Mutter *war*. Elizabeth starrte sie an. Sie sah nicht wie die Frau auf dem Foto neben ihrem Bett aus. Aber jenes Bild war ihr so vertraut, daß sie es seit Jahren nicht mehr richtig angesehen hatte, obwohl sie es wie eine Ikone küßte. Also war sie sich nicht sicher. In diesen Augen, die sie so direkt ansahen, in der Form ihres Gesichts war eine gewisse Ähnlichkeit. Das Haar war anders, der Körper etwas dicker geworden. Was sonst? Was sonst? Elizabeth wußte nicht, was sie sagen sollte.

»Aber du bist doch angeblich tot.«

»Ja, aber ich bin nicht gestorben, ich bin weggegangen. Nein. Das ist nicht wahr. Dein Vater hat mich fortgeschickt.«

»Du warst all die Jahre am Leben?«

»Ja. All diese Jahre. Aber dann las ich von Richards Tod, vom Tod meines Sohnes, und ich mußte dich sehen.«

»Natürlich, du bist auch Richards Mutter«, sagte Elizabeth tonlos. Es kam ihr vor, als wäre sie von einem Traum in einen anderen geglitten. In beiden war sie hilflos, umhergeworfen von einem mächtigen Sturm.

»Ich habe euch oft geschrieben. Die Briefe kamen ungeöffnet zurück. Ihr habt sie nie zu sehen bekommen. Dein Vater hat sie alle zurückgeschickt. Er erlaubte es mir nicht, euch zu sehen, keinen von euch beiden. Und ich hatte Angst.« Alice wußte, daß sie zu schnell redete. Elizabeth war noch immer darum bemüht, das Unfaßbare zu begreifen. »Ich hatte kein Geld, so wurde ich Gouvernante bei einer indischen Familie. Dann schickte er euch beide fort, und ich bekam nicht heraus, wohin. Ich hatte keine Freunde hier, ich gehörte nicht mehr dazu. Ich hatte nie gedacht, daß ihr nach Indien zurückkehren würdet.«

Elizabeth lauschte ihrer Mutter, aber sie hörte nicht, was sie sagte. Sie versuchte ihrer eigenen Gefühle Herr zu werden. Die Überraschung verlor sich allmählich, und nun kamen Zorn und Wut in ihr hoch. Wut auf all diese Jahre, in denen man sie betrogen, ihrer Mutter beraubt hatte. Einer Mutter, die sie hätte lieben, anleiten, die ihr hätte schreiben, sich um sie hätte sorgen können. Eine Mutter, die kein Phantasieprodukt, sondern eine richtige Mutter war. Und jetzt war es zu spät.

»Bist du deshalb gekommen? Nur wegen Richards Tod? Wenn er nicht gefallen wäre, hätte ich dich niemals kennengelernt?«

»Nein. So habe ich es nicht gemeint, Elizabeth. Ich sagte dir, ich hatte keine Ahnung, daß ihr beide nach Indien zurückgekommen wart. Ich dachte, ich hätte euch beide für immer verloren, ihr lebtet irgendwo in England. Du bist zornig auf mich. Ich werfe es dir nicht vor, aber bitte erinnere dich, daß dein Vater sehr viel mit dem, was damals geschah, zu tun gehabt hat. Als ich von Richards Tod las, setzte ich mich hin und schrieb dir einen Brief. Und dann beschloß ich herzukommen.«

»Um meine Mutter zu sein? Es ist ein bißchen spät, nicht wahr? Es muß doch irgendeine Möglichkeit gegeben haben herauszubekommen, wo wir waren.«

»Nein. Nur über deinen Vater. Ich gebe zu, es ist jetzt zu spät für mich, deine Mutter zu sein, mein liebes Kind, aber ich würde wenigstens gern deine Freundin werden.«

Bei dem Wort »Freundin« erinnerte sich Elizabeth an etwas. Peter und sie waren in den Ausläufern des Himalaya umhergeritten. Peter hatte nach ihrer Mutter gefragt, und dann hörte sie ihn leise sagen: »Dein Vater steckt voll von Geheimnissen.«

Er hatte dieses Geheimnis für sich behalten, und sie war wütend auf ihn, wütend auch auf die anderen, daß sie ihr nichts von ihrer Mutter gesagt hatten. Hatte Peter irgendwie davon gewußt?

»Ich nehme an, alle wissen es außer mir.«

»Sehr wenige«, sagte Alice. »Ich habe wieder meinen Mädchennamen angenommen, und obgleich es eine kleine, geschlossene Gesellschaft zu sein scheint, in der jeder jeden kennt, habe ich ganz außerhalb von ihr gelebt. Ich hoffe, du wirst mir verzeihen. Ich bitte dich darum. Ich kann nicht erwarten, daß du mich sofort mit offenen Armen empfängst, aber mit der Zeit, sobald du deinen Zorn und den Schock überwunden hast, wirst du mich vielleicht mit anderen Augen sehen. Vielleicht könnten wir damit beginnen, daß wir Freunde werden.«

»Hast du denn nie das Gefühl gehabt, daß Richard und ich deine Liebe brauchten?« fragte Elizabeth, den Tränen nahe.

»Es waren ja nicht nur Richard und du, mein Liebes. Ihr wart damals erst Babys. Es gab da noch eine vierte Person, deinen Vater. Wir haßten einander am Ende, und wenn das geschieht, ist für Liebe nur noch wenig Raum. Nur noch für Selbsterhaltung. Ich habe euch beide schrecklich gern gehabt, aber mir blieb keine Wahl. Frauen müssen ihr Schicksal akzeptieren, so wie die Männer es bestimmen. Nach dem Gesetz hatte ich keinerlei Rechte auf euch. Ich hatte eurem Vater unrecht getan. Ich hatte mich mit einem anderen Mann angefreundet. Ich wollte euch beide nehmen und mit diesem Mann weglaufen. Er starb, angeblich durch einen Unfall, obwohl ich nie ganz daran habe glauben können, und ich wurde weggeschickt.«

»Und deswegen . . .« Elizabeth schluckte den Rest ihrer Worte herunter, preßte die Lippen aufeinander. ›Und deswegen war er wütend auf mich, weil er meinte, ich hätte mich genauso wie du benommen‹, hatte sie sagen wollen. Aber sie wollte nicht, daß diese Frau irgend etwas davon erfuhr. »Erwartest du von mir, daß ich dir jetzt verzeihe, daß ich mich dir in die Arme werfe und ›Mutter‹ rufe?«

»Du bist wirklich genau wie ich. Nein, das erwarte ich nicht. Ich bin nur hergekommen, um dich zu sehen, um dir zu sagen, daß ich auch um Richard getrauert habe. Ich wollte, ich wäre mutiger gewesen. Ich wollte, ich hätte ihn einmal sehen können, aber wir können nicht das, was wir wollen, durch Wünsche erlangen. Nein. Du solltest nur erfahren, daß ich nicht tot bin. Daß wir eines Tages, wenn du dazu bereit bist, Freunde werden könnten. Ich erwarte das gewiß nicht sogleich.«

»Ich bezweifle, daß es je dazu kommen wird.«

»Nichts bleibt so, wie es ist.«

Sie schwiegen. Mutter und Tochter saßen entfernt voneinander, und die Distanz zwischen ihnen schien unermeßlich groß zu sein. Alice sah sehr müde aus, ihr Gesicht war abgezehrt und blaß, während Elizabeth verstockt und unsicher wirkte. Sie schien jeden Augenblick in Tränen ausbrechen zu wollen.

Alice fühlte sich erschöpft. Sie mußte Geduld haben, ihrer Tochter Zeit lassen. Sie stand auf, ging durchs Zimmer und küßte Elizabeth auf den Kopf. Sie streichelte ihr Gesicht, aber Elizabeth zuckte zurück, als hätte ein Insekt sie gestochen. Alice sah nun ein, daß ihr Traum eine Täuschung gewesen war. Sie hatte sich vorgestellt, daß ihre Tochter sie ins Herz schließen und ihr sofort alles verzeihen würde. Aber Elizabeth war zornig und verwirrt, und Alice konnte es ihr nicht zum Vorwurf machen. Sie hatte auch gedacht, daß ihre Tochter hübsch wäre, denn das wünschte sich jede Mutter; Elizabeth indes war abgehärmt und bleich.

»Du siehst schrecklich aus. Bist du krank?«

»Nein, es geht mir sehr gut. Danke.«

»Elizabeth, ich bleibe für ein paar Tage im Great Eastern Hotel, bevor ich nach Bombay zurückkehre. Willst du mich besuchen?« Sie zog eine Karte hervor. »Das ist meine Adresse in Bombay, falls du mir lieber schreiben möchtest.«

Elizabeth sah Alice ins Sonnenlicht hinausgehen, den Hut in der Hand. Sie schien keinerlei Gewissensbisse zu haben, bedauerte offenbar nichts, was sie getan hatte. Wie konnte sie es wagen, von den Toten wiederaufzuerstehen? Wie konnte sie es wagen, sich als ihre Mutter vorzustellen? Elizabeth lief in ihr Zimmer zurück und riß das Bild vom Nachttisch. Sie wollte es gegen die Wand schleudern, aber statt dessen hielt sie es gegen das Licht. Wenn sie bis dahin noch geschwankt hatte, nun gab es keinen Zweifel mehr. Elizabeth warf sich aufs Bett und weinte, während ihre Hand sich um das Foto krampfte. Sie weinte in ihrer Verwirrtheit, weinte wegen all der Liebe, die sie nie erfahren hatte. Diese längst vergessenen Hände hatten sie berührt und ihr die ewige Leere ihres Lebens wieder bewußt gemacht. Kein fremder Mensch konnte diese Leere füllen. Ihre Liebe galt der Frau auf diesem Photo, nicht deren Rivalin aus Fleisch und Blut, die sie gerade gesehen hatte. O Gott, Richard ... Richard. Sie sehnte sich in ihrer Verzweiflung danach, mit ihm zu reden. Ihn hätte sie gefragt, wie sie gemeinsam das Rätsel lösen sollten.

Seltsamerweise rüttelte sie gerade Alice' plötzlicher Besuch aus dem Stumpfsinn ihrer Trauer und ihres Herzeleids auf. Sie war wütend auf Alice, aber vor allem war sie wütend auf sich selbst. Alice hatte ihren Stolz verletzt. Alice hatte Elizabeth in ihrem bleichen, ungepflegten Zustand erblickt. Elizabeth, die stolz auf ihre Erscheinung war, schämte sich, daß man sie für krank und hinfällig hielt. Elizabeth betrachtete sich in dem Spiegel mit dem Elfenbeinrahmen: Das Bild zeigte ihr, daß sie sich wochenlang hatte gehenlassen, daß ihre Schönheit zu derselben graubraun-schwarzen Farbe verblaßte wie das Foto. Elizabeth wirkte älter als ihre Mutter heute ausgesehen hatte.

»Mary-Ayah, laß Wasser ein für ein Bad. Schnell. Und dann möchte ich mit dir reden.« Elizabeth zog den Morgenrock aus. Nackt war sie nur noch Haut und Knochen, obwohl ihre Brüste fest waren. Aber das Fleisch auf ihrem Bauch hing ein wenig herab. Mary-Ayah schlich durch die Badezimmertür herein, das Gesicht abgewandt, um Elizabeth nicht in die Augen sehen zu müssen. »Wußtest du, daß sie am Leben ist?«

»*Baba*, ich wußte es nicht. Sie ging weg. Burra-Sahib sagte mir, ich dürfte dir nie davon erzählen. Wenn ich es täte, sagte er, würde er mich bestrafen.«

»Ist sie von selbst fortgegangen, oder wurde sie weggeschickt?«

Mary-Ayah schwieg.

»Sag es mir, verdammt noch mal!«

»*Baba*, sie war eine schlechte Frau. Wirklich schlecht. Sie ist mit einem anderen Mann gegangen. Sie hat den ganzen Tag mit ihm verbracht. Sie hat sich nie um dich und Richard-*baba* gekümmert. Burra-Sahib hat sie weggeschickt, weil sie so schlecht war.«

»Du erfindest da irgendwelche Geschichten.«

»*Baba*, es stimmt. Weshalb sonst hat Burra-Sahib dir nichts von Memsahib erzählt?«

»Ich werde es herausbekommen. Ist Parkhurst-Memsahib zu Hause?«

»Nein, *baba*. Memsahib ist in den Club gegangen.«

Elizabeth badete und zog sich an und versuchte den Schaden zu beheben, den sie mit der Vernachlässigung ihres Äußeren angerichtet hatte. Sie wünschte sich nun, daß ihre Mutter sie in einem ansehnlichen Zustand erblickt hätte. Sie mußte den Aufruhr in ihrem Innern besänftigen. Es war der Verlust der Liebe, der sie so erzürnte, der Verlust ihrer Mutter. Elizabeth setzte sich an den Schreibtisch. Sie mußte sich irgend jemandem anvertrauen, sonst würde sie am Widerstreit ihrer Gefühle zerspringen. Aber gerade als sie mit einem Brief an Sarah Rushton angefangen hatte, hörte sie Tante Emma nach Hause kommen und beschloß, zu ihr zu gehen.

Tante Emma hatte ihr eigenes Reich, das Elizabeth selten betrat. Es war ein großer Raum an der Rückseite des Bungalows, und die Tür war immer verschlossen. Elizabeth rief ihren Namen, und es dauerte einen Augenblick, bis die Tante antwortete: »Komm herein!« Die Luft in dem dunklen Zimmer war schwer von dem Geruch einer alten, allein lebenden Frau, vollgestopft mit Erinnerungen und Möbeln. Die Wände waren von Fotografien und Gemälden bedeckt.

Tante Emma saß am Fenster und legte Karten. Elizabeth schlängelte sich vorsichtig hinüber zum Tisch, mußte aber stehen bleiben, da die Tante auf dem einzigen freien Stuhl saß; auf den anderen lagen Stapel von Zeitungen und Illustrierten. Tante Emma sah ein wenig überrascht auf. Sie hatte gedacht, der Koch oder der Diener käme, um sich seine Anweisungen zu holen.

»Was ist, Elizabeth?« Sie hielt eine Karte in der Hand.

»Tante Emma, wußtest du, daß meine Mutter noch lebt?«

»Ja.«

»Warum hast du es mir nicht gesagt?«

»Es ging mich nichts an, mein Liebes. Ich bin sicher, daß dein Vater davon gesprochen hätte, wenn er es für notwendig gehalten hätte.«

»Ich spreche von etwas, das schrecklich wichtig für mich ist, Tante Emma.«

»Ich weiß, aber es steht mir nicht zu, mich in Familienangelegenheiten einzumischen. Wie hast du es herausbekommen?« Sie legte die Karte sorgfältig hin und nahm eine neue auf.

»Sie ist heute früh hiergewesen.«

»Oh. Ich habe mich schon gewundert, weshalb Mary-Ayah mit so einem verkniffenen Gesicht herumläuft. Wie geht es deiner Mutter? Ich habe sie niemals kennengelernt.«

»Mary-Ayah sagte mir, sie wäre ... ist ... eine schlechte Frau.«

»Das kann ich mir sehr gut vorstellen. Elizabeth, ich glaube, du solltest über diese Sache mit deinem Vater reden statt mit mir. Was möchtest du zum Dinner?«

Elizabeth wollte Tante Emmas Tür mit einem Krachen zuschlagen, aber sie überlegte es sich anders, schloß sie sachte und kehrte zu ihrem Brief zurück.

An jenem Nachmittag zog sich Elizabeth sehr sorgfältig an für ihren Besuch; die in den Worten ihrer Mutter enthaltene Kritik an ihrem Aussehen hatte sie an ihrem wunden Punkt getroffen. Ihre Wangen hatten etwas Farbe bekommen, sie frisierte sich ordentlich und zog ein Kleid an, das sie, wie sie wußte, jünger machte, als sie war.

Das Great Eastern Hotel war ein großes, verschachteltes weißes Bauwerk, das einer Hochzeitstorte ziemlich ähnlich sah. Es war das eleganteste Hotel in Kalkutta und besaß einen Ballsaal im ersten Stock. Die Treppe, die hinauf zum Ballsaal führte, war ein großartig geschwungenes Mahagonigebilde mit einem kunstvoll geschnitzten Treppengeländer.

Elizabeth holte tief Luft und hoffte, daß niemand sie erkannte. Sie ging zur Rezeption, die Karte in der Hand, die ihre Mutter ihr gegeben hatte.

»Ich möchte, bitte, zu Miss Soames«, sagte sie zu dem älteren Mann hinter dem Pult.

»Ich fürchte, Miss Soames ist nicht mehr im Hause, Madam. Sie hat ein Telegramm bekommen und ist gerade vor einer Stunde in einer dringenden Angelegenheit abgereist.«

»Sind Sie ganz sicher?«

»Ja, Madam.«

Elizabeth war bitter enttäuscht und wütend auf ihre Mutter, daß sie schon wieder verschwunden war. Einen Augenblick lang dachte sie, sie müsse sich den Besuch am Morgen eingebildet haben; denn sie hatte auch jetzt keinerlei Beweis, daß ihre Mutter je in ihrem Leben aufgetaucht war. Aber zumindest hatte der Mann am Empfang von ihrer Existenz gewußt. Alle Fragen, die sie ihrer Mutter hatte stellen wollen, kochten nun in ihrem Innern, und wütend, wie sie war, schrie sie den Gharri-*wallah* an und schämte sich dann gleich wegen ihres rüden Benehmens.

Was auf der Welt, fragte sie sich, könnte wichtiger für meine Mutter sein, als mich zu sehen?

Sie kehrte nach Hause zurück, und als es Abend wurde, war

sie bereit für eine Begegnung mit ihrem Vater. Sie befahl dem Diener, die Getränke auf den Rasen herauszubringen, und versuchte zu lesen, während sie auf seine Rückkehr vom Büro wartete. Sie goß sich ein Glas Sherry ein. Der Schock, in den sie das Erscheinen ihrer Mutter versetzt hatte, war abgeebbt. Sie wollte mit ihm sprechen, ruhig, kühl und sachlich, um den wirklichen Grund dafür zu erfahren, daß er sie getäuscht hatte.

Es war nie leicht gewesen, mit ihm zu reden. Wenn Richard noch am Leben wäre, hätten die beiden ein Gespräch von Mann zu Mann führen können, und Richard hätte ihr hinterher alles erzählt. Nun mußte sie dem Vater allein entgegentreten und wurde das ängstliche Gefühl nicht los, das sie bei diesem Gedanken überkam. Endlich sah sie seine Gharri die Einfahrt hinaufrollen und unterhalb der Veranda halten. Er stieg herunter, tätschelte die Hunde und winkte ihr zu. Ein Polizeidiener folgte ihm, der Akten hinterhertrug.

Er weiß es, dachte Elizabeth. Er weiß, daß seine Frau, meine Mutter, heute hiergewesen ist. Ich begreife nicht, wieso ich dieses Gefühl habe, aber er weiß ja fast alles. Der *chaukidar* hat es ihm vielleicht gesagt oder Abdul, der Diener. Vielleicht hat sie ihn sogar besucht. Nein, das kann ich mir nicht vorstellen. Hat er sie dann besucht? Nein. Sie hassen einander zu sehr, und der Preis für diesen Haß ist mein Leben ohne eine Mutter. Ich sitze in der Falle, nicht der meines Lebens, sondern des ihren.

Als ihr Vater mit Baden und Umziehen fertig war, kochte Elizabeth vor Ungeduld. Er trat auf den Rasen hinaus und blieb stehen, um sie auf den Kopf zu küssen, bevor er sich auf seinen Platz ihr gegenüber setzte. Sie kam sich vor wie Richter und Jury zugleich, als sie das faltige Gesicht, die ausdruckslosen Augen, die ruhige Hand betrachtete, die das Glas an die Lippen hob.

»Du siehst erholt aus, mein Liebes. Fast so wie früher. Ich bin froh. Ich habe mir Sorgen um dich gemacht. Richards Tod und dieses plötzliche Verschwinden des jungen Bayley, das muß sehr schwer für dich gewesen sein. Aber die Jugend rappelt sich leicht wieder auf.« Er zündete sich eine Zigarette an. Der bekannte beißende Geruch wehte zu ihr herüber. Als Kind hatte sie diesen Geruch gern gemocht; er hatte bedeutet, daß ihr Vater zu Hause war. Jetzt verzog sie angeekelt die Nase. Er redete weiter. »Ich glaube, es ist an der Zeit, daß du für eine Weile nach Hause fährst. Ich habe einen Platz für dich auf der *Stratheden* gebucht. Du befindest dich in ausgezeichneter Gesellschaft. Lady Minto hat mir versprochen, während der Reise ein bißchen auf dich aufzupassen.«

Sie dachte: Wie schlau er ist. Er hatte nicht direkt gesagt, daß er sie liebte, es aber mit seiner Sorge um sie angedeutet. Und dann, ganz beiläufig, hatte er ihr Leben wieder in eine neue Bahn gelenkt. Sie konnte zu einem Besuch nach Hause fahren. Dem schrecklichen Wirrwarr dieses Landes entrinnen, um ein einfaches Leben zu führen. Weit entfernt von ihrer Mutter.

»Weißt du, daß sie hiergewesen ist?«

»Ja.«

Elizabeth wartete auf eine Erklärung. Er schnippte nur die Asche von seiner Zigarette.

»Ist das alles? Ja. Willst du nicht hören, was sie gesagt hat, was ich gesagt habe?«

»Ich weiß bereits, was gesagt wurde. Es tut mir leid, daß sie hierhergekommen ist.«

»Es tut dir leid? Aber du hast uns unser Leben lang angelogen. Du hast uns gesagt, sie wäre tot. Und immer wenn wir Fragen stellten, wolltest du uns mehr nicht erzählen. Wenn du uns gesagt hättest, daß sie am Leben wäre, hätten wir sie zwar immer noch nicht gesehen, aber es hätte ein gewisser Trost in dem Gedanken gelegen, daß wir zumindest eine Mutter *hatten.*«

»Und eine Menge Schande. Ich wollte euch davor schützen. Sie war eine schlechte Frau, und ich wollte nicht, daß sie euch beide beeinflußte.«

Was hatte ihre Mutter gesagt? »Frauen müssen ihr Schicksal akzeptieren, so wie es uns die Männer bereiten.« Er hatte ihres bewußt so bereitet. Es so, wie es ihm paßte, gelenkt.

»Du bist jetzt zornig, Liebling, aber ich habe es damals zu eurem Besten getan. Sie hat versucht, euch beiden zu schreiben, aber ich habe es verboten. Besser, sie war tot als ein Ärgernis.«

»Vater, es wäre wichtig gewesen, daß wir es wußten, damit *wir* uns hätten entscheiden können, ob wir sie treffen wollten, wenn wir alt genug waren. Wir hätten dich nicht verlassen, wären nicht zu ihr gezogen.«

»Ich war mir dessen nicht sicher. Ich habe das Beste getan, das ich für euch tun konnte. Hast du vor, sie wiederzusehen?«

»Machst du dir darüber Sorgen? Daß ich weglaufe, zu ihr?«

»Das wäre außerordentlich dumm von dir. Nein, ich habe nur gefragt, ob du vorhast, sie zu sehen.«

»Ich würde es gern tun.«

Der Oberst schwieg, suchte nach dem richtigen Ausdruck. »Du würdest mich ... verletzen ... wenn du es tätest.«

»Aber ich bin neugierig auf sie.«

»Weshalb? Sie ist eine völlig fremde Person für dich.«

»Vater, sie ist meine Mutter. Richards Mutter auch. Ich weiß, daß er sie gern kennengelernt hätte. Nicht, daß wir einander sehr nahe gekommen wären. Nur um zu erfahren, wer sie ist. Was hat sie so Schreckliches verbrochen?«

»Sie hat uns verraten.«

Er wollte es nicht näher erklären. Störrisch zog er sich hinter seinen Willen, seine Autorität als Vater, als Mann zurück. Er konnte nicht zugeben, daß er sie leidenschaftlich geliebt und dann eine bittere Ablehnung erfahren hatte. Er nahm es als Sieg, daß sie seine Liebe akzeptiert hatte, ihren Treubruch verstand er als Niederlage. Er konnte nicht in anderen Begriffen daran denken als denen des Krieges. Und er konnte seiner Tochter nicht gestehen, nicht jetzt, wie sehr er diese Frau geliebt hatte, wie vernarrt er in sie gewesen war.

»Aber das Wissen, daß wir eine Mutter *hatten*, hätte für Richard und mich so vieles geändert.«

»Unsinn. Meine beiden Eltern starben, als ich noch sehr jung war, und ich bin vollkommen glücklich aufgewachsen. Ich gebe zu, wenn sie noch am Leben gewesen wären, hätte ich vielleicht ein anderes, häuslicheres Dasein kennengelernt. Aber das ließ sich nun einmal nicht ändern, und ich habe trotzdem sehr viel im Leben erreicht.« Er stand auf, beendete das Gespräch; ihre Gefühle interessierten ihn nicht. »Ich glaube, wir sollten zum Dinner hineingehen. Komm.«

Er wartete darauf, daß sie aufstand. Es war dunkel geworden, und die Lichter aus dem Haus warfen einen einladenden Schein auf den Rasen. Elizabeth fühlte sich müde und enttäuscht. Sie hatte ihm Fragen gestellt; wie immer hatte er es vermieden, sie zu beantworten. Nicht der Verlust seiner Frau hatte ihn so verwundet, sondern daß sie ihn durch ihren Ehebruch verraten hatte. Er würde niemals jemandem verzeihen, der ihn verriet. Solche Leute würde er sein Leben lang hassen.

»Hast du deshalb nicht wieder geheiratet? Du hättest dich dann erst scheiden lassen müssen, und wir hätten es herausbekommen.«

»Ich habe niemanden gefunden, der sich als eure Stiefmutter geeignet hätte.«

Tante Emma saß bereits am Tisch. Der Oberst zog höflich den Stuhl seiner Tochter heraus und nahm selbst ihr gegenüber Platz. Es kam ihr vor, als hätte sie ihr ganzes Leben lang ihrem Vater gegenübergesessen und eine Niederlage nach der anderen eingesteckt. Sie löffelte stumm ihre Suppe, und das Schweigen lag über dem Tisch wie ein Leichentuch. Sie wollte ihm nicht verzeihen. Niemals.

28

Alle Frauen, dachte Mohini, führen das gleichen Leben. Wir meinen, wir seien verschieden, aber infolge der Tradition, der Sitten, sogar der Geschichte sind wir alle gleich: Gefangene. Hier bin ich jetzt – tausend Jahre später – genau wie damals Sita. Fortgeschleppt nicht von Ravana, sondern von meinem eigenen Ehemann. Und sitze genau wie sie auf einer Insel gefangen, von der es kein Entkommen gibt.

Mohini sah auf das Wasser hinaus. Sie befand sich in einem weitläufigen Gebäude, das mitten in einem See erbaut war. Es war nicht so großartig wie Jagmandir, der Inselpalast in Udaipur. Dieses Haus war aus pinkfarbenem Stein erbaut, mit Balkonen, von denen aus man über das Wasser blickte, und einem Innengarten. Ihr Balkon in den Frauengemächern besaß eine *jali*, die sie darin hinderte, in den See zu springen und darin zu ertrinken. Die Ufer lagen nicht weit entfernt, aber dahinter sah man, nach allen Seiten hin ansteigend, Dschungel. Die Dschungel leuchtete grün, in unzähligen feinen Abstufungen dieser Farbe. Oben auf dem nach Osten hin gelegenen Hügel konnte sie die Silhouette einer verfallenen Festung sehen; deren Mauern waren zerfallen und überwuchert, niemand hatte sich mehr um sie gekümmert.

Ihr Zimmer war beinahe leer. Auf dem Boden lagen Seidenteppiche aus Kaschmir, und in einer Ecke befand sich ein Diwan. Das war alles. Die zum Innengarten führende Tür war verschlossen; eine andere führte zu einem Badezimmer, und der Dienstboteneingang zu ihrem Zimmer war ebenfalls verschlossen. Wenn sie irgendwelche Möbel und Vorhänge gehabt hätte, hätte sie alles aufschichten und sich darauf verbrennen können, das heißt, wenn ihr nicht auch die Streichhölzer dazu gefehlt hätten. Sie konnte sich nicht einmal aufhängen. Sie hatte dazu keine Gelegenheit: Eine Dienerin war stets anwesend in ihrem Zimmer. Still und stumm und wachsam. Sie wurde im ganzen von drei Frauen bewacht. Sie erfüllten mißtrauisch ihre Pflicht, als ob sie sie beißen könnte. Sie versuchte mit ihnen zu reden, aber sie antworteten ihr nicht. Sie gehorchten nur Bahadhur-Sahib.

Sie verbrachte die ersten beiden Tage in dieser kalten Pracht. Der Rest des Haues schien verlassen zu sein. Sie hörte keine Stimmen, sah keine Bewegung, abgesehen von den Dienerinnen, die kamen und gingen.

Dann kam eines Morgens das, was sie am meisten gefürchtet hatte. Ihre Schwiegermutter erschien, Gitabhai. Als sie erwachte, sah sie Gitabhai, die auf sie herabstarrte. Mohini rollte vor Angst vom Diwan herunter. Gift glitzerte in diesen braunen Augen. Gitabhai lachte entzückt, als sie Mohinis Angst sah. Mohini hätte einen gewissen Trost darin gefunden, wenn diese Frau häßlich, mißgestaltet oder schwarz gewesen wäre. Statt dessen hatte sie ein hübsches, ovales Gesicht von hellem Teint, dem man ihr Alter nicht anmerkte. Es war kaum zu glauben, daß eine Frau mit einem so faltenlosen Gesicht und einem so festen Bauch die Mutter von Bahadhur-Sahib sein konnte. Deshalb glaubte Mohini an die böse Kraft des Universums. Es gab eine Kraft, die diese Frau jung erhalten, die Falten des Alters geglättet hatte.

»Ich weiß nicht, warum mein Sohn so besessen von dir ist. Du bist mager und häßlich. Und statt dankbar zu sein, läufst du weg. Ha, sieh dich doch an. Eine richtige Paria. Ram hat mich hergeschickt, damit ich auf dich aufpasse. Wenn ich er wäre, würfe ich dich den Tigern hin.«

Wie immer trug Gitabhai einen Seidensari. Er war dunkelgrün und mit Goldfäden durchwirkt. In jedem Nasenloch steckte ein Stift mit einem Smaragd, und Smaragdohrringe hingen von ihren Ohrläppchen. Sie trug eine dazu passende Halskette mit Smaragden und acht mit Smaragden besetzte Armreifen an jedem Handgelenk. Um die Taille zog sich ein Gürtel aus Goldmaschen. Ihr Mund war lüstern, rotgefärbt vom *pan*. Das einzige, was nicht ins Bild paßte, war die Zeitung, die sie in der Hand hielt.

»Es wäre bequemer, wenn man dich vergiftete. Ich glaube, du bringst Ram Unglück. Komm, setz dich.«

»Nein.«

»Oh, du bist frech geworden seit deiner Flucht. Wovon hast du gelebt? Hast du dich verkauft? Aber ich bezweifle, daß irgendein Mann Geld für so eine Vogelscheuche bezahlen würde. Komm.« Sie klopfte auf den Diwan.

»Ich gehe hier nicht eher weg, als bis du das Zimmer verlassen hast.«

Gitabhai bewegte sich überraschend schnell und stand vor Mohini. Ihr Kopf reichte Mohini nur bis zur Schulter. Einen Augenblick lang sagte sie nichts, und dann, ohne eine Warnung, schlug sie Mohini sehr hart ins Gesicht. Als kindliche Braut, wenn Bahadhur-Sahib nicht zu Hause war, war Mohini oft von ihr geschlagen worden.

»Wenn ich dir etwas befehle, dann tust du es. Wann wirst du das endlich lernen?«

Sie wandte sich gerade ab, als Mohini, von sich selbst überrascht, Gitabhai eine kräftige Ohrfeige versetzte, die sie gegen den Diwan schleuderte. Die ältere Frau lag dort einen Augenblick wie betäubt und rieb sich das Gesicht.

»Ich habe etwas gelernt.«

»Also, das hast du gelernt, während du bei dieser europäischen Hure lebtest? Deine Schwiegermutter so grausam zu behandeln?« Und sie ließ es sogar zu, daß ihr Tränen in die Augen traten.

Mohini empfand keine Gewissensbisse. Sie wußte, daß Gitabhai nun noch härter daran arbeiten würde, sie umzubringen, aber nicht bevor er kam. Und wieder fort war. Es spielte jetzt keine Rolle mehr, daß er sie lebend haben wollte. Gitabhai würde sie töten wegen dieses Schlags. Sie konnte die Tat mit Gift, das sie ins Essen tat, mit einer Schlange, einem Skorpion, sogar mit einem *mantra* vollbringen.

»Verlasse mein Zimmer.«

»Dein Zimmer? Das ganze Haus gehört meinem Sohn. Ich werde gehen, wenn es mir gefällt, du undankbare Paria. Wir haben dich ernährt und gekleidet. Sieh dir doch an, wie du uns behandelt hast – weggelaufen bist du, hast dich unter diese dreckigen *Angrezis* gemischt. Hier, du liest doch Englisch, lies das.«

Sie warf Mohini die Zeitung hin. Eine Spalte auf der Titelseite des *Statesman* war mit roter Tinte markiert.

»Lies. Laut, du Dummkopf.«

Heute früh wurde Bahadhur Ram Shanker, ein führendes Mitglied der indischen nationalen Kongreßpartei, in den Verwaltungsrat des Vizekönigs aufgenommen. Bahadhur Ram Shanker ist der erste Inder, der die Ehre hat, an den Beratungen unserer erhabenen Regierung teilzunehmen. Der Vizekönig, Lord Minto, hieß das neue Mitglied in seiner Versammlung willkommen und sagte, daß Bahadhur Ram Shanker in seiner Eigenschaft als Berater an den Zusammenkünften teilnehmen werde. Er wird kein Stimmrecht in irgendwelchen Angelegenheiten haben. Entscheiden werden wie bisher allein der Vizekönig und die europäischen Ratsmitglieder. Zu einem späteren Zeitpunkt will man weitere Inder in den Rat berufen, um die von dem Minister für Indien, Mr. Morley, und Lord Minto vorgeschlagenen Reformen in Gang zu setzen. Die Hälfte dieser zusätzlichen indischen Mitglieder sollen gewählt werden, die anderen wird der Vizekönig ernennen. Die von Mr. Morley und Lord Minto vorgeschlagenen Reformen sollen sich auch auf die Räte in den Provinzen erstrecken. In Beantwortung der Fragen von Zeitungsreportern stellte Bahadhur Ram Shanker fest: »Es ist mir eine große Ehre, daß der Vizekönig mich auserwählt hat, seinem Rat anzugehören. Ich vertrete die Bestrebungen nicht nur des indischen Nationalkongresses, sondern ganz Indiens. Und ich bin der festen Überzeugung, daß Indien weiterhin von der britischen Krone regiert werden sollte.«

Gitabhai klatschte zufrieden, als Mohini zu Ende gelesen hatte. »Siehst du, was für ein wichtiger Mann mein Sohn ist? Der erste Inder, der je beim Vizekönig sitzt. Er wird bald der mächtigste Inder im ganzen Land sein. Und dann wird er sich deiner entledigen. Ich will ihm sagen, daß du ihm nur Schande bringen wirst. Vielleicht wird dir ein Unglück zustoßen.« Sie riß Mohini die Zeitung weg und verließ das Zimmer, schloß die Tür hinter sich ab.

Der Zeitungsbericht deprimierte Mohini. Sie hatte den Bericht für *Sher* schreiben sollen. Sie versuchte, sich mit Überlegungen abzulenken, wie sie ihre Version der Geschichte aufgebaut hätte. Kein Zweifel, Bahadhur-Sahib hatte durch irgendwelche Manöver diese mächtige Stellung errungen. Welche Seelen er dabei zerstört und verraten hatte, würde man nie erfahren. Sie war sicher, daß die Briten ihn nur seiner Falschheit wegen gewählt hatten. Er war ihre Marionette. Er würde nur das sagen, was sie ihm befahlen, nicht das, was Indien wollte.

Sie merkte, daß er eingetroffen war, als die Dienerinnen am nächsten Abend zu ihr kamen. Sie brachten einen Seidensari und eine *choli*, Parfüms, Öle, Blumen für ihr Haar. Sie stießen sie ins Badezimmer, wo eine Dienerin einen Eimer voll heißen Wassers für ihr Bad angeschleppt hatte. Sie versuchte zu fliehen, aber zwei von ihnen hielten sie fest, während die dritte sie aus ihrem alten gelben Sari wickelte und ihr die Bluse vom Leib riß. Sie ließen sie auch keinen Moment los, während sie sie badeten. Das Wasser war kochend heiß, und sie bekam Seife in die Augen. Sie trockneten und parfümierten ihren Körper und rieben ihr duftendes Öl ins Haar, so daß es glänzte. Während eine Frau ihr Haar mit Blumen schmückte, bemalte eine andere ihre Augenlider mit *kohl*, und dann kleideten sie sie in Seide. Sie hatte alle Gegenwehr aufgegeben und blieb ganz still, während man sie für ihren Gatten schön machte. Als letztes malte man ihr den roten *tilak*-Punkt auf die Stirn.

Sie saß mit ihren düsteren Gedanken da, betäubt und erschöpft. Sie kam sich wie eine Puppe vor, so hübsch zurechtgemacht, damit man sie zerstören konnte. Sie hörte kaum den Regen draußen, der wie Musik auf die Wasseroberfläche plätscherte, und den Wind, der eine geheimnisvolle Melodie durch die *jali* summte. Sie betete nicht mehr, denn sie hatte die Hoffnung aufgegeben. Es würde keine Rettung geben, keinen Retter, keine Wunder. Nicht einmal den willkommenen Tod.

Bahadhur-Sahib, der erste Inder, der je im Rat des Vizekönigs sitzen durfte und für den die Welt jetzt eine Auster, *seine* Auster war, war glänzend als Bräutigam gekleidet. Er hatte die europäische Kleidung abgelegt, nun, da er fern den Augen der Ratsmitglieder war. Er trug einen langen Jodhpurmantel, der ihm bis zu den Knien ging, und enge Jodhpurhosen, beides aus gelber Seide. In dem dämmrigen Licht schien er zu leuchten. Mohini roch den *attar* von Rosen, stark wie das Parfüm einer Frau, der ihm vorauswehte. Aber weder das Parfüm noch die Kleidung konnten sein Alter verbergen. Bahadhur-Sahib rief, man solle ihm eine Lampe bringen, und als sie eintraf, hielt der Diener sie über Mohini. Sie sah nicht auf, sondern starrte statt dessen trübselig auf ihre Füße, voller Haß und Angst.

»Mein liebes Weib, du kannst dir gar nicht vorstellen, welches Vergnügen es mir bereitet, dich wiederzusehen.« Seine Stimme war sanft, seidig, freundlich. »Ich habe dich vermißt. Ich habe deine Kälte vermißt, deinen Zorn. Auch diesen schönen Körper habe ich vermißt, der sich wie Seide anfühlt.« Er streichelte ihre Wange, und als sie sich von ihm abwandte, folgte ihr die Hand, aus dem Streicheln wurde ein sanfter Klaps. »Ich mag eigenwillige Frauen. Ich weiß, daß deine Zuneigung zu mir nur gering ist, und das ist sehr bedauerlich, denn ich habe ein ständiges Verlangen nach dir. Ich liebe es, deine Schönheit zu betrachten, zu besitzen, zu liebkosen, daß sie aufschreit. Diese Dinge bereiten mir großes Vergnügen, und ein Leben ohne Vergnügen und ohne Herausforderung ist leer. Ja, mein Leben ist leer gewesen ohne dich. Vielleicht, wenn du bei mir geblieben wärest, wäre ich deiner müde geworden und hätte dich den Dienern geschenkt. Aber deine Flucht hat meinen Appetit nur noch mehr gereizt. Ich habe all diese Jahre von meiner Rache geträumt.« Er faßte ihr Kinn und hob ihren Kopf an. Das Licht schien auf ihre Tränen. »Oh, du bist wieder melodramatisch. Ich nehme an, du hast dich in die Rolle einer unserer Heldinnen versetzt. Du hattest schon immer eine lebhafte Phantasie. Padmini oder Rupmati. Schau, es gibt nichts in diesem Zimmer, das dich mir rauben wird. Hast du deinem Gatten gar nichts zu sagen? Nicht einmal hallo?«

»Nichts. Alles, was ich möchte, ist, mich lieber umbringen, als deine Hände auf mir zu fühlen.«

Er packte sie bei den Schultern und zwang sie aufzustehen, und während die Dienerin die Lampe hielt, entkleidete er sie langsam. Sie konnte seinen Atem auf ihrem Gesicht spüren, sein Keuchen an ihren Ohren, seine Hände, die über ihren Körper glitten. Dann wurde die Lampe fortgebracht, und alles, was sie fühlte und sah, war die Schwärze des Raums und ihrer eigenen Verzweiflung.

Nun, da er zu Hause war, durfte sie abends ihr Zimmer verlassen. In der Mitte des Innengartens befand sich ein Rasen, umgeben von Rosen- und Kanna-Bäumen. Bougainvilleen kletterten die eine Hauswand hinauf, ein dicker roter Verband. Am einen Ende plätscherte ein lotusförmiger Marmorbrunnen, und in einem Marmorbecken floß das Wasser der Länge nach durch den Garten unterhalb einer breiten Marmorterrasse. Bahadhur-Sahib, der auf einem von Polstern bedeckten Diwan lag, hielt auf dieser Terrasse allabendlich hof. Mohini mußte neben ihm sitzen und glitzerte immer in Seide und jetzt auch Juwelen, die ihr Gitabhai widerstrebend geliehen hatte. Als Schwiegertochter hätte Mohini sie zum Geschenk erhalten müssen, aber Gitabhai war dafür zu gemein. Sie hätte Mohini am liebsten aller Kostbarkeiten beraubt gesehen.

»Ich habe erfahren, daß Romesh Nairoji dich bei seiner Zeitschrift *Sher* beschäftigt hatte. Er lebt nur von dem guten Namen seines Onkels. Ich habe deine Arbeiten gelesen. Ich bin stolz auf dich. Du bist intelligent und begabt, beunruhigende Fehler bei einer Frau, aber leider hat dir dein Talent nicht unbedingt zu Weisheit verholfen. Deine Freunde einschließlich dieses Nehru versuchen dich zu finden, aber das wird ihnen nie gelingen. Niemand weiß, wo du bist, außer mir selbst und meiner Mutter. Diesmal wird es keinen Retter geben. Du bist meine Frau, du gehörst mir, und ich kann mit dir tun, was mir beliebt. Du solltest dein Leben hier mit mir akzeptieren. Das wird die Sache erleichtern. Ich werde dich nicht nach Delhi zurückbringen, weil ich sicher bin, daß du irgendeine Dummheit anstellen würdest. Schade. Als erster Inder, der Mitglied im Rat des Vizekönigs ist, hätte ich gern mit dir geprunkt als einem wertvollen Besitz. Aber die Europäer erwarten nicht, daß sie die Frau eines Inders zu Gesicht bekommen. Gokhale zeigt seine Frau nie, warum sollte ich es also tun? Allerdings hätte ich gern den Neid in den Augen anderer Männer gesehen. Ein alter Mann, der junges Fleisch besitzt. Nun, bist du nicht stolz auf das, was ich ereicht habe?«

»Ich bin sicher, du hast es aus eigennützigen Motiven getan. Selbsterhöhung. Nicht für Indien, nicht für das indische Volk. Du wirst uns zerstören, bevor du irgend etwas für unser Land erreichst.«

»Du bist extremistisch wie mein alter Freund Tilak. Aber er steckt im Gefängnis, und das tust du auch.«

Eines Abends, als sie in der hereinbrechenden Dämmerung im Garten saßen, näherte sich Rajender Bahadhur-Sahib und flüsterte ihm etwas ins Ohr.

»Bring sie her ... schick schnell das Boot aus«, befahl er, und als Rajender fortgelaufen war, wandte sich Bahadhur-Sahib an Mohini. »Wir werden uns heute abend an einer kleinen Unterhaltung erfreuen. Es wird eine höchst interessante Erfahrung für uns alle sein.«

Vom fernen Ende des Gartens brachte Rajender schließlich zwei Knaben herein, die einander an den Händen gefaßt hielten. Der eine trug Zimbeln, der andere eine *ravanhatta*. Sie schienen zu schlafen. Ihre Augen waren fest geschlossen, aber trotzdem schritten sie mit vollkommener Sicherheit geradeaus.

»*Namaskar*«, sagten sie in vollendetem Einklang. Mohini hatte nie solche schönen, klaren Stimmen gehört.

»*Namaskar*«, erwiderte Bahadhur-Sahib. »Kommt, singt für uns. Ich werde euch reich belohnen. Euer Ruhm ist weit verbreitet.«

»Für deine Großzügigkeit wird Brahma dich segnen.«

»Wie heißt ihr?« fragte Mohini.

»Bala«, sagten sie mit einer Stimme.

Sie setzten sich vor Mohini. Das Wasser im Brunnen reflektierte schwach ihr Bild, während der Himmel über ihnen blaßgrau war mit einem abnehmenden Mond. Die Knaben fingen an zu singen, und sobald die ersten Töne die Luft trafen, hörte der Wind zu seufzen auf. Das Wasser im Brunnen wurde still, und die Blumen öffneten die Kelche und wandten die Köpfe dem Ton ihrer reinen, klaren Stimmen zu. Der Mond am Himmel sank tiefer herab und warf sein volles Licht auf die Knaben. Mohini war elektrisiert, besänftigt. Sie hörte nur halb auf die Worte, so sehr berauschte sie die Schönheit ihrer Stimmen. Sie sangen zuerst ein paar *bhajans* an Gott Krishna, und dann, als die Stunden dahingingen, fingen sie an, von ihren Reisen durch das Land zu singen. Sie hörte sie von den Dschungeln und Bergen erzählen und von den Prinzen und dem Volk, dem sie begegnet waren. Und in das Lied hineingewoben hörte sie plötzlich von Kim und Parvati singen, den voneinander getrennten Liebenden, und von Kims Suche nach Parvati im ganzen Land.

Ihr Herz tat weh, so rasend klopfte es. Sie konnte sie nicht unterbrechen und fürchtete, sie nicht richtig verstanden zu haben. Es *war* Kim, *war* Parvati gewesen. Oder war ihr Verlangen, diese Namen zu hören, so groß, daß sie an die Illusionen geglaubt hatte, die sie mit dem Ton ihrer lieblichen Stimmen schufen? Sie warf Bahadhur-Sahib einen Blick zu, aber seine Augen waren geschlossen, während er die Musik genoß. Außerdem wußte er nichts von Kim oder Parvati. Schließlich, gegen Mitternacht, hörten sie zu singen auf. Der Wind blies stärker, und das Wasser im Brunnen begann wieder zu fließen.

Die Blumen schlossen ihre Kelche und wandten ihre Köpfe ab.

»*Shabash* . . . *shabash.*« Bahadhur-Sahib klatschte und entnahm seiner Tasche eine große Handvoll Goldmünzen, die er den Knaben überreichte. »Bitte, bleibt diese Nacht hier in meinem Haus, bevor ihr eure Reise fortsetzt.«

Die Knaben verbeugten sich und standen auf, und Mohini wartete, bis sie außer Hörweite von Bahadhur-Sahib waren.

»Ich möchte ihren *darshan* haben«, sagte sie und eilte ihnen nach.

Sie blieben stehen, als sie sich zu ihnen hinunterbeugte und flüsterte: »In eurem Lied habt ihr von Kim und Parvati gesungen. Wieso wißt ihr von ihnen?«

»Kim ist mehrere Tage mit uns zusammen gereist. Er hat uns die Geschichte erzählt.«

»Ich bin seine Parvati. Könnt ihr ihn finden? Wißt ihr, wo er ist? Könnt ihr ihn zu mir schicken?« So sprudelten ihre Fragen heraus; sie konnte die Flut ihrer Hoffnung nicht zähmen. Kim war am Leben und hatte diesen Knaben von ihr erzählt. Sie berührte ihre Hände, denn sie hatten Kim berührt.

»Wir wissen nicht, wo er ist. Es ist schon lange her, daß wir uns getrennt haben. Aber vielleicht können wir ihm eine Botschaft schicken. Was sollen wir ihm sagen?«

»Sagt ihm . . . sagt ihm . . .« Sie stockte. Was konnten sie ihm sagen? Wie sollten sie ihn finden? Sie waren nur unschuldige Kinder mit schönen Stimmen. Wie sollte Kim sie finden? Sie wußte selbst nicht, wo sie war. Und wenn die Knaben Kim erreichten, würde sie tot sein, wenn Gott ihr gnädig war. Sie hatte sich bereits dazu entschlossen. »Sagt ihm, daß ihr seine Parvati getroffen habt und daß sie ihn liebt und ihm Lebewohl sagt.«

Sie spürte, daß die blinden Augen der beiden ihr Gesicht betrachteten und wußte, daß sie sogar in der Schwärze der Nacht die Tränen ihre Wangen herunterrinnen sahen.

»Wir werden es ihm ausrichten.«

Sie wollte fragen, wie und wann, aber sie hatte nicht den

Mut, ihnen weitere Fragen zu stellen. Eines Tages, in der Zukunft, auf ihren Reisen trafen sie Kim vielleicht wieder. Sie würden ihm erzählen, wie sie seiner Parvati in der Mitte eines Sees, im Schatten einer großen verfallenen Festung begegnet waren, und daß sie ihnen gesagt hatte, sie liebe ihn. Es würde eine grausame Erinnerung daran sein, daß ihr Schicksal ihnen nicht erlaubt hatte, einander wiederzusehen. Und er würde nur mit dem Gedenken an ihre Liebe weiterleben.

Bala und Bala begegneten einem schwarzen Panther, der auf der Brustwehr der Festung lag, wo dreihundert Jahre zuvor ein Rajput-Soldat Wache gestanden und auf die Streitmacht von Mogul Akbars Armee herabgeblickt hatte. Das Fell des Panthers schimmerte im Sonnenlicht voll geheimer Farben. Eine seiner Pfoten hing lässig über den Mauerrand, und sein Schwanz ringelte sich vor und zurück wie eine tanzende Schlange. Seine Augen waren voll und gelb wie Monde. Dann erhob der Panther sich würdevoll, kletterte die zerborstenen Stufen hinab und roch an den Knaben. Sie achteten nicht auf ihn, und neugierig tappte er hinter ihnen her in die Ruine. Was einst ein großartiger Palast gewesen war, war jetzt von *lantana*-Büschen und struppigem Gras gefüllt. Die *Darbar*-Halle aus rosa Sandstein, ein großes rechteckiges Gebäude ohne Dach, stand in der Mitte. Die hölzernen Türen waren von weißen Ameisen zu Staub zerfressen, und Tauben stolzierten herum, wo Könige und Minister einst hofgehalten hatten. Eine Wand der Frauengemächer war in die Dschungel gestürzt, die anderen waren vom Regen fleckig geworden, und der Stein hatte die Farbe getrockneten Blutes angenommen. Der Boden stieg an, und die drei kamen am Tempel vorbei. Er stand nahe der Zisterne, die noch immer reines, kühles Wasser enthielt. Der Tempel selbst, dessen Steinmetzarbeiten noch intakt, aber nun dunkel und nicht mehr zu enträtseln waren, stand völlig unzerstört da. Das Götterbild darin fehlte. Sie gingen am Palast des Königs vorbei; seine Großartigkeit und Würde war noch immer zu erkennen inmitten der anderen

Ruinen, aber auch dieses Gebäude hatte kein Dach mehr, und in den unteren Räumen hingen unzählige Fledermäuse in schwarzen Trauben.

Als sie den höchsten Punkt auf der hohen Felsklippe erreichten, wo sich jenseits des Nebels die Ränder des Horizonts abzeichneten, setzten sich Bala und Bala hin. Der Panther ließ sich vor ihnen nieder. Als die Knaben zu singen anfingen, legte er den Kopf auf die Pfoten und begann leise zu schnurren. Zuerst kamen die Tauben – ein Flügelsurren und Gurren – und setzten sich in die Bäume und auf den Boden vor den Jungen; dann kamen die Krähen, und der Himmel verdunkelte sich von ihren eintreffenden Schwärmen. Tausende flogen aus dem Dschungel heraus, krächzten aufgeregt, umkreisten die Knaben, verwandelten Sonnenlicht in Schatten, bevor sie herabstießen, um sich zu setzen. Und dann kamen die Papageien und Pfauen, die Rebhühner und die Pfauenhennen, die Sandhühner und Spatzen, Habichte und Reiher. Sie setzten sich auf die Zinnen und auf den Tempel und auf die Paläste, die Köpfe aufgerichtet, um den Stimmen der Knaben zu lauschen. Die verfallene Zitadelle des Forts wurde lebendig von dem Geflatter und den Bewegungen der Vögel. Bala und Bala sangen weiter. Die Sonne stand hoch am Himmel, und der Nebel, der über dem See gelegen hatte, war verdunstet.

Gegen Mittag, als kein Schatten zu sehen war, spürten sie, daß Jatayu sich ihnen langsam näherte. Als der Adler sich herabließ, flog sein Schatten über die Dschungel, und seine Schwingen erstreckten sich über das Tal von der einen Spitze des Hügels bis zur anderen. Er glitt über das Fort hinweg, und als er einmal mit den Flügeln schlug, wurden die kleinen Vögel von ihren Sitzplätzen geweht, und die größeren flatterten wie rasend, um das Gleichgewicht zu bewahren. Die Luft war in Aufruhr mit zornigen Schreien und Flügelschlägen. Das Fell des Panthers sträubte sich, als strichen unsichtbare Finger darüber. Es war kein Platz da, auf dem Jatayu sich niederlassen konnte; obwohl die Vögel beiseite rückten, um etwas Raum zu schaffen, wollte doch keiner auch nur einen einzigen

Ton von dem Gesang der Knaben versäumen. Zu ihrer Enttäuschung hörten Bala und Bala auf zu singen und grüßten den kreisenden Adler.

»*Namaskar.*«

»*Namaskar.* Ich hörte eure Stimmen bei Tagesanbruch, als ich hoch über dem Wohnsitz Shivas schwebte. Nie vorher habe ich einen so wundervollen Gesang gehört. Eure Stimmen sind so schön wie der Tanz des Gottes Nataraj. Gott Krishna hätte keinen größeren Segen spenden können.«

»Wir hätten gern einen Segen von dir, hoher Jatayu. Wir möchten, daß du Kim eine Botschaft überbringst. Wir haben seine Parvati unten am See getroffen. Sie wird gegen ihren Willen von ihrem Ehemann festgehalten. Du mußt es Kim bald erzählen, denn wir fürchten um ihr Leben.«

»Wieviel Zeit bleibt mir?«

»Sehr wenig. Sie ist verzweifelt.«

»Es wird nicht leicht sein. Er ist ein Wanderer, ein Freund aller Leute. Ich werde die Hügel, die Wüsten, die Täler, die Berge, die Städte, die Dörfer absuchen müssen. Ich habe lange genug gebraucht, bis ich ihn das erste Mal fand. Ich werde Vamana um Hilfe bitten müssen. Aber ich werde Kim finden und ihm sagen, daß seine Parvati unten am See ist. *Namaskar.*«

29

Kim erfuhr die Geheimnisse all seiner Mitgefangenen. Wie der Oberst es vorhergesagt hatte, glauben Männer, innerhalb von Gefängnismauern ausgeplauderte Geheimnisse seien vor Verrat sicher. Während seine Kameraden sich im Hof ergingen, erwähnten sie Namen und Orte, Zwischenfälle und Ereignisse. Er erfuhr, daß Mr. Bhattacharjis Mitverschworene, die ihm geholfen hatten, die in Manchester gewebten Baumwollstoffe in seinem Distrikt zu verbrennen, sich in Dakha bei Verwandten verbargen; daß der *gurudwara* der Sikhs ein Lager mit einundzwanzig leichten Waffen besaß, die man aus einem Armeedepot in Ajmer gestohlen hatte; daß Mr. Akbar einen höchst aufrührerischen Artikel über das Gesetz schrieb, der von einer Zeitschrift in Madras unter einem Pseudonym veröffentlicht werden sollte. Mr. Joshi, der Mann von der Kongreßpartei, behauptete, der Anführer einer Geheimgesellschaft von Terroristen in Bombay zu sein, aber Kim vermutete, daß er sich das ausgedacht hatte, um den anderen zu imponieren. Sein einziger Ruhm bestand darin, Tilaks Freund zu sein. Kim wußte auch, daß Anil Ray wie besessen die Ermordung von Inspektor Goode plante.

Alles in allem waren es wenig bedeutende Informationen, abgesehen von Anil Rays mörderischen Absichten. Keiner von diesen Männern würde das Empire stürzen. Sie waren Träumer, und ihre Träume waren grundverschieden; nichts verband den einen Traum mit einem anderen. Sie sprachen von der Freiheit, aber hatten keine Vorstellung davon. Sie konnten sich nichts vorstellen, was jenseits einer vagen Selbstverwaltung lag. Sie hatten keine praktische Idee, wie sie das Land regieren würden. Ihr Traum beschränkte sich darauf, zunächst einmal die Briten zu vertreiben, obwohl keiner von ihnen wußte, wie eine solche Militärmaschine zu besiegen war. Weltreiche wurden mit Waffen gehalten und mit Waffen zerstört. Wenn Worte Kugeln wären, hätten diese Männer die Welt erobert.

Kim hörte all diese Geheimnisse und sagte nichts, obwohl er wußte, daß es Fäden waren, mit denen man größere Verschwörungen aufspüren konnte. Wenn Kim erwartete, daß der Oberst im fernen Kalkutta sein Schweigen geduldig ertrug, wurde er sanft an dessen Macht erinnert. Eines Morgens, als Hari ihm seinen morgendlichen Tee brachte, ließ er ihm keine zensierte Zeitung da und wäre weiter den Zellenblock hinuntergegangen, wenn Kim ihn nicht daran erinnert hätte.

»Nein, nein. Sie kriegen nichts mehr zu lesen. Ich habe neue

Anordnungen erhalten.« Er sah Kim mißtrauisch an. »Was haben Sie getan, um das zu verdienen? Bekomme ich dadurch Ärger?«

»Ich habe nichts getan, und dafür werde ich bestraft.«

»Nichts ist Untätigkeit. Die *Gita* sagt, man muß etwas tun, denn Untätigkeit ist schlecht. ›Zu handeln allein bist du berechtigt, nicht zur Untätigkeit. Und auf die Früchte deines Handelns hast du kein Recht.‹ Aber tun Sie nichts, was mir Ärger bringt. Ich habe schon genug am Hals.«

»Wer hat den Befehl gegeben?«

»Der oberste Aufseher, Menon. Nur er gibt Befehle, in dreifacher Ausfertigung, die ihm wiederum vom Direktor erteilt werden. Wer dem befiehlt, weiß Gott.«

Kim wußte es. Er wurde wieder an seine Untätigkeit erinnert, als Narain ihn am Sonntag mit leeren Händen besuchen kam. Seine Stirn war sorgenvoll gerunzelt, und er saß draußen vor Kims Zelle und grämte sich.

»Du mußt mir irgendwas erzählen. Lüg doch. Erfinde irgendwas. Dann glaubt dir der Oberst vielleicht. Er wird sagen, Kim versucht es, er gibt sich Mühe. Sonst wird er denken, daß sein Agent Kim ihn verrät, und Gott weiß, was dann passiert. Er hat mir verboten, dir noch irgendwelches Obst oder Süßigkeiten zu bringen. Kein Geld da für solchen Luxus. Ich habe Zigaretten für dich und Haris *bakshish*, aber es ist mein eigenes Geld.« Er schob das Geld und die Zigaretten durch das Gitter.

Kim nahm sie. »Er hat mir schon die Lektüre entzogen.«

»Siehst du, als nächstes wird er dich mit Essensentzug bestrafen. Dann wird er dich von einem Gefangenen der A-Klasse in einen der B-Klasse und dann der C-Klasse verwandeln. Du kannst ihm hier nicht entkommen.«

»Er kerkert nur meinen Körper ein.«

»*Ahree*, Kim. Der Körper ist alles. Ohne ihn, wie kannst du da eine Seele haben? Sie würde heimatlos im ganzen Weltall herumwandern und uns keinen Ärger machen mit diesem ganzen religiösen Unsinn.«

»Ich sollte dein *chela* werden. Du würdest mich geradewegs in die Hölle führen.«

»Natürlich«, lachte Narain. »Dort erfreut sich der Körper am meisten, sagte man mir. Alle schlechten Menschen gehen dahin. Alle Frauen auch.« Er wurde ernst. »Sag mir etwas.«

»Ich kann diese Männer nicht verraten. Ich bin jetzt einer von ihnen.«

Kim war traurig, daß das Narain Sorgen bereitete. Narain würde von dem fortdauernden Schweigen berichten müssen, und der Oberst würde Kim weiter an die Gewalt erinnern müssen, die er über ihn hatte. Er würde Kim beibringen, daß Loyalität belohnt, Verrat bestraft wurde.

»Was? Keine *mitai*, kein Obst, nichts zu lesen?« zog Anil Ray Kim auf, als er kam, um seine Zelle zu fegen.

»Die Folgen der Untätigkeit, mein Freund. Oder vielleicht sollte ich meine Untätigkeit als eine Tätigkeit beschreiben, die den Behörden mißfällt.«

»Du bist ein Narr. Hier sitzt du, ein Mitglied der privilegierten Rasse in diesem Land. Die Farbe deiner Haut, die uns Eingeborene mit so großer Ehrfurcht erfüllt, weil sie das Zeichen deiner Überlegenheit ist, garantiert dir Freiheit. Meine wird dafür sorgen, daß ich noch Jahre hierbleiben muß. Was macht es für einen Unterschied, wenn du uns verrätst? Du kannst in dein Heimatland zurückkehren, ein herrliches Leben als Gentleman führen von der Beute, die du hier gemacht hast. Große englische Vermögen sind durch die Vergewaltigung dieses Landes geschaffen worden. Ich habe einmal ein Wochenende bei einem Freund in Oxford, dem ehrenwerten John Sutcliffe, verbracht. Er hatte Tausende Morgen Land und zahllose Diener und Pächter geerbt, von seinem Großvater, der ein paar Jahre hier in Indien verbracht hatte. Dorthin könntest du gehen, sobald du deinem Herrn unsere Geheimnisse verraten hast.«

»Meine Heimat ist hier. Und das Privileg meiner Hautfarbe ist ohne Bedeutung. Mein *guru* war ein dunkelhäutiger Mann, er war weiser als die gesammelte Weisheit der Europäer, und weil er sich von der Macht fernhielt, war er mächtiger als sie. *Kyha re*, du hast mehr von einem Engländer an dir als ich. Wie du sprichst, wie du dich früher gekleidet hast, wie du denkst. Ich kann nicht so gut Englisch wie du; ich habe nie die feine Kleidung getragen, die du getragen hast; ich bin nie Gast des ehrenwerten John Sutcliffe gewesen. Ich habe keine Sehnsucht nach all diesen Dingen.«

»Das ist wahr. So bin ich einst gewesen. Das hat mein Vater für mich erträumt, und auch ich wollte diesem Traum folgen. Aber es ist nicht mehr mein Leben. Es könnte deines sein, während ich nie mehr dorthin zurückkehren kann. Wir sind wie zwei sich kreuzende gegensätzliche Linien. Ich gehe nach unten. Du?«

»Vielleicht werden wir uns nicht kreuzen oder schneiden, sondern nebeneinander herlaufen?«

»Das ist möglich. Wenn ich nur neben dir laufen könnte, wenn du dieses Gefängnis verläßt. Ach, eine andere Luft zu atmen, gehen zu können, ohne auf Mauern zu treffen, sehen zu dürfen, ohne Gitterstäbe zu erblicken, nicht von der Peitsche dieses Affen, Sethu, geschlagen zu werden.«

»Und wie lange würdest du frei sein, wenn du Goode tötest?«

»Sie werden mich nie wieder einfangen.«

»Du traust mir so sehr, daß du mir erzählst, du würdest Inspektor Goode töten.«

»Er weiß es. Ich weiß es. Gott weiß es. Wer sonst ist noch da? Du wirst es nicht erzählen, weil du zum Teil dafür verantwortlich bist, auch dafür, das weißt du, daß ich hier bin.« Er ergriff Kims Hand. »Verhilf mir zur Flucht, und ich will dir verzeihen.«

»Nein. Nur wenn du versprichst, daß du Inspektor Goode nichts tun wirst. Er hat nur seine Pflicht erfüllt.«

»Aber zur Pflichterfüllung gehört nicht Grausamkeit. Er kommt her, um mich zu quälen, zu foltern. Er kommt ganz plötzlich, als ob ich sein schlechtes Gewissen wäre, um mit seinem Stock nach mir zu stechen. Er wünscht sich, daß ich auch tot wäre und nicht ein Zeuge des Mordes. Wie kann ich so etwas versprechen? Mein Vater, der jetzt stirbt, hat auch dieses Versprechen von mir erbeten. Wenn ich meinen Vater sehe, bevor er stirbt, lasse ich mich vielleicht davon abbringen. Wenn nicht, dann niemals. Goode hat meine ganze Familie zerstört. Dieser eine Schuß dröhnt weiter, bis wir alle zerschmettert sind. Du sprichst, als plantest du eine Flucht. Ist das wahr?«

»Nein. Ich werde meine Strafe absitzen. Ich habe es nicht eilig.«

»Warum solltest du auch, wenn dir nur noch ein paar Monate bleiben? Bei mir sind es Jahre, und ich werde das Ende meiner Strafzeit vielleicht nicht mehr erleben.« Er ging an die Tür, um zu sehen, ob Hari außer Hörweite war. »Wenn du mir zur Flucht verhilfst, will ich dir die Namen der beiden Männer nennen, mit denen man meinen Onkel und mich verwechselt hat.«

Kim antwortete nicht. Er konnte Anil Ray nicht trauen. Der Mann sah verschlagen aus, verzweifelt, sogar wahnsinnig.

»Woher willst du wissen, wie sie heißen?«

»Das hier ist ein Gefängnis, und in Gefängnissen erfährt man gewisse Dinge. Geheimnisse werden ausgesprochen, und die Wände haben Ohren. Einer der Männer hat einen gebrochenen Fußknöchel. Sein Vetterbruder hat mir gesagt, diese Männer hätten einen Polizeibeamten in Bombay getötet. Und dafür hätte man ihnen eine Menge Geld gezahlt.«

»Wer hat gezahlt?«

»Er weiß es nicht. Aber wenn du mir hilfst, werde ich dir sagen, wo du diese beiden Männer findest.«

»Ich will darüber nachdenken.«

Kim hatte diese beiden Männer nicht vergessen. Die Information schien zutreffend zu sein. Ein Mann hatte in der Tat einen gebrochenen Knöchel. Er wußte, daß sie bezahlt worden waren, und wenn er herausbekommen konnte, wer ihr Zahlmeister war, würde der Oberst sehr zufrieden mit ihm sein.

Die Regenzeit näherte sich ihrem Ende, und die Sonne brach durch mit wäßrigem Glanz, als der älteste der Affen die Gefängnismauer herabkletterte und nervös auf allen vieren über den Gefängnishof wanderte. Kim sah ihn vorwärtsgehen und hörte, wie er dabei ärgerlich schnatterte, und er wunderte sich, wohin der Affe mit solcher Entschlossenheit strebte. Ein Wärter warf einen Stein nach ihm, und der alte Affe duckte sich und schimpfte ihn aus, aber statt wieder den Baum hinaufzuklettern, wo er sicher war, lief er weiter den Zellenblock entlang. Kim verlor ihn aus den Augen und dachte nicht weiter darüber nach. Eine halbe Stunde später folgten zwei weitere Affen dem Weg des Alten. Diesmal ließ man sie in Ruhe, obwohl sie so ängstlich wie der Alte zitterten. Der Wächter unterhielt sich im Schatten des Tamarindenbaums stehend mit einem anderen Aufpasser und bemerkte die lautlose Zusammenrottung des Affenvölkchens nicht. Kim fand ihr Verhalten seltsam. Bisher hatten sie sich in der Peripherie des Gefängnisses aufgehalten und die hohen Mauern nur benutzt, um von einem Baum zum anderen zu gelangen. Sie waren noch nie in den Gefängnishof hinabgestiegen, ganz so als wüßten sie, was das für ein Ort war. Nun befanden sie sich alle innerhalb des Gefängnisgeländes. Einer der Affen auf dem Baum rutschte vorsichtig den Stamm hinunter, sah zu den Wächtern hin und hastete dann zu der fünfzig Meter von Kims Zelle befindlichen Gefängnismauer. Als er sie erreichte, steckte er, statt hinaufzuklettern, die Arme aus. Kim sah, daß die älteren Affen ruhig dagesessen und auf ihren Gefährten gewartet hatten, und nun kamen sie, während sie sich am oberen Mauerrand festhielten, den halben Weg herunter, um ihren Gefährten zu fassen und heraufzuziehen. Ein bißchen später glitt ein anderer Affe den Baum hinunter, und das ganze Manöver wurde wiederholt. Es war ein Spiel für sie, und nach dem vierten Mal wurden sie dessen müde und verschwanden irgendwohin, wo Kim sie nicht mehr sehen konnte.

In jener Nacht, im tiefsten Schlaf, waren Kims Träume von Vogelkrallen und Flügelschlägen erfüllt. Er sah das gesprenkelte Gefieder so deutlich, daß er jede einzelne Feder zählen und die weichen weißen Daunen darunter berühren konnte. Ihr modriger Geruch überwältigte ihn fast, und die grimmigen goldenen Augen fixierten ihn so intensiv, daß er wie am Boden festgenagelt war. Er wußte, daß er keine Angst zu haben brauchte, aber die Kraft und Riesengröße von Jatayu in solcher Nähe ließ ihn zittern und im Schlaf aufschreien.

»Namaskar ... namaskar.« Der Gruß des Vogels vibrierte durch seinen Schlaf und breitete sich aus, bis er den dunklen Himmel über ihm erfüllte. »Wach nicht auf, sondern hör mir zu. Ich habe dich viele Tage lang gesucht. Der *bandar* sagte mir, daß du hier in diesem Gefängnis wärest. Die Brüder haben mich gesandt, deren Stimmen die Götter entzücken und sogar den Wind Vayn und das Feuer Agni aufhalten können. Sie haben mit Parvati gesprochen, und sie schickt dir eine Botschaft. Sie liebt dich und sagt dir Lebewohl. Ihr Ehegatte hält sie auf einem See in den Aravallihügeln nahe der alten Festung von Ranthambor gefangen, und sie ist in großer Gefahr. *Namaskar.«*

»Warte ... warte ...« schrie Kim im Schlaf. »Wieviel Zeit bleibt mir? Wie kann ich fliehen? Willst du mir nicht noch mehr sagen?«

Aber Jatayu antwortete ihm nicht in seinem Traum, und der dunkle Nebel wirbelte, als er mit den Flügeln schlug. Kim lief vorwärts, um den aufsteigenden Adler zu fangen. Er hielt sich an einer Feder fest und wurde einen oder zwei Meter hochgehoben, bevor die Feder abriß und er zur Erde zurückfiel.

Er erwachte jäh und sprang auf, um Jatayu zu fangen, wollte sich aus dem Gefängnis tragen lassen. Seine Hand schlug schmerzhaft gegen die Wand. Es war nur ein Traum, und trotzdem konnte er Jatayu noch immer riechen. Er hielt etwas in der Hand und sah im bleichen Mondlicht, daß es eine graue Feder war. Sie war real, so groß wie seine Handfläche, aber während er sie anstarrte, verschwand sie.

Sind Träume wahr, fragte er sich, oder sind sie ein Ausdruck unserer Sehnsucht? Ich habe von Jatayu geträumt, und er ist mit einer Botschaft von Parvati zu mir gekommen. Sie liebt mich, sagt er, und ich bin freudig erregt. Aber ist diese Nachricht nur eine Spiegelung meiner Sehnsucht, daß sie mich liebe? Ich muß glauben, daß der Traum wahr ist. Ich habe Jatayus Feder in der Hand gehalten, kurz, als Beweis dafür, daß Illusion und Wirklichkeit dasselbe sind. Wir gelangen mühelos von der einen zur anderen. Parvati lebt, aber sie ist in Gefahr, und ich bin niedergedrückt vor Verzweiflung. Sie hat mir mit einer solchen Endgültigkeit Lebewohl gesagt, daß ich ihr Ende fühlen kann. Das darf nicht geschehen! Ich muß fliehen und sie finden. Es wird nicht leicht sein; dies ist nicht die St.-Xavier's-Schule, wo ich über die Mauer klettern konnte. Narain wird mir helfen. Er kommt morgen früh. Aber wem gilt Narains Treue? Mir? Dem Oberst? Der Oberst ist sein Arbeitgeber; ich bin ein Freund ohne Geld. Einen Regierungsposten zu bekleiden ist die Sehnsucht eines jeden ehrgeizigen Inders, und ich kann von Narain nicht verlangen, daß er sich eine so gute Gelegenheit entgehen läßt. Aber wie kann ich fliehen? Wie?

Es gab niemanden sonst, an den er sich wenden konnte. Kim wanderte unruhig in der Zelle auf und ab und überlegte. Wie hatte Jatayu ihn gefunden? Durch den Zwerg? Und würde er helfen? Kim nahm den Kieselstein aus dem Lederbeutel, den er um den Hals trug. Seine Farbe war jetzt ein blasses Gelb, noch nicht so leuchtend wie damals, als er ihn empfangen hatte.

»Wirst du mir helfen? Hilf mir!« flüsterte er.

Glaubte der Zwerg an die Liebe? Liebe war die Leidenschaft der Menschen, nicht der Götter. Er hatte ihm nicht geholfen, als Kim ihn damals schon einmal gebeten hatte, Parvati zu finden. Warum sollte er es jetzt tun? Niemand antwortete auf sein Gebet. Der Stein lag in seiner Hand wie ein gewöhnlicher Kiesel. Er ließ ihn zurück in den Lederbeutel gleiten. Jeder Augenblick, der verging, war vergeudete Zeit. Parvati konnte schon jetzt dem Tod nahe sein. Wie lange hatte Jatayu ihn gesucht? Wie lange, wie lange, wie lange?

Kim konnte nicht schlafen. Er wartete am nächsten Morgen ungeduldig auf Narain, und Narain kam erst später. Sein Haar war wirr und seine Augen waren vom Arrak gerötet. Wortlos übergab er Kim Zigaretten und Geld.

»Ich muß fliehen«, sagte Kim. »Ich habe eine Nachricht erhalten, daß Parvati lebt, aber in Gefahr ist. Du mußt mir helfen.«

»Fliehen? Rede keinen Unsinn! Wenn du fliehst, wird mich der Oberst-Sahib wegen Vernachlässigung meiner Pflicht in diesem selben Gefängnis aufhängen. Du solltest nicht so mit mir sprechen, Kim.«

Narain brach in Schweiß aus. Sein Freund meinte es bitter ernst. Der Oberst-Sahib würde niemals akzeptieren, daß er, Narain, davon nichts gewußt hätte. Seine einzige Aufgabe bestand darin, Kim zu überwachen, bei ihm zu sein, Kims Informationen weiterzugeben. Kim war seine Sicherheit, sein Einkommen, seine Karriere. Wenn Kim entkam, mußte Narain auch fliehen und sich vor dem Zorn des Oberst-Sahib verstekken, das wußte er. Wohin könnte er fliehen? Zurück zu seinem Onkel? Der würde ihn hinauswerfen, weil er seinen Auftrag verpatzt hatte. Isaac Newton würde ihn keinen Augenblick länger bei sich behalten, da er damit seine eigene angenehme Position aufs Spiel setzte. Nein. Er würde weglaufen und sich verstecken müssen in der Hoffnung, daß der Oberst-Sahib ihn schließlich vergaß. Nur Gott wußte, wann.

»Kim, es ist zu gefährlich. Du mußt nur noch drei Monate absitzen. Bleib doch solange hier, und dann werde ich dich persönlich begleiten, um Parvati zu suchen. Ich habe immer schon gewußt, daß sie dich in Schwierigkeiten bringen würde. Und was für Schwierigkeiten! Das ist ja alles schön und gut, sie schickt dir eine Nachricht, aber sind ihr die Folgen ihrer Handlungen bekannt? Natürlich nicht.«

»Kannst du einen Tonga und Fahrkarten für die Bahn besorgen?« Kim überging Narains Panik. »Morgen. Halte den Tonga vom frühen Morgen an draußen vor der Mauer bereit. Bezahle den Tonga-*wallah* gut. Ich gebe dir das Geld wieder.«

»Wovon denn?« fragte Narain mit bitterem Tonfall. »Du hast kein Geld. Ich muß mir das alles erst mal überlegen.«

»Nein. Dafür ist keine Zeit. Du mußt mir helfen, Narain.«

Narain seufzte. Manche Männer hatten das Glück, ein undramatisches Leben führen zu können. Sie aßen, arbeiteten, lagen bei Frauen und starben. Nun war er verantwortlich für diesen Freund, der ihn in eine gefährliche Zukunft lockte.

»Ich werde den Tonga mieten. Aber mehr nicht. Wie willst du hier herauskommen?«

»Das ist meine Angelegenheit. Ich finde schon einen Weg. Wenn ich es dir nicht sage, brauchst du die Last des Wissens nicht zu tragen.«

»Ich wünsche mir ständig nur eines: gar nichts zu wissen. Aber gewöhnlich ist mir dieses Glück nicht vergönnt.«

An jenem Abend, sogar noch bevor Narain Zeit gehabt hatte, einen Bericht zu schreiben, geschweige denn zur Post zu bringen, entzog der Oberst Kim ein weiteres kleines Privileg. Kim mußte in seiner Zelle bleiben, während man die anderen Gefangenen zum Hofgang hinausließ. Es war ein Spielchen, das Kim zu einer anderen Zeit vielleicht belustigt hätte. Jetzt brachte es ihn zur Verzweiflung. Er hatte vorgehabt, während des Hofgangs zu fliehen.

Jahangir schaute in seine Zelle herein, bevor er sich zu den anderen gesellte.

»Was hast du getan?«

»Nichts«, antwortete Kim der Wahrheit entsprechend.

»Wir werden beim Direktor gegen diese schlechte Behandlung von Gefangenen protestieren. Mr. Akbar wird ein Protestschreiben aufsetzen für dich.«

»Wir sind hier nicht in einem Gerichtshof. Wir leben jenseits des Gesetzes. Aber ich danke dir für dein freundliches Ansinnen.«

Er sah die Reihe der Gefangenen langsam und feierlich ernst um den Hof wandern. Die Reihenfolge war die gleiche geblieben wie an jenem ersten Tag, die Älteren gingen voraus, die Jüngsten bildeten den Schluß. Jahangir ging nun allein.

»Darf ich überhaupt nicht heraus?« rief Kim Hari zu.

»Doch. Aber allein.« Er beäugte Kim und dessen Zelle mißtrauisch. »Du tust etwas, das ich nicht sehen kann. Was?«

»Was kann ich in dieser Höhle tun außer dasitzen und nachdenken?«

»Ah. Das ist es, weshalb du jemandem Sorgen bereitest. Du denkst zuviel nach. Du mußt das lassen, sonst bekomme ich selbst großen Ärger. Das nächste Mal werde ich die Erlaubnis bekommen, dich schlagen zu dürfen. Ich werde das nicht gern tun, aber ich werde es tun müssen. Ich mag dich.«

»Wann darf ich hinaus auf den Hof und draußen herumlaufen?«

»Morgen erst. Fünfzehn Minuten.«

»Aber ich habe heute früh nicht herausgedurft.«

»Da galt noch die alte Anordnung. Die neuen Anordnungen sind heute früh nach der Freistunde eingetroffen. Darum darfst du erst morgen früh heraus.«

Den ganzen Rest des Tages ging Kim in seiner Zelle umher, und all seine Gedanken waren auf Parvati gerichtet. Er mußte hinaus, mußte sie retten. Aber er saß gefangen zwischen Mauern und Gittern, von Gefängnisbeamten bewacht. Die anderen Häftlinge hatten ihren Hofgang beendet und kehrten in die Zellen zurück. Der Hof lag verlassen da, nicht einmal Wärter waren zu sehen. Zerstreut sah er dem Spiel der Affen zu. Sie waren wieder auf den Hof zurückgekehrt, waren den Tamarindenbaum heruntergerutscht und sprangen zur Mauer hinüber, um sich von ihren Gefährten hinaufhelfen zu lassen. Es schien ihm ein albernes Spielchen zu sein, und er widmete sich wieder seinen Grübeleien. Er war noch nie so verzweifelt und trübsinnig gewesen. Schon war ein ganzer Tag vergeudet; er war nicht weitergekommen als hin und her in seiner Zelle.

Er konnte einen melancholischen Seufzer nicht unterdrükken. Er schmachtete in dem einen Gefängnis, Parvati in einem anderen. Beide waren sie allein, beide hatten sie Angst. Er überlegte, ob er, wenn ihm die Flucht nicht gelänge, an den Oberst-Sahib appellieren sollte. Im Tausch gegen seine Freiheit würde er die Geheimnisse, die er gehört hatte, verraten müssen. Der Preis würde die Verhaftung aller Verschwörerer sein, die sich jetzt bei Onkeln und Vettern verbargen, sonst drohte Parvati der Tod. Die Wahl war hart, und in der Verzweiflung der Nacht wählte Kim den Verrat. Ihr Leben war zu kostbar, als daß sie es seiner Ehre wegen verlieren durfte. Worin bestand jetzt seine Pflicht? Ihr Leben zu retten, sagte er sich, und es klang überzeugend.

In der Dunkelheit stand der Entschluß für ihn fest. Aber als das Morgenlicht sanft in seine Zelle zu fallen begann und er allmählich aus der Dunkelheit auftauchte, wurde er wieder vernünftiger, ein Mann, der ein Pflichtgefühl besaß, sich selbst und anderen gegenüber. War die Liebe die Freiheit der Männer wert? War ihr Leben das wert? Er war verwirrt. Wie konnte er mit dem Bewußtsein seines Verrats leben? Aber wie konnte er leben mit dem Bewußtsein, daß er sie hatte sterben lassen?

Er setzte sich auf und starrte in das zarte Morgenlicht. Er hörte wieder die Worte, die Jatayu gesprochen hatte, als würden sie ihm noch einmal ins Ohr geflüstert. »Ich habe dich viele Tage lang gesucht. Der *bandar* . . .« Kim erhob sich aufgeregt und sah hinaus. In den Bäumen waren keine Affen zu sehen, aber er konnte seine Hoffnung nicht ersticken. ». . . der *bandar* hat mir gesagt.« Der *Affe* hatte Jatayu gesagt, wo er sich befand. Jatayu kannte Hanuman. In der Ramayana hatten der Affenkönig und sein Heer Rama geholfen, Ravana zu besiegen. Dieser alte Führer des Affenvölkchens, der alberne Spielchen spielte, war nicht Hanuman, aber er hatte mit Jatayu gesprochen. Er hatte das Spiel zu einem bestimmten Zweck gespielt, und endlich verstand Kim es.

Kim war so mit dem Gedanken an seine Flucht beschäftigt, daß er Anil Ray ganz vergessen hatte. Er kam zur üblichen Zeit, um die Zellen auszukehren. Hari schloß die Tür auf, und Anil trat ein. Er nickte Kim nur zu und bewegte sich wie benommen umher.

»Was ist geschehen? Du sagst gar nichts.«

»Ich hörte, daß mein Vater dem Tod sehr nahe ist. Er hat das Bett seit Tagen nicht mehr verlassen. Der Arzt sagt, er wird nicht mehr lange leben. Einen Tag, zwei Tage. Die Nachricht kam gestern, und er ist vielleicht jetzt schon tot. Ich habe darum gebeten, ihn besuchen zu dürfen, aber der Direktor hat es abgelehnt. Man hat mich als gefährlichen Verbrecher eingestuft. Keine Privilegien.«

»Das tut mir leid.« Kim legte die Hand tröstend auf Anils Schulter. Er sah, wie sich die Härte, der Zorn auflöste. Die gespielte Tapferkeit, das herausfordernde Benehmen waren fort. Anil Ray war den Tränen nahe und sah wie ein kleiner Junge aus, verloren und allein.

»Wenn du deinen Vater siehst, bevor er stirbt, wirst du dann dein Versprechen halten und Goode nicht töten?«

»Ja. Ich schwöre es. Wen kümmert dieser *chutya*? Alles, was ich will, ist, noch einmal meinen Vater sehen, und ich weiß, wenn er mich sieht, wird er seinen Lebenswillen wiedererlangen.«

Kim sah hinaus, dorthin, wo in einiger Entfernung Hari stand, eine Zigarette rauchte und mit einem anderen Wärter sprach. Die Affen suchten friedlich im Tamarindenbaum über ihren Köpfen nach Futter. Drei von ihnen hockten auf der Gefängnismauer und suchten einander nach Flöhen ab. Sie schienen sich um die Welt nicht zu kümmern. Vielleicht hatte er sich den Fluchtplan nur eingebildet; der *bandur* hatte nur ein Spiel gespielt. Wenn er zur Mauer lief und sie zogen ihn nicht hinauf, würden ihn die Wärter fangen. Kim zweifelte nicht daran, daß sie ihn schlagen würden, nicht sehr hart, aber genug, damit es ihm eine Lehre wäre. Sie würden es dem Oberst melden, und der würde ihn wegen Ungehorsams zum Gefangenen Klasse C degradieren.

»Etwas sollte geschehen, wenn ich aus dieser Zelle trete. Ich hoffe und bete, daß es geschieht. Bleib nahe bei mir.«

Obwohl es nicht die Zeit für seinen Hofgang war und er in seiner Zelle bleiben sollte, trat Kim vorsichtig hinaus. Hari hatte ihn nicht bemerkt, aber die Affen sehr wohl. Sie hörten auf, nach Futter zu suchen, und sahen zu ihrem alten Häuptling hoch. Er kletterte von den höheren Ästen der Tamarinde herunter, und leise versammelte sich das Völkchen über den Köpfen der Wärter. Kim ging noch einen Schritt weiter von der Tür weg, und Anil folgte ihm.

Plötzlich brachen die Affen in ohrenbetäubendes Geschrei aus. Ein paar sprangen herunter, umzingelten die Wärter und sprangen auf sie zu, als ob sie sie angreifen wollten. Die anderen schüttelten die Äste und ließen reife Tamarindenfrüchte auf den Boden herunterprasseln. Die Wärter erschraken und liefen zum Wärterhaus, um dort Schutz zu suchen; die Affen folgten ihnen spuckend, knurrend und die Zähne fletschend.

Kim und Anil rannten auf die Mauer zu, wo die drei Affen saßen. Kim erwartete, daß sie jeden Augenblick die Flucht ergreifen würden. Statt dessen hielten sich, genau wie in dem Spiel, das sie geübt hatten, zwei am oberen Rand der Mauer fest und ließen sich herab. Kim stieß Anil vorwärts.

»Faß sie bei den Pfoten. Schnell.«

Anil war zu überrascht, sich zu bewegen, bis Kim ihn gegen die Mauer schob. Er hob die Arme, und die Affen faßten ihn bei den Händen und zogen ihn hinauf. Sie ließen sich wieder herunter. Kim sah sich um. Die Wärter hatten sich von ihrem Schreck erholt. Die Affen wichen vor den Schlägen der *lathis* zurück. Kim packte die Pfoten, die sich zu ihm herabstreckten, und war überrascht von der Kraft ihres Griffs. Fast mühelos hoben sie ihn vom Boden auf und hoch auf den Rand der Mauer. Anil lag, alle viere von sich gestreckt, in einem Graben auf der anderen Seite. Die drei Affen sprangen fort, die Mauer entlang. Die Wärter rannten jetzt auf ihn zu und schwenkten ihre *lathis*, während andere zu dem entfernten Tor liefen. Jemand fing an, auf die Eisenschiene zu hämmern und machte einen ohrenbetäubenden Lärm. Kim ließ sich auf der anderen Seite hinunterfallen und rollte in den schmutzigen Graben.

Von Narain und einem Tonga war nichts zu sehen. Sie standen unentschlossen da.

»Was nun?« Anil war immer noch benommen von der Schnelligkeit seiner Flucht und fürchtete sich, wie jeder Häftling, vor der Außenwelt. Er hatte zu lange in der Gefangenschaft gelebt.

»Lauf los. Was sonst?«

Sie stoben die Straße hinauf, scheuchten die Passanten auseinander, rannten ein paar Feuerholz tragende Frauen um, zertraten frisches Gemüse, das auf dem Boden zum Verkauf ausgelegt war. Sie hörten, daß ihnen jemand folgte, sich näherndes Trommeln von Ponyhufen. Kim sah sich um. Narain beugte sich aus einem Tonga und rief ihm etwas zu. Hinter ihm kamen die Wachen; zwei von ihnen trugen Gewehre. Der Tonga verlangsamte nicht ihre Fahrt, als sie Kim und Anil erreichte. Kim fiel einen Schritt zurück, damit Narain Anils Hand ergreifen und ihn in den Tonga ziehen konnte. Der Abstand vergrößerte sich, und Kim lief schneller; zuerst berührte er Narains Finger, dann gelang es ihm, sein Handgelenk zu fassen. Er wurde ein oder zwei Meter weit mitgerissen, dann fühlte er, wie man ihn hineinzog. Zwei Gewehrkugeln pfiffen vorbei, und der Tonga raste um eine Kurve.

»Du hast mir nicht gesagt, welche Mauer«, schimpfte Narain, fast ebenso außer Atem wie Kim. Er sah auf Anil hinab. »Wer ist das?«

»Anil Ray.«

»*Ahree . . . ahree.* Ein Terrorist. Wenn der Oberst-Sahib uns jetzt fängt, hängt er uns alle auf.«

30

Elizabeth wußte, daß dies vielleicht das letzte Mal war, daß sie das Meer von einer indischen Küste aus sah. Die Einheimischen nannten es *kala pani.* Schwarzes Wasser. Es war eine merkwürdige Bezeichnung für etwas, das aus vielen Blautönen bestand; fast blaßgrün nahe der Küste, dunkler weiter draußen, dazwischen die allmählichen Abstufungen, die man sogar vom Strand aus deutlich sehen konnte. Jeder Blauton war vom nächsten wie durch eine gerade Linie abgegrenzt, und an einem sonnigen Tag blieben die Farben innerhalb dieser Grenzen. Nachts phosphoreszierte die See und verwandelte sich in ein silbriges Grün. Elizabeth dachte sich, daß das Meer in einer mondlosen Nacht tatsächlich schwarz aussehen mochte, aber man mußte die Augen zusammenkneifen, um sich das Mitternachtsblau als Schwarz vorzustellen. Für ein Volk mit einem so wilden Sinn für Farben an Land, in ihrer Kleidung und in der Pflanzenwelt, waren sie im Hinblick aufs Meer seltsam farbenblind. In ihren englischen Augen war es niemals schwarz. Schwarz bedeutete Böses. Der Tod und die Pest waren schwarz. Die unteren Kasten waren schwarz. Und sie dachte: Weil wir über das Meer gekommen sind, hat unsere Berührung das Wasser in ihren Augen schwarz gemacht. Auch weil ihre Söhne es überquert haben und verändert zurückgekehrt sind. Das Meer verwandelte Altes in Neues und jagte ihnen Angst ein.

Die Gharri bewegte sich mit beträchtlicher Geschwindigkeit um die Biegung der Bucht herum auf Malabar Hill zu. Der Strand war so weiß, daß es den Augen weh tat. Hier und da sah man kleine dunkle Flecken, das waren Fischer, die ihre armseligen Netze und Boote flickten. Strohgedeckte Hütten standen an der entfernten Ecke der Bucht eng beieinander, und Kinder und Frauen stapften mühsam durch den Sand auf sie zu, leere Fischkörbe auf dem Kopf, nachdem sie den morgendlichen Fang auf dem Crawford-Markt verkauft hatten.

Sie hatte nicht gewußt, daß Malabar Hill so weit vom eigentlichen Bombay entfernt lag. Jedesmal, wenn sie hinausschaute unter ihrem grünen Sonnenschirm, war der grüne, von weißen Bungalows gefleckte Hügel gleich weit entfernt. Aber schließlich krochen sie im Schatten die sich windende Straße hinauf, und das Meer lag hinter Banyan- und *Pipal*-Bäumen, Mangohainen und Tamarinden verborgen. Sie war nicht sicher, was sie sich unter dem Haus ihrer Mutter vorstellen sollte. Wahrscheinlich ein *Kacca*-Gebäude, ähnlich den Eisenbahnvierteln der *chi-chis*. Sie sah verwahrloste Kinder vor sich und alte Diener und Brennholz auf der Einfahrt und war fast enttäuscht, als die Gharri vor einem hübschen kleinen Bungalow hielt, der in einem kühlen Garten lag, im Schatten eines Regenbaumes, der einen Teppich von rosa Blüten auf den Gartenweg verstreut hatte.

Eine Dienerin öffnete die Tür nach dem ersten Klopfen und führte Elizabeth in ein Wohnzimmer. Die Wände waren von Bücherregalen bedeckt, Zeitungen und Zeitschriften lagen auf Tischen und Stühlen herum. Ein Zimmer, in dem jemand arbeitete und lebte, ein Mensch von einer intellektuellen Betriebsamkeit, die Elizabeth fremd war. Sie hatte sich noch keine Gedanken über Alice' Arbeit gemacht. Keine Frau, die sie in Indien kannte, arbeitete für ihren Lebensunterhalt. Sie konnte sich nicht vorstellen, daß sie selbst irgendeine Arbeit verrichtete. Elizabeth saß mit mürrischem Gesichtsausdruck da und zeigte wenig Neugier für die Bücher. Sie blätterte ihr unbekannte Zeitungen durch – den *Manchester Guardian* und die *New York Herald Tribune*, den *Spectator*, den *New Yorker* – und warf sie beiseite. Sie rochen muffig.

»Was für eine wunderbare Überraschung.« Alice stürmte herein, eine Brille auf der Nase, unförmig in einem Arbeitskittel. Sie drückte Elizabeth sofort an sich und taute die Schüchternheit ein wenig auf. »Ich dachte, ich würde dich nie wiedersehen.«

»Ich bin an dem Tag zum Great Eastern Hotel gefahren, aber du warst fort.«

»Eine Freundin von mir ist verschwunden. Sie hat bei mir gewohnt, und es war mein Fehler, daß sie an meiner Stelle nach Allahabad gehen mußte. Ich bin sofort hingefahren, um sie zu suchen.«

Alice machte sich große Sorgen um Mohini. Sie hatte ein Telegramm von Romesh erhalten – MOHINI VERSCHWUNDEN STOP VERDÄCHTIGE EHEMANN

STOP – und war augenblicklich von Kalkutta nach Allahabad geeilt, obwohl es dort wenig gab, was sie tun konnte. Romesh und Motilal Nehru hatten bei der Polizei eine Anzeige wegen Mohinins Verschwinden erstattet, aber niemand hatte sie die Sitzung der Kongreßpartei verlassen sehen. Da es sich um eine Frau handelte, so erklärte der britische Polizeichef, hatte sie sich wahrscheinlich entschlossen, zu ihrem angetrauten Ehemann zurückzukehren. Alice und Romesh hatten den Zug nach Delhi und zu Bahadhur-Sahibs Haus genommen, wo Alice einen Brief hinterließ, in dem sie Bahadhur-Sahib bat, sich sofort mit ihr in Verbindung zu setzen. Sie hatte nie eine Antwort erhalten. Der Generalinspektor der Polizei bestätigte kurz ihre Nachfrage und versprach eine Untersuchung. Seitdem Schweigen. Alice wünschte, sie könnte ihrer Tochter von Mohini erzählen, vermutete aber, daß Elizabeth der Fall nicht interessieren würde. Sie war von den Einheimischen zu weit entfernt, als daß sie irgendwelches Mitleid hätte empfinden können.

»Ich bin gekommen, weil ich morgen nach Hause fahre.«

»Das ist schade. Ich hatte gehofft, wir könnten einander besser kennenlernen. Es gibt da etwas, das ich dir geben muß.« Alice verließ das Zimmer und kehrte mit dem Brief zurück, den sie ihrer Tochter geschrieben hatte. »Ich möchte gern, daß du das liest. Ich habe darin zu erklären versucht, was damals geschehen ist.«

Elizabeth hielt den Brief in der Hand, fühlte sein Gewicht.

»Kann ich ihn jetzt lesen?«

»Er kann warten. Ich würde mich jetzt lieber mit dir unterhalten. Möchtest du gern zuerst eine Tasse Tee?«

»Nein, danke . . .« Elizabeth wußte immer noch nicht, wie sie Alice ansprechen sollte und ließ den Satz unvollendet.

»Ich weiß«, sagte Alice intuitiv. »Wie kannst du mich nennen? Versuch es mit ›Alice‹, wenn du möchtest. Hast du nach meinem Besuch mit deinem Vater gesprochen?«

»Ja.«

»Und?« Alice zögerte. »Ich möchte nicht, daß du ihn hier

vor mir verurteilst. Das wäre nicht fair. Ich möchte nur wissen, ob er irgend etwas erklärt hat.«

»Er sagte, du hättest ihn verraten, uns verraten.«

»Ja, ich nehme an, er sieht das in diesem Licht und nicht als eine Frage von Glück oder Traurigkeit. Sehr militärisch, sehr imperial. Loyalität und Verrat.«

»Aber am Anfang habt ihr euch geliebt? Er wollte mir nichts sagen. Er behandelt mich, als wäre ich noch ein Kind und verstünde diese Dinge nicht.«

»Ich glaube, ja. Wir hätten gewisse gemeinsame Interessen, dachte ich. Er war jung und hübsch und liebte dieses Land, und ich verliebte mich in ihn, weil ich ihn romantisch fand. Verstehst du? Ich war so voller Enthusiasmus nach Indien gekommen, aber dann nahm er mir den Schwung. Ich habe das alles in meinem Brief zu erklären versucht. Er erwartete von mir als Frau auch nicht, daß ich ein sexuelles Verlangen hätte, und nach deiner Geburt mied er mich. Ich wandte mich, um Trost zu finden, einem anderen Mann zu, und in dem Trost fand ich Liebe.«

»Ich glaube, ich verstehe«, sagte Elizabeth langsam. »Ich habe manchmal diese Gefühle, aber ich habe auch das Gefühl, daß sie schlecht sind.«

»Sie sind nicht schlecht. Sie sind natürlich, aber wir sind gezwungen, sie zu ersticken. Genauso wie man uns eingeredet hat, daß die Ehe und ein Ehemann notwendig für unser Dasein und unsere Erfüllung sind. Ohne sie, so hat man uns gesagt, sind wir nutzlos. Was sie uns nicht erzählen, ist, daß wir unser eigenes Leben an diese Ehemänner verlieren. Ich habe gelernt, daß ich allein leben und dabei zufrieden sein kann. Die meisten Frauen können es nicht.«

»Ich wollte ... ich wollte, ich hätte dich früher kennengelernt.«

»Es ist noch nicht zu spät.«

»Es ist zu spät. Ich fahre weg.« Sie wollte der Mutter ihr Herz ausschütten, aber sie wußte nicht wie. Einerseits spürte sie die Wärme und Zuneigung, den Intellekt, das leidenschaftliche Unabhängigkeitsstreben, das Alice sicherlich ihrem Ehemann entfremdet hatte. Andererseits war Alice eine Fremde, eine Fremde, die sie womöglich niemals wiedersehen würde, außer sie kehrte nach Indien zurück. Aber manchmal brachte es Trost, wenn man sich einem fremden Menschen anvertraute.

»Es gibt da einen Mann, den ich liebe«, sagte Elizabeth. »Wir hatten eine Liebesaffäre. Ganz plötzlich verschwand er, und ich weiß nicht, wo er jetzt ist. O Gott, er fehlt mir so sehr.«

Elizabeth fing an zu weinen und fühlte Alice' Arme, die sie festhielten, und sie legte ihren Kopf auf Alice' Schulter. Sie hatte dieses tröstende Gefühl ihr Leben lang vermißt, und sie wünschte sich, daß sie in Alice' Wärme eintauchen und versinken könnte. Schließlich richtete sie sich wieder auf, tupfte die Tränen aus ihren Augen und schnupfte sich die Nase.

»Es tut mir leid.«

»Nein. Mir tut's leid«, sagte Alice mit bitterem Ton. »Schrecklich leid. Wer ist es? Ist er nett zu dir?«

Elizabeth konnte ihr keine ehrliche Antwort geben. Erwartete man denn von den Männern, daß sie nett waren? Ihr Vater konnte es sein, aber nur auf so eine unpersönliche Art.

»Manchmal. Er hat eigenes Geld. Ich weiß nicht, wer seine Leute sind oder was er tut, aber ich habe das Gefühl, ich finde ihn in England. Ich weiß es.«

»Dann schreib mir und erzähle es mir. Ich werde auf deine Briefe warten. Und wenn ich irgend etwas tun kann, dann sage es mir einfach. Wann wirst du wiederkommen?«

»Ich bin nicht sicher, daß ich das will. Nun, da Richard tot ist, kann ich bei Vater nicht mehr leben, nicht nachdem er uns so getäuscht hat.«

»Darin ist er ein Meister.« Alice betrachtete ihre Tochter, den Spiegel ihrer eigenen Jugend. »Ich glaube, du kommst wieder. Du bist in vieler Hinsicht wie ich, obwohl ich glaube, daß du das selbst entdecken wirst. Besuchst du meine Eltern? Mein Vater ist jetzt pensioniert, aber er würde so gern seine Enkelin kennenlernen.« Als Elizabeth nickte, kritzelte Alice die Anschrift ihres Vaters auf einen Briefumschlag. »Bestelle ihm viele liebe Grüße von mir.«

»Wirst du jemals nach Hause zurückgehen?«

»Nein, ich möchte hier sterben, und sobald du das weißt, weißt du, wo deine wirkliche Heimat ist.« Sie tätschelte Elizabeth' Hand und hielt sie fest. »Sag mir alles über diesen Mann, den du liebst.«

Das staubige Sonnenlicht fiel zwischen sie, und während Elizabeth sprach, wurde es dunkler im Zimmer. Alice' Herz sank, als sie von Peter Bayley hörte, und sie wollte ihrer Tochter eine Warnung zurufen. Sie sah den Stolz in Elizabeth' Gesicht, aber sie fühlte in ihrem Herzen, daß ihre Liebe zu diesem Mann ihr Verderben war. Und als Elizabeth schwieg, nahm Alice die Hand ihrer Tochter und versuchte, ihr ihre Angst mitzuteilen.

»Sei vorsichtig«, fing sie an.

»Alle sagen das. Aber er ist so aufregend, und ich liebe ihn. Bitte verdirb es mir nicht, indem du mir sagst, ich solle aufhören, ihn zu lieben. Ich kann es nicht. Du solltest das verstehen.«

»Ich verstehe es ja, aber ich kenne auch den Schmerz.«

»Ich muß jetzt gehen«, sagte Elizabeth. »Wirst du zur Abfahrt des Schiffs kommen?«

»Ich glaube nicht, daß das klug wäre.«

Sie gingen hinaus in den warmen Abend, und die Brise, die von der See kam, raschelte in den Zweigen der Bäume, und sie atmeten den kräftigen Geruch des Meeres. Die Gharri wartete. Alice drückte Elizabeth an sich und küßte sie, bevor sie ihr hineinhalf.

»Versprich, daß du mir schreibst.«

»Ich verspreche es ... Mutter.«

Alice sah der Gharri nach, bis sie außer Sichtweite war, fast überwältigt von der Traurigkeit dieses Abschieds. Alice glaubte nicht an Gott, aber sie betete inbrünstig, daß Gott ihre Tochter auf der Suche nach ihrem Geliebten leiten und sie eines Tages nach Indien zurückbringen würde.

Der Oberst hörte sich Isaac Newtons Bericht an. Newton trug den gleichen, seinen besten Anzug mit Krawatte, die gleichen Schuhe und die gleiche Aktentasche. Er fühlte sich wie üblich unwohl in seiner Kleidung und umklammerte seinen Spazierstock mit dem Elfenbeingriff. Der Oberst sah ihm die ganze Zeit ins Gesicht und zuckte nicht einmal mit den Augenlidern. Es war schwierig, diesen Blick zu meiden, da Newton an der Tür der Gharri stehen und hineinsehen mußte. Der Oberst trug an diesem Abend seinen prächtigen Ausgehanzug mit einem gestärkten weißen Hemd und all seinen Auszeichnungen.

»Sie ist losgefahren, um eine Memsahib zu besuchen. Soames-Memsahib«, sagte Newton. »Dann fuhr sie zurück ins Government House, und seither ist sie in ihrem Zimmer.«

»Ich möchte, daß du diese Memsahib im Auge behältst. Kannst du irgend jemanden in ihr Haus bekommen?«

»Sie hat einen sehr armen Haushalt, Oberst-Sahib. Eine Dienerin zum Kochen und Saubermachen, einen *mali*. Der *mali* ist ein alter Mann. Vielleicht wird er krank, und ich könnte einen neuen besorgen, der dann dort arbeitet.«

»Was ist mit Nairojis Organisation?«

»Es arbeitet dort ein Journalist, der mir sehr geholfen hat.«

»Dann dürfte das genügen. Aber ich möchte regelmäßige Bericht über Soames-Memsahib, wen sie besucht, ihre Freunde, ihre Besucher. Verstehst du?«

»Ja, Oberst-Sahib.« Newton stieß langsam den Atem aus. Der Oberst schwieg. Es war Zeit für Newton zu gehen. Es war eine wichtige Arbeit zu tun an seiner neuen Erfindung. Sie war fast perfekt: ein Fahrrad mit einem Motor. Es wäre billig herzustellen, billig im Betrieb und würde seinen Landsleuten von Nutzen sein, die überallhin zu Fuß gehen mußten.

»Hast du von Narain gehört?«

»Nein, Oberst-Sahib.« Newton wand sich. Es war die einzige Frage, die er hatte vermeiden wollen. Er fühlte sich vor diesen Augen nackt; sie waren kalt, zornig.

»Er ist verschwunden. Die Polizei wurde beauftragt, nach ihm Ausschau zu halten.«

»Oberst-Sahib, Narain ist ein sehr zuverlässiger Mann. Er wird mir sagen, wo Kim und der *badmash* sind, sobald er dazu Gelegenheit hat. Ich würde mein Leben auf seine Loyalität setzen.«

»Eine leichtsinnige Wette, Newton. Setze nie auf einen Mann. Oder eine Frau. Du verlierst immer. Wohin könnte er gehen?«

»Wo Kim hingeht, dahin wird auch Narain gehen. Er ist ein wahrer Freund dieses ›Freundes der ganzen Welt‹.«

»Ich glaube, ich weiß, wohin Kim gehen wird«, sagte der Oberst, und Newton hörte einen Ton in seiner Stimme, der scharf genug war, um seinen Hals durchzuschneiden.

Newton entbot dem Oberst seinen *salaam* und hob die zusammengepreßten Handflächen über den Kopf, damit der Oberst die Geste sehen konnte. Er hob die Aktentasche und den Elfenbeinstock auf und schritt zielstrebig die Church Gate Street hinunter in Richtung Bahnhof und Rikscha-Stand. Aber nachdem Newton um eine Ecke gebogen war, sah er sich vorsichtig um. Die Gharri hatte sich nicht von der Stelle gerührt, und Newton stellte sich in den Schatten eines *panwallah*.

Er machte sich große Sorgen um Narain und Kim. Sie hatten den Zorn des Oberst-Sahib erregt, und das war gefährlich. Wenn er nur wüßte, wo sie waren, dann könnte er sie warnen. Der Oberst schien es zu wissen, und Newton bestaunte, trotz seiner sorgenvollen Gedanken, die Fähigkeit des Obersts, alle Geheimnisse zu ergründen. Newton wußte nicht genau, warum er sich da herumdrückte und seinem verehrten Vorgesetzten nachspionierte. Der würde ihn zweifellos, sollte er von dieser Unbotmäßigkeit erfahren, fristlos – und ohne Pension – entlassen. Der Oberst hatte, was ungewöhnlich für ihn war, Newton gebeten, zu seiner Gharri nach Church Gate zu kommen. Normalerweise erstattete Newton ihm im Government House Bericht. *Ipso facto*, so schloß Newton, plante der Oberst-Sahib, eine andere Person zu treffen. Aber Neugier kann auch gefährlich werden, und da ich sonderbare Dinge vermute, muß ich schrecklich vorsichtig sein, weil mit dem Oberst-Sahib nicht zu spaßen ist.

Der Mann, auf den der Oberst wartete, ging keine Armlänge entfernt an Newton vorbei, als er sich gerade eine Prise Tabak ins rechte Nasenloch stopfte. Newton hatte ihn die Straße überqueren sehen, er bewegte sich im Schatten dahin, machte den Eindruck eines Mannes, der seinen Abendspaziergang absolviert. Aber bevor er hinüber ging, warf er kurz einen Blick auf die Gharri. Newton, dessen Augen einen kleinen Flecken in einem Diamanten erkennen konnten, sah es. Er läuft wie eine Katze, dachte Newton. Den Kopf erst nach der einen Seite, dann nach der anderen. Er sah ihn an der Gharri halten, genau dort, wo er selbst gestanden hatte. Ihr Gespräch war kurz. Der Mann ging wieder, sein *salaam* war nicht so unterwürfig wie Newtons; dann ließ er sich im Strom der Menschen treiben, der zum Bahnhof flutete. Newton packte seinen Elfenbeinstock und folgte ihm.

Die Gharri brachte den Oberst zur Residenz des Gouverneurs. Sie strahlte hell in festlicher Beleuchtung, und die warme Luft war von dem sanften Klang der Musik erfüllt. Die lange Auffahrt entlang warteten Kutschen darauf, die Besucher abzusetzen. Am schmiedeeisernen Tor standen imperiale Leibwachen, zwei zu Fuß, zwei zu Pferd. Die Residenz war ein riesiges Haus im neoklassischen Stil mit vier massiven Säulen, die den prächtigen Eingang flankierten. Der Oberst bewegte sich rasch durch die elegante Menge. Die meisten waren Europäer, nur hier und da sah man einen Inder darunter. Die Empfangsräume waren sämtlich erleuchtet, und Diener gingen mit silbernen Tabletts voll Getränken durch die Menge.

Der Adjutant des Vizekönigs öffnete die Tür zu einem privaten Empfangsraum, und der Oberst gesellte sich zu den anderen Gästen.

Das Abschiedsdinner war weniger grandios als dasjenige Lord Curzons: Minto war nie so förmlich wie sein Vorgänger gewesen. Lord Minto saß am Kopfende des Tisches, Lady Minto am Fußende, und um den ganzen Tisch herum brachten die Männer, die das Land regierten, ihr Bedauern über den Weggang des Vizekönigs zum Ausdruck, im deutlichen Gegensatz zu ihrer Freude über Curzons Abschied. Obwohl Lord Minto sogar ein paar Reformen hatte hinnehmen müssen, die der Minister für Indien in London, Mr. Morley, gegen Mintos Willen durchgesetzt hatte, waren die Machtverhältnisse unverändert geblieben. Lord Minto hatte sich mit den Männern, die Indien regierten, zusammengetan und sich den Forderungen Londons soweit wie irgend möglich widersetzt. Minto war entzückt, daß sein Ehrgeiz, Vizekönig von Indien zu werden, sich erfüllt hatte. Sein Ehrgeiz war es auch gewesen, das Land in einem friedlichen und stabilen Zustand zu verlassen, und mit der Hilfe von Männern wie dem Oberst war ihm das gelungen.

»Wird verdammt langweilig sein, wieder in England zu leben, sage ich Ihnen. Ich habe hier draußen eine prachtvolle Zeit verlebt. Ich werde dieses Land und Sie alle mit allergrößtem, allergrößtem Bedauern verlassen. Wir haben alle gut zusammengearbeitet, und ich danke Ihnen allen; dank Ihrem Rat und Beistand werde ich einen Teil des Empire zurücklassen, der sich nicht verändert hat. Ich bin sicher, Sie werden Indiens Loyalität gegenüber der Krone bewahren, solange Sie leben. Ich möchte allen danken, daß Sie mir meine Amtszeit zu einem solchen Vergnügen haben werden lassen.« Er stand auf und hob sein Glas zum Bild des Königs. Einem neuen Bild. Edward VII. war im Mai jenes Jahres gestorben, und Prinz George war König. Die anderen erhoben sich auch und wandten sich dem dunklen Ölgemälde in dem schweren Goldrahmen zu. »Auf den König und Kaiser!«

Als die Damen die Herren bei Brandy und Zigarren allein ließen, zogen die Männer ihre Stühle näher zu Lord Minto heran. Ein Diener blieb hinter jedem Stuhl stehen, und die Unterhaltung wandte sich der Vergangenheit zu. Sie sprachen über die letzten fünf Jahre, über das Vergnügen, dem Vizekönig dienen zu dürfen, über die Hindernisrennen, die Bälle, die Jagdausflüge. Es herrschte eine Atmosphäre der Zufriedenheit in dem eleganten Speisesaal mit der hohen Decke.

Lord Minto erhob sich und winkte dem Oberst, damit er sich fern den anderen zu ihm geselle. Sie stellten sich ans Fenster und schauten hinaus auf die Lichter Bombays, die die Küstenlinie entlang leuchteten, und die Schiffe am Horizont sahen wie eine Lichterkette aus.

»Oberst Creighton, ich muß vor allem Ihnen danken für Ihre Hilfe und Ihren Rat während meiner Amtszeit. Ohne Sie hätte ich vielleicht ein paar Dinge verpatzt. Wir hätten womöglich eine Büchse der Pandora geöffnet, wenn zu viele von den Londoner Reformen auf einmal durchgesetzt worden wären.«

»Ich bin ganz Ihrer Meinung, Euer Exzellenz. In London verstehen sie nichts von Indien, und ich habe in der Tat sehr großes Glück gehabt, einem Mann dienen zu dürfen, der sich auskennt. Der Einheimische ist noch nicht soweit, daß er die politische Macht selbst übernehmen könnte. Das wird viele, viele Jahre brauchen. Die Kongreßpartei wird sich bald zersetzen. Sie ist führerlos, ruderlos. Es ist nur eine Frage der Zeit, bis sie sich völlig auflöst.«

»Dank Ihnen. Ganz unter uns – ich habe Ihre Aufnahme in den Ritterstand bei der nächsten Geburtstags-Ehrenliste dringend empfohlen. Ich kann's nicht garantieren, wohlgemerkt, aber gewöhnlich folgt der Palast diesen Vorschlägen.«

Der Oberst verbeugte sich erfreut. Er hatte lange mit dieser Belohnung gerechnet. Nun war es definitiv. Seine Augen waren feucht. Er hätte jederzeit sein Leben fürs Empire gegeben.

»Danke, Euer Exzellenz. Ich habe Indien und der Krone so loyal gedient, wie es ein Mann nur tun kann. Es wäre in der Tat eine Ehre, in den Ritterstand erhoben zu werden, aber dem Empire zu dienen, das allein ist schon Befriedigung genug gewesen.«

»Gut, gut, Sie verdienen es. Nun, wir gehen besser wieder zu den anderen hinüber. Ich muß Abschied nehmen.« Er putzte sich die Nase. »Ich hasse Abschiede. Hasse sie.«

Elizabeth gab sich Mühe, beim Abschied des Vizekönigs so heiter wie nur möglich zu erscheinen. Sie war aufgeregt und ungeduldig, wenn auch zugleich ein bißchen traurig, daß sie fortging. Morgen um diese Zeit würde sie schon auf hoher See sein und die Lichter von Bombay in der Ferne verschwinden sehen. Die große Erregung verlieh ihrer Schönheit zusätzlichen Glanz, und die meisten Männer überschütteten sie mit Komplimenten. Sie küßten ihr die Hand, einer oder zwei sogar die Wange. Sie lachte entzückt. Das Fest war ein Wirbel von bekannten Gesichtern, Umarmungen und Küssen. Versprechen, daß man einander schreiben, Versprechen, daß man die, die bald daheim waren, besuchen würde, Versprechen, Freunde und Bekannte aufzusuchen. Nie allerdings ein Versprechen zurückzukehren. Die Abschiedsparty war genauso, wie sie es sich vorgestellt hatte. Sie trug ein seidenes Ballkleid, das letzte, das Mrs. Pereira in Kalkutta ihr hatte machen müssen, die sie und ihre Aufträge nun wohl vermissen würde. Das leichte Ballkleid enthüllte nur den oberen Teil ihres Busens. Seine Farbe war ein köstliches Nilgrün, und im Rücken war es tief ausgeschnitten. Ihr einziger Schmuck bestand aus einem Perlenhalsband, das einst der Rani von Jhansi gehört hatte, und der Pfauenbrosche, die Peter ihr geschenkt hatte. Sie trug sie bei jeder möglichen Gelegenheit. Mit der Intuition der Liebenden wußte sie, daß sie ihn bald wiedersehen würde. Er würde sie finden und sie ihn.

Sie sah sich nach ihrem Vater um, konnte ihn aber nicht in der Menge entdecken, und so stellte sie sich in eine Schlange von Leuten, die dem Vizekönig Lebewohl sagen wollten, der am entfernten Ende des Saals stand. Sie plauderte mit Mrs. Mitford und deren Tochter, als sie sich zentimeterweise vorwärtsbewegten. Sie spürte, daß wirklich eine Zeit zu Ende ging. Vizekönig auf Vizekönig hatte man in Indien willkommen geheißen und ihnen bei ihrer Abreise Lebewohl gewünscht. Sie waren die Macht Englands und doch nur zeitweilig bedeutende Figuren, die wieder wegfuhren. Es kam ihr wie gestern vor, daß sie beim Abschiedsball von Lord Curzon in Simla getanzt und dann Peter in Bombay an dem

Tag getroffen hatte, an dem Lord Minto Vizekönig wurde. Jetzt ging sie auch fort.

Als sie schließlich den Vizekönig und die Vizekönigin erreichte, drückte ihr Lady Minto einen Kuß auf die Wange, und der Vizekönig schüttelte ihr herzlich die Hand.

»Sie sehen außergewöhnlich reizend aus, meine Liebe, außergewöhnlich.«

»Danke, Euer Exzellenz.«

»Ich glaube, wir fahren mit demselben Schiff. Ihr Vater bat mich, Sie im Auge zu behalten, meine Liebe, also habe ich dafür gesorgt, daß Sie bei uns am Tisch sitzen.«

»Danke, Euer Exzellenz. Ich freue mich darauf. Darf ich Ihnen *bon voyage* wünschen?«

»Wir werden einander *bon voyage* wünschen, Miss Creighton.«

Elizabeth hätte reden und tanzen können, bis das Schiff abfuhr. Bekannte Gesichter tauchten in der Menge auf. Sie hatte die Bowens seit Jahren, seit ihrer Kindheit nicht mehr gesehen. Sie waren zu Besuch aus Kaschmir da und sehr enttäuscht, daß Elizabeth Indien gerade in dem Augenblick verließ, in dem sie die Bekanntschaft wieder auffrischten. Sie stellten sie Sir Reginald Whittacker vor, einer Autorität in der Flora und Fauna der unteren Himalayaberge. Er raubte ihr die kostbare Zeit, indem er von seinem nächsten Band, diesmal über die mittlere Himalayaregion, erzählte.

Sie wurde plötzlich abgelenkt durch den Anblick ihres Vaters in dem riesigen Spiegel mit dem Goldrahmen, der an der Wand hing. Er stand mit dem Rücken zu einer Säule und beobachtete sie. Nein, er beobachtete sie nicht, merkte Elizabeth. Er observierte sie – aufmerksam, gespannt, als ob . . . als ob sie ein ganz fremder Mensch wäre, jemand, der unter einem Verdacht stand. Seine zusammengekniffenen Augen schätzten sie ein, wogen sie gleichsam, und sie fühlte einen leichten Schauer. Sie drehte sich jäh und unhöflich von Sir Reginald weg, um sich ihrem Vater zuzuwenden, aber schon während dieser raschen Bewegung hatte sein Gesicht sich verändert. Er lächelte ihr zu, und auf diese Entfernung war sie nicht sicher, ob es Zuneigung bedeutete oder ob er seine Gedanken vor ihr zu verbergen trachtete.

Elizabeth ging zu ihm, und das Lächeln wurde breiter. Er streckte die Hände aus und nahm die ihren.

»Hast du genug?«

»Ich könnte die ganze Nacht hier verbringen, aber du mußt müde sein. Laß uns nach Hause fahren.«

Draußen war es viel kühler, und sie hängte sich ihren Mantel lose über die Schultern. Die Lichter spiegelten sich wie winzige Sterne auf den glänzenden Schnallen und Knöpfen und Lanzenspitzen der imperialen Leibwachen. Sie standen still wie Statuen, groß und muskulös mit ihren gut gestutzten schwarzen Bärten und gezwirbelten Schnurrbärten. Sie warf diesen Männern, die man aus den fernen Dörfern Indiens geholt und gedrillt hatte, damit sie als Soldaten dem Empire dienten, einen letzten sehnsüchtigen Blick zu.

Elizabeth und ihr Vater wären rasch die breiten Stufen hinuntergeeilt, aber zwei Männer traten aus den Schatten heraus. Ihre Kleidung war leicht zerknittert, und sie erweckten den Eindruck, als hätten sie schon einige Zeit gewartet. Der eine war ein Engländer mit einem Kahlkopf, der in der strahlenden Beleuchtung des Portals glänzte, der andere ein Inder, ein junger Mann, schlank und biegsam. Sie wußte instinktiv, daß es sich um Polizisten handelte. Sie hatten jene geduldige Art der Autorität und mißtrauische Augen, leer aber wachsam. Lauernd. Die Augen des Engländers sprangen hinab zu ihrem Busen und zurück zu ihrem Gesicht. Man sollte es nicht merken, aber Elizabeth wußte, daß es eine absichtliche Bewegung gewesen war, und sie hob schützend die Hand. Ihre Finger berührten Peters Brosche.

»Entschuldige mich, meine Liebe«, sagte ihr Vater und verließ sie, um zu den beiden Männern zu gehen. Alle drei zogen sich in den Schatten zurück, und ihr Flüstern klang wie das Plätschern eines fernen Bachs. Dann war die Stimme ihres Vaters deutlich zu verstehen. »Sind Sie sicher?« Eine gemurmelte Antwort. »Dann würde ich ihn gerne sehen. Natürlich.«

Ihr Vater kam zu ihr zurück, als die beiden Männer rasch die Treppe hinuntergingen. Er nahm ihren Arm und folgte ihnen.

»Was wollen sie?«

Dem Oberst fiel sofort auf, daß Elizabeth nicht die naheliegende Frage gestellt hatte: »Wer sind sie?« Sie wußte das schon, und er bewunderte widerwillig ihre scharfe Beobachtungsgabe.

»Sie glauben, sie haben vielleicht einen Anhaltspunkt bezüglich des Aufenthaltsortes deines Freundes, Mr. Bayley.«

»Wirklich?« Elizabeth konnte ihre Aufregung nicht verbergen. »Wo ist er?«

»Nun, nicht er persönlich«, sagte der Oberst. »Sein Diener, Rao. Er wurde wegen Besitzes von gestohlenem Eigentum verhaftet.«

»Oh!«

Ihre Röte verschwand, und er hörte einen winzigen Seufzer der Enttäuschung. Sie war durchscheinend, unschuldig, verletzlich, und er empfand Gewissensbisse, daß er sie hatte einsetzen wollen, um Peter Bayley zu finden. Der Mann stand unter Verdacht, obwohl der Oberst noch nicht sicher war, weswegen. Der Gedanke an Bayley rief unangenehme Gefühle in ihm hervor; seine Vergangenheit war so vage und ungewiß, als hätte ihn jemand aus irgendwelchen Büchern heraufbeschworen. Sobald Elizabeth in England war, würde entweder sie Bayley oder Bayley sie finden. Der Oberst hatte Inspektor Mitchell von der Kriminalpolizei absichtlich gebeten, sie am Portal zu erwarten. Er hatte gewollt, daß Elizabeth Zeugin dieses Gesprächs wurde.

»Kann ich Rao sehen?«

»Er ist im Zentralgefängnis, und ich würde es dir nicht raten.« Er machte eine Pause, als ob ihm etwas eingefallen wäre, aber er ließ sie warten, bis sie im Wagen saßen. »Wenn du möchtest, könnte ich den Mann verhören. Er weiß vielleicht etwas von Mr. Bayley.«

»Würdest du das bitte tun, Vater.« Elizabeth hatte ihren Vater niemals um einen Gefallen bitten wollen, aber sie konnte nicht anders. Dies war eine Ausnahme in ihrer Beziehung. Sie mußte einen Hinweis bekommen, ob Peter am Leben war. Oder tot.

Sie folgten dem Wagen des Inspektors durch die dunklen und fast leeren Straßen. Am klaren Himmel hing ein Dreiviertelmond, fast wie eine Lampe, und die Stadt lag da in einen bleichen Silberglanz getaucht. Sie war froh über diesen Mond. Sie erinnerte sich, daß sie ihn in England fast nie gesehen hatte, aber diese Erinnerung an das Licht auf den Gebäuden und Bäumen und den Menschen, die auf den Straßen schliefen, würde sie niemals verlassen. In der Luft hing noch immer der Duft von Holzfeuerrauch gemischt mit dem Geruch des Meeres. Sie hielten schließlich, und Elizabeth sah hinaus auf eine hohe weiße Mauer, die so hell war, daß sie ihre Augen blendete. Dahinter lag das Gefängnis.

»Ich bin in fünf Minuten wieder da«, sagte der Oberst und folgte den Polizisten durch die kleine Tür, die in das massive hölzerne Tor eingelassen war.

Der Oberst wollte tatsächlich Rao sehen und wartete im Verhörzimmer bei Inspektor Mitchell, während sein Assistent losging, um den Mann aus der Zelle zu holen. Mitchell bot dem Oberst eine Zigarette an, die dieser ablehnte, aber er erlaubte ihm zu rauchen. Der Raum roch, nicht nach Feuchtigkeit, sondern nach Verdacht – ein Geruch von Schweiß und Blut und Zigarettenqualm. Er war schlecht erleuchtet und voller Schatten. Die einzigen Möbel waren ein Tisch, zwei Stühle und eine fleckige Bank.

»Er ist ein halsstarriger Kerl. Wir haben ihn verhört, und ich glaube, er deckt diesen Mr. Bayley.«

»Ich bin sicher, Sie haben gute Arbeit geleistet«, beruhigte der Oberst den Inspektor. »Ich möchte ihm nur zwei Fragen stellen. Sie haben das Telegramm nach London abgeschickt? Daß jemand da ist, wenn das Schiff eintrifft?«

»Ja, Sir. Ich habe auch eine detaillierte Beschreibung der

jungen Dame mitgeschickt.« Er fragte sich, ob die Tochter wußte, daß sie den Lockvogel spielte. Er bezweifelte es. Sie würde die Ziege sein, die man festband, damit sie das Raubtier in die Falle lockte, so daß man es erschießen konnte. Der Inspektor war nie auf einer Tigerjagd gewesen, aber er wußte mit Sicherheit, daß er sich nicht gern vom Oberst würde jagen lassen. Der Mann war kalt und grausam auf seine Weise. Ein eiskalter Rechner.

Rao wurde von zwei Gefängniswärtern hereingeführt. Seine Hände lagen in Handschellen, und er blieb mit stoischer Gelassenheit im Raum stehen, sah keinen der Männer an, sondern einen Punkt irgendwo hinter ihnen. Das Rubinrot in seinen Augen war verblaßt, und er zitterte, nicht vor Kälte, sondern weil ihm der Arrak fehlte.

»Rao, kennst du eine Miss Creighton?« fragte der Oberst.

Die blaßroten Augen richteten sich allmählich auf das Gesicht des Obersts, sahen es zum ersten Mal.

»Ja, Sahib.«

»Hat sie Mr. Bayley besucht?«

»Ja, Sahib.« Rao lächelte böse. »Oft.«

»Ich verstehe.« Der Oberst ignorierte Mitchells Unbehagen bei dieser Enthüllung. Er war mehr daran interessiert, die Wahrheit herauszubekommen, als den Ruf seiner Tochter zu schützen. Der war bereits befleckt. »Und wenn sie redeten, konntest du sie wahrscheinlich hören, während du sie bedientest.«

»Ja, Sahib.«

»Hat er je erwähnt, daß er Miss Creighton in London treffen wollte?«

»Ich habe nicht alles gehört, Sahib. Ich war nicht die ganze Zeit anwesend. Nicht, wenn sie sich zurückzogen.«

»Aber während du dabei warst?«

»Nein, Sahib. Ich habe nie gehört, daß sie irgendeinen Ort in London erwähnt haben.«

»Was tat Mr. Bayley, um seinen Lebensunterhalt zu verdienen?«

»Ich weiß es nicht, Sahib.«

»Du mußt irgendeine Vorstellung haben, Rao«, sagte der Oberst sanft. »Schließlich bist du mit ihm im Land herumgereist. Rate mal los.«

»Geschäfte«, sagte Rao. »Er traf Männer geschäftlich.«

»Was für Geschäfte?«

»Ich weiß es nicht, Sahib. Er hat nie mit mir über seine Geschäfte gesprochen. Er hat einmal gesagt, er käme aus einer reichen Familie und es mache ihm Spaß, in Geschäften tätig zu sein.«

»Hat er gekauft und verkauft? Hat er ein Auftragsbuch geführt?«

»Ich weiß es nicht, Sahib.« Rao starrte dem Oberst ins Auge und zuckte nicht mit der Wimper. Der Mut des Mannes war auf seine Art bewundernswert. Er hatte keine Angst vor irgendwelchen Konsequenzen, und der Oberst wußte, daß es nicht möglich sein würde, ihn zu brechen. Seine Loyalität gegenüber Bayley war beinahe vorbildlich. Der Oberst schickte ihn mit einer Handbewegung fort, und die Wärter führten Rao aus dem Verhörzimmer.

Elizabeth wartete geduldig, bis ihr Vater es sich wieder auf seinem Platz im Wagen bequem gemacht hatte. Sie wußte, daß es nicht gut war, ihn zu drängen. Er würde sprechen, wenn er es für richtig hielt. Ihr Vater wußte immer, wann es an der Zeit war, ein Wort zu äußern. Oder auch nicht. Sie fuhren in diesem erwartungsvollen Schweigen dahin, und Elizabeth hätte ihn am liebsten angeschrien. Sie ballte die Fäuste, um ihren Drang zu bezähmen. Wenn sie zuerst sprach, würde ihr Vater das ausnützen.

»Rao sagte, Mr. Bayley sei nach London zurückgegangen und er wohne in . . .« Der Oberst tippte sich seiner Vergeßlichkeit wegen an die Schläfe.

Elizabeth wußte, daß ihr Vater nie etwas vergaß. Außer, wenn es für ihn von Vorteil war, und sie wartete. Dann lächelte sie.

»Dover Street?«

»Richtig!« sagte ihr Vater. »Dover Street.«

Und Elizabeth wußte: Was auch immer ihr Vater nun sagen würde, es wäre erfunden, um sie zu täuschen. Aber ihr Glaube, daß Peter Bayley lebte, war bestätigt worden.

Nun, da Elizabeth sicher war, daß sie Peter wiedersehen würde, nahm ihre Ungeduld noch zu. Sie konnte vor Aufregung überhaupt nicht mehr schlafen und stand noch vor Tagesanbruch auf, um auf den Balkon zu gehen. Die Stadt lag ruhig da, die Luft war kühl und das Meer so dunkel wie das Land. Beide verwandelten sich allmählich in ein Blau und Braun, als der Himmel eine zartgelbe Farbe annahm. Das war also ihr letzter Morgen in Indien, und mit einem Mal überkamen sie Erinnerungen an die Morgendämmerung in den Bergen, im flachen Land und in Wüsten, im Dschungel, in Dörfern und Städten. Ihr Leben zog an ihr vorbei. Richard, ihr Vater, unzählige Freunde, Peter ... Sie würden ihr fehlen ... das alles würde ihr fehlen.

Mary-Ayah hatte ihr Bad schon eingelassen. Mary-Ayahs Augen waren rot und ihr Gesicht war eingefallen vor Kummer. Sie hatte fast pausenlos geweint, seit sie gehört hatte, daß ihre *baba* sie wieder verließ. Nicht Indien: *sie.* Sie bettelte darum, mit ihr über das *kala pani* fahren zu dürfen, begriff nicht, wie weit es war, und daß das Leben in England sich von dem in Indien so grundlegend unterschied. Elizabeth war zuerst freundlich zu ihr gewesen, aber dann hatte sie beim Anblick ihrer endlosen Tränen die Geduld verloren. Ihr Vater hatte versprochen, Mary-Ayah weiterzubeschäftigen, bis sie zurückkam, denn alle glaubten sie, daß sie wiederkommen würde. Sie hielten sich an dieser Hoffnung fest, Elizabeth aber vermied es, irgend etwas zu versprechen. Für den Fall, daß Mary-Ayah eine andere Stellung annehmen, sich um ein anderes europäisches Kind kümmern wollte, hatte der Oberst ihr ein gutes *chit* versprochen, Elizabeth desgleichen. Aber Mary-Ayah schwor, daß sie sie nie verlassen würde.

Elizabeth gesellte sich zu ihrem Vater auf den Rasen, wo sie das Frühstück einnahmen. Er machte ein munteres Gesicht, aber sie sah ihm an, daß er ein bißchen traurig war. Obgleich sie sich geschworen hatte, nicht viel zu sagen, beugte sie sich über ihn, um ihm einen Kuß zu geben, und atmete den vertrauten Geruch. Er hielt ihre Hand einen Augenblick fest umklammert, bevor er sie freigab.

»Alles gepackt?«

»Ja. Sie haben die schweren Koffer gestern abgeholt. Es ist nur noch der Kabinenkoffer und ein Handkoffer da.« Es überkam sie ein Gefühl der Zärtlichkeit. Mit dem Abschied kam das Verzeihen. Er würde nun allein sein. »Du kommst doch zurecht, nicht wahr, Vater?«

»Natürlich. Immer beschäftigt. Hast du all die Papiere für die Bank, wegen deines Wechsels?«

»Sie sind in meinem Handkoffer. Du solltest deinen Heimaturlaub nehmen, Vater. Alle anderen tun es auch.«

»Sie haben Verwandte drüben, wo sie hingehen, Häuser. Ich habe niemanden. Meine Heimat ist hier. Vielleicht gehe ich nach meiner Pensionierung zurück.«

Seine Worte erinnerten sie an Alice'. Dort, wo du sterben willst, dort ist deine Heimat. Ihr Vater würde hier sterben, in einem weiteren Grab beerdigt werden, tausend Meilen von Rawalpindi und Richard entfernt. Auch Alice, kurioserweise. Sie waren durch ihre Liebe an Indien gebunden, obwohl die Art ihrer Liebe verschieden war. Wo würde sie die letzte Ruhe finden?

Am Dock standen die Menschen dichtgedrängt. Die *Strathe-den* überragte sie turmhoch, die Bordwand war weiß wie der Strand. Es gab drei Gangways. Die speziell für den Vizekönig vorgesehene wurde von einer Ehrengarde flankiert. Eine große Militärkapelle der Indian Army spielte Märsche und trug zum Lärm und Durcheinander bei. Elizabeth stieg die zweite Gangway hinauf, begleitet von ihrem Vater und ihrer Freundin Sarah, Mary-Ayah und zwei Kulis. Die dritte Gangway war für die Passagiere der dritten Klasse und des Zwischendecks; einige von ihnen waren junge Inder, die zum Studium ins Ausland gingen, bekränzt mit Rosengirlanden und gefolgt von weinenden Verwandten.

Ein hilfsbereiter Steward führte sie Gänge entlang, die nach Farbe und Meerwasser und Firnis rochen, vorbei an Ballsälen, Speisesälen, Spielzimmern und Bars. Ihre Kabine lag steuerbord.

»Oh, Lil, das ist wundervoll!« sagte Sarah und lachte und eilte zum Bullauge, um hinauszusehen. Die Kabineneinrichtung war einfach, enthielt ein Bett und einen Frisiertisch, daran anschließend befand sich das eigene Bad. Sie war klein aber gemütlich. Der Steward war beeindruckt, als er erfuhr, daß sie an Lord Mintos Tisch sitzen würde, obwohl Minto von dem Augenblick an, in dem er an Bord kam, sein Prestige verlor. Er war nun nicht mehr Vizekönig von Indien, sondern nur noch ein Engländer wie alle anderen.

Mittags läutete zum ersten Mal die Glocke, die die Besucher aufforderte, an Land zu gehen. Sarah sagte Lebewohl, und Elizabeth drückte sie an sich und hörte sie flüstern: »Ich hoffe, du siehst ihn wieder.«

»Ich muß, jetzt«, flüsterte Elizabeth ihr ins Ohr.

Dann waren nur noch ihr Vater und Mary-Ayah da. Er saß schweigend auf einem Stuhl; Mary-Ayah hockte auf dem Fußboden und weinte.

»Laßt uns doch nach oben gehen! Komm, Mary-Ayah.«

Sie folgte ihnen stumm. Elizabeth bemerkte ihren Jammer fast gar nicht; es waren so viele Leute zu begrüßen, so viele Dinge zu sehen. Vor allem würde sie zu Peter fahren.

Als die Glocke zum letzten Mal geläutet wurde, umarmte und küßte sie ihren Vater und Mary-Ayah, die, wie sie befürchtet hatte, in einen neuerlichen Weinkrampf verfiel und sich auf dem Deck ausstreckte, um den Kopf auf Elizabeth' Füße zu legen. Elizabeth war peinlich berührt. Ihr Vater hob Mary-Ayah sanft vom Boden auf, und nachdem er Elizabeth einen letzten Kuß auf die Wange gedrückt hatte, gingen sie langsam die Gangway hinunter.

Schlepper zogen das Schiff vom Dock fort, und Elizabeth sah ihren Vater und Mary-Ayah allmählich immer kleiner werden, bis sie Teil eines verschwommenen Bildes winkender Menschen wurden. Die Kapelle spielte »Auld Lang Syne«, und bald verwehte die Musik. Sie sah Malabar Hill und die weißen Häuser zwischen den Bäumen. Sie fragte sich, ob ihre Mutter wohl im Garten stände und das Schiff abfahren sah. Elizabeth blieb an der Reling stehen, bis die braune Küstenlinie versank, und spürte plötzlich die seltsame Gewißheit, daß sie eines Tages nach Indien zurückkehren würde.

31

Die Polizei überwachte Anil Rays Haus. Sie waren unsichtbar, fünf Beamte in Zivil, die als Trauergäste kamen. Zwei trugen Revolver unter ihren *kurtas*. Frisch gebadet und neu eingekleidet, saßen sie mit den anderen zusammen in der holzgetäfelten Halle. Ein Kronleuchter hing von der Decke, aber sonst gab es keine Möbel. Der Boden war von *daris* bedeckt. Der Bruder von Mr. Rays Witwe, nun der älteste Mann des Hauses Ray, empfing sie und wußte nicht, wer sie waren. Sie nahmen den Fruchtsaft und die *metais*, die er ihnen anbot, und setzten sich auf die *dari*. Das Haus erweckte den Eindruck, als läge der Todesfall schon lange zurück. Es war still, als hätten sich lange keine Menschen mehr darin bewegt. Den Trauergästen kam es vor, als hätten sie ein kürzlich freigelegtes Grab betreten, einen Ort, an dem früher einmal ein reges Leben geherrscht hatte.

Viele der Verwandten waren aus Kalkutta und Umgebung gekommen, ein paar von weiter her. Die Männer versammelten sich in der Haupthalle, die weiblichen Verwandten und Freunde in anderen Räumen. Kinder spielten im Garten. Niemand erwähnte Anils Namen, obwohl er wie Staub an ihren

Erinnerungen haftete. Er war auch tot, wenngleich auf eine andere Art. Herr Ray war an Auszehrung gestorben, sein Leben war sinnlos geworden. Am gebrochenen Herzen, murmelten sie alle einander zu und wußten, wie unerträglich dieser Schmerz sein konnte. Die Polizisten stimmten ihnen weise zu, obgleich sie jeden Mann, der ins Haus kam, um dem Toten die letzte Ehre zu erweisen, eingehend prüften.

Anil Ray saß im Staub außerhalb des Hauses und sah die fünf Polizisten an ihm vorbeigehen, ohne daß sie ihm einen Blick zuwarfen. Sein Haus war nahe, aber er hockte draußen, wie in einem Traum. Er wußte, daß er nicht hineinkonnte. Er konnte niemals mehr die Auffahrt hinaufgehen, niemals mehr im Garten spazierengehen, nie mehr im Bett in seinem eigenen Zimmer liegen, sich nie mehr von seinem Vater umarmen lassen. Er hatte den Tod schon im Hause gespürt, als er sich ihm näherte und sich sofort vor dem Haus zu Boden geworfen, wie er es sonst zu Füßen seines Vaters getan hätte. Dann hatte er Gesicht und Körper mit dem Staub der Straße beschmiert, über die sein Vater zu gehen pflegte. Er hatte keine Tränen. Er hielt seine Totenwache und wußte, daß er seine Sohnespflicht versäumt hatte. Als Sohn hätte er die Trauergäste empfangen sollen. Als Sohn hätte er eine Handvoll Gangeswasser in den verwelkten Mund seines toten Vaters gegossen. Als Sohn hätte er den Scheiterhaufen entzündet. Als Sohn hätte er die Veden zitiert, während die Flammen den Leichnam seines Vaters verzehrten. Nun würde der *atman* seines Vaters keinen Frieden finden.

Seine Erscheinung entsprach seinen traurigen Gedanken. Er hatte sich das Haupthaar und den Bart abrasieren lassen. Schon als der Barbier auf der Straße in Delhi sein Äußeres so verwandelte, hatte Anil ein Vorgefühl des Todes gehabt. Es war ein Akt der Buße bei den Hindus, wenn der Sohn sich kahlscheren ließ; er legte so die Eitelkeit im Angesicht des Todes ab. Anil trug eine ockerfarbene Kutte, Bettelschale und Bettelstab. Seine eigenen Diener, seine eigenen Vettern, mit denen er als Kind in jenem Garten gespielt hatte, waren an ihm vorbeigegangen und hatten den abgezehrten Pilger nicht erkannt.

Anil hockte den ganzen Tag da gegenüber dem Haus. Er sah die Menschen kommen und gehen, alte Freunde, die ins Gespräch vertieft über den Rasen schritten; ihr Leben war so normal. Er sah auch die fünf Polizisten herauskommen und wußte, wer sie waren, da sie alle Männer so eingehend betrachteten. Schließlich standen sie am Straßenrand ganz in seiner Nähe und berieten miteinander eine Minute lang; dann gingen drei von ihnen fort. Die anderen beiden verbargen sich im Schatten eines Mangobaumes.

Er beachtete sie ebensowenig wie sie ihn. Vielmehr konzentrierte er sich darauf, die glücklichen Tage seiner Kindheit ins Gedächtnis zurückzurufen. Er hatte seine eigene kleine *gharri* mit einem Pony besessen und war damit im Garten herumgerast. Hinter jener Hecke lag ein Kricketplatz, auf dem hatte ihm sein Onkel das Spiel beigebracht. Da auf der Bank hatte er bei seinem Vater auf dem Schoß gesessen und seinen Geschichten gelauscht. Auf der Terrasse dort hatte seine Mutter ihn als Baby, vom Senföl glänzend nach dem Bad, in die warme Sonne gelegt. Diese Erinnerungen trösteten ihn. Zahlreiche kleine Bilder drängten sich ihm auf wie Fetzen eines leuchtenden Frauensaris.

Plötzlich erblickte er Sushila, die mit den anderen Frauen im Garten spazierenging. Wie anmutig und schön sie aussah. Er wollte seine Cousine rufen, aber er biß die Zähne zusammen. Als Kinder hatten Sushila und er ein Baumhaus gebaut und viele Stunden lang zufrieden miteinander gespielt. Sie hatte ihn mit ihrem Bruder zusammen in seiner Schule in England besucht, und er war stolz auf ihre Schönheit gewesen. Er erinnerte sich, daß er ihr versprochen hatte, er würde sie heiraten, aber weil sie etwas älter als er war, hatte man sie verheiratet, bevor er nach Oxford ging. Als er nach Hause zurückkehrte, hatte seine Mutter ihm schon seine Braut ausgesucht. Er überlegte, was wohl aus diesem Mädchen geworden war. Zweifellos hatten ihr ihre Eltern einen passenderen Bräutigam gesucht.

Dann geschah das, was er am meisten gefürchtet hatte. Jemand erkannte ihn – kein Diener, nicht einmal Sushila Basu, die in ihrer Gharri an ihm vorbeifuhr, ohne den Pilger eines Blickes zu würdigen. Bhima entdeckte ihn. Der alte Hund, eine Kreuzung zwischen einem Foxterrier und einem Straßenköter, die Schnauze fast weiß, kroch aus dem Garten, um die Straße zu erforschen und erschnupperte seinen Geruch. Er knurrte zuerst, und dann kam er mit wild wedelndem Schweif herbeigerannt, um Anil das Gesicht zu lecken. Fünf Jahre früher, als er aus dem Ausland zurückgekehrt war, hatte der Hund ihn sofort erkannt und war wie verrückt vor Freude im Garten umhergerannt.

»Geh weg, Bhima! Geh! Geh!«

Aber der Hund verstand ihn nicht und leckte den Staub vom Gesicht seines Herrn und rollte auf dem Rücken herum, daß Anil ihm den Bauch kraule. Anil hatte die ganze Nacht die Totenwache halten wollen, aber nun stand er hastig auf und ging, ohne sich zu den Polizisten umzusehen, die Straße hinunter, während Bhima sich an seine Fersen heftete. Er ging schnell, bis er außer Sicht war, und dann kniete er nieder, um den Hund zu umarmen und an sich zu drücken. In all den Jahren im Gefängnis hatte er nicht einmal an Bhima gedacht, aber nun benetzte er den Kopf des Hundes mit seinen Tränen.

»Geh jetzt, geh nach Hause! Ich komme wieder. Eines Tages. Geh, Bhima!«

Bhima wollte nicht gehen und jaulte kläglich. Anil wandte sich um, hob einen Kieselstein auf und warf ihn nach dem Hund. Als er kehrtmachte, saß der Hund immer noch da.

Anil wartete draußen vor Sushilas Haus, bis es dunkel wurde. Es sah verlassen aus bis auf einen einsamen Lichtschein, der aus einem Fenster an der Seite kam. Er hätte angenommen, daß sie fort war, wenn er sie nicht bei seinem Haus gesehen hätte. Ihren Ehemann hatte er nicht entdeckt, aber es konnte sein, daß er ihn in der Schar der Trauergäste übersehen hatte. Sie waren einander einmal begegnet, und zwar bei seiner *Welcome-Home*-Party, zu der mehr als dreihundert

Freunde gekommen waren. Anil konnte sich nicht mehr so recht an ihn erinnern.

Durch die Dunkelheit schlich er auf das Fenster zu. Es war so still wie sein eigenes Haus, und er strengte sich an, Stimmen zu hören: Kinder, Diener, Sushila selbst, aber er hörte nur Grillen und Zikaden, so laut, daß sie ihn betäubten. Er sah durch das erleuchtete Fenster und dachte, der Raum sei leer; dann erblickte er Sushila auf dem Diwan, sie lag da und las. Es war keine Dienerin zu sehen, auch kein Kind. Er hatte gedacht, daß sie inzwischen Mutter geworden wäre.

»Sushila.« Sie hörte sein Flüstern nicht, und er wiederholte ihren Namen ein bißchen lauter. Sie ließ ihr Buch fallen und sah zum Fenster.

»Wer ist da?«

»Sushila. Komm her.«

Sie zögerte, kam dann vorsichtig auf das Fenster zu.

»Wer ist da?«

»Anil.«

»Anil! Bist du gesund? Mein Gott, was tust du da? Die Polizei hat uns gesagt, du wärst entflohen.«

»Hör auf zu sprechen, und laß mich bitte herein. Wo ist die Tür?«

»An der Seite.«

Klug wie sie war, zündete sie weiter kein Licht an. Er schlich an ihr vorbei ins Haus und wartete, bis sie die Tür wieder verriegelt hatte, folgte ihr dann in ihr Zimmer. Sie zog die Vorhänge zu, und Anil trat ins Licht.

»O Gott, was haben sie mit dir gemacht?«

Sie fing an zu weinen, und er stand eine Weile verlegen da, bevor er seine Bettelschale auf den Tisch stellte und sie tröstete. Sie konnte ihrer Tränen nicht Herr werden, und er streichelte ihr den Kopf, als wäre er ihr Vater. Wie lange war es her, daß er zum letztenmal eine Frau in den Armen gehalten hatte? Er erinnerte sich nur noch dunkel an seine Zeit in England und an Mavis, die Tochter seiner Wirtin, die nachts zu ihm ins Zimmer gekommen war. Sushila war schmiegsam, warm, wirklich, keine geisterhafte Erinnerung. Jäh trat er einen Schritt zurück.

»Du mußt hungrig sein, und ich weine dir etwas vor.« Sie wischte sich das Gesicht mit dem Rand ihres Saris ab.

»Wo ist dein Mann?«

»Wo er immer ist. Auf seinem Landsitz. Betrunken, ohne Zweifel. Ich hole dir etwas zu essen. Es ist kein heißes Wasser da, fürchte ich, die Diener sind zu Bett gegangen.«

»Heißes Wasser ist ein Luxus, den ich lange schon vergessen habe. Hast du irgendwelchen Whisky?«

»Ja. Mein Mann läßt immer einen reichlichen Vorrat da.« Er hörte Bitterkeit in ihrer Stimme. »Du kannst sicher auch seine Kleidung tragen, obwohl sie dir zu weit sein wird.«

Anil wusch sich mit kaltem Wasser und zog den *paiyama* und den *kurta* ihres Mannes an. Das gute Gefühl der sauberen Kleidung war eine weitere Erinnerung an längst vergessene Zeiten. Sushila hatte den Whisky und ein Glas auf dem Tisch gelassen. Er brannte ihm in der Kehle. Tränen traten ihm in die Augen. Nach dem ersten Glas war ihm leichter im Kopf, und er goß sich noch etwas ein. Er war müde und sehnte sich nach einem langen Schlaf, von dem er nie wieder zu erwachen brauchte. Sushila kehrte mit einer kalten Mahlzeit und Obst zurück. Er aß gierig.

»Es tut mir leid, daß du zu spät gekommen bist. Als dein Vater starb, rief er deinen Namen, sagte man mir. Ich war nicht dort.«

»Wann war die Einäscherung?«

»Gestern abend erst. Wie bist du aus dem Gefängnis entkommen?«

»Paradoxerweise war es ein *Angrezi*, der mir half. Er hat mir auch vorgeschlagen, daß ich mich als Bettelmönch verkleiden soll. Er befand sich ebenfalls im Gefängnis, aber in einer bevorzugten Stellung. Er war ein Agent des Empire, der sich, vermute ich, gegen seine Vorgesetzten aufgelehnt hatte. Ein Affenvolk hat uns geholfen. Ich weiß immer noch nicht, ob es zufällig geschah. Und jetzt bin ich hier.«

Sushila verstand nicht, wie er so zwanglos darüber sprechen konnte. Er war dürr wie eine Bohnenstange, und in anderer Hinsicht hatte er sich auch verändert. Unter der Haut und den Knochen spürte sie eine schreckliche Kraft – und Wut. Er war fähig, Menschen zu töten.

»Ich wollte, du könntest hierbleiben, aber das darfst du nicht. Die Polizei wird uns alle bald verhören.«

»Ich weiß. Ich brauchte nur ein bißchen zu essen, etwas Ruhe und . . . wenn es geht . . . würde ich gern etwas Geld leihen. Ich habe keins. Gott weiß, wann ich es dir werde zurückzahlen können.«

»Anil, du kriegst eine Tracht Prügel! Du kannst alles bekommen, was ich habe. Was wirst du jetzt tun?«

»Ich habe Pläne. Vater wollte, daß ich nach Amerika fliehe. Dort werde ich sicher sein, weit weg von den Briten.«

»Ja, ja. Du mußt sofort dahin.«

»Aber wie lange kann ich im Exil leben? Wird es für immer sein? Muß ich in einem Land sterben, in dem ich nicht geboren bin?«

»Es ist besser, im Exil zu leben, als hier im Gefängnis zu sterben. Eines Tages werden sich die Dinge ändern.«

»Wann? Sie halten Indien fest mit eisernem Griff. Uns fehlt sowohl die Geistesstärke als auch die nötige Zielstrebigkeit, uns von ihnen zu befreien.«

Nur mit Kanonen waren die Kanonen zu besiegen. Seine Hände juckten, eine Waffe zu ergreifen. Und dabei erinnerte er sich, seinem Onkel vorgeworfen zu haben, daß er Tiere tötete; jetzt wollte er Schlimmeres tun und Menschen umbringen. Wie hätte er diesen traurigen Bewußtseinswandel verhindern können? Er hatte schon vor langer Zeit die Herrschaft über sein Leben verloren, und es war sein *karma*, mit dem Tod zu leben. Im Augenblick fühlte er sich zu erschöpft, um aufzustehen und seine Suche nach Goode zu beginnen. Er mußte schlafen.

Als er aufwachte, von einem tiefen Schlaf erfrischt, dachte er zuerst, er wäre wieder im Gefängnis. Die Morgensonne war ein verschwommener Lichtblick. Er streckte die Hand aus, berührte das Moskitonetz und atmete auf. Das Bett war unglaublich weich, und er genoß den Luxus der Kissen und der sauberen Laken, bevor er sich zur Seite drehte. Überrascht sah er Sushila neben sich schlafen, noch immer in ihrem Sari. Ihr schwarzes Haar, das nach Jasmin duftete, bedeckte einen Teil ihres Gesichts. Er konnte nur die Rundung ihrer Wange, ein geschlossenes Auge und einen Mundwinkel sehen, aber es genügte. Er betrachtete sie lange, genoß den Anblick ihrer Heiterkeit und Ruhe und sah dann hinunter auf das Heben und Fallen ihrer Brüste und die Rundung ihrer Hüfte. Er sehnte sich danach, sie zu berühren, nur um wieder einmal die Haut einer Frau unter den Händen zu fühlen. Seine Handflächen waren feucht, und das Verlangen nach einer Frau, das so lange in ihm geschlafen hatte, barst in seinen Lenden. Er drehte sich langsam, vorsichtig um, weg von ihr, unfähig, das Zittern des Begehrens zu beherrschen. Aber er hatte auch Angst. Seit fünf Jahren hatte er jeden Gedanken an eine Frau unterdrückt, und nun, da er einer so nah war, konnte er sich nicht vorstellen, wie es war, wenn man liebte. Das Gefängnis hatte ihn zerbrochen und zu etwas gemacht, das weniger als ein Mensch war; er glaubte nicht, daß er je wieder ein Mann sein würde. Welche Frau, vor allem Sushila, würde ihn wollen, ihn, dieses Wrack, kahl, abgezehrt und voller Narben? Ihr Körper würde ihm auch nur falschen Trost spenden, die Illusion einer Hoffnung, während es für ihn auf dieser Welt in Wirklichkeit keine geben konnte.

»Bist du müde geworden, mich anzusehen?« flüsterte Sushila.

»Ich wußte nicht, daß du wach bist. Nein. Ich hätte dich den ganzen Tag lang anstarren können.«

»Es ist lange her für dich, nicht wahr?«

»Über fünf Jahre. Ich habe zuviel Angst, es auch nur zu versuchen.«

»Wie kannst du Angst vor mir haben? Dreh dich um.«

Anil tat es, langsam, sein Herz flatterte, als wäre darin ein rasender kleiner Vogel gefangen, der zu entfliehen versuchte. Sushila hatte ihr Haar aus dem Gesicht zurückgeschoben, und ein zärtliches Lächeln kräuselte ihre Züge. Es ging von ihren Augen aus und berührte schließlich ihren Mund. Sie nahm seine Hand und legte die Handfläche auf ihre Wange, und dann küßte sie sie.

»Ich will kein Mitleid.«

»Es ist kein Mitleid. Wir hätten schon vor langer Zeit ein Paar werden sollen. Weißt du noch, als du in Eton warst und ich dich besuchte? Du hast mir versprochen, daß du mich heiraten würdest. Du sahst so fremd und seltsam aus in der komischen Kleidung. Ich sagte damals ›ja‹, aber wir haben einander nicht wirklich geglaubt.«

»Ich meinte es ernst, Sushila. Ich war untröstlich, als ich hörte, daß du geheiratet hattest. Obwohl ich glaube, daß unsere Eltern es uns sowieso nicht erlaubt hätten.«

»Aber wir waren nicht entschlossen genug. Wir haben nicht fest genug daran geglaubt.«

Er beugte sich über sie und küßte ihren Mund, bebte, als er den unglaublich süßen Duft atmete. Der Vogel in ihm schlug wahnsinnig. Für einen Augenblick fühlte er sich reingewaschen von jenem jahrelangen Schmerz, dem Mangel an Liebe. Sie öffnete ihre *choli*, und er schloß die Hände über ihren Brüsten; sie waren fest und vollkommen rund, er verbarg sein Gesicht dazwischen. Er wollte wieder ein Kind sein und ruhig und ungestört an diesen aufgerichteten Brustwarzen saugen. Vor allen Dingen wollte er der Welt entfliehen, sich in ihr verbergen. Sie nahm ihm seine *kurta* ab, und er hörte, wie sie tief Atem holte, und fühlte ihre Hände über die Narben gleiten, die von den Schlägen zurückgeblieben waren und jetzt als dunkle Flecke unter der Oberfläche seiner Haut lagen.

Sie liebkoste ihn, streichelte ihn, besänftigte seine Ängste mit ihrem Mund. Er fing an, wieder an seine Kraft zu glauben, an seine Stärke als Mann. Das erste Mal war ihr Liebesakt kurz und wild. Dann begannen sie erneut, zärtlicher und ruhig. Er konnte nicht aufhören, sie zu berühren; seine mageren Hände versuchten das Gefühl ihres Körpers für immer zu bewahren.

Sushila fand es schmerzlich, Anil zu berühren. Seine Wunden versengten ihre Hände. Er war so mager, daß ihre Beine ihn leicht umschlossen. Sie dachte daran, daß keine Hoffnung ihrer Jugend sich erfüllt hatte. Anil hätte eine glänzende Laufbahn einschlagen, sie ein glückliches und zufriedenes Leben als Ehefrau und Mutter führen sollen. Man hatte sie beide darum betrogen, und es gab keine Wiedergutmachung dafür. Es war zu spät.

Die Diener erblickten Anil nie. Sushila brachte Speisen aus der Küche, und sie aßen wie Kinder bei einem Picknick. Sie schlummerten in der Nachmittagshitze. Aber als der Abend langsam hereinbrach, wurden sie trauriger und stiller. Anil wußte, daß er sich auch in diesem riesigen Haus nicht mehr lange würde verstecken können. Die Polizei würde schließlich eintreffen, ein Diener etwas ausplaudern.

Er nahm noch ein Bad, trank ein letztes Glas Whisky. Sushila schloß ihren Safe auf und schüttete Gold-Sovereigns und Silberrupien in seine Hände. Er nahm nur so viel, wie er für seine unmittelbaren Bedürfnisse brauchte.

»Was ist mit dem Geld, das du für die Passage nach Amerika brauchst?«

»Deswegen komme ich später noch mal zurück.«

»Je länger du hierbleibst, um so größer wird die Gefahr, daß sie dich finden.«

»Ich kann nicht fort, bevor ich nicht noch etwas anderes erledigt habe.«

»Inspektor Goode! Oh, Anil, vergiß ihn. Dein Leben ist wertvoller als seines. Geh nach Amerika. Noch heute!« Sie zwang ihn, die Sovereigns wieder zu nehmen. »Geh über Land durch China, und nimm von dort aus ein Schiff nach Amerika. Bitte, höre auf mich, Anil. Bitte!«

»Ich kann nicht weg. Ich habe Kim nur versprochen, daß ich Goode schonen würde, wenn ich meinen Vater noch lebend sähe. Nun muß ich ihn töten. Er ist an diesem ganzen Elend schuld.«

Sushila weinte vor Verzweiflung. Männer hatten so dumme Vorstellungen von Ehre und Pflicht, selbst wenn es ihren Untergang bedeutete. Wenn er Goode tötete, brachte er damit nicht die Toten ins Leben zurück, änderte damit nichts an dem, was geschehen war. Goodes Tod würde Anil nur schließlich das eigene Leben kosten. Die Briten würden ihn jagen und zur Strecke bringen, selbst in Amerika.

Als er sie in jener Nacht verließ und wieder in die dunkle Außenwelt zurückschlich, schloß Sushila sich in ihrem Gebetszimmer ein, entzündete Kampfer und Weihrauch, goß Öl in die Gebetslampe und steckte den Baumwolldocht an. Sie vollzog *arthi* vor Durga. Sie streckte sich auf dem Boden aus und verbrachte die ganze Nacht mit Gebeten an Gott, daß er sich Anils annähme.

Auch wenn er nicht bereits durch andere Häftlinge im Gefängnis erfahren hätte, wo Inspektor Goode postiert war, wäre es ihm ein leichtes gewesen, es herauszufinden. Alle Ernennungen von Beamten, sowohl des polizeilichen als auch des zivilen Dienstes, wurden regelmäßig in der *Imperial Gazette* veröffentlicht. Inspektor Goode arbeitete im Polizeihauptquartier in Lucknow.

Anil fuhr von Kalkutta nach Delhi. Zuerst mußte er einen Revolver kaufen, und er wußte, wohin er sich zu wenden hatte. Es gab einen Getreidehändler im Chandini-*chauk*, gegenüber einem *Metai*-Laden, in der dritten Gasse von der Hauptstraße, der Waffen verkaufte. Anil hatte im Gefängnis von ihm gehört. Er war ein hagerer, mißtrauischer Mensch, und Anil brauchte eine Stunde, um ihn zu überzeugen, daß er die Information von einem anderen Häftling im Gefängnis von Tihar erhalten hatte. Schließlich nahm ihn der Händler in den hinteren Teil seines Ladens mit und zog einen Armeerevolver aus einem Weizensack. Sie handelten, und am Ende bezahlte Anil zwei Gold-Sovereigns für den Revolver und fünf

Schuß Munition. Der Revolver war schwarz und lag schwer in der Hand; in den Knauf war ein Quadratmuster eingraviert. Anil versteckte ihn in seiner Bettelschale, bedeckte ihn mit einem Tuch.

Er war noch nie in Lucknow gewesen, und als der Zug sich der Stadt näherte, sah er am Horizont eine niedrige Silhouette, dazwischen die gleißenden Kuppeln von Moscheen und Palästen, die ihn an Alexandria und Kairo erinnerten. Auf dem Rückweg von England war er damals in Port Said ausgestiegen und hatte den Zug nach Kairo genommen. Einen Augenblick ertappte er sich bei dem Wunsch, wieder der förmliche, gut erzogene junge Mann in einem sehr britischen Anzug auf Entdeckungsreise zu sein und neugierig eine unbekannte Stadt zu betreten. Sogar die Dhaus auf diesem Fluß sahen genau wie die auf dem Nil aus, und am gegenüberliegenden Ufer bewegte sich anmutig eine Karawane entlang.

Er fragte sich zum Polizeihauptquartier durch; es war ein weiträumiges, helles, in einem großen, gepflegten Garten gelegenes Gebäude. Vom Mast hing die britische Fahne. Säulen flankierten den Eingang, und eine offene Veranda lief beide Stockwerke entlang. Dahinter befanden sich die Büros. Im Erdgeschoß konnte Anil das Kommen und Gehen der Polizisten, Anwälte, Verbrecher und Boten beobachten. Er setzte sich auf die staubige Straße, neben die Hütte eines *chai-wallah*. Polizisten kamen, um beim *chai-wallah* ihre Zeit zu verbummeln, nur ein, zwei Meter von Anil entfernt, tranken Tee und rauchten *bidis*. Einer von ihnen warf sogar eine Paisa in seine Bettelschale, und Anil hob die eine Hand zum *darshan*, während die andere in der Schale liegenblieb und den Revolver umklammerte.

Obgleich er im Gefängnis gelernt hatte, sich in Geduld zu fassen, wußte er doch, daß ihm sehr wenig Zeit blieb. Goode würde nicht lange brauchen, bis er den *sanyassi* mit dem kahlgeschorenen Kopf bemerkte. Er sah Inspektor Goode zur Arbeit eintreffen. Er hatte sich nicht sehr verändert, abgesehen von einem kleinen Fettpolster um die Hüfte herum, über dem sich seine Uniform spannte. Auch unter den Armen zwickte ihn die Jacke. Sein Schnurrbart hatte noch immer dieselbe Karottenfarbe, und er saß kerzengerade, anmaßend wie ein römischer General, der von einem gewonnenen Feldzug heimkehrt. Seinen Stock hatte er unter die rechte Achsel geklemmt. Anil war darauf gefaßt gewesen, daß man ihn gut bewachte, aber ein unbewaffneter Polizist lenkte die Gharri.

Goode sah Anil Ray nicht am Straßenrand. Er hatte ein Telegramm erhalten mit der Nachricht, daß Anil Ray entsprungen sei, und sein Vorgesetzter hatte vorgeschlagen, er solle sich eine Leibwache zulegen. Wenn Ray ein Sikh, ein Pathane oder ein Moslem gewesen wäre, ein Angehöriger jener Rassen, die die Briten als kriegerisch ansahen, nur weil diese Männer willig in ihrer Armee kämpften und für sie starben, hätte er ein paar Vorsichtsmaßregeln getroffen. Aber Ray war ein Bengali-*babu*, Vertreter einer feigen Rasse. Wie die meisten Inder traten sie nie in die Armee ein und kämpften nicht für das Empire. Goode glaubte nicht, daß man ihn angreifen würde. Anil Ray verbarg sich wahrscheinlich in irgendeinem Loch. Und sogar wenn er versuchte, ihn zu töten, war Goode sicher, daß er wie schon einmal mit ihm fertig würde.

Goode verließ das Gebäude gegen Mittag zum Lunch, und Anil folgte ihm zum Gymkhana Club. Er wartete draußen im Schatten, ein Stück von der Gharri entfernt. Im Innern war Goode sicher; es war eine Insel der Souveränität. Um halb vier, gerötet vom Lunch und ein paar Glas Bier, kehrte Goode ins Büro zurück. Er blieb dort bis halb sieben, und Anil folgte ihm bis nach Hause.

Anil war ganz ruhig. Sein Zorn war verflogen. Der war im Gefängnis aus ihm herausgesickert. Statt dessen waren seine Gedanken nur noch auf sein Vorhaben gerichtet, das er eiskalt ausführen würde. Er könnte seine Waffe heben und in die offene Gharri feuern, aber dann würde Goode niemals erfahren, wer ihn tötete. Er mußte Goode töten, selbst um den Preis seines eigenen Lebens, aber Anil mußte sehen und hören, wie dieser ihn um sein Leben anbettelte. Wozu lebte Anil schließlich noch? Seine Eltern waren tot, sein Erbe unerreichbar, eine friedliche Existenz unmöglich. Er konnte nur das Leben eines Verbrechers führen. Wenn sie ihn faßten, bevor er Goode töten konnte, würden sie ihn zurück ins Gefängnis bringen und sein Urteil um ein paar trostlose, widerwärtige Jahre verlängern. Wenn sie ihn nachher fingen, würden sie ihn hängen. Sie banden einen nicht mehr vor die Mündung einer Kanone, um einen in Stücke zu schießen.

Verglichen mit Alt-Lucknow war der Stadtteil, in dem Goode lebte, ein Vorbild an europäischer Sauberkeit. Die Straßen hatte man nach englischen Generälen und Vizekönigen benannt. Bungalows standen in großen, gepflegten Gärten. Kleine Läden verkauften englisches Essen, englische Getränke, englische Kleidung. Nur ein paar Inder waren in diesem anständigen Distrikt zu sehen, und die meisten von ihnen waren Dienstboten. Anil blieb an der Ecke Clive Street und Bentick Road stehen. Unten in der Wellington Street lag Inspektor Goodes Haus, ein bescheidener Bungalow mit einer Veranda und einem Holzgitter davor. Daran schloß sich zur Straße hin ein kleiner Rasen an, unter einem Trommelstockbaum befand sich ein Brunnen. Das Haus besaß eine nette, kiesbestreute Zufahrt, die von Ziegelsteinen eingefaßt war, welche jemand mit weißer Farbe angemalt hatte. Auf einem hölzernen Schild stand sein Name: »Inspektor R. F. Goode, IPS.« Der Bungalow selbst trug den Namen »Scotland Yard«. Inspektor Goode war Junggeselle und lebte, abgesehen von seinen Dienstboten, allein.

Anil ging herum, bis er in eine andere Straße, die Richmond Lane, gelangte, die an der Rückseite von Goodes Bungalow entlangführte. Dazwischen lagen Häuser, so daß Anil, um Goodes Haus zu erreichen, ein Grundstück mit einem Rasen überqueren mußte, auf dem gerade ein Ehepaar saß. Es würde nicht leicht sein, Inspektor Goodes Haus zu beobachten.

Er schlief die Nacht draußen auf dem Pflaster, träumte von Sushila und davon, den Luxus ihres Bettes und vor allem ihren Körper zu genießen. Als Goode sich am nächsten Morgen um halb acht zur Arbeit aufmachte, folgte ihm Anil.

Goode war Anhänger einer strikten Routine. Stets um die gleiche Zeit fuhr er zum Mittagessen in den Club, kehrte stets zur gleichen Zeit nach Hause zurück. Eines Abends besuchten ihn ein paar Freunde, und gegen neun sah Anil sie hinaustorkeln und die Straße hinunterwanken, zu ihren Häusern zurück.

In jener Nacht träumte Anil, unter einem Gold*mohur*-Baum zusammengerollt, von seinem Onkel. Es war kein echter Traum, sondern eine Erfindung seines schlafenden Bewußtseins. Mit großer Klarheit erinnerte er sich an jene letzten, schicksalhaften Stunden auf dem Bergabhang oberhalb von Simla. Nur, daß sie jetzt nicht picknickten, sondern jagten, und die Deodars, die Himalaya-Zedern, hatten sich in eine Dschungel verwandelt. Er war unbewaffnet, aber sein Onkel trug seinen Spazierstock, als wäre es ein Gewehr. Die Dschungel war still, und sie starrten angestrengt in das Dunkel, bis sie schließlich das Tier auf sich zukommen sahen. Sein Onkel hob den Spazierstock, und in einem Flecken Mondlicht sah Anil, daß das Tier ein Mann war, der auf allen vieren lief und dessen ganzer Körper von rötlichem Haar bedeckt war. Bevor sein Onkel mit dem Stock zielen konnte, richtete sich das Tier zu seiner vollen Größe auf und griff den Onkel an. Weil Anil unbewaffnet war, stand er hilflos dabei, während die beiden um den Besitz des Stocks kämpften. Das Tier wich plötzlich zurück, löste sich von seinem hingestürzten Onkel und feuerte mit dem Stock auf den mit dem Gesicht nach unten liegenden Mann.

Anil wachte auf und sah, daß er von roten Blüten bedeckt war. Sie erinnerten an eine große Blutlache, und als er sie wegwischte, dachte er an die bittere Ironie, daß er nicht einmal wußte, wie er den Revolver benutzen sollte, der in seiner Bettelschale lag. Er ergriff den Pistolenknauf, wobei er die Waffe gut versteckt hielt und krümmte den Finger um den Abzug. Der bewegte sich nicht, und Anil war überrascht, wieviel Kraft es erforderte, einen Menschen zu töten. Die ganze Gewalt lag in einem Finger.

Am dritten Tag seiner Wache hielt sich Anil sogar noch weiter abseits. Er wählte eine Position an der entfernten Ecke der Hauptstraße, nicht weit vom Polizeihauptquartier. Goode verließ das Haus nicht zum Lunch, und Anil machte sich Sorgen, daß er durch einen Hintereingang hinausgeschlüpft sein könnte. Womöglich hatte er einen Auftrag zu erledigen – Polizeiposten zu inspizieren oder eine Untersuchung durchzuführen. Anil ging die Straße auf und ab und überlegte, was er tun sollte. Wenn er die Sache weiter aufschob, würde die Gefahr, entdeckt zu werden, immer größer. Um halb sieben Uhr abends, nach endlosem Warten und Grübeln, sah er Goode in die Gharri steigen und vom Hauptquartier wegfahren. Aber die Gharri fuhr nicht in die übliche Richtung, sondern zum Bahnhof. Anil folgte in fünfzig Meter Abstand und schlängelte sich durch die abendliche Menschenmenge. Die Gharri passierte den Bahnhof und fuhr dann um die Kurve unter der Eisenbahnbrücke durch. Auf der anderen Seite, einen knappen Kilometer von der Bahnlinie entfernt, befand sich die Eisenbahnkolonie, Häuser und Bungalows, die an die Angestellten der Eisenbahngesellschaft vermietet waren. An der Hauptstraße standen die größeren Häuser der Verwaltungsbeamten und hinter ihnen, abnehmend in Größe und Rang, die Bungalows. Die Kolonie war ordentlich und gepflegt, der Zaun, der sie umgab, bestand aus frisch gestrichenen Eisenbahnschwellen, die Kieswege waren geharkt, die Gärten bewässert. Die Mieter brauchten nichts für den Unterhalt zu zahlen, für die Unkosten kam die Gesellschaft auf.

Goodes Gharri hielt, er stieg herunter. Der Polizist trat an das Tor und nahm Haltung an, während Goode langsam die Straße hinunterging und außer Sichtweite geriet. Dann rührte sich der Mann. Anil lief parallel zu Goode draußen am Eisenbahnschwellenzaun entlang, bis er eine Öffnung sah, die zu einem schmalen Pfad führte. Die Diener benutzten ihn wahrscheinlich als Abkürzung, wenn sie zum Basar gingen, statt den ganzen Weg herumzugehen. Er schlich geduckt hindurch und blieb im Schatten eines Baumes stehen. Vorn sah er Goode vorbeigehen, wartete eine Minute und lief dann rasch zum Weg hinüber. Goode ging nun fünfzig Meter entfernt die Straße hinunter; er trug ein hübsch eingewickeltes Päckchen. An einer Kreuzung öffnete er ein Gartentor, marschierte zielstrebig den Kiesweg hinauf und klopfte an die Tür. Sie öffnete sich fast sofort.

Anil schlich am Haus vorüber. Er sah ein gemaltes Namensschild: P. N. Nailer, Fahrkartenkontrolleur. Hinter dem Haus lag ein ähnlicher Bungalow, und Anil kehrte um und ging den Seitenweg hinauf. Die Lichter in dem Haus waren angezündet, die Vorhänge fest vorgezogen. Anil fragte sich, warum Goode nicht mit der Gharri bis vor die Tür gefahren war. Der Zaun, der die Gärten voneinander trennte, war etwa vier Fuß hoch, und nachdem sich Anil rasch umgesehen hatte, um sicherzugehen, daß niemand ihn beobachtete, kletterte er hinüber und ließ sich zu Boden fallen.

Er hörte Stimmen: von Männern, von Frauen, Goodes Stimme. Sie klangen fröhlich, als beglückwünschten sie einander. Anil richtete sich halb auf und spähte durchs Fenster.

Goode stand in der Mitte des Zimmers, umgeben von der Familie. Ein Mann schüttelte ihm herzlich die Hand; eine Frau trat vor und gab ihm lachend einen Kuß auf die Wange. Anil verstand schließlich den Grund für den Frohsinn, als er ein schlankes junges Mädchen in die Gruppe treten und Goode schüchtern ihre Hand nehmen sah. Anil konnte ihr Gesicht nicht sehen, aber er hoffte, daß sie häßlich war. Goode verdiente eine häßliche Frau. Hinter ihm hörte er die Stimmen mehrerer anderer Menschen. Es war nicht der richtige Ort für einen Mord; es waren zu viele Leute dabei.

Anil ging den Weg zur Hauptstraße zurück. Goode würde zweifellos ein paar Stunden bei der Familie seiner Verlobten verbringen. Der einzige Ort, an dem er ihn töten konnte, war sein Haus, wo er allein sein würde. Anil lief so schnell er konnte zu Goodes Junggesellenbungalow zurück.

Er hatte am Vortag zwei Diener gesehen, und so schlich er sich nun vorsichtig in den Garten. Er ging um das Haus herum. Hinten lagen die Dienstbotenzimmer, und wie es schien, schliefen alle. Goode, vermutete er, ließ wie alle Europäer seine Schlüssel bei den Dienstboten zu Haus. Anil versuchte die Hintertür. Die Füllung bestand nur aus einem rautenförmigen Gitter, so daß es leicht war, die Hand durch eine Öffnung zu stecken, den Riegel zurückzuschieben und einzutreten.

Er hockte sich in der Dunkelheit nieder, wartete, bis seine Augen sich an die Finsternis gewöhnt hatten, und schlich dann lautlos ins Wohnzimmer. Es war spärlich möbliert mit Korbsesseln, einem geschnitzten Tisch aus Teakholz und einem Tablett für Getränke. An einer Wand stand ein Bücherregal voll von Polizeihandbüchern und Abenteuergeschichten. Auf beiden Seiten des Wohnzimmers lag je ein Schlafzimmer. In dem einen war das Bett ordentlich aufgedeckt, das Moskitonetz hineingesteckt. Eine frische Uniform lag zusammengefaltet auf einem Stuhl, und darunter standen, ordentlich nebeneinander, glänzend geputzte Schuhe. Auf einem Nachttisch lagen ein Paar Handschellen, ein Paradestock und ein leeres Pistolenhalfter. Auf dem Frisiertisch fand sich ein Wirrwarr von Fotos in Silberrahmen und ein ordentlicher Stapel Briefe. Anil ging in das zweite Schlafzimmer. Es war mit Goodes Sportgeräten angefüllt: Polostöcken, Kricketschlägern, Angeln, Gewehren in ihren Kästen. Er hob einen Polostock auf. Er lag gut in der Hand.

Er setzte sich in einen Rattansessel gegenüber der Tür, verzog das Gesicht bei dem Knarren, das in der Stille unnatürlich laut wirkte. Er nahm den Revolver aus der Bettelschale und hielt ihn auf dem Schoß, die Mündung auf die Tür gerichtet. Er legte den Polostock auf den Fußboden neben sich und wartete.

Er würde Goode nicht im Dunkeln töten. Er würde warten, bis er die Lampe anzündete, damit er ihn sah. Goode mußte ihn ansehen, ihn erkennen. Der Mord wäre sinnlos, wenn er sich in der Anonymität der Nacht verbarg. Dies war die Rache, die Anil Ray auskosten mußte. Er konnte ihn bereits fühlen, wie er durch seine Glieder lief – der Überschwang des Allmachtsgefühls. Fünf Jahre Wartezeit auf Vergeltung waren fast zu Ende. Er erinnerte sich wieder deutlich an den Anfang dieses Alptraums, an den Augenblick, als dieser schreckliche Schlag ihn getroffen hatte. Er konnte immer noch die klare, reine Luft der Hügel riechen, das Seufzen des Windes in den Deodars hören und dann den Schuß – wie er in der dünnen Luft forthallte und wie der Wind plötzlich zu wehen aufhörte und die Vögel aufflatterten und in panischer Angst fortflogen. Und wie schnell die Fliegen von dem blutigen kleinen Loch in der Brust seines Onkels angelockt wurden. Wie ein Juwelier sorgfältig seine Waage ausbalanciert, so würde der Revolver das exakte Gewicht sein, mit dem er den Tod seines Onkels und die verlorenen Gefängnisjahre rächte. Er stellte sich Goodes Entsetzen vor und konnte schon die Freude fühlen, wenn die Kugel Goode traf. Er sah ihn fallen und fallen, genau wie sein Onkel von dem Schuß nach hinten geworfen worden war. Er würde noch einmal abdrücken und dann ... und dann ...

Eine Stunde verging, dann noch eine, aber er blieb wachsam. Oft stand er auf, um die Beine zu strecken oder die Kuriositäten zu betrachten, die auf dem Tisch lagen. Er hätte sich gern einen Drink von dem Tablett genommen, aber er brauchte einen klaren Kopf. Er fühlte, daß er jetzt alles mit einer erhöhten Wahrnehmung sehen konnte; seine Augen durchdrangen die Dunkelheit mit solcher Klarheit, daß er sogar die feinen Pinselstriche eines Gemäldes zu unterscheiden vermochte.

Es mußte beinahe Mitternacht gewesen sein, als er das einsame Klappern der Hufe eines Gharri-Pferdes vernahm, das sich näherte. Er hörte, wie es anhielt, und dann Stimmengemurmel und das Öffnen und Schließen des Gartentors. Anil eilte zurück, um seinen Platz im Sessel einzunehmen. Die Vordertür ging auf, und er hörte Goode summen, als er in das Wohnzimmer trat und die Lampe anzündete.

Anil hob die Waffe und zielte, damit Goode genau wußte, was ihm bevorstand. Anil erwartete, Goodes Gesicht in panikartiger Angst erstarren zu sehen, statt dessen sah er nur die letzten Spuren der Freude und des Glücks und der Unschuld daraus schwinden, bevor der Schock seine Züge versteinerte. Der flüchtige Anblick der Unschuld in dem Mann erschütterte Anil. Er hatte gerade die Frau verlassen, die er heiraten wollte, und war noch ganz vom Zauber der Liebe erfüllt. Anil sagte sich bitter, daß er nie Gelegenheit gehabt hatte, glücklich zu sein.

Ohne zu zögern, griff Goode nach der Klappe seiner Revolvertasche. Im gleichen Augenblick schwang Anil mit aller Kraft den Polostock. Der Stock traf Goodes Arm, und Anil hörte den Knochen brechen. Goode jaulte auf und sackte in die Knie. Anil schlug wieder zu und traf ihn mit der Kelle des Stocks seitlich am Brustkorb, brach ihm zwei Rippen.

»Was willst du?« flüsterte Goode. Sein Gesicht war schmerzverzerrt. Er zeigte noch immer keine Angst und starrte Anil jetzt an, als läge eine große Entfernung zwischen ihnen. Goode brauchte einen Augenblick, bevor er die einfache Tarnung des kahlrasierten Kopfes und bartlosen Gesichts durchschaute. »Anil Ray«, sagte er und seufzte – es war ein Seufzer der Unentrinnbarkeit, des Bedauerns, daß die Zeit gekommen war, und das in einem Augenblick, in dem er am wenigsten damit gerechnet hatte – in dem das Leben ihm Erfüllung versprach.

»Ja, Mr. Goode.« Anil ging um ihn herum und nahm seinen Revolver. Er kratzte ihm mit dem Ende des Laufs von oben nach unten über die eine Seite seines Kopfes und riß ihm das Ohr auf. Goode fiel in Ohnmacht, und Anil wartete geduldig, bis seine Augen wieder aufflatterten.

»Dann bring mich um, verdammt. Bring mich um.«

»Nein, Mr. Goode. Warum sollte ich Sie umbringen? Sie haben mich nicht umgebracht. Sie haben meinen Vater und meine Mutter getötet. Sie haben mich eingesperrt und bewachen lassen. Ich bin im Gefängnis lebendig verfault. Ich habe nicht die Macht, Sie einzusperren, aber Sie werden in Ihrer eigenen Seele verrotten. Sehen Sie.« Anil nahm die Fotografien und Briefe. »Ich weiß, wo Ihr Vater und Ihre Mutter leben. Sie führen ein so heiles Leben. Ich kenne Ihre Verlobte, Mr. Goode. Liebt sie Sie, weil Sie hübsch sind? Vielleicht würde sie sich angeekelt abwenden, so wie die Leute es tun, wenn sie mich sehen, Mr. Goode.« Anil schlug ihm mit dem Revolverknauf aufs Nasenbein. Blut sickerte Goodes Kinn hinunter. Seine Augen hatten sich getrübt, aber Anil konnte den Haß darin sehen.

»Ich bringe dich um«, flüsterte Goode. »Das schwöre ich. Töte mich jetzt.«

»Ah, sieh mal, wie der freundliche Mr. Goode seinen Charakter verändert. Schmerz und Leiden korrumpieren einen Menschen, Mr. Goode. Die Eingeborenen hier sind nicht die einzigen Wilden. Unter Ihrem vornehmen Lack kann ich Ihre Wildheit erkennen, Mr. Goode. Ich möchte, daß Sie am Leben bleiben, also haben Sie nur keine Angst, daß ich Sie töten werde. Denken Sie an Ihre Mutter und Ihren Vater, quälen Sie sich mit dem Gedanken an dieses Mädchen, das Sie eines Tages heiraten möchten.« Anil stieß den Lauf des Revolvers in Goodes Mund, zerschlug Zähne und riß ihm die Lippe auf. Goode würgte Bruchstücke seiner Zähne und blutigen Speichel heraus. »Schon fangen Sie an zu verfaulen, Mr. Goode. Sie dachten natürlich, daß ich, da ich ein Bengali bin, nicht den Mut haben würde. Ich habe den Mut, Mr. Goode. Ich bin so mutig wie Sie. Ich habe mehr gelitten als Sie, und das hat mich stärker als Sie gemacht. Ich könnte auf diesen Abzug drücken – etwas, das Sie gedankenlos vor fünf Jahren getan haben –, und Sie würden wie mein Onkel aufhören, ein menschliches Wesen zu sein. Es gibt niemanden, der mich daran hindern kann, Mr. Goode. Nicht Sie, nicht die großartige britische Regierung. Wir sind allein hier.« Anil schlug mit dem Lauf auf eine Hand, die offen dalag, brach die Finger. Goode heulte auf und zog die Hand an sich.

»Du bist ein Dummkopf. Laß mich am Leben, und ich werde dich jagen wie einen Hund.«

»Natürlich werden Sie das. Aber der Jäger und der Gejagte leiden beide an derselben Krankheit. Außerdem müßten Sie mich erst finden. Indien ist ein Labyrinth, und es ist meine Heimat. Sie werden immer der Fremde sein.«

Goode gelang es, sich aufzusetzen, und Anil wartete, bis er sich auf seinen unverletzten Arm aufgestützt hatte, und dann schlug er Goode den Revolver ins Gesicht. Als Goode zurückfiel und während er an seinem Blut würgte, hieb Anil ihm den Revolver über den Kopf. Goode verlor das Bewußtsein. Die Schatten der Lampe flackerten auf seinem blutigen Gesicht. Anil holte die Handschellen und schloß Goodes Handgelenke im Rücken zusammen. Dann legte er methodisch die Fotos und Briefe und Uniformen und Kleidungsstücke auf einen Haufen und goß Öl aus der Lampe darüber. Er schüttete Öl auf das Bett und auf die Vorhänge, kehrte dann zu Goode zurück, hockte sich neben ihn und wartete, bis er das Bewußtsein wiedererlangte.

»O Gott, mein Arm«, waren Goodes erste Worte.

»Ihr Gesicht auch, Mr. Goode. Wird sie Sie noch lieben, frage ich mich. So wie ich mich frage, ob mich je eine Frau lieben wird.«

»Du Bastard. Du Niggerbastard.«

»Eine Ungenauigkeit, Mr. Goode. Aber lassen wir es durchgehen. Ich möchte, daß Sie sich umsehen und all Ihren Besitz, alle Ihre sorgfältig gesammelten Erinnerungen betrachten.«

Goode hob den Kopf und sah den unordentlichen Haufen. Anil brachte die Lampe und hielt die Flamme vorsichtig an einen zusammengedrehten Streifen Papier. Das Papier fing Feuer, flammte auf, und er ließ es auf den Haufen fallen. Es glimmte einen Augenblick und brach dann in eine lustige orangefarbene Flamme aus.

»Kommen Sie, wir müssen fort. Sie werden nicht zu einem Märtyrer für eine ungerechte Regierung werden.«

Anil zog Goode an den Knöcheln hinaus, als das Feuer den

Haufen erfaßte und die baumwollenen Vorhänge hinaufraste und zu den Büchern hinübersprang. Die Hitze war unerträglich und die Nachtluft eine kühlende Erleichterung. Anil zog Goode die Einfahrt hinunter und hinaus auf die Straße. Von der Rückseite des Bungalows hörte er die Rufe der Diener. Jetzt fing Goode an zu schreien. Er hatte Angst vor den Schmerzen, mehr Angst noch vor der Demütigung, daß man ihn auf der Straße finden würde, daß fremde Augen ihn sähen.

»Leben Sie wohl, Mr. Goode.« Anil ging fort. Er würde nicht laufen.

»Ich bringe dich um, Anil Ray. Und wenn es das Letzte ist ...«, schrie Goode hinter ihm her.

32

Einst waren sie zu dritt gewesen; nun war nur noch einer übrig. Der Oberst wußte, daß er sich schließlich an den leeren Eßzimmerstuhl ihm gegenüber gewöhnen würde. Der Junge lag in einem Grab, schon zu Staub zerfallen, und sein Stuhl stand an der Wand. Aber seine Tochter war in seine Erinnerungen eingegraben; ihre Stimme und ihre Bewegungen waren noch im Raum, ein schwächer werdendes Echo von ihr, und ihr Stuhl stand immer noch am Tisch, obgleich davor nicht mehr gedeckt wurde.

Ein Bürobote trat mit einem Telegramm ein und legte den braunen Umschlag ehrerbietig auf den Tisch. Das Frühstück wurde auf der Veranda serviert bei herabgelassenen Jalousien, und der Oberst konnte schon die Drohung der Hitze fühlen, die der Tag bringen würde. Das vollkommene Blau tat seinen Augen weh, und die Luft war still und feucht. Er beachtete das Telegramm nicht und frühstückte weiter; die Hunde lagen an seiner Seite; Abdul stand hinter seinem Stuhl. Der *Statesman* stand aufgefaltet an der Teekanne.

»Nimm den Stuhl weg, Abdul.«

Der Diener trug ihn fort und stellte ihn vorsichtig an die Wand neben den anderen.

»Wo mag Elizabeth Miss-Sahib jetzt wohl sein, Sahib?«

»Auf hoher See.« Aber Abdul würde die Entfernung oder das Meer nicht verstehen. Es veränderte die Menschen, wie eine Taufe. Es würde Elizabeth verändern. Sie würde nicht als die gleiche Person zurückkehren. Auch sonst blieb nichts, was es war – außer Indien.

Kims Veränderung war ihm ein Rätsel. Er hatte den Jungen, den Mann geformt, geschaffen, ihm eine Unterkunft geboten, als er keine hatte, ihm eine Erziehung angedeihen lassen, während er sich bis dahin nur auf der Grand Trunk Road herumgetrieben hatte, des Lesens und Schreibens unkundig wie ein Eingeborener, und dann einen Job – einen guten Regierungsjob, mit einer Pension. Aber Kim hatte alles kaputtgemacht und damit auch seine Liebe zu ihm vernichtet. Kim war seine Schöpfung, seine Waffe, aber er hatte Kim auch geliebt. Er konnte es nicht bestreiten, und was geschehen war, war sein Fehler. Kim hatte zu weit entfernt von den Europäern gelebt und hielt sich nun nicht länger selbst für einen. Er hatte sich in einen Eingeborenen zurückentwickelt, so wie ein zahmes Tier es tun wird, wenn man es in der Wildnis freiläßt. Indien hatte ihn geschluckt: Er gehörte jetzt in dieses Land, nicht mehr ihm, dem Oberst. Der Oberst begriff, daß er hätte voraussehen müssen, was mit Kim nach dem Zwischenfall in Rae Bareli geschehen würde, als er stoisch die Gefängnisstrafe auf sich genommen hatte, statt seine Identität zu enthüllen. Der Oberst hatte einen Fehler gemacht; er hatte damals nur daran gedacht, wie zweckdienlich es sein würde, Kim im Gefängnis von Tihar zu haben mit einem Ruf, der bei den dort einsitzenden Aufrührern und Terroristen wie eine Empfehlung wirken mußte. Sie würden ihn für einen der ihren halten und ihre Geheimnisse ausplaudern. Sein Schweigen aber bewies, daß er sich verändert hatte. Dabei hätte er Kim retten, nach England, ins Herz des Empire schicken können. Das

Meer hätte ihn verändert, ihn vor der Verdammnis bewahrt, aber nun war es zu spät.

Der Oberst war gütig gewesen. Kim mußte seine Macht begreifen. Wie wenn man einem Kind die Spielklötze wegnimmt, so hatte er Kim zur Vernunft zu bringen gesucht. Er stellte die Macht in Indien dar; nicht die Eingeborenen. Er konnte Gefälligkeiten erweisen, großzügige Belohnungen austeilen, aber auch grausame Strafen auferlegen. Kim hatte das nicht begriffen.

Hätte England auf ihn die erwünschte Wirkung gehabt? In Kalkutta hatte sich Kim unter den Engländern nicht so recht wohl gefühlt. Wenn er doch nur seine eigene Überlegenheit, die Vorteile seiner Rasse erkannt hätte! Die Erinnerung an Kims Tätigkeit in Kalkutta machte dem Oberst Sorgen. Kim hatte alle Akten gelesen. Der Oberst hatte ihm diese Arbeit aufgetragen, weil sie die Vorbereitung einer weiteren Ausbildung sein sollte, ganz abgesehen davon, daß Kim die Leute, denen er diente, noch besser verstehen sollte. Alles in diesen Akten, die Codes, jeder Agent, den der Oberst hatte, war Kim deshalb bekannt geworden. Man hatte ihm beigebracht, auf einen Blick jede Einzelheit zu erfassen. Nun, da Kim seinen Herrn verraten hatte, war er gefährlich geworden. Er konnte das Leben der Agenten des Obersts in Gefahr bringen oder, schlimmer noch, seine Pläne vereiteln. Wenn Kim diese Leute enttarnte, würde es dann noch gelingen, ebenso loyale Männer anzuwerben? Es würde Zeit brauchen, sogar Jahre, und der Oberst mißtraute dem Faktor Zeit. Die Zeiten änderten sich, gerieten außer Kontrolle. Sicherlich wußte Kim, daß Bahadhur Ram Shanker – »Daddaji« – auf seiner Gehaltsliste stand. Es gab noch andere seinesgleichen, Männer in den Provinzversammlungen, Fürsten, *sar-panchs.* Er würde neue Agenten, neue Codes einführen müssen, und der Oberst hatte eine Abneigung gegen Veränderungen. Er würde sein Agentennetz aufgeben und noch einmal ganz von vorn anfangen müssen.

Da wäre es leichter, Kim zu eliminieren.

Er sah keine andere Möglichkeit. Kim war frei und hatte auch dem Terroristen Anil Ray zur Flucht verholfen.

Einen Sohn zu töten, dachte er, und ich habe Kim immer als meinen Sohn betrachtet, nicht dem Blute nach, aber im Geist, ist eine Last, die ich kaum ertragen kann. Aber wie könnte ich mich meiner Verantwortung entziehen? Ein König muß einen Sohn bestrafen, der ihn verrät. Griff Arthur gegen Mordred nicht zu den Waffen? Ließ König Charles nicht Monmouth hinrichten, um den Thron zu sichern? Kim ist gefährlich geworden, die Waffe, die ich geschmiedet habe, wird sich gegen uns alle wenden. Ich kann ihn vernichten, aber ich kann nicht die Krone verraten, der ich mein ganzes Leben lang gedient habe.

Wenn ihm noch irgendein Zweifel geblieben war, daß er handeln mußte, so schwand er, als er das Telegramm las.

INSPEKTOR GOODE IN LUCKNOW ANGEGRIFFEN UND VERLETZT STOP TÄTER ANIL RAY STOP EINZELHEITEN FOLGEN STOP

Die Nachricht hatte den Rat des Vizekönigs erreicht. Die Mitglieder aller Abteilungen hatten sich in der Kammer, dem Machtzentrum Indiens, versammelt. Die Holztäfelung war von einem zarten Braun. Der Raum befand sich im obersten Stock, und die Ratsmitglieder konnten über die Dächer von Kalkutta hinaussehen. Diener in scharlachroten *kurtas* standen bereit, um Tee und Gebäck zu reichen. Andere brachten die Akten herbei, die die Mitglieder würden einsehen müssen. Als der Oberst hereinkam, hörte er das unruhige, ärgerliche Gemurmel.

Sie nahmen ihre Plätze ein an dem langen, glänzend polierten Tisch, in dem sich ihre Gesichter und Hände deutlich spiegelten. Der Platz des Vizekönigs war nicht besetzt, denn Lord Hardinge hatte sein Amt noch nicht angetreten, und das älteste Ratsmitglied führte den Vorsitz über die Versammlung. Diese Männer regierten Indien im Namen des Königs und Kaisers. Sie waren alle miteinander befreundet, kannten einander gut. Lord Curzon hatte ihre Macht zu brechen versucht und vorgeschlagen, daß sie nach einer kurzen Sitzungsperiode in ihre Provinzen und Distrikte zurückkehren sollten, aber es war ihm nicht gelungen, diese Veränderung zustande zu bringen. Sie liebten Kalkutta und hatten längst den Kontakt zu jenen Außenposten verloren, über die sie früher als Steuereinnehmer und Distriktchefs informiert gewesen waren.

»Nun, Oberst Creighton. Sie haben diese Nachricht gehört?« fragte der Sekretär des Vizekönigs.

»Ja.«

»Eine furchtbare Geschichte. Wie es heißt, wurde Goode gnadenlos zusammengeschlagen und sein Haus in Brand gesteckt. Die ungeheure ... *Frechheit* dieses Anil Ray, zu meinen, er könne einen britischen Polizeiinspektor verprügeln.«

»Ich hoffe, die Einzelheiten werden nicht die Zeitungen erreichen«, murmelte das Mitglied der Abteilung für Opium und Salz. »Es wäre nicht ratsam, es die Eingeborenen lesen zu lassen.«

»Wie ich höre, hat die halbe Nachbarschaft Inspektor Goodes Zustand gesehen«, sagte der Generalinspektor der Polizei, den man eigens eingeladen hatte, an dieser Versammlung teilzunehmen. »Anil Ray ließ Goode auf der Straße liegen, und die Diener haben alle gesehen, in was für einem Zustand er war. Und Sie wissen, wie diese Leute reden. Morgen wird die Geschichte überall im Lande bekannt sein.«

Das älteste Ratsmitglied überflog seinen Bericht. »War der Mann, der mit ihm zusammen entfloh, Kimathchand, Anil Rays Komplize bei diesem Überfall?«

»Ich bin dessen noch nicht sicher«, sagte der Generalinspektor der Polizei. »Ein Zeuge behauptete, er habe nur einen Mann von Goode weggehen sehen.«

»Weggehen! Diese verdammte Arroganz von dem Mann.«

»Dieser Kimathchand hat vielleicht irgendwo im Hintergrund gelauert. Man hatte ihn als Aufrührer verhaftet, und ich vermute, daß er ebenfalls gefährlich ist. Die Polizei fahndet nach ihm.«

Der Oberst kritzelte auf dem vor ihm liegenden Löschblatt herum und schwieg. Er hoffte, daß sein eigener Agent Kim faßte, noch bevor die Polizei ihn fand. Es wäre peinlich, wenn man Kim als Engländer und zudem als einen seiner Agenten identifizierte.

»Die europäische Bevölkerung wird wollen, daß wir der Unbarmherzigkeit mit Unbarmherzigkeit begegnen, meinen Sie nicht auch, Oberst? Sie werden wieder verlangen, daß wir für jeden Europäer, der getötet wird, zehn Eingeborene exekutieren.«

»Ich kann dem nicht zustimmen«, sagte der Oberst und sah von seinem Löschblatt auf. »Auch wenn ein paar Zeitungsredakteure jedesmal wieder in dieses Geheul ausbrechen, wenn so etwas geschieht. Wenn wir ihren Forderungen nachkämen und neun unschuldige Männer mit einem schuldigen zusammen hinrichteten, würden die Eingeborenen uns nicht länger für faire und gerechte Herrscher halten. Sie sind wie Kinder und sehen zu uns als ihren Lehrern auf. Wir verkörpern die Prinzipien der europäischen Zivilisation und einer ausgewogenen Justiz. Solche drakonischen Maßnahmen sind barbarisch und gehören in jene Zeit, als wir diesen Kontinent erobert haben. Wir sind jetzt die Verwalter Indiens, und an einem sehr entfernten Punkt in der Zukunft wird der Inder, durch unser Beispiel, schließlich lernen, sich selbst zu regieren – aber unter unserer fortgesetzten Anleitung. Es wird immer Extremisten in Indien geben, die glauben, daß wir nur durch Terrorismus vertrieben werden können. Aber wir werden das Land niemals verlassen. Ich weiß, daß wir diese Männer in Schach halten können, indem wir sie aufspüren und bestrafen. Allerdings meine ich auch, daß wir, anstatt nur auf die Ereignisse zu reagieren, wie wir es jetzt tun, als erste handeln sollten. Vorbeugung ist bei weitem besser als die Behandlung einer Krankheit. Wenn wir den Aufruhr niederschlagen können, bevor er beginnt, dann können wir diese Rufe nach Hinrichtung unschuldiger Männer zum Schweigen bringen. Aber die Herrschenden in England müssen begreifen, daß sie Indien nicht wie England beurteilen können. Wir haben unser Rechtssystem in Indien eingeführt, und es sind uns durch die Befolgung der britischen Rechtsnorm bei der Bekämpfung des Terrorismus weiterhin die Hände gebunden. Es muß uns gelingen, diese Männer festzunehmen und gefangenzusetzen, bevor sie irgendwelches Unheil anrichten können. Wir haben es mit Terroristen zu tun, und sie müssen sofort inhaftiert werden. Und um das zu tun, können wir uns keine Prozesse mit Richtern und Geschworenen, Verteidigern und all dem anderen Aufwand leisten, wie man ihn in England hat. Damit werden Urteile nur verzögert. Die der Polizei zur Zeit gewährten Machtbefugnisse reichen nicht aus und müssen erweitert werden. Sobald diese Aufrührer begreifen, daß wir hart mit ihnen umgehen, wird Indien in seinen Grenzen in Frieden leben können.«

»Sehr richtig, Oberst Creighton.«

»Also. Nun müssen wir unser neues Mitglied vorstellen«, sagte der Vorsitzende. »Einen indischen Herrn, der Mitglied unseres Rates werden wird, wenngleich nur in beratender Eigenschaft. Diener, bitte Mr. Bahadhur Ram Shanker zu uns herein.« Als der Diener gegangen war, fügte der Vorsitzende hinzu: »Ich glaube, daß wir uns von nun an weiterer Äußerungen über diese Sache mit Inspektor Goode enthalten sollten.«

Bahadhur Ram Shanker trat hinter dem Diener ein und verbeugte sich tief vor dem Tisch. Der Vorsitzende erhob sich sogleich und wartete, bis Bahadhur-Sahib ihn erreichte.

»Mr. Bahadhur Ram Shanker, ich möchte Sie gern als neues Mitglied im Rat des Vizekönigs willkommen heißen. Wir freuen uns, daß Sie uns in Zukunft beraten werden.«

»Vielen Dank, daß Sie mich so freundlich begrüßen«, sagte Bahadhur-Sahib, sah sich um und bemerkte, daß man ihn schweigend empfing. Man hatte ihn den Ratsmitgliedern aufgezwungen, hielt ihn aber für den akzeptabelsten Eingeborenen, den man für diese Aufgabe bekommen konnte. Wenn sie allerdings gedacht hatten, daß er nun wieder gehen würde, hatten sie sich getäuscht. Er würde hierbleiben. Da er so entschlossen gewesen war, einen guten Eindruck zu machen, hatte er sich zu diesem Zweck allzu förmlich angezogen. Sein Anzug war zu neu und zu elegant, sein Hemd war aus Seide, und seine Manschettenknöpfe waren zu schwer. Er leuchtete in diesem Raum, während er genauso zurückhaltend wie sie hätte wirken sollen. Er nahm sich vor, sie nachzuahmen, denn er wußte, was Macht war, und er wußte auch, wie man anderen Leuten schmeichelt. »Darf ich ein Wort an den Rat richten?«

»Selbstverständlich.«

»Ich möchte den heimtückischen Überfall auf Inspektor Goode mit allem gebotenen Nachdruck verurteilen.« Er machte eine Pause, in der die anderen Beifall murmelten. »Ich weiß, daß ich für jeden Inder und für ganz Indien spreche, wenn ich sage, daß wir für diese Demütigung Vergeltung üben müssen. Die Krone kann solche Verbrechen in unserer Mitte nicht dulden. Wir müssen die Reihen schließen gegen die Terroristen und Mörder und alles in unserer Macht Stehende tun, um diese Männer ihrer verdienten Strafe zuzuführen. Danke.«

Als Bahadhur-Sahib sich setzte, klopften die Männer beifällig auf den Tisch. Obschon ein Eingeborener, war er ein guter Kerl, und seine Gefühle entsprachen genau den ihren. Er wirkte selbstbewußt und zufrieden. Er wußte nicht, daß der Mann, der seine Frau vor so langer Zeit in dem Zug gerettet hatte, sich just in diesem Augenblick auf dem Weg zu seinem Jagdschloß in den Aravalli-Hügeln befand. Aber der Oberst wußte es. Die Falle war aufgebaut. Der perfekte Köder: Liebe; der Jäger: sein Agent. Inzwischen mochte die Falle sogar schon zugeschnappt sein. Er erwartete ein neues Telegramm: KIM GEFANGEN.

»Ich würde gern«, fuhr Bahadhur-Sahib fort, als der Applaus nachließ, »persönlich eine Belohnung von fünfundzwanzigtausend Rupien für die Ergreifung und Bestrafung der Verbrecher aussetzen.«

»Bravo, bravo!«

Die indische Regierung erhöhte diese Summe sofort um

weitere fünfundzwanzigtausend, so daß eine Belohnung von fünfzigtausend Rupien auf Anil Rays Kopf ausgesetzt werden konnte. Ein Vermögen, für das man leicht einen Verräter finden würde. Mit dem zwanzigsten Teil davon, das wußten sie, konnte man jede indische Seele kaufen. Das Leben war billig wie Schuhleder, und die Korruption würde Anil Ray der Justiz ausliefern. Der Oberst war erfreut über Bahadhur-Sahibs Angebot und die Übereinstimmung seiner Gefühle mit denen der anderen Ratsmitglieder.

Am Ende der Versammlung begleitete der Oberst Bahadhur-Sahib aus der Kammer hinaus. Sie gingen schweigend die Korridore hinunter bis zur breiten Teakholztreppe.

»Das war eine bewegende Rede, Bahadhur-Sahib. Wir wissen sie sehr zu schätzen.«

»Danke, Oberst. Wir müssen den Terrorismus ausrotten, wenn wir an der Macht bleiben wollen.«

»Sie sind ein Zyniker.«

»Ein Pragmatiker, sagen wir so. Wir kennen beide die Bedürfnisse des anderen. Manchmal bin ich überrascht von der Ähnlichkeit unseres Lebens. Sogar unsere Frauen sind gleichzeitig zu uns zurückgekehrt. Oder sollte ich sagen, Ihre Frau ist zurückgekehrt, aber nicht geblieben?«

Der Oberst blieb abrupt stehen. Sein wütender Blick glitt an dem ironischen Lächeln Bahadhur-Sahibs ab, der weiter die Treppe hinabging. Er blieb auf den Oberst wartend unter dem Vordach stehen und winkte dann seinem Fahrer.

»Woher wußten Sie das?«

»Informationen, das ist Ihnen ja bekannt, Oberst-Sahib, sind das wichtigste Werkzeug jeder Zivilisation. Wenn wir den Ereignissen nicht ... voraus sind, verlieren wir die Kontrolle. Ein kleiner Vogel hat es mir gesagt.«

»Ihre Frau, höre ich, ist daheim. Ein Glück, daß Ihre etwas drastische Maßnahme, mit der Sie sie zurückgewonnen haben, nicht von Mr. Nehru oder anderen Kongreß-Leuten beobachtet wurde.«

»Selbst wenn sie es beobachtet hätten, Oberst, bin ich sicher, daß sie mir geholfen hätten, die Wogen wieder zu glätten. Ja, meine Gattin ist entzückt, wieder in den Armen ihres Mannes zu liegen. Es ist seltsam, wie verrückt wir nach einem Weibchen unserer Gattung sein können, nicht wahr, Oberst? Wir werden leichtsinnig aus Liebe, weil die Sinnenlust uns verführt. Ach, wie viele Könige sind wegen der Liebe zu einer Frau von ihren Thronen gestürzt!«

Der Oberst erwartete, daß eine Gharri Bahadhur-Sahib abholen würde. Statt dessen fuhr ein monströses, langes, glitzerndes Motorfahrzeug vor. Der Oberst sah seine eigene Spiegelung in den riesigen runden Messingscheinwerfern.

»Ein Daimler. Man sagte mir, es sei das allerbeste. Kann ich Sie irgendwohin mitnehmen?«

»Nein, danke.«

Der Chauffeur war ein Engländer. Er trug eine weiße Uniform mit glänzenden schwarzen Stiefeln und eine weiße Schirmmütze. Er riß die Tür für Bahadhur-Sahib auf, der auf den Ledersitz sank.

»Oberst-Sahib, ich kann Ihnen den Motorwagen nur empfehlen. Er fährt viel schneller als die Gharri, und in diesen Zeiten müssen wir mit der Veränderung Schritt halten. Wenn Sie jemals einen brauchen sollten, zögern Sie bitte nicht, es mich wissen zu lassen. Es wäre mir ein Vergnügen, Ihnen einen zur Verfügung zu stellen. Auf langfristiger Basis natürlich.«

»Natürlich.«

Im Haus des Obersts war es still. Sogar die vielen Lichter konnten die Leere nicht vertreiben. Der Oberst nahm seinen Whisky mit in den Garten hinaus und saß eine Weile da, während er seinen Hunden die Ohren kraulte. Das Schweigen war bedrückend. Es gab niemanden, der es brechen konnte, wie ein Gefängnisurteil war es nun endlos. Niemand erwartete ihn, auch er wartete auf niemandes Rückkehr, keine Schritte erklangen, niemand gab ihm einen Kuß auf die Wange. Obwohl er und Elizabeth nicht ihre ganzen Abende zusammen verbracht hatten, hatte sie ihm wenigstens bei den Mahlzeiten

Gesellschaft geleistet. Sie fehlte ihm sehr. Er hatte ihr sagen wollen, wie sehr er sie vermissen würde, aber die Worte waren ihm im Hals steckengeblieben.

Bahadhur-Sahibs Kenntnisse beunruhigten ihn. Informationen waren das Geschäft des Obersts; er wog ständig ihren Wert ab, dachte darüber nach, wie er an sie herankam. Wie hatte Bahadhur-Sahib von Alice' Besuch erfahren? Er war so plötzlich erfolgt und so kurz gewesen, und sie war nicht mehr wiedergekehrt. Wer hatte sie kommen sehen? Wer hatte Bahadhur-Sahib davon erzählt? Elizabeth? Sie kannte Bahadhur nicht, höchstens flüchtig. Alice selbst? Aber sie hatte Bahadhur-Sahibs Frau beherbergt und schlug noch immer Alarm wegen ihres Verschwindens.

Er wußte von ihren Nachforschungen, ihren Bitten, eine Untersuchung in Gang zu setzen, ihrem Besuch, mit Romesh Nairoji zusammen, in Bahadhur-Sahibs Residenz in Delhi. Sie wurde zu einem Ärgernis, nicht nur wegen der Sache mit Bahadhur-Sahibs Frau, sondern auch durch das, was sie in *Sher* schrieb und durch ihre seltsamen Reportagen. Was hatte er doch in seiner Jugend für einen strategischen Fehler begangen! Wie konnte er nur eine solche Frau lieben, die sich selbst in Mißkredit brachte? Er würde bald etwas gegen sie unternehmen müssen ... wenn sie ihre aufrührerischen Handlungen fortsetzte.

Konnte es sein, daß sie Bahadhur-Sahib von ihrem Besuch bei ihrer Tochter erzählt hatte? Nein. Sie waren wegen der entführten Frau Feinde. So blieb noch die Dienerschaft. Bahadhur-Sahib hatte vor Jahren von Alice gewußt. Der Oberst erinnerte sich, daß sie einander auf dem Rennplatz begegnet waren. Was hatte er gesagt? »Diener, die wir nicht bemerken.« Wen hatte er damals beschäftigt, als seine Frau ihn verließ? Abdul, der ihm all die Jahre so treu gedient hatte? Sicher nicht! Abdul war mit ihm zusammen aufgewachsen. Sie waren immer zusammengewesen, nun wurden sie alt zusammen. Obwohl sie ungefähr gleich alt waren, sah Abdul alt genug aus, daß er der Vater des Oberst hätte sein können. Mary-Ayah?

Wie konnte er ihre Loyalität gegenüber der Familie in Zweifel ziehen? Er hatte noch nie eine solche Ergebenheit gesehen. Sie hatte nach Elizabeth' Abreise tagelang geweint, und er sah sie noch immer durch den Bungalow wandern wie ein ruderloses Schiff, auf der Suche nach ihrer *baba*. Es gab noch eine andere Möglichkeit, folgerte der Oberst: daß Bahadhur-Sahib den Bungalow beobachten ließ. Dieser Gedanke war dem Oberst äußerst unangenehm. Das unterminierte seine Macht, seine Kontrolle über die Ereignisse.

Nun, er würde das heute abend überprüfen. Er hatte nicht vorgehabt auszugehen, aber die Stille überwältigte ihn, steigerte auf unangenehme Weise sein Ohnmachtsgefühl. Die Gharri wurde nach vorn gefahren, und der Oberst lächelte bei der Erinnerung an die subtile Bestechung, die Bahadhur-Sahib ihm angeboten hatte. Ein Motorwagen! Er fragte sich, wieviel er wohl kostete; mit Sicherheit mehr, als er sich leisten konnte.

Er befahl dem Kutscher, er solle langsam fahren, und sah sich von Zeit zu Zeit um, weil er feststellen wollte, ob ihm jemand folgte. Die Straßen waren voller Menschen, und in der Dämmerung war es unmöglich, ein bekanntes Gesicht zu entdecken. Er gab dem Kutscher neue Instruktionen und lehnte sich zurück, als die Gharri schneller fuhr. Morgen würde er einen seiner eigenen Männer Wache halten lassen.

Das Haus sah ebenso verlassen aus wie sein eigener Bungalow. Ein einziges Fenster war erleuchtet – wie ein Leuchtturm in einem Meer der Dunkelheit. Der Colonel schritt die kiesbestreute Auffahrt hinauf, und als er in das Zimmer schaute, sah er, daß sie allein war. Er klopfte einmal mit dem Stock gegen die Jalousie und sah sie rasch aufstehen.

»Wer ist da?«

»Jack.«

Er wartete an der Tür, seine gestärkte Hemdbrust ein weißes Dreieck in der Dunkelheit. Als das Licht auf ihn fiel, hörte er ein leises Kichern.

»Habe ich dich zum Dinner eingeladen und es vergessen?«

»Nein, Sushila. Ich ... dachte nur, ich wollte mal sehen, ob du da bist. Wenn du beschäftigt bist ...«

»Ach, wie förmlich ihr Engländer doch seid.« Sie zog ihn herein, erfreut über sein Erscheinen. Er stand so unbeholfen wie ein Schuljunge da. »Willst du mir keinen Kuß geben?« Er gab ihr einen Kuß auf die Wange. »Ist das alles? Ich dachte, wir liebten uns?«

Diesmal küßte er ihren Mund und folgte ihr ins Zimmer. Sushila Basu nahm ihm die Jacke ab und hängte sie ordentlich auf. Dann kniete sie nieder und zog ihm die Schuhe aus. Sie stellte eine Flasche Whisky mit Sodawasser auf den Tisch und ließ sich auf den Diwan sinken. Er setzte sich neben sie, streichelte ihr seidiges schwarzes Haar und fühlte sich besänftigt. Ihre klare, einfache Schönheit faszinierte ihn ständig. Es gab nichts Unvollkommenes in ihrem Gesicht.

Er redete gern mit ihr. Sie hörte aufmerksam zu und urteilte nicht über seine Vergangenheit. Sie wog auch nicht seine Worte ab, suchte nicht durch Schmeicheleien sein Wohlwollen zu erringen und suchte nicht nach wunden Punkten. Sie gab ihm das Gefühl, ein Mann zu sein.

»Elizabeth wird mir sehr fehlen. Ich wollte nicht hierherkommen, aber ich mußte einfach noch mal aus dem Haus. Ich nehme an, ich werde mich an die Leere gewöhnen, aber im Augenblick ist es voller Erinnerungen. Ich habe mich dabei ertappt, daß ich an Richard dachte. Man findet sich eigentlich niemals richtig damit ab, einen Sohn zu verlieren, der noch so jung war, und man hebt sich Dinge für die Zukunft auf, anstatt sie sofort zu tun. Wie dumm von mir. Es ist schwer, der Freund seiner eigenen Kinder zu sein. In der letzten Zeit sind Elizabeth und ich nicht mehr so gut miteinander ausgekommen, aber ich habe nur noch sie.«

»Kannst du ihr vorwerfen, daß sie wütend ist?« fragte Sushila. »Es muß ein großer Schock für sie gewesen sein zu erfahren, daß ihre Mutter noch lebt. Du hättest es ihnen früher sagen sollen.«

»Ich hatte Angst, daß sie zu ihr gehen würden. Dann hätte

ich sie verloren. Gott, wie ich sie hasse! Sie hätte niemals zurückkommen dürfen. Sie hatte kein Recht dazu!«

»Sie hatte als Mutter sehr wohl ein Recht dazu. Ihr Sohn war gefallen. Ich hätte dasselbe getan.«

Zärtlich glättete Sushila die Falten auf seiner Stirn. Er war noch immer ein attraktiver Mann, beherrscht und mächtig. Sein dunkles Haar war an den Schläfen ergraut. Er war ihr Trost, und sie wünschte sich, daß er sie öfter besuchen würde. Er war seltsamerweise auch ihre Zukunft.

Durch seine Diskretion blieb ihr guter Ruf intakt, und wenn ihr Ehemann sich auf seinem Landsitz zu Tode trank, würde sie sich nicht den Kopf kahlscheren lassen und in das weiße Kleid der ewigen Trauer hüllen. Er konnte ihr behilflich sein, den grausamen Zwängen ihrer Religion zu entrinnen. Sie wußte nicht, ob sie ihn heiraten wollte. Er war zu sehr Engländer. Zweihundert Jahre vorher hätte er natürlich nicht gezögert. Sie ebensowenig. Zuerst waren die Engländer Freunde gewesen, dann wurden sie Herrscher, und jetzt waren sie beinahe Feinde geworden. Sie hätte ihn gern gefragt, ob er Neuigkeiten von Anil Ray hatte, aber sie hielt lieber den Mund. Sie wollte nicht an Anil denken, denn all ihre Gedanken waren düster und hoffnungslos.

»Kennst du Bahadhur Ram Shanker?«

»Aber natürlich kenne ich ihn.« Sushila lachte und nahm einen kleinen Schluck von seinem Whisky. Sie verzog das Gesicht und küßte ihn. »Sieh mich nicht so mißtrauisch an. Ich bin keine ungebildete Hindufrau. Sein Name steht ständig in den Zeitungen. Der erste Inder, den man in den Rat des Vizekönigs gewählt hat.«

»Aber du hast ihn nie kennengelernt?«

»Nein. Beruhigt dich das? Warum?«

»Oh . . . er ist ein Schurke.«

»Laß uns nicht mehr über Schurken und Abschiede und den Tod reden.« Sie legte sich zurück, schloß die Augen und rezitierte auf Urdu:

Der Frühling, der Becher und deiner Geliebten Gesicht
Genügen, die Erde in einen angenehmen Ort zu verwandeln;
Und deshalb – Jack *–, wenn die Schatten herabsinken,*
Trink aus und besiegele deine Leidenschaft mit einem Kuß:
Bis morgen brauchst du dich nicht daran zu erinnern,
Daß da noch eine andere Welt als diese ist.

33

Am Abend nach seiner Flucht aus Tihar Gaol gelang es Kim nur durch hartnäckiges und lautes Lamentieren, welches die Aufmerksamkeit des Polizeichefs Ivor Bradley erregte, einen Schlafwagenplatz erster Klasse in dem Personenzug zu ergattern, der Delhi abends um acht Uhr fünfundvierzig verließ. Er würde in Mathura, Agra, Sawai Madhapur, Gwalior, Jhansi und Nagpur halten. Er kaufte eine einfache Fahrkarte nach Nagpur und beschimpfte den Angestellten hinter dem vergitterten Schalterfenster, daß er ihn nicht prompt bedient hätte. Polizeichef Bradley sah ihm zu, wie er sich seinen Weg durch die Menge bahnte, gefolgt von einem Kuli, der unter dem Gewicht eines zerschabten und mit Aufklebern bedeckten Lederkoffers schwankte. Er schenkte ihm weiter keine Aufmerksamkeit, sondern kehrte zu seiner Aufgabe zurück: Seine Männer prüften genau alle Reisenden, die die Fahrkartenkontrolle passierten, während andere Polizisten die Bahnsteige patrouillierten, bereit, jeden zu fangen, der über den Zaun zu springen oder die Bahngeleise zu überquerten suchte.

Kim bedachte den Polizeichef mit einem strahlenden Lächeln und wurde, gefangen in der drängenden Menge, an ihm vorbeigeschoben, auf einen mißtrauisch blickenden Polizeiwachtmeister zu, der von Zeit zu Zeit auf ein Blatt Papier sah, das er in der Hand hielt. Der Polizeiwachtmeister gewahrte

Kim und machte ihm augenblicklich den Weg frei, trieb die Eingeborenen beiseite, die ungeduldig darauf warteten, in den Zug steigen zu dürfen und nun dem Sahib den Weg versperrten. Er sah den gutgebügelten Leinenanzug und die Wykehamist-Krawatte. Sie wirkte schäbig, ein Lieblingsschlips, permanent getragen, sehr angemessen für den Absolventen einer englischen Public School. Die Augen des Sahib lagen im Schatten einer weißen *topi*, aber der Wachtmeister sah einen festen Mund mit einem ordentlich gestutzten, militärisch wirkenden Schnurrbart.

Sobald er an der Kontrolle vorbei war, schritt Kim den Bahnsteig hinunter und kam alle acht bis zehn Meter an einem Polizeiposten vorbei. Er warf einen Blick in ein leeres Erste-Klasse-Abteil mit einem dazugehörigen Waschkabinett.

»Jaldi . . . jaldi . . .«, befahl er dem Kuli und trat beiseite, damit dieser den Koffer in den Wagen heben konnte.

Die Bahnhofsuhr zeigte acht Uhr vierzig an, der Wachtposten beobachtete besorgt die dichte Menschenmenge an der Kontrollschranke. Nur einige wenige durften passieren. Der Zug würde keine Minute länger als bis acht Uhr fünfundvierzig warten, und schon hing die Signalpfeife an seinem Mund. Der Fahrkartenkontrolleur kam langsam den Bahnsteig herunter, eine Liste in der Hand, prüfte Waggons und Passagiere. Kim sprang in das leere Abteil und setzte sich ans Fenster.

»Hat uns irgend jemand gesehen?« flüsterte Narain aus dem verdunkelten Waschraum.

»Nein. Der Schaffner kommt. Bleib in deinem Versteck, bis der Zug abfährt.«

»Was ist, wenn ein anderer Europäer hereinkommt? Für dich ist alles schön und gut, du bist der Sahib. Du brauchst nicht den Koffer voll Steinen zu tragen. Und wenn ein Sahib kommt, gibt man mir einen Tritt, ich lande in den Armen der Polizei und werde morgen früh gehängt.«

»Dann wärst du wenigstens still. Psst!«

Der Schaffner steckte den Kopf herein, prüfte Kim von Kopf bis Fuß, um sich der Tatsache zu versichern, daß er wirklich einen Europäer vor sich hatte und nicht einen *chi-chi*, der sich wie einer aufführte. Die Krawatte, deren Bedeutung oder Herkunft er nicht kannte, überzeugte ihn. Nur ein Engländer würde so eine ausgefranste und verblichene Krawatte tragen. Er lochte Kims Fahrkarte und ging weiter.

»Was für eine Krawatte trage ich?« fragte Kim.

»Woher soll ich das wissen? Ich habe sie für eine Rupie im Basar gekauft. Sie sah so richtig britisch aus. Die *topi* hat mich eine Rupie fünfzig gekostet, der ist aus den Army and Navy Stores, aber der Anzug wurde von einem gewissen Lalchand and Sons in Meerut genäht. Er kostete . . .«

»Pst.«

Es war unangenehm: man sprach mit dem verdunkelten Waschraum, durfte aber nicht dabei auffallen. Kim sah einen Europäer langsam den Bahnsteig herunterkommen. Er litt an Übergewicht, der Spitzbauch spannte sich unter seinem Anzug. Er murmelte etwas über die Verspätungen und den Dreck in den Zügen. Kim hatte sich kurz wie einer von ihnen benommen, und davon war ihm ein bitterer Geschmack im Mund zurückgeblieben. Wenn der Zug nicht ihre einzige Fluchtmöglichkeit gewesen wäre, hätte er sich niemals als Engländer ausgegeben. Die *topi*, der Anzug, die Krawatte beengten ihn.

»Ist der Platz belegt?« Der Engländer sah herein; er fragte die Luft und wandte sich nicht direkt an Kim. »Der verdammte Zug sieht ja aus wie 'n verdammter Basar. Gibt nic genug anständige Abteile für uns. Die gehen alle an die verdammten Wogs.«

»Er ist belegt«, sagte Kim sehr kühl. »Mein Onkel ist gerade im Waschraum.«

Der Engländer schniefte hochnäsig und wanderte weiter, wobei er den Kuli mit seinem Stock anstieß, damit er sich schneller bewegte. Der Schaffner winkte mit seiner grünen Fahne und ignorierte die verzweifelten Schreie der Passagiere, die immer noch von der Polizei hinter der Kontrollschranke festgehalten wurden. Seine durchdringende Signalpfeife und der Antwort-Pfiff der Lokomotive brachten sie alle zum Schweigen.

Kim sah den Zug hinunter und erblickte den dicken Engländer wieder, der gerade durch eine offene Tür sprang. Der Kuli warf eilig das Gepäck hinein und bekam zum Lohn eine Handvoll Münzen hingeworfen, die über den Bahnsteig rollten. Der Kuli kroch herum, um sie aufzusammeln; nun, da der Zug losfuhr, war es zu spät, um mehr zu betteln. Diese Kränkung des Kulis ärgerte Kim. Die Macht, andere Menschen zu demütigen, war allen Europäern in den Schoß gelegt. Seine eigene Hautfarbe garantierte ihm die Unsichtbarkeit, die er brauchte, um an den Polizeiabsperrungen vorbeizugelangen.

Narain tauchte vorsichtig wieder auf, sobald der Zug den Bahnhof verlassen hatte. Behutsam setzte er sich auf das Bett, hopste dann zweimal auf dem Lederpolster auf und ab und streckte sich genüßlich aus. In der dritten Klasse gab es nämlich nur Holzbänke.

»Du willst ein Inder in Indien sein? Du bist ein Narr. Sieh dir doch die Vorteile an, die du als Europäer hast – *salaams* von der Polizei, luxuriöse Schlafwagenabteile und die Möglichkeit, allen Leuten überlegen zu sein. Für solche Privilegien bringen Männer einander um.«

»*Ahree*, Narain, du bist nur auf die Haut neidisch, dir ist es gleich, was drinnen ist. Wie alle anderen siehst du nur das Äußere eines Mannes, und danach beurteilst du ihn. Was habe ich getan, um solche Vorrechte zu genießen? Ich bin aus dem Leib einer *Angrezi*-Frau gekommen, die ich nie gekannt habe. Und der Same war ein *Angrezi*-Vater, der starb, als ich ein Kind war. Er hat mir wenig vererbt, bis auf das Rätsel des Stieres in dem grünen Feld, sein Regimentsabzeichen. Und deswegen hat der Oberst mich genommen und als seinen Agenten ausgebildet. Meine Haut und meine Adoption reichen nicht, um mich zu einem *Angrezi* zu machen, zu einem Fremden in dem Land, das ich liebe. Ein Mann kann sich nicht von seiner Geburt wie in einer Falle fangen lassen, ganz gleich, wie hoch oder niedrig er geboren ist. Er muß sich seinen eigenen Weg im Leben suchen.«

»Sogar, wenn er in den Tod führt?«

»Er führt stets in den Tod. Und in die Wiedergeburt. Trotz deiner selbst, Narain, wirst du in deinem nächsten Leben nicht als Küchenschabe wiedergeboren werden. Brahma wird dich zu einem *Angrezi* machen, weil du mir hilfst.«

Narain fiel aufs Bett und lachte. Er hämmerte auf den Abteilboden und heulte. Kim heulte auch, beide klangen wie Wölfe, Tränen liefen ihnen über das Gesicht, die Bäuche taten ihnen weh.

»Ich werde als der nächste Vizekönig von Indien wiedergeboren werden«, brachte Narain schließlich heraus. »Ich werde jeden Tag für mich einundfünfzig Kanonen Salut schießen lassen. Ich werde allen Frauen im Land befehlen, eine Nacht mit mir zu verbringen. Das Gesetz will es dann so.« Er fingerte am Verschluß des Koffers herum und öffnete ihn. Oben auf den Steinen lagen Kims Kleider – *kurta, paiyama*, Turban und *chappals*. Narain wickelte den Turban auf und zog eine Flasche Arrak heraus. Er trank und reichte die Flasche an Kim weiter. »Und was wirst du werden?«

»Ein *sanyassi*, der zum Vizekönig Narain kommen und einen Tritt kriegen wird, weil er ein verdammter Eingeborener ist.« Er trank auch und gab Narain die Flasche zurück.

Als die Flasche sich leerte, wurden sie still, blieben jedoch nüchtern. Der *Nagpur Passenger* war der langsamste Zug. Er hielt in jedem Dorf und aus keinem besonderen Grund auch auf halber Strecke. Am Himmel stand ein bleicher Mond, und das Land war voller Schatten. Kim wußte nicht, ob die Reise vergeblich war. Parvati mochte inzwischen tot sein, während sie im Luxus dieses Zuges schwelgten. Er bezähmte seine Ungeduld, unterdrückte seine Angst, daß der Tod sie ihm just in diesem Augenblick entreißen könnte, da er so langsam auf sie zukroch. Die Räder riefen mit ihrem Klick-Klack ihren Namen, und wenn sie hielten, schwoll die Stille an, um ihn zu würgen.

Sie träumte von Dämonen mit blutigen Fangzähnen und riesigen Zungen und Augen so rot und groß wie die Abendsonne. Sie sprangen auf ihr herum, zerdrückten und zerfetzten sie. Blut tropfte von ihren langen, scharfen Krallen, ihr Blut, wie Flußwasser aus ihren offenen Eingeweiden geschöpft und von den Dämonenfingern geleckt. Sie schlug um sich und wehrte sich, den Mund geöffnet zu einem Schrei, der nie die Kehle verließ. Und als sie zurückwichen und sie glaubte, daß der Tod sie in Besitz genommen hätte, wurde sie von vielköpfigen Schlangen mit flatternden Zungen gehetzt, die sich endlos über ihre Arme, ihre Beine, ihre Kehle und ihren Kopf ringelten. Sie waren nicht so groß wie Shivas Kobra, sondern Würmer mit bösen, flachen Köpfen und silbrigen Augen.

Seit Bahadhur-Sahib das Haus verlassen hatte, war sie jeden Morgen schweißgebadet und erschöpft aus Alpträumen erwacht. Mohini wußte, daß sie unter einem Zauberbann stand, in dem Gitabhai sie gefangen hatte. Jede Nacht spann ihr Geist mehr schreckliche Bilder von gewaltiger Größe, und sie wußte, daß Gitabhai sie aus der Dunkelheit heraufbeschwor, um sie zu töten. Wenn sie nur einen raschen Zauberbann geworfen hätte, einen, der sie augenblicklich töten konnte, wäre Mohini dankbar gewesen. Aber Gitabhai wollte, daß sie langsam starb, vor Angst, vor Erschöpfung nach schlaflosen Nächten.

Dreimal täglich besuchten Gitabhai und die Frauen Mohini. Die Dienerinnen brachten Silberplatten mit Essen herein, das Gitabhai liebevoll zubereitet hatte. *Biryani, kofta*-Curry, *kimas, makhani*-Huhn, *dal*, Quark, *lassi, badam khir, mitais*. Unerklärlicherweise, obwohl sie wußte, daß der Zauberbann in dem Essen lag, konnte Mohini ihren Appetit nicht zügeln. Sie aß gierig; das Blut, das die Ungeheuer getrunken hatten, mußte ersetzt werden.

»Siehst du, wie gut ich mich um meine Schwiegertochter kümmere«, säuselte Gitabhai dann immer und kniff Mohini in die Wange, daß es weh tat. »Mein Sohn kann nicht sagen, daß ich mich nicht um sie sorge. Gebt ihr noch mehr Huhn, gebt ihr noch etwas *badam*. Sie muß schön aussehen, wenn er aus Kalkutta zurückkehrt.«

Die Dienerin kam schnell ihrer Bitte nach, aber war verwirrt über Mohinis Aussehen. Mohini wurde nicht dicker, sondern immer magerer. Ihre Augen waren dunkler geworden, und ihr Haar verlor seinen Glanz. Man sah die Knochen ihrer Rippen, wenn sie gebadet wurde; sie war so dünn, daß sie vor den Augen dahinschwand. Aber wenn Bahadhur-Sahib fragte, schworen sie, daß sie wie eine Rani esse. Und wie eine Rani gekleidet wurde sie jeden Morgen auf den Balkon gebracht und starrte teilnahmslos hinaus auf die Hügel.

Mohini sah kaum die leuchtend grüne Dschungel, immer noch üppig vom Monsun, der im Sommer so grau und trostlos wie ihre Gedanken werden würde. Sie gewahrte kaum das bunte Federkleid der Pfauen und Papageien und die geschmeidigen braunen *chitals* und *sambars*, die an das entfernte Ufer kamen, um zu trinken, oder den vollkommen blauen Himmel, an dem ein Adler über ihr endlos seine Kreise zog. Ihr Geist blieb so leer wie dieser Himmel. Sie war an ihr Schicksal verloren. Sie erinnerte sich nicht mehr an Kim oder an die Botschaft, die sie den Brüdern mitgegeben hatte, welche einst gekommen waren, um ihr vorzusingen.

Im Dorf Sawai Madhapur, wo die breite Spur die Schmalspurbahn kreuzte, stiegen Kim und Narain aus dem Zug. Sie befanden sich am Rand der Dschungel, und in der Ferne sahen sie die Aravalli-Hügel. Sie lagen offenbar zu weit entfernt, als daß sie zu Fuß hätten hingehen können, und Kim war ungeduldig. Narain wäre es zufrieden gewesen, in dem Dorf auf ihn zu warten. Narain traute sich nicht in die Dschungel; er glaubte, es würden ihn darin Tiger anfallen und auffressen oder Bären in Stücke reißen. Er sehnte sich nach Bombay zurück, unter Menschen, die nicht weniger wild waren, ihn aber nicht ängstigten. Zu allem entschlossen folgte er Kim ins Dorf.

Sie fanden einen Kamelbesitzer, der seinen kargen Lebensunterhalt damit verdiente, daß er Lasttiere an Sahibs vermietete, die zum *shikar* kamen. Er zeigte wenig Interesse an Kim und Narain. Kim, in ärmlicher *kurta* und *paiyama*, sah ihm nach einem Pathanen aus, und Pathanen rückten nie irgendwelches Geld heraus. Narain beachtete er erst gar nicht. Sakir Khan, der wegen seines Scharfsinns als der reichste Mann im Dorf galt, verlangte die ungeheure Gebühr, die er immer von den Sahibs forderte.

»Salah madhar chut«, sagte Kim. »Ich bin kein Sahib, und wenn du denkst, daß du uns betrügen kannst, werde ich dich in die Dschungel bringen und so verprügeln, daß du nur um ein Haar dein elendes Leben retten wirst. Der Hornhautfluch auf deinem linken Auge wird auf dein rechtes Auge übergehen.«

Sakir Khan überlegte es sich noch einmal. Diese beiden Männer, vor allem der, der so gemein daherredete, sahen verwegen genug aus, daß sie ihre Drohung wahrmachen könnten.

»Sahib, woher sollte ich wissen, daß du so ein einflußreicher Mann bist? Ich werde dir einen richtigen, hervorragenden Preis für meine Kamele machen.«

Sie feilschten miteinander. Der Kamelbesitzer hoffte, nur ein bißchen mehr an ihnen zu verdienen, als er von den drei Männern erhalten hatte, die zuvor durch das Dorf gekommen waren und Kamele von ihm gemietet hatten. Zwei von ihnen hatten ihm Angst eingejagt: Sie drohten ihm, so war es ihm vorgekommen, nicht mit Schlägen, sondern mit dem Tod. Der ältere, der sich wie eine Katze bewegte, hatte ihn aus schwarzen, toten Augen angestarrt, und der jüngere, der hinkte, strotzte vor Gefährlichkeit. Der dritte, der etwas später folgte, ein eigenartiger Mann, dünn wie Schilfrohr und verloren in seinen Träumen, hatte ihn irgendwie hereingelegt, so daß er sich mit ein paar armseligen Rupien einverstanden gegeben hatte. Sakir Khan zerbrach sich immer noch den Kopf darüber, wie das wohl gekommen war.

Kim und Narain kauften Essen für die Reise von dem Mann, dem der Verkaufsstand an der Bahnstation gehörte. Als sie zu Sakir Khan zurückkehrten, hatte er die Kamele fertig. Eines war ein riesiges Tier mit glattem Fell, hochnäsig wie ein Fürst, das andere klein und mickrig; es sah Kim und Narain mit bösen Augen an und hatte Zähne so groß wie Dolche. Die Kamele knieten knurrend nieder, und Kim und Narain stiegen vorsichtig auf, Kim auf den Renner, Narain auf das bösartige Tier, das, so schwor er, Augen hinten im Kopf hatte. Es war ein Zwei-Tage-Ritt nach Norden in die Dschungel. Sakir Khan würde sie selbst zu der alten Festung von Ranthambor führen.

Es gab keine Straße, aber einen Karrenweg, der sich durch das meterhohe Gras und die Dornenbüsche wand, von denen einige so groß wie Bäume waren. Sie kamen an kleinen Herden unterernährten Viehs vorbei, die auf dem frischen Gras weideten, gefolgt von ein, zwei kleinen Jungen, die Kim und Narain neugierig anstarrten. Sie gingen mit, neben den Kamelen her und wollten wissen, woher die Fremden gekommen waren. Kim sagte ihnen, Lahore, eine Stadt, von der sie noch nie gehört hatten. Sakir Khan erklärte ihnen stolz, daß sie weit im Norden lag, von wo vor Jahrtausenden seine Vorfahren in die Ebene hinabgekommen waren auf der Suche nach Beute. Gegen Abend erreichten sie ein kleines Dorf mit strohgedeckten Lehmhütten, das von einem Dornenzaun umgeben war. Das Vieh und die Ziegen befanden sich schon innerhalb der Einfriedung, und der *sar-panch*, der Sakir erkannte, erlaubte ihnen, die Nacht im Inneren zu verbringen. Ranjit Singh, dessen weiße Stoppeln seine Pockennarben verbargen, war enttäuscht, daß Kim kein *jezail* trug. Er hatte den stellvertretenden Steuereinnehmer des Distrikts benachrichtigt, daß ein Tiger da war, der zwei Dorfziegen gestohlen hatte, und wenn man ihn nicht tötete, würde er sich das nächste Mal einen Mann oder eine Frau oder ein Kind holen.

Nach dem Abendessen saßen sie in der Dunkelheit und rauchten einen *huka* mit Ranjit Singh und den anderen Dorfbewohnern.

»Kennst du Bahadhur Ram Shanker?« fragte ihn Kim.

»Ja. Er ist ein sehr mächtiger Mann hier in dieser Gegend, ein persönlicher Freund des Maharajah von Jaipur, dessen

Jagdschloß fünf *kos* entfernt liegt. Bahadhur-Sahib hat sein eigenes Jagdschloß am See.«

Kim wußte, daß die feudale Loyalität eine mächtige Kraft in Rajputana war. Die Bauern gehorchten und dienten dem Maharajah treu. Wenn Bahadhur-Sahib der Freund des Fürsten von Jaipur war, würden sie ihn nicht an diese beiden Fremden verraten.

»Ist er ein ebenso freundlicher Mann wie der Maharajah?«

Ranjit Singh sah Kim mit zusammengekniffenen Augen an, zog an seinem *huka* und dachte über die Frage nach. Er mochte Bahadhur-Sahib überhaupt nicht, aber da er ein Freund seines Fürsten war, zögerte er, etwas gegen ihn zu sagen. Aber Bahadhur-Sahib war kein Rajpute, und seine Diener hatten einen aus seinem Volk schwer geschlagen. Wenn er schlecht von ihm sprach, so überlegte er, würde Kim es dem Fürsten erzählen?

»Bist du sein Freund?«

»Sein Feind«, sagte Kim mutig, und dann log er schnell: »Er ist mit meiner Cousine Parvati verheiratet und behandelt sie schlecht. Narain und ich wollen sie zu uns nach Hause zurückbringen.«

»Ah! Gut. Er ist ein sehr grausamer Mann.«

»Ist er jetzt dort?«

»Nein. Er war ein paar Tage da, aber ich hörte, er mußte nach Kalkutta fahren. Es ist seltsam, daß er so viel Zeit hier verbringt, ohne jagen zu gehen. Er hält sich für einen sehr guten *shikari*, aber ich weiß, daß er einen Tiger verwundet und ihn dann nicht verfolgt hat, um ihn zu töten. Dann wird der Tiger zum Menschenfresser, und wir mußten nach dem Distriktsbevollmächtigten schicken und ihn bitten, ihn zu töten.«

»Wer ist jetzt in seinem Jagdschloß?«

»Ich habe gehört, seine Mutter lebt dort. Niemand hat sie je gesehen.«

»Niemand sonst?« Kim wartete gespannt, bis der *sarpanch* an seinem *huka* gezogen hatte.

»Es ist eine junge Frau bei ihr. Eine der Frauen, die im Jagdschloß saubermacht und aus dem nächsten Dorf kommt, sagt, sie sei die Frau von Bahadhur-Sahib. Diese Frau könnte deine Cousine sein. Sie ist die meiste Zeit des Tages in ihr Zimmer eingesperrt. Unsere Frau hat sie nicht gesehen. Für alles, was deine Cousine braucht, sorgen Bahadhur-Sahibs Mutter und ihre persönlichen Dienerinnen, die sie aus Delhi mitgebracht hat.«

»Ist es leicht, die Insel zu erreichen?«

»Bevor ich dir antworte, mußt du wissen: Wenn du deine Cousine tatsächlich mit Gewalt dort wegholst, wird Bahadhur-Sahib sich beim Maharajah beschweren. Wenn er es tut, wird er kommen und mich und das Dorf bestrafen.«

»Er wird nie erfahren, daß du mir das gesagt hast. Ich schwöre es.«

Der *sar-panch* glaubte Kim. In der Dunkelheit spürte er die Aufrichtigkeit des jungen Mannes und seine Entschlossenheit.

»Man kann die Insel nur mit einem Boot erreichen. Im Sommer, wenn das Wasser niedrig ist, kann man auf einem Steinpfad gehen, der unter dem Wasser liegt. Die alten Cuhan-Fürsten haben ihn gebaut, von dem Banyan-Baum unterhalb der Festung bis zur Insel. Man kann jetzt nicht darauf gehen, da das Wasser zu hoch steht.«

Sie verließen das Dorf, während es noch dunkel war, und als die Sonne über den Horizont stieg, hatten sie die Aravelli-Hügel erreicht. Sakir Khan führte sie vorsichtig schmale, sich windende Pfade entlang. Die Büsche zupften an ihren Kleidern und kratzten die Kamele, die ärgerlich schnaubten. Narains Tier versuchte Kims herabhängenden Fuß mehr als einmal zu beißen. Die Abhänge der Hügel, die man von Dschungel befreit hatte, wiesen rosa Schnittwunden auf, die sich röteten, als die Sonne darauffiel. Es war der Stein, den die Fürsten von Jaipur für ihre Stadtpaläste verwendet hatten. Genau dort, wo der Pfad steil anstieg, lief ein Wasserstrom durch das offenstehende Maul eines großen marmornen Büffelkopfs, der in eine Granitwand eingefügt war. Der Kopf war vom Alter vergilbt und von Moos bedeckt, aber nichts konnte seine Schönheit verbergen. Kim wunderte sich, was das für Menschen gewesen sein mochten, die Jahre damit zugebracht hatten, so ein erlesenes Stück aus dem Stein zu hauen, nur damit Wasser hindurchfloß.

Gegen Mittag rief Sakir Khan ein Halt. Der Boden war zu steil für seine Kamele. Hoch über dem dichten Laub der Dschungel konnten sie die zerfallenen Mauern der Festung sehen.

»Es gibt zwei Wege, um zum See zu gelangen«, sagte Sahir Khan. »Einer führt um den Hügel herum, dafür braucht man noch einen ganzen Tag. Oder ihr könnt einen schmalen Pfad hochklettern, der zu den Mauern der Festung führt. Ihr könnt durch einen unterirdisch verlaufenden Bach hineinkommen und ihm folgen. Er wird euch hinaus auf die andere Seite bringen.«

»Wirst du hier auf uns warten?«

»Nicht ewig. Bis zum Abend.«

»Bis zum Abend also.«

Kim und Narain folgten dem sich windenden Pfad. Das Licht in der Dschungel war trübe, so konnte man sich leicht vorstellen, daß überall wilde Tiere lauerten. Pfauen flogen erschrocken auf in die Baumwipfel und riefen ihre Warnung: *»Maymur-maymur«*, und der Langur hoch oben schickte einen röhrenden Schrei weit hallend durch die Dschungel. Sie begegneten keinen anderen wilden Tieren, aber im Vorbeigehen sahen sie die Bewegungen des *chital*, der aus seinem Versteck zurückkehrte, und ein Wildschwein mit seinen Frischlingen flüchtete ins Unterholz. Kim blieb stehen, um sich einen Stock zu schneiden, wobei er Narains Messer benutzte.

»Was ist, wenn wir einen Tiger treffen?« flüsterte Narain, denn die Dschungel um sie her war merkwürdig still geworden. Sie wimmelte vor Leben, aber immer in einiger Entfernung, als wären sie von einer bösen Aura umgeben.

»Dann wirfst du mit deinem Messer nach ihm.«

»Ich bin kein Zirkusartist. Ich würde ihn verfehlen, und er würde uns anspringen und beide töten.«

»Am besten denkt man nicht an so etwas«, murmelte Kim, ganz darauf konzentriert, den See zu erreichen. Er konnte sich mit Gefahren oder Hindernissen erst befassen, wenn sie auftraten. Er überließ Narain, der einen Schritt hinter ihm ging, diese unnötigen Sorgen.

Sie erreichten schweißgebadet den Fuß der Felsklippe. Der Bach lief durch eine niedrige Höhle hindurch, und das kühle Wasser erfrischte sie, als sie den Tunnel hinunterwateten. Das Bett des Baches bestand aus glattem Granit. Der Tunnel war nicht länger als sieben oder acht Meter und endete in einem *hamam*, der kein Dach mehr besaß. Die Wände waren aus rosa Granit, und die Becken, durch die der Bach floß, bestanden aus dem gleichen vergilbten Marmor wie der Büffelkopf. Die vier miteinander verbundenen Becken, ein jedes halb so tief wie ein stehender Mann, waren rund und groß genug, um einem halben Dutzend Menschen Platz zu bieten.

»Diese Fürsten müssen ein angenehmes Leben gehabt haben«, sagte Kim. »Sie badeten hier jeden Tag mit all ihren Frauen. Wenn du Vizekönig bist, solltest du die Sitte der gemischten Bäder wieder einführen.«

»Kein heißes Wasser«, sagte Narain unbeeindruckt.

Über ihnen war der freie Himmel, und um die Bäder herum lag knöcheltief trockenes Laub. Eine Treppe führte in die Festung hinauf, und sie kletterten empor zu dem verfallenen Palast. Sie passierten die *Darbar*-Halle und den kleinen Tempel und die umgestürzten Mauern der Frauengemächer an der gegenüberliegenden Brustwehr. Der prächtige Eindruck wurde von der seltsamen, traurigen Stille gedämpft. Vor Jahrhunderten hatten Menschen sich abgemüht, die Dschungel zu roden und prachtvolle Gebäude zu errichten, die für alle Zeiten an sie erinnern sollten, aber die Natur hatte den längeren Atem gehabt und geduldig gewartet, bis die Dynastie stürzte, und den Granit und Marmor und Ziegelstein überwuchert. Kim sah voraus, daß diese Mauern und Brustwehren und Zinnen in wiederum tausend Jahren zu Geröll und Sand zerfallen sein würden. Dann wäre der Kreislauf abgeschlossen. Die Erde war dauerhaft, nicht der Mensch. Sie würde auf den nächsten Kreislauf – und wiederum auf dessen Ende – warten.

Die Dämmerung war fast hereingebrochen, als sie die Brustwehr auf der anderen Seite erreichten und hinabsahen. Die Dschungel war voller Schatten, aber sie konnten deutlich das Jagdschloß in der Mitte des Sees erkennen: Es lag da wie ein großes Schiff bei Windstille, von keiner Brise bewegt auf ruhig-heiterem Meer. Seine Mauern erhoben sich unmittelbar aus dem Wasser, und die Fenster lagen so hoch, daß man sie nicht erreichen konnte. Der Eingang befand sich im Süden, und eine Treppe führte hinab zu einem Boot, das an der Mauer vertäut war.

Genau in der Mitte der Insel, vom Jagdschloß umgeben, sah Kim einen Baum. Er besaß keine Blätter, aber seine Blüten waren die schönsten und seltsamsten, die er je gesehen hatte. Sie waren rosa und golden und wie Kelche geformt.

»Ich hatte eine Vision von einem wunderbaren Baum, und nun kann ich ihn dort in dem *bagh* sehen.«

Narain spähte hinaus, polierte die Gläser seiner Brille, bevor er sie sich wieder auf die Nase setzte. Er sah noch einmal hin und dann zu Kim auf.

»Was für ein Baum?«

»Dort.« Kim zeigte darauf. »In der Mitte der Insel.«

»Ich sehe nichts. Du mußt einen Sonnenstich haben. Ihr *Angrezis* könnt die Hitze in unserem Indien nicht vertragen.«

»Ich schwöre, daß ich den Baum sehen kann.« Und er erzählte Narain von der Vision, die er im Tempel gehabt hatte.

»Wenn du einen Baum in dem *bagh* sehen willst, dann wird dein Geist dir einen Baum zeigen. Aber ich kann keinen Baum sehen. Ich fühle nur, daß dort Gefahr lauert.«

Plötzlich verstand Kim, daß die Realität des Baumes nur für seine Augen bestimmt war.

»Kannst du irgend jemanden sehen?« fragte er nach einer

Weile. Der Baum verschwand jetzt in der Dunkelheit, ebenso wie die Insel und die Dschungel.

»Niemanden. Vielleicht hat der *sar-panch* gelogen. Er fürchtet Bahadhur-Sahib und den Maharajah mehr als dich und mich.«

»Er hat die Wahrheit gesagt.«

Sie wurden aus dem tiefen Innern des Tempels von dem schwarzen Panther beobachtet, den ihr Erscheinen überrascht hatte. Als sie die Brustwehr verließen, lief er den gepflasterten Pfad entlang, um zuzusehen, wie sie die breite Treppe zum Seeufer hinunterstiegen. Nun, da sie dem Ziel so nah waren, bewegten sie sich vorsichtig und so lautlos wie möglich, aber sie waren keine Dschungelmenschen, und die Dschungel erstarb, bis sie vorbei waren. Sie hielten unter einem Banyan-Baum an, der einen halben Morgen einnahm; seine Äste reichten von der Felsenklippe bis zum Wasser. Es war so dunkel, daß sie einander kaum sehen konnten, und die abendliche Kälte biß durch ihre dünne Kleidung. In einem der Bäume wurde eine Lampe entzündet und dann in einem zweiten.

»Wir wollen warten, bis sie zu Bett gegangen sind, und dann auf dem Pfad, von dem der *sar-panch* gesprochen hat, hinübergehen. Kannst du schwimmen?«

»Natürlich. In Bombay bin ich im Meer geschwommen.«

»Ich kann nicht schwimmen«, gestand Kim. »Wenn ich ausrutsche, halt mich fest.«

Ein kleiner rosa Pavillon lag am Seeufer unter den Ausläufern des Banyan-Baums, und sie glitten in dessen Schatten, um die schwachen Lampenlichter zu beobachten.

»Wie sollen wir hineingelangen, selbst wenn wir hinüberkommen?«

»Es wird einen Weg geben«, sagte Kim. »Ich werde auch die allerkleinste Spalte finden, um hochzuklettern.«

Narain teilte nicht die Zuversicht seines Freundes und hätte sich gern über den Wahnsinn beklagt, durch das Land zu jagen, um eine Frau zu finden. Frauen brachten stets Unannehmlichkeiten, und er fühlte, daß sie ihn jetzt ringsum bedrohten. Als sie still dasaßen, stellten sich die üblichen Geräusche der Dschungel wieder ein. Der Lärm der Grillen und Zikaden war ohrenbetäubend; sie hörten Tiere durch das Unterholz rascheln und den *chital* und den *sambar* in den fernen Hügeln rufen. Als der Mond aufging, sahen sie die Silhouette der Hügel jenseits des Jagdschlosses vor dem Nachthimmel. Sie schienen die Umrisse einer riesigen Frauengestalt zu bilden, die auf der Seite schlief. Ihr Kopf lag im Norden, und ihre Fußknöchel befanden sich im Süden, und dazwischen rundeten sich die Hügel, um die Konturen ihrer Schultern, ihrer Taille, Hüften und Schenkel anzudeuten. Sie konnten gelegentlich eine Bewegung in dem Jagdschloß sehen, ein Flattern von Schatten, eine Lampe, die von einem Raum in den anderen getragen wurde. Kim fragte sich, welches wohl Parvatis Zimmer sein mochte. Ranjit Singh hatte gesagt, sie sei eingesperrt. Keine Stimmen drangen über das Wasser, aber der Wind trug den Geruch von gekochtem Essen zu ihnen herüber, und das Wasser lief ihnen im Mund zusammen beim Duft nach *pilao, chapatis* und Curry. Sie hatten nichts mehr zu essen, und ihre Mägen knurrten.

»Hast du darüber nachgedacht, wohin du sie bringen willst, wenn du sie entführt hast?«

»Gerettet hast«, sagte Kim geistesabwesend. »Nein. Ich hatte gedacht, wir gehen irgendwohin in die Berge, wo ich mich gut auskenne. Ich werde ein Dorf finden, und dort verstecken wir uns.«

»Und genau dahin wird der Oberst-Sahib seine Männer schicken, damit sie dich aufspüren. Er kennt deine Gedanken, kennt deine Verstecke. Lahore. Die Berge.« Narain seufzte und fuhr fort: »Ich weiß nicht, warum ich das hier tue. Hör zu. Wir werden zu meiner Familie in den Süden gehen. Mein Dorf liegt nahe bei Madras im Cumbun-Tal. Nur mein Bruder und seine Familie und meine Frau sind jetzt da.«

»Deine Frau?« flüsterte Kim überrascht.

»Was konnte ich tun? Man hat mich, als ich dreizehn war, mit der Schwester der Frau meines Bruders verheiratet. Ich habe nie mit ihr geschlafen, und jetzt hängt sie mir wie ein Stein am Hals. Deshalb lebe ich als Agent in Bombay. Wenn ich zurückgehe, wird sie mich einfangen und mir das Leben zur Hölle machen, weil ich sie verlassen habe. Aber es ist ein schönes Tal. Der Oberst-Sahib wird lange brauchen, bis er dich dort findet, denn es ist sehr abgelegen. Aber ich weiß, daß er dich schließlich doch finden wird, Kim. Er wird jetzt keinem von uns mehr vergeben. Mein Bruder heißt Kumar, und ihm gehören eine Kokosplantage und ein paar Reisfelder. Ich bringe dich hin und lasse dich dort.«

»Aber du kannst jetzt nicht nach Bombay zurück.«

»Ja, aber ich kann wirklich nicht in einem kleinen Dorf mit einer Frau leben, die mir Ärger macht. Frauen vergessen so etwas nie, wenn ihre Ehemänner verschwinden. Ich werde einen anderen Ort finden. Madras vielleicht. Aber ich habe gehört, das ist ein Dorf, das nur wenig größer als meines ist. Was wirst du mit dieser Parvati tun?«

»Sie heiraten.«

»*Ahree bhai.* Sie ist schon mit diesem Schurken Bahadhur-Sahib verheiratet.«

»Was ändert das daran?«

»Ändert? Ändert? Abgesehen davon, daß der Oberst-Sahib uns sucht, wird uns auch noch der Bahadhur-Sahib auf den Fersen sitzen. Sie muß eine wunderbare Frau sein, daß du sie so liebst, aber sie wird uns mehr Ärger machen, als es ein ganzer Harem voll unglücklicher Frauen tun könnte. Bist du dieser Frau ganz sicher?«

»Wer ist in diesem Leben irgendeiner Sache sicher?« fragte Kim. »Ich bin nur sicher dessen, wessen ich mich von ihr erinnere, und sogar das kann inzwischen falsch geworden sein. Aber ich erinnere mich sehr wohl, daß ich eine große Ruhe spürte, als ich mit ihr zusammen war. Wir konnten schweigend beieinander sein, ohne die Einsamkeit zu empfinden, in der wir alle leben. Und wenn sie sprach, erfreute ich mich des Klangs ihrer Stimme. Wir konnten zusammen und übereinander lachen. Und nachts, wenn ich neben ihr lag, fühlte ich mich zufrieden. Ich schlief einen Schlaf, der so leicht wie Luft war, und wenn ich aufwachte, wollte ich nichts anderes, als sie ansehen und die Stunden mit ihr verbringen. Das ist das Höchste, was ein Mensch von einem anderen Menschen erwarten kann, ob Mann oder Frau.«

»Was ist, wenn sie dir nicht mehr die gleichen Gefühle entgegenbringt?«

Narain fühlte eher, daß Kim die Achseln zuckte; er sah ihn kaum in der Dunkelheit. »Das Höchste, was ich dann tun kann, ist, sie aus der Gefangenschaft ihres Ehemanns zu befreien.«

»Ich habe nie so etwas gefühlt, keiner Frau gegenüber. Ich verliebe mich zu leicht in ihre Körper. Sie bringen einen sehr leicht um den Verstand mit diesen Körpern und Gesichtern, die sie haben.«

Jenseits des Wassers sahen sie, wie erst die eine und dann die andere Lampe erlosch. Der Mond leuchtete auf dem Wasser, verwandelte es in Silber; die Dschungel dahinter sah geisterhaft und dunkel aus. Sie warteten noch eine Weile, dann ging Kim die Treppe hinunter und tauchte langsam in das kalte Wasser ein. Zuerst, nahe dem Ufer, fühlte er nur Schlamm und Pflanzen, aber als er weiter hineinwatete und das Wasser ihm bis zu den Knien reichte, spürte er den Steinpfad unter seinen Füßen. Er tastete den vor ihm liegenden Weg mit seinem Stock ab und sah die kleinen Wellen sich kräuselnd ausbreiten, erspähte gelegentlich einen plätschernden Fisch. In einiger Entfernung schwamm ein Baumstamm im Wasser. Als er die Hälfte des Weges zurückgelegt hatte, war ihm das Wasser bis zu den Achselhöhlen gestiegen, und er lief Gefahr, auf den glitschigen Steinen auszurutschen. Narain paddelte vorsichtig hinter ihm her, und Kim wünschte sich, er hätte schwimmen gelernt. Als das Wasser seine Schultern bedeckte, fing er an sich Sorgen zu machen. Die Kälte legte sich ihm wie ein Metallreifen um Brust und Beine. Aber unmerklich begann das Wasser zurückzuweichen, und als er die Mauer des Jagdschlosses erreichte, umspülte es ihm nur noch die Waden.

Sie sahen hinauf. Es gab keine Ritzen oder Vorsprünge, über

die sie hätten emporklettern können, und die Fenster waren mit starken *jalis* gesichert. Sie schoben sich an der Mauer entlang, bogen um die Ecke und setzten ihren Weg auf der anderen Seite fort. Kim sah eine kleine Tür an der Rückseite. Sie war tief unten in die Mauer eingefügt, damit die Diener dort den Abfall hinauswerfen und Wasser schöpfen konnten. Die Tür war abgeschlossen, aber die Querbalken konnten seinen Füßen als Stütze dienen, und er kletterte die Mauer hoch und sah vorsichtig hinüber. Unter ihm lag ein kleiner Hof, der von Feuerholz bedeckt war. In einer Ecke befand sich eine kleine Zisterne und daneben ein *hamam* aus Kupfer. Der Hof führte in das Hauptgebäude, aber die Tür schien verriegelt zu sein.

Er und Narain balancierten die Mauer entlang und kamen so zu dem von Ziegeln bedeckten schrägen Dach. Sie krochen auf den Bäuchen hinauf, und als sie auf der anderen Seite hinabsahen, fanden sie sich über dem Innengarten. Kim starrte verwundert hinunter. Am anderen Ende stand ein Brunnen, der wie eine Lotusblüte geformt war, und ein Stück näher eine Marmorbank. Die Mauer empor rankten sich Rosenbüsche, und das Dach war von Bougainvilleen bedeckt. Aber einen Baum gab es nicht.

»Na, wo ist denn dein Baum?« fragte Narain.

»Ich *habe* ihn gesehen«, erklärte Kim hartnäckig und fragte sich, ob es da noch einen anderen Garten gäbe, wunderte sich wieder über die Kraft seiner Vorstellung. »Er war hier, ich schwöre es. Er hatte rosa und goldene Blüten, die wie Kelche geformt waren.« Er erinnerte sich an den süßen Duft nach Honig und Weihrauch. »Ich kann ihn riechen.«

»Ich rieche nur Wasser. Wo wird sie sein?«

»Hinter einer verschlossenen Tür.«

Sie ließen sich das Ziegeldach hinuntergleiten, hingen mit den Händen an der Dachkante und landeten dann, nur einen Fuß tiefer, auf dem Rasen. Sie blieben dort hocken und warteten gespannt darauf, von irgendeiner Seite angerufen oder angegriffen zu werden. Aber niemand kam. Als Kim den Garten durchquerte, sah er etwas Leuchtendes auf dem Rasen liegen.

Er hob es auf und hielt eine rosa und goldene Blüte in der Hand. Er zeigte sie triumphierend Narain, und Narain wunderte sich über die Fähigkeit seines Freundes, eine so seltsame Magie auf sich zu ziehen. Er hoffte nur, daß sie jetzt über sie beide wachte.

Sie versuchten alle Türen zu öffnen, die in den Garten führten. Keine hatte ein Schloß – bis sie zu der letzten neben der Marmorbank kamen. Ein schweres Vorhängeschloß hing daran. Die Fensterläden waren auch verriegelt, und sie konnten nicht hineinsehen.

»Was nun? Wenn ich mein Werkzeug hätte, könnte ich das Schloß aufbekommen. Mein Onkel hat mir das beigebracht.«

»Es muß einen anderen Weg geben.«

Über das Spalier, an dem sich die Bougainvillea hochrankte, kletterten sie zurück aufs Dach und befanden sich direkt über dem Zimmer, in dem sie das Licht gesehen hatten. Sie krochen zum First empor und sahen, daß das Dach dahinter wieder abfiel, hinunter zu einem Balkon, von dem man über das Wasser blickte. Sie nahmen an, daß er, ebenso wie die Fenster, durch eine *jali* geschützt wäre. Sie rutschten seitwärts über das Dach, bis es endete, und sahen einen kleinen offenen Durchgang, der in den hinteren Hof führte. Kim ließ sich hinab und fand eine Tür, die sie, falls sie sich öffnen ließ, in den verschlossenen Raum zurückführen würde. Die Tür war verriegelt, hatte aber kein Vorhängeschloß. Kim winkte Narain herbei, damit er Wache stünde, schob den Riegel zurück und trat rasch ein in ein dunkles Badezimmer.

Er wartete wieder, bis seine Augen sich an die Dunkelheit gewöhnt hatten, und sah auf der anderen Seite des Zimmers eine zweite Tür. Sie war angelehnt.

In Mohinis Schlafzimmer sah er Formen und Farben in der stickigen Luft umherwirbeln. Dämonen und Schlangen wanden sich über dem Diwan, und er hörte das Stöhnen und Flüstern der schlafenden Frau, die gegen die über ihr schwebenden scheußlichen Geschöpfe ankämpfte. Es wurde ihm übel davon, sie anzusehen, und er schlug mit seinem Stock nach ihnen. Als er sah, daß die Dämonen und Schlangen sich zurückzogen, glaubte er zunächst, daß seine eigene Kraft dies vollbracht habe, und dachte gar nicht an den Stein, der in dem Lederbeutel an seinem Hals hing. Solange nicht, bis er dessen Hitze auf seiner Brust fühlte, seine Schwingungen spürte und sein Summen hörte. Die Ungeheuer wichen zurück, verschwanden aber nicht. Sie gaben einen Weg zum Diwan frei, und Kim kniete neben seiner Parvati nieder. Sie war schweißgebadet.

»Parvati ... Parvati ...« Er schüttelte sie sacht. Sie rührte sich, wachte aber nicht auf. Er versuchte es wieder und sah ihre Augenlider flattern, als sie dem Alptraum zu entkommen versuchte. Als er sie küßte, schlug sie mit einem Ruck die Augen weit auf und hätte vor Angst geschrien, wenn er ihr nicht die Hand auf den Mund gelegt hätte.

»Kim.« Sie betrachtete ihn erstaunt, und allmählich ließ ihr Schreck nach. »Kim.« Sie sprach seinen Namen voll Staunen aus. »Ich hätte nie gedacht, daß ich dich wiedersehen würde. Ist das auch nur ein Traum?«

»Nein, mein Liebling. Ich bin wirklich. Komm, wir müssen sofort aufbrechen.«

»Das muß *karma* sein, daß du immer da bist, wenn ich dich brauche, Kim. Ich habe gebetet, daß du kommst, aber ich hatte allen Glauben an Gott verloren, der mir so böse Streiche spielte.«

Er half ihr auf, und sie lehnte sich an ihn. Er fühlte, wie mager sie war, und wußte, daß sie nicht die Kraft haben würde, über das Dach zu klettern. Er hob sie auf; sie war leicht wie ein Kind. Die Dämonen zogen sich in eine Ecke zurück, und als sie das Zimmer verließen, jagten sie heulend und kreischend zu Gitabhai, die mit weit offenen Augen und weit offenem Mund schlief; das waren die Kanäle ihrer bösen Kräfte. Der Lärm weckte sie beinahe auf, als die bösen Geister einander stießen und drängten, um durch ihre Augen und ihren Mund hinunter in die Finsternis zu strömen. Sie wußte allerdings, was geschehen war: Jemand hatte Mohini aus ihrem Zauberbann geweckt. Gitabhai hätte Mahender und Rajender aus ihren Schlafgemächern herbeigerufen, aber bevor sie schrie, hätte sie zuerst ihren Mund schließen müssen, und das wäre fatal gewesen, weil dann den Ungeheuern der Fluchtweg versperrt worden wäre.

Narain standen die Haare zu Berge. Er hatte die unheimlichen Schreie gehört und wäre am liebsten fortgerannt. Als Kim mit Parvati auf den Armen erschien, drückte er erst einen Kuß auf Parvatis Wange und dann auf Kims, unfähig, seine Erleichterung zurückzuhalten. Es war zu dunkel, als daß er die Frau hätte sehen können, die Kim liebte.

Der Durchgang führte in den Garten; sie überquerten ihn und erreichten das Haupttor, das aus Holz und Eisen bestand und kunstvoll geschnitzt war. Es war nicht verschlossen, aber trotzdem brauchte Narain all seine Kraft, um den Riegel zurückzuschieben und das Tor zu öffnen.

Kim legte seine Parvati vorsichtig ins Boot und hätte Narain geholfen, sie zum Banyan-Baum hinüberzustaken, aber sie klammerte sich an ihn und wollte ihn nicht loslassen. Obwohl sie seine Arme fühlte und sein Gesicht berührte, glaubte Mohini noch immer zu schlafen. Wenn die bösen Träume Wirklichkeit waren, warum dann nicht auch die guten? Sie glaubte am Himmel zu schweben und mit Kim zwischen den Sternen hindurchzufliegen. Sie hörte einen Mann flüstern: »Wird sie überleben?« Und Kims traurige Antwort: »Ich weiß es nicht. Beeil dich.« Mohini wollte ihm sagen, daß sie sich nicht mehr fürchtete, und obwohl sie gern für ihn leben wollte, fühlte sie sich schrecklich müde.

Sie erreichten das Ufer, und Kim hob Parvati wieder auf. Narain eilte voran, bog die Zweige der Dschungel beiseite, damit sie hindurch konnten, und sie erreichten die Treppe der Festung.

»Wir müssen sie zu einem Arzt bringen«, sagte Kim, als sie hinaufstiegen.

»Vielleicht finden wir einen in Sawai Madhapur.«

Sie waren nah bei dem massigen Tor, das in die Festung

führte, als Narain sich umdrehte und zwei Männer aus der Dschungel herauskommen sah, die aufwärts zu klettern begannen.

»Bahadhur-Sahibs Diener«, rief Narain leise.

Sie waren weit unten, eilten durch die Schatten und das Mondlicht. Kim sah, daß einer der beiden zurückzufallen begann; offenbar fiel ihm das Klettern schwer. Er hinkte, und Kim überlief es plötzlich eiskalt. Nun wußte er, wer sie verfolgtc.

»Nein. Das sind die beiden Männer, die ich in Simla gejagt und in Bombay gefunden habe. Ich habe dem da hinten den Knöchel gebrochen, und er hat auf mich geschossen. Woher wußten sie, daß wir hier sind? Wer hat es ihnen gesagt?«

Narain zuckte die Schultern und zog sein Messer heraus. Allein hätten sie den beiden Männern entkommen können, aber mit Parvati waren sie so behindert wie der Hinkende. Der Platz, an dem sie standen, war für eine Verteidigung gebaut worden. Die Stufen wurden schmaler, wenn man durch das Tor kam. Innerhalb des Torbogens gab es Nischen, aus denen Soldaten den Feind angreifen konnten.

»Es sind gefährliche Männer«, sagte Kim. »Ich weiß, daß sie es auf mich abgesehen haben. Hier, nimm Parvati. Rette sie.«

Die beiden Männer waren schon die halbe Treppe heraufgestiegen. Der erste blieb stehen und wartete, daß sein Genosse ihn einholte. Kim sah das Blitzen von Messern. Aus dem Augenwinkel heraus fiel ihm eine huschende Bewegung weit hinter den beiden auf, gerade dort, wo die Treppe unter einer Brustwehr vorbeiführte. Es konnte ein weiterer Mann oder das Mondlicht gewesen sein, das auf ein vorbeilaufendes Tier fiel.

»Was, glaubst du, ist Narain? Ein Feigling? Du hast recht, aber ich werde bleiben. Nimm du sie.«

Mohini hörte sie wütend über ihrem Kopf hin und her flüstern und kuschelte sich, da sie das Dilemma nicht verstand, enger an Kim, so daß Narain den Wettstreit gewann. Sie hörte den anderen Mann flüstern: »Geh . . . geh. Es sind nur zwei«, und fühlte, daß Kim langsam weiterging. Aber Kim konnte nicht weit gehen. Er eilte zu der zerfallenen *Darbar*-Halle und legte Parvati vorsichtig auf die Marmorbank, auf der der Chuchan-Fürst vor Jahrhunderten Recht gesprochen hatte. Der Stein war kalt, und sie erwachte aus der Trägheit des Wohlbehagens.

»Ich komme wieder, Parvati. Aber jetzt muß ich Narain helfen. Ich liebe dich. Warte auf meine Rückkehr.« Und dann merkte sie, daß sie wieder allein war und glitt in die Schatten zurück. Kim war ein Traum gewesen.

Kim lief zurück, den Stock in der Faust, sprang über zerborstene Mauern und zerfallene Steinmetzarbeiten. Er rannte durch den überwölbten Torweg und fand Narain auf der obersten Stufe. Mehrere Stufen tiefer kamen die beiden Männer; sie kletterten gebückt herauf, die Messer vor sich in den Fäusten.

»Ich habe schon immer geglaubt, daß du verrückt bist, Kim«, flüsterte Narain. »Aber ich bin froh, daß du zurückkommst. Diese beiden *gundas* sehen verrückt vor Wut und Mordgier aus.«

Die beiden Männer zögerten und setzten dann ihren Weg fort. Die Luft summte, als Kim seinen Stock wirbeln ließ. Der ältere Mann sagte: »Schlag zu, Madan!«, und der Hinkende antwortete:

»Wart's ab. Ich will den da. Er ist der *chutya*, der mich zum Krüppel gemacht hat. Ich habe all die Jahre darauf gewartet, ihn dafür umzubringen.«

»Dann komm«, sagte Kim. »Diesmal entwischst du mir nicht.«

Kim konnte den blitzschnellen Ausfall des älteren Mannes links von ihm und Narains Parade nur fühlen. Kim stieß vorwärts mit dem Stock, und Madan schlug ihn mit seinem Messer beiseite. Kim führte einen Scheinangriff auf dessen Herz, und Madan drehte sich, um dem Stoß zu entgehen, aber in diesem Augenblick fühlte er das Stockende bereits hart in seine Milz fahren. Der Schmerz war qualvoll, und er wich einen Schritt zurück. Kim folgte ihm und schlug ihm auf das Knie.

»Ich bringe dich um«, flüsterte Madan.

»Dazu mußt du mich erst einmal erreichen. Wer hat euch geschickt?«

Madan stürmte vorwärts, dachte, er könnte Kim die Beine aufschlitzen, aber Kim sprang zurück und stieß das Ende seines Stocks in Madans linke Schulter, tötete einen Nerv. Der Arm hing nutzlos herab, und Madan wich noch einen Schritt zurück, versuchte verzweifelt, ihn durch Schütteln wieder lebendig zu machen.

»Ich kann dich mit einer Berührung dieses Stocks töten. Wer hat euch hergeschickt?«

Madan spuckte aus. Sein Blick glitt plötzlich zu einem Punkt hinter Kim, und er grinste böse vor Freude über das, was er sah. Kim hörte ein Messer auf die Stufen fallen und wirbelte herum. Der ältere Mann hielt Narains Hals mit dem linken Arm umfaßt, und die Rechte, die das Messer hielt, schnellte hoch und stieß hinab in Narains Seite – einmal, zweimal. Und bevor Kim sich rühren konnte, warf er Narain beiseite und kam auf Kim zu.

Er hörte deutlich Narains Flüstern in die Nacht aufsteigen: »Ram . . .«

Kim schrie so wut- und peinerfüllt auf, daß er die schlafenden Vögel weckte, die sich in panischem Schrecken aus der Dschungel erhoben und die Luft mit ihren Flügelschlägen erfüllten. Kim wirbelte herum und schlug Madan auf den rechten Ellbogen, zertrümmerte den Knochen und drehte sich dann um, um dem Angriff des älteren Mannes zu begegnen. Es blieb ihm keine Zeit mehr, ihn zu verwunden oder bewußtlos zu schlagen, und blind vor Zorn traf Kim ihn genau an jenem Punkt, an dem er seinen sofortigen Tod bewirken mußte. Die Augen des Mannes weiteten sich vor Überraschung. Er hatte erwartet, daß er von einem Messer oder einer Kugel sterben würde. Waffen, von denen er etwas verstand, aber nicht vom qualvollen Stoß eines Stocks.

Kim sprang herum, bevor noch der Mann gefallen war, aber Madan hatte nicht mehr den Mut weiterzukämpfen. Er stolperte die Treppe hinunter, in Richtung der Dschungel, in die Kim ihm nicht folgen konnte. Kim zögerte, ließ dann seinen Stock fallen und lief zu Narain. Seine Brille war heruntergefallen und leuchtete wie zwei Augen auf der Treppe; Kim setzte sie ihm vorsichtig auf die Nase. Die Wunden an seiner Seite waren furchtbar, aber er atmete noch.

»Vizekönig-Sahib, du mußt am Leben bleiben, um uns zurück zu unserem Dorf zu begleiten.«

Narain seufzte. »*Ahree*, sogar eine keifende Frau wäre besser als dieser Schmerz.« Er wandte sich Kim zu, konnte die Augen aber nicht mehr öffnen. Er legte das Gesicht an Kims Arm, als er starb.

Unten auf der Treppe lag Madan und wußte auch, daß er sterben mußte. Er akzeptierte die Realität, daß Isaac Newtons Degen auf ihn gerichtet war. Ein elfenbeinerner Spazierstock war in seiner linken Hand, und der Degen kreiste und kreiste und kam immer näher. Der Schwertträger war dürr wie ein Storch und wirkte gebrechlich; seltsamerweise trug er einen Anzug und eine Krawatte, die schmutzig aussah, sogar in diesem trüben Licht, aber er hielt den Degen fest in der Hand. Madan gelang es durch schieres Glück, sich unter dem ersten Stoß wegzuducken, und er sprang Newton an in der Hoffnung, er könne ihn zu Boden reißen. Aber Newton war zu schnell. Er schlitzte Madan die Seite auf. Madan sah keine Alternative als die Flucht. Er kroch die Brustwehr hinauf, gerade als Newton ihm die Fersen aufschlitzen wollte und ihn um ein Haar verfehlte, und fiel die andere Seite in die Finsternis hinab. Er hinkte fluchend von dannen und schwor sich, daß er Kim eines Tages aufspüren und töten würde.

Kim hielt Narain in den Armen und weinte. Er rief Vamana oben im Himmel an und bat ihn, er möge seinem Freund das Leben zurückgeben und ihm dafür seines nehmen, aber auf seine Rufe hin folgte Schweigen. Er konnte Narains *karma* nicht ändern. Sein Tod war bestimmt worden.

»Bakkalaureus der Philosophie. Faulenzer erster Klasser«, sagte Isaac Newton leise und kniete neben Kim nieder. Er fing an zu weinen und sah auf seinen toten Neffen hinab. »Er wäre lieber in einer seiner Spelunken gestorben, statt hier in dieser Dschungel.«

»Newton. Was tun Sie denn hier?« fragte Kim.

»Später. Alles später. Sieh mal unten, am See.«

Kim stand auf und starrte mit zusammengekniffenen Augen über dic Brustwehr. Zwei Männer hasteten gerade hindurch, sie benutzten den gleichen unter dem Wasserspiegel liegenden Pfad, den er mit Narain gegangen war. Sie hielten beide Gewehre hoch über den Köpfen. Aber Kim konnte Narain noch nicht verlassen. Er trug ihn in die *Durbar*-Halle und legte ihn neben Mohini auf die Marmorbank. Mohini erwachte von der Bewegung. Das Licht veränderte sich allmählich, als die Morgendämmerung sich näherte, und zum erstenmal konnte sie Kim deutlich sehen.

»Bist du es wirklich? Aber weshalb weinst du?«

Kim sagte es ihr. Als sie Narain erblickte, mußte Mohini auch weinen. Newton kniete an ihrer Seite, legte einen Finger auf den *nada* ihres rechten Handgelenks und fühlte ihren Puls.

»Sie ist nur schwach und wird leben. Du mußt sie in den Tempel bringen und reinigen lassen.«

»Wie bist du so plötzlich hier eingetroffen?« fragte Kim Newton wieder, nun, da der Schock abebbte.

»Ich bin diesen beiden Männern den ganzen Weg von Bombay bis hierher gefolgt.«

»Woher wußten sie, daß ich hierher kommen würde?«

»Du würdest nur aus einem Grund aus dem Gefängnis fliehen – deiner Frau wegen. Einer von Bahadhur-Sahibs Dienern – und ich weiß nicht, welcher, aber er wird gut bezahlt – gab die Nachricht weiter, daß man deine Frau hierhergebracht hatte.«

»Wer hat sie geschickt?«

Newton dachte so gründlich über die Frage nach, wie er seine seltsamen Erfindungen zu bedenken pflegte. Er wog seinen Dienst gegen die Zuneigung ab, die er für Kim empfand. Wenn er ihm wahrheitsgemäß antwortete, wie sich die Sache verhielt, und wenn Kim dem Oberst-Sahib dies vorhielt, würde der Oberst-Sahib wissen, daß nur Isaac Newton es Kim gesagt haben konnte. Er würde ihn wegen Untreue entlassen und, schlimmer noch, ihm nach dem Leben trachten. Der Oberst-Sahib und seine Leute waren die eigentlichen Machthaber in Indien. Er war nur ein armer Eingeborener. Und was nützte es Kim, solche Dinge zu wissen? Die Männer waren tot, eine Tatsache. Eine andere Tatsache: Kim war nicht mehr Agent des Obersts im Dienst des Empire. Eine weitere Tatsache: Er hatte die falsche Seite gewählt. Newton wog diese Tatsachen genau ab und antwortete:

»Ich kann dir das nicht sagen. Und ich will nicht wissen, wohin du mit dieser jungen Frau gehst. Ich sollte, als Diener der Regierung, deinen Aufenthaltsort dem Oberst-Sahib mitteilen, aber ich werde es nicht tun. Und falls er fragt: ›Wo ist Kim?‹, werde ich wahrheitsgemäß antworten, daß ich es nicht weiß.«

Aber aus Isaac Newtons ausweichender Antwort erkannte Kim, wer die beiden Männer wirklich geschickt hatte. Das Wissen um diese Falschheit ließ ihn frösteln. Sein Freund war gestorben und so viele andere desgleichen, nur weil eine fremde Macht sein Land weiterhin zu beherrschen wünschte. Indien veränderte sich. Sein langer Schlaf endete. Wie lange würden der Oberst und Menschen wie er noch Indiens Schicksal bestimmen? Kim wußte, daß eines Tages ihre Zeit kommen würde, dann würden die Engländer den *kala pani* überqueren und nie wieder zurückkommen. Er hatte sich verändert so wie viele Inder, die sich nicht länger von den Briten regieren lassen wollten. Der Mann hatte ihn mißbraucht und manipuliert, dem er all seine Liebe und Treue geschenkt hatte. Der Lohn dafür war Verrat. Kim hatte sich für etwas anderes als die übrigen Agenten gehalten, aber in den Augen seines Herrn war er nur ein Bauer unter vielen in dem großen Schachspiel.

»Ich verstehe«, sagte Kim. »Was sollen wir mit Narain tun? Ich kann ihn nicht den Schakalen und Geiern überlassen.«

»Er ist mein Neffe. Obwohl ich kein Brahmane bin, will ich die *pujas* verrichten, wie sie in den Veden vorgeschrieben sind, und die *shastras* aufsagen. Ich werde mit eigener Hand seinen Scheiterhaufen entzünden. Du mußt jetzt gehen, Kim. Beeile dich, bevor Bahadhur-Sahibs Männer kommen. Nimm sie. Geht weit fort.«

Kim kniete noch einmal neben Narain nieder, küßte seine Wange und betete, daß seine Seele, wenn sie in den ewigen Kreis von Geburt und Wiedergeburt zurückkehrte, in den Körper eines ebenso tapferen Mannes einkehren möchte. Er ging zu seiner Parvati, nahm sie auf die Arme und schritt aus der *Darbar*-Halle.

»Wohin gehen wir?«

»Weit fort. Um uns zu verbergen. Es wird eine lange Reise werden. Hast du die Kraft zu gehen?«

»Kim, du hast mir die Kraft gegeben. Ich werde nur so lange leben, wie du lebst.«

Kim wußte, daß seine Geschichte enden mußte. Er hatte eine Wahl getroffen, auf welcher Seite er stehen wollte, und würde nun das große Spiel gegen den Oberst, gegen den Mann spielen müssen, den er wie einen Vater geliebt hatte. Kim wußte auch, daß er seine Wanderung durch Indien würde fortsetzen müssen auf der Suche nach jenen Pfeilen, die die Wendepunkte seines Lebens kennzeichneten; genau wie sein lieber Lama nach einem mythischen Fluß gesucht hatte, so würde er nach Pfeilen suchen, die nur in seiner Vision existierten. Er sah hinauf zum Himmel. Es würde ein klarer, sonniger Tag werden. Als sie den steilen Pfad hinuntergingen, sah er hoch oben, nur als einen Fleck am Himmel, Jatayu seine Kreise ziehen und über sie wachen.

Glossar

(Engl. = Englisch; ind. Engl. = indisches Englisch, in Indien gebildetes englisches Wort; Tamil. = Tamilisch)

achkan	langer Mantel
ahree (bhai)	»Ach, (Bruder)!«, Ausdruck von Kummer oder Wiedersehensfreude
almirah	(ind. Engl.) indischer Kleiderschrank
ananda	Zustand der Gnade
Angrezi	Engländer, englisch
arthi	kurzes hinduistisches Feuerritual
atman	das Selbst, die individuelle spirituelle Seele
attar	Duft, Essenz
avatar	»Herabstieg«, Inkarnation eines Gottes
ayah	einheimisches Kindermädchen
baba	Kosename für Kind; respektvolle Anrede
babu	Herr; leicht abfällig für einen der englischen Schriftsprache kundigen Inder; auch britisches Schmähwort für Bengalen und Hindus allgemein
badam (khir)	Mandel-Reispudding
badmash	Gauner, Schurke
bagh	Garten
baitho	»Setz dich!«
bakshish	Bakschisch, Trinkgeld
bandar	Affe
bandar (gah)	Hafen
bande mataram	»Heil dir, Mutter (Indien)!«
bandh (karo)	»Schließe (dein Geschäft)!«, Proteststreik
banya	Hindu-Kaufmann

banyan	(Eng.) indischer Feigenbaum, sog. bengalische Feige
bhajan	religiöser Gemeinschaftsgesang
bhaji	Gemüsegericht
bhakta	Gottesverehrer, Krishna-Jünger
bidi	Zigarette aus gerolltem Tabakblatt
biryani	Reis gemischt mit Fleisch oder Gemüse und Gewürzen
bodhi	Heiliger Feigenbaum, Erleuchtungsbaum des Buddha
box-wallah	mobiler Kleinhändler
burkha	Schleiergewand mohammedanischer Frauen
burra	(ind. Engl.) groß; Vorgesetzter, Senior
cha-cha	Onkel väterlicherseits
chai	Tee
chamcha	Leibwächter
channa	Kichererbsengericht
chapati	hauchdünnes Fladenbrot
chappal	Sandale
chaprassi	Laufburschc
charpai	Bett, vierbeiniges Gestell mit Flechtwerk
chatri	kleiner überdachter Pavillon; Muslim-Grab
chauk	Marktplatz
chaukidar	Wächter
chela	Schüler, Jünger
cheruvedi	kurzer Stock
chi-chi	Anglo-Inder, Mischling
chit(ty)	(Engl.) Papier, Quittung, Zeugnis
chital	geflecktes Reh des Gangesgebiets
chokra	Gassenjunge
choli	unter der Sari getragenes Mieder
chota	klein
chota peg	zweifingerhoch eingeschenkter Whisky ohne Eis
chulo (ji)	»Hau ab!«; »Los!«
chunam	Verputz aus Kalk und Sand
chutya	obszöner Schimpfname
dabba	Rasthütte
dacoit	(ind. Engl.) Räuber, Bandit
dak-bungalow	Regierungs-Rasthaus (eig. Post)
dal	Hülsenfrüchte (ein Grundnahrungsmittel)

darbar	höfischer Empfang, öffentliche Audienz
darhi	Bart
dari	bunter Baumwollteppich
darshan	Anblick heiliger Personen oder Orte; hier: Segen
deodar	(ind. Engl.) Himalaya-Zeder
dhania	Koriander
dharma	Gesetz, Religion; hier: individuelle Pflicht
dhobi-wallah	Wäscher
dhoti	aus einem Tuch gewickeltes Beinkleid indischer Männer
dough peda	Milchkonfekt in Bällchenform
fakir	Gaukler, Zauberkünstler
gap-shap	Tratsch, Klatsch
garbarh	Durcheinander
gharri	(ind. Engl.) Pferdewagen, Kutsche
ghat	Badeplatz am Flußufer
ghazal	Liebesgedicht oder -lied auf Urdu
ghi	abgeklärte flüssige Butter
gopuram	skulptierter Torturm über einem Hindu-Tempel
gunda	gedungener Schläger
gurudwara	Sikh-Tempel
guru	Lehrer, Meister
hai ladkha	»Hallo, Bursche!«
hamam	warmes Bad, Badezimmer
handa	großer Kessel aus Metall
hazur	respektvolle Anrede
Hind	Indien
huka	Wasserpfeife
Jahangir-nama	Tagebuch des Kaisers Jahangir (1605–1627)
jaldi (karo)	»(Mach) schnell!«
jalebi	knusprige, fritierte Süßigkeit
jali	Gitter, Gitterwerk
jamblam	Kirschmyrte, auch Java-Pflaume genannt
jangli	Hinterwäldler, Dschungelaffe
jauhar	Selbsttötung von Frauen, um dem Feind zu entgehen
jawan	Jugendlicher; Soldat
jezail	indischer Vorderlader
jiba	loses Hemd
kacca	primitiv, unausgereift

kacca-bacca	Schimpfwort für Eurasier
Kaiser-i-Hind	Kaiser von Indien
kala pani	schwarzes Wasser; das Meer
kalaripayyatu	südindische Stockfechtkunst
karakuli	von Muslims getragene Mütze
karma	Schicksal; individuelles Handeln, dessen Konsequenzen später auf den Handelnden zurückfallen
kaun hai	»Wer da?«
kayasth	Schreiberkaste
kesari	Löwe
kethi kayeri	ein Stock von Manneslänge
khana	Essen
kima	Hackfleisch
kismet	Schicksal (im Islam)
kissan	Bauer
kofta	Fleisch- oder Gemüsebällchen
kohl	schwarzes Kosmetikpulver (Antimonsulfid)
korma	Geschmortes
kos	Längenmaß, eineinhalb Meilen (ca. 3–3,5 km)
kulumarmam	verwundbare Körperpunkte (insgesamt 64)
kunkum	rotes Pulver, das für rituelle Zwecke auf die Stirn getragen wird
kurta	indische Hemdbluse, Kittel
kya re	(etwa:) »Was soll's?«
laddu	Süßigkeit in Bällchenform
lakh	hunderttausend
lantana	Wandelröschen
lassi	gewürztes Joghurtgetränk
lathi	Stab, Stock
linga	Phallus; Symbol des Gottes Shiva
log	Leute
lota	Krug
machan	Plattform; hier: Jagdstand
mahout	(ind. Engl.) Elefantentreiber
maidan	öffentlicher Platz
makhani	mit Butter geschmort
mali	Gärtner
mangta	hier: »Ich will sehen!«
mantra	heilige Formel zur Anrufung der Gottheit; Zauberspruch

mar	töten
mela	religiöse Feier
memsahib	Herrin, Europäerin
mita pan	mit süßer Füllung versehenes Betelblatt
mitai	Sammelbegriff für Süßigkeiten
mohar	indische Goldmünze; rot blühender Baum
moksha	Befreiung aus der Welt des Scheins, Erlösung
nada	Geräusch, hier: von Armreifen
namam	Name (südindische Form)
namaskar	respektvoller Gruß, etwa: »Ich bezeige meine Verehrung!«
namaste	»Meine Verehrung dir!«
nan	länglich-flaches, im Ofen gebackenes Brot
nautch	(ind. Engl.) der indische Tanz
nimbu-pani	Limonensaft
om	ein Mantra; heilige Silbe, die die absolute Wahrheit repräsentiert
paisa	Geld; kleinste Währungseinheit
paiyama	indische Hose
pan	Betelblatt, um Betelnuß und Gewürze gewickelt
panchayat	Fünfer-Rat, Organ dörflicher Selbstverwaltung
pandal	Empfangszelt, Festzelt
pankha	an der Zimmerdecke befestigter großer Fächer
paratha	gebratenes, blättriges Brot
parikrama	rituelle Umwandlung eines Heiligtums
peg	(ind. Engl.) Getränk, Drink
peon	Laufbursche, Bürodiener
pilao	Reis mit Fleisch oder Gemüse und Gewürzen gegart
pipal	Heiliger Feigenbaum (Ficus religiosa)
pir	islamischer Heiliger; dessen Grab
posh	(Engl.) todschick
prohit	siehe purohita
puja	hinduistische Gottesverehrungszeremonie
puranas	heilige Hindu-Schriften, Ergänzungen zu den Veden
purdah	Schleier, Vorhang; Zurückgezogenheit
puri	fritiertes, ballonförmig aufgehendes Brot
purohita	Hauspriester der Hindus
raga	Improvisations- und Kompositionsrahmen in der indischen Musik, musikalisches Thema

rassagulla	bengalische Süßigkeit
ravanhatta	kleines Streichinstrument mit Kokosnußkörper
rudrak	Beere; daraus Rosenkranz der Anhänger Shivas
sabji	Gemüsegericht; auch: Blätter und Samen des indischen Hanfs
sadhu	»guter Mann«, Bettelasket
sahib	Herr, Anrede für Europäer und Höhergestellte
salaam	Grußbezeigung (eig. islamischer Gruß)
salah (madhar chut)	obszöner, höchst beleidigender Ausdruck
saman	Regenbaum
sambar	indische Antilopenart
samosa	pikant gefüllte Teigtasche
sanyassi	Einsiedler, Mönch
sar-panch	Oberhaupt eines gewählten Dorfrates
sardar	Sikh-Armeeoffizier
sardarji	freundschaftliche Anrede für Sikhs
sarkar	der Vizekönig, Regierung
sarod	Saiteninstrument mit metallverkleideter Griffplatte
shabash	Ausruf des Applauses
shamyana	Zeltdach
shastra	religiöse oder wissenschaftliche Abhandlung, Lehre
sher	Tiger
shikar	Jagd
shikari	Jäger
shloka	Versmaß, Sanskritvers
shudra	Angehöriger der niedersten Kaste
sitar	Saiteninstrument mit Bordunsaiten
swadesh	Heimatland, Losungswort des Freiheitskampfes
swaraj	Selbstherrschaft, Unabhängigkeit
tabla	aus zwei Trommeln bestehendes Perkussionselement
tamasha	Tanzveranstaltung, Schau
tandur	indischer Lehmofen
thakur	Edler, z. B. Rajpute oder auch Brahmane
thali	(Tamil.) Goldkette verheirateter Hindu-Frauen
thanedar	Unterinspektor der Polizei
thug	(ind. Engl.) Würger; Anhänger einer Kali-Sekte
tiffin	anglo-indischer Lunch
tilak	Stirnzeichen

tonga	(ind. Engl.) zweirädriger Pferdewagen
topi	Hut, Tropenhelm
vakil	Advokat, einheimischer Rechtskundiger
vina	indische Laute, Attribut der Göttin Saraswati
wallah	(nachgestellt) Mann
wog	(Engl.) Schimpfwort für Inder
yoga	Askese; philosophische Lehre auf der Grundlage von Meditation und körperlichen Übungen
zindabad	»Lang lebe . . .!«

Ein großer Indonesienroman

Als Band mit der Bestellnummer 11919 erschien:

Schon zu Lebzeiten muß der greise Präsident Sukarno mit ansehen, wie sich Moslems und Kommunisten um sein Erbe streiten. Ein amerikanisches Ehepaar wird in die Auseinandersetzungen hineingezogen und voneinander getrennt. Da lernt die Frau einen Dalang, Schattenspieler, kennen und verfällt seiner starken Persönlichkeit. Doch die politische Situation läßt ihnen wenig Raum für Liebe ...